Kiedy odszedłeś

Dla mojej babki, Betty McKee

Rozdział pierwszy

Tęgi mężczyzna przy drugim końcu baru się poci. Trzyma głowę nisko nad swoją podwójną szkocką, ale co kilka minut podnosi wzrok i ogląda się za siebie, w stronę drzwi. Cienka warstewka potu na jego skórze lśni w świetle jarzeniówek. Mężczyzna robi długi, drżący wydech, udając, że to westchnienie, i wraca do swojego drinka.

– Halo. Przepraszam?

Zerkam znad wycieranych kieliszków.

– Mogę jeszcze raz to samo?

Chcę mu powiedzieć, że to nie najlepszy pomysł, że to nie pomoże, a ochrona może nawet uznać, że jest w stanie wskazującym na spożycie. Ale to dorosły facet, do zamknięcia zostało piętnaście minut, a ja w świetle firmowych wytycznych nie mam powodu mu odmówić, więc podchodzę do niego, biorę szklankę i zbliżam ją do miarki. Mężczyzna kiwa głową w stronę butelki.

– Podwójna – mówi i przesuwa tłustą ręką w dół po wilgotnej twarzy.

– To będzie siedem funtów dwadzieścia pensów.

Jest wtorek wieczorem, za piętnaście jedenasta, i dzień pracy w pubie Pod Koniczynką, irlandzkim lokalu na londyńskim lotnisku East City Airport, który z Irlandią ma mniej więcej tyle wspólnego, co Mahatma Gandhi, powoli dobiega końca. Zamykamy dziesięć minut po odlocie ostatniego samolotu i w tej chwili jestem tutaj tylko ja, skupiony młody człowiek z laptopem, dwie rozchichotane kobiety przy stoliku numer dwa i mężczyzna popijający podwójnego jamesona i czekający albo na lot SC107 do Sztokholmu, albo na DB224 do Monachium – ten drugi ma czterdzieści minut opóźnienia.

Siedzę tu od południa, bo Carly bolał brzuch i poszła do domu. Nie przeszkadza mi to. Nigdy nie mam nic przeciwko zostawaniu w pracy do późna. Nucąc cicho do wtóru *Celtyckich dud ze Szmaragdowej Wyspy, cz. III*, podchodzę i zbieram szkło ze stolika, przy którym dwie kobiety wpatrują się w jakiś filmik na ekranie telefonu. Zanoszą się swobodnym śmiechem osób po paru kieliszeczkach.

– Moja wnuczka. Ma pięć dni – oznajmia blondynka, kiedy sięgam przez stół po jej kieliszek.

– Śliczna – uśmiecham się. Wszystkie niemowlęta wyglądają dla mnie jak bułeczki z rodzynkami.

– Mieszka w Szwecji. Nigdy tam nie byłam. Ale trzeba się wybrać, żeby zobaczyć pierwszą wnuczkę, prawda?

– Oblewamy jej urodziny. – Znów wybuchają śmiechem. – Przyłączysz się do nas? No dalej, na pięć minutek możesz zapomnieć, że jesteś w pracy. Inaczej nigdy nie skończymy tej butelki na czas.

– Oho! Pora na nas. Chodź, Dor.

Komunikat na ekranie stawia kobiety do pionu. Zbierają swoje rzeczy, i może tylko ja zauważam chwiejność ich kroku, kiedy idą w stronę bramek. Odstawiam ich kieliszki na bar i rozglądam się po sali, czy nie ma tam czegoś jeszcze do pozmywania.

– Nigdy cię nie kusi? – Niższa kobieta wróciła po swój szal.

– Słucham?

– Żeby pod koniec pracy po prostu się tam przejść. Wskoczyć do samolotu. Mnie by kusiło. – Znowu się śmieje. – Dzień w dzień.

Uśmiecham się tym zawodowym uśmiechem, który może wyrażać absolutnie wszystko, i odwracam się w stronę baru.

Wokół mnie sklepy zamykają się na noc, stalowe rolety, chroboczac, zjeżdżają w dół i zasłaniają absurdalnie drogie torebki i batoniki Toblerone, czekające na tych, którzy zapomnieli kupić upominki. Światła mrugają i gasną nad wyjściem numer trzy, pięć, jedenaście, ostatni podróżni tego dnia wznoszą się w nocne niebo. Violet, sprzątaczka z Konga, popycha wózek w moją stronę, idąc wolnym, kołyszącym krokiem, a jej podgumowane buty skrzypią na lśniącym marmoleum.

– Dobry wieczór, złotko.

– Dobry wieczór, Violet.

– Nie powinno cię tutaj być o tej porze, kochanie. Powinnaś być w domu z najbliższymi.

Co wieczór mówi dokładnie to samo.

– Już niedługo – odpowiadam co wieczór tymi samymi słowami. Violet, usatysfakcjonowana, kiwa głową i rusza dalej.

Skupiony młodzieniec od laptopa i spocony koneser szkockiej sobie poszli. Kończę odstawiać szklanki i kieliszki, podliczam utarg, sprawdzając dwa razy, dopóki wydruk z kasy nie zgadza się z zawartością szuflady. Zapisuję wszystko w rejestrze, sprawdzam nalewaki, notuję, co trzeba będzie zamówić. Dopiero wtedy zauważam, że płaszcz tęgiego mężczyzny ciągle wisi na stołku przy barze. Podchodzę do niego i zerkam na monitor. Pasażerowie lecący do Monachium właśnie wchodzą na pokład, gdybym miała

9

ochotę biec z płaszczem za tym człowiekiem. Zerkam jeszcze raz, a potem wolnym krokiem idę do męskiej toalety.

– Przepraszam? Jest tu kto?

Głos, który dobiega zza drzwi, jest zduszony i pobrzmiewa w nim histeryczna nutka. Wchodzę do środka.

Amator szkockiej pochyla się nad umywalką i ochlapuje sobie twarz wodą. Jego skóra jest biała jak kreda.

– Wywołują mój lot?

– Dopiero zaczęli. Ma pan jeszcze kilka minut.

Ruszam do wyjścia, ale coś mnie powstrzymuje. Mężczyzna wpatruje się we mnie oczami jak dwa małe guziczki pełne strachu.

– Nie mogę. – Bierze papierowy ręcznik i wyciera nim twarz. – Nie mogę wsiąść do tego samolotu.

Czekam.

– Mam polecieć na spotkanie z moim nowym szefem i nie jestem w stanie. Nie odważyłem się powiedzieć mu, że boję się latać. – Kręci głową. – Nie boję się. Umieram ze strachu.

Puszczam drzwi, które zamykają się za moimi plecami.

– Co to za nowa praca?

Mężczyzna mruga powiekami.

– Y... części samochodowe. Jestem nowym starszym dyrektorem regionalnym, w nawiasie części zapasowe, w Hunt Motors.

– To wygląda na poważne stanowisko – odzywam się. – Ma pan... nawias.

– Długo na to pracowałem. – Mężczyzna głośno przełyka ślinę. – I dlatego nie chcę zginąć w ognistej kuli. Bardzo nie chcę zginąć w unoszącej się w powietrzu ognistej kuli.

Kusi mnie, by mu powiedzieć, że właściwie to nie byłaby unosząca się w powietrzu ognista kula, tylko prędzej taka spadająca gwałtownie w dół, ale przypuszczam, że to by raczej nie pomogło.

Mężczyzna znów ochlapuje sobie twarz, a ja podaję mu następny papierowy ręcznik.

– Dziękuję. – Robi drżący wydech i prostuje się, próbując wziąć się w garść. – Pewnie nigdy wcześniej nie widziała pani, żeby dorosły facet zachowywał się jak idiota, co?

– Jakieś cztery razy dziennie.

Szeroko otwiera małe oczka.

– Mniej więcej cztery razy na dzień muszę kogoś wyławiać z męskiej toalety. Z reguły chodzi o strach przed lataniem.

Mężczyzna mruga powiekami, wpatrując się we mnie.

– Ale wie pan, tak jak mówię wszystkim pozostałym, żaden samolot z tego lotniska nigdy nie spadł na ziemię.

Cofa się zdumiony.

– Poważnie?

– Ani jeden.

– Nie było nawet… żadnego wypadku na pasie startowym?

Wzruszam ramionami.

– Tak naprawdę jest tu dosyć nudno. Ludzie odlatują, docierają tam, gdzie mieli dotrzeć, i wracają kilka dni później. – Opieram się o drzwi, żeby je uchylić. Jakoś wieczorem te toalety nigdy nie chcą ładnie pachnieć. – A zresztą osobiście uważam, że człowiekowi mogą się zdarzyć gorsze rzeczy.

– No tak. W sumie racja. – Mężczyzna zastanawia się nad tym, zerkając na mnie z ukosa. – Czterech dziennie, mówi pani?

– Niekiedy więcej. A teraz, jeśli nie ma pan nic przeciwko, to naprawdę muszę wracać. Klienci nie powinni widywać mnie zbyt często, jak wychodzę z męskiej ubikacji.

Uśmiecha się i przez moment widzę, jaki może być w innych okolicznościach. Człowiek tryskający energią. Wesoły. Prawdziwy znawca części samochodowych produkcji kontynentalnej.

– Wie pan, zdaje mi się, że wywołują pański lot.

– Jak pani myśli, nic mi się nie stanie?

– Nic się panu nie stanie. To bardzo bezpieczne linie. Zresztą to raptem parę godzin z życia. Niech pan posłucha, SK491 wylądował pięć minut temu. Idąc do bramek, zobaczy pan stewardesy i stewardów, którzy przechodzą tamtędy w drodze do domu, cali roześmiani i rozgadani. Dla nich wsiąść do samolotu to mniej więcej tak, jak dla nas wsiąść do autobusu. Niektórzy robią to dwa, trzy czy cztery razy dziennie. A nie są głupi. Gdyby to nie było bezpieczne, toby się tam nie pakowali, prawda?

– Jak wsiąść do autobusu – powtarza mężczyzna.

– A pewnie nawet znacznie bezpieczniej.

– No tak, to na pewno. – Podnosi brwi. – Na drogach roi się od idiotów.

Kiwam głową.

On poprawia sobie krawat.

– No i to nie byle jaka praca.

– Szkoda by było, żeby przepadła z takiego błahego powodu. Jak się pan już oswoi z tym, że jest pan w powietrzu, to wszystko będzie dobrze.

– Może tak. Dziękuję…

– Louiso – mówię.

– Dziękuję, Louiso. Bardzo miła z ciebie dziewczyna. – Przygląda mi się z wahaniem. – Nie sądzę, żebyś… miała ochotę… wybrać się kiedyś ze mną na drinka?

– Chyba wywołują pański lot – stwierdzam i otwieram przed nim drzwi.

Mężczyzna kiwa głową i żeby pokryć zmieszanie, z przesadnym przejęciem klepie się po kieszeniach.

– No tak. Faktycznie. Komu w drogę…

– Powodzenia z nawiasami.

Dwie minuty po jego wyjściu zaglądam do kabiny numer trzy i odkrywam, że mój rozmówca pochorował się tam i nie zostawił ani kawałka czystej powierzchni.

Docieram do domu kwadrans po pierwszej i otwieram drzwi do mieszkania, w którym panuje cisza. Przebieram się w spodnie od piżamy i bluzę z kapturem, a potem otwieram lodówkę, wyciągam z niej butelkę i nalewam sobie kieliszek białego wina. Jest okropnie kwaśne. Przyglądam się etykiecie i zdaję sobie sprawę, że musiałam je otworzyć poprzedniego wieczoru i zapomnieć je zakorkować, a później stwierdzam, że zbyt długie zastanawianie się nad takimi rzeczami nigdy nie prowadzi do niczego dobrego. Osuwam się na krzesło z kieliszkiem w dłoni.

Na kominku stoją dwie kartki. Jedna od rodziców, z życzeniami urodzinowymi. „Wszystkiego najlepszego" mojej mamy przeszywa mnie jak cios sztyletu. Druga jest od siostry, która proponuje, że wpadną do mnie z Thomem na weekend. Kartka stoi tu od pół roku. Na sekretarce mam nagrane dwie wiadomości, jedną od dentysty. A jedną nie.

– Cześć, Louisa. Z tej strony Jared. Poznaliśmy się w Dirty Duck, pamiętasz? W każdym razie wyszliśmy stamtąd razem. – Stłumiony śmiech pełen zakłopotania. – No więc… wiesz… było fajnie. I pomyślałem, że może byśmy to powtórzyli? Masz moje namiary…

Kiedy w butelce nic już nie ma, zastanawiam się nad kupieniem następnej, ale nie chcę znów wychodzić. Nie chcę, żeby Samir z monopolowego znowu żartował sobie na temat mojej wiernej miłości do pinot grigio. Nie mam ochoty z nikim rozmawiać. Nagle czuję przemożne zmęczenie, ale to taki rodzaj szumiącego w głowie wyczerpania, który zapowiada, że jeśli położę się do łóżka, nie będę w stanie zasnąć. Przez chwilę myślę o Jaredzie i o tym, że miał paznokcie w dziwnym kształcie. Czy przeszkadza mi dziwny kształt paznokci? Wpatruję się w puste ściany salonu i raptem dociera do mnie, że tak naprawdę potrzeba mi świeżego powietrza. Muszę odetchnąć świeżym powietrzem. Otwieram okno w korytarzu, chwiejnie wspinam się po schodach przeciwpożarowych i wreszcie wychodzę na dach.

Za pierwszym razem, kiedy się tu znalazłam, dziewięć miesięcy wcześniej, pośrednik nieruchomości pokazał mi, że poprzedni lokatorzy urządzili tu ogródek dachowy, rozstawiając kilka ołowianych donic i ławeczkę.

– Oczywiście oficjalnie nie należy to do pani – powiedział – ale tylko pani mieszkanie ma bezpośrednie wyjście. Myślę, że jest tu całkiem ładnie. Mogłaby pani nawet urządzić tutaj przyjęcie!

Wlepiłam w niego wzrok, zastanawiając się, czy naprawdę wyglądam na osobę, która urządza przyjęcia.

Od tamtego czasu rośliny dawno już zwiędły i uschły. Najwyraźniej opiekowanie się różnymi rzeczami nie jest moją mocną stroną. Teraz stoję na dachu, wpatrując się w mrugającą ciemność Londynu pode mną. Wokół mnie miliony ludzi żyją, oddychają, jedzą i się kłócą. Miliony istnień zupełnie oderwanych od mojego. Daje to dziwny rodzaj spokoju.

Latarnie sodowe świecą, a nocne powietrze przenikają dźwięki miasta, wycie silników, trzaskanie drzwi. Kilka kilometrów na południe słychać odległy brutalny łoskot policyjnego śmigłowca, którego reflektor przeczesuje ciemność parku w poszukiwaniu jakiegoś zaginionego złoczyńcy. Gdzieś z oddali dobiega dźwięk syreny. Zawsze słychać jakąś syrenę.

– Ani się pani obejrzy, a będzie się tu pani czuła jak w domu – powiedział pośrednik. Omal nie wybuchnęłam śmiechem. To miasto wydaje mi się równie obce, jak zawsze. Chociaż właściwie od jakiegoś czasu wszędzie się tak czuję.

Waham się przez chwilę, a potem robię krok i staję na gzymsie, z rozpostartymi ramionami, jak lekko wstawiony linoskoczek. Jedna stopa przed drugą, posuwam się ostrożnie naprzód po betonie, a wietrzyk łaskocze włoski na moich wyciągniętych rękach. Zaraz po przeprowadzce, kiedy było mi najciężej, czasami rzucałam wyzwanie samej sobie, zmuszałam się do przejścia po gzymsie z jednego końca budynku na drugi. Gdy dochodziłam do drugiego końca, śmiałam się na głos w nocne powietrze. Widzisz? – zwracałam się do niego w myślach. – Jestem tutaj, żyję, na samej krawędzi. Robię, jak mi kazałeś!

Stało się to moim potajemnym nałogiem, ja, pejzaż miasta, komfort ciemności, anonimowość i pewność, że tu, w górze, nikt nie wie, kim jestem. Podnoszę głowę, czując powiew nocnego wiatru, słysząc pod sobą śmiech i stłumiony odgłos tłuczonej butelki. W stronę śródmieścia sunie wąż aut, widzę niekończącą się rzekę czerwonych tylnych świateł, samochodowy dopływ krwi. Jedynie godziny pomiędzy trzecią a piątą rano są względnie spokojne, pijani zwalili się na swoje łóżka, kucharze pościągali białe fartuchy, puby zaryglowały drzwi. Ciszę tych godzin tylko z rzadka przerywają nocne cysterny, otwierająca się kawałek dalej przy mojej ulicy żydowska piekarnia i spadające z miękkim pacnięciem na ziemię poranne gazety rozwożone przez furgonetki. Znam najdrobniejsze poruszenia miasta, bo przestałam sypiać.

Gdzieś w dole zamykają White Horse, pełen hipsterów i mieszkańców East Endu, z których kilkoro awanturuje się na zewnątrz, a po drugiej stronie miasta szpital główny zbiera to, co zostało z chorych, rannych i tych, którym prawie udało się przetrwać kolejny dzień. Tu, na górze jest tylko powietrze, ciemność i lot towarowy z Heathrow do Pekinu, i niezliczeni podróżni, w rodzaju amatora szkockiej, w drodze do jakiegoś nowego miejsca.

– Osiemnaście miesięcy. Całe osiemnaście miesięcy. No to kiedy wreszcie będzie dość? – pytam w ciemność. I proszę bardzo – znów zaczyna we mnie wrzeć ten nieoczekiwany gniew. Robię dwa kroki przed siebie, patrząc na swoje stopy. – Bo wcale nie czuję, że żyję. W ogóle nic nie czuję.

Dwa kroki. I jeszcze dwa. Dziś dojdę aż do rogu.

– Nie dałeś mi, do cholery, żadnego życia, prawda? Nie bardzo. Po prostu zniszczyłeś moje dawne życie. Rozwaliłeś je w drobny mak. I co mam teraz zrobić z tym, co zostało? Kiedy w końcu poczuję… – Wyciągam ręce, chłodne nocne powietrze dotyka mojej skóry, a ja zdaję sobie sprawę, że znów płaczę. – Pieprz się, Will – szepczę. – Jak mogłeś mnie zostawić.

Żal znów we mnie wzbiera, niczym nagły przypływ, intensywny, wszechogarniający. W chwili, gdy czuję, jak w nim tonę, z cienia odzywa się głos:

– Chyba nie powinnaś tam stać.

Robię półobrót i na schodach przeciwpożarowych miga mi drobna, blada twarz z szeroko otwartymi ciemnymi oczami. Jestem zszokowana, stopa ślizga mi się po gzymsie, mój ciężar nagle znajduje się po niewłaściwej stronie spadku. Serce podchodzi mi do gardła, a ułamek sekundy później czuję szarpnięcie w całym ciele. A potem, jak w sennym koszmarze, nagle jestem nieważka, w otchłani nocnego powietrza, moje nogi rozpaczliwie wymachują ponad głową, słyszę krzyk, który może wychodzić z moich własnych ust…

Łup.

A potem wszystko zalewa czerń.

Rozdział drugi

– Jak się nazywasz, kochanie?

Kołnierz ortopedyczny wokół mojej szyi.

Czyjaś ręka wprawnie i delikatnie obmacuje mi głowę.

Żyję. To właściwie dosyć zaskakujące.

– Tak jest. Otwórz oczy. A teraz na mnie popatrz. Spójrz na mnie. Możesz mi powiedzieć, jak się nazywasz?

Chcę odpowiedzieć, otworzyć usta, ale słowa, które się z nich wydobywają, są zduszone i nie mają sensu. Chyba ugryzłam się w język. W ustach mam krew, jest ciepła i smakuje żelazem. Nie mogę się ruszyć.

– Położymy cię na desce ortopedycznej, dobrze? Możliwe, że przez chwilę będzie ci nieprzyjemnie, ale dam ci morfinę, żeby trochę złagodzić ból. – Głos mężczyzny jest spokojny, zrównoważony, jakby to była najzwyklejsza rzecz na świecie, być połamanym i leżeć na betonie, gapiąc się w ciemne niebo.

Mam ochotę się roześmiać. Chcę mu powiedzieć, jakie to absurdalne, że tutaj jestem. Ale wygląda na to, że nic nie działa tak, jak powinno.

Twarz mężczyzny znika mi z pola widzenia. Kobieta w odblaskowej kurtce, z ciemnymi kręconymi włosami związanymi w koński ogon, nachyla się nade mną i znienacka świeci mi latarką w oczy, patrząc na mnie z tym samym obojętnym zainteresowaniem, jakbym była jakimś okazem, a nie osobą.

– Trzeba ją podłączyć do respiratora?

Chcę się odezwać, ale moją uwagę odwraca ból w nogach. Jezu – mówię, ale nie jestem pewna, czy na głos.

– Złamania wielokrotne. Źrenice w normie, reaktywne. Ciśnienie dziewięćdziesiąt na sześćdziesiąt. Miała szczęście, że spadła na tę markizę. No powiedz, jakie jest prawdopodobieństwo, że człowiek wyląduje na leżaku?... Ale nie podoba mi się ten siniak. – Zimne powietrze na moim brzuchu, lekki dotyk ciepłych palców. – Krwotok wewnętrzny?

– Sprowadzić drugą ekipę?

– Proszę się odsunąć. Do tyłu, proszę pana.

Głos innego mężczyzny:

– Wyszedłem sobie na fajkę, a ona normalnie zleciała na mój balkon. Mało nie wylądowała na mnie, do cholery.

– No widzi pan, jaki z pana szczęściarz? Jednak wylądowała obok.

– W życiu czegoś takiego nie przeżyłem. Człowiek się nie spodziewa, że ktoś sobie na niego po prostu spadnie z nieba. Spójrzcie tylko na mój leżak. Osiemset funtów, z Conran Shop... Myślicie, że mogę złożyć wniosek o odszkodowanie?

Chwila ciszy.

– Może pan robić, co pan uważa za stosowne. Wie pan co, właściwie to mógłby pan przy okazji obciążyć ją kosztami czyszczenia balkonu z krwi. Co pan na to?

Spojrzenie pierwszego mężczyzny spotyka się ze wzrokiem koleżanki. Czas płynie, a ja podążam za jego ruchem. Spadłam z dachu? Twarz mam zimną i jak przez mgłę dociera do mnie, że zaczynam dygotać.

– Sam, ona wpada we wstrząs.

Gdzieś w dole otwierają się przesuwne drzwi furgonetki. A potem deska pode mną porusza się i przez chwilę – ten ból ten ból ten ból... Wszystko zalewa czerń.

Syrena i migające niebieskie światło. W Londynie zawsze słychać jakąś syrenę. Przemieszczamy się. Błękitny rozbłysk przesuwa się po wnętrzu karetki, czkawka i powrót, oświetla nieoczekiwanie ciasne wnętrze, człowieka w zielonym uniformie, który wstukuje coś w telefon, a potem odwraca się i poprawia kroplówkę nad moją głową. Ból się zmniejszył – morfina? – ale przytomność niesie ze sobą narastający strach. Gigantyczna poduszka powietrzna powoli nadyma się wewnątrz mnie, nieubłaganie odcinając mnie od wszystkiego innego. O nie. O nie.

– Brzebrażab?

Muszę to powtórzyć dwa razy, zanim mężczyzna z ramieniem opartym o tylną ścianę szoferki wreszcie mnie usłyszy. Odwraca się i pochyla nad moją twarzą. Pachnie cytrynami i ma na policzku fragment niedogolonej skóry.

– Wszystko w porządku?

– Dży ja...

Mężczyzna nachyla się niżej.

– Przykro mi. Słabo słychać przez tę syrenę. Niedługo będziemy w szpitalu. – Kładzie na mojej ręce swoją dłoń. Jest sucha, ciepła i dodaje otuchy. – Trzymaj się jeszcze przez chwilę. Donna, o której powinniśmy dotrzeć?

Nie jestem w stanie tego wymówić. Język wypełnia mi usta. W głowie mi się mąci, moje myśli się plączą. Czy ruszałam ramionami, kiedy mnie podnosili? Podniosłam prawą rękę, prawda?

– Jezdeb zbaraliżowada? – Z moich ust wydobywa się tylko szept.

– Co? – ucho tamtego znajduje się gdzieś przy moich ustach.

– Zbaraliżowada? Jezdeb zbaraliżowada?

– Sparaliżowana? – Mężczyzna się waha, nie odrywając wzroku od moich oczu, a potem odwraca się i spogląda na moje nogi. – Potrafisz podkurczyć palce u stóp?

Usiłuję sobie przypomnieć, jak się rusza stopami. Zdaje się to wymagać znacznie więcej wysiłku i skupienia niż kiedyś. Mężczyzna wyciąga rękę i lekko dotyka jednego z moich palców, jakby chciał mi przypomnieć, gdzie one są.

– Spróbuj jeszcze raz. O, proszę.

Fala bólu płynie w górę po obu moich nogach. Westchnienie, może szloch. Mój.

– Nic ci nie jest. Ból to dobry znak. Na razie trudno powiedzieć coś na pewno, ale nie sądzę, żebyś miała uszkodzony kręgosłup. Załatwiłaś sobie biodro i jeszcze parę innych części.

Jego oczy nie odrywają się od moich. Dobre oczy. Wydaje się rozumieć, jak bardzo potrzebuję, żeby mnie ktoś przekonał. Czuję, jak jego ręka zaciska się na mojej. Nigdy wcześniej tak bardzo nie potrzebowałam ludzkiego dotyku.

– Serio. Jestem właściwie pewny, że nie jesteś sparaliżowana.

– Och, dzięgi Bogu. – Słyszę mój głos, jakby dobiegał z daleka. Oczy mam pełne łez. – Brożę, dzie bużdżaj bdzie – szepczę.

Przysuwa swoją twarz do mojej.

– Nie puszczam cię.

Chcę coś powiedzieć, ale jego twarz rozmazuje mi się przed oczami i znów mnie nie ma.

Później mówią mi, że spadłam dwa piętra w dół (z pięciu), rozwaliłam markizę, a mój upadek zamortyzował najwyższej klasy

stylizowany na płótno i wiklinę gigantyczny leżak z wodo-
odpornymi poduszkami na balkonie pana Antony'ego Gardinera,
speca od prawa autorskiego i sąsiada, którego nigdy wcześniej nie
spotkałam. Moje biodro rozpadło się na dwa kawałki, a dwa żebra i obojczyk pokruszyły się jak suche gałązki. Złamałam dwa
palce u lewej ręki i kość śródstopia, która przebiła skórę i dopro-
wadziła jedną ze studentek medycyny do omdlenia. Moje zdjęcia
rentgenowskie są podobno fascynujące.

Ciągle dźwięczy mi w uszach głos sanitariusza, który się mną
zajmował: „Nigdy nie wiadomo, co się stanie, kiedy człowiek spadnie z dużej wysokości". Najwyraźniej miałam mnóstwo szczęścia.
Mówią mi to i czekają rozpromienieni, jakbym miała zareagować
na tę wiadomość uśmiechem od ucha do ucha albo może odtań-
czyć jakiś numer ze stepowaniem. Nie czuję się szczęściarą. Nic
nie czuję. Drzemię i budzę się, niekiedy widzę nad sobą jasne
światła sali operacyjnej, a potem jakieś ciche, spokojne pomieszczenie. Twarz pielęgniarki. Strzępki rozmów.

– Widziałaś, jakiego bajzlu narobiła ta starsza babka na D4?
Przyjemny koniec zmiany, nie?

– Ty pracujesz w szpitalu Księżniczki Elżbiety? To możesz
im powiedzieć, że my tutaj traktujemy ludzi po królewsku. Ha,
ha, ha, ha, ha.

– Louiso, ty sobie po prostu odpoczywaj. My się wszystkim
zajmiemy. Odpoczywaj sobie.

Od morfiny chce mi się spać. Zwiększają mi dawkę; jak dobrze
czuć ten chłodny strumyczek niepamięci.

Otwieram oczy i w nogach łóżka widzę moją matkę.

– Obudziła się. Bernard, ona się obudziła. Myślisz, że trzeba
zawołać pielęgniarkę?

Zmieniła kolor włosów, myślę z roztargnieniem. A potem: O. To mama. Mama już ze mną nie rozmawia.

– Och, dzięki Bogu. Dzięki Bogu. – Mama podnosi rękę i dotyka krzyżyka, który ma na szyi. To mi o kimś przypomina, ale nie potrafię powiedzieć, o kim. Mama pochyla się w moją stronę i delikatnie głaszcze mnie po policzku. Nie wiedzieć czemu, oczy w jednej chwili wypełniają mi się łzami. – Och, moja malutka. – Nachyla się nade mną, jakby chciała ochronić mnie przed całym złem tego świata. Czuję zapach jej perfum, tak samo znajomy jak mój własny. – Och, Lou. – Wyciera moje łzy chusteczką. – Ależ mi napędzili stracha tym telefonem. Bardzo cię boli? Trzeba ci czegoś? Wygodnie ci? Co mogę ci przynieść?

Mówi tak szybko, że nie jestem w stanie odpowiedzieć.

– Przyjechaliśmy, jak tylko nam powiedzieli. Treena opiekuje się dziadkiem. Przesyła ci ucałowania. To znaczy, wydał ten taki dźwięk, no wiesz, ale wszyscy się domyślamy, o co mu chodzi. Och, kochanie, jakżeś ty się w to wpakowała? Co ci strzeliło do głowy?

Wygląda na to, że nie potrzebuje odpowiedzi. Wystarczy jej, że ja sobie tutaj leżę.

Mama ociera oczy sobie, a potem znowu mnie.

– Dalej jesteś moją córką. I… i nie zniosłabym tego, gdyby coś ci się stało, a my nie… no wiesz.

– Babo… – połykam słowa. Mój język jest absurdalnie spuchnięty. Brzmi to tak, jakbym była pijana. – Dzia dzigdy dzie chciałab…

– Przecież wiem. Ale, Lou, to było dla mnie takie straszne. Nie mogłam…

– Może nie teraz, co, kotku? – Tata dotyka jej ramienia.

Mama odwraca wzrok, spogląda w przestrzeń, a potem bierze mnie za rękę.

– Kiedy do nas zadzwonili. O Boże. Myślałam… nie wiedziałam… – Znów pociąga nosem, przyciskając do ust chusteczkę. – Dzięki Bogu, że nic jej nie jest, Bernard.

– No chyba, że nic jej nie jest. Taka to zawsze spadnie na cztery łapy, dobrze mówię?

Postać taty majaczy nade mną. Ostatni raz rozmawialiśmy przez telefon dwa miesiące temu, ale nie widziałam się z nim od półtora roku, odkąd wyjechałam z rodzinnego miasteczka. Wydaje się ogromny i swojski, i rozpaczliwie zmęczony.

– Brzebrażam – szepczę. Nie przychodzi mi do głowy nic innego.

– Nie bądź głupia. Po prostu się cieszymy, że nic ci nie jest. Chociaż trzeba przyznać, że wyglądasz jak po sześciu rundach z Mikiem Tysonem. Widziałaś się w lustrze od czasu, jak cię tu przywieźli?

Kręcę głową.

– Może… może poczekaj z tym jeszcze chwilę. Pamiętasz Terry'ego Nichollsa, jak jechał na motorze i pod spożywczakiem przeleciał przez kierownicę? No, to wyglądasz mniej więcej tak, jak on wtedy, poza wąsami. A nie, czekaj – przypatruje się z uwagą mojej twarzy – właściwie to chyba nawet…

– Bernardzie.

– Jutro przywieziemy ci pęsetę. No, w każdym razie, jak jeszcze kiedyś uznasz, że przydałoby ci się parę lekcji latania, to wybierzemy się na stary, dobry pas startowy, co ty na to? Skakanie i machanie rękami najwyraźniej się w twoim przypadku nie sprawdza.

Próbuję się uśmiechnąć.

Pochylają się nade mną oboje. Twarze mają napięte, pełne niepokoju. Moi rodzice.

– Bernard, ona schudła. Nie wydaje ci się, że schudła?

Tata nachyla się bliżej i wtedy widzę, że oczy ma trochę mokre, a uśmiech bardziej drżący niż zazwyczaj.

– E… pięknie wygląda, kotku. Wierz mi. Wyglądasz diabelnie pięknie.

Ściska moją rękę, a potem podnosi ją do ust i całuje. Tata przez całe moje życie nigdy nie zrobił czegoś takiego.

To w tym momencie zdaję sobie sprawę, że oni myśleli, że ja umrę, i z piersi nieoczekiwanie wyrywa mi się szloch. Zaciskam powieki, broniąc się przed gorącymi łzami, i czuję, jak duża, stwardniała dłoń taty nakrywa moją.

– Jesteśmy tu, kochanie. Już wszystko w porządku. Wszystko będzie dobrze.

Przez dwa tygodnie codziennie jeżdżą tu osiemdziesiąt kilometrów porannym pociągiem, a po upływie tych dwóch tygodni odwiedzają mnie co kilka dni. Tata dostał specjalne zwolnienie z pracy, bo mama nie chce podróżować w pojedynkę. W końcu w Londynie można spotkać najróżniejszych podejrzanych osobników. Powtarza to kilkakrotnie, za każdym razem oglądając się ukradkiem za siebie, jakby jakiś zakapturzony nożownik w tej samej chwili zakradał się na mój oddział. Treena znów mieszka u rodziców, żeby mieć oko na dziadka. Sposób, w jaki mama o tym mówi, każe mi się domyślać, że moja siostra raczej się do tego nie paliła.

Mama przywozi domowe posiłki – robi tak od dnia, kiedy wszyscy, mimo pięciu minut intensywnego wpatrywania się w mój lunch i wysuwania rozmaitych przypuszczeń, nie byliśmy w stanie dojść, co to właściwie jest.

– I to na plastikowej tacy, Bernardzie. Jak w więzieniu.

Ze smutkiem dziobnęła posiłek widelcem, a potem go powąchała. Od tego czasu przyjeżdża tu z ogromnymi kanapkami, z grubymi plastrami szynki albo sera w świeżym białym chlebie i z domowymi zupami w termosie.

– Przynajmniej wiesz, co jesz – mówi i karmi mnie jak niemowlę.

Mój język powoli wraca do normalnych rozmiarów. Podobno lądując, omal go sobie nie odgryzłam. Mówią, że to nic niezwykłego.

Mam dwie operacje na biodro, a moja lewa stopa i lewa ręka są w gipsie aż do stawu. Keith, jeden z salowych, pyta, czy może się na nim podpisać – dziewicza biel przynosi jakoby pecha – i natychmiast wypisuje tam tak sprośny komentarz, że Eveline, pielęgniarka z Filipin, przed obchodem musi go zakryć świeżą warstwą gipsu. Kiedy Keith wiezie mnie na prześwietlenie albo do apteki, opowiada mi plotki z całego szpitala. Jakoś przeżyłabym bez opowieści o pacjentach, którzy umierają powoli i w męczarniach – mam wrażenie, że jest ich nieskończona liczba – ale on to lubi. Czasem zastanawiam się, co opowiada innym na mój temat. Jestem dziewczyną, która spadła z piątego piętra i przeżyła. W szpitalnym rankingu najwyraźniej plasuje mnie to nieco powyżej chronicznego zatwardzenia z oddziału C czy Tej Głupiej Baby, Która Niechcący Odcięła Sobie Kciuk Sekatorem.

To zadziwiające, jak szybko człowiek ulega instytucjonalizacji. Budzę się, poddaję się zabiegom kilku osób, które teraz już rozpoznaję, staram się odpowiadać składnie na pytania lekarzy specjalistów i czekam, aż zjawią się mama z tatą. Moi rodzice wynajdują sobie różne drobne zadania w moim pokoju i okazują lekarzom niezwykłą czołobitność. Tata kilkakrotnie przeprasza za to, że ja niestety jeszcze nie wywijam koziołków, aż wreszcie mama kopie go w kostkę, całkiem mocno.

Po obchodzie mama zazwyczaj urządza sobie spacer po sklepach i lokalach w holu na dole i wraca, wydając przyciszone okrzyki zdumienia nad liczbą barów szybkiej obsługi.

– Ten człowiek z oddziału kardiologicznego z jedną nogą, Bernardzie. Siedzi tam sobie i napycha się frytkami i cheeseburgerem tak, że sobie nie wyobrażasz.

Tata siedzi na krześle w nogach mojego łóżka i czyta lokalną gazetę. Przez cały pierwszy tydzień sprawdza, czy są doniesienia o moim wypadku. Usiłuję mu wyjaśnić, że w tej części miasta nawet podwójne morderstwa ledwie zasługują na wzmiankę, ale w Stortfold w zeszłym tygodniu pierwszą stronę gazety wypełniał nagłówek „Wózki z supermarketu porzucone po złej stronie parkingu". Newsem poprzedniego tygodnia z kolei byli „Uczniowie zasmuceni stanem stawu dla kaczek", więc mojego tatę trzeba będzie jeszcze trochę poprzekonywać.

W piątek po ostatniej operacji mojego biodra mama przywozi szlafrok, który jest na mnie o rozmiar za duży, oraz wielką papierową torbę pełną kanapek z jajkiem. Nie potrzebuję pytać, co to takiego: siarkowy zapach wypełnia pokój, jak tylko mama otwiera torbę. Tata macha sobie ręką przed nosem.

– Josie, pielęgniarki pomyślą, że to moja sprawka – mówi, otwierając i zamykając drzwi.

– Dzięki jajkom Lou nabierze trochę ciała. Jest za chuda. A zresztą ty nie masz prawa się odzywać. Zrzucałeś winę za te swoje okropne zapachy na psa jeszcze dwa lata po jego śmierci.

– Skarbie, po prostu nie chciałem, żeby w naszym związku zabrakło romantyzmu.

Mama przycisza głos:

– Treena mówi, że jej ostatni typ naciągał jej kołdrę na głowę, kiedy puścił bąka. Wyobrażasz sobie?

Tata zwraca się do mnie.

– Gdybym ja to zrobił, noga twojej matki nie postałaby nawet w obrębie tego samego kodu pocztowego.

Mimo ich śmiechu w powietrzu wisi napięcie. Czuję to. Kiedy cały świat nagle zamyka się w obrębie czterech ścian, człowiek robi się wyczulony na najdrobniejsze zmiany w atmosferze. Wyczuwa się je w tym, jak lekarze odwracają się, analizując zdjęcia rentgenowskie, albo jak pielęgniarki zasłaniają usta, gdy rozmawiają o kimś w pobliżu, kto właśnie umarł.

– Co? – pytam. – O co chodzi?

Spoglądają po sobie z zakłopotaniem.

– No więc... – Mama siada w nogach mojego łóżka. – Pan doktor powiedział... ten specjalista... że nie do końca wiadomo, jak ty stamtąd spadłaś.

Wgryzam się w kanapkę z jajkiem. Potrafię teraz podnosić prawie wszystko lewą ręką.

– A, to. Zdekoncentrowałam się.

– Chodząc po dachu.

Żuję przez chwilę.

– Czy to możliwe, że lunatykowałaś, kochanie?

– Tato, ja nigdy w życiu nie lunatykowałam.

– Owszem. Nie pamiętasz, jak miałaś trzynaście lat i przez sen zeszłaś na dół i zjadłaś pół tortu urodzinowego Treeny?

– Hm. Niewykluczone, że to nie było przez sen.

– No i jeszcze poziom alkoholu we krwi. Mówili... że wypiłaś... strasznie dużo.

– Miałam w pracy ciężką noc. Wypiłam parę kieliszków wina i po prostu wyszłam sobie na dach zaczerpnąć świeżego powietrza. A potem moją uwagę odwrócił ten głos.

– Usłyszałaś jakiś głos.

– Stałam na dachu i wyglądałam. Czasem tak robię. A potem za mną odezwał się nagle głos jakiejś dziewczyny, wystraszyłam się i straciłam równowagę.

– Dziewczyny?

– Tak naprawdę słyszałam tylko jej głos.

Tata pochyla się w moją stronę.

– Jesteś pewna, że to naprawdę była dziewczyna? A nie że coś sobie wyobra...

– Tato, to biodro mam pokiereszowane, a nie mózg.

– Rzeczywiście mówili, że pogotowie wezwała jakaś dziewczyna. – Mama dotyka jego ramienia.

– Czyli powiadasz, że to naprawdę był wypadek – ustala tata.

Przestaję jeść. Rodzice jak na komendę odwracają od siebie wzrok. Na twarzy mają wypisane poczucie winy.

– Co? Wy... wy myślicie, że ja stamtąd skoczyłam?

– My nic takiego nie mówimy. – Tata skrobie się po głowie. – Tylko po prostu... no wiesz... wszystko się popsuło, od kiedy... i tyle czasu cię nie widzieliśmy... no i trochę nas zdziwiło, że spacerujesz po dachu w środku nocy. Kiedyś miałaś lęk wysokości.

– Kiedyś byłam zaręczona z człowiekiem, który uważał za normalne liczenie, ile kalorii spalił podczas snu. Jezu. To dlatego jesteście dla mnie tacy mili? Myślicie, że chciałam się zabić?

– On nas po prostu ciągle pytał...

– Kto pytał o co?

– No ten cały psychiatra. Oni chcą się po prostu upewnić, że wszystko jest w porządku, skarbie. Wiemy, że nie było ci... no wiesz... od czasu, jak...

– Psychiatra?

– Wpisali cię na listę oczekujących. Wiesz, żeby z kimś porozmawiać. A my pogadaliśmy sobie od serca z lekarzami i wrócisz z nami do domu. Póki nie wydobrzejesz. Nie możesz siedzieć sama w tym swoim mieszkaniu. To...

– Byliście u mnie w mieszkaniu?

– No, musieliśmy tam pojechać po twoje rzeczy.

Zapada długa cisza. Wyobrażam ich sobie, jak stoją w moich drzwiach, mama zaciska dłonie na rączce torebki, przyglądając się niewypranej pościeli, rzędowi pustych butelek po winie na kominku, samotnej połówce batonika musli w lodówce. Widzę, jak kręcą głowami, patrząc po sobie. „Bernardzie, jesteś pewien, że to tutaj?"

– Na razie potrzebujesz być z rodziną. Tylko przez jakiś czas, dopóki nie staniesz na nogi.

Chcę powiedzieć, że dam sobie radę w swoim mieszkaniu, nieważne, co oni myślą na jego temat. Chcę pracować, robić, co do mnie należy, wracać do domu i nie myśleć aż do następnej zmiany. Chcę powiedzieć, że nie mogę wrócić do Stortfold i znów być „tą dziewczyną", „tą, która wiecie". Nie chcę odczuwać ciężaru starannie ukrywanej dezaprobaty mojej matki ani pogodnej determinacji ojca, utrzymującego, że „wszystko jest w porządku, jest po prostu świetnie", jakby wypowiedzenie tego wystarczająco dużo razy mogło sprawić, że naprawdę tak będzie. Nie chcę codziennie mijać domu Willa i myśleć o tym, w czym brałam udział, o tym, co zawsze tam będzie.

Ale nie mówię żadnej z tych rzeczy. Bo nagle czuję się zmęczona, wszystko mnie boli i po prostu nie mam już siły walczyć.

Dwa tygodnie później tata przywozi mnie do Stortfold swoją służbową furgonetką. Z przodu jest miejsce tylko dla dwóch osób, więc mama została, żeby przygotować dom, a w miarę jak spod kół uciekają nam kolejne kilometry autostrady, czuję, że żołądek ściska mi się ze zdenerwowania.

Wesołe ulice mojego rodzinnego miasteczka wydają mi się teraz obce. Patrzę na nie chłodnym, badawczym wzrokiem, rejestrując, jakie wszystko jest tu małe, jakie zmęczone, jakie cukierkowe. Uświadamiam sobie, że tak właśnie musiał to widzieć Will, kiedy wrócił do domu po wypadku, i odpycham tę myśl. Wjeżdżamy w naszą ulicę, a ja przyłapuję się na tym, że kulę się na siedzeniu. Nie chcę uprzejmie gawędzić z sąsiadami, tłumaczyć się przed nimi. Nie chcę, żeby osądzali mnie za to, co zrobiłam.

– Wszystko dobrze? – Tata odwraca się do mnie, jakby odgadł którąś z myśli przebiegających mi przez głowę.

– W porządku.

– Grzeczna dziewczynka. – Na chwilę kładzie mi rękę na ramieniu.

Kiedy podjeżdżamy pod dom, mama już czeka przy drzwiach. Podejrzewam, że przez ostatnie pół godziny stała przy oknie. Tata kładzie na schodach jedną z moich toreb, a potem wraca do samochodu, żeby mi pomóc, i zarzuca sobie na ramię drugą torbę.

Ostrożnie opieram laskę na kostce brukowej i czuję drżenie firanek za moimi plecami, kiedy powoli idę ścieżką w stronę domu. Patrzcie, kto przyjechał – szepczą na pewno ludzie. Jak myślicie, co ona znów narobiła?

Tata prowadzi mnie i obserwuje moje stopy, jakby mogły nagle wystrzelić i pomknąć gdzieś, gdzie nie powinny.

– Dajesz radę? – pyta co chwilę. – Tylko nie za szybko.

Widzę dziadka, który stoi za mamą w przedpokoju, ubrany w kraciastą koszulę i swój najlepszy granatowy sweter. Nic się nie zmieniło. Tapeta jest ta sama. Dywan w korytarzu jest ten sam, na wytartym włosiu widać linie wskazujące na to, że mama dziś rano go odkurzała. Na wieszaku dostrzegam mój stary niebieski skafander. Półtora roku. Czuję się tak, jakby nie było mnie tutaj przez dziesięć lat.

– Nie tak prędko – mówi mama, splatając dłonie. – Bernard, za szybko ją prowadzisz.

– Trudno ją nazwać Usainem Boltem, do licha. Jeśli jeszcze trochę zwolnimy, ślimaki zaczną nas wyprzedzać.

– Uwaga na stopnie. Bernard, nie lepiej, żebyś stanął za nią, jak będzie wchodziła po schodach? No wiesz, na wypadek, gdyby upadła do tyłu?

– Wiem, gdzie są stopnie – mówię przez zaciśnięte zęby. – Mieszkałam tu zaledwie przez dwadzieścia sześć lat.

– Bernard, uważaj, żeby się nie zaczepiła o tamtą krawędź. Nie chcemy, żeby popsuła sobie drugie biodro.

O Boże, myślę. Will, czy u ciebie tak to właśnie wyglądało? Dzień w dzień?

I wtedy w drzwiach staje moja siostra, która przepchnęła się obok mamy.

– Na litość boską, mamo. No dalej, kulasie. Robisz z nas przedstawienie dla całej okolicy.

Treena podsuwa ramię pod moją pachę i na chwilę się odwraca, żeby spiorunować wzrokiem sąsiadów, unosząc brwi, jakby chciała powiedzieć: „Serio?". Niemal słyszę szelest zasuwanych zasłon.

– Ciekawscy się znaleźli. Niech pilnują swojego nosa. No ale ty się, swoją drogą, pospiesz. Obiecałam Thomasowi, że będzie mógł obejrzeć twoje blizny, zanim go zawiozę do klubiku. Boże, ile ty schudłaś? Twoje cycki wyglądają teraz pewnie jak dwie mandarynki włożone do pary skarpetek.

Trudno jest jednocześnie iść i się śmiać. Thomas biegnie mnie uściskać, tak że muszę się zatrzymać i oprzeć o ścianę, by nie stracić równowagi podczas zderzenia.

31

– Naprawdę cię rozkroili, a potem znowu poskładali? – pyta. Głową sięga mi już do piersi. Brakuje mu czterech zębów na przedzie. – Dziadek mówi, że pewnie poskładali cię zupełnie nie tak, jak trzeba. I że Bóg jeden wie, jak my się zorientujemy.

– Bernard!

– Przecież ja tylko żartowałem.

– Louisa – głos dziadka jest zachrypnięty i niepewny. Staruszek chwiejnie wyciąga ku mnie ręce i obejmuje mnie, a ja odwzajemniam uścisk. Dziadek się odsuwa, jego stare dłonie zaskakująco mocno ściskają moje ramiona, a on marszczy brwi z wyrazem udawanego gniewu.

– Wiem, tatusiu. Masz rację. Ale teraz jest już z powrotem w domu – odzywa się mama.

– Wracasz do swojego starego pokoju – mówi tata. – Muszę ci powiedzieć, że położyliśmy tam nową tapetę z Transformersami, ze względu na Thoma. Parę Autobotów czy Predaconów nie będzie ci przeszkadzało, prawda?

– Miałem robaki w pupie – wtrąca Thomas. – Mama powiedziała, że mam o tym nie mówić poza domem. Ani wkładać palców do…

– Święci pańscy – wzdycha mama.

– Witaj w domu, Lou – mówi tata i w tej samej chwili upuszcza torbę na moją stopę.

Rozdział trzeci

Gdy wracam myślą do tamtego czasu, stwierdzam, że pierwsze dziewięć miesięcy po śmierci Willa upłynęło mi w dziwnym oszołomieniu. Pojechałam prosto do Paryża i zwyczajnie nie wróciłam do domu, upojona wolnością i pragnieniami, które zaszczepił mi Will. Zatrudniłam się w ulubionym barze ekspatów, gdzie nikomu nie przeszkadzała moja okropna francuszczyzna, i zaczęłam robić w niej postępy. Wynajęłam pokoik na poddaszu w szesnastej dzielnicy, nad środkowowschodnią restauracją, leżałam w nim z otwartymi oczami, słuchając odgłosów nocnych pijatyk i porannych dostaw, i co dzień miałam wrażenie, że żyję cudzym życiem.

Podczas tych pierwszych kilku miesięcy czułam się tak, jakby pozbawiono mnie jednej warstwy skóry – odczuwałam wszystko bardziej intensywnie. Budziłam się ze śmiechem albo z płaczem i widziałam świat jakby po zdjęciu jakiegoś filtra. Jadłam nowe potrawy, chodziłam nieznanymi ulicami i rozmawiałam z ludźmi w nie swoim języku. Niekiedy miałam wrażenie, że on nadal mi towarzyszy, jakbym patrzyła na to wszystko jego oczami, słyszała w uszach jego głos.

„No i co o tym sądzisz, Clark?"

„Mówiłem ci, że będziesz zachwycona".

„Zjedz to! Spróbuj tego! Śmiało!"

Czułam się zagubiona bez naszego stałego rytmu dnia. Musiało minąć kilka tygodni, by opuściło mnie wrażenie, że moje dłonie są bezużyteczne bez codziennego kontaktu z jego ciałem: bez miękkiej koszuli, którą zapinałam, bez ciepłych, nieruchomych rąk, które myłam delikatnie, bez jedwabistych włosów, których dotyk ciągle czułam na swoich palcach. Tęskniłam za jego głosem, za nieoczekiwanym śmiechem, który tak trudno było wywołać, za dotknięciem jego warg na moich palcach, za tym, jak jego powieki opuszczały się, kiedy miał zaraz zapaść w sen. Moja matka, nadal przerażona tym, w czym brałam udział, powiedziała mi, że choć mnie kocha, nie jest w stanie pogodzić wizji takiej Louisy z córką, którą wychowała. W ten sposób, z chwilą utraty rodziny i mężczyzny, którego kochałam, została przecięta ostatnia nić łącząca mnie z tym, kim byłam wcześniej. Czułam się tak, jakbym po prostu podryfowała w niewiadomym kierunku, bez żadnej cumy, w jakiś nieznany wszechświat.

Odgrywałam więc nowe życie. Zawierałam bezpiecznie, niezobowiązujące znajomości z innymi podróżnikami: młodymi Anglikami, jeżdżącymi po świecie przed podjęciem studiów, z Amerykanami, podążającymi śladem bohaterów powieści i przekonanymi, że nigdy nie wrócą do siebie na Środkowy Zachód, z zamożnymi młodymi bankowcami, z jednodniowymi wycieczkowiczami, ze zmieniającymi się ciągle aktorami, którzy pojawiali się i znikali; uciekinierami z innego życia. Uśmiechałam się, gawędziłam i pracowałam, i powtarzałam sobie, że robię to, czego on chciał. Przynajmniej w tym musiała być jakaś pociecha.

Zima rozluźniła swój lodowaty uścisk i nastała przepiękna wiosna. I wtedy, niemal z dnia na dzień, obudziłam się i pewnego ranka stwierdziłam, że odkochałam się w tym mieście. Albo przynajmniej nie czułam się na tyle paryżanką, żeby tam zostać. Opowieści ekspatów zaczęły brzmieć nużąco podobnie, a paryżanie wydali mi się nieżyczliwi – w każdym razie co i rusz zauważałam niezliczone rzeczy sprawiające, że nigdy do końca nie będę tu pasować. Pomimo całego swojego uroku miasto było dla mnie czymś w rodzaju olśniewającej i kosztownej sukienki, którą kupiłam w pośpiechu, ale w której ostatecznie wcale nie jest mi dobrze. Złożyłam wymówienie i ruszyłam w podróż po Europie.

Nigdy nie przeżyłam takich dwóch miesięcy, podczas których czułabym się mniej na swoim miejscu. Prawie przez cały czas byłam samotna. Nie mogłam znieść tego, że nie wiem, gdzie spędzę kolejną noc, bezustannie denerwowałam się rozkładami i walutami i trudno mi było się zaprzyjaźniać, skoro nie ufałam nikomu, kogo spotykałam. A zresztą, co mogłabym powiedzieć o sobie? Kiedy ktoś mnie pytał, byłam w stanie podawać tylko zupełnie powierzchowne szczegóły. Wszystko to, co było dla mnie ważne albo interesujące, należało do rzeczy, którymi nie mogłam się dzielić. Bez kogoś, z kim mogłabym porozmawiać, każdy zabytek czy widok – nieważne, czy była to fontanna di Trevi, czy kanał w Amsterdamie – sprawiał wrażenie rubryczki do odhaczenia na liście. Ostatni tydzień spędziłam na plaży w Grecji, która za bardzo przypominała mi plażę, gdzie byłam z Willem niewiele wcześniej, i wreszcie po tygodniu siedzenia na piasku i oganiania się od opalonych mężczyzn, z których każdy zdawał się mieć na imię Dmitri, i wmawiania sobie, że właściwie świetnie się bawię, poddałam się i wróciłam do Paryża. Głównie dlatego, że wtedy po raz pierwszy dotarło do mnie, że nie mam dokąd wracać.

Przez dwa tygodnie spałam na kanapie u dziewczyny, z którą dawniej pracowałam w barze, i usiłowałam zdecydować, co dalej. Przypomniawszy sobie rozmowę z Willem na temat wyboru zawodu, napisałam do kilku szkół z pytaniem o kursy projektowania ubrań, ale nie miałam żadnego doświadczenia w branży i wszyscy uprzejmie mi odmówili. Miejsce na kursie, które zdobyłam zaraz po śmierci Willa, przypadło komuś innemu, bo nie złożyłam podania o odroczenie terminu przyjęcia. W przyszłym roku mogę spróbować jeszcze raz – powiedziała pani z dziekanatu tonem osoby, która wie, że tego nie zrobię.

Przejrzałam w internecie oferty pracy i przekonałam się, że pomimo wszystkiego, przez co przeszłam, nadal nie mam wystarczających kwalifikacji do wykonywania zajęć, którymi mogłabym być zainteresowana. I właśnie wtedy, gdy zastanawiałam się, co teraz, zadzwonił Michael Lawler, prawnik Willa, i zasugerował, że przyszedł czas zrobić coś z pieniędzmi, które Will mi zapisał. Był to pretekst, którego potrzebowałam, żeby się przeprowadzić. Michael pomógł mi w negocjowaniu ceny przerażająco drogiego dwupokojowego mieszkania na skraju Square Mile, które kupiłam głównie dlatego, że pamiętałam, jak Will raz wspomniał o tamtejszym barze winnym na rogu, i dzięki temu czułam się, jakbym była trochę bliżej niego. Na umeblowanie mieszkania nie zostało mi prawie nic. Sześć tygodni później wróciłam do Anglii, dostałam pracę w pubie Pod Koniczynką, przespałam się z mężczyzną imieniem Phil, z którym miałam się nigdy więcej nie zobaczyć, i czekałam, aż poczuję, że wreszcie zaczęłam naprawdę żyć.

Dziewięć miesięcy później nadal czekałam.

Podczas pierwszego tygodnia w domu nie wychodziłam za wiele. Wszystko mnie bolało, szybko się męczyłam, więc łatwo było leżeć w łóżku i drzemać po końskiej dawce środków przeciwbólowych, tłumacząc sobie, że najważniejsze to pozwolić organizmowi się zregenerować. Bycie z powrotem w naszym małym rodzinnym domku w dziwny sposób mi odpowiadało: było to pierwsze miejsce, w którym udało mi się przespać więcej niż cztery godziny z rzędu od czasu, jak stąd wyjechałam; powierzchnia była na tyle mała, że nigdy nie miałam problemu z dosięgnięciem do ściany, żeby się o nią oprzeć. Mama mnie karmiła, dziadek dotrzymywał mi towarzystwa (Treena wróciła na studia, zabierając ze sobą Thoma), a ja przez większość dnia oglądałam telewizję, nie mogąc się nadziwić niekończącym się reklamom szybkich pożyczek i platform przyschodowych dla seniorów oraz plotkom na temat pomniejszych celebrytów, których po spędzeniu sporej części roku za granicą nie potrafiłam rozpoznać. Czułam się jak w małym kokonie, w którego rogu – nie da się ukryć – przycupnął sobie gigantyczny słoń.

Nie rozmawialiśmy o niczym, co mogłoby naruszyć tę delikatną równowagę. Oglądałam nowinki z życia tej czy innej gwiazdki, o której akurat była danego dnia mowa, po czym pytałam przy kolacji:

– No to co powiecie o tej Shaynie West?

A mama i tata skwapliwie i z wdzięcznością podejmowali temat, zauważając, że to flądra albo że ma ładną fryzurę, albo że nikt się po niej nie spodziewał, że będzie lepsza. Omawialiśmy *Skarby na twoim strychu* („Zawsze się zastanawiałem, ile byłaby warta ta donica twojej matki z czasów wiktoriańskich... stare paskudztwo".) oraz *Idealne domy na wsi* („Psa bym nie wykąpała w tej łazience"). Nie wybiegałam myślami poza kolejny posiłek, poza podstawowe wyzwania, takie jak ubranie się, umycie zębów i wykonanie minizadania, jakie wyznaczała mi mama („Wiesz, kochanie, gdybyś mogła, kiedy mnie nie będzie, posortować swoje pranie, to wstawię je razem z moimi kolorowymi rzeczami").

Jednak świat zewnętrzny, niczym powolny przypływ, stale i nie-ubłaganie wciskał się w nasze życie. Słyszałam, jak sąsiedzi zadają mamie pytania, kiedy wiesza pranie.

– Czyli wasza Lou wróciła do domu, tak?

I jej nietypowo lakoniczną odpowiedź:

– Tak.

Przyłapałam się na tym, że unikam w domu pomieszczeń, z których widać zamek. Ale wiedziałam, że tam jest, że jego mieszkańcy są żywymi ogniwami łączącymi mnie z Willem. Cza-sem zastanawiałam się, co się z nimi stało; kiedy byłam w Paryżu, przesłano mi list od pani Traynor, która składała mi formalne po-dziękowania za wszystko, co zrobiłam dla ich syna. „Zdaję sobie sprawę, że uczyniłaś wszystko, co było w Twojej mocy". Ale to było tyle. Ta rodzina z czegoś, co było całym moim życiem, zmie-niła się w upiorną pozostałość czasu, o którym nie pozwalałam sobie pamiętać. Teraz, kiedy nasza ulica co wieczór przez kilka godzin znajdowała się w cieniu zamku, odczuwałam obecność Traynorów jak wyrzut.

Spędziłam w domu dwa tygodnie, zanim zauważyłam, że mama i tata nie chodzą już do swojego klubu.

– Czy dziś nie jest wtorek? – zapytałam w trzecim tygodniu, kiedy siedzieliśmy przy obiedzie. – Nie powinniście już iść?

Zerknęli po sobie.

– A, nie. Dobrze nam tutaj – odparł tata, żując kawałek kotleta.

– Ja naprawdę mogę być sama – powiedziałam. – Mam się już znacznie lepiej. Oglądanie telewizji jest całkiem przyjemne. – Potajemnie marzyłam, żeby posiedzieć sobie spokojnie, przez ni-kogo nieobserwowana, sama w pokoju. Odkąd wróciłam do domu, rzadko zdarzało się, żeby ktoś zostawiał mnie samą na dłużej niż pół godziny. – Poważnie. Idźcie się zabawić. Mną się nie przejmujcie.

– My... my właściwie nie chodzimy już do klubu – rzuciła mama, krojąc ziemniaka.

– Ludzie... mieli dużo do powiedzenia. O tym, co się wydarzyło. – Tata wzruszył ramionami. – Koniec końców łatwiej było po prostu trzymać się z dala od tego wszystkiego. – Cisza, która po tym nastąpiła, trwała pełne sześć minut.

Były też inne, bardziej konkretne sposoby na przypomnienie mi o życiu, które za sobą zostawiłam. Takie ubrane w obcisłe spodnie do biegania o specjalnych właściwościach oddychających.

Czwartego poranka, kiedy Patrick przebiegł obok naszego domu, pomyślałam, że może to coś więcej niż zwykły zbieg okoliczności. Usłyszałam jego głos pierwszego dnia, z wysiłkiem pokuśtykałam do okna i wyjrzałam przez żaluzję. I oto stał piętro niżej, rozciągając sobie ścięgna podkolanowe i rozmawiając z jakąś blondynką z kucykiem, ubraną w dopasowany kolorystycznie strój z niebieskiej lycry, tak obcisły, że można było z powodzeniem odgadnąć, co jadła na śniadanie. Wyglądali jak dwoje olimpijczyków, tylko bez bobslejów.

Odsunęłam się od okna, żeby Patrick nie spojrzał przypadkiem w górę i mnie nie zobaczył, i po chwili już ich nie było, biegli ulicą, plecy mieli wyprostowane i energicznie wyrzucali przed siebie nogi, niczym para lśniących turkusowych kuców pociągowych.

Dwa dni później usłyszałam ich, kiedy się ubierałam. Patrick mówił coś głośno o węglowodanach i tym razem dziewczyna obrzuciła mój dom podejrzliwym spojrzeniem, jakby się zastanawiała, dlaczego drugi raz zatrzymali się dokładnie w tym samym miejscu.

Trzeciego dnia siedziałam z dziadkiem w salonie, gdy się pojawili.

– Powinniśmy poćwiczyć sprint – mówił donośnie Patrick. – Zróbmy tak, ty pobiegniesz do trzeciej latarni i z powrotem, a ja zmierzę ci czas. Odstępy dwuminutowe. Start!

Dziadek wymownie przewrócił oczami.

– Robi tak przez cały czas, odkąd wróciłam?

Dziadek przewrócił oczami tak, jakby zamierzał obejrzeć sobie tył czaszki.

Patrzyłam przez firanki, jak Patrick stoi ze wzrokiem wbitym w stoper, lepszym profilem w stronę okna. Miał na sobie czarną rozpinaną bluzę polarową i pasujące do niej szorty z lycry, i kiedy tak tkwił parę metrów ode mnie, po drugiej stronie firanki, ja mogłam się mu przyjrzeć, w milczeniu dziwiąc się temu, że to naprawdę jest człowiek, którego tak długo byłam pewna, że kocham.

– Bez przystanków! – wrzasnął, podnosząc wzrok znad stopera. A dziewczyna, posłuszna niczym pies myśliwski, dotknęła latarni i znów wystrzeliła w tym samym kierunku. – Czterdzieści dwa i trzydzieści osiem setnych sekundy – powiedział Patrick z uznaniem, kiedy jego zdyszana towarzyszka znalazła się z powrotem przy nim. – Zdaje mi się, że mogłabyś obniżyć to jeszcze o jakieś pięć setnych.

– To na twoją cześć – odezwała się mama, która weszła do pokoju z dwoma kubkami.

– Rzeczywiście przeszło mi to przez myśl.

– Jego matka zapytała mnie w supermarkecie, czy wróciłaś, a ja powiedziałam, że tak. Nie patrz tak na mnie, przecież nie mogłam jej okłamać. – Mama ruchem głowy wskazała okno. – Ta tutaj powiększyła sobie piersi. Całe Stortfold o tym gada. Podobno można na nich postawić po filiżance herbaty. – Na chwilę stanęła obok mnie. – Wiesz, że są zaręczeni?

Czekałam na ukłucie zazdrości, ale było tak trudno wyczuwalne, że równie dobrze mógł to być wiatr.

– Wyglądają… na dobraną parę.

Mama stała jeszcze przez moment, przyglądając się Patrickowi.

– To nie jest zły chłopak, Lou. Ty się po prostu... zmieniłaś. – Wręczyła mi kubek i odwróciła się.

Wreszcie w dniu, kiedy Patrick zatrzymał się i zaczął robić pompki na chodniku pod naszym domem, otworzyłam drzwi i wyszłam na zewnątrz. Z założonymi na piersiach ramionami oparłam się o ganek i patrzyłam na niego, dopóki nie podniósł wzroku.

– Na twoim miejscu nie zatrzymywałabym się tutaj zbyt długo. Pies sąsiadów ma słabość akurat do tego kawałka chodnika.

– Lou! – wykrzyknął Patrick, jakbym była ostatnią osobą, jaką spodziewał się ujrzeć przed moim własnym domem, który odwiedzał kilka razy w tygodniu przez siedem lat, kiedy ze sobą byliśmy. – No proszę... kto by pomyślał, że znów cię tu zobaczę. Byłem pewny, że wyjechałaś podbić świat!

Narzeczona, która robiła pompki obok niego, podniosła wzrok, a potem znów opuściła go na chodnik. Możliwe, że tylko mi się zdawało, ale chyba jej pośladki zacisnęły się jeszcze ciut mocniej. Dół, góra, dół, pompowała jak szalona. W górę i w dół. Zaczęłam odczuwać lekki niepokój o bezpieczeństwo jej biustu.

Patrick skoczył na równe nogi.

– To jest Caroline, moja narzeczona. – Nie odrywał ode mnie wzroku, być może oczekując jakiejś reakcji. – Szykujemy się razem do następnego Ironmana. Mamy za sobą już dwa.

– To bardzo... romantyczne – powiedziałam.

– Cóż, Caroline i ja jesteśmy zdania, że warto robić różne rzeczy wspólnie – rzekł Patrick.

– Nietrudno to zauważyć – odparłam. – W dodatku oboje w turkusowej lycrze!

– A. Tak. Barwy drużyny.

Na chwilę zapadła cisza.

Wykonałam mały wymach pięścią, jakbym zagrzewała ich do walki.

– Naprzód, drużyno!

Caroline zerwała się gwałtownie i zaczęła rozciągać sobie mięśnie ud, wyginając nogi do tyłu jak bocian. Skinęła głową w moją stronę; absolutne minimum uprzejmości, jakie mogło jeszcze ujść jej na sucho.

– Schudłaś – odezwał się Patrick.

– Hm, cóż. Tak właśnie działa dieta kroplówkowa.

– Słyszałem, że miałaś… wypadek. – Przechylił głowę na bok ze współczuciem.

– Wieści szybko się rozchodzą.

– No, w każdym razie dobrze, że nic ci nie jest. – Pociągnął nosem i spojrzał w stronę drogi. – Ten ostatni rok pewnie był dla ciebie ciężki. No wiesz. Po tym, co zrobiłaś, i w ogóle.

To musiało paść, prędzej czy później. Starałam się zapanować nad oddechem. Caroline najwyraźniej nie zamierzała na mnie spojrzeć, zajęta rozciąganiem ścięgien. Wreszcie powiedziałam:

– W każdym razie… gratulacje z okazji zaręczyn.

Patrick z dumą przyjrzał się przyszłej żonie, podziwiając jej umięśnioną nogę.

– Tak jak to wszyscy mówią: kiedy trafisz na właściwą osobę, to od razu wiesz, że to jest to. – Posłał mi uśmiech pełen fałszywej skruchy. Tego już było za wiele.

– Wy z pewnością wiedzieliście. No i domyślam się, że niemało sobie odłożyłeś na to wesele. To nie są tanie imprezy, prawda?

Spojrzeli na mnie oboje.

– Przecież sprzedałeś moją historię gazetom. Ile ci zapłacili, Pat? Parę tysięcy? Treenie nigdy nie udało się dowiedzieć, jaka była dokładna kwota. No, w każdym razie śmierć Willa powinna wystarczyć na kilka eleganckich kombinezonów z lycry, mam rację?

Gwałtowność, z jaką twarz Caroline zwróciła się w jego stronę, kazała mi przypuszczać, że była to akurat ta część historii Patricka, którą jeszcze nie zdecydował się podzielić z narzeczoną.

Wbił we mnie wzrok, a na jego policzkach pojawiły się dwie krwistoczerwone plamki.

– Ja nie miałem z tym nic wspólnego.

– No jasne. W każdym razie miło cię było zobaczyć, Pat. Powodzenia z weselem, Caroline! Na pewno będziesz... najjędrniejszą panną młodą w okolicy. – Odwróciłam się i powoli weszłam do domu. Zamknęłam drzwi i stałam, opierając się o nie z walącym sercem, dopóki nie miałam pewności, że tamci wreszcie sobie pobiegli.

– Dupek – powiedział dziadek, kiedy chwiejnym krokiem weszłam do salonu. A potem powtórzył, zerkając lekceważąco w stronę okna: – Dupek – i zachichotał.

Wlepiłam w niego wzrok. I nagle, zupełnie nieoczekiwanie, zorientowałam się że się śmieję, po raz pierwszy od nie pamiętam jak dawna.

– I co, wymyśliłaś, co będziesz robić? Gdy już wydobrzejesz?

Leżałam na swoim łóżku. Treena dzwoniła z uczelni, skracając sobie czas oczekiwania, aż jej synek skończy grać w piłkę nożną w klubiku. Zapatrzyłam się w sufit, gdzie Thomas nakleił całą plejadę świecących w ciemności nalepek, których jakoby nikt nie był w stanie odkleić, nie zrywając razem z nimi połowy sufitu.

– Nie bardzo.

– Musisz coś robić. Nie możesz siedzieć tu na czterech literach przez całą wieczność.

– Nie będę siedzieć na czterech literach. A zresztą biodro ciągle mnie boli. Fizjoterapeutka mówi, że najlepiej, żebym leżała.

– Mama i tata się zastanawiają, co z tobą będzie. W Stortfold nie ma pracy.

– Wiem o tym.

– Ale życie przecieka ci przez palce. Zachowujesz się tak, jakby nic cię nie interesowało.

– Treen, ja niedawno spadłam z piątego piętra. Dochodzę do siebie.

– A wcześniej snułaś się po Europie z miejsca na miejsce. A potem znowu zatrudniłaś się w barze, żeby dać sobie czas na zastanowienie się, co właściwie chcesz robić. Słuchaj, w którymś momencie będziesz musiała coś zdecydować. Jeśli nie wracasz na studia, to musisz wymyślić, jak tak naprawdę zamierzasz pokierować swoim życiem. Tak tylko ci mówię. No, w każdym razie, jeśli masz zostać w Stortfold, to trzeba wynająć komuś tamto mieszkanie. Rodzice nie mogą cię utrzymywać do końca świata.

– I to mówi osoba, którą od ośmiu lat utrzymuje Bank Rodzicielski.

– Ja jestem na studiach dziennych. To zupełnie co innego. No, mniejsza z tym. Kiedy byłaś w szpitalu, przejrzałam twoje wyciągi z konta i jak zapłaciłam wszystkie rachunki, to wyszło, że masz jeszcze jakieś tysiąc pięćset funtów, razem z ustawowym zasiłkiem chorobowym. A swoją drogą, co to w ogóle było, te wszystkie telefony do Ameryki? Wydałaś na nie majątek.

– Nie twoja sprawa.

– No więc wypisałam ci agencje nieruchomości zajmujące się wynajmem w tamtej okolicy. A potem pomyślałam sobie, że może mogłabyś jeszcze raz zerknąć, jakie uczelnie prowadzą nabór. Możliwe, że ktoś odpadł z tego kursu, na który ty się chciałaś dostać.

– Treen. Zamęczysz mnie.

– Nie ma sensu zbijać bąków. Poczujesz się lepiej, jak będziesz miała jakiś cel.

Choć strasznie mi to działało na nerwy, to zarazem było jednak coś pokrzepiającego w tym, jak moja siostra mnie strofuje. Nikt inny się nie ośmielił. Miałam wrażenie, że rodzice nadal są przekonani, że coś jest ze mną bardzo nie tak i że trzeba się ze mną obchodzić jak z jajkiem. Mama kładła moje wyprane i starannie złożone ubrania na łóżku, gotowała mi trzy posiłki dziennie, a kiedy zdarzyło mi się złapać ją na tym, że mi się przygląda, na jej ustach pojawiał się zakłopotany uśmiech, przykrywający wszystko, czego nie chciałyśmy sobie powiedzieć. Tata woził mnie na rehabilitację, siadał obok mnie na kanapie, żeby pooglądać razem telewizję, i nawet się ze mnie nie nabijał. Treena była jedyną osobą, która traktowała mnie tak jak zawsze.

– Wiesz, co ci zaraz powiem, prawda?

Skrzywiłam się i przekręciłam na bok.

– Wiem. I nie wiem.

– No, wiesz, co powiedziałby Will. Umówiliście się. Nie możesz się z tego wycofać.

– Dobra. Wystarczy, Treen. Koniec rozmowy.

– W porządku. Thom właśnie wychodzi z szatni. Do piątku! – zakończyła moja siostra, jakbyśmy miały za sobą pogawędkę o muzyce, o tym, gdzie ona się wybiera na wakacje, albo o jakimś serialu.

A mnie pozostało tylko gapienie się w sufit.

Umówiliście się.

Jasne. I proszę, co z tego wynikło.

Treena mogła sobie marudzić, ile chciała, ale w ciągu tych tygodni, które minęły od czasu mojej wprowadzki do rodziców, naprawdę zrobiłam pewne postępy. Przestałam używać laski, przez którą czułam się, jakbym miała jakieś osiemdziesiąt dziewięć lat, i której udawało mi się zapomnieć niemal w każdym miejscu, jakie odwiedziłam od przyjazdu do domu. Praktycznie co rano zabierałam dziadka na spacer po parku, na życzenie mamy. Lekarz kazał mu codziennie zażywać ruchu, ale kiedy mama któregoś dnia za nim poszła, przekonała się, że dziadek po prostu idzie do sklepu na rogu, gdzie kupuje sobie gigantyczną paczkę skwarków wieprzowych, i zajada je, wracając wolnym krokiem do domu.

Chodziliśmy powoli, oboje utykaliśmy i żadne z nas nie musiało właściwie dotrzeć w żadne konkretne miejsce.

Mama ciągle podsuwała, że moglibyśmy wybrać się na teren zamku, „tak dla odmiany", ale ja puszczałam jej rady mimo uszu i co rano, kiedy furtka zamykała się za nami, dziadek zdecydowanym ruchem głowy wskazywał park. Nie chodziło tylko o to, że ta droga jest krótsza czy że tędy jest bliżej do punktu przyjmowania zakładów. Chyba dziadek wiedział, że nie chcę tam wracać. Nie byłam na to gotowa. I nie byłam pewna, czy kiedykolwiek będę.

Wolnym krokiem dwukrotnie okrążyliśmy staw z kaczkami, a potem usiedliśmy na ławce w wodnistym blasku wiosennego słońca, by popatrzeć, jak maluchy i ich rodzice karmią tłuste kaczki, a nastolatki palą, wrzeszczą i rozdają sobie kuksańce; bezradne zmagania młodzieńczych zalotów. Przeszliśmy się do kolektury, żeby dziadek mógł przegrać trzy funty, typując na zwycięzcę jednego z trzech pierwszych miejsc konia o imieniu Wag The Dog. Później, kiedy on zgniatał swój kwitek i wrzucał go do kosza, powiedziałam, że kupię mu pączka w supermarkecie.

– Estuszowe – odezwał się dziadek, gdy znaleźliśmy się w części z pieczywem i ciastkami.

Zmarszczyłam brwi.

– Estuszowe – powtórzył, wskazując na nasze pączki, i wybuchnął śmiechem.

– A. Tak. Tak powiemy mamie. Beztłuszczowe pączki.

Mama wspominała, że od kiedy zaczął brać to nowe lekarstwo, wszystko go śmieszy. Byłam zdania, że zdarzają się gorsze efekty uboczne.

Ustawiliśmy się w kolejce do kasy; dziadek dalej śmiał się z własnego dowcipu. Ja stałam ze spuszczoną głową, szukając po kieszeniach drobnych. Zastanawiałam się, czy w weekend nie pomóc tacie w ogródku. Dlatego dopiero po chwili dotarło do mnie, co jakieś dwie kobiety szepczą do siebie za moimi plecami.

– Sumienie ją gryzie. Podobno próbowała wyskoczyć z okna.

– Cóż, nic dziwnego. Ja na pewno nie potrafiłabym spojrzeć sobie w oczy.

– Dziwię się, że w ogóle się tu pokazuje.

Stałam jak skamieniała.

– Wiesz, biedna Josie Clark ciągle nie może dojść do siebie. Co tydzień chodzi do spowiedzi, a przecież ta kobieta niczemu nie jest winna. Muchy by nie skrzywdziła.

Dziadek wskazywał palcem pączki i ruchem warg przekazywał kasjerce:

– Estuszowe.

Uśmiechnęła się uprzejmie.

– To będzie osiemdziesiąt sześć pensów.

– Traynorowie od tego czasu zupełnie się zmienili.

– Ta cała historia ich po prostu zniszczyła, nie sądzisz?

– Poproszę osiemdziesiąt sześć pensów.

Dopiero po kilkunastu sekundach zorientowałam się, że kasjerka patrzy na mnie wyczekująco. Wyciągnęłam z kieszeni garść monet. Drżącymi palcami spróbowałam wybrać z nich odpowiednią sumę.

– Można by się spodziewać, że Josie nie odważy się zostawić dziadziusia pod jej wyłączną opieką, prawda?

– Chyba nie myślisz, że ona byłaby w stanie…

– No cóż, nie wiadomo. W końcu już raz to zrobiła…

Policzki mi płonęły. Monety z brzękiem posypały się na ladę. Dziadek dalej powtarzał: „ESTUSZOWE. ESTUSZOWE", czekając, aż skonsternowana dziewczyna załapie żart. Pociągnęłam go za rękaw.

– Chodź, dziadku, musimy iść.

– Estuszowe – powtórzył jeszcze raz z naciskiem.

– Tak – odparła kasjerka i uśmiechnęła się życzliwie.

– Dziadku, proszę. – Było mi gorąco i kręciło mi się w głowie, jakbym miała zemdleć. Możliwe, że tamte kobiety dalej rozmawiały, ale w uszach dzwoniło mi tak głośno, że nie byłam w stanie tego stwierdzić.

– Pa-pa – powiedział dziadek.

– Do widzenia – odpowiedziała dziewczyna.

– Miła – odezwał się dziadek, kiedy wyszliśmy ze sklepu na słońce. A potem spojrzał na mnie: – Czemu płaczesz?

Kiedy człowiek jest zamieszany w tragiczne wydarzenie, które zmienia całe jego życie, pojawia się pewien problem. Wydaje mu się, że będzie musiał zmierzyć się tylko z tym tragicznym wydarzeniem, które zmieniło całe jego życie: z nagłymi wspomnieniami, z bezsennymi nocami, z obsesyjnym odtwarzaniem w głowie poszczególnych faktów, z pytaniem samego siebie, czy postępował słusznie, czy mówił to, co należało, czy może mógł wszystko zmienić, gdyby zrobił coś choćby odrobinę inaczej.

Mama powiedziała mi, że towarzyszenie Willowi do samego końca będzie miało na mnie wpływ przez resztę życia, i wówczas myślałam, że chodzi jej o mnie, o moją psychikę. Sądziłam, że ma na myśli poczucie winy, które będę musiała nauczyć się przezwyciężać, smutek, bezsenność, dziwne, niestosowne wybuchy gniewu, bezustanny wewnętrzny dialog z kimś, kogo nawet nie ma. Ale teraz zobaczyłam, że nie chodzi tylko o mnie: w epoce cyfrowej będę tą osobą już na zawsze. Nawet gdyby udało mi się wymazać to wszystko z pamięci, nigdy nie zdołam odciąć się od śmierci Willa. Moje nazwisko będzie związane z jego nazwiskiem dopóty, dopóki będą istnieć piksele i ekran. Ludzie będą sobie tworzyć opinie na mój temat, dysponując zupełnie pobieżną wiedzą – albo czasem nie wiedząc zupełnie nic – a ja nie będę mogła nic z tym zrobić.

Obcięłam włosy. Zaczęłam się inaczej ubierać; wepchnęłam do torby wszystko, co mnie wyróżniało, i schowałam ją w głębi szafy. Przejęłam od Treeny jej mundurek: dżinsy i niewyróżniający się niczym T-shirt. Teraz, kiedy czytałam w gazetach historie o urzędniku bankowym, który ukradł fortunę, o kobiecie, która zabiła własne dziecko, o bliźniaku, który zniknął, nie wzdrygałam się już z przerażenia jak dawniej, tylko zastanawiałam się nad kryjącą się za tym opowieścią – taką, która nie była czarno-biała.

Czułam z nimi dziwne pokrewieństwo. Byłam skażona. Świat wokół mnie o tym wiedział. I, co gorsza, ja też właśnie się o tym dowiedziałam.

Schowałam to, co zostało z moich włosów, pod czapkę, włożyłam ciemne okulary i poszłam do biblioteki, usilnie starając się nie utykać, chociaż wymagało to ode mnie takiej koncentracji, że od zaciskania zębów aż rozbolała mnie szczęka.

Minęłam grupkę śpiewających malców w kąciku dla dzieci, potem milczących pasjonatów genealogii, usiłujących potwierdzić, że istotnie są dalekimi krewnymi króla Ryszarda III, i wreszcie usiadłam w kącie z archiwalnymi numerami lokalnych gazet. Nietrudno było znaleźć sierpień 2009 roku. Wzięłam głęboki oddech, a potem otworzyłam segregator i przebiegłam wzrokiem nagłówki.

MIESZKANIEC STORTFOLD KOŃCZY ŻYCIE W KLINICE W SZWAJCARII
Rodzina Traynorów prosi o uszanowanie jej prywatności w „trudnym czasie"

Trzydziestopięcioletni syn Stevena Traynora, kustosza zamku w Stortfold, zakończył życie w Dignitas, kontrowersyjnym ośrodku wspomaganych samobójstw. Pan Traynor cierpiał na porażenie czterokończynowe w następstwie wypadku drogowego, któremu uległ w 2007 roku. Do kliniki udał się podobno w towarzystwie rodziny oraz opiekunki, dwudziestosiedmioletniej Louisy Clark, również ze Stortfold.

Policja prowadzi dochodzenie w sprawie okoliczności jego śmierci. Nasze źródła twierdzą, iż nie da się wykluczyć zakończenia sprawy w sądzie.

Rodzice Louisy Clark, Bernard i Josephine Clark z Renfrew Road, odmówili komentarzy.

Z naszych informacji wynika, że Camilla Traynor, sędzia pokoju, zrezygnowała z pełnienia funkcji po samobójstwie syna. Miejscowy komentator stwierdził, że w świetle poczynań rodziny stanowisko pani Traynor stało się „nie do utrzymania".

I oto miałam ją przed sobą, twarz Willa; spoglądała na mnie z ziarnistego zdjęcia w gazecie. Ten lekko sardoniczny uśmiech, to szczere spojrzenie. Na chwilę zabrakło mi tchu.

Śmierć pana Traynora kończy błyskotliwą karierę w londyńskim City, gdzie znany był jako bezlitosny strateg, specjalista od obdzierania z aktywów, ale także jako człowiek obdarzony nieomylnym wyczuciem w negocjacjach zbiorowych. Wczoraj jego koledzy zgromadzili się, by oddać hołd mężczyźnie, którego opisują jako

Zamknęłam gazetę. Kiedy miałam już pewność, że udało mi się odzyskać panowanie nad twarzą, podniosłam wzrok. Wokół mnie bibliotekę wypełniało niegłośne, pracowite brzęczenie. Maluchy dalej śpiewały swoimi cienkimi głosikami, nieskładnie i nieco fałszywie, a wzruszone mamy biły im brawo. Bibliotekarka za mną szeptem omawiała z koleżanką przepis na tajskie curry. Mężczyzna obok przesuwał palcem w dół po wiekowym rejestrze wyborców, mrucząc do siebie:
– Fisher, Fitzgibbon, Fitzwilliam…
Nic nie zrobiłam. Minęło ponad półtora roku, a ja nie zrobiłam nic poza sprzedawaniem drinków w dwóch różnych krajach i użalaniem się nad sobą. A teraz, po czterech tygodniach w miejscu, w którym dorastałam, w domu rodziców, czułam, jak Stortfold czyha, żeby mnie wessać, jak zapewnia mnie, że będzie mi tu dobrze. Wszystko będzie w porządku. Oczywiście, pewnie nie czekają tu na mnie wielkie przygody, no i zanim ludzie przyzwyczają się na nowo do mojej obecności, może być trochę nieprzyjemnie, ale są chyba gorsze rzeczy, niż być ze swoją rodziną, niż być otoczonym miłością i spokojem? Być bezpiecznym?
Opuściłam wzrok na leżącą przede mną stertę gazet. Najświeższy nagłówek na pierwszej stronie brzmiał:

AWANTURA O MIEJSCE PARKINGOWE
DLA INWALIDÓW PRZED URZĘDEM POCZTOWYM.

Przypomniał mi się tata, jak siedział na szpitalnym łóżku, na próżno szukając doniesienia o niezwykłym wypadku.

Zawiodłam cię, Will, pomyślałam. Zawiodłam cię na całej linii.

Krzyki było słychać na całej ulicy, kiedy wreszcie dotarłam do domu. Gdy otworzyłam drzwi, moje uszy wypełniło zawodzenie Thomasa. Moja siostra stała z synkiem w kącie salonu i beształa go, grożąc mu palcem. Mama nachylała się nad dziadkiem z miską pełną wody i gąbką do zmywania, a dziadek uprzejmie się od niej oganiał.

– Co tu się dzieje?

Mama odsunęła się na bok, a ja po raz pierwszy tego popołudnia zobaczyłam wyraźnie twarz dziadka. Pyszniły się na niej nowe, kruczoczarne brwi oraz gruby, czarny i nieco nierówny wąs.

– Niezmywalny flamaster – powiedziała mama. – Od tej chwili nikomu nie wolno zostawiać drzemiącego dziadziusia w jednym pomieszczeniu z Thomasem.

– Musisz przestać po wszystkim bazgrać – krzyczała Treena. – Wolno ci rysować tylko po papierze, jasne? Nie po ścianach. Ani po twarzach. Ani po psie pani Reynolds. Ani po moich majtkach.

– Chciałem ci zrobić dni tygodnia!

– Nie potrzebuję majtek z dniami tygodnia! – odkrzyknęła moja siostra. – A gdybym nawet potrzebowała, to na pewno nie pisałabym „wtorek" przez „f"!

– Nie krzycz na niego, Treen – odezwała się mama, cofając się, żeby zobaczyć, czy udało jej się coś zdziałać. – Mogło być znacznie gorzej.

W naszym małym domku kroki schodzącego z góry taty zabrzmiały jak nadzwyczaj wymowna burza z piorunami. Wpadł do salonu z ramionami zwieszonymi w geście bezradności i włosami stojącymi dęba po jednej stronie głowy.

– Czy człowiek nie może się spokojnie zdrzemnąć we własnym domu w wolny dzień? Czy to jest jakiś dom wariatów?

Wszyscy umilkliśmy i wlepiliśmy w niego wzrok.

– Co? Co znów powiedziałem?

– Bernard…

– Och, daj spokój. Naszej Lou na pewno przez myśl nie przeszło, że może mi chodzić o nią…

– Dobry Boże! – Mama zakryła dłonią usta.

Moja siostra zaczęła wypychać Thomasa z pokoju.

– O rany – powiedziała. – Thomas, lepiej szybko stąd znikaj. Bo słowo daję, że jak dziadek dostanie cię w swoje ręce…

– Co? – Tata zmarszczył brwi. – Co się dzieje?

Dziadzio parsknął śmiechem. Podniósł w górę drżący palec.

To było wprost zdumiewające. Thomas pokolorował całą twarz taty niebieskim markerem. Oczy wyglądały w niej jak dwie kulki agrestu w morzu kobaltowego błękitu.

– Co?

Głos Thomasa, znikającego w korytarzu, był nabrzmiały poczuciem krzywdy.

– Oglądaliśmy sobie *Avatara*! I on powiedział, że nie ma sprawy, że może być awatarem!

Oczy taty otworzyły się szeroko. Podszedł do lustra nad kominkiem.

Na chwilę zapadła cisza.

– O mój Boże.

– Bernard, nie bierz imienia Pana Boga nadaremno.

– Josie, on mnie całego pokolorował na niebiesko. Wydaje mi się, że mam prawo wziąć imię Pana Boga, na co mi się żywnie podoba. Czy to jest niezmywalny flamaster? Thommo? Czy tego się nie da zmyć?!

– Zmyjemy to, tato. – Moja siostra zamknęła za sobą drzwi do ogrodu. Dobiegało zza nich stłumione zawodzenie Thomasa.

– Jutro mam nadzorować budowę nowego ogrodzenia wokół zamku. Przyjeżdżają budowlańcy. Jak, do diabła, mam ich nadzorować z niebieską twarzą? – Tata napluł sobie na rękę i zaczął trzeć czoło. Pojawiła się na nim ledwo widoczna smużka, ale wyglądało na to, że kolor głównie rozprzestrzenił się także na jego dłoń. – To nie schodzi. Josie, to nie schodzi!

Mama zostawiła dziadka w spokoju i podeszła z gąbką do taty.

– Bernard, nie ruszaj się. Staram się jak mogę.

Treena poszła po laptopa.

– Zobaczę w internecie. Na pewno da się czymś to wywabić. Pastą do zębów albo zmywaczem do paznokci, albo wybielaczem, albo…

– Po moim trupie! – ryknął tata. – Nie dam oblać sobie twarzy wybielaczem!

Dziadek, ze swoim nowym pirackim wąsem, siedział w kącie pokoju i chichotał.

Zaczęłam powolutku się wycofywać.

Mama lewą ręką trzymała tatę za podbródek, a prawą szorowała mu twarz. Odwróciła się, jakby dopiero teraz mnie zobaczyła.

– Lou! Zapomniałam spytać: wszystko dobrze, kochanie? Udał ci się spacer?

Wszyscy jak na komendę zwrócili się w moją stronę i uśmiechnęli się do mnie, jakby chcieli powiedzieć: „U nas wszystko świetnie, Lou. Niczym nie musisz się martwić". Nie znosiłam tego uśmiechu.

– Tak.

To była odpowiedź, którą wszyscy chcieli usłyszeć. Mama odwróciła się do taty.

– To cudownie. Bernard, prawda, że to cudownie?

– Tak. Świetna wiadomość.

– Jak przyniesiesz do łazienki swoje białe pranie, skarbie, to wstawię je później z rzeczami taty.

– Właściwie – bąknęłam – nie fatyguj się. Wiecie, tak sobie pomyślałam. Najwyższa pora, żebym wróciła do domu.

Zapadła cisza. Mama zerknęła na tatę. Dziadek jeszcze raz zachichotał i zatkał sobie usta ręką.

– W porządku – powiedział tata z całą godnością, na jaką stać mężczyznę w średnim wieku o twarzy koloru jagód. – Ale jeśli chcesz wrócić do tego mieszkania, Louiso, to pod jednym warunkiem…

Rozdział czwarty

– Mam na imię Natasha i trzy lata temu straciłam męża. Zmarł na raka.

Był parny poniedziałkowy wieczór, członkowie grupy wsparcia dla osób w żałobie siedzieli na ustawionych w krąg pomarańczowych krzesłach biurowych w sali Zjednoczonego Kościoła Zielonoświątkowego. Wśród zgromadzonych wyróżniał się prowadzący Marc, wysoki wąsaty mężczyzna, którego całe jestestwo emanowało czymś w rodzaju znużonej melancholii, oraz jedno puste miejsce.

– Jestem Fred. Moja żona, Jilly, umarła we wrześniu. Miała siedemdziesiąt cztery lata.

– Sunil. Mój brat bliźniak dwa lata temu zmarł na białaczkę.

– William. Mój ojciec nie żyje od pół roku. Szczerze mówiąc, trochę to wszystko absurdalne, bo kiedy żył, nie za bardzo się dogadywaliśmy. Cały czas się zastanawiam, co ja właściwie tu robię.

Żałoba miała swój szczególny zapach. Pachniała wilgotną, niewietrzoną salką w kościele i kiepską herbatą w torebkach. Posiłkami gotowanymi dla jednej osoby i zwietrzałymi papierosami, które pali się, kuląc się przed zimnem. Ułożonymi włosami i spryskanymi pachami, drobnymi praktycznymi zwycięstwami nad otchłanią rozpaczy. Sam ten zapach wystarczył, bym zrozumiała, że tu nie pasuję, nieważne, co obiecałam tacie.

Czułam się jak oszustka. Poza tym oni wszyscy wydawali się tacy... smutni.

Zakłopotana, poruszyłam się na krześle, a Marc mnie przyłapał. Uśmiechnął się do mnie uspokajająco. Znamy to, mówił jego uśmiech. My też przez to przechodziliśmy.

Założę się, że nie – brzmiała moja milcząca odpowiedź.

– Przepraszam. Przepraszam za spóźnienie. – Drzwi się otworzyły, wpuszczając do środka podmuch ciepłego powietrza, i puste krzesło zajął nastolatek z rozczochraną czupryną, który następnie poskładał swoje kończyny, jakby w jakiś tajemniczy sposób były stale za długie na przestrzeń, którą zajmowały.

– Jake. Nie było cię w zeszłym tygodniu. Wszystko w porządku?

– Przepraszam. Tata nawalił w pracy i nie mógł mnie przywieźć.

– Nie martw się. Dobrze, że udało ci się dotrzeć. Wiesz, gdzie jest picie.

Chłopak rozejrzał się po sali spod swojej długiej grzywki i zawahał się przez chwilę, kiedy jego spojrzenie wylądowało na mojej świecącej zielonej spódniczce. Położyłam sobie na kolanach torebkę, usiłując ją zakryć, i Jake odwrócił wzrok.

– Witaj, skarbie. Jestem Daphne. Mój mąż odebrał sobie życie. Nie sądzę, żeby chodziło o moje zrzędzenie! – Słyszałam, jak przez zduszony śmiech tej kobiety przebija ból. Poprawiła starannie ułożone włosy i z zakłopotaniem spojrzała na swoje kolana. – Byliśmy szczęśliwi. Naprawdę.

Ręce chłopaka były wciśnięte pod jego uda.

– Jake. Mama. Dwa lata temu. Chodzę tu od roku, bo tata nie bardzo sobie z tym radzi, i potrzebowałem z kimś pogadać.

– Jak tata się miewa w tym tygodniu, Jake? – zapytał Marc.

– Nieźle. To znaczy, w ten piątek przyprowadził do domu jakąś babkę, ale, no, nie usiadł po tym na kanapie i nie zaczął płakać. To już coś.

– Ojciec Jake'a na swój sposób mierzy się z własnym smutkiem – powiedział Marc w moją stronę.

– Bzyka się – uzupełnił Jake. – Głównie się bzyka.

– Żałuję, że nie jestem młodszy – wtrącił Fred smętnie. Miał na sobie koszulę z kołnierzykiem i krawat – widać było, że bez niego czułby się nieubrany. – Myślę, że to byłby wspaniały sposób na zmierzenie się ze śmiercią Jilly.

– Moja kuzynka poderwała faceta na pogrzebie cioci – odezwała się siedząca w rogu kobieta, która mogła mieć na imię Leanne; nie pamiętałam dokładnie. Była niska, krągła i miała gęstą grzywkę koloru czekolady.

– Dosłownie na pogrzebie?

– Powiedziała, że po konsolacji poszli do motelu – wzruszyła ramionami. – Podobno to z tych emocji.

Byłam w niewłaściwym miejscu. Teraz widziałam to wyraźnie. Ukradkiem zebrałam swoje rzeczy, zastanawiając się, czy powinnam powiedzieć, że wychodzę, czy prościej będzie po prostu uciec.

I wtedy Marc skierował na mnie wyczekujący wzrok.

Popatrzyłam na niego tępo.

Uniósł brwi.

– A. Ja? Szczerze mówiąc, właśnie wychodziłam. Wydaje mi się, że… to znaczy, ja chyba nie…

– Moja kochana, za pierwszym razem każdy ma ochotę sobie pójść.

– Ja chciałem sobie pójść jeszcze za drugim razem, i za trzecim też.

– To przez te herbatniki. Ciągle powtarzam Marcowi, że powinniśmy mieć tu coś lepszego.

– Możesz podać nam po prostu suche fakty. Nie przejmuj się. Jesteś wśród przyjaciół.

Wszyscy czekali. Nie mogłam uciec. Zwiesiłam ramiona i opadłam z powrotem na krzesło.

– Y. No dobrze. No więc mam na imię Louisa i mężczyzna, którego... kochałam... umarł w wieku trzydziestu pięciu lat.

Kilka osób z sympatią pokiwało głowami.

– Zbyt młodo. Kiedy to się stało, Louiso?

– Dwadzieścia miesięcy temu. I tydzień. I dwa dni.

– Trzy lata, dwa tygodnie i dwa dni – Natasha uśmiechnęła się do mnie z drugiego końca sali.

Rozległ się cichy pomruk współczucia. Siedząca obok mnie Daphne wyciągnęła pulchną dłoń z licznymi pierścionkami i poklepała mnie po nodze.

– Wiele mówiliśmy już w tej sali o szczególnych trudnościach związanych z tym, gdy ktoś umiera młodo – odezwał się Marc. – Jak długo byliście razem?

– Y. My... no... niecałe pół roku.

Kilka spojrzeń wyrażających ledwie powściągane zaskoczenie.

– To... dosyć krótko – powiedział ktoś.

– Jestem pewien, że długość tego czasu nie wpływa na ból Louisy – odparł gładko Marc. – W jaki sposób twój partner odszedł?

– Dokąd odszedł?

– Umarł – podpowiedział uczynnie Fred.

– A. On... y... odebrał sobie życie.

– Musiało to być dla ciebie wielkim wstrząsem.

– Właściwie nie. Wiedziałam, że to planuje.

Okazuje się, że istnieje szczególny rodzaj ciszy, która zapada, gdy powie się do sali pełnej ludzi przekonanych, iż wiedzą wszystko, co można wiedzieć o śmierci ukochanej osoby, że jednak nie wiedzą wszystkiego.

Odetchnęłam głęboko.

– On wiedział, że chce to zrobić, jeszcze zanim go poznałam. Robiłam, co mogłam, żeby zmienił zdanie, ale nie udało mi się. Więc przystałam na to, bo go kochałam, i wtedy wydawało mi się, że to ma sens. A teraz ma znacznie mniej sensu. I dlatego tu jestem.

– Śmierć nigdy nie ma sensu – odezwała się Daphne.

– Chyba że jest się buddystą – powiedziała Natasha. – Staram się myśleć po buddyjsku, ale wtedy się martwię, że Olaf wróci na ziemię jako mysz czy coś w tym rodzaju, a ja go otruję. – Westchnęła. – Musiałam wyłożyć trutkę. W naszym bloku jest straszny problem z myszami.

– Nigdy się ich nie pozbędziesz. One są jak pchły – stwierdził Sunil. – Na każdą, którą widzisz, przypadają setki za kulisami.

– Natasha, może powinnaś jednak to przemyśleć, kochanie – wtrąciła Daphne. – Możliwe, że wokół biegają setki małych Olafów. Jeden z nich to może być nawet mój Alan. A jeśli otrujesz ich obu?

– No cóż – odezwał się Fred – skoro rozumujemy po buddyjsku, to on po prostu znów wróciłby na ziemię w innej postaci, prawda?

– Ale jeśli to będzie mucha i Natasha też ją zabije?

– Nie chciałbym odrodzić się jako mucha – zauważył William. – Ohydne czarne, włochate stworzenia – wzdrygnął się.

– Ja nie jestem jakąś seryjną zabójczynią – zaprotestowała Natasha. – Mówicie tak, jakbym tylko czekała, żeby zamordować wszystkich mężów po reinkarnacji.

– Cóż, ta mysz może być czyimś mężem. Nawet jeśli nie będzie to Olaf.

– Myślę, że powinniśmy spróbować wrócić do meritum – powiedział Marc, pocierając skroń. – Louiso, postąpiłaś bardzo odważnie, przychodząc tu i dzieląc się z nami swoją historią. Może opowiesz nam trochę więcej o tym, jak ty i… jak on miał na imię?… jak się poznaliście. Możesz nam zaufać. Wszyscy przyrzekliśmy, że nasze opowieści nie wyjdą poza tę salę.

I tak się złożyło, że w tym momencie moje spojrzenie spotkało się ze wzrokiem Jake'a. Chłopak zerknął na Daphne, potem na mnie, i lekko pokręcił głową.

– Poznałam go w pracy – odparłam. – Miał na imię… Bill.

Pomimo słowa danego tacie nie planowałam iść na spotkanie grupy wsparcia. Ale mój powrót do pracy był tak straszny, że pod koniec dnia nie byłam w stanie stawić czoła pustemu mieszkaniu.

– Wróciłaś! – Carly postawiła na barze filiżankę z kawą, wzięła od biznesmena pieniądze i uściskała mnie, wrzucając jednocześnie monety do odpowiednich przegródek w szufladzie kasy, wszystko to jednym płynnym ruchem. – Co się, u licha, stało? Tim powiedział nam tylko, że miałaś wypadek. A potem odszedł, więc nie wiedziałam nawet, czy ty w ogóle wrócisz.

– Długa historia. – Wlepiłam w nią wzrok. – Y… co ty masz na sobie?

W poniedziałek o dziewiątej rano lotnisko sprawiało wrażenie, jakby spowijała je szaroniebieska mgła; roiło się od mężczyzn ładujących baterie w laptopach, wpatrzonych w iPhone'y, czytających wiadomości giełdowe albo dyskretnie rozmawiających przez telefon o jakichś akcjach. Carly złowiła spojrzenie kogoś po drugiej stronie kasy.

– Jak by to powiedzieć... Sporo się tu zmieniło od czasu, kiedy zniknęłaś.

Odwróciłam się i zobaczyłam biznesmena stojącego po niewłaściwej stronie baru. Zamrugałam oczami i odłożyłam torebkę.

– Hm, gdyby mógł pan poczekać z tamtej strony, zaraz się panem zajmę...

– Ty pewnie jesteś Louise. – Uścisk jego dłoni był stanowczy i pozbawiony ciepła. – Jestem nowym menedżerem baru. Richard Percival.

Przyjrzałam się jego ulizanym włosom, garniturowi, bladoniebieskiej koszuli i zaczęłam się zastanawiać, jakimi barami zarządzał do tej pory.

– Miło pana poznać.

– To ciebie nie było przez dwa miesiące.

– Cóż. Tak. Ja...

Ruszył wzdłuż kontuaru, przyglądając się uważnie każdej butelce.

– Chcę po prostu, żebyś wiedziała, że nie jestem zwolennikiem niekończących się zwolnień lekarskich.

Poczułam, że oczy szeroko otwierają mi się ze zdumienia.

– Po prostu lubię jasno stawiać granice, Louise. Nie jestem jednym z tych menedżerów, którzy patrzą na takie rzeczy przez palce. Wiem, że w wielu firmach zwolnienia traktowane są jako sympatyczny dodatek służbowy. Ale nie w tych firmach, w których ja pracuję.

– Proszę mi wierzyć, ostatnie dziewięć tygodni nie wydawało mi się sympatycznym dodatkiem.

Mężczyzna przyjrzał się nalewakowi od spodu i w zamyśleniu potarł go kciukiem.

Odetchnęłam głęboko i dopiero potem się odezwałam.

– Spadłam z piątego piętra. Może pokazać panu moje blizny po operacji? Tak by miał pan pewność, że nie przyjdzie mi ochota tego powtarzać.

Zmierzył mnie wzrokiem.

– Po co ta ironia? Nie twierdzę, że zaraz będziesz miała kolejny wypadek, ale twoje zwolnienie lekarskie jest, *pro rata*, wyjątkowo długie jak na kogoś, kto pracuje w tej firmie od stosunkowo niedawna. Chodziło mi tylko o wskazanie faktu. Żebyś miała tego świadomość.

Jego mankiety zdobiły spinki w kształcie samochodów wyścigowych.

– Rozumiem, proszę pana – odparłam. – Zrobię, co w mojej mocy, by na przyszłość unikać wypadków mogących zakończyć się śmiercią.

– Będzie ci potrzebny strój. Daj mi pięć minut, przyniosę ci go z magazynu. Jaki masz rozmiar? Czterdzieści? Czterdzieści dwa?

Obrzuciłam go lodowatym spojrzeniem.

– Trzydzieści osiem.

Uniósł brew. Odpowiedziałam mu tym samym. Richard ruszył w stronę swojego biura, a Carly nachyliła się nad ekspresem do kawy i posłała mężczyźnie słodki uśmiech.

– Absolutny kutafon – powiedziała do mnie kątem ust.

Nie myliła się. Od chwili gdy wróciłam, Richard Percival uczepił się mnie, że posłużę się określeniem mojego ojca, jak rzep psiego ogona. Sprawdzał, czy dobrze odmierzam alkohol, oglądał każdy kąt baru w poszukiwaniu mikroskopijnych okruszków orzeszków, co chwila wpadał do toalet, żeby się przekonać, czy panuje tam należyta czystość, i nie pozwalał nam wyjść, dopóki na jego oczach nie podliczymy utargu i nie upewnimy się, że każdy wydruk z kasy zgadza się z zawartością szuflady co do pensa.

Nie miałam już czasu na pogawędki z klientami, na sprawdzanie godzin odlotów, na oddawanie zagubionych paszportów i kontemplowanie startujących samolotów, które widać było przez ogromną szybę. Nie miałam nawet czasu irytować się *Celtyckimi dudami ze Szmaragdowej Wyspy, cz. III*. Jeżeli jakiś klient czekał na obsłużenie dłużej niż dziesięć sekund, Richard jak za dotknięciem czarodziejskiej różdżki wyłaniał się z biura, ostentacyjnie wzdychał, a potem głośno i kilkakrotnie przepraszał tę osobę, że musiała czekać tak długo. Carly i ja, zazwyczaj zajęte obsługiwaniem innych klientów, ukradkiem spoglądałyśmy po sobie z rezygnacją i wzgardą.

Richard spędzał pół dnia na spotkaniach z przedstawicielami handlowymi, a resztę, rozmawiając przez telefon z centralą firmy i bajdurząc o frekwencji klientów i wydatkach na osobę. Zachęcał nas do namawiania klientów na droższe produkty przy każdej transakcji, po czym brał nas na stronę i udzielał reprymendy, jeżeli o tym zapomniałyśmy. To wszystko było już samo w sobie wystarczająco okropne.

Ale poza tym był jeszcze strój.

Carly weszła do damskiej toalety, kiedy właśnie kończyłam się przebierać, i stanęła obok mnie przed lustrem.

– Wyglądamy jak dwie kretynki – powiedziała.

Jakiś geniusz marketingu gdzieś na wysokim szczeblu korporacyjnej drabiny stwierdził, że ciemna spódnica i biała koszula to za mało i że klimat sieci pubów Pod Koniczynką niezwykle zyska na wprowadzeniu oryginalnych irlandzkich strojów. Te oryginalne irlandzkie stroje zostały najwyraźniej wymyślone przez kogoś, kto był przekonany, że w tej właśnie chwili w całym Dublinie bizneswomen i kasjerki przemieszczają się po swoich miejscach pracy tanecznym krokiem, ubrane w haftowane tuniki, podkolanówki i sznurowane buty do tańca, a wszystko to w odcieniu mieniącej się szmaragdowej zieleni. Z towarzyszeniem kędzierzawych peruk.

– Jezu. Gdyby mój chłopak mnie w tym zobaczył, toby mnie rzucił. – Carly zapaliła papierosa i weszła na umywalkę, żeby wyłączyć czujnik dymu pod sufitem. – Chociaż podejrzewam, że najpierw chciałby mnie przelecieć. Zbok jeden.

– A co mają nosić faceci? – Obciągnęłam swoją króciutką spódnicę i nerwowo zerknęłam na zapalniczkę Carly, zastanawiając się, jak bardzo jestem teraz łatwopalna.

– Rozejrzyj się. Tu jest tylko Richard. I musi chodzić w tej koszuli z zielonym logo. Biedaczek.

– I tyle? Żadnych elfich butów? Ani kapelusika kobolda?

– Widzisz, no kto by pomyślał. Tylko my, dziewczyny, musimy wyglądać w pracy jak pornomunchkinki.

– Ja w tej peruce wyglądam jak Dolly Parton na początku kariery.

– Weź sobie rudą. Szczęściary z nas, możemy wybierać z gamy trzech kolorów.

Z zewnątrz dobiegł głos wołającego nas Richarda. Mój żołądek zaczął się odruchowo ściskać na ten dźwięk.

– W każdym razie ja tu nie zostaję. Tanecznym krokiem opuszczę ten zakład i udam się do innej pracy – powiedziała Carly. – Richard może sobie wsadzić te pieprzone koniczynki w swój spięty korporacyjny tyłek.

Wykonała coś, co mogę opisać tylko jako ironiczny pląs, i wyszła z toalety. Reszta dnia upłynęła mi pod znakiem nieustannych drobnych wstrząsów spowodowanych elektryzującym się co chwila strojem.

Spotkanie grupy wsparcia skończyło się o wpół do dziesiątej. Wyszłam prosto w parny letni wieczór, podwójnie wymęczona dniem w pracy i przebiegiem spotkania. Było mi gorąco i zdjęłam kurtkę z nagłym uczuciem, że po tym, jak odsłoniłam się przed salą pełną kompletnie obcych ludzi, jest mi w zasadzie wszystko jedno, czy ktoś zobaczy mnie w stroju irlandzkiej tancerki, który – prawdę mówiąc – był ciut przymały.

Nie byłam w stanie mówić o Willu – nie tak jak oni, jakby ich najbliżsi nadal byli częścią ich życia, niemalże w pokoju obok.

– O tak, moja Jilly cały czas tak robiła.

– Nie potrafię skasować nagrania brata na poczcie głosowej. Od czasu do czasu słucham sobie jego głosu, kiedy mi się wydaje, że zaraz zapomnę, jak brzmiał.

– Niekiedy słyszę go w sąsiednim pokoju.

Mnie z trudem przychodziło samo wypowiedzenie imienia Willa. A słuchając opowieści o relacjach rodzinnych, trzydziestoletnich małżeństwach, wspólnych domach, dzieciach, życiu, czułam się jak oszustka. Ja przez sześć miesięcy byłam czyjąś opiekunką. Kochałam go i patrzyłam, jak odbiera sobie życie. Jak ci obcy ludzie mogliby zrozumieć, czym Will i ja byliśmy dla siebie przez ten czas? Jak mogłabym im wyjaśnić to, jak w lot się rozumieliśmy, nasze żarty dla wtajemniczonych, nagie prawdy i bolesne sekrety? Jak miałam przekazać im to, jak te kilka miesięcy zmieniło mój sposób patrzenia na wszystko? To, jak Will przemodelował mój świat tak całkowicie, że bez niego nie ma on najmniejszego sensu?

A zresztą jaki sens ma ciągłe nurzanie się we własnym smutku? Przecież to jak jątrzenie rany, niepozwalanie, żeby się zagoiła. Wiedziałam, w czym biorę udział. Wiedziałam, jaka jest moja rola. Jaki sens ma wracanie do tego wciąż na nowo?

Teraz wiedziałam, że nie przyjdę tu w przyszłym tygodniu. Znajdę jakąś wymówkę dla taty.

Szłam powoli przez parking, przetrząsając torebkę w poszukiwaniu kluczyków i powtarzając sobie, że przynajmniej nie musiałam spędzić tego wieczoru sama przed telewizorem, wzdragając się na myśl o tym, że po upływie dwunastu godzin znów będzie trzeba wrócić do pracy.

– Tak na serio nie nazywał się Bill, co?

Jake znalazł się obok mnie.

– Nie.

– Daphne jest jak jednoosobowa stacja nadawcza. Chce dobrze, ale twoja historia rozniesie się wśród wszystkich jej znajomych, zanim zdążysz powiedzieć „reinkarnacja gryzoni".

– Dzięki, że mnie ostrzegłeś.

Uśmiechnął się do mnie i wskazał głową moją spódniczkę z lureksu.

– Swoją drogą, niezłe ciuchy. Dobra stylówka na grupę wsparcia dla osób w żałobie.

Przystanął na chwilę, żeby zawiązać sznurówkę.

Zatrzymałam się razem z nim. Zawahałam się, a potem powiedziałam:

– Przykro mi z powodu twojej mamy.

Chłopak miał posępną minę.

– Nie wolno mówić takich rzeczy. To jak w więzieniu – nie można pytać ludzi, za co siedzą.

– Naprawdę? Ojej, przepraszam. Nie wie…

– Żartuję sobie. Widzimy się za tydzień.

Jakiś oparty o motocykl mężczyzna podniósł rękę w geście powitania. Ruszył w stronę Jake'a, zamknął go w niedźwiedzim uścisku i pocałował w policzek. Zatrzymałam się i patrzyłam na nich, głównie dlatego, że rzadko widuje się w miejscach publicznych człowieka, który tuliłby tak swojego syna, kiedy ten już wyrósł z okresu noszenia w chuście.

– Jak było?

– Spoko. Normalnie. – Jake wskazał na mnie. – A, to jest... Louisa. Nowa.

Mężczyzna spojrzał na mnie, mrużąc oczy. Był wysoki i miał szerokie ramiona. Nos, który chyba był kiedyś złamany, nadawał mu lekko zadziorny wygląd byłego boksera.

Uprzejmie skinęłam głową.

– Jake, miło było cię poznać. Tymczasem – uniosłam rękę i zaczęłam iść w stronę samochodu. Ale kiedy mijałam tego człowieka, on wpatrywał się we mnie uporczywie, aż poczułam, że rumienię się pod jego intensywnym spojrzeniem.

– Ty jesteś tamtą dziewczyną – powiedział.

O nie, pomyślałam, zwalniając nagle kroku. Nawet tutaj?

Przez chwilę patrzyłam w ziemię, a potem odetchnęłam głęboko.

– No dobrze. Jak wyjaśniłam przed chwilą grupie, mój przyjaciel sam dokonał wyboru. Ja ograniczyłam się do wspierania go w jego decyzji. Ale szczerze mówiąc, nie mam właściwie ochoty omawiać tego tutaj z zupełnie obcym człowiekiem.

Ojciec Jake'a nadal wpatrywał się we mnie zmrużonymi oczami. Podniósł rękę do czoła.

– Rozumiem, że nie każdy potrafi to przyjąć. Ale tak to już jest. Nie wydaje mi się, żebym musiała tłumaczyć się każdemu ze swoich wyborów. Jestem bardzo zmęczona, to był dosyć ciężki dzień, więc chyba pojadę już do domu.

Mężczyzna przekrzywił głowę. A potem powiedział:

– Nie mam pojęcia, o czym ty mówisz.

Zmarszczyłam brwi.

– Utykasz. Zauważyłem, że lekko utykasz. Mieszkasz niedaleko takiej ogromnej nowej inwestycji, prawda? Jesteś tą dziewczyną, która spadła z dachu. W marcu. Kwietniu.

I nagle ja też go rozpoznałam.

– Och, to ty byłeś...

– Ratownik medyczny. Nasza ekipa cię zgarnęła. Zastanawiałem się, co się z tobą stało.

Nogi omal się pode mną nie ugięły pod wpływem nagłej ulgi. Pozwoliłam swojemu spojrzeniu zatrzymać się na jego twarzy, włosach, rękach i nagle przypomniałam sobie z przedziwną dokładnością jego uspokajający głos, dźwięk syreny, nikły zapach cytryn. Odetchnęłam.

– Mam się dobrze. To znaczy, właściwie nie do końca. Mam biodro w kawałkach i nowego szefa, który jest skończonym dupkiem i... no wiesz... jestem w takiej grupie wsparcia w wilgotnej salce kościelnej, z ludźmi, którzy są po prostu strasznie...

– Smutni – podsunął uczynnie Jake.

– Z biodrem stopniowo będzie coraz lepiej. Zresztą ewidentnie nie stanowi dla ciebie przeszkody w karierze tancerki.

Mój śmiech zabrzmiał jak syrena przeciwmgielna.

– A. Nie. To jest... Mój strój ma związek z tym szefem, który jest dupkiem. Normalnie się tak nie ubieram. No, w każdym razie... dziękuję. – Podniosłam dłoń do czoła. – Ale to dziwne. Uratowałeś mi życie.

– Dobrze cię widzieć. Nieczęsto mamy okazję się przekonać, co dzieje się dalej.

– Świetnie się spisałeś. To było... No, byłeś wyjątkowo miły. Tyle zapamiętałam.

– *De nada.*

Wlepiłam w niego wzrok.

– *De nada.* Po hiszpańsku. „To nic takiego".

– Aha, w porządku. Cofam wszystko, co powiedziałam. Dzięki za nic.

Uśmiechnął się i uniósł rękę rozmiarów wiosła.

Kiedy myślałam o tym później, nie byłam pewna, co mnie do tego skłoniło.

– Hej.

Odwrócił się i na mnie spojrzał.

– Jakby co, mam na imię Sam.

– Sam. Ja nie skoczyłam.

– Okej.

– Nie. Serio. To znaczy, wiem, że przed chwilą widziałeś, jak wychodzę ze spotkania grupy wsparcia dla osób w żałobie i tak dalej, ale… no, ja po prostu… ja bym nie skoczyła.

Obrzucił mnie spojrzeniem, które zdawało się sugerować, że ten człowiek widział już i słyszał wszystko.

– Dobrze wiedzieć.

Przez chwilę patrzyliśmy na siebie. A potem on jeszcze raz uniósł rękę.

– Miło było cię zobaczyć, Louiso.

Założył kask, a Jake wsunął się na siedzenie za nim. Przyłapałam się na tym, że się im przyglądam, kiedy wyjeżdżali z parkingu. I tylko dlatego zauważyłam, że Jake demonstracyjnie przewraca oczami, zakładając własny kask. I wtedy przypomniałam sobie, co powiedział podczas spotkania.

Kompulsywny bzykacz.

– Idiotka – powiedziałam do siebie i utykając, ruszyłam po asfalcie w stronę samochodu, który gotował się powoli w wieczornym upale.

Rozdział piąty

Mieszkałam na skraju City. Na wypadek, gdybym miała jakieś wątpliwości, po drugiej stronie szosy wykopano krater wielkości ogromnego biurowca, otoczony przez dewelopera parkanem, na którym widniał napis: FARTHINGATE – TU ZACZYNA SIĘ CITY. Znajdowaliśmy się dokładnie w punkcie, gdzie lśniące szklane świątynie finansjery stykały się z zakopconą starą cegłą i przesuwnymi oknami indyjskich knajpek i całodobowych sklepów, barów ze striptizem i małych przedsiębiorstw taksówkowych, które uparcie nie chciały wyginąć. Mój budynek stał wśród tych architektonicznych niedobitków, pociemniała od ołowiu staroświecka kamienica, wpatrzona w nieubłagany szturm szkła i stali; stała i zastanawiała się, jak długo uda jej się przetrwać – może uratuje ją hipsterski bar ze świeżo wyciskanymi sokami, albo jakiś modny „znikający butik"? Nie znałam tu nikogo poza Samirem, który prowadził sklepik całodobowy, i kobietą z piekarni z bajglami, która uśmiechała się do mnie na powitanie, ale najwyraźniej nie mówiła po angielsku.

Ta anonimowość zazwyczaj mi odpowiadała. W końcu sprowadziłam się tutaj, żeby uciec od mojej historii, od poczucia, że wszyscy wiedzą na mój temat wszystko. I City zaczęło mnie zmieniać.

Zaznajomiłam się już z tym moim małym własnym rewirem, jego rytmami i niebezpiecznymi punktami. Przekonałam się, że jeśli dam pieniądze pijakowi na pętli autobusowej, to przez następne dwa miesiące będzie przychodził i wysiadywał pod moją klatką; że jeśli muszę iść przez osiedle po zmroku, mądrze jest trzymać klucz w garści; że kiedy wychodzę nocą po butelkę wina, lepiej nie patrzeć w stronę młodych mężczyzn zbitych w grupkę pod kebabem. Nie przeszkadzało mi już uporczywe dudnienie policyjnego helikoptera nad głową.

To wszystko było do przeżycia. A zresztą lepiej niż ktokolwiek inny wiedziałam, że zdarzają się gorsze rzeczy.

– Hej.
– Hej, Lou. Znów nie możesz spać?
– Tutaj jest tuż po dziesiątej.
– To co słychać?

Nathan, dawny rehabilitant Willa, spędził ostatnie dziewięć miesięcy, pracując w Nowym Jorku dla jakiejś szychy z Wall Street w średnim wieku, z trzypiętrową miejską rezydencją i chronicznymi bólami mięśniowymi. Weszło mi w zwyczaj dzwonienie do niego późną nocą, kiedy nie mogłam zasnąć. Dobrze było wiedzieć, że jest ktoś, kto mnie rozumie, gdzieś tam w ciemności, nawet jeśli czasem nowiny od niego przypominały serię drobnych ciosów – wszyscy inni jakoś żyli dalej, szli naprzód. Wszyscy inni coś osiągnęli.

– Jak tam w Big Apple?
– Nieźle? – Jego akcent rodem z antypodów zmieniał każdą odpowiedź w pytanie.

Położyłam się na kanapie, opierając stopy o podłokietnik.

– Fajnie. Chociaż za wiele mi to nie mówi.

– No dobra. Więc dali mi podwyżkę, czyli bardzo spoko. Za parę tygodni lecę do domu zobaczyć się ze staruszkami. Czyli też dobrze. Cali są uchachani, bo moja siostra będzie miała dziecko. A, i poznałem w barze na Sixth Avenue bardzo fajną foczkę i super nam się gadało, więc chciałem się z nią umówić. No ale jak jej powiedziałem, czym się zajmuję, to ona na to, że przykro jej, ale umawia się tylko z facetami, którzy noszą do pracy garnitur. – Roześmiał się.

Zauważyłam, że się uśmiecham.

– Czyli kitel się nie liczy?

– Chyba nie bardzo. Chociaż powiedziała, że może zmieniłaby zdanie, gdybym był prawdziwym lekarzem. – Znów się zaśmiał. Nathan był istną oazą spokoju i pogody ducha. – Nie szkodzi. Takie dziewczyny strasznie kręcą nosem, jeśli nie zabierasz ich do takich knajp, jak trzeba, i tak dalej. Lepiej wiedzieć to na dzień dobry, nie? A jak u ciebie?

Wzruszyłam ramionami.

– Trochę lepiej. Chyba.

– Dalej śpisz w jego T-shircie?

– Nie. Przestał nim pachnieć. I szczerze mówiąc, zaczęło się to robić trochę nieprzyjemne. Uprałam go i zapakowałam w bibułkę. Ale mam jego sweter na gorsze dni.

– Dobrze mieć coś w zanadrzu.

– A, i poszłam na spotkanie grupy wsparcia dla osób w żałobie.

– I jak było?

– Fatalnie. Czułam się jak oszustka.

Nathan czekał.

Poprawiłam sobie poduszkę pod głową.

– Nathan, czy ja to sobie wszystko wyobraziłam? Czasem mi się wydaje, że chyba wyolbrzymiam to, co było między mną a Willem. No bo na przykład jak to możliwe, że tak bardzo kogoś pokochałam w takim krótkim czasie? I te wszystkie rzeczy, które o nas myślę – czy my naprawdę czuliśmy to, co pamiętam? Im bardziej się od tego oddalamy, tym bardziej to pół roku zaczyna mi się wydawać jakimś dziwnym… snem.

Króciutka chwila milczenia, a potem Nathan odpowiedział:

– Dziewczyno, nie wyobraziłaś sobie tego.

Otarłam oczy.

– Czy to tylko ja? Ciągle za nim tęsknię?

Znów krótka pauza.

– Niee. To był spoko gość. Najlepszy.

Była to jedna z rzeczy, które lubiłam w Nathanie. Nie przeszkadzała mu dłuższa chwila ciszy w słuchawce. W końcu usiadłam prosto i wydmuchałam nos.

– No dobra. W każdym razie raczej drugi raz tam nie pójdę. Chyba to nie dla mnie.

– Spróbuj, Lou. Nie da się niczego ocenić po pierwszym spotkaniu.

– Mówisz jak mój tata.

– Zawsze był przytomnym facetem.

Podskoczyłam na dźwięk dzwonka. Nikt nigdy nie dzwonił do moich drzwi, poza panią Nellis spod dwunastki, kiedy listonosz niechcący zamienił naszą pocztę. Nie przypuszczałam, żeby o tej porze była na nogach. A ja z całą pewnością nie zamierzałam kwitować odbioru jej czasopisma „Lalki w Stylu Elżbietańskim".

Dzwonek znów zadzwonił. Po raz trzeci, ostro i natarczywie.

– Muszę kończyć. Ktoś przyszedł.

– Głowa do góry, dziewczyno. Poradzisz sobie.

Odłożyłam słuchawkę i nieufnie podniosłam się z kanapy. Nie miałam w okolicy żadnych znajomych. Nie udało mi się do tej pory ustalić, skąd się ich właściwie bierze, kiedy człowiek przeprowadzi się w nowe miejsce i większość dnia spędza w pracy. A gdyby moi rodzice zdecydowali się wkroczyć i wywieźć mnie do Stortfold, zorganizowaliby to pomiędzy godzinami szczytu, bo żadne z nich nie lubiło prowadzić po ciemku.

Czekałam z nadzieją, że ta osoba – kimkolwiek jest – zauważy po prostu swoją pomyłkę i sobie pójdzie. Ale dzwonek znów zadzwonił, przeraźliwie, bez końca, jakby teraz ktoś się o niego opierał.

Wstałam i podeszłam do drzwi.

– Kto tam?

– Muszę z tobą porozmawiać.

Dziewczęcy głos. Wyjrzałam przez wizjer. Patrzyła na swoje stopy, więc udało mi się zobaczyć tylko długie kasztanowe włosy i za dużą skórzaną kurtkę. Zachwiała się lekko i potarła nos. Pijana?

– Chyba pomyliłaś mieszkania.

– Louisa Clark?

Zawahałam się przez chwilę.

– Skąd wiesz, jak się nazywam?

– Muszę z tobą porozmawiać. Możesz po prostu otworzyć drzwi?

– Jest prawie wpół do jedenastej.

– No. I dlatego wolałabym nie sterczeć tu na korytarzu.

Mieszkałam tu już wystarczająco długo, by wiedzieć, że nie powinnam otwierać drzwi nieznajomym. W tej części miasta nieraz zdarzało się, że jakiś ćpun dzwonił do przypadkowych mieszkań w nadziei, że dostanie trochę pieniędzy. Ale ta dziewczyna mówiła jak kulturalna osoba. I była młodziutka. Nie wyglądała na jedną z tych dziennikarek, przelotnie zafiksowanych na historii niegdysiejszego młodego wilka, który zdecydował się zakończyć życie. Czy ona powinna włóczyć się sama po mieście o tej porze? Przekrzywiłam głowę, usiłując zobaczyć, czy w korytarzu nie ma kogoś jeszcze. Wyglądało na to, że jest pusty.

– Możesz mi powiedzieć, o co chodzi?

– Tutaj? Nie.

Otworzyłam drzwi na szerokość łańcucha, tak że znalazłyśmy się twarzą w twarz.

– Będziesz musiała powiedzieć mi coś jeszcze.

Nie mogła mieć więcej niż szesnaście lat; jej policzki miały w sobie jeszcze tę niewinną młodzieńczą pulchność. Włosy były długie i lśniące. Nogi długie i chude, w obcisłych czarnych dżinsach. Mocny eyeliner na ładnej twarzy.

– No więc… jak mówiłaś, że się nazywasz? – zapytałam.

– Lily. Lily Houghton-Miller. Posłuchaj – powiedziała, lekko unosząc brodę – muszę z tobą porozmawiać o moim ojcu.

– Chyba trafiłaś pod zły adres. Nie znam nikogo o nazwisku Houghton-Miller. Musi być jakaś inna Louisa Clark, z którą mnie pomyliłaś.

Chciałam zamknąć drzwi, ale dziewczyna wcisnęła w nie czubek swojego buta. Spojrzałam na niego, a potem powoli podniosłam wzrok na nią.

– To przecież nie jego nazwisko – powiedziała, jakbym była głupia. A potem dodała, patrząc na mnie z napięciem, a zarazem pytaniem w oczach: – On się nazywa Will Traynor.

Lily Houghton-Miller stała pośrodku mojego salonu i przyglądała mi się z chłodnym zainteresowaniem naukowca, który obserwuje nowy gatunek bezkręgowca żyjącego w nawozie.

– Wow. Co ty masz na sobie?

– Ja… pracuję w pubie irlandzkim.

– Taniec na rurze? – Najwyraźniej straciwszy zainteresowanie moją osobą, dziewczyna powoli obróciła się wokół własnej osi, lustrując pokój. – Czy ty naprawdę tutaj mieszkasz? Gdzie masz meble?

– Dopiero co się wprowadziłam.

– Jedna kanapa, jeden telewizor, dwa kartony książek? – skinęła głową w stronę krzesła, na którym siedziałam, nadal usiłując zapanować nad oddechem i zrozumieć coś z tego, co mi przed chwilą powiedziała.

Wstałam.

– Zrobię sobie coś do picia. A ty się czegoś napijesz?

– Coli. Chyba że masz wino.

– Ile ty masz lat?

– Czemu cię to interesuje?

– Nie rozumiem… – przeszłam za blat w kuchni. – Will nie miał dzieci. Wiedziałabym o tym – zmarszczyłam brwi i spojrzałam na nią z nagłą podejrzliwością. – Czy to jest jakiś żart?

– Żart?

– Will i ja rozmawialiśmy… dużo rozmawialiśmy. Powiedziałby mi.

– Aha. No to wygląda na to, że jednak nie powiedział. A ja muszę o nim pogadać z kimś, komu nie będzie totalnie odbijać za każdym razem, kiedy w ogóle o nim wspomnę, tak jak całej reszcie mojej rodziny.

Wzięła do ręki kartkę od mojej mamy i zaraz ją odłożyła.

– I raczej nie mówię tego w formie żartu. Jasne. Mój prawdziwy tata, czyli jakiś smutny koleś na wózku. Ale beka.

Podałam jej szklankę wody.

– Ale kim… kim jest twoja rodzina? To znaczy, kim jest twoja matka?

– Masz fajki? – Zaczęła chodzić po pokoju, dotykać różnych przedmiotów, brać do ręki moje nieliczne rzeczy i odkładać je z powrotem. Kiedy pokręciłam głową, powiedziała: – Moja matka ma na imię Tanya. Tanya Miller. Wyszła za mojego ojczyma, który nazywa się Francis Głupi Złamas Houghton.

– Ładne nazwisko.

Odstawiła wodę, wyciągnęła ze skórzanej kurtki paczkę papierosów i zapaliła jednego. Miałam powiedzieć, że nie może palić u mnie w domu, ale byłam zbyt zaskoczona, więc po prostu podeszłam do okna i je otworzyłam.

Nie mogłam oderwać od niej oczu. Chyba nawet widziałam w niej jakieś nieuchwytne podobieństwo do Willa. Kryło się w jej niebieskich oczach, w jakby karmelowym kolorycie skóry. W tym, jak za każdym razem lekko przechylała brodę, zanim się odezwała, w jej nieustraszonym spojrzeniu. A może po prostu widziałam to, co chciałam widzieć? Dziewczyna wyglądała przez okno na ulicę.

– Lily, muszę ci o czymś powiedzieć, zanim…

– Wiem, że on nie żyje – odparła. Gwałtownie wciągnęła dym i wydmuchała go na środek pokoju. – To znaczy, tak się o nim dowiedziałam. W telewizji był jakiś dokument o wspomaganym samobójstwie i wymienili tam jego nazwisko, i mamie nagle bez żadnego powodu totalnie odbiło, i poleciała do łazienki, a Złamas za nią, więc ja oczywiście poszłam podsłuchiwać pod drzwiami. Mama była w totalnym szoku, bo nawet nie wiedziała, że on wylądował na wózku. Wszystko słyszałam. To znaczy, wiedziałam oczywiście, że Złamas to nie mój prawdziwy tata. Ale mama zawsze mówiła mi tylko, że mój prawdziwy tata to dupek, który nie chciał mnie znać.

– Will nie był dupkiem.

Wzruszyła ramionami.

– Brzmiało to tak, jakby był. No, w każdym razie, jak spróbowałam ją o coś zapytać, to ona zaczęła się wydzierać, że wiem o nim wszystko, co potrzeba, i że Złamas Francis był dla mnie lepszym tatą, niż Will Traynor kiedykolwiek by mógł, i że mam dać temu spokój.

Napiłam się wody. Nigdy w życiu bardziej nie marzyłam o kieliszku wina.

– I co wtedy zrobiłaś?

Znów zaciągnęła się papierosem.

– Wyguglowałam go, proste. I znalazłam ciebie.

Potrzebowałam zostać sama, żeby przetrawić to, co od niej usłyszałam. Przerastało mnie to. Nie wiedziałam, co myśleć o tej wybuchowej dziewczynie, która chodziła po moim pokoju, a powietrze wokół niej nieomal trzeszczało.

– Czyli on w ogóle nic o mnie nie mówił?

Wpatrywałam się w jej buty: zniszczone baleriny, które wyglądały, jakby zbyt wiele czasu spędziły na włóczędze po londyńskich ulicach. Miałam niejasne wrażenie, że ktoś usiłuje mnie podpuścić.

– Lily, ile ty masz lat?

– Szesnaście. Jestem do niego chociaż podobna? Widziałam w internecie jakieś zdjęcie, ale pomyślałam, że może ty masz jego fotografię – rozejrzała się po salonie. – Czy wszystkie twoje zdjęcia są w pudłach?

Jej wzrok spoczął na kartonach stojących w kącie, a ja zaczęłam się zastanawiać, czy ona naprawdę je pootwiera i zacznie przetrząsać. Byłam prawie pewna, że w tym najbliżej niej znajduje się sweter Willa. Poczułam nagły przypływ paniki.

– Yy. Lily. To wszystko jest… potrzebuję czasu, żeby to przetrawić. I jeżeli jesteś tym, za kogo się podajesz, to mamy sporo do przegadania. Ale jest już prawie jedenasta i nie jestem pewna, czy to najlepszy moment, żeby zaczynać. Gdzie mieszkasz?

– W St John's Wood.

– Aha. No więc... Twoi rodzice na pewno się zastanawiają, gdzie jesteś. Więc może dam ci swój numer i...

– Do domu nie mogę wrócić – odwróciła się do okna i wprawnym ruchem strząsnęła popiół z papierosa. – Tak naprawdę to nawet nie powinno mnie tam być. Powinnam być w szkole. Z internatem, przez cały tydzień. Pewnie wszyscy teraz odchodzą tam od zmysłów, bo mnie nie ma – wyciągnęła telefon, jakby dopiero teraz przyszło jej to do głowy, skrzywiła się na widok tego, co zobaczyła na ekranie, i wcisnęła go z powrotem do kieszeni.

– No cóż, ja... nie wiem, co jeszcze mogłabym zrobić poza...

– Pomyślałam sobie, że może mogłabym tu przenocować. Tylko dzisiaj? I wtedy mogłabyś opowiedzieć mi więcej o nim?

– Przenocować tutaj? Nie. Nie. Nie możesz, przykro mi. Ja cię nie znam.

– Ale znałaś mojego tatę. Mówiłaś, że on chyba nawet o mnie nie wiedział.

– Musisz wrócić do domu. Posłuchaj, zadzwońmy do twoich rodziców. Przyjadą tu po ciebie. Zróbmy tak, a ja...

Wlepiła we mnie wzrok.

– Myślałam, że mi pomożesz.

– Pomogę ci, Lily. Ale nie można w ten sposób...

– Nie wierzysz mi, prawda?

– Ja nie... nie mam pojęcia, co...

– Nie chcesz mi pomóc. Nic nie chcesz zrobić. Co ty mi właściwie powiedziałaś o tacie? Nic. Jak właściwie mi pomogłaś? Nijak. Wielkie dzięki.

– Chwileczkę! To nie fair. My dopiero...

Ale dziewczyna wyrzuciła niedopałek przez okno i odwróciła się na pięcie.

– Co? Dokąd idziesz?

– A co cię to obchodzi? – odparła i zanim zdążyłam cokolwiek powiedzieć, trzasnęła drzwiami i już jej nie było.

Siedziałam na mojej kanapie zupełnie nieruchomo i przez prawie godzinę usiłowałam przetrawić to, co się przed chwilą wydarzyło, a w uszach dźwięczał mi głos Lily. Czy ja dobrze usłyszałam? Wciąż na nowo przypominałam sobie jej słowa, próbując odtworzyć je poprzez szum w uszach.

„Moim ojcem był Will Traynor".

Matka Lily najwyraźniej powiedziała jej, że Will nie chciał mieć z nią nic wspólnego. Ale przecież on na pewno coś by mi o tym wspomniał. Nie mieliśmy przed sobą tajemnic. Czy to nie my byliśmy dwojgiem ludzi, którym udawało się rozmawiać o wszystkim? Zawahałam się przez chwilę: czy to możliwe, że Will nie był ze mną tak szczery, jak sądziłam? A może był w stanie całkowicie wymazać z pamięci własną córkę?

Miałam w głowie chaos. Wzięłam laptop, usiadłam na sofie po turecku i wpisałam w wyszukiwarkę „Lily Hawton Miller", a kiedy to nie przyniosło żadnych wyników, spróbowałam znowu, eksperymentując z pisownią, aż wreszcie zdecydowałam się na „Lily Houghton-Miller". To zaowocowało sporą liczbą wyników dotyczących meczów hokeja, opublikowanych przez szkołę o nazwie Upton Tilton w Shropshire. Kliknęłam na jedno ze zdjęć i kiedy je powiększyłam, zobaczyłam ją – dziewczynę bez uśmiechu stojącą w rzędzie uśmiechniętych hokeistek. „Brawurowa próba obrony w wykonaniu Lily Houhgton-Miller". Artykuł nosił datę sprzed dwóch lat. Szkoła z internatem. Mówiła, że powinna być w szkole z internatem. Ale to nadal nie oznaczało, że cokolwiek łączy ją z Willem, ani też że jej matka powiedziała jej prawdę na temat tego, kto jest ojcem.

Wpisałam do wyszukiwarki samo „Houghton-Miller" i w wynikach pojawiła się krótka wzmianka o Francisie i Tanii Houghton-Miller, którzy wzięli udział w kolacji bankowców w Savoyu, oraz podanie do urzędu planowania o zgodę na wybudowanie piwniczki na wino pod domem w St John's Wood.

Oparłam się na kanapie zamyślona, po czym wpisałam „Tanya Miller" i „William Traynor". Zero wyników. Spróbowałam jeszcze raz, używając słów „Will Traynor", i nagle znalazłam się na Facebooku, w grupie dyskusyjnej absolwentów Durham University, gdzie kilka kobiet o imionach zakończonych na „-ella" – Estella, Fenella, Arabella – omawiało śmierć Willa.

Kiedy usłyszałam o tym w wiadomościach, nie mogłam uwierzyć. Właśnie on, spośród wszystkich ludzi! RIP Will.

Los nikogo nie oszczędza. Wiecie, że Rory Appleton zmarł na Turks i Caicos w wypadku na motorówce?

Czy on nie studiował geografii? Taki rudy?

Nie, stosunki międzynarodowe.

Jestem pewna, że całowałam się z Rorym na fuksówce. Gigantyczny język.

Fenella, nie lubię nikogo pouczać, ale to naprawdę było w złym guście. Ten biedny człowiek nie żyje.

Czy Will Traynor to nie był ten, co chodził z Tanyą Miller przez cały trzeci rok?

Nie rozumiem, dlaczego w złym guście jest wspomnieć o tym, że się z kimś całowało, tylko dlatego, że ten ktoś następnie zmarł.

Nie mówię, że musisz zmieniać historię. Po prostu możliwe, że jego żona to czyta i może nie ma ochoty dowiadywać się, że jej ukochany wsadził język w twarz jakiejś dziewczyny z Facebooka.

Ona na pewno wie, że miał gigantyczny język. W końcu za niego wyszła.

Rory Appleton się ożenił?

Tanya wyszła za jakiegoś bankowca. Macie tu link. Kiedy byliśmy na studiach, zawsze myślałam, że pobiorą się z Willem. Byli taką cudowną parą.

Kliknęłam w link i zobaczyłam zdjęcie wiotkiej jak trzcina blondynki z kokiem w artystycznym nieładzie, która stała na schodach przed urzędem stanu cywilnego i uśmiechała się do starszego mężczyzny z ciemnymi włosami. Kawałek dalej, na skraju fotografii widać było nachmurzoną młodziutką dziewczynę w białej tiulowej sukience. Zdradzała wyraźne podobieństwo do Lily Houghton-Miller, którą poznałam. Ale zdjęcie miało siedem lat i tak naprawdę mogło przedstawiać dowolną niezadowoloną pannę młodą z długimi brązowymi włosami.

Jeszcze raz przeczytałam tamtą wymianę wiadomości i zamknęłam laptop. Co ja mam zrobić? Jeśli ona rzeczywiście jest córką Willa, to czy powinnam zadzwonić do szkoły? Byłam prawie pewna, że istnieją zasady dotyczące obcych osób, które usiłują nawiązać kontakt z nastoletnimi dziewczynkami.

A jeśli to naprawdę jest jakiś skomplikowany przekręt? Will zmarł jako zamożny człowiek. Można sobie wyobrazić, że ktoś wpadnie na pomysł ułożenia zręcznego planu i wyłudzenia pieniędzy od jego rodziny. Kiedy kumpel taty, Chalky, zmarł na zawał, na stypie pojawiło się siedemnaście osób i zaczęło domagać się od jego żony zwrotu gotówki z zakładów.

Będę się trzymać od tego wszystkiego z daleka, postanowiłam. Zbyt wiele mogło to przysporzyć zamętu i cierpienia, gdybym dała się w to wciągnąć.

Ale kiedy się położyłam, towarzyszył mi głos Lily, rozbrzmiewający w pustym mieszkaniu.

„Will Traynor był moim ojcem".

Rozdział szósty

– Przepraszam. Budzik mi nie zadzwonił – biegiem minęłam Richarda i powiesiłam płaszcz na kołku, wygładzając na swoich rajstopach syntetyczną spódniczkę.

– Trzy kwadranse spóźnienia. To niedopuszczalne.

Była ósma trzydzieści. A w barze, jak zauważyłam, nie było nikogo poza nami dwojgiem.

Carly odeszła: nie zawracała sobie nawet głowy powiedzeniem tego Richardowi prosto w oczy. Po prostu przysłała SMS-a z informacją, że przywiezie ten zasmarkany strój pod koniec tygodnia i że ponieważ wiszą jej kasę za dwa tygodnie zasmarkanego płatnego urlopu, to ona zamiast tego składa zasmarkane wypowiedzenie ze skutkiem natychmiastowym. „Gdyby zadała sobie trud przeczytania książeczki zatrudnienia", zapienił się Richard, „to wiedziałaby, że składanie wypowiedzenia w ramach odbierania urlopu jest absolutnie niedopuszczalne. Widniało to w części trzeciej, czarno na białym, gdyby tylko zechciała tam spojrzeć. A to zasmarkane słownictwo było zwyczajnie nie na miejscu".

Obecnie wdrażał procedury zmierzające do znalezienia odpowiedniej osoby na jej miejsce. Co oznaczało, że do czasu zakończenia tychże procedur w pubie jestem tylko ja. I Richard.

– Przepraszam. Coś mi wypadło… w domu.

Obudziłam się nagle o siódmej trzydzieści i przez kilka minut nie byłam w stanie sobie przypomnieć, w jakim jestem kraju ani jak się nazywam, i leżałam w łóżku, niezdolna do ruchu, roztrząsając wydarzenia z poprzedniego wieczoru.

– Dobry pracownik nie zabiera ze sobą do pracy tego, co dzieje się w domu – oznajmił Richard, przeciskając się obok mnie ze swoją podkładką. Patrzyłam za nim i zastanawiałam się, czy on w ogóle ma w domu jakieś życie. Sprawiał wrażenie, jakby praktycznie tam nie bywał.

– Jasne. A dobry pracodawca nie każe pracownikowi nosić stroju, który nawet klub go-go odrzuciłby jako tandetny – wymamrotałam, wstukując kod w kasę i jednocześnie wolną ręką obciągając w dół spódniczkę z lureksu.

Richard zawrócił i szybkim krokiem podszedł do baru.

– Co mówiłaś?

– Nic.

– Owszem, mówiłaś.

– Mówiłam, że na przyszłość będę pamiętać. Bardzo ci dziękuję, że mi o tym przypomniałeś.

Uśmiechnęłam się do niego słodko.

Przyglądał mi się na tyle długo, że oboje poczuliśmy się niezręcznie. A potem powiedział:

– Sprzątaczka znów jest na zwolnieniu. Będziesz musiała przejść się do męskiej toalety, zanim zaczniesz za barem.

Patrzył na mnie nieruchomym wzrokiem, jakby tylko czekał, aż coś odpyskuję. Przypomniałam sobie, że nie mogę sobie pozwolić na utratę tej pracy. Przełknęłam ślinę.

– Rozumiem.

– A, w kabinie numer trzy jest niezbyt czysto.

– Fantastycznie – odpowiedziałam.

Odwrócił się na obutej w wyglansowany trzewik pięcie i pomaszerował do biura. Przez całą drogę posyłałam w stronę jego potylicy wyimaginowane strzały wudu.

– Nasze spotkanie w tym tygodniu poświęcone jest poczuciu winy, wyrzutom sumienia, że to my nadal żyjemy, że widocznie za mało się staraliśmy... Często właśnie one powstrzymują nas przed ruszeniem z miejsca.

Marc poczekał, aż wszyscy poczęstują się ciasteczkami z puszki, a potem pochylił się do przodu na swoim plastikowym krześle i splótł przed sobą dłonie. Puścił mimo uszu cichy szmer niezadowolenia, że nie ma herbatników z kremem czekoladowym.

– Zupełnie nie miałem cierpliwości do Jilly – przerwał ciszę Fred. – To znaczy, kiedy już miała demencję. Wkładała brudne talerze do szafek w kuchni, a ja znajdowałem je po kilku dniach... Wstyd powiedzieć, ale parę razy na nią nakrzyczałem. – Otarł kącik oka. – Wcześniej była taka dumna z tego, jak prowadzi dom. To było najgorsze.

– Żyłeś z demencją Jilly przez długi czas, Fred. Musiałbyś być nadczłowiekiem, żeby nie było to dla ciebie obciążeniem.

– Brudne talerze doprowadzałyby mnie do szału – powiedziała Daphne. – Myślę, że sama krzyknęłabym coś okropnego.

– Ale to przecież nie była jej wina, prawda? – Fred wyprostował się na krześle. – Dużo myślę o tych talerzach. Żałuję, że nie mogę cofnąć czasu. Zmyłbym je bez słowa skargi. I po prostu bym ją przytulił.

– Fantazjuję o mężczyznach w metrze – odezwała się Natasha. – Czasem kiedy zjeżdżam schodami w dół, wymieniam spojrzenia z jakimś przypadkowym mężczyzną jadącym w górę. I zanim jeszcze zdążę dojechać na peron, mam już zbudowany w głowie cały związek z tym człowiekiem. Wiecie, że on zawraca i zbiega po tych schodach, bo po prostu wie, że między nami jest coś magicznego, i stoimy tam zapatrzeni w siebie, pośród tłumów pasażerów Piccadilly Line, a potem idziemy na drinka i zanim się obejrzymy, jesteśmy...

– To brzmi jak jakiś film Richarda Curtisa – stwierdził William.

– Lubię filmy Richarda Curtisa – powiedział Sunil. – Zwłaszcza ten o tej aktorce i człowieku w gaciach.

– *Shepherd's Bush* – odgadła Daphne.

Na chwilę zapadła cisza.

– To chyba było *Notting Hill*, Daphne – sprostował Marc.

– Bardziej mi się podobała wersja Daphne. No co? – parsknął William. – Nie wolno nam się nawet pośmiać?

– No więc w mojej fantazji się pobieramy – ciągnęła dalej Natasha. – I kiedy już stoimy przy ołtarzu, nagle przychodzi myśl: Co ja robię? Olaf zmarł raptem trzy lata temu, a ja fantazjuję o innych mężczyznach.

Marc odchylił się na swoim krześle.

– Nie sądzisz, że to naturalne, po trzech latach w pojedynkę? Fantazje o innych związkach?

– Ale gdybym naprawdę kochała Olafa, na pewno nie myślałabym o nikim innym.

– Nie żyjemy w epoce wiktoriańskiej – wtrącił William. – Nie musisz nosić wdowich szat, aż się zestarzejesz.

– Gdybym to ja umarła, byłabym nieszczęśliwa, jeśli Olaf zakochałby się w kimś innym.

– Nie wiedziałabyś o tym – zauważył William. – Byłabyś martwa.

– A ty, Louisa? – Marc zwrócił uwagę na moje milczenie. – Czy dręczy cię poczucie winy?

– Czy… czy możemy zająć się kimś innym?

– Ja jestem katoliczką – odezwała się Daphne. – Bez przerwy mam wyrzuty sumienia. To przez te zakonnice.

– Louiso, co w tym temacie jest dla ciebie trudne?

Upiłam haust kawy. Czułam, że wszyscy na mnie patrzą. No dalej, rozkazałam sobie. Przełknęłam ślinę.

– Że nie potrafiłam go powstrzymać – powiedziałam. – Czasem myślę, że gdybym była mądrzejsza albo… inaczej to wszystko rozegrała… albo po prostu była bardziej… sama nie wiem. Bardziej jakakolwiek.

– Masz wyrzuty sumienia z powodu śmierci Billa, bo czujesz, że mogłaś go powstrzymać?

Pociągnęłam za nitkę. Kiedy się oderwała, odniosłam wrażenie, jakby wraz z nią rozluźniło się coś w moim umyśle.

– Poza tym prowadzę życie, które jest o tyle gorsze od tego, które mu obiecałam. I czuję się winna, bo on praktycznie zapłacił za moje mieszkanie, podczas gdy mojej siostry prawdopodobnie nigdy nie będzie stać na własne. I jeszcze dlatego, że ja nawet nie lubię w nim mieszkać, bo nie czuję, że jest moje, a mam wrażenie, że czymś złym byłoby urządzić je ładnie, bo kojarzy mi się tylko z tym, że W… Bill nie żyje, a ja w jakiś sposób na tym skorzystałam.

Na chwilę zapadła cisza.

– Nie powinnaś mieć wyrzutów sumienia z powodu nieruchomości – odezwała się Daphne.

– Chciałbym, żeby ktoś zostawił mi mieszkanie – zauważył Sunil.

– Ale to jest tylko takie zakończenie rodem z bajki, czyż nie? Człowiek umiera, wszyscy się dzięki temu czegoś uczą, rozwijają się, tworzą coś wspaniałego po jego śmierci – mówiłam teraz bez zastanowienia. – A ja nie zrobiłam żadnej z tych rzeczy. Po prostu zawiodłam na całej linii.

– Mój tata płacze prawie za każdym razem, jak bzyka się z kimś, kto nie jest moją mamą – wyrzucił z siebie Jake, nerwowo wykręcając palce. Wpatrywał się w nas spod grzywki. – Zaciąga różne kobiety do łóżka, a potem nakręca się tym, że go to załamuje. Tak jakby wszystko było w porządku pod warunkiem, że potem będzie miał wyrzuty sumienia.

– Sądzisz, że poczucie winy służy mu za rodzaj protezy.

– Po prostu myślę, że albo uprawia się seks i jest się zadowolonym z tego całego seksu…

– Ja nie czułbym się winny z powodu tego całego seksu – wtrącił Fred.

– Albo traktuje się kobiety jak ludzi i pilnuje, żeby nie mieć powodu do wyrzutów sumienia. Albo w ogóle z nikim się nie sypia, tylko czci pamięć mamy, dopóki nie będzie się naprawdę gotowym, żeby rozpocząć nowy etap.

Jego głos załamał się przy słowie „czci", a szczęki zacisnęły. Wszyscy zdążyliśmy się już przyzwyczaić do nagle sztywniejących rysów, a niepisane prawo grupy kazało każdemu z nas patrzeć w inną stronę, dopóki nie minie niebezpieczeństwo łez.

Głos Marca był łagodny.

– Czy mówiłeś ojcu, jak się z tym czujesz, Jake?

– Nie rozmawiamy o mamie. On się całkiem dobrze trzyma, póki, no wiecie, nikt o niej nie wspomni.

– To naprawdę ciężkie brzemię do dźwigania w pojedynkę.

– No. I… dlatego tutaj jestem, nie?

Chwila ciszy.

– Jake, weź ciasteczko, kochanie – powiedziała Daphne i puszka wróciła do chłopca, a każdy z nas poczuł się jakoś podniesiony na duchu, chociaż nikt nie potrafiłby dokładnie powiedzieć dlaczego, kiedy Jake w końcu sięgnął po herbatnika.

Ciągle myślałam o Lily. Ledwie do mnie dotarła historia Sunila o płaczu w dziale z pieczywem w supermarkecie i udało mi się tylko przybrać współczujący wyraz twarzy, kiedy Fred opowiedział, jak sam świętował urodziny Jilly z pękiem foliowych baloników. Minęło kilka dni i cały ten epizod z Lily nabrał charakteru snu, wyrazistego i surrealistycznego.

Jak to możliwe, że Will miał córkę?

– Ale jesteś wesolutka.

Ojciec Jake'a opierał się o swój motor, kiedy wyszłam na parking przed salką.

Zatrzymałam się przed nim.

– To spotkanie dla osób przeżywających żałobę. Trudno się spodziewać, że będę z niego wychodzić w podskokach.

– Słuszna uwaga.

– To nie to, co myślisz. To znaczy, nie chodzi o mnie – powiedziałam. – Chodzi o… pewną nastolatkę.

Odchylił głowę do tyłu, wypatrując za mną Jake'a.

– A. No tak. Cóż, wyrazy współczucia. Muszę powiedzieć, że młodo wyglądasz jak na mamę nastolatki.

– Och. Nie. To nie moja! To… skomplikowane.

– Bardzo chętnie coś bym ci poradził. Ale sam nie mam pojęcia – zrobił krok do przodu i zamknął Jake'a w uścisku, co chłopak zniósł z ponurą rezygnacją. – Wszystko w porządku, młody człowieku?

– Normalnie.

– Normalnie – powtórzył Sam, zerkając na mnie z ukosa. – Sama widzisz. Uniwersalna odpowiedź każdego nastolatka na wszystko. Wojna, głód, wygrana w totka, międzynarodowa sława. Wszystko jest „normalne".

– Nie musiałeś po mnie przyjeżdżać. Idę do Jools.

– Podwieźć cię?

– Ona mieszka o tam. W tym bloku – pokazał Jake. – Chyba dam sobie radę sam.

Mina Sama pozostała niewzruszona.

– To może następnym razem wyślesz mi SMS-a? I oszczędzisz mi przyjeżdżania tu i czekania?

Jake wzruszył ramionami i ruszył przed siebie z niedbale zarzuconym plecakiem. W milczeniu patrzyliśmy, jak się oddala.

– Do zobaczenia później, tak, Jake?

Chłopak uniósł rękę, nie oglądając się za siebie.

– No dobra – powiedziałam. – Teraz czuję się ciut lepiej.

Sam leciutko pokręcił głową. Patrzył, jak syn odchodzi, jakby nawet teraz nie mógł oderwać od niego oczu, znieść chwilowego rozstania.

– Są takie dni, że znosi to ciężej niż kiedy indziej – a potem odwrócił się do mnie. – Louisa, co powiesz na kawę czy coś w tym rodzaju? Tak żebym nie czuł się największym frajerem na świecie? Jesteś Louisa, prawda?

Pomyślałam o tym, co Jake powiedział na dzisiejszym spotkaniu.

„W piątek tata przyprowadził do domu taką nienormalną blondynkę, Mags, której odbiło na jego punkcie. Kiedy był pod prysznicem, ciągle mnie pytała, czy on coś o niej mówił, jak jej nie było".

Kompulsywny bzykacz. Ale z drugiej strony był całkiem miły, no i pomógł poskładać mnie do kupy w tej karetce, a alternatywą był dla mnie kolejny wieczór w domu, spędzony na roztrząsaniu, co działo się w głowie Lily Houghton-Miller.

– Jeżeli będziemy mogli rozmawiać o wszystkim poza nastolatkami.

– Możemy porozmawiać o twoim stroju?

Spojrzałam na swoją zieloną spódniczkę z lureksu i na buty do tańca irlandzkiego.

– Absolutnie nie.

– Cóż, warto było spróbować – powiedział i wsiadł na motor.

Usiedliśmy na zewnątrz niemal pustego baru niedaleko mojego mieszkania. On zamówił czarną kawę, ja sok.

Teraz, kiedy nie lawirowałam między samochodami na parkingu i nie leżałam rozciągnięta na noszach, miałam czas przyjrzeć mu się niepostrzeżenie. Na jego nosie zaznaczał się wiele mówiący garbek, a wokół oczu widać było zmarszczki, które nasuwały myśl o tym, że praktycznie nie ma takiego ludzkiego zachowania, którego on by nie oglądał i które nie wywoływałoby w nim lekkiego rozbawienia. Był wysoki i masywny, rysy miał w jakiś sposób grubsze niż Will, ale jego ruchy cechowała łagodna oszczędność, jakby przyzwyczaił się uważać, żeby nie zniszczyć niczego przez samą swoją potężną budowę. Najwyraźniej lepiej odnajdywał się w roli słuchacza niż mówiącego, a może to po prostu ja czułam się nieswojo sam na sam z mężczyzną po tak długim czasie, bo zorientowałam się, że usta mi się nie zamykają. Mówiłam o mojej pracy w pubie, rozśmieszając Sama opowieściami o Richardzie Percivalu i o moim koszmarnym stroju, i o tym, jak dziwnie było przez chwilę mieszkać znów w domu, o kiepskich żartach mojego taty, o dziadku i jego pączkach, i o niekonwencjonalnym zastosowaniu niebieskiego markera przez mojego siostrzeńca. A jednocześnie towarzyszyła mi, jak zwykle w ostatnim czasie, dotkliwa świadomość tego wszystkiego, o czym nie wspominam: o Willu, o tym surrealistycznym zdarzeniu z poprzedniego wieczoru, o mnie. Przy Willu nigdy się nie zastanawiałam nad tym, co mówiłam: rozmawianie z nim było równie łatwe i naturalne, jak oddychanie. Teraz nabrałam już wprawy w niemówieniu właściwie niczego o sobie.

Sam po prostu sobie siedział, kiwał głową, patrzył na przejeżdżające samochody i popijał kawę, jakby spędzanie czasu z paplającą gorączkowo nieznajomą w zielonej minispódniczce z lureksu było dla niego czymś zupełnie normalnym.

– A jak tam biodro? – zapytał, kiedy wreszcie umilkłam.

– Nie najgorzej. Chociaż fajnie byłoby przestać utykać.

– W końcu przestaniesz, jeśli będziesz regularnie chodzić na rehabilitację. – Przez moment czułam się tak, jakbyśmy znowu znaleźli się w karetce. Ten jego głos: spokojny, niewzruszony, dodający otuchy. – A pozostałe obrażenia?

Opuściłam wzrok, jakbym mogła je dojrzeć przez warstwę ubrań.

– Cóż, pomijając fakt, że miejscami wyglądam, jakby ktoś pokolorował mnie jasnoczerwonym flamastrem, to całkiem nieźle.

Sam skinął głową.

– Miałaś szczęście. Przeleciałaś spory kawałek.

I znowu. To mdlące uczucie w żołądku. Powietrze pod moimi stopami. „Nigdy nie wiadomo, co się stanie, kiedy człowiek spadnie z dużej wysokości".

– Ja nie próbowałam…

– Już mówiłaś.

– Ale nie jestem pewna, czy ktokolwiek mi wierzy.

Popatrzyliśmy po sobie z uśmiechem zakłopotania i przez chwilę zastanawiałam się, czy on też nie.

– Czy ty… czy często zbierasz ludzi, którzy spadli z dachu?

Pokręcił głową, patrząc na ulicę.

– Raczej to, co z nich zostało. Kawałki. Cieszę się że w twoim przypadku te kawałki dało się złożyć z powrotem w całość.

Znów siedzieliśmy w milczeniu. Ciągle myślałam nad tym, co powinnam powiedzieć, ale tak zupełnie wyszłam z wprawy, jeśli chodzi o bycie sam na sam z mężczyzną – przynajmniej na trzeźwo – że cały czas byłam zdenerwowana; otwierałam i zamykałam usta niczym ryba w akwarium.

– Chcesz mi coś opowiedzieć o tej nastolatce? – zapytał Sam.

To była prawdziwa ulga móc to komuś opisać. Opowiedziałam mu o pukaniu do drzwi późnym wieczorem, o naszym dziwacznym spotkaniu i o tym, co znalazłam na Facebooku, i o tym, jak dziewczyna wybiegła, zanim zdołałam wymyślić, co u licha mam zrobić z tym fantem.

– Wow – powiedział, kiedy skończyłam. – To... – Lekko pokręcił głową. – Myślisz, że ona jest tym, za kogo się podaje?

– Rzeczywiście jest do niego trochę podobna. Ale tak naprawdę sama nie wiem. Czy ja na siłę doszukuję się znaków? Czy widzę to, co chcę? Całkiem możliwe. Połowę czasu spędzam na myśleniu o tym, jakie to zdumiewające, że coś po nim zostało, a drugą połowę na zastanawianiu się, czy jestem kompletną frajerką. A do tego wszystkiego dochodzi ta cała warstwa pomiędzy – na przykład, jeśli to jego córka, to jak to możliwe, że on nigdy jej nawet nie poznał? I jak mają sobie z tym poradzić jego rodzice? A jeżeli poznanie jej mogło sprawić, że zmieniłby zdanie? Jeśli to mogła być ta jedna rzecz, która by go przekonała... – głos mi się załamał.

Sam odchylił się do tyłu na krześle, marszcząc brwi.

– Czyli to z jego powodu chodzisz na te spotkania w grupie.

– Tak.

Czułam, jak mi się przygląda, być może próbując ocenić, ile Will dla mnie znaczył.

– Nie wiem, co robić – powiedziałam. – Nie wiem, czy mam jej szukać, czy może powinnam dać temu wszystkiemu spokój.

W zamyśleniu spojrzał na ulicę. A potem zapytał:

– No a co on by zrobił w takiej sytuacji?

I nagle poczułam całkowitą bezradność. Patrzyłam na tego potężnego mężczyznę, z tym jego bezpośrednim spojrzeniem, dwudniowym zarostem i dobrymi, zręcznymi rękami. I wszystkie moje myśli po prostu wyparowały.

– Wszystko w porządku?

Upiłam wielki haust mojego soku, starając się ukryć to, co musiałam mieć wypisane na twarzy. W jednej chwili, bez żadnego sensownego powodu, zachciało mi się płakać. To wszystko razem mnie przerastało. Ten dziwny, niepokojący wieczór. Fakt, że Will znów się pojawił, stale obecny w każdej rozmowie. Nagle miałam przed oczami jego twarz, z tą ironicznie uniesioną brwią, jakby chciał powiedzieć: „Co tam znowu kombinujesz, Clark?".

– Ja tylko… to był długi dzień. Właściwie, czy miałbyś coś przeciwko, gdybym…

Sam odsunął swoje krzesło i wstał.

– Nie. Nie, śmiało wracaj do domu. Przepraszam. Nie pomyślałem…

– Było naprawdę miło. Po prostu…

– Nie ma o czym mówić. Długi dzień. No i ta cała żałoba. Rozumiem. Nie, nie zawracaj sobie tym głowy – dorzucił, kiedy sięgnęłam po portfel. – Serio. Mogę ci postawić sok pomarańczowy.

Możliwe, że pobiegłam do samochodu pomimo kłopotów z biodrem. Przez całą drogę czułam na sobie jego wzrok.

Zatrzymałam się na parkingu i odetchnęłam; czułam się tak, jakbym wstrzymywała oddech, odkąd ruszyłam spod baru aż do tej chwili. Zerknęłam na sklepik na rogu, a potem w stronę mojego mieszkania i stwierdziłam, że nie mam ochoty być rozsądna.

Chciałam wina, kilku dużych kieliszków, które pozwolą mi przestać oglądać się za siebie. Albo w ogóle cokolwiek widzieć.

Wysiadając z samochodu, czułam ból w biodrze. Od kiedy pojawił się Richard, bolało mnie bez przerwy; rehabilitantka w szpitalu powiedziała mi, żebym nie spędzała zbyt dużo czasu na stojąco. Ale myśl o powiedzeniu tego Richardowi napełniała mnie przerażeniem.

„Rozumiem. Czyli pracujesz w barze, ale chcesz sobie przez cały czas siedzieć, tak?"

Ta zadowolona z siebie twarz człowieka szykującego się do objęcia posady kierownika średniego szczebla; ta rozmyślnie niewyróżniająca się niczym fryzura. Ta atmosfera znużonej wyższości, chociaż jest ode mnie ledwie dwa lata starszy. Zamknęłam oczy, starając się sprawić, żeby supeł niepokoju w moim żołądku zniknął.

– Poproszę tylko to – powiedziałam, stawiając na ladzie butelkę zimnego sauvignon blanc.

– Imprezka, co?

– Słucham?

– Maskarada. Ty jesteś przebrana za… nie mów! – Samir pogładził się po brodzie. – Królewnę Śnieżkę?

– Jasne – odparłam.

– Lepiej z tym uważaj. Puste kalorie, co nie? Wódka to jest to. Czysty drink. No, może z kropelką soku z cytryny. Ciągle to mówię Ginny z naprzeciwka. Wiesz, że ona jest tancerką brzucha, nie? Te dziewczyny muszą dbać o linię.

– Porady dietetyczne. Super.

– To tak samo jak z całym tym cukrem. Trzeba uważać na cukier. Nie ma sensu kupować tych wszystkich niskotłuszczowych rzeczy, jak w środku jest pełno cukru, łapiesz? To są właśnie puste kalorie. Na tym to polega. A te chemiczne cukry są najgorsze. Osadzają się człowiekowi w brzuchu.

Nabił na kasę moje wino i wręczył mi resztę.

– A ty co jesz, Samir?

– Kubełek makaronowy z wędzonym boczkiem. O rany, jakie to jest dobre.

Byłam pogrążona w myślach – gdzieś w ciemnej rozpadlinie pomiędzy moją obolałą miednicą, smutkiem egzystencjalnym związanym z pracą a dziwną tęsknotą za kubełkiem makaronowym z wędzonym boczkiem – kiedy ją zobaczyłam. Siedziała na ziemi przy wejściu do mojej klatki, obejmując rękami kolana. Wzięłam od Samira resztę i na wpół przeszłam, na wpół przebiegłam przez ulicę.

– Lily?

Powoli podniosła wzrok.

Mówiła niewyraźnie, a oczy miała zaczerwienione, jakby niedawno płakała.

– Nikt nie chciał mnie wpuścić. Zadzwoniłam pod wszystkie numery, ale nikt nie chciał mnie wpuścić.

Wepchnęłam klucz do zamka i zablokowałam drzwi torbą, kucając obok Lily.

– Co się stało?

– Ja chcę tylko spać – powiedziała dziewczyna, trąc oczy. – Jestem tak strasznie zmęczona. Chciałam wrócić do domu taksówką, ale nie miałam pieniędzy.

Poczułam kwaśny zapach alkoholu.

– Jesteś pijana?

– Nie wiem. – Zamrugała oczami, przekrzywiając głowę. A ja zaczęłam się zastanawiać, czy to aby tylko alkohol. – A jak nie, to ty się normalnie zmieniłaś w kobolda. – Zaczęła obmacywać sobie kieszenie. – O, patrz, patrz, co mam! – Podniosła na wpół wypalonego skręta, w którym nawet ja potrafiłam wyczuć coś poza tytoniem. – Zapalmy sobie, Lily – powiedziała. – A nie. Ty jesteś Louisa. Ja jestem Lily. – Zachichotała, niezdarnie wyciągnęła z kieszeni zapalniczkę i od razu przytknęła ją do nie tego końca.

– No dobra. Pora wracać do domu – zabrałam jej skręta i nie zważając na słabe protesty dziewczyny, rozgniotłam go obcasem. – Zadzwonię po taksówkę.

– Ale ja nie…

– Lily!

Podniosłam wzrok. Po drugiej stronie ulicy stał jakiś młody człowiek, który trzymał ręce w kieszeniach dżinsów i nam się przyglądał. Lily spojrzała na niego, a potem odwróciła wzrok.

– Kto to jest? – zapytałam.

Wpatrywała się w swoje stopy.

– Lily. Chodź tutaj! – W jego głosie dźwięczała pewność właściciela. Stał w lekkim rozkroku, jakby oczekiwał, że dziewczyna posłucha go nawet z tej odległości. Coś sprawiło, że natychmiast poczułam się nieswojo.

Nikt się nie ruszył.

– Czy to twój chłopak? Chcesz z nim porozmawiać? – zapytałam cicho.

Za pierwszym razem, kiedy się odezwała, nie byłam w stanie zrozumieć, co mówi. Musiałam się nachylić i poprosić ją o powtórzenie.

– Zrób tak, żeby on sobie poszedł. – Zamknęła oczy i odwróciła twarz w stronę drzwi. – Proszę.

Chłopak ruszył przez ulicę w naszą stronę. Wstałam, starając się nadać mojemu głosowi jak najbardziej zdecydowane brzmienie.

– Możesz już odejść. Lily pójdzie ze mną.

Zatrzymał się na środku ulicy.

Wytrzymałam jego spojrzenie.

– Będziesz mógł z nią porozmawiać kiedy indziej. Okej?

Trzymałam palec na przycisku domofonu, a teraz odezwałam się do jakiegoś wymyślonego, muskularnego, porywczego narzeczonego.

– Tak. Dave, zejdziesz na dół i mi tu pomożesz? Dzięki.

Wyraz twarzy młodego człowieka wskazywał na to, że jeszcze nie powiedział swojego ostatniego słowa. A potem się odwrócił, wyciągnął z kieszeni telefon i rozpoczął z kimś niegłośną, natarczywą rozmowę, nie zwracając uwagi na trąbienie taksówek, które wymijały go gwałtownie. Na odchodnym rzucił nam tylko króciutkie spojrzenie przez ramię.

Z moich ust wyrwało się westchnienie, nieco bardziej drżące, niż się spodziewałam. Złapałam dziewczynę pod pachy i bez szczególnej gracji, za to z dużą ilością sapania i zduszonych przekleństw, wciągnęłam Lily Houghton-Miller na klatkę schodową.

Tej nocy spała u mnie w mieszkaniu. Nie przychodziło mi do głowy żadne inne wyjście. Dwa razy wymiotowała w łazience, opędzając się ode mnie, kiedy usiłowałam przytrzymać jej włosy. Nie chciała mi podać numeru do siebie do domu, albo może go nie pamiętała, a jej komórka była zabezpieczona PIN-em.

Umyłam ją, pomogłam jej się ubrać w moje spodnie od dresu i T-shirt, i zaprowadziłam ją do salonu.

– Posprzątałaś! – zawołała, jakbym zrobiła to specjalnie dla niej. Kazałam jej wypić szklankę wody i położyłam ją na kanapie w pozycji bezpiecznej, chociaż byłam właściwie pewna, że w tym momencie nie miała w środku już nic, co mogłaby zwymiotować.

Kiedy podnosiłam jej głowę i kładłam ją na poduszce, Lily otworzyła oczy, jakby dopiero teraz naprawdę mnie rozpoznała.

– Przepraszam.

Głos dziewczyny był tak cichy, że w pierwszej chwili nie byłam do końca pewna, czy naprawdę to powiedziała. Jej oczy na moment wypełniły się łzami.

Przykryłam ją kocem i przyglądałam się, jak zasypia – patrzyłam na jej bladą twarz, na niebieskie cienie pod oczami, na brwi tego samego kształtu co u Willa, na takie same delikatne piegi.

Po dłuższej chwili przypomniałam sobie, że powinnam zamknąć drzwi do mieszkania na klucz. Zabrałam go ze sobą do sypialni i wsunęłam pod poduszkę, żeby dziewczyna niczego nie ukradła, albo może po prostu dlatego, żeby znów nie zniknęła – nie byłam pewna. Leżałam z otwartymi oczami, a w mojej głowie ciągle rozbrzmiewał dźwięk syren i przewijały się obrazki z lotniska, twarze osób z grupy wsparcia i twardy, nieustępliwy wzrok tego młodego człowieka po drugiej stronie ulicy; wszystko to podszyte świadomością, że pod moim dachem śpi praktycznie obca osoba. I przez cały czas towarzyszył mi głos mówiący: „Co ty u licha wyprawiasz?".

Ale jaki miałam wybór? Wreszcie, jakiś czas po tym, jak zaczęły śpiewać ptaki, a do piekarni przyjechała poranna dostawa, moje myśli zwolniły, ucichły i zapadłam w sen.

Rozdział siódmy

Czułam zapach kawy. Dojście do tego, jak i dlaczego moje mieszkanie może wypełniać zapach kawy, zajęło mi kilkanaście sekund, a kiedy wreszcie na to wpadłam, zerwałam się z łóżka jak oparzona, naciągając na głowę bluzę z kapturem.

Siedziała na kanapie po turecku i paliła papierosa, używając jako popielniczki mojego ulubionego kubka. Telewizor był włączony – jakiś obłąkańczy program dla dzieci z jaskrawo ubranymi, strojącymi głupie miny prezenterami – a na kominku stały dwa styropianowe kubeczki.

– O, cześć. Ten po prawej jest twój – powiedziała Lily, odwracając się na chwilę w moją stronę. – Nie wiedziałam, co lubisz, więc kupiłam ci americano.

Zamrugałam oczami i zmarszczyłam nos, w który uderzył zapach dymu. Przeszłam przez pokój i otworzyłam okno. Spojrzałam na zegar.

– Czy naprawdę jest ta godzina?

– No. Możliwe, że kawa trochę wystygła. Nie wiedziałam, czy cię budzić.

– Dziś mam wolne – odparłam, sięgając po kawę. Była jeszcze całkiem ciepła. Z wdzięcznością pociągnęłam łyk. A potem wlepiłam wzrok w kubeczek.

– Chwila. Skąd ty je masz? Przecież ja zamknęłam drzwi na klucz.

– Zeszłam schodami przeciwpożarowymi – wyjaśniła Lily. – Nie miałam pieniędzy, więc powiedziałam facetowi w piekarni, czyje to mieszkanie, a on powiedział, że możesz oddać później. A, i jeszcze za dwa bajgle z wędzonym łososiem i serkiem kremowym.

– Ach tak? – Chciałam być zła, ale nagle poczułam wilczy głód. Lily zauważyła, że się rozglądam.

– A. Zjadłam je. – Wydmuchała kółko z dymu na środek pokoju. – Nie miałaś prawie nic w lodówce. Na serio musisz się ogarnąć z tym mieszkaniem.

Dzisiejsza Lily była tak zupełnie inną postacią niż dziewczyna, którą wczoraj zgarnęłam z ulicy, że aż trudno było uwierzyć, że to ta sama osoba. Wróciłam do sypialni i ubrałam się, słuchając ścieżki dźwiękowej programu, który oglądała, i odgłosu bosych stóp dziewczyny na posadzce, kiedy poszła do kuchni po coś do picia.

– Ej, jest taka sprawa… Louise. Pożyczyłabyś mi trochę kasy? – zawołała z drugiego pokoju.

– Jeśli zamierzasz się znowu zalać, to nie.

Weszła do mojej sypialni bez pukania. Pospiesznie naciągnęłam bluzę.

– A mogę zostać dziś u ciebie?

– Lily, muszę porozmawiać z twoją mamą.

– Po co?

– Muszę się dowiedzieć czegoś więcej o tym, co się tu tak naprawdę dzieje.

Stanęła w drzwiach.

– Czyli mi nie wierzysz.

Gestem kazałam jej się odwrócić, żebym mogła dopiąć stanik.

– Wierzę ci. Ale coś za coś. Ty chcesz czegoś ode mnie, a ja potrzebuję najpierw dowiedzieć się czegoś więcej o tobie.

Właśnie wciągałam przez głowę T-shirt, kiedy Lily znów odwróciła się w moją stronę.

– Jak sobie chcesz. Zresztą i tak muszę zabrać z domu parę
ubrań.

– Czemu? Gdzie do tej pory spałaś?

Zupełnie jakby mnie nie usłyszała, Lily wyszła z pokoju, ob-
wąchując sobie pachę.

– Mogę wziąć prysznic? Bo dosłownie capię.

Godzinę później jechałyśmy do St John's Wood. Byłam wykończona, zarówno wydarzeniami zeszłego wieczoru, jak i tą dziwną
energią, jaką emanowała siedząca obok mnie Lily. Ciągle się wier-
ciła, odpalała jednego papierosa od drugiego, a potem siedziała
w tak napiętym milczeniu, że niemal czułam ciężar jej myśli.

– To kto to właściwie był? Ten chłopak wczoraj? – Patrzyłam
przed siebie, starając się, żeby mój głos zabrzmiał neutralnie.

– Taki jeden.

– Mówiłaś, że to twój chłopak.

– No to już wiesz.

Jej głos był ostry, twarz nabrała zaciętego wyrazu. Kiedy zbliżyłyśmy się do domu jej rodziców, dziewczyna skrzyżowała ręce
na piersiach i podciągnęła kolana pod brodę, patrząc przed siebie
z wyzywającą miną, jakby już toczyła jakąś milczącą walkę. Zastanawiałam się, czy powiedziała mi prawdę o St John's Wood, ale
ona wskazała mi szeroką, wysadzaną drzewami aleję i poinstruo-
wała, żebym skręciła w trzecią w prawo, a wtedy znalazłyśmy się
na takiej ulicy, przy jakiej zazwyczaj mieszkają dyplomaci albo
amerykańscy bankierzy, takiej, gdzie ma się wrażenie, że nikt nie
wchodzi do domów ani z nich nie wychodzi. Zatrzymałam samochód, spoglądając przez okno na wysokie białe budynki pokryte

stiukiem, starannie przystrzyżone żywopłoty z cisu i kipiące kwiatami donice w oknach.

– Ty tutaj mieszkasz?

Zatrzasnęła za sobą drzwi z taką siłą, że mój samochodzik aż jęknął.

– Ja tu nie mieszkam. Oni tu mieszkają.

Otworzyła sobie drzwi, a ja poszłam za nią skrępowana, czując się jak intruz. Byłyśmy w przestronnym holu z wysokim sufitem, drewnianym parkietem i ogromnym złoconym lustrem, przy którego ramie tłoczyła się masa wytwornych zaproszeń. Na antycznym stoliczku stał wazon z pięknie ułożonymi kwiatami. Powietrze było przesycone ich zapachem.

Z góry doleciał odgłos jakiegoś poruszenia, może głosy dzieci – trudno było stwierdzić.

– To moi przyrodni bracia – powiedziała Lily z lekceważeniem i przeszła do kuchni, najwyraźniej oczekując, że pójdę za nią.

Pomieszczenie było ogromne, utrzymane w odcieniu modernistycznej szarości, z niekończącym się blatem z beżowego polerowanego betonu. Na pierwszy rzut oka widać było, że wszystko tutaj jest strasznie drogie, począwszy od tostera marki Dualit po ekspres do kawy, który był tak duży i skomplikowany, że równie dobrze nadawałby się do jakiejś kawiarni w Mediolanie. Lily otworzyła lodówkę i zlustrowała jej zawartość, po czym wyciągnęła pudełko z kawałkami świeżego ananasa, które zaczęła jeść palcami.

– Lily?

Głos dobiegający z góry, natarczywy, damski.

– Lily, czy to ty?

Odgłos stóp zbiegających po schodach.

Lily przewróciła oczami.

W drzwiach stanęła blondwłosa kobieta. Wlepiła wzrok we mnie, a potem w Lily, która bez pośpiechu wrzucała sobie do ust kawałek ananasa. Blondynka podeszła do niej i zabrała jej z rąk pudełko.

– Gdzie ty się, do cholery, podziewałaś? W szkole odchodzą od zmysłów. Tatuś zjeździł całą okolicę wzdłuż i wszerz. Myśleliśmy, że ktoś cię zamordował! Gdzieś ty była?

– On nie jest moim tatą.

– Nie pozwalaj sobie, młoda damo. Nie możesz tak sobie po prostu wchodzić do domu, jakby nigdy nic! Czy ty w ogóle masz pojęcie, ile narobiłaś zamieszania? Pół nocy spędziłam, uspokajając twojego brata, a potem nie mogłam zasnąć, bo się zamartwiałam, co się z tobą dzieje. Musieliśmy odwołać wyjazd do babci Houghton, bo nie wiedzieliśmy, gdzie jesteś.

Lily spoglądała na nią chłodno.

– Nie wiem, czemu się przejmowaliście. Z reguły was nie obchodzi, gdzie jestem.

Kobieta zesztywniała z wściekłości. Była chuda taką chudością, która bierze się z coraz to nowych diet albo obsesyjnych ćwiczeń; włosy miała starannie ostrzyżone i ufarbowane u drogiego fryzjera tak, żeby wyglądały naturalnie, i była ubrana w coś, co wyglądało mi na dżinsy od jakiegoś znanego projektanta. Ale zdradzała ją twarz: mimo całej swojej opalenizny kobieta wydawała się wyczerpana.

Odwróciła się gwałtownie i odezwała do mnie.

– Czy ona nocowała u pani?

– No tak, ale…

Zmierzyła mnie wzrokiem od stóp do głów i widocznie stwierdziła, że nie budzę w niej zachwytu.

– Zdaje sobie pani sprawę, co pani narobiła? Wie pani, ile ona ma lat? Czego pani w ogóle chce od dziewczynki w takim wieku? Ile pani ma lat, trzydzieści?

– Właściwie to ja...

– To o to w tym chodzi? – zwróciła się do córki. – Czy ty jesteś związana z tą kobietą?

– Och, mamo, bądź cicho. – Lily znów wzięła do ręki pudełko z ananasem i grzebała w nim palcem wskazującym. – To nie to, co myślisz. To w ogóle nie jest jej wina. – Włożyła sobie ostatni kawałek ananasa do ust, zrobiła przerwę, żeby go pogryźć, być może dla efektu, i dopiero po chwili dorzuciła: – To jest ta kobieta, która opiekowała się moim tatą. Prawdziwym tatą.

Tanya Houghton-Miller oparła się o niezliczone poduszki na swojej kremowej sofie i zamieszała kawę. Ja przycupnęłam na sofie naprzeciwko, przyglądając się gigantycznym woskowym świecom i starannie ułożonym czasopismom wnętrzarskim. Miałam lekką obawę, że jeśli rozsiądę się równie swobodnie, rozleję sobie kawę na kolana.

– Skąd pani zna moją córkę? – zapytała gospodyni ze znużeniem. Na jej serdecznym palcu pyszniły się dwa największe diamenty, jakie w życiu widziałam.

– Właściwie jej nie znam. Zjawiła się w moim mieszkaniu. Nie miałam pojęcia, kim jest.

Przez dłuższą chwilę trawiła tę informację.

– I opiekowała się pani Willem Traynorem.

– Tak. Do jego śmierci.

Nastąpiła krótka pauza i obie spojrzałyśmy w sufit – coś rozbiło się tuż nad naszymi głowami.

– Moi synowie – westchnęła pani Houghton-Miller. – Mamy z nimi pewne kłopoty wychowawcze.

– Czy oni są…?

– Nie są dziećmi Willa, jeśli o to pani pyta.

Siedziałyśmy w ciszy. Albo prawie – z góry dobiegały wściekłe krzyki. Rozległ się kolejny łoskot, a po nim zapadła złowróżbna cisza.

– Proszę pani – odezwałam się. – Czy to prawda? Czy Lily jest córką Willa?

Kobieta lekko uniosła podbródek.

– Tak.

Poczułam, że drżą mi ręce, i odstawiłam filiżankę z kawą na stolik.

– Nie rozumiem. Nie rozumiem, jak…

– To dosyć proste. Will i ja byliśmy parą na ostatnim roku studiów. Ja byłam w nim oczywiście zakochana po uszy. Kto by nie był? Ale trzeba powiedzieć, że on również nie pozostawał obojętny, wie pani? – Uśmiechnęła się lekko i umilkła, jakby się spodziewała, że coś powiem.

Nie byłam w stanie. Jak Will mógł mi nie powiedzieć, że ma córkę? Po tym wszystkim, przez co razem przeszliśmy?

Tanya ciągnęła dalej.

– No, w każdym razie byliśmy najpiękniejszą parą na roku. Przyjęcia, wyścigi, wspólne wyjazdy na weekend, wie pani, jak to jest. Will i ja, no cóż, bywaliśmy wszędzie – opowiadała o tym, jakby to wszystko było dla niej wciąż świeże, jakby bezustannie wracała do tego pamięcią. – A potem, podczas dorocznego balu ja musiałam wyjść i zająć się moją przyjaciółką Lizą, która była w nie najlepszym stanie, a kiedy wróciłam, Willa nie było. Nie miałam pojęcia, gdzie się podział. Więc czekałam tam całe wieki, po wszystkich przyjeżdżały samochody i zabierały ich do domu, i w końcu jakaś dziewczyna, której nawet za dobrze nie znałam, podeszła do mnie i powiedziała, że Will wyszedł z niejaką Stephanie Loudon. Pewnie nic to pani nie mówi, ale ona od Bóg wie jak dawna miała na niego chrapkę. Początkowo w to nie uwierzyłam, ale i tak pojechałam pod jej dom i czekałam na zewnątrz, i faktycznie o piątej rano on z niego wyszedł; stali na progu, całując się tak, jakby nic ich nie obchodziło, kto to zobaczy. A kiedy ja wysiadłam z samochodu i stanęłam przed nim, on nie miał nawet tyle przyzwoitości, żeby się zawstydzić. Powiedział tylko, że nie ma co robić z tego dramatu, skoro i tak od początku było wiadomo, że nasz związek skończy się z chwilą rozdania dyplomów. A potem, rzecz jasna, rok akademicki dobiegł końca, co, szczerze mówiąc, było dla mnie sporą ulgą – kto miałby ochotę występować w roli dziewczyny, którą rzucił Will Traynor? Ale było mi trudno się z tym pogodzić, bo to zerwanie wydarzyło się tak nagle. Po tym, jak skończyliśmy studia, a on zaczął pracować w City, napisałam do niego, pytając, czy możemy przynajmniej spotkać się na drinka, żebym miała szansę się dowiedzieć, co u licha poszło nie tak. Bo z mojego punktu widzenia byliśmy naprawdę szczęśliwi, wie pani? A on po prostu kazał swojej sekretarce wysłać… wysłać jakąś kartkę z informacją, że bardzo jej przykro, ale terminarz Willa pęka w szwach, w związku z czym nie ma w tej chwili dla mnie czasu, ale że życzy mi wszystkiego najlepszego. „Wszystkiego najlepszego" – powtórzyła z ironią.

Wzdrygnęłam się w duchu. Chociaż naprawdę chętnie potraktowałabym jej opowieść sceptycznie, to ta odsłona Willa brzmiała, o zgrozo, całkiem prawdopodobnie. Sam Will nie miał złudzeń co do swojego wcześniejszego życia i przyznawał, że strasznie traktował kobiety, kiedy był młodszy. (Cytując jego słowa: „Byłem kompletnym dupkiem".)

Tanya mówiła dalej.

– A potem, jakieś dwa miesiące później, odkryłam, że jestem w ciąży. Było już strasznie późno, bo zawsze miałam nieregularne cykle, i aż do tamtego momentu nie zwróciłam na to uwagi. Więc zdecydowałam, że urodzę Lily. Ale – znowu uniosła podbródek, jakby szykowała się do obrony – nie było sensu mu o tym mówić. Nie po tym, jak mnie potraktował.

Moja kawa wystygła.

– Nie było sensu mu mówić?

– Przecież on mi praktycznie oznajmił, że nie chce mieć ze mną nic wspólnego. Zachowałby się pewnie tak, jakbym zrobiła to celowo, żeby go złapać w pułapkę.

Usta miałam otwarte ze zdumienia. Zamknęłam je.

– Ale nie… nie sądzi pani, że on miał prawo wiedzieć, pani Houghton-Miller? Nie myśli pani, że mógłby chcieć poznać własne dziecko? Niezależnie od tego, co zaszło między wami?

Odstawiła filiżankę na stolik.

– Ona ma szesnaście lat – powiedziałam. – W chwili jego śmierci miała czternaście czy piętnaście. To bardzo długo…

– W tym momencie miała już Francisa. To był jej ojciec. I był dla niej bardzo dobry. Byliśmy rodziną. Jesteśmy rodziną.

– Nie rozumiem…

– Will nie zasługiwał na to, żeby ją poznać.

Słowa zawisły w powietrzu pomiędzy nami.

– Był dupkiem. Rozumie pani? Will Traynor był egoistycznym dupkiem – odgarnęła z twarzy pasmo włosów. – Oczywiście nie wiedziałam, co się mu przytrafiło. To było dla mnie kompletnym szokiem. Ale szczerze mówiąc, nie jestem pewna, czy to by coś zmieniło.

Dopiero po chwili odzyskałam mowę.

– To by wszystko zmieniło. Dla niego.

Spojrzała na mnie ostro.

– Will się zabił. – Głos mi się lekko załamał. – Odebrał sobie życie, bo nie widział żadnego powodu, żeby żyć dalej. Gdyby wiedział, że ma córkę...

Tanya Houghton-Miller wstała.

– O, nie. Proszę nawet nie próbować mi tego wciskać, panno Jak-jej-tam. Nie zamierzam dać się wmanewrować w odpowiedzialność za samobójstwo tego człowieka. Myśli pani, że moje życie nie jest wystarczająco skomplikowane i bez tego? Niech się pani nie waży przychodzić tu i mnie osądzać. Gdyby musiała pani radzić sobie choćby z połową tego, co ja... Nie. Will Traynor był strasznym człowiekiem.

– Will Traynor był najlepszym człowiekiem, jakiego kiedykolwiek poznałam.

Zmierzyła mnie wzrokiem od stóp do głów.

– Tak. Cóż, przypuszczam, że to pewnie prawda.

Pomyślałam, że nigdy wcześniej nie czułam do nikogo takiej instynktownej niechęci.

Wstałam z zamiarem wyjścia, gdy milczenie przerwał jakiś głos.

– Czyli mój tata tak naprawdę nic o mnie nie wiedział.

Lily stała w drzwiach zupełnie nieruchomo. Tanya Houghton--Miller pobladła. Po chwili udało jej się opanować.

– Chciałam oszczędzić ci bólu, Lily. Dobrze znałam Willa i nie zamierzałam skazywać żadnej z nas na upokorzenia związane z próbą przekonania go do nawiązania relacji, której by sobie nie życzył. – Poprawiła sobie włosy. – I naprawdę musisz skończyć z tym okropnym zwyczajem podsłuchiwania. Kończy się na tym, że rozumiesz wszystko zupełnie opacznie.

Nie mogłam dłużej tego słuchać. Ruszyłam w stronę drzwi, a na górze jakiś chłopiec zaczął krzyczeć. Ze schodów sfrunęła plastikowa ciężarówka i roztrzaskała się gdzieś na dole. Zaniepokojona twarz – jakiejś Filipinki? – spojrzała na mnie znad poręczy. Zaczęłam schodzić w dół.

– Dokąd idziesz?

– Przykro mi, Lily. Może… może porozmawiamy kiedy indziej.

– Ale nie powiedziałaś mi prawie nic o moim tacie.

– On nie był twoim ojcem – wtrąciła Tanya Houghton-Miller. – Francis zrobił dla ciebie więcej od czasu, jak byłaś mała, niż Will kiedykolwiek byłby gotów.

– Francis to nie mój tata – wrzasnęła Lily.

Kolejny łoskot na górze, a potem głos kobiety krzyczącej coś w języku, którego nie rozumiałam. Zabawkowy karabin napełnił powietrze serią blaszanych eksplozji. Tanya chwyciła się za głowę.

– Ja tego nie wytrzymam. Po prostu nie wytrzymam.

Lily dogoniła mnie przy drzwiach.

– Czy mogę przenocować u ciebie?

– Co?

– W twoim mieszkaniu? Tutaj nie mogę zostać.

– Lily, nie sądzę…

– Tylko dzisiaj. Proszę cię.

– Ależ proszę, nie krępujcie się. Niech sobie u pani pomieszka dzień czy dwa. Trudno o lepsze towarzystwo. Uprzejma, uczynna, kochająca. Każdy marzyłby o przebywaniu z taką osobą! – Rysy twarzy Tanii stężały. – Zobaczymy, co z tego wyniknie. Wie pani, że ona pije? Pali w mieszkaniu? Że zawiesili ją w prawach ucznia? Powiedziała pani o tym wszystkim, prawda?

Lily sprawiała wrażenie niemal znudzonej, jakby słyszała już to wszystko setki razy.

– Nie zadała sobie nawet trudu, żeby przyjść na egzaminy. Robiliśmy dla niej wszystko, co w naszej mocy. Terapeuci, najlepsze szkoły, korepetycje. Francis traktował ją jak własną córkę. A ona po prostu ma to wszystko za nic. Mój mąż ma teraz bardzo trudną sytuację w pracy, chłopcy przeżywają swoje problemy, a jej to nic nie obchodzi. Nigdy nie obchodziło.

– A ty niby skąd miałabyś o tym wiedzieć? Pół życia spędziłam z opiekunkami. Kiedy chłopcy się urodzili, wysłałaś mnie do szkoły z internatem.

– Nie dawałam sobie rady z wami wszystkimi! Robiłam, co tylko mogłam!

– Robiłaś, co tylko chciałaś, czyli starałaś się stworzyć sobie od nowa idealną rodzinę, beze mnie. – Lily znów zwróciła się w moją stronę. – Proszę? Chociaż na trochę? Obiecuję, że nie będę ci wchodzić w drogę. Będę ci pomagać, jak tylko potrafię.

Powinnam była odmówić. Wiedziałam, że powinnam. Ale byłam taka wściekła na tę kobietę. I przez chwilę miałam poczucie, że muszę zająć miejsce Willa, zrobić to, czego on nie mógł.

– W porządku – powiedziałam, a budowla z klocków Lego gwizdnęła mi koło ucha i rozbiła się na kolorowe kawałki u moich stóp. – Weź swoje rzeczy. Będę czekać na zewnątrz.

Resztę dnia pamiętam jak przez mgłę. Wyniosłyśmy pudła z salonu, ustawiłyśmy je w mojej sypialni i zmieniłyśmy salon w pokój Lily, a przynajmniej postarałyśmy się, żeby przestał być składzikiem – powiesiłyśmy roletę, której jakoś nigdy wcześniej nie udało mi się zamontować, i wniosłyśmy do pokoju lampę i szafkę do postawienia przy łóżku. Kupiłam polówkę, którą wtargałyśmy razem po schodach, a do tego wieszak na te kilka rzeczy Lily, nową pościel i powłoczki na poduszki. Wyglądało na to, że nastolatce podoba się, iż ma jakiś konkretny cel, i że zupełnie nie przeszkadza jej fakt, iż wprowadza się do praktycznie obcej osoby. Tego wieczoru patrzyłam, jak ustawia w pokoju swój nieliczny dobytek, i zrobiło mi się dziwnie smutno. Jak bardzo nieszczęśliwa musi być dziewczyna, żeby chcieć porzucić te luksusy na rzecz ciasnego pokoju z polówką i rozklekotanym wieszakiem?

Ugotowałam makaron, myśląc o tym, jakie to dziwne mieć dla kogo gotować, a potem razem oglądałyśmy telewizję. O wpół do dziewiątej telefon Lily zadzwonił, a dziewczyna poprosiła mnie o papier i coś do pisania.

– Masz – powiedziała, nabazgrawszy coś na kartce. – To jest numer komórki mojej mamy. A ona chce, żebym jej podała twój telefon i adres. Na wszelki wypadek.

Przez moment zastanawiałam się, jak często jej zdaniem Lily będzie u mnie nocować.

O dziesiątej wieczorem oznajmiłam wykończona, że idę spać. Lily dalej oglądała telewizję, siedząc po turecku na kanapie i czatując z kimś na swoim miniaturowym laptopie.

– Nie siedź za długo, dobrze? – w moich ustach brzmiało to sztucznie, jakbym udawała, że jestem dorosła.

Dziewczyna nie odrywała oczu od ekranu telewizora.

– Lily?

Podniosła wzrok, jakby dopiero teraz zauważyła, że jestem w pokoju.

– A, słuchaj, chciałam ci powiedzieć. To byłam ja.

– Kiedy?

– Na dachu. Jak spadłaś. To ja zadzwoniłam po pogotowie.

Nagle zobaczyłam jej twarz, te wielkie oczy i tę skórę, bladą w ciemności.

– Ale co ty tam robiłaś?

– Znalazłam twój adres. Po tym, jak wszystkim w domu odbiło, chciałam się po prostu zorientować, kim jesteś, zanim spróbuję z tobą pogadać. Zobaczyłam, że mogę się tu dostać schodami przeciwpożarowymi, a u ciebie paliło się światło. Więc tak naprawdę to po prostu czekałam. Ale kiedy weszłaś na górę i zaczęłaś łazić po gzymsie, to nagle pomyślałam, że jak się odezwę, to cię na pewno wystraszę.

– I tak zrobiłaś.

– No. Ale to niespecjalnie. Naprawdę myślałam, że cię zabiłam – zaśmiała się nerwowo.

Przez dłuższą chwilę siedziałyśmy w milczeniu.

– Wszyscy myślą, że chciałam skoczyć.

Jej twarz gwałtownie zwróciła się w moją stronę.

– Naprawdę?

– No.

Lily się zamyśliła.

– Przez to, co stało się z moim tatą?

– Tak.

– Tęsknisz za nim?

– Każdego dnia.

Umilkła. W końcu odezwała się:

– A kiedy będziesz znowu miała wolne?

– W niedzielę. Czemu pytasz? – odparłam, z trudem zbierając myśli.

– A możemy pojechać do ciebie do miasta?

– Chcesz pojechać do Stortfold?

– Chcę zobaczyć, gdzie on mieszkał.

Rozdział ósmy

Nie powiedziałam tacie, że przyjeżdżamy. Nie bardzo wiedziałam, jak odbyć tę rozmowę. Zatrzymałyśmy się przed naszym domem, a potem siedziałyśmy tam jeszcze przez chwilę. Lily wyglądała ciekawie przez okno, a ja miałam pełną świadomość tego, jaki mały i zmęczony życiem wydaje się domek moich rodziców w porównaniu z jej własnym. Kiedy ją uprzedziłam, że mama będzie pewnie nalegać, byśmy zostały na obiad, dziewczyna zaproponowała, żebyśmy przyniosły kwiaty, a później rozzłościła się na mój pomysł kupienia goździków na stacji benzynowej, chociaż miał je dostać ktoś, kogo nigdy nie widziała.

Pojechałam do supermarketu na drugim końcu Stortfold, gdzie Lily wybrała ogromną wiązankę frezji, peonii i ostróżek. Za którą ja zapłaciłam.

– Zostań tu jeszcze przez moment – powiedziałam, kiedy zaczęła wysiadać. – Chcę im wszystko wytłumaczyć, zanim wejdziesz.

– Ale...

– Uwierz mi – przerwałam jej. – Będą potrzebowali chwili na ochłonięcie.

Przeszłam po ścieżce i zapukałam do drzwi. Usłyszałam telewizor grający w salonie i wyobraziłam sobie dziadka, jak ogląda wyścigi, a jego wargi poruszają się bezgłośnie w takt końskich kroków. Znajome, domowe odgłosy i widoki. Wróciłam myślą do tych miesięcy, kiedy trzymałam się z daleka, niepewna, czy jestem tu jeszcze mile widziana, do tego czasu, kiedy nie pozwalałam sobie nawet myśleć o tym, jakie to uczucie iść tą ścieżką, o objęciach mamy pachnących płynem do płukania tkanin, o odległym grzmocie śmiechu ojca.

Tata otworzył, a jego brwi podjechały w górę.

– Lou! Nie spodziewaliśmy się ciebie!… Czy my się ciebie spodziewaliśmy? – Zrobił krok do przodu i zamknął mnie w niedźwiedzim uścisku.

Uświadomiłam sobie, jak dobrze jest znów mieć rodzinę.

– Cześć, tato.

Czekał na najwyższym stopniu z wyciągniętą ręką. Z korytarza napłynęła woń pieczonego kurczaka.

– To jak, wchodzisz do środka, czy urządzimy sobie piknik na schodach?

– Muszę ci najpierw o czymś powiedzieć.

– Straciłaś pracę.

– Nie, nie straciłam…

– Zrobiłaś sobie następny tatuaż.

– Wiedziałeś o moim tatuażu?

– Jestem twoim ojcem. Wiem o każdej jednej rzeczy, którą zrobiłyście z siostrą, odkąd skończyłyście trzy lata. – Nachylił się w moją stronę. – Twoja matka nie chciała mi pozwolić, żebym też sobie zrobił.

– Nie, tato, tym razem nie chodzi o tatuaż. – Odetchnęłam głęboko. – Ja… przywiozłam córkę Willa.

Tata znieruchomiał. Za jego plecami pojawiła się moja mama w fartuszku.

– Lou! – Zauważyła minę taty. – Co? Co się stało?

– Ona mówi, że przywiozła córkę Willa.

– Przywiozła co Willa? – jęknęła mama.

Tata pobladł. Wyciągnął rękę w stronę grzejnika i chwycił się go.

– Co? – zapytałam zaniepokojona. – O co chodzi?

– Nie… nie chcesz chyba powiedzieć, że… zostawiłaś sobie na pamiątkę trochę jego… no wiesz… małych żołnierzyków?

Przewróciłam oczami.

– Ona jest w samochodzie. Ma szesnaście lat.

– Och, Bogu dzięki. Josie, dzięki Bogu. Ostatnio jesteś taka… Nigdy nie wiem, czego… – opanował się. – Córka Willa, powiadasz? Nie mówiłaś, że…

– Nie miałam pojęcia. Nikt nie miał.

Mama wyjrzała zza pleców taty, zerkając na samochód, w którym Lily starała się zachowywać tak, jakby nie wiedziała, że o niej rozmawiamy.

– No to lepiej ją tu przyprowadź – odezwała się mama, podnosząc dłoń do szyi. – Ten kurczak jest całkiem przyzwoitych rozmiarów. Starczy dla nas wszystkich, jak dorzucę jeszcze parę ziemniaków. – Pokręciła głową ze zdumieniem. – Córka Willa. Mój Boże, Lou. Ty to potrafisz człowieka zaskoczyć. – Pomachała do Lily, która niepewnie jej odmachała. – Chodź do nas, kochanie!

Tata podniósł rękę w geście powitania, a potem mruknął cicho:

– Czy pan Traynor wie?

– Jeszcze nie.

Tata potarł skroń.

– Czy jest coś jeszcze?

– Co masz na myśli?

– Coś jeszcze, co chcesz mi powiedzieć. No wiesz, poza skakaniem z dachu i przyprowadzaniem do domu zaginionych dzieci.

Nie wstępujesz do cyrku, nie adoptujesz dzieciaka z Kazachstanu ani nic w tym rodzaju?

– Słowo daję, że nie planuję żadnej z wymienionych rzeczy. Póki co.

– No to chwała Bogu. Która jest godzina? Chyba muszę się czegoś napić.

– Lily, a gdzie chodzisz do szkoły?

– To taka mała szkoła z internatem w Shropshire. Nikt o niej nie słyszał. Chodzą tam głównie przygłupy z wyższych sfer i dalecy członkowie mołdawskiej rodziny królewskiej.

Stłoczyliśmy się wokół stołu w salonie, siedząc w siódemkę kolano przy kolanie, i sześcioro z nas modliło się, żeby nikt nie musiał iść do łazienki, co wymagałoby od wszystkich wstania i przesunięcia stołu o piętnaście centymetrów w stronę kanapy.

– Szkoła z internatem, hę? Sklepiki ze słodyczami, uczty o północy i tak dalej? Założę się, że to niezła frajda.

– Nie bardzo. Sklepik zamknęli w zeszłym roku, bo połowa dziewczyn miała zaburzenia odżywiania i opychały się snickersami, aż robiło im się niedobrze.

– Mama Lily mieszka w St John's Wood – odezwałam się. – Lily nocuje u mnie przez kilka dni, bo… chce się dowiedzieć trochę więcej o drugiej części swojej rodziny.

– Traynorowie mieszkają tu od pokoleń – powiedziała mama.

– Naprawdę? Zna ich pani?

Mama zamarła.

– Cóż, niezupełnie…

– Jaki jest ich dom?

Rysy mamy stężały.

– O takie rzeczy lepiej pytaj Lou. To ona spędzała tam... całe dnie.

Lily czekała.

Tata dorzucił:

– Ja pracuję z panem Traynorem, który jest odpowiedzialny za zarządzanie majątkiem.

– Z dziadkiem! – zawołał dziadek i wybuchnął śmiechem. Lily zerknęła na niego, a potem znów na mnie. Uśmiechnęłam się, chociaż samo wspomnienie nazwiska pana Traynora sprawiło, że poczułam się dziwnie wytrącona z równowagi.

– Zgadza się, tatusiu – przytaknęła mama. – To jest dziadek Lily. Zupełnie jak ty. Kto ma ochotę na dokładkę ziemniaków?

– Dziadek – powtórzyła cicho Lily z wyraźną przyjemnością.

– Zadzwonimy do nich i... im powiemy – oznajmiłam. – A jeśli chcesz, możemy na odchodnym przejechać koło ich domu. Żebyś sobie zobaczyła, jak wygląda.

Podczas całej tej rozmowy moja siostra siedziała w milczeniu. Lily posadzono obok Thoma, zapewne w celu skłonienia go do lepszego zachowania, choć ryzyko, że chłopiec zacznie pogawędkę na temat pasożytów układu pokarmowego, było nadal stosunkowo wysokie. Treena przyglądała się Lily. Była bardziej nieufna od moich rodziców, którzy bez zastrzeżeń przyjęli wszystko, co im powiedziałam. Zaciągnęła mnie na górę, kiedy tata pokazywał Lily nasz ogródek, i zadała mi wszystkie te pytania, które tłukły mi się po głowie niczym gołąb uwięziony w zamkniętym pomieszczeniu. Skąd wiem, że ona jest tym, za kogo się podaje? Czego chce? I w końcu: Jak to w ogóle możliwe, że jej własna matka chce, żeby ona mieszkała u ciebie?

– To jak długo będziesz ją gościć? – zapytała przy stole, podczas gdy tata opowiadał Lily o pielęgnacji zielonego dębu.

– Właściwie jeszcze o tym nie rozmawiałyśmy.

Popatrzyła na mnie z miną dającą do zrozumienia, że jestem idiotką, a jednocześnie że ten fakt nie jest dla mojej siostry żadnym zaskoczeniem.

– Spędziła u mnie dwie noce, Treen. Zresztą przecież jest bardzo młoda.

– O tym właśnie mówię. Co ty wiesz o opiece nad dziećmi?

– Trudno nazwać ją dzieckiem.

– Gorzej niż dzieckiem. Nastolatki to praktycznie przedszkolaki z hormonami: na tyle duże, że chcą już robić różne rzeczy, ale bez kropli oleju w głowie. Ona może się wpakować w najróżniejsze kłopoty. Nie mogę uwierzyć, że ty to naprawdę robisz.

Podałam jej sosjerkę.

– „Witaj, Lou. Gratuluję, że udało ci się utrzymać pracę mimo trudności na rynku. Wspaniale radzisz sobie po tym strasznym wypadku. Jak dobrze cię widzieć".

Podała mi sól i wymruczała pod nosem:

– Wiesz, że nie dasz sobie rady jednocześnie z tym i ze swoją…

– Swoim czym?

– Depresją.

– Ja nie mam depresji – syknęłam. – Nie jestem w żadnej depresji, Treena. Na litość boską, nie rzuciłam się z dachu.

– Od Bóg wie jak dawna nie jesteś sobą. Od czasu tej całej sprawy z Willem.

– Co mam zrobić, żeby cię przekonać? Mam stałą pracę. Chodzę na rehabilitację, żeby doprowadzić do porządku biodro, i na spotkania tej zakichanej grupy wsparcia, żeby doprowadzić do porządku głowę. Mam wrażenie, że idzie mi całkiem nieźle, okej? – Teraz słuchał mnie cały stół. – Właściwie… sprawa wygląda tak. O, właśnie. Lily tam była. Widziała, jak spadam. Okazuje się, że to ona wezwała pogotowie.

Patrzyli na mnie wszyscy członkowie mojej rodziny.

– Widzicie, to prawda. Ona widziała, jak spadam. Ja nie skoczyłam. Lily, właśnie opowiadałam siostrze. Byłaś tam, kiedy spadłam, prawda? Widzicie? Mówiłam wam, że słyszałam głos jakiejś dziewczyny. Wcale nie oszalałam. Ona naprawdę widziała całą tę sytuację. Poślizgnęłam się, prawda?

Lily podniosła wzrok znad talerza, wciąż ruszając szczękami. Od kiedy zasiedliśmy do stołu, skupiała się niemal wyłącznie na jedzeniu.

– Aha. Ona totalnie nie chciała się zabić.

Mama z tatą wymienili spojrzenia. Mama westchnęła, przeżegnała się dyskretnie i uśmiechnęła. Moja siostra uniosła brwi – mniej więcej tak wyglądały w jej wykonaniu przeprosiny. Przez chwilę czułam, że radość rozsadza mi pierś.

– No. Po prostu krzyczała coś w niebo. – Lily podniosła widelec. – I była ostro wkurzona.

Na moment zapadła cisza.

– Ach tak – odezwał się tata. – Cóż, to…

– To… dobrze – dodała mama.

– Ten kurczak jest super – powiedziała Lily. – Mogę jeszcze trochę?

Zostałyśmy do późnego popołudnia, częściowo dlatego, że za każdym razem, kiedy próbowałam wyjść, mama stawiała przed nami kolejne rzeczy do jedzenia, a częściowo dlatego, że cała sytuacja wydawała mi się nieco mniej dziwna i przytłaczająca, kiedy Lily miała do rozmowy kogoś poza mną. Tata i ja przenieśliśmy się do ogródka, gdzie okazało się, że naszym dwóm leżakom jakimś cudem udało się nie zgnić przez kolejną zimę (choć najroztropniej było po prostu usiąść na nich i więcej się nie ruszać, tak na wszelki wypadek).

– Wiesz, że twoja siostra czyta *Kobiecego eunucha*? I jakieś dyrdymały pod tytułem *Damska sypialnia*, czy coś w tym rodzaju. Mówi, że twoja matka to klasyczny przykład uciemiężonej kobiecości, a fakt, że ona się z tym nie zgadza, pokazuje tylko, jak bardzo jest uciemiężona. Chce jej wmówić, że to ja powinienem sprzątać i gotować, i robi ze mnie jakiegoś cholernego jaskiniowca. Ale jak spróbuję coś na to odpowiedzieć, to zaraz słyszę, żebym „skończył z tym patriarchalnym dyskursem". Z patriarchalnym dyskursem! Powiedziałem Treenie, że chętnie bym z nim skończył, gdybym tylko wiedział, gdzie u licha wasza matka go schowała.

– Mama chyba nie narzeka – odpowiedziałam. Napiłam się herbaty, czując lekkie wyrzuty sumienia na myśl o tym, że dolatujące z kuchni dźwięki muszą być odgłosami maminego zmywania.

Tata popatrzył na mnie z ukosa.

– Ona od trzech tygodni nie goli nóg. Od trzech tygodni, Lou! Szczerze mówiąc, jak tylko ich dotknę, to ciarki mnie przechodzą. Ostatnie dwie noce spędziłem na kanapie. Sam nie wiem, Lou. Dlaczego dziś ludzie nie mogą po prostu zostawić niczego tak, jak jest? Twoja mama była zadowolona, ja jestem zadowolony. Wiemy, jakie mamy role. Ja jestem tym, który ma włochate nogi. A ona tą, która dobrze się czuje w gumowych rękawicach. Proste.

W głębi ogrodu Lily uczyła Thoma wabić ptaki, używając grubego źdźbła trawy. Chłopiec trzymał trawkę pomiędzy kciukami, ale niewykluczone, że brak czterech przednich zębów utrudniał produkcję dźwięków, bo z jego ust wydobyło się tylko prychnięcie i deszcz kropelek śliny.

Przez chwilę siedzieliśmy w przyjaznym milczeniu, słuchając odgłosów trawek, pogwizdywania dziadka i ujadania psa sąsiadów, który chciał, żeby go wpuścić. Jak dobrze być w domu.

– A co słychać u pana Traynora? – zapytałam.

– O, nadzwyczajnie. Wiesz, że znów zostanie tatą?

Ostrożnie odwróciłam się w jego stronę na krześle ogrodowym.

– Poważnie?

– Ale nie z panią Traynor. Ona się wyprowadziła zaraz po... no wiesz. Z tą rudą dziewczyną, zapomniałem, jak ona się nazywa.

– Della – odparłam, przypominając ją sobie nagle.

– O, z tą. Oni się chyba już znają dosyć długo, ale zdaje mi się, że ta cała sprawa, no wiesz, z dzieckiem, była dla nich obojga sporym zaskoczeniem. – Tata otworzył sobie kolejne piwo. – On jest całkiem zadowolony. Myślę, że się cieszy, że niedługo będzie miał nowego syna czy córkę. Będzie miał czym zająć myśli.

Jakaś część mnie chciała go osądzić. Ale jednocześnie mogłam z łatwością wyobrazić sobie pragnienie stworzenia czegoś dobrego z tego, co się wydarzyło, desperacką potrzebę wydostania się znów na powierzchnię, nieważne, jakim sposobem.

Oni się jeszcze nie rozstali tylko ze względu na mnie, mówił mi Will nie raz.

– Jak myślisz, co on powie na Lily? – zapytałam.

– Nie mam pojęcia, skarbie – odparł tata w zamyśleniu. – Myślę, że się ucieszy. To trochę tak, jakby odzyskał część syna, prawda?

– A pani Traynor?

– Nie wiem, kochanie. Nie mam nawet pojęcia, gdzie ona teraz mieszka.

– Lily... to spore wyzwanie.

Tata wybuchnął śmiechem.

– Co ty powiesz! Ty i Treena latami doprowadzałyście mamę i mnie do rozpaczy tym swoim zarywaniem nocy, chłopakami i nieszczęśliwymi miłościami. Najwyższa pora, żebyś sama się przekonała, jak to smakuje. – Napił się piwa i znów zachichotał. – To dobra wiadomość, skarbie. Cieszę się, że nie będziesz sama w tym swoim pustym mieszkaniu.

Z trawki Thoma wydobyło się ciche piśnięcie. Jego twarz się rozpromieniła i chłopiec triumfalnym gestem wyrzucił w górę rękę z źdźbłem. Oboje z tatą pokazaliśmy mu podniesione kciuki.

– Tato.

Odwrócił się w moją stronę.

– Wiesz, że nic mi nie jest, prawda?

– Tak, kochanie. – Dał mi lekkiego kuksańca w ramię. – Ale tak to już jest, że się martwię. Będę się martwił, póki się tak nie zestarzeję, że nie będę w stanie podnieść się z krzesła. – Przeniósł na nie wzrok. – Swoją drogą, może się okazać, że nastąpi to szybciej, niżbym chciał.

Wyjechałyśmy trochę przed piątą. W lusterku wstecznym widziałam Treenę, jedyną osobę z całej rodziny, która nam nie machała. Stała z rękami skrzyżowanymi na piersiach, a jej głowa powoli poruszała się z boku na bok, gdy moja siostra przyglądała się naszemu odjazdowi.

Kiedy wróciłyśmy do domu, Lily zniknęła na dachu. Nie byłam tam od czasu wypadku. Mówiłam sobie, że wiosenna pogoda nie sprzyja takim próbom, że schody przeciwpożarowe będą śliskie od deszczu, że widok wszystkich tych uschniętych roślin wzbudzi we mnie wyrzuty sumienia, ale tak naprawdę po prostu się bałam. Samo myślenie o tym, że miałabym znowu się tam wybrać, sprawiało, że serce zaczynało mi walić jak oszalałe; byle drobiazg był w stanie przywołać to uczucie, że świat znika pode mną niczym dywanik wyszarpnięty spod nóg.

Patrzyłam, jak dziewczyna wychodzi przez okno na pół-piętrze, a potem krzyknęłam za nią, że ma wrócić za dwa-dzieścia minut. Kiedy upłynęło dwadzieścia pięć, zaczęłam się niepokoić. Zawołałam do niej przez okno, ale w odpowie-dzi usłyszałam tylko szum przejeżdżających na dole samocho-dów. Po trzydziestu pięciu minutach, przeklinając pod nosem, wygramoliłam się przez okno w korytarzu na schody przeciw-pożarowe.

Był ciepły letni wieczór i asfalt na dachu promieniował gorą-cem. Pod nami odgłosy miasta przypominały, że jest leniwa nie-dziela – niespieszny ruch samochodów, pootwierane okna, głośna muzyka, młodzi ludzie wystający na rogach ulic i odległe zapachy grilla napływające z innych dachów.

Lily siedziała na odwróconej do góry dnem donicy, spoglądając w stronę City. Stanęłam, opierając się plecami o zbiornik z wodą i starając się zapanować nad odruchowym uczuciem paniki, ile-kroć dziewczyna pochylała się w stronę krawędzi dachu.

To był błąd, że tam weszłam. Czułam, jak asfalt pod moimi stopami kołysze się lekko niczym pokład statku. Chwiejnym kro-kiem zbliżyłam się do rdzewiejącego żeliwnego krzesła i opuści-łam się na nie ostrożnie. Moje ciało wiedziało dokładnie, jakie to uczucie stać na tym gzymsie; że drobniutką różnicę pomiędzy namacalną solidnością życia a tym nagłym szarpnięciem, które kładzie kres wszystkiemu, mierzy się w najmniejszych jednost-kach, w gramach, w milimetrach, w stopniach – i ta świadomość sprawiała, że włoski na moich rękach podnosiły się, a po karku spływała mi cienka strużka potu.

– Możesz już zejść, Lily?

– Wszystkie twoje rośliny uschły – obskubywała zwiędłe liście z jednego z krzaczków.

– Tak. Cóż, nie byłam tutaj od miesięcy.

– Nie można pozwalać roślinom umierać. To okrucieństwo.

Przyjrzałam się jej uważnie, żeby się przekonać, czy nie żartuje, ale nie wyglądało na to. Pochyliła się, odłamała gałązkę i przyjrzała się jej zeschniętemu środkowi.

– Jak się poznaliście z moim tatą?

Złapałam się za róg zbiornika z wodą, usiłując zapanować nad drżeniem nóg.

– Zgłosiłam się do pracy jako opiekunka. I ją dostałam.

– Chociaż nie miałaś przeszkolenia medycznego.

– Tak.

Zastanawiała się nad tym przez chwilę, a potem wyrzuciła suchą gałązkę, wstała, przeszła na drugi koniec dachu i stanęła tam z rękami na biodrach, jak chudziutka amazońska wojowniczka.

– On był przystojny, prawda?

Dach huśtał się pode mną. Musiałam zejść na dół.

– Lily, nie mogę o tym tutaj rozmawiać.

– Bardzo się boisz?

– Po prostu bardzo bym chciała, żebyśmy zeszły. Proszę cię.

Przekrzywiła głowę i przyglądała mi się przez chwilę, jak gdyby się zastanawiała, czy zrobić to, o co proszę. Postąpiła krok w stronę ściany, uniosła z namysłem stopę, jakby chciała przeskoczyć na krawędź dachu, i trzymała ją w górze na tyle długo, że oblałam się nerwowym potem. A później odwróciła się w moją stronę, uśmiechnęła się szeroko, włożyła sobie papierosa między zęby i przeszła z powrotem w kierunku schodów przeciwpożarowych.

– Drugi raz stąd nie spadniesz, głuptasie. Nikt nie ma aż takiego pecha.

– Jasne. Ale jakoś w tym momencie nie mam szczególnej ochoty na ćwiczenia z rachunku prawdopodobieństwa.

Kilka minut później, kiedy udało mi się już skłonić nogi do posłuszeństwa mózgowi, zeszłyśmy w dół po żelaznych schodach. Zatrzymałyśmy się przy moim oknie, gdy dotarło do mnie, że za bardzo się trzęsę, żeby być w stanie przez nie przejść, i usiadłam na stopniu.

Lily przewróciła oczami, czekając na mnie. A potem, gdy dotarło do niej, że nie mogę się ruszyć, usiadła na schodach obok mnie. Byłyśmy może ze trzy metry niżej niż poprzednio, ale teraz, kiedy już widziałam przez okno mój korytarz i miałam po obu stronach poręcz, zaczęłam znów normalnie oddychać.

– Wiem, czego ci trzeba – powiedziała Lily i wyciągnęła do mnie swojego skręta.

– Czy ty naprawdę chcesz mi powiedzieć, żebym się upaliła? Na wysokości czwartego piętra? Zdajesz sobie sprawę, że niedawno spadłam z dachu?

– To ci pomoże się odprężyć.

A potem, kiedy go nie wzięłam, dodała:

– Rany, no weź. Co… czy ty na serio jesteś najbardziej praworządną osobą w całym Londynie?

– Nie jestem z Londynu.

Już po fakcie nie mogłam uwierzyć, że dałam się zmanipulować szesnastolatce. Ale Lily była jak najfajniejsza dziewczyna w klasie, taka, której chce się zaimponować. Zanim zdążyła cokolwiek odpowiedzieć, wzięłam od niej skręta i zaciągnęłam się ostrożnie, starając się nie rozkaszleć, kiedy dym dotarł do moich płuc.

– A zresztą ty masz szesnaście lat – mruknęłam. – Nie powinnaś tego palić. I skąd szesnastolatka z dobrego domu bierze takie rzeczy?

Lily wyjrzała przez poręcz.

– Podobał ci się?

– Kto? Twój tata? Z początku nie.

– Bo był na wózku.

Bo parodiował Daniela Day-Lewisa w *Mojej lewej stopie* i mało tam nie zeszłam na zawał – chciałam odpowiedzieć, ale za dużo trzeba by było tłumaczyć.

– Nie. Ten wózek był w nim najmniej istotną rzeczą. Nie podobał mi się, bo był... był bardzo gniewny. I trochę onieśmielający. I przez te dwie rzeczy ciężko było zobaczyć w nim kogoś, kto się może podobać.

– Jestem do niego podobna? Szukałam zdjęć w internecie, ale sama nie wiem.

– Trochę. Masz taką samą cerę i włosy. I może oczy.

– Mama powiedziała, że był bardzo przystojny i że to przez to był takim dupkiem. Albo że to był jeden z powodów. I teraz ile razy się na mnie wkurzy, to mówi mi, że jestem taka sama jak on. „O Boże, jesteś zupełnie jak Will Traynor". Ale zawsze mówi na niego Will Traynor. Nie „twój ojciec". Uparła się, żeby udawać, że Złamas to mój tata, chociaż ewidentnie nim nie jest. Tak jakby myślała, że może po prostu zrobić z nas rodzinę, wciskając wszystkim, że nią jesteśmy.

Jeszcze raz się zaciągnęłam. Czułam, że trawka zaczyna na mnie działać. Nie licząc jednego wieczoru na domówce w Paryżu, całe lata minęły od czasu, kiedy ostatnio wypaliłam jointa.

– Wiesz, myślę, że lepiej bym się bawiła, gdyby nie było niebezpieczeństwa, że spadnę ze schodów przeciwpożarowych.

Lily wzięła ode mnie skręta.

– Rany, dziewczyno. Przyda ci się trochę rozrywki. – Zaciągnęła się głęboko i odchyliła głowę do tyłu. – Czy on ci mówił, jak się czuje? Tak naprawdę? – Wzięła jeszcze jednego macha i oddała mi skręta. Zdawał się nie mieć na nią żadnego wpływu.

– Tak.

– Kłóciliście się?

– Dosyć dużo. Ale też dużo się śmialiśmy.

– Leciał na ciebie?

– Czy na mnie leciał? Nie wiem, czy to dobre określenie.

Moje wargi poruszały się bezgłośnie w poszukiwaniu słów, które nie chciały się zjawić. Jak mogę wytłumaczyć tej dziewczynie, kim Will i ja byliśmy dla siebie, opisać jej to uczucie, że nikt inny na całym świecie nigdy nie rozumiał mnie tak jak on i nigdy nie zrozumie? Jak ona mogłaby pojąć, że jego utrata była dla mnie czymś takim, jakby ktoś przestrzelił mnie na wylot, zostawiając otwartą dziurę, ciągle boleśnie przypominającą mi o braku, którego nigdy nie uda mi się wypełnić?

Wlepiła we mnie wzrok.

– Leciał! Mój tata na ciebie leciał! – Zaczęła chichotać. I było to takie niedorzeczne, takie bezsensowne słowo w zestawieniu z tym, kim Will i ja dla siebie byliśmy, że wbrew sobie ja także zachichotałam.

– Mój tata się w tobie bujał. Ale opcja! – wykrzyknęła. – O Boże! W równoległym wszechświecie mogłabyś być moją macochą.

Spojrzałyśmy po sobie z udawaną zgrozą i w jakiś sposób ten fakt nabrał takich rozmiarów, że poczułam, jak w moim środku wzbiera banieczka wesołości. Wybuchnęłam śmiechem, takim śmiechem, który graniczy z histerią, od którego brzuch zaczyna boleć, a samo spojrzenie na drugą osobę wywołuje nowy atak rozbawienia.

– Spaliście ze sobą?

I w tym momencie wesołość się skończyła.

– No dobra. Ta rozmowa zaczyna się robić dziwna.

Lily wydęła usta.

– Cały wasz związek wydaje się dosyć dziwny.

– Wcale taki nie był. Był... był...

Nagle poczułam, że to ponad moje siły: bycie na dachu, pytania, joint, wspomnienia o Willu. Miałam wrażenie, jakbyśmy w ten sposób przywoływały go tu z powrotem: jego uśmiech, skórę, dotyk jego twarzy przy mojej twarzy, i nie byłam pewna, czy tego chcę. Opuściłam głowę między kolana. Oddychaj, nakazałam sobie.

– Louisa?

– Co?

– Czy on od początku chciał tam pojechać? Do Dignitas?

Skinęłam głową. Powtórzyłam to słowo bezgłośnie, usiłując stłumić narastającą panikę. Wdech. Wydech. Po prostu oddychaj.

– Próbowałaś go przekonać?

– Will był... uparty.

– Kłóciliście się o to?

Przełknęłam ślinę.

– Do ostatniego dnia.

Do ostatniego dnia. Po co ja to powiedziałam? Zamknęłam oczy. Kiedy wreszcie znów je otwarłam, Lily mi się przyglądała.

– Byłaś z nim, kiedy umarł?

Nasze oczy się spotkały. Młodzi ludzie są straszni, pomyślałam. Nie znają granic. Niczego się nie boją. Widziałam, że na jej wargach rodzi się już następne pytanie, widziałam namysł w jej spojrzeniu. Ale może nie była jednak aż tak odważna, jak sądziłam.

W końcu opuściła wzrok.

– To kiedy powiesz o mnie jego rodzicom?

Serce we mnie zamarło.

– W tym tygodniu. Zadzwonię do nich w tym tygodniu.

Skinęła głową i odwróciła twarz, żebym nie widziała, jaką ma minę. Patrzyłam, jak znów się zaciąga. A potem Lily znienacka wrzuciła jointa pomiędzy stopnie schodów przeciwpożarowych, wstała i weszła na korytarz, nie oglądając się za siebie. Poczekałam, aż moje nogi będą znów w stanie utrzymać mój ciężar, i ruszyłam za nią przez okno.

Rozdział dziewiąty

Zadzwoniłam we wtorek w porze obiadowej, kiedy za sprawą jednodniowego strajku francuskich i niemieckich kontrolerów lotów nasz bar niemal zupełnie opustoszał. Poczekałam, aż Richard pojedzie do hurtowni, a potem stanęłam w hali, pod ostatnią damską toaletą przed kontrolą bagażową i odszukałam w swojej komórce numer, którego nigdy nie byłam w stanie skasować.

Telefon zadzwonił trzy razy, cztery, i przez chwilę czułam nieodparte pragnienie wciśnięcia guzika z czerwoną słuchawką. Ale wtedy rozległ się w niej znajomy męski głos.

– Halo?

– Czy to pan Traynor? Tutaj... tutaj Lou.

– Lou?

– Louisa Clark.

Chwila ciszy. Niemal słyszałam, jak wspomnienia spadają na niego z łoskotem, wywołane przez sam dźwięk mojego nazwiska, i nagle poczułam się dziwnie winna. Ostatnim razem widziałam go przy grobie Willa, przedwcześnie postarzałego człowieka, który raz po raz prostował ramiona, tocząc beznadziejną walkę z przygniatającym je brzemieniem smutku.

– Louisa. Ależ... Mój Boże. To naprawdę... Co u ciebie?

Przesunęłam się i przepuściłam Violet z jej wózkiem. Uśmiechnęła się do mnie domyślnie, wolną ręką poprawiając fioletowy turban. Zauważyłam, że na paznokciach ma namalowane miniaturowe brytyjskie flagi.

– Wszystko dobrze, dziękuję. A u pana?

– No cóż... Właściwie u mnie też wszystko dobrze. Okoliczności nieco się zmieniły od czasu, kiedy się ostatnio widzieliśmy, ale wszystko jest... można powiedzieć...

Ta chwilowa utrata charakterystycznej dla niego dobroduszności omal nie zbiła mnie z tropu. Wzięłam głęboki oddech.

– Proszę pana, dzwonię, bo koniecznie muszę z panem o czymś porozmawiać.

– Myślałem, że Michael Lawler zajął się wszystkimi kwestiami finansowymi – ton jego głosu zmienił się odrobinę.

– To nie ma związku z pieniędzmi. – Zamknęłam oczy. – Proszę pana, niedawno odwiedziła mnie pewna osoba i sądzę, że powinien pan ją poznać.

Jakaś kobieta wjechała mi w nogi swoją walizką i skierowała do mnie bezgłośne przeprosiny.

– No dobrze. Nie ma na to prostego sposobu, więc zwyczajnie to powiem i już. Will miał córkę, która niedawno zjawiła się u mnie w domu. Strasznie chce pana poznać.

Tym razem dłuższe milczenie.

– Proszę pana?

– Przepraszam. Czy możesz powtórzyć to, co przed chwilą powiedziałaś?

– Will miał córkę. Nic o niej nie wiedział. Jej matka jest jego dawną dziewczyną, z czasów studenckich, i postanowiła mu o niej nie mówić. Miał córkę, która mnie odnalazła i bardzo chce pana poznać. Ma szesnaście lat i nosi imię Lily.

– Lily?

– Tak. Rozmawiałam z jej matką i wygląda na to, że to wszystko prawda. To kobieta o nazwisku Miller. Tanya Miller.

– Ja... ja, jej nie pamiętam. Ale Will rzeczywiście miał mnóstwo dziewczyn.

Znowu długa cisza. Kiedy znów się odezwał, głos mu się łamał.

– Will miał... córkę?

– Tak. Pańską wnuczkę.

– Czy... czy ty sądzisz, że to rzeczywiście jego córka?

– Poznałam jej matkę, wysłuchałam tego, co miała do powiedzenia, i tak, myślę, że to naprawdę jego córka.

– Ach tak. Mój Boże.

W tle usłyszałam głos:

– Steven? Steven? Dobrze się czujesz?

Znów cisza.

– Proszę pana?

– Bardzo przepraszam. Ja po prostu... jestem trochę...

Dotknęłam ręką czoła.

– To wielki wstrząs. Wiem. Przykro mi. Nie wiedziałam, jak panu o tym powiedzieć. Nie chciałam po prostu pojawiać się u pana w domu na wypadek, gdyby...

– Nie. Nie przepraszaj. To dobra wiadomość. Nadzwyczajna wiadomość. Moja wnuczka.

– Co się dzieje? Czemu tutaj siedzisz? – głos w tle był zaniepokojony.

Usłyszałam, jak pan Traynor zakrywa słuchawkę ręką i mówi:

– Nic mi nie jest, kochanie. Naprawdę. Za... za chwilę ci wszystko wytłumaczę.

Nastąpiła dalsza przyciszona rozmowa. A potem odezwał się znów do mnie głosem, w którym nagle zabrzmiało wahanie:

– Louisa?

– Tak?

– Czy jesteś całkowicie pewna? To znaczy, to jest po prostu takie…

– Tak pewna, jak tylko mogę być, proszę pana. Z przyjemnością wszystko panu opowiem, ale ona ma szesnaście lat, jest pełna życia i… cóż, po prostu bardzo chce dowiedzieć się jak najwięcej o rodzinie, o której nic wcześniej nie słyszała.

– Mój Boże. Mój… Louisa?

– Jestem.

Kiedy znów się odezwał, w oczach nagle stanęły mi łzy.

– Jak mogę ją poznać? Jak urządzimy spotkanie z… Lily?

Pojechałyśmy do nich w następną sobotę. Lily bała się jechać sama, ale nie chciała się przyznać. Powiedziała mi tylko, że lepiej, bym to ja wyjaśniła wszystko panu Traynorowi, bo „starszym lepiej wychodzi rozmawianie ze sobą".

Jechałyśmy w milczeniu. Było mi niemal niedobrze ze zdenerwowania na myśl o tym, że będę musiała znów wejść do domu Traynorów, ale przecież nie mogłam tłumaczyć tego mojej pasażerce. Lily nic nie mówiła.

„Uwierzył ci?"

Tak, odpowiedziałam. Myślę, że tak. Chociaż pewnie mądrze byłoby zrobić badanie krwi, żeby nikt nie miał wątpliwości.

„Czy on sam chciał mnie poznać, czy ty mu to podsunęłaś?"

Nie pamiętałam. Mój mózg zaczął emitować jakiś dziwny szum pod wpływem samej rozmowy z ojcem Willa.

„A jeżeli okaże się, że nie jestem taka, jak on się spodziewa?"

Nie wiedziałam, czy on się czegokolwiek spodziewa. Dopiero co się dowiedział, że ma wnuczkę.

Lily zjawiła się u mnie w piątek wieczorem, chociaż oczekiwałam jej dopiero w sobotę rano, i powiedziała, że się strasznie pokłóciła z matką i że Złamas Francis powiedział jej, że musi wreszcie dorosnąć. Prychnęła.

– I to mówi człowiek, który uważa za normalne, żeby cały jeden pokój przeznaczyć na kolejkę elektryczną.

Powiedziałam jej, że jest tu mile widziana, pod warunkiem że: (a) dostanę potwierdzenie od jej matki, że wie, gdzie Lily jest, (b) że nie będzie piła i (c) że nie będzie palić u mnie w mieszkaniu. Co oznaczało, że kiedy brałam kąpiel, ona przeszła się na drugą stronę ulicy do sklepu Samira i gadała z nim tyle czasu, ile zajmuje wypalenie dwóch papierosów, ale uznałam, że kłócenie się z nią o to to byłoby już za wiele. Tanya Houghton-Miller przez blisko dwadzieścia minut lamentowała nad tym, jakie to wszystko jest niemożliwe, cztery razy powtórzyła, że skończy się na tym, że odeślę Lily do domu w ciągu czterdziestu ośmiu godzin, i rozłączyła się dopiero, kiedy w tle zaczęło krzyczeć dziecko. Słuchałam, jak Lily hałasuje w mojej małej kuchni, a muzyka, której nie rozumiem, wprawia w drżenie nieliczne meble w salonie.

No dobrze, Will, powiedziałam w duchu. Jeśli taki miałeś pomysł na to, jak zmusić mnie do rozpoczęcia zupełnie nowego życia, to możesz sobie pogratulować.

Następnego ranka weszłam do drugiego pokoju, żeby obudzić Lily, i zobaczyłam, że już nie śpi – siedziała, otaczając kolana rękami, i paliła przy otwartym oknie. Na łóżku leżały w nieładzie liczne ubrania, jakby dziewczyna przymierzyła z dziesięć różnych strojów i uznała, że żaden się nie nadaje.

Obrzuciła mnie gniewnym wzrokiem, który mówił: „Tylko spróbuj mi coś powiedzieć!". Nagle przed oczami stanął mi Will,

odwracający się od okna na swoim wózku, ze spojrzeniem pełnym
wściekłości i bólu, i na moment zabrakło mi tchu.

– Ruszamy za pół godziny – powiedziałam.

Znalazłyśmy się na obrzeżach miasteczka trochę przed jedenastą. Lato przyciągnęło turystów z powrotem na wąskie uliczki
Stortfold niczym stadka jaskrawo ubarwionych jaskółek nielotów.
Ściskali przewodniki i rożki z lodami, dreptali bez celu, mijając
kawiarenki i sezonowe stoiska pełne podkładek pod piwo z wize-
runkiem zamku i kalendarzy, które w domu prędko trafią na dno
szuflad i mało kto będzie do nich zaglądał. Powoli minęłam zamek, wraz z długim sznurem autokarów National Trust, jak zwykle nie mogąc się nadziwić pelerynom, skafandrom i kapeluszom
przeciwsłonecznym, które każdego roku wyglądały dokładnie
tak samo. W tym roku przypadało pięćsetlecie zamku i wszędzie
widniały plakaty reklamujące związane z nim imprezy: ludowe
potańcówki, pieczone prosięta, kiermasze...

Podjechałam pod dom, wdzięczna, że nie musimy patrzeć na
aneks, w którym spędziłam tyle czasu z Willem. Siedziałyśmy
w samochodzie i słuchałyśmy postukiwania stygnącego silnika.
Zauważyłam, że Lily obgryzła sobie paznokcie niemal do krwi.

– Wszystko dobrze?

Wzruszyła ramionami.

– To co, wejdziemy?

Wbiła wzrok w swoje stopy.

– A jeśli mu się nie spodobam?

– Dlaczego miałabyś mu się nie spodobać?

– Bo nikt inny mnie nie lubi.

– To na pewno nieprawda.

– W szkole nikt mnie nie lubi. Rodzice nie mogą się doczekać,
aż się mnie pozbędą. – Gwałtownie przygryzła róg paznokcia,
który został jeszcze na kciuku. – Co za matka pozwala swojej
córce mieszkać w jakiejś ruderze u osoby, której nawet nie zna?

Wzięłam głęboki oddech.

– Pan Traynor to miły człowiek. A ja bym cię tu nie przywiozła, gdybym nie myślała, że wszystko pójdzie dobrze.

– A jeśli mu się nie spodobam, to czy możemy po prostu sobie
pójść? Tak bardzo szybko?

– Oczywiście.

– Zorientuję się. Zobaczę tylko, jak na mnie patrzy.

– Jeśli będzie trzeba, odjedziemy stąd z piskiem opon.

Uśmiechnęła się niepewnie.

– No dobrze – powiedziałam, starając się nie okazać, że jestem
niemal tak samo zdenerwowana jak ona. – Chodźmy.

Stałam na schodkach i patrzyłam na Lily, żeby nie musieć się
zastanawiać nad tym, gdzie jestem. Drzwi otworzyły się powoli
i stanął w nich on, nadal w takiej samej błękitnej koszuli jak dwa
lata temu, ale z nową, krótszą fryzurą – była to zapewne daremna
próba walki z upływającym czasem i widocznymi śladami smutku
i cierpienia. Otworzył usta, jakby chciał coś do mnie powiedzieć,
ale zapomniał, co to miało być, a później spojrzał na Lily i oczy
lekko mu się rozszerzyły.

– Lily?

Dziewczyna skinęła głową.

Mężczyzna patrzył na nią z przejęciem. Nikt się nie ruszał.
A potem jego wargi się zacisnęły, oczy wypełniły się łzami, i pan
Traynor podszedł do wnuczki i zamknął ją w uścisku.

– Och, moja kochana. O mój Boże. Och, jak dobrze cię poznać. O mój Boże.

Jego siwa głowa pochyliła się i oparła o głowę dziewczyny. Przez chwilę zastanawiałam się, czy Lily się nie odsunie: nie należała do osób, które szczególnie lubią kontakt fizyczny. Ale kiedy tak patrzyłam, jej ręce wyciągnęły się powolutku i dziewczyna objęła go w pasie i zacisnęła dłonie na jego koszuli, aż zbielały jej kłykcie, i zamknęła oczy, pozwalając mu się przytulić. Stali tak bardzo długo, stary człowiek i jego wnuczka, nie ruszając się ze schodków przed domem.

Pan Traynor odchylił się do tyłu i zobaczyłam, że po jego twarzy spływają łzy.

– Niech no ci się przyjrzę. Pokaż się.

Lily zerknęła na mnie, jednocześnie zawstydzona i uradowana.

– Tak. Tak, widzę to. Coś takiego! Coś takiego! – Jego twarz zwróciła się w moją stronę. – Jest do niego podobna, prawda?

Skinęłam głową.

Dziewczyna też się w niego wpatrywała, być może w poszukiwaniu śladów swojego ojca. Kiedy spuściła wzrok, oboje wciąż trzymali się za ręce.

Aż do tej chwili nie zdawałam sobie sprawy, że płaczę. To przez tę niekłamaną ulgę na starej, zmęczonej życiem twarzy pana Traynora, tę radość z czegoś, co uważał za utracone, a teraz częściowo odzyskał, przez czyste, niespodziewane szczęście tych dwojga, którzy odnaleźli się nawzajem. A kiedy ona się do niego uśmiechnęła – powolnym, cudownym uśmiechem porozumienia – moje zdenerwowanie i wszystkie wątpliwości, jakie miałam wobec Lily Houghton-Miller, zniknęły w jednej chwili.

Minęły niecałe dwa lata, ale Granta House wyraźnie się zmienił od czasu, kiedy byłam tam po raz ostatni. Zniknęły wielkie antyczne gabloty, szkatułki na wypolerowanych mahoniowych stolikach i ciężkie kotary. Dopiero gdy do salonu wtoczyła się Della Layton, zrozumiałam, skąd ta zmiana. Owszem, zostało tu jeszcze kilka pięknych antycznych mebli, ale wszystko inne było białe albo kolorowe – nowe jasnożółte zasłony od Sandersona, jasne dywany na drewnianych parkietach, współczesne grafiki w gładkich prostych ramach. Della podeszła do nas powoli i z ostrożnym uśmiechem, który sprawiał wrażenie wymuszonego. Zorientowałam się, że mimowolnie się cofam, podczas gdy ona się zbliża: było coś dziwnie wstrząsającego w tak ewidentnie ciężarnej kobiecie – sama jej masa, ta niemal nieprzyzwoita krągłość brzucha.

– Dzień dobry, pani to pewnie Louisa. Jak miło panią poznać.

Jej lśniące rude włosy były upięte, bladoniebieska lniana koszula podwinięta wokół lekko opuchniętych nadgarstków. Nie mogłam nie zauważyć pierścionka z ogromnym brylantem wpijającego się w jej serdeczny palec. Przez chwilę zamyśliłam się nad tym, jak pani Traynor zniosła te ostatnie kilka miesięcy, i poczułam coś na kształt wyrzutów sumienia.

– Gratulacje – powiedziałam, wskazując na brzuch Delli. Chciałam dodać coś jeszcze, ale nigdy nie wiedziałam, czy o kobiecie w zaawansowanej ciąży wypada powiedzieć, że jest „duża", „wcale nie taka duża", „w świetnej formie", „kwitnąca", czy jakich tam jeszcze uprzejmych określeń ludzie używają, żeby zamaskować to, co właściwie chcą powiedzieć, czyli mniej więcej coś w stylu „jasna cholera".

– Dziękuję. Było to dla nas pewną niespodzianką, ale bardzo miłą. – Jej spojrzenie ześlizgnęło się ze mnie. Obserwowała pana Traynora i Lily. Mężczyzna nadal trzymał jej dłoń w swojej ręce i poklepując ją z przejęciem, opowiadał dziewczynie o domu, od ilu to już lat należy do rodziny i przechodzi z pokolenia na pokolenie.

– Czy wszyscy napiją się herbaty? – zapytała Della. I po chwili powtórzyła: – Steven? Herbaty?

– Bardzo chętnie, kochanie. Dziękuję ci. Lily, pijasz herbatę?

– Czy mogłabym sok? Albo wodę? – Lily się uśmiechnęła.

– Pomogę pani – zwróciłam się do Delli. Pan Traynor ujął Lily za łokieć i zaczął pokazywać jej przodków na wiszących na ścianach portretach, zwracając uwagę na podobieństwo jej nosa do tej osoby albo koloru włosów do tamtej.

Della przyglądała im się przez chwilę, a ja miałam wrażenie, że na jej twarzy odmalowało się coś podobnego do lęku. Zauważyła, że na nią patrzę, i uśmiechnęła się dziarsko, jakby zakłopotana tym, że tak się odsłoniła.

– Bardzo to miło z pani strony. Dziękuję.

Poruszałyśmy się po kuchni, wymijając się raz po raz, podając sobie mleko, cukier, dzbanek na herbatę i wymieniając uprzejme zapytania o ciasteczka. Schyliłam się, żeby wyjąć filiżanki z szafki, która znajdowała się za nisko dla Delli, i ustawiłam je na blacie. Nowe filiżanki, zauważyłam. Nowoczesny, geometryczny wzór zamiast preferowanej przez jej poprzedniczkę subtelnej starej porcelany z namalowanymi polnymi ziołami i kwiatami, podpisanymi po łacinie. Miało się wrażenie, że wszelkie ślady trzydziestoośmioletniej bytności pani Traynor w tym domu zostały sprawnie i bezlitośnie usunięte.

– Dom wygląda bardzo… ładnie. Inaczej – powiedziałam.

– Tak. Cóż, Steven stracił większość mebli w wyniku rozwodu. Musieliśmy więc trochę zmienić styl. – Sięgnęła po puszkę z herbatą. – Stracił rzeczy, które były w jego rodzinie od pokoleń. Tamta naturalnie zabrała, ile tylko mogła.

Obrzuciła mnie nagłym spojrzeniem, jakby oceniała, czy można uznać mnie za sojuszniczkę.

– Nie rozmawiałam z panią... z Camillą od czasu, kiedy Will... – odparłam z dziwnym poczuciem, że zachowuję się nielojalnie.

– Słyszałam od Stevena, że ta dziewczyna po prostu zjawiła się u pani w mieszkaniu. – Powściągliwy uśmiech Delli sprawiał wrażenie przyklejonego do jej twarzy.

– Tak. To było spore zaskoczenie. Ale poznałam matkę Lily, która... no cóż, niewątpliwie przez pewien czas była z Willem blisko.

Della położyła sobie dłoń na plecach, na wysokości krzyża, i odwróciła się w stronę czajnika. Mama mówiła, że kieruje małą kancelarią prawniczą w sąsiednim miasteczku. „Aż do trzydziestki nie znalazła sobie męża, to trochę dziwne, nie sądzisz?", powiedziała z nutką podejrzliwości w głosie, po czym spojrzała na mnie i szybko się poprawiła: „Do czterdziestki. Miałam na myśli czterdziestkę".

– Jak pani myśli, czego ona chce?

– Słucham?

– Jak pani myśli, czego ona chce? Ta dziewczyna?

Z korytarza dobiegł mnie głos Lily, zadającej pytania z dziecięcą ciekawością, i nieoczekiwanie wzbudziło to we mnie opiekuńcze uczucia.

– Nie sądzę, żeby ona czegokolwiek chciała. Dopiero co odkryła, że miała ojca, o którym wcześniej nic nie wiedziała, i chce poznać jego rodzinę. Swoją rodzinę.

Della wypłukała czajniczek wrzątkiem i odmierzyła odpowiednią ilość herbaty (liściastej, zauważyłam, tak samo jak pani Traynor). Wlała gorącą wodę powoli i ostrożnie, żeby się nie ochlapać.

– Kocham Stevena od bardzo dawna. On... on przeżywał przez ostatni rok–dwa naprawdę ciężki okres. Byłoby to dla niego... –

mówiła, nie patrząc na mnie – bardzo trudne, gdyby Lily miała akurat teraz skomplikować mu życie.

– Nie sądzę, żeby Lily chciała komplikować życie któremukolwiek z państwa – powiedziałam ostrożnie. – Ale myślę, że ma prawo poznać własnego dziadka.

– Naturalnie – odparła gładko, odruchowo przywołując na twarz uśmiech. W tym momencie zdałam sobie sprawę, że oblałam jakiś wewnętrzny test, a jednocześnie, że nic mnie to nie obchodzi. Della spojrzała na tacę, sprawdzając po raz ostatni, czy wszystko jest na swoim miejscu, przyjęła moją propozycję zabrania ciasta i dzbanka z herbatą i zaniosłyśmy podwieczorek do salonu.

– A ty jak się miewasz, Louiso?

Pan Traynor rozsiadł się na bujanym fotelu, a jego zmęczone rysy rozjaśnił szeroki uśmiech. Przez cały podwieczorek rozmawiał z Lily niemal bez przerwy, pytając ją o matkę, o to, gdzie mieszka, jakich przedmiotów się uczy (nie powiedziała mu o swoich problemach w szkole), czy woli ciasto z owocami, czekoladowe („Czekoladowe? Ja też!") czy z imbirem (nie), o krykieta (nie bardzo – „No cóż, trzeba będzie zrobić coś w tej sprawie!"). Wydawało się, że uspokoiło go poznanie dziewczyny, jej podobieństwo do jego syna. W tym momencie pewnie nawet gdyby oznajmiła, że jej matka jest brazylijską striptizerką, nie zrobiłoby to na nim większego wrażenia.

Patrzyłam, jak ukradkiem zerka na Lily, kiedy ona mówiła, jak uważnie przygląda się jej profilowi, jakby tam również dostrzegał Willa. Ale chwilami zauważałam też na jego twarzy cień melancholii. Podejrzewałam, że jego myśli zaprząta to samo co moje kilka dni wcześniej: ten nowy smutek, że jego syn nigdy jej nie pozna. Potem jednak starszy pan wyraźnie brał się w garść, zmuszał do wyprostowania pleców odrobinę bardziej, a na jego twarzy znów zjawiał się uśmiech.

Zabrał ją na półgodzinny spacer po terenie zamku, a kiedy stamtąd wrócili, wykrzykiwał, że Lily udało się znaleźć wyjście z labiryntu „już za pierwszym razem! Widać to kwestia genów". Dziewczyna uśmiechała się tak szeroko, jakby wygrała jakąś nagrodę.

– A więc, Louiso? Co się dzieje w twoim życiu?

– Wszystko dobrze, dziękuję.

– Nadal pracujesz jako... opiekunka?

– Nie. Przez... przez jakiś czas podróżowałam, a teraz pracuję na lotnisku.

– O! Świetnie! Mam nadzieję, że dla British Airways?

Poczułam, że oblewam się rumieńcem.

– Coś w administracji?

– Pracuję w barze. Na lotnisku.

Pan Traynor zawahał się przez ułamek sekundy, a potem z przekonaniem pokiwał głową.

– Ludzie zawsze potrzebują barów. Szczególnie na lotniskach. Ja zawsze piję podwójną whisky, zanim wsiądę do samolotu, prawda, kochanie?

– Prawda – odparła Della.

– I pewnie to bardzo ciekawe patrzeć na tych wszystkich ludzi, którzy codziennie gdzieś odlatują. Ekscytujące.

– Mam w planach jeszcze parę innych rzeczy.

– Naturalnie. Dobrze. Bardzo dobrze...

Na chwilę zapadła cisza.

– Kiedy dziecko ma przyjść na świat? – zapytałam, żeby odwrócić uwagę wszystkich ode mnie.

– W przyszłym miesiącu – powiedziała Della, kładąc ręce na wypukłości brzucha. – To dziewczynka.

– Cudownie. Jak będzie miała na imię?

Wymienili spojrzenia typowe dla przyszłych rodziców, którzy wybrali imię, ale nie chcą nikomu powiedzieć.

– Ach... jeszcze nie wiemy.

– To przedziwne uczucie. Znów zostać ojcem, w moim wieku. Trudno mi to sobie wyobrazić. Wiecie, zmienianie pieluszek i tym podobne sprawy. –Zerknął na Dellę i dodał uspokajająco: – Ale to wspaniałe. Szczęściarz ze mnie. Obojgu nam się poszczęściło, prawda, Dello?

Kobieta uśmiechnęła się do niego.

– O tak – potwierdziłam. – A jak się miewa Georgina?

Być może tylko ja zauważyłam minimalną zmianę wyrazu twarzy pana Traynora.

– Wszystko u niej dobrze. Dalej mieszka w Australii, wiesz.

– Ach tak.

– Przyleciała tu kilka miesięcy temu... ale większość czasu spędzała z matką. Była bardzo zajęta.

– Oczywiście.

– Chyba ma chłopaka. Na pewno słyszałem od kogoś, że ma chłopaka. Czyli... czyli dobrze.

Della wyciągnęła rękę i dotknęła jego dłoni.

– Kto to jest Georgina? – Lily chrupała ciasteczko.

– Młodsza siostra Willa – odpowiedział pan Traynor. – Twoja ciocia! Tak! Właściwie była do ciebie trochę podobna, kiedy była w twoim wieku.

– Mogę zobaczyć jej zdjęcie?

– Zaraz jakieś znajdę. – Pan Traynor potarł policzek. – Usiłuję sobie przypomnieć, gdzie ja postawiłem to zdjęcie z rozdania dyplomów.

– W gabinecie – podsunęła Della. – Siedź, kochanie. Ja je przyniosę. Trochę ruchu dobrze mi zrobi. – Dźwignęła się z kanapy i ciężkim krokiem wyszła z pokoju. Lily uparła się, żeby iść z nią.

– Chcę zobaczyć resztę zdjęć. Chcę zobaczyć, do kogo jestem podobna.

Pan Traynor z uśmiechem odprowadził je wzrokiem. Siedzieliśmy i w milczeniu popijaliśmy herbatę. Po chwili mężczyzna zwrócił się do mnie.

– Rozmawiałaś już z nią?… Z Camillą?

– Nie wiem, gdzie mieszka. Chciałam pana zapytać o jej adres i telefon. Wiem, że Lily chce poznać także ją.

– Ciężko to przeżyła. Tak w każdym razie mówi George. Właściwie ze sobą nie rozmawialiśmy. To wszystko jest trochę skomplikowane ze względu na… – Wskazał głową na drzwi i westchnął niemal niedosłyszalnie.

– Chciałby pan jej powiedzieć? O Lily?

– O, nie. Och… Nie. Ja… nie jestem pewien, czy ona byłaby… – przesunął ręką po czole. – Chyba będzie lepiej, jak ty to zrobisz.

Napisał adres i numer telefonu na kartce i mi ją wręczył.

– To kawałek stąd – zauważył i uśmiechnął się przepraszająco. – Myślę, że chciała zacząć wszystko od nowa. Przekaż jej ode mnie serdeczności, dobrze? Dziwnie… dziwnie jest w końcu mieć wnuczkę, w takich okolicznościach – ściszył głos. – To zabawne, ale Camilla jest jedyną osobą, która byłaby w stanie naprawdę zrozumieć, jak się teraz czuję.

Gdyby był kimkolwiek innym, pewnie bym go w tym momencie przytuliła, ale byliśmy Anglikami, a on wcześniej był kimś w rodzaju mojego szefa, więc tylko uśmiechnęliśmy się do siebie z zakłopotaniem. I przypuszczalnie oboje żałowaliśmy, że nie możemy znaleźć się gdzieś indziej.

Pan Traynor wyprostował się na swoim krześle.

– No, w każdym razie szczęściarz ze mnie. Nowy początek, w moim wieku. Nie jestem pewny, czy tak naprawdę na to zasługuję.

– Nie jestem pewna, czy szczęście jest czymś, na co można zasłużyć lub nie.

– A ty? Wiem, że Will był ci bardzo bliski...

– Niełatwo mu dorównać. – Poczułam ściskanie w gardle. Kiedy ustąpiło, pan Traynor dalej na mnie patrzył.

– Louiso, mój syn kochał życie. Sama dobrze o tym wiesz.

– Ale w tym właśnie sęk, nie sądzi pan?

Czekał.

– Po prostu był w tym znacznie lepszy niż my wszyscy.

– Przyjdzie pora i na ciebie, Louiso. Prędzej czy później każdy z nas się tego uczy. Na swój własny sposób – dotknął mojego łokcia, patrząc na mnie łagodnie.

Della wróciła do salonu i zaczęła zbierać naczynia, odstawiając je na tacę tak demonstracyjnie, że ewidentnie był to sygnał.

– Pora na nas – odezwałam się do Lily, która weszła, wyciągając do nas oprawione zdjęcie.

– Ona rzeczywiście jest do mnie podobna, prawda? Nie wydaje się wam, że mamy takie same oczy? Myślicie, że chciałaby ze mną porozmawiać? Czy ona ma adres mailowy?

– Na pewno będzie chciała – odparł pan Traynor. – Ale jeśli nie masz nic przeciwko temu, Lily, to najpierw sam z nią porozmawiam. To dla nas wszystkich duża nowina. Lepiej dajmy jej kilka dni na oswojenie się z tym.

– Jasne. To kiedy mogę tu przyjechać na dłużej?

Z prawej strony dobiegł mnie brzęk filiżanki, której Della omal nie upuściła. Nachyliła się lekko, poprawiając ją na tacy.

– Na dłużej? – Pan Traynor pochylił się do przodu, jakby nie był pewien, czy dobrze usłyszał.

– Aha. Jesteś moim dziadkiem. Pomyślałam, że może mogłabym tu przyjechać i zostać do końca lata. Żebyśmy się lepiej poznali. Mamy sobie przecież jeszcze tyle do opowiedzenia, prawda? – W jej oczach błyszczało radosne wyczekiwanie.

Pan Traynor spojrzał na Dellę, której mina powstrzymała go przed udzieleniem odpowiedzi.

– Bardzo miło byłoby nam zaprosić cię do siebie – odezwała się Della, trzymając przed sobą tacę – ale akurat w tej chwili mamy sporo na głowie.

– Widzisz, to pierwsze dziecko Delli. Myślę, że chciałaby...

– Potrzebuję po prostu pobyć trochę sam na sam ze Stevenem. I z maleństwem.

– Mogłabym wam pomagać. Świetnie sobie radzę z niemowlętami – wtrąciła Lily. – Jak moi bracia byli mali, ciągle się nimi zajmowałam. A oni byli okropni. Koszmarne dzieciaki. Darli się bez przerwy.

Pan Traynor spojrzał na Dellę.

– Lily, kochanie, jestem pewien, że świetnie byś sobie radziła – powiedział. – Tylko po prostu nie jest to najlepszy moment.

– Ale przecież macie tu pełno miejsca. Mogłabym po prostu mieszkać w którymś z pokojów gościnnych. Nawet nie zauważycie, że tu jestem. Będę wam ciągle pomagać przy pieluchach i całej reszcie, i mogłabym się nimi opiekować, a wy byście sobie wychodzili wieczorami. Mogłabym po prostu... – Lily urwała. Przenosiła spojrzenie z Delli na swojego dziadka.

– Lily... – odezwałam się z zakłopotaniem, stojąc przy drzwiach.

– Nie chcecie mnie tutaj.

Pan Traynor zrobił krok do przodu i wyciągnął rękę, jakby chciał położyć ją na ramieniu dziewczyny.

– Lily, kochanie. To nie...

Uchyliła się.

– Podoba ci się pomysł posiadania wnuczki, ale tak naprawdę nie chcesz mnie w swoim życiu. Ty chcesz… chcesz tylko mieć kogoś, kto będzie cię od czasu do czasu odwiedzał.

– Lily, po prostu moment nie jest najlepszy – odparła spokojnie Della. – Ja… cóż, długo czekałam na Stevena… na twojego dziadka… i chwile spędzone z naszym dzieckiem są dla nas bardzo cenne.

– A ja nie.

– Zupełnie nie o to chodzi. – Pan Traynor znów zrobił krok w stronę Lily.

Powstrzymała go ruchem ręki.

– Boże, wszyscy jesteście tacy sami. Wy i te wasze idealne rodzinki, wszystkie pozamykane. W żadnej nie ma dla mnie miejsca.

– Och, daj spokój. Nie dramatyzujmy niepotrzebnie… – zaczęła Della.

– Spadajcie – warknęła Lily.

I podczas gdy Della cofnęła się o krok, a zszokowany pan Traynor szeroko otworzył oczy, dziewczyna wybiegła, a ja zostawiłam ich w milczącym salonie, by popędzić za nią.

Rozdział dziesiąty

Napisałam do Nathana. Chwilę później dostałam odpowiedź:

Lou, czy Ty zaczęłaś brać jakieś leki? WTF?

Wysłałam kolejny mail, podając więcej szczegółów, i wyglądało na to, że Nathan wrócił do swojej zwykłej dobrodusznej równowagi.

Ale numer z tego Willa. Ciągle potrafi nas zaskoczyć, co?

Lily nie odzywała się od dwóch dni. Połowa mnie była zaniepokojona, a druga połowa czuła cichą ulgę, że choć przez krótką chwilę nic się nie dzieje. Myślałam sobie, że może teraz, kiedy już uwolniła się od bajkowych wyobrażeń na temat rodziny Willa, dziewczyna będzie bardziej skłonna do szukania porozumienia z własną. Później, że może pan Traynor zadzwoni bezpośrednio do niej, żeby załagodzić sytuację. A potem zaczęłam się zastanawiać, gdzie Lily jest i czy jej nieobecność ma jakiś związek z młodym człowiekiem, który stał i obserwował ją z drugiej strony ulicy. Było w nim coś takiego – coś w wymijających odpowiedziach Lily, kiedy o niego pytałam – co nie dawało mi spokoju.

Dużo myślałam o Samie, żałując mojej nagłej rejterady. Z perspektywy czasu moja reakcja wydawała mi się dziwna i przesadzona; czemu tak od niego uciekłam? Musiałam zrobić na nim wrażenie dokładnie takiej osoby, jaką upierałam się, że nie jestem. Postanowiłam, że następnym razem, kiedy zobaczę go pod salką, zachowam się bardzo spokojnie, może przywitam się z nim, uśmiechając się tajemniczo, jak typowa osoba niebędąca w depresji.

Dni w pracy dłużyły się niemiłosiernie. Richard zatrudnił nową dziewczynę: Verę, zasadniczą Litwinkę, która wykonywała wszystkie zadania w pubie ze specyficznym półuśmiechem kogoś, kto kontempluje fakt, że gdzieś niedaleko podłożył bombę. Kiedy Richard nie słyszał, nazywała mężczyzn „plugawymi bydlętami".

Nasz kierownik wprowadził zwyczaj porannych pogadanek „motywacyjnych", po których wszyscy musieliśmy wyrzucić ręce w górę, podskoczyć i krzyknąć „TAK JEST!", przy czym zawsze przekrzywiała mi się peruka z loczkami, a na to Richard marszczył brwi, jakby była to znamienna porażka, wiele mówiąca na temat mojego charakteru, a nie prosta konsekwencja noszenia sztucznych nylonowych włosów, które nie są przyczepione do mojej głowy. Peruka Very się nie ruszała. Być może była zbyt wystraszona, żeby spaść.

Któregoś wieczoru po powrocie do domu wpisałam w wyszukiwarkę „problemy nastolatków", usiłując ustalić, czy mogę jakoś pomóc naprawić straty po minionym weekendzie. Znalazłam jednak mnóstwo na temat burzy hormonalnej i nic na temat tego, co robić, kiedy przedstawiło się dopiero co poznaną szesnastolatkę żyjącej rodzinie jej zmarłego ojca, dotkniętego paraliżem czterokończynowym. O wpół do jedenastej dałam za wygraną, rozejrzałam się po sypialni, w której połowa moich ubrań nadal spoczywała w pudłach, przyrzekłam sobie, że już w tym tygodniu na sto procent coś z tym zrobię, absolutnie, a potem zapadłam w sen.

O wpół do trzeciej rano obudził mnie hałas wskazujący na to, że ktoś próbuje dostać się do mieszkania. Półprzytomna wyszłam z łóżka, złapałam za mopa i z walącym sercem zbliżyłam oko do wizjera.

– Dzwonię na policję! – krzyknęłam. – Czego chcesz?

– Tu Lily. A niby kto. – Kiedy otworzyłam drzwi, dziewczyna wpadła przez nie ze śmiechem, cuchnąca dymem papierosowym, z tuszem rozmazanym wokół oczu.

Otuliłam się szlafrokiem i zamknęłam za nią drzwi.

– Jezu, Lily. Jest środek nocy.

– Chcesz pójść potańczyć? Pomyślałam, że może sobie potańczymy. Uwielbiam tańczyć. No dobra, to nie do końca prawda. Faktycznie lubię tańczyć, ale nie dlatego tu przyszłam. Mama nie chciała mnie wpuścić. Zmienili zamki. Wyobrażasz sobie?

Kusiło mnie, by odpowiedzieć, że z budzikiem nastawionym na szóstą rano o dziwo mogę to sobie wyobrazić.

Lily ciężko oparła się o ścianę.

– Nie chciała nawet otworzyć tych głupich drzwi. Tylko krzyczała na mnie przez skrzynkę na listy. Jakbym była jakimś... włóczęgą. Więc... pomyślałam, że przenocuję u ciebie. Albo pójdziemy sobie potańczyć... – Minęła mnie chwiejnym krokiem i ruszyła w stronę wieży, po czym włączyła muzykę na cały regulator. Rzuciłam się, żeby ją ściszyć, ale dziewczyna złapała mnie za rękę.

– Louisa, zatańczmy! Musisz się rozruszać! Ciągle jesteś taka smutna! No chodź! Wyluzuj trochę!

Wyrwałam rękę i podbiegłam do przycisku „głośność", akurat gdy z dołu zaczęły dobiegać pierwsze odgłosy oburzenia. Kiedy się odwróciłam, Lily zniknęła w pokoju, gdzie przez chwilę stała, chwiejąc się na nogach, aż wreszcie padła na polówkę twarzą do dołu.

– O. Mój. Boże. To łóżko jest totalnie do dupy.

– Lily? Nie możesz się tu po prostu zjawiać i... Och, na litość boską.

– Tylko na moment – odparł stłumiony głos. – Dosłownie na minutkę. A potem idę potańczyć. Idziemy potańczyć.

– Lily. Idę jutro rano do pracy.

– Louisa, kocham cię. Mówiłam ci o tym? Kocham cię, bez kitu. Jesteś jedyną osobą...

– Nie możesz kłaść się tu w ubraniu...

– Mm... disco drzemka...

Nie ruszała się.

Dotknęłam jej ramienia.

– Lily... Lily?

Chrapnęła cicho.

Westchnęłam, poczekałam parę minut, a potem ostrożnie zdjęłam jej przybrudzone baleriny, wyciągnęłam to, co miała w kieszeniach (papierosy, telefon, zmięty banknot pięciofuntowy) i zaniosłam do mojego pokoju. Ułożyłam ją w pozycji bezpiecznej i wreszcie o trzeciej rano, ze świadomością, że nie zasnę z obawy, iż dziewczyna mogłaby się udławić, usiadłam na krześle, żeby jej popilnować.

Twarz Lily była spokojna. Nieufne spojrzenie spode łba i maniakalny uśmiech ustąpiły miejsca czemuś nieziemskiemu i pięknemu, włosy rozsypały się w wachlarz na jej ramionach. Choć jej zachowanie doprowadzało mnie do szału, nie potrafiłam być na nią zła. Ciągle miałam przed oczami wyraz skrzywdzenia na jej twarzy w tamtą niedzielę. Lily była moim całkowitym przeciwieństwem. Nie pielęgnowała urazy, nie dusiła jej w sobie. Wybuchała, upijała się, robiła Bóg jeden wie co, żeby zapomnieć. Przypominała swojego ojca znacznie bardziej, niż sądziłam.

Will, co ty byś o tym wszystkim myślał?, zapytałam w duchu.

Ale tak samo jak wtedy, gdy desperacko starałam się mu pomóc, tak teraz nie wiedziałam, co mogłabym dla niej zrobić. Nie wiedziałam, jak to wszystko naprawić.

Pomyślałam o słowach mojej siostry: „Wiesz, że nie dasz sobie rady". I przez te kilka milczących chwil przed świtem czułam, że nienawidzę jej za to, iż miała rację.

Nasza relacja nabrała swoistego rytmu, zgodnie z którym Lily pojawiała się u mnie co kilka dni. Nigdy nie wiedziałam, którą Lily zastanę w drzwiach: maniacko wesołą, domagającą się, żebyśmy wyszły coś zjeść do tamtej restauracji albo zeszły zobaczyć tego totalnie przesłodkiego kota na murku pod domem, albo potańczyły w salonie do muzyki jakiejś kapeli, którą właśnie odkryła; czy też zgaszoną, nieufną Lily, która na powitanie bez słowa skinie mi głową, po czym położy się na kanapie i będzie oglądać telewizję. Czasem zadawała mi nieoczekiwane pytania na temat Willa: jakie programy lubił? (Prawie nie oglądał telewizji; wolał filmy.) Czy miał jakiś ulubiony owoc? (Bezpestkowe winogrona. Czerwone.) Kiedy po raz ostatni widziałam, jak się śmieje? (Nie śmiał się zbyt często. Ale jego uśmiech... Do tej pory miałam go przed oczami, rzadki błysk równych białych zębów, zmarszczki w kącikach oczu.) Nigdy nie wiedziałam, czy moje odpowiedzi ją satysfakcjonują.

A poza tym co jakieś dziesięć dni zjawiała się Lily, pijana albo i gorzej (nigdy nie byłam pewna), dobijała się do moich drzwi przed świtem, ignorując moje argumenty o nieodpowiedniej porze i budzeniu w środku nocy, mijała mnie chwiejnym krokiem, z rozmazanym na policzkach tuszem i bez jednego buta, i natychmiast zasypiała na mojej polówce, a rano, kiedy wychodziłam do pracy, nie chciała się obudzić.

Wyglądało na to, że nie ma żadnych pasji i ma niewielu przyjaciół. Zaczepiała ludzi na ulicy, prosząc o przysługi z absolutną beztroską dzikiego dziecka. Ale w domu nie odbierała telefonu i zdawała się oczekiwać, że każda nowo poznana osoba będzie do niej nieżyczliwie nastawiona.

Ponieważ większość prywatnych szkół miała teraz wakacje, zapytałam Lily, gdzie jest, kiedy nie ma jej u mnie i nie odwiedza mamy, a ona po chwili wahania odpowiedziała:

– U Martina.

Gdy zapytałam, czy to jej chłopak, zrobiła tę typową minę nastolatki, stanowiącą uniwersalną odpowiedź na uwagę dorosłego, który mówi coś nie tylko zadziwiająco głupiego, ale i obrzydliwego.

Niekiedy bywała zła, czasami niegrzeczna. Ale nigdy nie potrafiłam jej odmówić. Mimo całej chaotyczności jej zachowania miałam wrażenie, że moje mieszkanie jest dla niej bezpieczną przystanią. Przyłapałam się na tym, że próbuję znaleźć jakieś wskazówki: szukam wiadomości w jej telefonie (zabezpieczony PIN-em), narkotyków po jej kieszeniach (brak, poza tym jednym skrętem), a raz, dziesięć minut po tym, jak weszła do mojego mieszkania zapłakana i pijana, wpatrywałam się w samochód pod moim blokiem, trąbiący raz po raz przez blisko trzy kwadranse. W końcu jeden z moich sąsiadów zszedł na dół i uderzył pięścią w okno tak mocno, że samochód odjechał.

– Wiesz, Lily, nie chcę cię oceniać, ale to nie jest najlepszy pomysł upijać się tak, że nie wiesz, co się z tobą dzieje – powiedziałam któregoś ranka, robiąc nam kawę. Lily spędzała ze mną teraz tyle czasu, że musiałam dostosować do tego swój styl życia:

robiłam zakupy dla dwóch osób, sprzątałam cudzy bałagan, przygotowywałam dwie kawy zamiast jednej i starałam się pamiętać o zamykaniu na klucz drzwi od łazienki, żeby uniknąć pisków: „O Boże. Ohyda!".

– Totalnie mnie oceniasz. „To nie jest najlepszy pomysł" znaczy dokładnie to.

– Mówię poważnie.

– Czy ja ci mówię, jak masz żyć? Czy ja ci mówię, że to mieszkanie jest dobijające i że ubierasz się jak ktoś, kto stracił chęć do życia, poza momentami, kiedy jesteś kulawym pornoelfem? Mówię ci? Mówię? Nie. Nic nie mówię, więc daj mi spokój.

Chciałam jej wtedy powiedzieć. Chciałam jej powiedzieć o tym, co zdarzyło się dziewięć lat wcześniej, tej nocy, kiedy za dużo wypiłam, i o tym, jak siostra zaprowadziła mnie przed świtem do domu, bez butów, płaczącą cicho. Ale Lily niewątpliwie przyjęłaby to z taką samą dziecinną pogardą, z jaką przyjmowała większość moich uwag, a zresztą rozmowę na ten temat udało mi się do tej pory odbyć tylko z jednym człowiekiem. Którego już tutaj nie było.

– Poza tym to nie fair, że budzisz mnie w środku nocy. Ja muszę wcześnie wstawać do pracy.

– No to daj mi klucz. Wtedy cię nie będę budzić, prawda?

Rozbroiła mnie tym zwycięskim uśmiechem. Był czymś rzadko spotykanym i olśniewającym, i na tyle przypominał uśmiech Willa, że bez zastanowienia dałam jej klucz. Robiąc to, nie miałam wątpliwości, co powiedziałaby na ten temat moja siostra.

W tym czasie dwukrotnie rozmawiałam z panem Traynorem. Bardzo chciał wiedzieć, czy u Lily wszystko dobrze, i zaczął się martwić, co jego wnuczka zrobi ze swoim życiem.

– To przecież najwyraźniej zdolna dziewczyna. Rezygnowanie ze szkoły w wieku szesnastu lat nie jest dobrym pomysłem. Czy jej rodzice nie mają na ten temat nic do powiedzenia?

– Chyba niewiele ze sobą rozmawiają.

– Może powinienem się do nich odezwać? Jak myślisz, czy Lily przydałyby się pieniądze na studia? Muszę przyznać, że od czasu rozwodu nie powodzi mi się aż tak dobrze jak kiedyś, ale Will zostawił niemałą sumkę. Więc pomyślałem, że to mógłby być... odpowiedni sposób wykorzystania tych pieniędzy – ściszył głos. – Choć sądzę, że w tej chwili nie warto wspominać o tym Delli. Nie chciałbym, żeby to opacznie zrozumiała.

Powstrzymałam się przed zapytaniem, na czym miałoby polegać właściwe zrozumienie.

– Louiso, jak sądzisz, czy udałoby ci się przekonać Lily, żeby tu wróciła? Ciągle o niej myślę. Chciałbym, żebyśmy wszyscy spróbowali jeszcze raz. Wiem, że Della także byłaby zachwycona, gdyby mogła ją lepiej poznać.

Przypomniałam sobie minę Delli, kiedy chodziłyśmy wokół siebie na paluszkach po kuchni, i zaczęłam się zastanawiać, czy pan Traynor jest rozmyślnie ślepy, czy po prostu daje o sobie znać jego niepoprawny optymizm.

– Spróbuję – obiecałam.

Istnieje szczególny rodzaj ciszy, jaka wypełnia mieszkanie, w którym jest się samemu w mieście w upalny letni weekend. Chodziłam teraz na poranną zmianę; wyszłam z pracy o czwartej, wykończona dotarłam do domu koło piątej i z cichym uczuciem ulgi skonstatowałam, że jeszcze przez kilka godzin będę miała go tylko dla siebie. Wzięłam prysznic, zjadłam grzankę, sprawdziłam w internecie, czy czasem nie ma dla mnie jakiejś pracy, w której albo pensja byłaby wyższa od minimalnej, albo nie byłaby to umowa śmieciowa, a potem usiadłam w salonie, otwarłszy na oścież wszystkie okna, i słuchałam odgłosów miasta napływających do środka wraz z ciepłym powietrzem.

Przez większość czasu byłam w miarę zadowolona ze swojego życia. Miałam już za sobą wystarczająco wiele spotkań w grupie wsparcia, żeby wiedzieć, jak ważna jest wdzięczność za proste przyjemności. Byłam zdrowa. Odzyskałam rodzinę. Miałam pracę. I nawet jeśli jeszcze nie pogodziłam się ze śmiercią Willa, to w każdym razie czułam, że powoli wyczołguję się spod jej cienia.

A jednak.

W takie wieczory, kiedy ulice w dole były pełne spacerujących par, a z pubów wysypywali się roześmiani ludzie, już planujący wspólne posiłki, nocne wyjścia czy wyprawy do klubów, odzywał się we mnie jakiś ból; jakiś pierwotny instynkt mówił mi, że jestem nie tam, gdzie powinnam, że coś mnie omija.

W takich chwilach czułam się najbardziej opuszczona.

Trochę posprzątałam, wyprałam strój do pracy i właśnie zaczynałam się pogrążać w cichej melancholii, gdy zadzwonił domofon. Wstałam i ze znużeniem podniosłam słuchawkę, spodziewając się kierowcy UPS proszącego o wskazanie jakiegoś adresu albo omyłkowo dostarczonej hawajskiej pizzy, ale zamiast tego usłyszałam głos mężczyzny.

– Louisa?

– Kto mówi? – zapytałam, chociaż od razu wiedziałam, kto to taki.

– Sam. Ratownik Sam. Przejeżdżałem tędy, wracając z pracy, i pomyślałem sobie... Wiesz, tamtego wieczoru wyszłaś w takim pośpiechu, że postanowiłem sprawdzić, czy wszystko u ciebie w porządku.

– Dwa tygodnie później? W międzyczasie mogły mnie zjeść koty.

– Zgaduję, że cię nie zjadły.

– Nie mam kota. – Chwila ciszy. – Ale wszystko w porządku, Samie z karetki. Dzięki.

– Świetnie… Dobrze to słyszeć.

Przesunęłam się i teraz widziałam go na ziarnistym czarno--białym ekraniku domofonu. Miał na sobie kurtkę motocyklową zamiast stroju ratownika medycznego i opierał się jedną ręką o ścianę, a po chwili odsunął się i teraz patrzył na ulicę. Zobaczyłam, jak wypuszcza powietrze z płuc, i ten drobny gest sprawił, że się odezwałam.

– A… co tam słychać u ciebie?

– Niewiele. Ostatnio głównie próbuję bez skutku poderwać kogoś przez domofon.

Roześmiałam się zbyt szybko. Za głośno.

– Dawno dałam sobie z tym spokój – powiedziałam. – Strasznie trudno w ten sposób postawić komuś drinka.

Zobaczyłam, że mężczyzna się śmieje. Rozejrzałam się po moim pustym mieszkaniu. I zanim zdążyłam się zastanowić, co ja właściwie robię, rzuciłam:

– Nie ruszaj się. Zaraz zejdę.

Zamierzałam wziąć samochód, ale kiedy Sam podał mi drugi kask, uznałam, że upieranie się przy własnym środku lokomocji byłoby sztywniackie. Wcisnęłam kluczyki do kieszeni i stałam, czekając na sygnał, że mogę już wsiąść na motocykl.

– Jesteś ratownikiem medycznym. I jeździsz na motorze.

– No tak. Chociaż właściwie jeśli chodzi o nałogi, to nie zostało mi nic innego – błysnął zębami w wilczym uśmiechu. Moje serce niespodziewanie wywinęło koziołka. – Nie czujesz się ze mną bezpieczna?

Na to pytanie nie było dobrej odpowiedzi. Wytrzymałam jego spojrzenie i usiadłam z tyłu. Jeżeli Sam zrobi coś niebezpiecznego, będzie potrafił mnie później poskładać do kupy.

– To co mam zrobić? – zapytałam, naciągając na głowę kask. – Nigdy wcześniej nie siedziałam na czymś takim.

– Złap się za te uchwyty przy siedzeniu i po prostu poruszaj się razem z motorem. Nie zapieraj się o mnie. Jeśli coś ci się nie będzie podobać, postukaj mnie w ramię, to się zatrzymam.

– Dokąd jedziemy?

– Znasz się trochę na dekoracji wnętrz?

– Absolutnie nie. Dlaczego pytasz?

Przekręcił kluczyk w stacyjce.

– Pomyślałem, że pokażę ci mój nowy dom.

I w jednej chwili znaleźliśmy się na drodze, błyskawicznie wymijając samochody i ciężarówki i podążając za drogowskazami na autostradę. Musiałam zamknąć oczy, przycisnąć się do pleców Sama i mieć nadzieję, że nie słyszy, jak piszczę.

Wyjechaliśmy na skraj miasta, gdzie ogrody były znacznie większe, potem przechodziły w pola, a domy miały nazwy zamiast numerów. Przejechaliśmy przez wieś, która nie była do końca oddzielona od poprzedniej, Sam zwolnił przy jakiejś bramie i wreszcie zgasił silnik i pokazał mi, żebym zsiadła z motoru. Zdjęłam kask (w uszach dalej brzmiało mi ogłuszające bicie własnego serca) i spróbowałam poprawić sklejone potem włosy, używając do tego palców zesztywniałych od ściskania uchwytów przy siodełku.

Sam otworzył bramę i gestem zaprosił mnie do środka. Połowę ogrodzonego terenu zajmowała łąka, a drugą nieregularna masa betonu i cegieł. W rogu za placem budowy stał w cieniu wysokiego żywopłotu wagon kolejowy, a obok niego znajdował się wybieg dla kur. Kilka ptaków zatrzymało się i zaczęło patrzeć na nas wyczekująco.

– Mój dom.

– Fajny! – rozejrzałam się wokół. – Hm… gdzie on jest?

Sam ruszył po łące.

– Tam. To są fundamenty. Położenie ich zajęło mi blisko trzy miesiące.

– Ty tu mieszkasz?

– No.

Wlepiłam wzrok w betonowe płyty. Kiedy spojrzałam na Sama, coś w jego wyrazie twarzy kazało mi ugryźć się w język. Potarłam sobie czoło.

– No dobrze… zamierzasz tu tak stać cały wieczór? Czy oprowadzisz mnie po swoich włościach?

Skąpani w przedwieczornym blasku słońca, otoczeni zapachem trawy i lawendy i leniwym brzęczeniem pszczół, wędrowaliśmy niespiesznie od jednej płyty do drugiej, a Sam pokazywał, gdzie będą okna i drzwi.

– To jest łazienka.

– Trochę nazbyt przewiewna.

– Fakt. Muszę coś zrobić z tymi przeciągami. Uważaj. To tak naprawdę nie są drzwi. Właśnie weszłaś pod prysznic.

Przekroczył stertę cegieł, stanął na następnej wielkiej szarej płycie i wyciągnął do mnie rękę, żebym ja też mogła bezpiecznie tam przejść.

– A tu jest salon. Więc jeśli wyjrzysz przez to okno tutaj – ułożył palce w prostokąt – to będziesz miała wspaniały widok na wiejski krajobraz.

Popatrzyłam na pejzaż skrzący się pod nami. Czułam się tak, jakbyśmy byli oddaleni od miasta o milion kilometrów, a nie o dwadzieścia. Wciągnęłam powietrze w płuca, rozkoszując się tym, jakie to wszystko jest nieoczekiwane.

– Bardzo ładny, ale mam wrażenie, że sofa stoi nie tam, gdzie powinna – zauważyłam. – Przydałyby ci się dwie. Jedna tutaj, a druga może tam. I domyślam się, że tutaj masz okno.

– O, tak. Widok musi być na dwie strony.

– Hmm. Poza tym musisz koniecznie przemyśleć kwestię składziku.

Najdziwniejsze było to, że po tych kilku minutach chodzenia i rozmawiania naprawdę miałam ten dom przed oczami. Przyglądałam się liniom kreślonym przez dłonie Sama, wskazującego niewidzialne kominki, wywołującego z nicości klatki schodowe, rysującego kreski na wyimaginowanym suficie. Widziałam te wysokie okna i poręcze, które jego przyjaciel wyrzeźbi ze starego drewna dębowego.

– Będzie tu przepięknie – odezwałam się, kiedy już wyczarowaliśmy ostatni pokój z łazienką.

– Za jakieś dziesięć lat. Ale tak, mam taką nadzieję.

Rozejrzałam się po działce, zauważając grządkę z warzywami, wybieg dla kur i śpiew ptaków.

– Muszę ci powiedzieć, że czegoś takiego się nie spodziewałam. Nie kusi cię, żeby, no wiesz, ściągnąć tu ekipę?

– Pewnie koniec końców to zrobię. Ale lubię się tym zajmować. To dobrze robi na duszę, budowanie domu – wzruszył ramionami. – Kiedy człowiek spędza cały dzień na opatrywaniu ran kłutych, brawurowych rowerzystów, żon, których mężowie używają jako worków treningowych, i dzieciaków, które od wilgoci mają chroniczną astmę...

– …i durnych panienek, które spadają z dachów.

– No właśnie. – Objął gestem betoniarkę i stosy cegieł. – Robię to, żeby być w stanie żyć z tamtym. Piwa? – Wszedł do wagonu, pokazując mi, żebym poszła za nim.

W środku nie wyglądało to już jak wagon. Była tam nieduża, starannie zaprojektowana przestrzeń kuchenna z pokrytą tapicerką ławką w kształcie litery L, która ciągle jeszcze wydzielała nikły zapach pszczelego wosku i pasażerów z wyższych sfer.

– Nie lubię przyczep kempingowych – odezwał się Sam, jakby chciał się wytłumaczyć. Machnął ręką w stronę ławki: – Siadaj. – Wyciągnął z lodówki zimne piwo, otworzył je i podał mi butelkę. Dla siebie nastawił wodę w czajniku.

– Ty nie pijesz?

Pokręcił głową.

– Po paru latach tej pracy zauważyłem, że wracam do domu i piję piwko, żeby się odprężyć. Potem dwa. Później zorientowałem się, że nie jestem w stanie się odprężyć, dopóki nie strzelę sobie tych dwóch piwek, albo trzech – otworzył puszkę z herbatą i wrzucił torebkę do kubka. – A potem… straciłem kogoś bliskiego i stwierdziłem, że albo teraz przestaję pić, albo już nigdy nie przestanę – mówiąc to, nie patrzył na mnie, tylko poruszał się po wagonie, potężny, a zarazem pełen dziwnego wdzięku w tej wąskiej przestrzeni. – Od czasu do czasu napiję się piwa, ale nie dzisiaj. Zresztą potem odwożę cię do domu.

Takie uwagi sprawiały, że siedzenie w wagonie kolejowym z mężczyzną, którego właściwie nie znałam, wydawało się mniej dziwne. Jak można zachować rezerwę wobec kogoś, kto zajmował się twoim połamanym, częściowo rozebranym ciałem? Jak można czuć się nieswojo w towarzystwie kogoś, kto już zapowiedział, że planuje odwieźć cię do domu? Było tak, jakby okoliczności naszego pierwszego spotkania usunęły tę zwyczajną niezręczność i przeszkody utrudniające poznanie drugiej osoby. Ten człowiek widział mnie w bieliźnie. Do licha, on widział nawet, co mam pod skórą. A to oznaczało, że przy Samie czułam się w pewnym sensie tak swobodnie, jak przy nikim innym.

Wagon przypominał mi wozy cygańskie, o których czytałam jako dziecko, takie, gdzie każda rzecz miała swoje miejsce, a na ograniczonej przestrzeni panował ład i porządek. Był przytulny, ale prosty i bez dwóch zdań męski. Przyjemnie tu pachniało nagrzanym od słońca drewnem, mydłem i bekonem. Nowy początek, pomyślałam. Zastanawiałam się, co się stało z dawnym domem jego i Jake'a.

– A co... hm... co sądzi o tym Jake?

Sam usiadł ze swoją herbatą na drugim końcu ławki.

– Na początku był chyba zły. Ale teraz całkiem mu się podoba. Zajmuje się zwierzętami, kiedy mam dyżur. Obiecałem, że w zamian za to będę go uczył jeździć po polu, jak skończy siedemnaście lat. – Uniósł kubek. – Boże, miej nas w swojej opiece.

W odpowiedzi podniosłam swoje piwo.

Być może chodziło o nieoczekiwaną przyjemność płynącą z faktu, że w piątkowy wieczór byłam poza domem z mężczyzną, który mówiąc, patrzył mi w oczy, i miał takie włosy, które chciało się zmierzwić palcami, a może była to po prostu kwestia drugiego piwa, ale wreszcie zaczęłam się dobrze bawić. W wagonie zrobiło się duszno, więc wyszliśmy na zewnątrz i usiedliśmy na dwóch składanych krzesłach. Patrzyłam, jak kury dziobią coś w trawie (było to dziwnie kojące), i słuchałam opowieści Sama o otyłych pacjentach, którzy potrzebowali czterech ekip ratunkowych, żeby dało się ich wynieść z domu, i o młodych gangsterach usiłujących rzucić się na siebie jeszcze w trakcie zakładania szwów w karetce.

Kiedy tak rozmawialiśmy, zorientowałam się, że raz po raz zerkam na niego ukradkiem i przyglądam się jego dłoniom, trzymającym kubek, i jego nieoczekiwanym uśmiechom, wyczarowującym w kącikach jego oczu trzy kreseczki, rozchodzące się promieniście, jakby ktoś narysował je precyzyjnym cieniutkim piórkiem.

Opowiedział mi o swoich rodzicach: o ojcu, emerytowanym strażaku, i matce, piosenkarce estradowej, która zrezygnowała z kariery ze względu na dzieci. („To chyba dlatego ten twój strój tak do mnie przemówił. Lubię świecące przedmioty"). Nie wspomniał wprost o swojej zmarłej żonie, ale zauważył, że jego mamę niepokoi utrzymujący się brak kobiecego wpływu w życiu Jake'a.

– Raz na miesiąc wpada tutaj i zgarnia go do Cardiff, gdzie mogą razem z siostrami rozpływać się nad nim, karmić go i dbać, żeby mu nie brakowało skarpetek. – Sam oparł sobie łokcie na kolanach. – Jake strasznie narzeka na te wyjazdy, ale po cichu to uwielbia.

Opowiedziałam mu o powrocie Lily, a on skrzywił się na moją opowieść o spotkaniu z Traynorami. Opowiedziałam o jej dziwnych humorach i nieobliczalnym zachowaniu, a on pokiwał głową, jakby to wszystko było całkiem naturalne. Kiedy wspomniałam o matce Lily, pokręcił głową.

– Sam fakt, że są bogaci, nie robi z nich lepszych rodziców – zauważył. – Gdyby ta matka była na zasiłku, pewnie złożyłaby jej wizytę opieka społeczna. – Uniósł kubek w moją stronę. – Fajnie, że się tym zajmujesz, Louiso Clark.

– Nie wiem, czy idzie mi to szczególnie dobrze.

– Z nastolatkami nikt nigdy nie czuje, że idzie mu szczególnie dobrze – odparł Sam. – Chyba na tym to z nimi polega.

Trudno mi było wyobrazić sobie tego Sama zrelaksowanego u siebie w domu, dbającego o kury, jako szlochającego, uganiającego się za spódniczkami mężczyznę, o którym słyszeliśmy na spotkaniach grupy wsparcia. Ale dobrze wiedziałam, jak maska, którą człowiek decyduje się pokazywać światu, może być zupełnie inna od tego, co dzieje się w środku. Wiedziałam, że smutek i ból mogą doprowadzić nas do zachowań, których sami nie jesteśmy w stanie zrozumieć.

– Bardzo mi się podoba twój wagon – powiedziałam. – I twój niewidzialny dom.

– W takim razie mam nadzieję, że jeszcze tu wpadniesz – odparł Sam.

Kompulsywny bzykacz. Jeśli to w ten sposób podrywa kobiety, pomyślałam z nutką melancholii, to, rany, niezły jest. Była to potężna kombinacja: pogrążony w żałobie ojciec dżentelmen, te rzadkie uśmiechy, to, jak potrafił podnieść kurę jedną ręką, i ta kura naprawdę wyglądała na zadowoloną. Nie pozwolę na to, by stać się kolejną dziewczyną, której odbije na jego punkcie – powtarzałam sobie. Niemniej znajdowałam cichą przyjemność w zwykłym niewinnym flircie z przystojnym mężczyzną. Miło było czuć coś innego niż lęk albo niemą wściekłość, te dwie emocje, z których zdawało się składać niemal całe moje codzienne życie. Jedyne inne spotkania z płcią przeciwną, które miałam w ciągu ostatnich kilkunastu miesięcy, napędzał alkohol i kończyły się powrotem taksówką do domu, odrazą do siebie i płaczem pod prysznicem.

Jak myślisz, Will? Czy to jest w porządku?

Ściemniło się. Patrzyliśmy, jak kury, gdacząc, z oburzeniem dreptczą do kojca.

Sam odprowadzał je wzrokiem. Odchylił się na krześle.

– Louiso Clark, jak tak ze mną rozmawiasz, to mam wrażenie, że gdzieś oprócz tego toczy się całkiem inna rozmowa.

Chciałam odpowiedzieć mu coś mądrego. Ale miał rację i nie mogłam nic na to poradzić.

– Ty i ja. Oboje unikamy jakiegoś tematu.

– Jesteś bardzo bezpośredni.

– I teraz wprawiłem cię w zakłopotanie.

– Nie. – Zerknęłam na niego. – No, może trochę.

Za nami wrona podfrunęła hałaśliwie do góry, machając skrzydłami i wprawiając w drganie nieruchome powietrze. Opanowałam instynktowną chęć wygładzenia sobie włosów i zamiast tego wypiłam ostatni łyk piwa z butelki.

– W porządku. No więc… Mam dla ciebie prawdziwe pytanie. Jak myślisz, ile czasu musi minąć, zanim człowiek dojdzie do siebie po czyjejś śmierci? To znaczy takiej osoby, którą się naprawdę kochało.

Nie jestem pewna, czemu go o to zapytałam. Biorąc pod uwagę okoliczności, było to niemal okrutnie bezceremonialne. Być może się bałam, że jeszcze chwila, a wyjdzie z niego kompulsywny bzykacz.

Oczy Sama lekko się rozszerzyły.

– Rany. No cóż… – popatrzył na swój kubek, a potem spojrzał w stronę ciemnych pól – nie jestem pewny, czy to kiedykolwiek nastąpi.

– Bardzo to pokrzepiające.

– Nie. Poważnie. Sporo o tym myślałem. Uczysz się z tym żyć, z tą osobą. Bo ona z tobą zostaje, nawet jeśli nie jest już żywym, oddychającym człowiekiem. To nie jest ten sam miażdżący smutek, który się czuło na początku, taki, który cię zalewa i sprawia, że chce ci się płakać w nieodpowiednich miejscach i że czujesz irracjonalną złość na tych wszystkich idiotów, którzy jeszcze żyją, podczas gdy ten, kogo kochasz, nie żyje. Po prostu powoli się do tego przyzwyczajasz. Jakby ciało zabliźniało się wokół rany.

No nie wiem. Jakbyś się stawała... pączkiem z dziurką zamiast drożdżówką.

Na jego twarzy pojawił się taki smutek, że poczułam nagłe wyrzuty sumienia.

– Pączkiem z dziurką.

– Głupie porównanie – odparł z niewesołym uśmiechem.

– Ja nie chciałam...

Pokręcił głową. Spojrzał na trawę pomiędzy swoimi stopami, a potem z ukosa na mnie.

– Chodź. Zawieziemy cię do domu.

Przeszliśmy przez łąkę do jego motocykla. Powietrze zrobiło się chłodniejsze, więc skrzyżowałam ramiona na piersiach. Sam to zauważył i mimo moich kurtuazyjnych protestów podał mi swoją kurtkę. Była przyjemnie ciężka i miała w sobie coś niezwykle męskiego. Powstrzymałam się przed wciągnięciem w płuca jej zapachu.

– Podrywasz tak wszystkie swoje pacjentki?

– Tylko te, które przeżyły.

Roześmiałam się. Zaskoczyło mnie to i mój śmiech zabrzmiał głośniej, niż zamierzałam.

– W zasadzie nie powinniśmy zapraszać pacjentów na randki – Sam podał mi zapasowy kask. – Ale zdaje mi się, że ty już nie jesteś moją pacjentką.

Wzięłam kask od niego.

– A to właściwie nie jest randka.

– Nie jest? – Skinął głową z filozoficznym spokojem, a ja wsiadłam na motor. – W porządku.

Rozdział jedenasty

W tym samym tygodniu, kiedy dotarłam na spotkanie grupy wsparcia, Jake'a nie było. Podczas gdy Daphne omawiała niemożność otwierania słoików bez mężczyzny w kuchni, a Sunil mówił o problemach związanych z podzieleniem nielicznych przedmiotów należących do jego zmarłego brata pomiędzy resztę rodzeństwa, ja zorientowałam się, że czekam, aż otworzą się ciężkie czerwone drzwi na końcu sali. Tłumaczyłam sobie, że martwię się o jego samopoczucie, że chłopak potrzebuje bezpiecznego miejsca, w którym będzie mógł wyrazić swoje zaniepokojenie zachowaniem ojca. Przekonywałam samą siebie, że wcale nie chodzi mi o to, by zobaczyć Sama opartego o motocykl.

– Louiso, a jakie pozornie błahe rzeczy dają się we znaki tobie?

Może Jake skończył z grupą wsparcia, pomyślałam. Może uznał, że już tego nie potrzebuje. Wszyscy mówili, że ludzie się wykruszają. I to będzie koniec. Nigdy więcej nie zobaczę żadnego z nich.

– Louiso? W takich zwykłych, codziennych sprawach? Na pewno jest coś takiego.

Nie mogłam przestać myśleć o tych polach, o przytulnym, choć ciasnym wnętrzu wagonu, o tym, jak Sam szedł przez łąkę z kurą pod pachą, jakby niósł jakiś cenny pakunek. Piórka na jej piersi były miękkie jak westchnienie.

Daphne szturchnęła mnie lekko.

– Mówiliśmy o takich małych rzeczach w codziennym życiu, które zmuszają nas do rozpamiętywania naszych strat – powtórzył Marc.

– Brakuje mi seksu – odezwała się Natasha.

– To nie jest mała rzecz – wtrącił William.

– Nie znałeś mojego męża – odparła Natasha i parsknęła śmiechem. – Nieprawda. To był okropny żart. Przepraszam. Nie wiem, co mnie naszło.

– Dobrze jest czasem sobie zażartować – powiedział Marc zachęcająco.

– Olaf był zupełnie dobrze wyposażony. Właściwie to znakomicie wyposażony. – Natasha omiotła wzrokiem całą salę. Kiedy nikt się nie odezwał, podniosła ręce, rozłożyła je na szerokość pół metra i dobitnie skinęła głową. – Byliśmy bardzo szczęśliwi.

Na chwilę zapadła cisza.

– To dobrze – rzekł Marc. – Miło to słyszeć.

– Nie chcę, żeby ktoś sobie pomyślał… To znaczy, nie chcę, żeby to przychodziło ludziom do głowy, kiedy myślą o moim mężu. Że miał malutkiego…

– Jestem pewny, że nikt tak nie myśli o twoim mężu.

– Ja zacznę, jeśli dalej będziesz o tym gadać – stwierdził William.

– Nie chcę, żebyś myślał o penisie mojego męża – odparła Natasha. – Właściwie to zabraniam ci myśleć o penisie mojego męża.

– To przestań o nim gadać! – krzyknął William.

– Czy możemy nie rozmawiać o penisach? – zapytała Daphne. – Bo czuje się trochę dziwnie. Zakonnice biły nas po rękach linijką, jeśli przyłapały nas choćby na użyciu słowa „instrument".

W głosie Marca dała się słyszeć desperacja.

– Czy możemy przestać rozmawiać o... wrócić do symboli straty? Louiso, miałaś nam opowiedzieć, jakie drobne rzeczy konfrontują cię z twoją stratą.

Siedziałam tam, usiłując nie zwracać uwagi na Natashę, która znów miała ręce w górze i w milczeniu odmierzała nimi jakąś mało prawdopodobną długość.

– Chyba brakuje mi kogoś, z kim mogłabym omawiać różne rzeczy – powiedziałam ostrożnie.

W sali rozległ się potwierdzający szmer.

– To znaczy, nie należę do osób, które mają duże grono znajomych. Z moim poprzednim chłopakiem byłam bardzo długo i nie... nie wychodziliśmy za wiele. A potem pojawił się... Bill. I po prostu cały czas ze sobą rozmawialiśmy. O muzyce, o ludziach, o rzeczach, które kiedyś robiliśmy i które chcieliśmy zrobić, i ja się wcale nie przejmowałam, że czasem powiem nie to, co trzeba, albo kogoś obrażę, bo on mnie po prostu rozumiał, wiecie? A teraz przeprowadziłam się do Londynu i jestem tu trochę sama, daleko od rodziny, a zresztą rozmowy z nimi są zawsze... niełatwe.

– Fakt – potwierdził Sunil.

– A teraz dzieje się coś, o czym bardzo chciałabym z nim pogadać. Rozmawiam z nim w duchu, ale to nie to samo. Brakuje mi... tego, że mogłam po prostu rzucić: „Słuchaj, co o tym myślisz?". I tej pewności, że cokolwiek on odpowie, prawdopodobnie będzie to dokładnie to, co potrzebowałam usłyszeć.

Cała grupa milczała przez chwilę.

– Możesz powiedzieć to nam, Louiso – odezwał się Marc.

– To... skomplikowane.

– To zawsze jest skomplikowane – zauważyła Leanne.

Popatrzyłam na ich twarze, na których malowała się życzliwość i wyczekiwanie, i całkowita niezdolność do zrozumienia czegokolwiek, co bym im powiedziała. Takiego prawdziwego zrozumienia.

Daphne poprawiła sobie jedwabną apaszkę.

– Louisa potrzebuje innego młodego człowieka, z którym mogłaby porozmawiać. Jakżeby inaczej? Jesteś młoda i ładna. Na pewno kogoś znajdziesz – stwierdziła. – I ty, Natasho. Musicie znów wyjść życiu naprzeciw. Dla mnie jest już za późno, ale wy dwie nie powinnyście siedzieć w tej obskurnej salce... Marcu, przepraszam cię, ale nie powinny. Powinnyście tańczyć, bawić się, śmiać.

Spojrzałyśmy po sobie z Natashą. Widać było wyraźnie, że rwie się do tańca mniej więcej tak samo jak i ja.

Nagle przypomniał mi się Ratownik Sam, ale odepchnęłam od siebie tę myśl.

– A gdybyś kiedyś nabrała ochoty na innego penisa – odezwał się William – to na pewno byłbym w stanie znaleźć dla ciebie...

– No dobrze, kochani. Przejdźmy do kwestii testamentów – przerwał mu Marc. – Czy ktoś poczuł się zaskoczony tym, co tam przeczytał?

Wykończona dotarłam do domu kwadrans po dziewiątej i zastałam w salonie Lily, która leżała na kanapie w piżamie i oglądała telewizję. Upuściłam torebkę.

– Od kiedy tu jesteś?

– Od śniadania.

– Wszystko w porządku?

– Mm.

Twarz miała bladą, jakby była chora albo wyczerpana.

– Źle się czujesz?

Jadła z miski popcorn, leniwie przebierając palcami po dnie w poszukiwaniu okruszków.

– Po prostu nie miałam dziś ochoty nic robić.

Komórka Lily zapiszczała. Dziewczyna zerknęła apatycznie na SMS-a na ekranie, po czym odsunęła od siebie telefon, wpychając go pod poduszkę na kanapie.

– Na pewno wszystko dobrze? – zapytałam po dłuższej chwili.

– W porządku.

Nie wyglądała na osobę, która czuje się w porządku.

– Mogę ci w czymś pomóc?

– Powiedziałam, że wszystko w porządku.

Mówiąc to, nie patrzyła w moją stronę.

Lily spędziła tę noc w moim mieszkaniu. Następnego dnia, kiedy wychodziłam do pracy, zadzwonił pan Traynor i poprosił ją do telefonu. Dziewczyna była rozciągnięta na kanapie i spojrzała na mnie bez wyrazu, gdy jej powiedziałam, kto dzwoni, aż wreszcie niechętnie wyciągnęła rękę po słuchawkę. Stałam tam, podczas gdy Lily słuchała, co mówi jej dziadek. Nie rozróżniałam słów, ale słyszałam jego ton: życzliwy, uspokajający, ugodowy. Kiedy skończył mówić, dziewczyna przez chwilę milczała, a potem odparła:

– Okej. Dobrze.

– Spotkasz się z nim jeszcze raz? – spytałam, kiedy oddała mi telefon.

– On chce przyjechać do Londynu, żeby się ze mną spotkać.

– To bardzo miło.

– Ale nie może być za daleko do tamtej, na wypadek gdyby zaczęła rodzić.

– Chcesz, żebym cię do niego zawiozła?

– Nie.

Podciągnęła kolana pod brodę, sięgnęła po pilota i zaczęła przerzucać kanały.

– Chcesz o tym porozmawiać? – zapytałam po chwili.

Nic nie odpowiedziała i po paru minutach dotarło do mnie, że nasza rozmowa dobiegła końca.

W czwartek weszłam do sypialni, zamknęłam drzwi i wybrałam numer do siostry. Dzwoniłyśmy do siebie kilka razy w tygodniu. Teraz było to łatwiejsze, bo na szczęście ochłodzenie stosunków między mną a rodzicami nie zagrażało już naszym rozmowom niczym konwersacyjne pole minowe.

– Myślisz, że to normalne?

– Tata mówił mi, że kiedyś nie odzywałam się do niego przez bite dwa tygodnie, jak miałam szesnaście lat. Same pomruki. I byłam wtedy całkiem zadowolona.

– Ona nawet nie wydaje pomruków. Po prostu wygląda jak półtora nieszczęścia.

– Wszystkie nastolatki tak wyglądają. Takie mają ustawienia domyślne. To o te wesołe trzeba się martwić – z reguły ukrywają jakieś straszne zaburzenia odżywiania albo kradną z drogerii szminki.

– Całe ostatnie trzy dni spędziła, leżąc na kanapie.

– No i?

– Myślę, że coś się stało.

– Ona ma szesnaście lat. Jej tata nie miał pojęcia o jej istnieniu i kopnął w kalendarz, zanim zdążyła go poznać. Jej matka wyszła z kogoś, na kogo Lily mówi Złamas, ma dwóch młodszych braci, którzy z opisu przypominają Reggiego i Ronniego Krayów u progu gangsterskiej kariery, a do tego zmienili jej zamki w rodzinnym domu. Gdybym była na jej miejscu, pewnie leżałabym na kanapie przez rok. – Treena siorbnęła łyk herbaty. – Poza tym mieszka z osobą, która chodzi do baru w błyszczącym zielonym stroju ze spandeksu i nazywa to pracą.

– Z lureksu. Strój jest z lureksu.

– Wszystko jedno. No to kiedy znajdziesz sobie przyzwoitą pracę?

– Niedługo. Tylko najpierw muszę sobie poradzić z tą sytuacją.

– Z tą sytuacją.

– Ona jest naprawdę przygnębiona. Żal mi jej.

– Wiesz, co mnie przygnębia? To, jak ty ciągle obiecujesz, że będziesz miała jakieś życie, po czym poświęcasz się dla każdego podrzutka czy przybłędy, jaki tylko ci się nawinie.

– Will nie był podrzutkiem ani przybłędą.

– Ale Lily tak. Lou, ty nawet nie znasz tej dziewczyny. Ty powinnaś się koncentrować na rozwoju. Powinnaś rozsyłać CV, nawiązywać kontakty, definiować swoje mocne strony, a nie znajdować sobie kolejny pretekst, żeby móc odłożyć na później zajęcie się własnym życiem.

Spojrzałam przez okno na niebo nad miastem. Słyszałam, jak w sąsiednim pokoju gra telewizor, Lily wstaje, idzie do lodówki i znów opada na kanapę. Ściszyłam głos:

– Treen, to co ty byś zrobiła na moim miejscu? Dziecko człowieka, którego kochałaś, zjawia się u ciebie i wygląda na to, że praktycznie nikt inny nie czuje się za nie odpowiedzialny. Ty też zostawiłabyś ją samą sobie?

Moja siostra milczała przez chwilę. Rzadko się to zdarzało, więc czułam się zobowiązana, żeby mówić dalej.

– Więc gdyby Thom za osiem lat się z tobą pokłócił, nieważne o co, powiedzmy, że byłby zdany na siebie i źle by się u niego działo, to uznałabyś, że to super, gdyby jedyna osoba, do której zwróciłby się o pomoc, stwierdziła, że w sumie za dużo z tym zawracania głowy, tak? Że powinna się na niego wypiąć i robić tak, żeby jej było wygodnie? – Oparłam głowę o ścianę. – Treen, ja po prostu staram się postąpić tak, jak należy. Nie utrudniaj mi tego, okej?

Cisza.

– Lepiej się dzięki temu czuję. Rozumiesz? Lepiej się czuję, wiedząc, że komuś pomagam.

Moja siostra milczała tak długo, że zaczęłam się zastanawiać, czy się nie rozłączyła.

– Treen?

– Okej. No, pamiętam, że na zajęciach z psychologii społecznej czytaliśmy tekst o tym, że nastolatki męczy zbyt dużo kontaktu twarzą w twarz.

– Chcesz, żebym z nią rozmawiała przez drzwi?

Pewnego dnia na pewno odbędę z siostrą rozmowę telefoniczną, której nie będzie towarzyszyć znużone westchnienie osoby tłumaczącej coś półgłówkowi.

– Nie, matołku. Chodzi o to, że jeśli chcesz, by z tobą porozmawiała, to musicie robić coś wspólnie, ramię w ramię.

Wracając do domu w piątkowy wieczór, wstąpiłam do hipermarketu budowlanego. Dotarłam do mojej kamienicy, wtaszczyłam torby po schodach na czwarte piętro i otworzyłam sobie drzwi. Lily była dokładnie tam, gdzie spodziewałam się ją zastać: wyciągnięta na kanapie przed telewizorem.

– Co to? – zapytała.

– Farba. To mieszkanie pamięta lepsze czasy. Ciągle mi mówisz, że powinnam je jakoś ożywić. Pomyślałam, że mogłybyśmy pozbyć się tej nudnej starej magnolii.

Lily nie potrafiła się powstrzymać. Udałam, że jestem zajęta robieniem sobie czegoś do picia, a kątem oka patrzyłam, jak dziewczyna przeciąga się, a potem podchodzi do puszek z farbą i się im przygląda.

– Nie wiem, czy to jest mniej nudne. Ta farba jest w sumie jasnoszara.

– W sklepie powiedzieli, że szary jest teraz na topie. Ale mogę ją oddać, jeśli uważasz, że się nie sprawdzi.

Lily zerknęła na nią jeszcze raz.

– Nie. Jest w porządku.

– Pomyślałam, że w salonie dwie ściany mogłyby być kremowe, a jedna szara. Twoim zdaniem będą do siebie pasować? – mówiąc to, zajęłam się odpakowywaniem pędzli i wałków. Przebrałam się w starą koszulę i szorty i poprosiłam Lily, żeby włączyła jakąś muzykę.

– Jaką?

– Ty wybierz – odsunęłam krzesło na bok i rozłożyłam pod ścianą płachtę folii. – Twój tata mówił, że jestem muzyczną ignorantką.

Dziewczyna nic nie odpowiedziała, ale przyciągnęłam jej uwagę. Otworzyłam puszkę z farbą i zaczęłam ją mieszać.

– Zmusił mnie, żebym poszła na pierwszy koncert w moim życiu. Muzyki klasycznej, nie popu. Zgodziłam się tylko dlatego, że dzięki temu on wyszedł z domu. Na początku naszej znajomości nie lubił nigdzie wychodzić. Włożył koszulę i ładną marynarkę i wtedy po raz pierwszy zobaczyłam, że wygląda jak... – Przypomniałam sobie ten wstrząs, kiedy zobaczyłam, jak z wykrochmalonego błękitnego kołnierzyka wyłania się głowa mężczyzny, którym był przed wypadkiem. Przełknęłam ślinę. – No, w każdym razie poszłam tam, szykując się na straszne nudy, i całą drugą połowę przepłakałam, jakbym była jakaś nienormalna. To była najbardziej niesamowita rzecz, jaką w życiu słyszałam.

Chwila ciszy.

– Co to było? Czego słuchaliście?

– Nie pamiętam. Sibeliusa? Brzmi to prawdopodobnie?

Lily wzruszyła ramionami. Zaczęłam malować, a ona podeszła i stanęła obok mnie. Wzięła do ręki pędzel. Początkowo nic nie mówiła, ale sprawiała wrażenie, jakby wciągnęła ją powtarzalność tego zadania. I była ostrożna; poprawiała folię, żeby nie rozlać farby na podłogę, wycierała pędzel o brzeg puszki. Nie rozmawiałyśmy, tylko od czasu do czasu mruczałyśmy do siebie:

– Możesz mi podać ten mniejszy pędzel?

– Myślisz, że dalej będzie to widać, jak położę drugą warstwę?

Pomalowanie we dwójkę pierwszej ściany zajęło nam tylko pół godziny.

– I co powiesz? – odezwałam się, podziwiając kolor. – Myślisz, że damy radę zrobić jeszcze jedną?

Lily przesunęła płachtę folii i zabrała się do kolejnej ściany. Włączyła jakiś indiepopowy zespół, o którym nigdy nie słyszałam, coś lekkiego i przyjemnego. Zaczęłam znów malować, nie zważając na bolące ramię i przemożną chęć ziewania.

– Powinnaś tu powiesić jakieś obrazy.

– Masz rację.

– W domu mam taką dużą reprodukcję Kandinskiego. Nie za bardzo pasuje do mojego pokoju. Mogłabyś ją sobie wziąć, jeśli chcesz.

– Byłoby super.

Teraz pracowała szybciej, energicznie przesuwała wałkiem po ścianie, ostrożnie zbliżając się do dużego okna.

– Tak sobie myślałam – odezwałam się – że powinnyśmy się
odezwać do mamy Willa. Do twojej babci. Co ty na to, żebym
do niej napisała?

Lily nic nie odpowiedziała. Kucnęła, najwyraźniej pochłonięta starannym malowaniem ściany aż do listwy przypodłogowej.
W końcu się podniosła.

– Czy ona jest taka jak on?

– Jak kto?

– Pani Traynor? Jest podobna do pana Traynora?

Zeszłam ze skrzynki, na której stałam, i wytarłam pędzel
o brzeg puszki.

– Ona jest… inna.

– Czyli chcesz przez to powiedzieć, że jest małpą.

– Nie jest małpą. Jest po prostu… po prostu potrzeba więcej
czasu, żeby ją poznać.

– Chcesz przez to powiedzieć, że jest małpą i ja się jej nie
spodobam.

– Lily, wcale tego nie mówię. Ale nie należy do osób, które łatwo okazują emocje.

Lily westchnęła i odłożyła pędzel.

– Jestem chyba jedyną osobą na świecie, której udało się od-
kryć, że ma dwoje dziadków, o których nic nie wiedziała, a potem
się przekonać, że żadne z nich nawet mnie nie lubi.

Spojrzałyśmy na siebie. I nagle, ni stąd, ni zowąd, zaczęłyśmy
się śmiać.

Zamknęłam puszkę z farbą.

– Chodź – powiedziałam. – Wyjdźmy na miasto.

– Gdzie?

– To ty ciągle powtarzasz, że powinnam się rozerwać. Ty mi
powiedz.

Wyciągnęłam z moich kartonów serie bluzek, aż wreszcie Lily uznała, że jedna z nich jest do przyjęcia, i pozwoliłam jej zaprowadzić się do malutkiego, przypominającego jaskinię klubu w jakiejś bocznej uliczce na West Endzie, gdzie bramkarze zwracali się do niej po imieniu i wyglądało na to, że nikt nawet przez chwilę nie zastanawia się nad tym, że dziewczyna może mieć poniżej osiemnastu lat.

– Muza z lat dziewięćdziesiątych. Przeboje z dawnych lat! – oznajmiła radośnie, a ja spróbowałam nie skupiać się na fakcie, że w jej oczach jestem praktycznie zgrzybiałą staruszką.

Tańczyłyśmy, aż przestałam czuć skrępowanie, aż nasze ubrania przesiąkły potem, włosy pozlepiały się w strąki, a biodro zaczęło mnie tak boleć, że zastanawiałam się, czy w nadchodzącym tygodniu dam radę stać za barem. Tańczyłyśmy, jakby w naszym życiu nie istniało nic innego. Rany, to było wspaniałe uczucie. Zapomniałam, jaka to radość po prostu istnieć; zatracić się w muzyce, w tłumie ludzi, w poczuciu, że jest się jedną, wspólną, organiczną masą, ożywianą przez pulsujący rytm. Na kilka ciemnych, dudniących godzin odpuściłam sobie wszystko, moje problemy odfrunęły niczym baloniki z helem: okropna praca, zrzędzący szef, moja niezdolność do zrobienia czegoś ze swoim życiem. Stałam się rzeczą, pełną energii i radości. Spojrzałam ponad tłumem na Lily, która miała zamknięte oczy, włosy fruwały jej wokół twarzy, a w jej rysach widoczne było to szczególne połączenie skupienia i wolności, pojawiające się tylko wtedy, gdy ktoś zapomina o wszystkim i daje się porwać rytmowi. A potem dziewczyna otworzyła oczy i chciałam być na nią zła, bo w podniesionej ręce miała coś, co ewidentnie nie było colą, ale zorientowałam się, że odwzajemniam jej uśmiech – euforyczny, od ucha do ucha – i myślę, jakie to dziwne, że takie zagubione dziecko z problemami, które prawie nie zna siebie, może mnie tyle nauczyć o tym, na czym tak naprawdę polega życie.

Wokół nas Londyn wzdychał, śmiał się i falował jak wezbrane morze, choć była druga nad ranem. Zatrzymałyśmy się, żeby Lily mogła nam zrobić wspólne selfie przed teatrem, jakimś chińskim znakiem oraz człowiekiem przebranym za niedźwiedzia (najwyraźniej każde wydarzenie wymagało fotograficznej dokumentacji), a potem ruszyłyśmy zatłoczonymi ulicami w poszukiwaniu nocnego autobusu, mijając całodobowe tureckie knajpy i ryczących pijaków, alfonsów i grupki rozchichotanych dziewczyn. Moje biodro pulsowało bólem, a pot stygł powoli na skórze pod wilgotnymi ubraniami, ale nadal czułam się pełna energii, zupełnie jakby ktoś nacisnął jakiś guzik i mnie uruchomił.

– Bóg jeden wie, jak my się dostaniemy do domu – powiedziała Lily radośnie.

I wtedy usłyszałam, że ktoś do mnie krzyczy.

– Lou! – Z okna karetki wychylał się Sam. Kiedy w odpowiedzi podniosłam rękę, momentalnie zawrócił samochód i zahamował obok nas. – Dokąd idziecie?

– Do domu. O ile uda nam się znaleźć autobus.

– Wskakujcie. No, śmiało. Nikt się nie dowie. Akurat skończyliśmy zmianę – spojrzał na siedzącą obok niego kobietę. – No proszę, Don. To pacjentka. Złamane biodro. Nie będzie przecież wracać do domu na piechotę. Nie mogę jej tak zostawić.

Lily była zachwycona tym niespodziewanym obrotem spraw. A potem otworzyły się tylne drzwi i kobieta w stroju ratowniczki medycznej, przewracając oczami, pokazała nam, że mamy wsiąść.

– Sam, przez ciebie wyrzucą nas z pracy – powiedziała i wskazała nam nosze. – Siadajcie. Cześć. Jestem Donna. O nie, ja cię faktycznie pamiętam. To ty...

– ...spadłam z dachu. Tak.

Lily przyciągnęła mnie do siebie, żeby zrobić nam selfie w karetce, a ja starałam się nie patrzeć w stronę Donny, która znów przewróciła oczami.

– To skąd wracacie? – zawołał do nas Sam znad kierownicy.

– Poszłyśmy potańczyć – odparła Lily. – Próbuję namówić Louisę, żeby nie była takim nudnym starym piernikiem. Możemy włączyć syrenę?

– Nie. Gdzie byłyście? Swoją drogą, pyta cię drugi nudny stary piernik. Cokolwiek odpowiesz, nie będę miał pojęcia, o czym mówisz.

– W Twenty-two – powiedziała Lily. – Na tyłach Tottenham Court Road, kojarzycie?

– To tam robiliśmy tę awaryjną tracheotomię, Sam.

– Pamiętam. Wyglądacie, jakbyście się dobrze bawiły. – Nasze oczy spotkały się w lusterku, a ja lekko się zarumieniłam. Poczułam nagłe zadowolenie z tego, że byłyśmy potańczyć. Mogłam przez to sprawiać wrażenie całkiem innej osoby. Nie tylko tragicznej barmanki z lotniska, której pomysł na wieczór poza domem polega na spadnięciu z dachu.

– Było świetnie – odpowiedziałam rozpromieniona.

I wtedy Sam spojrzał na ekran komputera na desce rozdzielczej.

– No nie. Mamy zgłoszenie u Spencera.

– Ale my już zjeżdżamy – poskarżyła się Donna. – Czemu Lennie za każdym razem nam to robi? Ten człowiek to sadysta.

– Nikt inny nie jest dostępny.

– Co się dzieje?

– Mamy jeszcze jedno wezwanie. Możliwe, że będę was musiał wcześniej wyrzucić. Ale to niedaleko od waszego mieszkania. Dobra?

– U Spencera – powtórzyła Donna i westchnęła głęboko. – No fantastycznie. Trzymajcie się, dziewczyny.

Syrena zawyła i ruszyliśmy. Gnaliśmy przed siebie ulicami Londynu, niebieskie światło krzyczało nam nad głową, a Lily piszczała z zachwytu.

Kilka razy w tygodniu – objaśniała Donna, podczas gdy my kurczowo ściskałyśmy poręcze – wzywano ich do Spencera, żeby zrobili coś z tymi, którym nie udało się dotrwać do zamknięcia klubu w pozycji pionowej, albo żeby pozszywali twarze młodych ludzi, którzy po sześciu piwach robili się wojowniczy, jednocześnie tracąc resztki zdrowego rozsądku.

– Te młodziaki powinny być zadowolone z życia, a jedyne, co potrafią, to wydać każdy zarobiony grosz na to, żeby się urżnąć. I tak co tydzień. Szlag by to trafił.

Dotarliśmy na miejsce w ciągu kilku minut; karetka zwolniła przed klubem, żeby nie potrącić któregoś z wysypujących się na chodnik pijanych ludzi. Napisy na przyciemnianych szybach lokalu reklamowały „Darmowe drinki dla pań przed 22.00". Pomimo wieczorów kawalerskich i panieńskich, gwizdów i krzykliwych ubrań, na zatłoczonych ulicach panowała atmosfera nie tyle karnawału, ile raczej napięcia i agresji. Złapałam się na tym, że z niepokojem wyglądam przez szybę.

Sam otworzył tylne drzwi i wziął swoją torbę.

– Nie ruszajcie się stąd – powiedział i wyszedł.

W jego stronę ruszył policjant, mruknął coś, a następnie obaj podeszli do młodego mężczyzny, który siedział w rynsztoku, a z rany na skroni płynęła mu krew. Sam kucnął obok niego, a policjant zajął się odsuwaniem pijanych gapiów, „uczynnych" kumpli i ich zawodzących dziewczyn. Sprawiał wrażenie kogoś otoczonego przez grupę dobrze ubranych statystów z *Żywych trupów*, którzy chwieją się bezmyślnie i stękają, a część jest zakrwawiona i się przewraca.

– Nie cierpię tych wezwań – odezwała się Donna, na naszych oczach pospiesznie sprawdzając zawartość swojego zestawu z zapakowanym w plastik sprzętem medycznym. – Dajcie mi rodzącą kobietę albo jakąś miłą babuleńkę z kardiomiopatią, proszę bardzo. O nie, jasny gwint, a ten tu czego?

Sam przechylał właśnie głowę młodego człowieka, żeby zbadać jego ranę, kiedy jakiś inny chłopak z włosami na żelu i krwią na kołnierzyku koszuli złapał go za ramię.

– Ej! Ja muszę do karetki!

Sam powoli odwrócił się w stronę pijanego młodzieńca, który mówiąc, rozpryskiwał wokół ślinę i krew.

– Odsuń się, kolego. Dobrze? Daj mi dokończyć to, co tu mam do zrobienia.

Alkohol ogłupił tamtego. Chłopak zerknął na swoich kumpli, po czym podszedł jeszcze bliżej do Sama i warknął mu w twarz:

– Nie będziesz mi mówił, że mam się odsunąć.

Sam zignorował go i dalej zajmował się twarzą rannego człowieka.

– Ej! Ej, ty! Ja muszę jechać do szpitala! – Chłopak szturchnął ratownika w ramię. – Ej!

Sam przez chwilę się nie podnosił, zastygł w bezruchu. A potem powoli się wyprostował i odwrócił tak, że stał nos w nos z pijakiem.

– Synu, wyjaśnię ci coś tak, żebyś był w stanie to zrozumieć. Nie wsiądziesz do karetki, jasne? I tyle. Więc teraz odpuść sobie, idź dokończyć ten wieczór razem z kumplami, przed snem przyłóż sobie lód, a rano pokaż się lekarzowi w przychodni.

– Nic mi nie będziesz mówił. Twoja pensja idzie z moich podatków. Mam złamany nos, do cholery.

Sam nie spuszczał z niego wzroku. Chłopak zamachnął się i pchnął ratownika w pierś. Mężczyzna spojrzał na jego dłoń.

– O-o – odezwała się Donna.

Głos Sama, kiedy wydobył się z jego gardła, brzmiał jak pomruk jakiegoś dzikiego zwierzęcia.

– No dobra. Teraz cię ostrzegam…

– Ty mnie nie ostrzegaj! – Na twarzy chłopaka odbiła się pogarda. – Nie będziesz mnie ostrzegał! Za kogo ty się w ogóle uważasz?

Donna wypadła z karetki i podbiegła do policjanta. Powiedziała mu coś do ucha i zobaczyłam, że oboje patrzą w tamtą stronę. Twarz Donny miała błagalny wyraz. Chłopak dalej wrzeszczał i klął, popychając Sama.

– Masz się najpierw mną zająć, a dopiero potem tym pajacem.

Sam poprawił sobie kołnierzyk. Jego rysy zastygły w złowróżbnym bezruchu.

I w momencie, gdy dotarło do mnie, że wstrzymałam oddech, znalazł się między nimi policjant. Na rękawie Sama spoczęła ręka Donny, kierując go z powrotem w stronę młodego człowieka na krawężniku. Policjant mruknął coś do swojej krótkofalówki, trzymając pijaka za ramię. Chłopak odwrócił się i splunął na kurtkę Sama.

– Pierdol się.

Na chwilę zapadła absolutna cisza. Ratownik znieruchomiał.

– Sam! Chodź tutaj, pomóż mi, co? Jesteś mi potrzebny – Donna popchnęła go lekko naprzód. Kiedy zobaczyłam jego twarz, oczy mężczyzny błyszczały zimnym, twardym blaskiem, jak dwa diamenty.

– No chodź – powtórzyła Donna, gdy razem ładowali półprzytomnego młodzieńca do karetki. – Jedźmy stąd.

Sam prowadził w milczeniu. Lily i ja wcisnęłyśmy się na siedzenie z przodu, obok niego, Donna czyściła mu tył kurtki, a on patrzył nieruchomo przed siebie, z wysuniętą naprzód szczęką pokrytą trzydniowym zarostem.

– Mogło być gorzej – powiedziała Donna wesoło. – W zeszłym miesiącu jeden taki zwymiotował mi we włosy. I to celowo, skubaniec jeden. Wsadził sobie palce w gardło i podbiegł do mnie od tyłu, tylko dlatego, że nie chciałam zawieźć go do domu, jakbym była jakąś cholerną taksówką.

Podniosła się i gestem poprosiła o napój energetyczny, który trzymała w szoferce.

– To jest marnowanie zasobów. Kiedy się pomyśli, co moglibyśmy w tym czasie robić, zamiast zgarniać z chodnika takich małych… – Pociągnęła łyk, a potem spojrzała na półprzytomnego chłopaka na noszach. – No nie wiem. Trudno się nie zastanawiać, co się dzieje w tych ich głowach.

– Niewiele – odparł Sam.

– Aha. No nic, musimy trzymać w ryzach tego tutaj – Donna poklepała ratownika po ramieniu. – W zeszłym roku dostał upomnienie.

Sam zerknął na mnie z ukosa, nagle zmieszany.

– Pojechaliśmy po jedną dziewczynę na Commercial Street. Zmasakrowana twarz. Przemoc domowa. Jak przenosiłem ją na nosze, jej chłopak wyleciał z pubu i znowu się na nią rzucił. Nie potrafiłem się opanować.

– Uderzyłeś go?

– Żeby raz – wtrąciła Donna.

– No tak. Cóż. To nie był najlepszy okres.

Donna odwróciła się w moją stronę ze znaczącą miną.

– No i teraz nie może sobie pozwolić na to, żeby coś takiego się powtórzyło. Albo wyleci z pracy.

– Dzięki – powiedziałam, kiedy Sam nas wysadzał. – To znaczy, za podwózkę.

– Nie mogłem was zostawić w tym domu wariatów.

Nasze oczy na chwilę się spotkały. A potem Donna zamknęła drzwi i już ich nie było, odjechali do szpitala ze swoim pokiereszowanym ludzkim ładunkiem.

– Totalnie na niego lecisz – odezwała się Lily, kiedy patrzyłyśmy za oddalającą się karetką.

Zupełnie zapomniałam, że tutaj jest. Westchnęłam, sięgając do kieszeni po klucze.

– To notoryczny bzykacz.

– No i? Ja bym się z nim totalnie bzyknęła – stwierdziła Lily, kiedy otwierałam przed nią drzwi. – To znaczy, gdybym była stara. I lekko zdesperowana. Jak ty.

– Lily, nie sądzę, żebym była gotowa na związek.

Dziewczyna szła za mną, więc nie byłabym w stanie tego udowodnić, ale słowo daję, że czułam, jak przez całą drogę na górę się do mnie wykrzywia.

Rozdział dwunasty

Odezwałam się do matki Willa. Nie wspomniałam o Lily, wyraziłam tylko nadzieję, że pani Traynor ma się dobrze, i napisałam jej, że wróciłam z podróży po Europie, że za kilka tygodni będę ze znajomą w jej okolicy i że jeśli to możliwe, chętnie bym ją odwiedziła. Nadałam list priorytetem, czując dziwne podekscytowanie, kiedy wylądował w skrzynce pocztowej.

Tata powiedział mi przez telefon, że pani Traynor opuściła Granta House parę tygodni po śmierci Willa. Stwierdził, że pracownicy zamku byli wstrząśnięci, ale mnie przypomniało się, jak zobaczyłam pana Traynora z Dellą, która teraz spodziewała się jego dziecka, i zaczęłam się zastanawiać, dla ilu z nich tak naprawdę było to zaskoczenie. W małym miasteczku niełatwo utrzymać coś w tajemnicy.

– Bardzo ciężko to wszystko zniosła – dodał tata. – A zaraz po tym, jak ona stąd wyjechała, ta ruda lisica się wprowadziła, jakby tylko na to czekała. Nie trzeba jej było dwa razy powtarzać. I nic dziwnego: miły starszy gość, do tego z dużym domem i własną czupryną na głowie raczej długo sam nie pobędzie. Ale *à propos*, Lou. Czy nie... nie zamieniłabyś z mamą słówka na temat jej włosów pod pachami? Tylko patrzeć, jak zacznie je zaplatać w warkoczyki, jeśli jeszcze trochę jej podrosną.

Nie mogłam przestać myśleć o pani Traynor; próbowałam sobie wyobrazić, jak zareaguje na wiadomość o tym, że ma wnuczkę. Pamiętałam radość i niedowierzanie na twarzy pana Traynora podczas pierwszego spotkania z Lily. Czy poznanie wnuczki choć trochę złagodzi jej ból? Niekiedy patrzyłam, jak Lily śmieje się z czegoś w telewizji albo po prostu zamyślona wygląda przez okno, i tak wyraźnie widziałam w jej rysach Willa – ten subtelnie wyrzeźbiony nos, te niemal słowiańskie kości policzkowe – że zapominałam o oddychaniu. (W tym momencie zazwyczaj burczała: „Louisa, przestań się na mnie gapić jak nienormalna. Myślisz, że to przyjemne?")

Dziewczyna przyjechała pomieszkać u mnie przez dwa tygodnie. Tanya Houghton-Miller zadzwoniła, by powiedzieć, że wyjeżdżają na rodzinne wakacje do Toskanii i że Lily nie chce im towarzyszyć.

– Szczerze mówiąc, przy jej obecnym zachowaniu to jak dla mnie może nie jechać, proszę bardzo. Ta dziewczyna mnie wykańcza.

Zauważyłam, że biorąc pod uwagę, iż Lily prawie nie bywa w domu, a Tanya zmieniła zamki w drzwiach, dziewczyna miałaby pewien problem z wykańczaniem kogokolwiek, chyba że stukałaby mu w okno i zawodziła. Na chwilę zapadła cisza.

– Kiedy już będziesz miała własne dzieci, Louiso, być może uda ci się w końcu wyrobić sobie pewne wyobrażenie o tym, o czym mówię.

No tak, ten as, którego każdy rodzic prędzej czy później wyciąga z rękawa. Skąd mogłabym mieć o tym pojęcie?

Zaproponowała mi pokrycie kosztów pobytu Lily u mnie podczas ich wyjazdu. Powiedzenie Tanii, że do głowy by mi nie przyszło brać od niej pieniądze, sprawiło mi niekłamaną przyjemność, choć szczerze mówiąc wydawałam rzeczywiście więcej, niż się spodziewałam. Okazało się, że Lily nie satysfakcjonują moje kolacje złożone z fasolki na grzance czy kanapek z serem. Prosiła mnie o pieniądze, po czym wracała z pieczywem na zakwasie, egzotycznymi owocami, greckim jogurtem i kurczakiem z ekologicznej hodowli – podstawowymi produktami w kuchni zamożnej rodziny z klasy średniej. Przypomniałam sobie dom Tanii i to, jak Lily stała przy ogromnej lodówce i bezmyślnie wrzucała sobie do ust kawałki świeżego ananasa.

– A swoją drogą – zapytałam – kim jest Martin?

Krótka pauza.

– Martin to mój poprzedni partner. Lily wbiła sobie do głowy, że koniecznie musi się z nim widywać, chociaż doskonale wie, że mi się to nie podoba.

– Czy mogłabyś podać mi jego numer? Chciałabym po prostu mieć pewność, że wiem, gdzie ona jest. To znaczy, pod waszą nieobecność.

– Numer Martina? Skąd pomysł, że ja mam do niego numer? – prychnęła Tanya i połączenie zostało przerwane.

Od czasu, gdy poznałam Lily, coś się zmieniło. Nie chodziło tylko o to, że przyzwyczaiłam się do eksplozji nastoletniego bałaganu w moim niemal pustym mieszkaniu; obecność Lily w moim życiu zaczęła sprawiać mi autentyczną radość, cieszyłam się tym, że mam z kim jeść posiłki, że mam z kim siedzieć na kanapie, komentując to, co akurat puszczają w telewizji, albo starając się zachować kamienną twarz, kiedy dziewczyna częstowała mnie jakimś swoim wyrobem. („Skąd niby miałam wiedzieć, że ziemniaki do sałatki ziemniaczanej trzeba ugotować? Na litość boską, przecież to sałatka".)

W pracy przysłuchiwałam się teraz rozmowom ojców, którzy przed wylotem w podróż służbową życzyli dzieciom dobrej nocy: „Luke, bądź grzeczny dla mamusi... Tak?... Naprawdę? No popatrz, jaki ty jesteś mądry!", i prowadzonym przenikliwym szeptem przez telefon kłótniom o to, na kogo przypada kolej na zajęcie się dzieckiem: „Nie, nie powiedziałem, że mogę go wtedy odebrać ze szkoły. Od początku było wiadomo, że mam być w Barcelonie... Owszem, tak... Nie, nie, ty mnie po prostu nie słuchasz".

Nie mogłam uwierzyć, że można kogoś urodzić, kochać, wychowywać, a potem, gdy ta osoba skończy szesnaście lat, stwierdzić, że ma się jej powyżej uszu, i zmienić zamki w drzwiach. Przecież szesnastolatka to ciągle jeszcze dziecko. Pomimo wszystkich póz, jakie przybierała Lily, ja widziałam w niej to dziecko. Dawało o sobie znać poprzez to, jak łatwo się do czegoś zapalała i wybuchała nagłym entuzjazmem. Widać je było w jej dąsach, w różnych minach, przybieranych na próbę przed lustrem w łazience, i w tym, jak szybko zapadała w niewinny sen.

Myślałam o mojej siostrze i jej nieskomplikowanej miłości do Thoma. O moich rodzicach, dodających nam otuchy, martwiących się o nas i wspierających Treenę i mnie, chociaż obie byłyśmy już od dawna dorosłe. I w takich chwilach czułam nieobecność Willa w życiu Lily równie mocno, jak w moim własnym. Will, to ty powinieneś tutaj być, mówiłam do niego w duchu. To ciebie ona tak naprawdę potrzebuje.

Poprosiłam o jednodniowy urlop – Richard był tym oburzony. („Wróciłaś raptem pięć tygodni temu. Doprawdy nie rozumiem, dlaczego musisz znowu znikać".) Uśmiechnęłam się, dygnęłam, jak przystało na wdzięczną irlandzką tancerkę, a następnie pojechałam do domu, gdzie zastałam Lily, malującą jedną ze ścian w drugim pokoju na kolor jaskrawozielony.

– Mówiłaś, że chcesz je ożywić – powiedziała dziewczyna, kiedy spojrzałam na nią z otwartymi ustami. – Nie martw się. Sama zapłaciłam za farbę.

– No cóż – ściągnęłam perukę i rozsznurowałam buty – tylko postaraj się skończyć do wieczora, bo jutro wzięłam wolne – przebrałam się w dżinsy, po czym dodałam: – i chcę ci pokazać kilka rzeczy, które lubił twój tata.

Lily zastygła z pędzlem w dłoni. Na dywan kapała jaskrawozielona farba.

– Jakich rzeczy?

– Zobaczysz.

Spędziłyśmy dzień w samochodzie przy akompaniamencie muzyki z iPoda Lily – minuta wzruszającej ballady o miłości i rozłące, a po niej minuta wściekłego ryku nienawiści do całej ludzkości. Na autostradzie udało mi się opanować sztukę mentalnego wznoszenia się ponad ten hałas i koncentrowania na drodze, podczas gdy Lily siedziała obok mnie, kiwała głową do rytmu i od czasu do czasu improwizowała solówkę perkusji na desce rozdzielczej. To miło, pomyślałam sobie, że dziewczyna dobrze się bawi. A zresztą na co komu dwa sprawne bębenki w uszach?

Zaczęłyśmy w Stortfold, przyglądając się miejscom, gdzie Will i ja siadywaliśmy i jedliśmy, naszym terenom piknikowym wśród pól nad miasteczkiem, jego ulubionym ławkom wokół zamku, a Lily była tak uprzejma, że starała się nie okazywać znudzenia. Sama zresztą musiałam przyznać, że nie jest łatwo eksytować się kolejnymi łąkami i polami. Usiadłam więc i opowiedziałam jej o tym, że kiedy się poznaliśmy, Will prawie nie wychodził z domu, i o tym, jak trochę za pomocą podstępu, a trochę uporu zabrałam się do wyciągania go na zewnątrz.

– Musisz zrozumieć – wyjaśniłam – że twój ojciec nie znosił być od kogokolwiek zależny. A wspólne wyjścia oznaczały nie tylko zdanie się na kogoś, ale także to, że inni zobaczą tę jego zależność.

– Nawet od ciebie.

– Nawet ode mnie.

Lily na chwilę się zamyśliła.

– Nigdy bym nie chciała, żeby ludzie zobaczyli mnie w takim stanie. Ja nawet nie lubię, jak ktoś mnie widzi z mokrymi włosami.

Pojechałyśmy do galerii, gdzie Will usiłował wytłumaczyć mi różnicę między „dobrą" a „złą" sztuką współczesną (nadal jej nie widziałam), i Lily krzywiła się na widok niemal każdej rzeczy wiszącej na jej ścianach. Zajrzałyśmy do winiarni, w której Will kazał mi spróbować różnych gatunków wina („Nie, Lily, dzisiaj nie będzie degustacji"), a potem weszłyśmy do zakładu, gdzie namówił mnie, żebym zrobiła sobie tatuaż. Dziewczyna zapytała, czy mogę pożyczyć jej pieniądze, żeby też sobie zrobiła (omal nie rozpłakałam się z ulgi, kiedy właściciel powiedział jej, że trzeba być pełnoletnim), a potem poprosiła, bym pokazała jej moją pszczółkę. Była to jedna z nielicznych chwil, w których miałam wrażenie, że autentycznie jej zaimponowałam. Roześmiała się w głos, kiedy usłyszała, co Will wybrał dla siebie: napis „Best before" i data jego wypadku wytatuowana na piersi.

– Masz to samo okropne poczucie humoru – powiedziałam, a ona usiłowała nie pokazać po sobie, jaką jej to sprawiło przyjemność.

I w tym momencie właściciel zakładu, podsłuchawszy niechcący naszą rozmowę, wspomniał, że ma zdjęcie.

– Trzymam fotki wszystkich moich tatuaży – powiedział, poruszając podkręconymi wąsami. – Fajnie mieć takie archiwum. Przypomnijcie mi tylko, kiedy to było.

Stałyśmy w milczeniu, patrząc, jak przerzuca zafoliowane kartki w segregatorze. I na naszych oczach mężczyzna wyciągnął z niego fotografię sprzed prawie dwóch lat, zbliżenie na ten czarno-biały wzór, starannie wytatuowany na karmelowej skórze Willa. Stałam bez ruchu i wpatrywałam się w zdjęcie, takie znajome, że nagle zabrakło mi tchu. Ten czarno-biały prostokącik, który myłam miękką gąbką, wycierałam, wcierałam w niego krem do opalania, opierałam o niego twarz. Już miałam wyciągnąć rękę i go dotknąć, ale Lily zrobiła to pierwsza, delikatnie przesuwając swoimi palcami z obgryzionymi paznokciami po wizerunku skóry swojego ojca.

– Chyba sobie taki zrobię – powiedziała. – To znaczy, taki sam jak jego. Jak już będę miała osiemnaście lat.

– A jak on się miewa?

Lily i ja się odwróciłyśmy. Właściciel siedział na krześle, masując sobie kolorowe przedramię.

– Pamiętam go. Rzadko trafiają się nam klienci na wózku. – Uśmiechnął się szeroko. – Gość ma charakterek, co?

Poczułam ściskanie w gardle.

– On nie żyje – odpowiedziała śmiało Lily. – Mój tata. Nie żyje.

Mężczyzna się zmieszał.

– Przykro mi, skarbie. Nie miałem pojęcia.

– Mogę to zatrzymać? – Lily zaczęła wyciągać zdjęcie tatuażu Willa z plastikowej koszulki.

– Jasne – odparł pospiesznie mężczyzna. – Weź je sobie, jeśli chcesz. Koszulkę też weź. Jakby zaczęło padać.

– Dziękuję – powiedziała dziewczyna i ostrożnie wsunęła sobie zdjęcie pod pachę; nie dosłuchawszy kolejnych przeprosin zakłopotanego właściciela, wyszłyśmy z zakładu.

Lunch – a właściwie całodniowe śniadanie – zjadłyśmy w milczeniu w jakiejś kawiarni. Czując, że nastrój zaraz zepsuje się na dobre, zaczęłam mówić. Opowiedziałam Lily to, co wiedziałam na temat życia uczuciowego Willa, o jego karierze, o tym, że był człowiekiem, który sprawiał, że marzyło się o zdobyciu jego aprobaty, czy to przez zrobienie czegoś, co mu zaimponuje, czy przez rozśmieszenie go jakimś głupim żartem. Opowiedziałam jej, jaki był, kiedy go poznałam, i o tym, jak się zmienił, złagodniał, zaczął czerpać radość z drobnych rzeczy, nawet jeśli wiele z tych drobnych rzeczy polegało na nabijaniu się ze mnie.

– Na przykład nie byłam zbyt odważna, jeśli chodzi o jedzenie. Moja mama w zasadzie ma w repertuarze dziesięć dań, które gotuje na przemian od dwudziestu pięciu lat. I żadne z nich nie zawiera komosy ryżowej. Ani trawy cytrynowej. Ani guacamole. A twój tata był w stanie zjeść wszystko.

– I teraz ty też tak masz?

– Właściwie nadal co parę miesięcy próbuję guacamole. Głównie dla niego.

– Nie smakuje ci?

– Smak jest chyba w porządku. Po prostu nie potrafię pogodzić się z tym, że to wygląda jak coś, co wydmuchuje się z nosa.

Opowiedziałam Lily o jego poprzedniej dziewczynie i o tym, jak wbiliśmy się na parkiet na jej weselu, jak siedziałam na kolanach

Willa, a on kręcił piruety na elektrycznym wózku, i o tym, jak panna młoda zakrztusiła się swoim drinkiem.

– Powaga? Na jej weselu?

W zaciszu przegrzanej kafejki starałam się odmalować Lily jej ojca najlepiej, jak potrafię, i może dlatego, że byłyśmy z dala od domowych kłopotów, albo dlatego, że jej rodzice znajdowali się w innym kraju, a może dlatego, że wreszcie ktoś opowiadał jej historyjki o Willu, które były nieskomplikowane i zabawne, dziewczyna śmiała się, zadawała pytania i często kiwała głową, jakby moje odpowiedzi potwierdzały coś, o czym już wcześniej była przekonana. „Tak, tak, on taki był. Tak, może ja też trochę taka jestem".

I kiedy tak rozmawiałyśmy, stojąca przed nami herbata stygła, a znużona kelnerka po raz kolejny proponowała, że zabierze resztki tostów, których zjedzenie zabrało nam dwie godziny, dotarło do mnie coś jeszcze: po raz pierwszy wspominałam Willa bez bólu.

– A ty?

– Co ja? – Włożyłam do ust ostatni kawałek grzanki, zerkając na kelnerkę, która sprawiała wrażenie, jakby lada moment miała się znów pojawić przy naszym stoliku.

– Co się z tobą stało po tym, jak tata umarł? To znaczy, no bo wygląda na to, że robiłaś znacznie więcej rzeczy, kiedy byłaś z nim, chociaż się nie ruszał z wózka, niż teraz.

Poczułam, jak chleb rośnie mi w ustach. Spróbowałam go przełknąć. W końcu, kiedy się to udało, odparłam:

– Robię różne rzeczy. Jestem zajęta. Pracą. To znaczy, jak się pracuje na zmiany, to trudno sobie coś zaplanować.

Lily leciutko uniosła brwi, ale nic nie powiedziała.

– Poza tym biodro ciągle mnie boli. Nie jestem jeszcze w takiej formie, żeby chodzić po górach.

Lily nieuważnie zamieszała swoją herbatę.

– Moje życie nie jest puste. Przecież nie codziennie spada się z dachu. Powiedziałabym, że to dosyć wrażeń na cały rok!

– Ale trudno powiedzieć, żebyś coś robiła, prawda?

Przez chwilę siedziałyśmy w milczeniu. Odetchnęłam głęboko, starając się uspokoić nagły szum w uszach. Kelnerka zjawiła się między nami, triumfalnie porwała nasze talerze i wyniosła je do kuchni.

– Słuchaj – odezwałam się. – A opowiadałam ci, jak zabrałam twojego tatę na wyścigi?

Wykazując się fantastycznym wyczuciem czasu, mój samochód przegrzał się na autostradzie, sześćdziesiąt kilometrów od Londynu. Lily przyjęła to z zaskakującym stoicyzmem. Właściwie była wręcz zaciekawiona.

– Nigdy nie byłam w samochodzie, który się zepsuł. Nawet nie wiedziałam, że to się jeszcze zdarza.

Na tę uwagę opadła mi szczęka (mój tata regularnie modlił się do swojej starej furgonetki, obiecując jej etylinę premium, częste sprawdzanie ciśnienia w oponach i bezgraniczną miłość, jeżeli tylko uda jej się dojechać do domu). Następnie Lily poinformowała mnie, że jej rodzice co roku wymieniają swojego mercedesa na nowego. Głównie, dodała, z powodu szkód wyrządzanych skórzanej tapicerce przez jej przyrodnich braci.

Siedziałyśmy na poboczu przy autostradzie, czekając, aż przyjedzie laweta, i od czasu do czasu czując, jak nasz samochodzik podryguje gwałtownie, gdy z łoskotem mijają go ciężarówki.

Wreszcie stwierdziłyśmy, że bezpieczniej będzie wysiąść z auta, wdrapałyśmy się na nasyp nad autostradą i usiadłyśmy na trawie, patrząc, jak popołudniowe słońce stygnie powoli i ześlizguje się za wiadukt.

– A kto to jest Martin? – zapytałam, kiedy już wyczerpałyśmy tematy związane z awarią samochodu.

Lily wyrwała z ziemi trawkę.

– Martin Steele? On mnie wychowywał.

– Myślałam, że to Francis.

– Nie. Złamas pojawił się dopiero, jak miałam siedem lat.

– Wiesz, Lily, może warto byłoby przestać go tak nazywać.

Zerknęła na mnie z ukosa.

– No dobra. Chyba masz rację. – Odchyliła się do tyłu, oparła na trawie i uśmiechnęła słodko. – Od teraz będę na niego mówić Uszkodzony Członek.

– To może lepiej zostańmy przy Złamasie. A jak to się stało, że dalej u niego bywasz?

– U Martina? To w sumie jedyny tata, jakiego pamiętam. Mama się z nim zeszła, jak byłam malutka. Jest muzykiem. Takim mega-kreatywnym. Czytał mi bajki i tak dalej, i wymyślał o mnie piosenki, no wiesz, takie rzeczy. Ja po prostu... – urwała.

– I co się stało? Między nim a twoją mamą?

Lily sięgnęła do torebki, wyciągnęła z niej paczkę papierosów i zapaliła jednego. Zaciągnęła się i wypuściła długą chmurę dymu, przy czym omal nie zwichnęła sobie szczęki.

– Któregoś dnia wróciłam z opiekunką do domu i mama po prostu oznajmiła, że on sobie poszedł. Powiedziała, że razem doszli do wniosku, że musi odejść, bo się między nimi nie układa – znów się zaciągnęła. – Podobno nie był zainteresowany jej rozwojem osobistym, czy tam nie podzielał jej wizji przyszłości. Sranie w banię. Myślę, że tak naprawdę po prostu poznała Francisa i wiedziała, że Martin nigdy nie da jej tego, czego ona chce.

– Czyli?

– Pieniędzy. I wielkiego domu. I możliwości spędzania dnia na zakupach, plotkowania ze znajomymi i regulowania sobie czakr, czy czego tam. Francis zarabia kupę kasy na jakiejś prywatnej bankowości w tym swoim prywatnym banku z całą resztą prywatnych bankowców. – Zwróciła się w moją stronę. – Czyli krótko mówiąc, jednego dnia Martin był moim tatą, no wiesz, mówiłam do niego „tatusiu" aż do dnia, kiedy odszedł, a następnego już nie. Prowadzał mnie do przedszkola i do podstawówki, i tak dalej, aż któregoś dnia ona dochodzi do wniosku, że ma go dosyć, wracam do domu, a jego po prostu… nie ma. Dom jest jej, więc on znika. Tak po prostu. A mnie nie wolno się z nim widywać ani nawet o nim mówić, bo tylko „rozgrzebuję stare problemy" i „jestem męcząca". A ona najwyraźniej jest „taka wrażliwa" i „tak to wszystko przeżywa" – tu Lily zaprezentowała przerażająco udaną parodię głosu Tanii. – A kiedy naprawdę się na nią wściekłam, to usłyszałam, że nie mam co się tak tym przejmować, bo on nawet nie był moim prawdziwym tatą. Cudownie dowiedzieć się w ten sposób, prawda?

Wlepiłam w nią wzrok.

– I zaraz potem w naszych drzwiach staje Francis, przynosi jakieś gigantyczne bukiety i zabiera nas na tak zwane „rodzinne wycieczki", na których ja praktycznie robię za przyzwoitkę, więc odsyłają mnie gdzieś z opiekunkami, a oni się obściskują w jakimś luksusowym hotelu z „atrakcjami dla naszych milusińskich". A po pół roku ona zabiera mnie do Pizza Express. Ja sobie wyobrażam, że chce zrobić dla mnie coś miłego i że może to znaczy, że Martin do nas wraca, a ona mówi, że pobierają się z Francisem i że to cudowne, i że on będzie dla mnie najcudowniejszym tatusiem, i że „muszę go bardzo kochać".

Lily wydmuchnęła w niebo kółko z dymu i patrzyła, jak się powiększa, blednie i znika.

– Ale tak się nie stało.

– Nie cierpiałam go. – Zerknęła na mnie spod oka. – Wiesz, to się da wyczuć, kiedy ktoś po prostu jakoś cię znosi. Nawet jak się jest dzieckiem. On nigdy mnie nie chciał, chodziło mu tylko o moją matkę. I ja nawet jakoś to rozumiem: kto by lubił, żeby plątał się mu po domu dzieciak obcego faceta? Więc kiedy urodziły się bliźniaki, wysłali mnie do szkoły z internatem. I tyle. Sprawa załatwiona.

Oczy Lily napełniły się łzami i miałam ochotę ją przytulić, ale dziewczyna objęła rękami kolana i patrzyła nieruchomo przed siebie. Siedziałyśmy w milczeniu przez kilka minut, patrząc, jak na drodze pod nami przybywa samochodów, a słońce jest coraz niżej.

– Znalazłam go, wiesz.

Spojrzałam na nią.

– Martina. Jak miałam jedenaście lat. Usłyszałam, jak moja niania mówi jakiejś innej, że ja nie mogę się dowiedzieć, że on do nas przyszedł. Więc jej powiedziałam, że ma mi podać jego adres, albo powiem mamie, że ona kradnie. Sprawdziłam ten adres i okazało się, że on mieszka jakieś piętnaście minut na piechotę od naszego domu. Na Pyecroft Road – wiesz, gdzie to jest?

Pokręciłam głową.

– Ucieszył się na twój widok?

Lily się zawahała.

– Strasznie się ucieszył. W ogóle mało się nie rozpłakał. Powiedział, że bardzo za mną tęsknił i że okropnie było nie móc się widywać, i że mogę go odwiedzać, kiedy zechcę. Ale znalazł już sobie jakąś inną dziewczynę i mieli razem dziecko. No a jak przychodzisz do kogoś do domu i ten ktoś ma dziecko i, no wiesz, po prostu normalną własną rodzinę, to dociera do ciebie, że ty już nie jesteś członkiem jego rodziny. Tylko jakimś odrzutem.

– Nikt na pewno nie…

– Nie no, jasne. No, w każdym razie on jest naprawdę kochany i tak dalej, ale powiedziałam mu, że w sumie to nie mogę się z nim widywać. Że to za bardzo dziwne. I, no wiesz, powiedziałam do niego: „Nie jestem twoją prawdziwą córką". Ale on i tak czasem do mnie dzwoni. Bez sensu. – Lily z wściekłością potrząsnęła głową. Siedziałyśmy tak przez chwilę, a potem dziewczyna spojrzała w niebo. – Wiesz, co mnie tak na serio załamuje?

Czekałam.

– Że ona mi zmieniła nazwisko, kiedy wyszła za mąż. Moje własne nazwisko, i nikomu nawet nie przyszło do głowy, żeby mnie o to spytać – głos jej zadrżał. – Ja w ogóle nie chciałam się nazywać Houghton-Miller.

– Och, Lily.

Energicznie wytarła twarz wnętrzem dłoni, jakby zawstydzona tym, że ktoś widział, jak płacze. Zaciągnęła się, po czym rozgniotła niedopałek na trawie i głośno pociągnęła nosem.

– Żeby nie było: ostatnio Uszkodzony Członek i mama non stop się kłócą. Nie zdziwiłabym się, gdyby oni też się rozstali. A jak do tego dojdzie, to na pewno będziemy musieli znów się przeprowadzać i zmieniać nazwiska, i nikt nie będzie mógł nic powiedzieć ze względu na „jej przeżycia" i „jej potrzeby emocjonalne", czy co tam jeszcze. A za dwa lata zjawi się kolejny Złamas i moi bracia będą się nazywać Houghton-Miller-Branson albo Ozymandias, albo Toodlepip. – Roześmiała się ponuro. – Na szczęście mnie już wtedy dawno nie będzie. Chociaż nie przypuszczam, żeby to zauważyła.

– Naprawdę sądzisz, że tak mało dla niej znaczysz?

Głowa Lily zwróciła się w moją stronę, a spojrzenie, jakim mnie obrzuciła, było zdecydowanie zbyt mądre jak na jej wiek i absolutnie rozdzierające.

– Myślę, że ona mnie kocha. Ale siebie kocha bardziej. Inaczej jak mogłaby robić to, co robi?

Rozdział trzynasty

Dziecko pana Traynora urodziło się następnego dnia. Mój telefon zadzwonił o wpół do siódmej rano i przez krótką, straszną chwilę myślałam, że stało się coś złego. Ale w słuchawce usłyszałam zdyszany i drżący głos pana Traynora, który wykrzyknął jakby z lekkim niedowierzaniem:

– To dziewczynka! Trzy i pół kilo! I jest absolutnie doskonała!

Powiedział mi, jaka jest piękna, jaka podobna do Willa, kiedy był niemowlęciem, jak to po prostu muszę przyjechać i ją zobaczyć, po czym poprosił mnie, żebym obudziła Lily, co też zrobiłam, a następnie przyglądałam się, jak zaspana i milcząca słucha nowiny o tym, że ma... (ustalenie tego zajęło im chwilę) ciotkę!

– Dobrze – powiedziała wreszcie. A potem posłuchała go jeszcze chwilę i dorzuciła: – Tak... jasne.

Rozłączyła się i oddała mi telefon. Nasze spojrzenia się spotkały, po czym Lily odwróciła się w swojej pogniecionej koszulce i wróciła do łóżka, głośno zamykając za sobą drzwi.

Grupkę rozweselonych ubezpieczycieli dzieliła, jak oszacowałam kwadrans przed jedenastą, jedna kolejka od zakazu wstępu na pokład samolotu, i właśnie się zastanawiałam, czy zwrócić im na to uwagę, kiedy przy barze pojawiła się znajoma odblaskowa kurtka.

– Nikt tutaj nie wymaga interwencji medycznej. – Podeszłam do niego wolnym krokiem. – Jak na razie.

– Ten strój jakoś nigdy mi się nie nudzi. Nie mam pojęcia czemu. – Sam usiadł na stołku i oparł łokcie na barze. – Ta peruka jest... interesująca.

Obciągnęłam w dół spódniczkę z lureksu.

– Wytwarzanie elektryczności to moja supermoc. Napijesz się kawy?

– Chętnie. Chociaż nie mogę za długo siedzieć. – Zerknął na krótkofalówkę i schował ją do kieszeni kurtki.

Zrobiłam mu americano, starając się nie pokazać po sobie, jak bardzo cieszę się na jego widok.

– Skąd wiedziałeś, gdzie pracuję?

– Dostaliśmy wezwanie pod wyjście numer czternaście. Podejrzenie zawału. Jake mi przypomniał, że pracujesz na lotnisku i, no wiesz, nie było szczególnie trudno cię namierzyć...

Biznesmeni na chwilę umilkli. Zauważyłam, że Sam jest takim człowiekiem, przy którym inni mężczyźni zaczynają się ciszej zachowywać.

– Donna wpadła do sklepu wolnocłowego. Ogląda torebki.

– Domyślam się, że pacjenta już obejrzeliście?

Sam uśmiechnął się szeroko.

– No co ty. Miałem cię zapytać, jak znaleźć wyjście numer czternaście, ale uznałem, że najpierw napiję się kawy.

– Bardzo śmieszne. I co, uratowaliście mu życie?

– Dałem jej aspirynę i zasugerowałem, że wypicie czterech podwójnych espresso przed dziesiątą rano nie jest najlepszym pomysłem. Pochlebia mi, że masz tak ekscytujące wyobrażenie na temat mojego zawodu.

Nie mogłam się powstrzymać od śmiechu. Podałam Samowi kawę. Z wdzięcznością upił duży łyk.

– Wiesz, tak się zastanawiałem… Miałabyś ochotę na kolejną nierandkę jakoś niebawem?

– Z karetką czy bez?

– Zdecydowanie bez.

– A będziemy mogli porozmawiać o trudnych nastolatkach? – Złapałam się na tym, że owijam sobie wokół palca loczek nylonowych włosów. Na litość boską. Bawię się włosami, a w dodatku to nawet nie są moje włosy. Przestałam.

– Będziemy mogli porozmawiać, o czym tylko zechcesz.

– A jaki ty miałeś pomysł?

– Kolacja? U mnie? Dziś wieczorem? Obiecuję, że jeśli będzie padać, nie każę ci siedzieć w jadalni.

– Wchodzę w to.

– Przyjadę po ciebie o wpół do ósmej.

Właśnie dopijał w pośpiechu swoją kawę, kiedy zjawił się Richard. Spojrzał na Sama, a potem na mnie. Nadal opierałam się o bar, kilka centymetrów od niego.

– Czy jest jakiś problem? – zapytał.

– Żadnych problemów – odparł Sam. Kiedy wstał, był o całą głowę wyższy od Richarda.

Na twarzy Richarda odmalowało się – jedna po drugiej – kilka przelotnych myśli, tak czytelnych, że z łatwością śledziłam ich rozwój: Co to za sanitariusz? Dlaczego Louisa nic nie robi? Chciałbym ją zbesztać za to, że ewidentnie nie jest niczym zajęta, ale ten człowiek jest za duży i dzieje się tu coś takiego, czego do końca nie rozumiem, i trochę się go obawiam.

O mało nie wybuchnęłam śmiechem.

– Czyli jesteśmy umówieni. Dziś wieczorem. – Sam skinął mi głową. – Nie zdejmuj peruki, tak? Lubię, jak jesteś łatwopalna.

Jeden z biznesmenów, rumiany i zadowolony z siebie, odchylił się na krześle tak, że koszula na jego brzuchu zatrzeszczała w szwach.

– Wygłosi nam pan teraz pogadankę o tym, żeby nie przesadzać z alkoholem?

Reszta się zaśmiała.

– Ależ skąd, nie żałujcie sobie, panowie – odparł Sam, salutując im. – Po prostu widzimy się za rok–dwa.

Patrzyłam, jak idzie w stronę hali odlotów, a na wysokości kiosku z gazetami dołącza do niego Donna. Kiedy odwróciłam się z powrotem w stronę baru, Richard mi się przyglądał.

– Muszę powiedzieć, Louiso, że nie pochwalam prowadzenia życia towarzyskiego w środowisku pracy – powiedział.

– W porządku. Następnym razem mu powiem, żeby nie przejmował się tym zawałem serca przy wyjściu numer czternaście.

Richard zacisnął zęby.

– I jeszcze ta jego uwaga. O tym, żebyś wieczorem miała na sobie perukę. Ta peruka jest własnością sieci Irlandzkich Pubów Pod Koniczynką Spółka z o.o. Nie wolno ci jej nosić poza godzinami pracy.

Tym razem nie potrafiłam się opanować. Wybuchnęłam śmiechem.

– Serio?

W tym momencie nawet Richard miał tyle przyzwoitości, że lekko się zaczerwienił.

– Taka jest polityka firmy. Peruka zalicza się do stroju służbowego.

– A niech to – rzuciłam. – No to na przyszłość będę musiała sama sobie kupować peruki irlandzkich tancerek. Hej, Richard! – zawołałam za nim, kiedy rozjuszony szedł do swojego biura. – Żebym miała jasność, czy to znaczy, że tobie nie wolno pofiglować sobie z panią Percival, kiedy masz na sobie tę koszulę?

Dotarłam do domu, gdzie nie znalazłam ani śladu Lily, poza paczką płatków śniadaniowych na blacie w kuchni i tajemniczą kupką ziemi w korytarzu. Spróbowałam się do niej dodzwonić, bez powodzenia, i zaczęłam się zastanawiać, jak można znaleźć równowagę pomiędzy byciem Nadopiekuńczym Rodzicem, Przeciętnie Troskliwym Rodzicem i Tanyą Houghton-Miller. A potem wskoczyłam pod prysznic, żeby przygotować się do mojej randki, która absolutnie i bez dwóch zdań nie była żadną randką.

Rozpadało się; ulewa zaczęła się wkrótce po tym, jak dotarliśmy na działkę Sama, i oboje byliśmy przemoknięci do suchej nitki – wystarczyło, że przebiegliśmy niewielką odległość pomiędzy jego motocyklem a wagonem. On zamykał za mną drzwi, a ja stałam, ociekając wodą i przypominając sobie, jak nieprzyjemnie jest mieć na sobie mokre skarpetki.

– Nie ruszaj się – powiedział Sam, zgarniając ręką krople wody ze swoich włosów. – Nie możesz tu siedzieć w tych mokrych ubraniach.

– To brzmi jak początek bardzo kiepskiego pornosa – odparłam.

Sam znieruchomiał, a ja zdałam sobie sprawę, że naprawdę powiedziałam to na głos. Posłałam mu uśmiech, który wypadł nieco blado.

– Okej – powiedział Sam, unosząc brwi.

Zniknął w głębi wagonu i chwilę później wyłonił się stamtąd ze swetrem i czymś, co wyglądało na spodnie od dresu.

– Dres Jake'a. Świeżo wyprany. Chociaż chyba niezbyt odpowiedni dla gwiazdy porno – wręczył mi ubrania. – Mój pokój jest tam, jeśli chcesz się przebrać, albo jeśli wolisz, to za tymi drzwiami masz łazienkę.

Weszłam do jego sypialni i zamknęłam za sobą drzwi. Nad moją głową deszcz bębnił głośno o dach wagonu i zalewał okna nieprzerwanymi strugami wody. Zastanawiałam się nad zaciągnięciem zasłonek, ale potem przypomniało mi się, że tutaj nie ma mnie kto zobaczyć poza kurami, które zbiły się w grupkę z dala od wilgoci i gderliwie strząsały sobie krople z piór. Ściągnęłam przemoczoną bluzkę i dżinsy, i wytarłam się ręcznikiem, który Sam wręczył mi razem z ubraniami. Dla zabawy ściągnęłam majtki przed kurami – zachowanie, przyszło mi na myśl chwilę później, które pasowałoby raczej do Lily. Nie wydawało się, żeby były pod wrażeniem. Wtuliłam twarz w ręcznik i ukradkiem wciągnęłam w płuca jego woń, jak ktoś, kto wącha zakazany narkotyk. Był świeżo wyprany, ale jakimś cudem nadal pachniał bezsprzecznie męsko. Od czasów Willa nie wdychałam takiego zapachu. Poczułam się wytrącona z równowagi i szybko go odłożyłam.

Podwójne łóżko zajmowało większość podłogi. Wąska szafka naprzeciwko służyła za garderobę, a dwie pary butów roboczych stały schludnie w kącie. Na nocnym stoliczku leżała książka, a obok niej zdjęcie Sama z kobietą, której blond włosy były upięte w niedbały węzeł. Obejmowała go ramieniem i uśmiechała się do obiektywu. Nie była piękna jak modelka, ale w jej uśmiechu było coś ujmującego. Wyglądała na kobietę, która lubi się śmiać. Jak damska wersja Jake'a. Nagle poczułam, jak zalewa mnie współczucie dla niego, i musiałam odwrócić wzrok, żeby mnie samej nie ogarnął smutek. Niekiedy miałam wrażenie, że wszyscy brodzimy po kolana w cierpieniu i nie chcemy przyznać się przed innymi, jak daleko zabrnęliśmy, albo że wręcz toniemy. Przez chwilę zastanawiałam się, czy niechęć Sama do rozmawiania o jego żonie jest podobna do mojej, czy wynika ze świadomości, że jak tylko otworzy się tę puszkę, szepnie choć słówko o swoim smutku, on nagle wypełni pokój i zmieni się w chmurę, która zaciąży nad całą rozmową.

Spróbowałam się opanować, odetchnęłam głęboko.

– Po prostu ciesz się tym wieczorem – wymruczałam, przypominając sobie słowa z grupy wsparcia: „Pozwalaj sobie na chwile szczęścia".

Wytarłam rozmazany tusz spod oczu, rejestrując w małym lustrze, że dla moich włosów niewiele da się już zrobić. Potem wciągnęłam przez głowę wielki sweter Sama, starając się nie zwracać uwagi na dziwne poczucie intymności wynikające z tego, że mam na sobie czyjeś ubranie, założyłam spodnie Jake'a i spojrzałam na swoje odbicie.

Co o tym sądzisz, Will? Po prostu miły wieczór. To nie musi nic znaczyć, prawda?

Sam uśmiechnął się szeroko, kiedy wyszłam z pokoju, podwijając rękawy jego swetra.

– Wyglądasz na jakieś dwanaście lat.

Weszłam do łazienki, wyżęłam swoje dżinsy, bluzkę i skarpetki nad umywalką, a potem powiesiłam je nad brodzikiem.

– Co gotujesz?

– No cóż, miałem zrobić sałatkę, ale pogoda chyba przestała być sałatkowa. Więc improwizuję.

Postawił na kuchence garnek z wrzątkiem, od którego zaparowały okna.

– Jadasz makaron, prawda?

– Wszystko jadam.

– Doskonale.

Otworzył butelkę wina i nalał mi kieliszek, pokazując, żebym usiadła na ławce. Stolik przede mną był nakryty dla dwojga i widok ten wzbudził we mnie dreszczyk ekscytacji. Mogę sobie pozwolić na cieszenie się chwilą, na taką drobną przyjemność. Byłam potańczyć. Obnażyłam się przed kurami. A teraz zamierzałam spędzić miły wieczór z mężczyzną, który chciał mi ugotować kolację. Wszystko to można nazwać robieniem postępów.

Być może Sam wyczuł coś z tej mojej wewnętrznej walki, bo poczekał, aż upiję pierwszy łyk wina, a potem zagadnął, mieszając coś na płycie:

– Czy to był ten szef, o którym mi opowiadałaś? Ten facet dziś w barze?

Wino było pyszne. Upiłam jeszcze jeden łyk. Nie ośmielałam się pić, kiedy Lily była u mnie: mogłabym stracić czujność.

– Aha.

– Znam ten typ. Jeśli może to być dla ciebie jakimś pocieszeniem, za pięć lat będzie miał albo wrzody żołądka, albo nadciśnienie prowadzące do problemów z erekcją.

Roześmiałam się.

– Obie te myśli są dziwnie pokrzepiające.

Wreszcie Sam usiadł, stawiając przede mną miskę parującego makaronu.

– Twoje zdrowie – powiedział, unosząc kieliszek z wodą. – A teraz mi opowiedz, co tam słychać u tej twojej dawno niewidzianej nastolatki.

Och, jaka to była ulga mieć z kim porozmawiać. Byłam tak nieprzyzwyczajona do ludzi, którzy naprawdę słuchają – w odróżnieniu od tych w barze, którzy chcieli wyłącznie słuchać dźwięku własnego głosu – że rozmowa z Samem była dla mnie po prostu rewelacją. Nie przerywał mi, nie dzielił się swoimi przemyśleniami, nie mówił mi, co mam robić. Słuchał, kiwał głową, dolewał mi wina i wreszcie, kiedy na zewnątrz było już od dawna ciemno, powiedział:

– Wzięłaś na siebie sporą odpowiedzialność.

Odchyliłam się na oparcie ławki i położyłam stopy na siedzeniu.

– Nie wydaje mi się, żebym miała wybór. Ciągle zadaję sobie to pytanie, które ty mi podsunąłeś: czego życzyłby sobie Will? –

Upiłam kolejny łyk wina. – Chociaż to trudniejsze, niż sobie wyobrażałam. Myślałam, że po prostu podrzucę ją do babci i dziadka, żeby ich poznała, że wszyscy będą zachwyceni i to będzie szczęśliwe zakończenie, jak w tych programach w telewizji, gdzie ludzie odnajdują się po latach.

Sam przyglądał się swoim dłoniom. A ja przyglądałam się jemu.

– Myślisz, że to idiotyczne, że się tak angażuję.

– Nie. Zbyt wielu ludzi goni za szczęściem i nie zastanawia się ani przez chwilę, jaki chaos pozostawiają za sobą. Nie uwierzyłabyś, jakie dzieciaki zgarniam w weekendy, pijane, naćpane, nieprzytomne, i co tylko jeszcze. Rodzice są albo pochłonięci własnymi sprawami, albo w ogóle zniknęli z ich życia, więc te dzieciaki żyją w próżni i podejmują złe decyzje.

– Jest gorzej niż kiedyś?

– Kto to wie? Ja wiem tylko, że widzę wszystkie te pogubione małolaty. I że lista rezerwowa do psychiatry dla młodzieży w naszym szpitalu jest długości mojej ręki. – Uśmiechnął się krzywo. – Poczekaj chwilę. Muszę pozamykać ptaki na noc.

Miałam wtedy ochotę zapytać go, jak to możliwe, że ktoś tak mądry może jednocześnie do tego stopnia nie przejmować się uczuciami własnego syna. Chciałam zapytać, czy wie, jak bardzo nieszczęśliwy jest Jake. Ale wydawało się to nieco zbyt oskarżycielskie, biorąc pod uwagę to, jak mówił, i że dopiero co ugotował mi bardzo smaczną kolację… Rozproszył mnie widok kur, wkładanych do kojca jedna po drugiej, a potem Sam wrócił, przynosząc ze sobą nieuchwytną woń deszczu i powiew chłodnego powietrza, i chwila minęła.

Nalał mi jeszcze wina, a ja je wypiłam. Pozwoliłam sobie cieszyć się przytulnością małego wagonu i uczuciem pełnego żołądka i słuchałam, jak Sam mówi. Opowiadał mi o nocach spędzonych na trzymaniu za ręce starszych ludzi, którzy nie chcieli robić kłopotu, i o celach kierownictwa prowadzących do demoralizacji ratowników, budzących w nich poczucie, że nie wykonują pracy, do której ich wyszkolono. Słuchałam, zatracając się w świecie tak odległym od mojego i patrząc na jego ręce, które z przejęciem kreśliły w powietrzu kółka, na jego skruszony uśmiech, kiedy stwierdzał, że bierze siebie zbyt poważnie. Patrzyłam na jego ręce. Patrzyłam na jego ręce.

Zarumieniłam się lekko, zdając sobie sprawę, gdzie błądzą moje myśli, i znów napiłam się wina, żeby to zatuszować.

– A gdzie jest dzisiaj Jake?

– Prawie go nie widuję. Chyba u swojej dziewczyny – spojrzał na mnie ze skruchą. – Ona ma taką rodzinę w stylu Waltonów, jakiś miliard braci i sióstr, i mamę, która cały dzień jest w domu. Jake lubi u nich przesiadywać. – Pociągnął łyk wody. – A gdzie jest Lily?

– Nie mam pojęcia. Napisałam do niej dwa SMS-y, ale nie zawracała sobie głowy odpisywaniem.

Sama jego obecność. Wydawało się, że jest dwa razy potężniejsza i bardziej wyrazista niż w przypadku innych mężczyzn. Moje myśli wciąż gdzieś odpływały, przyciągane przez jego oczy, które mrużyły się lekko, kiedy mnie słuchał, jakby chciał mieć pewność, że zrozumiał mnie w pełni... Cień zarostu na jego szczęce, kształt jego ramienia pod miękkim wełnianym swetrem. Moje spojrzenie raz po raz ześlizgiwało się na oparte na stole ręce, których palce nieważnie bębniły po jego powierzchni. Takie sprawne dłonie. Przypomniałam sobie delikatność, z jaką obejmował moją głowę, i to, jak tuliłam się do niego w karetce, jakby był moim jedynym oparciem. Spojrzał na mnie z uśmiechem, w którym kryło się łagodne pytanie, i coś we mnie się rozpłynęło. Czy to naprawdę byłoby takie złe, jeżeli udałoby mi się mieć oczy otwarte?

– Louiso, chcesz kawy?

Patrzył na mnie w taki sposób… Pokręciłam głową.

– Chcesz…

Zanim zdążyłam się zastanowić, nachyliłam się nad stolikiem, położyłam rękę na karku Sama i go pocałowałam. Zawahał się przez króciutką chwilę, a potem przysunął się i oddał mi pocałunek. W którymś momencie ktoś chyba przewrócił kieliszek, ale ja nie mogłam przestać. Chciałam go całować do końca świata. Nie dopuszczałam do siebie myśli o tym, co tu się dzieje, co to może oznaczać i jakiego jeszcze bałaganu mogę narobić sobie w życiu. No dalej, pożyj trochę, mówiłam sobie. I całowałam go, dopóki zdrowy rozsądek nie opuścił mnie do szczętu, a ja stałam się żywym pulsem, poruszanym tylko tym, co chciałam z nim robić.

On odsunął się pierwszy, lekko oszołomiony.

– Louisa…

Jakiś sztuciec z brzękiem spadł na podłogę. Wstałam i Sam wstał także, i przyciągnął mnie do siebie. Nagle w ciasnym wagonie nie było już nic poza nami, poza naszymi dłońmi i ustami i, o Boże, tym zapachem, smakiem i dotykiem tego mężczyzny. Czułam się tak, jakby na całym moim ciele wystrzeliwały fajerwerki, jakby te fragmenty mnie, które dotychczas uważałam za martwe, rozpalały się i wracały do życia. Sam mnie podniósł, a ja wtuliłam się w niego, takiego potężnego, muskularnego, pełnego siły. Całowałam jego twarz, jego ucho, zanurzywszy palce w jego miękkich ciemnych włosach. A potem on postawił mnie z powrotem na ziemi i staliśmy tak, oddaleni od siebie o kilka centymetrów. Sam nie spuszczał ze mnie oczu, w których widziałam nieme pytanie.

Oddychałam ciężko.

– Nie rozbierałam się przed nikim od czasu... wypadku – powiedziałam.

– Nic nie szkodzi. Mam przeszkolenie medyczne.

– Mówię serio. Nie najlepiej to wygląda. – Nagle zorientowałam się, że jestem na skraju łez.

– Mam coś zrobić, żebyś poczuła się lepiej?

– To najbardziej tandetny tekst, jaki...

Sam podwinął koszulę, odsłaniając długą na pięć centymetrów fioletową bliznę na brzuchu.

– Proszę bardzo. Cios nożem od Australijczyka z problemami psychicznymi, cztery lata temu. Proszę – odwrócił się i pokazał mi ogromny zielono-żółty siniak w dolnej części pleców. – W zeszłą sobotę skopała mnie pijana osoba. Kobieta. – Wyciągnął rękę. – Złamany palec. Zaklinował się w noszach, kiedy podnosiłem pacjenta z nadwagą. A, tak, i tutaj. – Odsłonił biodro, wzdłuż którego biegła krótka, poszarpana srebrzysta linia z prawie niewidocznymi śladami po szwach. – Rana kłuta nieustalonego pochodzenia, bójka w klubie na Hackney Road w zeszłym roku. Gliny nigdy nie doszły, kto to zrobił.

Spojrzałam na masywną sylwetkę mężczyzny i na blizny znaczące skórę.

– A ta? – zapytałam, delikatnie dotykając mniejszej blizny na jego boku. Jego skóra pod koszulą była gorąca.

– Ta? A. Zapalenie wyrostka. Miałem dziewięć lat.

Popatrzyłam na jego tors, a potem na twarz. A potem, nie odrywając od niego wzroku, powoli ściągnęłam przez głowę sweter. Zadrżałam mimowolnie, nie wiedząc, czy to z chłodu, czy ze zdenerwowania. Podszedł do mnie bliżej, tak blisko, że dzieliło nas zaledwie parę centymetrów, i delikatnie przesunął palcem po linii mojego biodra.

– Pamiętam to. Pamiętam, jak wyczułem tu złamanie – powiódł palcem po moim nagim brzuchu tak, że napięły mi się mięśnie. – I tam. Miałaś na skórze taki fioletowy wykwit. Bałem się, że to obrażenia wewnętrzne. – Położył na nim dłoń. Była ciepła, a mnie zabrakło tchu.

– Nigdy nie przypuszczałam, że słowa „obrażenia wewnętrzne" mogą brzmieć tak seksownie.

– Poczekaj, dopiero się rozkręcam.

Sam powoli poprowadził mnie tak, że idąc tyłem, znalazłam się przy jego łóżku. Usiadłam, wciąż patrząc mu w oczy, a on ukląkł i przesunął dłońmi w dół po moich nogach.

– A potem było jeszcze to. – Podniósł moją prawą stopę, z jaskrawoczerwoną blizną na wierzchu. Czule powiódł po niej kciukiem. – O tu. Złamana. Uszkodzenia tkanki miękkiej. To na pewno bolało.

– Dużo pamiętasz.

– Większości ludzi dzień później nie byłbym w stanie rozpoznać na ulicy. Ale ty, Louiso, no cóż, utkwiłaś mi w pamięci. – Schylił głowę i pocałował grzbiet mojej stopy, a potem powoli przejechał rękami w górę po moich nogach i oparł je po obu stronach mnie tak, że znalazł się nade mną, podtrzymując własny ciężar. – Teraz nic cię nie boli, prawda?

Bez słowa pokręciłam głową. Nic już mnie nie obchodziło. Nie dbałam o to, czy jest kompulsywnym bzykaczem albo czy ze mną pogrywa. Byłam tak obezwładniona pożądaniem, że właściwie byłoby mi wszystko jedno, gdyby złamał mi drugie biodro.

Przesunął się nade mną, centymetr po centymetrze, jak fala przypływu, a ja odchyliłam się do tyłu tak, że teraz leżałam na wznak na łóżku. Z każdym ruchem mój oddech robił się płytszy, aż wreszcie w ciszy słychać było tylko jego dźwięk. Sam spojrzał w dół na mnie, a potem zamknął oczy i mnie pocałował, powoli i czule. Całował mnie, pozwalając swojemu ciężarowi opaść na mnie na tyle, żebym poczuła rozkoszną bezsilność pożądania, twardość jego ciała przy moim. Całowaliśmy się, jego wargi na mojej szyi, jego skóra przy mojej skórze, aż zakręciło mi się od tego w głowie, aż bezwiednie wygięłam się w łuk, oplatając go nogami.

– O Boże – powiedziałam bez tchu, kiedy przerwaliśmy, by zaczerpnąć powietrza. – Chciałabym, żebyś nie był dla mnie taki zupełnie nieodpowiedni.

Jego brwi podskoczyły w górę.

– To bardzo... hm... uwodzicielskie.

– Nie będziesz potem płakał, prawda?

Zamrugał oczami.

– Y... nie.

– I tak, żebyś wiedział, ja nie jestem żadną dziwną maniaczką. Nie będę chodzić za tobą jak cień. Ani prosić Jake'a, żeby mi coś o tobie opowiadał, kiedy będziesz pod prysznicem.

– Do... dobrze wiedzieć.

I kiedy już ustaliliśmy zasady, przekręciłam się tak, że teraz to ja byłam na górze, i całowałam go, dopóki nie zapomniałam wszystkiego, o czym przed chwilą mówiliśmy.

Półtorej godziny później leżałam na plecach i w oszołomieniu patrzyłam na niski sufit. Moja skóra mrowiła, w kościach szumiało, czułam ból w miejscach, o których nawet nie wiedziałam, a zarazem spowijało mnie jakieś zdumiewające uczucie spokoju, jakby mój rdzeń po prostu się roztopił i zastygł w nowym kształcie. Nie byłam pewna, czy jeszcze kiedykolwiek wstanę.

Nigdy nie wiadomo, co się stanie, kiedy człowiek spadnie z dużej wysokości.

To chyba nie mogłam być ja. Zarumieniłam się na myśl o tym, co działo się jeszcze dwadzieścia minut wcześniej. Czy ja naprawdę – i czy ja... Jedno namiętne wspomnienie goniło drugie. Nigdy nie przeżyłam takiego seksu. Przez całe siedem lat z Patrickiem. To było jak próby porównania kanapki z serem z... czym? Z najbardziej wyszukaną *haute cuisine*? Z gigantycznym stekiem? Zachichotałam mimowolnie i zatkałam sobie usta dłonią. Czułam się, jakbym była kimś zupełnie innym.

Sam usnął obok mnie, a ja odwróciłam głowę, żeby na niego popatrzeć. O mój Boże, pomyślałam, zdumiewając się nad płaszczyznami jego twarzy, jego warg – nie dało się patrzeć na niego i jednocześnie nie pragnąć go dotknąć. Zastanawiałam się, czy nie przysunąć twarzy troszkę bliżej do niego, i ręki też, żeby...

– Hej – odezwał się niegłośno, patrząc na mnie zaspanym spojrzeniem.

...i w tym momencie zdałam sobie z tego sprawę.

O Boże. Zmieniłam się w jedną z nich.

Ubraliśmy się w niemal całkowitym milczeniu. Sam zaproponował, że zrobi mi herbaty, ale ja powiedziałam, że powinnam chyba wracać, żeby sprawdzić, czy Lily jest w domu.

– Jej rodzina wyjechała i tak dalej. – Przeciągnęłam palcami po moich zmatowiałych włosach.

– Jasne. A. Ty chcesz jechać teraz?

– Tak... proszę cię.

Zabrałam swoje ubrania z łazienki, czując się skrępowana i nagle trzeźwa. Nie mogłam pozwolić, żeby on zobaczył, jaka jestem niezrównoważona. Każda cząstka mnie była skoncentrowana na próbach odzyskania dystansu, a to sprawiało, że było mi nieswojo. Kiedy wyszłam z łazienki, Sam był już ubrany i właśnie kończył sprzątanie po kolacji. Starałam się na niego nie patrzeć. Tak było łatwiej.

– Mogę pożyczyć na drogę te ubrania? Moje są jeszcze wilgotne.

– Jasne. Po prostu... jak chcesz. – Przeszukał jakąś szufladę i podał mi plastikową torbę.

Wzięłam ją i przez chwilę staliśmy tak w ciemnej przestrzeni.

– To był... miły wieczór.

– „Miły" – spojrzał na mnie, jakby próbował coś rozgryźć. – Okej.

Kiedy jechaliśmy przez wilgotną noc, starałam się nie opierać policzka o jego plecy. Uparł się, że pożyczy mi skórzaną kurtkę, chociaż ja obstawałam przy tym, że bez niej też będzie dobrze. Po przejechaniu kilku kilometrów cieszyłam się, że ją wzięłam – powietrze było zimne. Dotarliśmy do mojego mieszkania kwadrans po jedenastej, choć gdy zobaczyłam zegar, nie mogłam w to uwierzyć. Miałam wrażenie, jakby od czasu, kiedy tu po mnie przyjechał, upłynęło kilka żyć.

Zsiadłam z motoru i zaczęłam zdejmować jego kurtkę. Ale Sam obcasem spuścił podpórkę motocykla.

– Jest późno. Chciałbym cię przynajmniej odprowadzić pod drzwi.

Zawahałam się.

– Dobrze. Jak poczekasz, będę ci mogła oddać ubrania.

Starałam się, żeby zabrzmiało to beztrosko. Sam wzruszył ramionami i ruszył za mną w stronę drzwi.

Po wyjściu z klatki schodowej uderzył nas łomot muzyki wypełniającej hol. Od razu wiedziałam, skąd się wydobywa. Utykając, szybko ruszyłam korytarzem, zatrzymałam się przed drzwiami mieszkania i powoli je otworzyłam. Lily stała na środku przedpokoju z papierosem w jednej ręce i kieliszkiem wina w drugiej. Miała na sobie żółtą sukienkę w kwiaty, którą kupiłam w butiku z używaną odzieżą w czasach, kiedy jeszcze nie było mi wszystko jedno, w co się ubieram. Wlepiłam w nią wzrok – i niewykluczone, że gdy zauważyłam, co jeszcze ma na sobie Lily, zachwiałam się: poczułam, że Sam łapie mnie pod ramię.

– Louisa, niezła katana!

Lily wskazała na kurtkę palcem u nogi. Była ubrana w moje świecące zielone buty.

– Czemu w tym nie chodzisz? Masz wszystkie te odjechane stroje, a codziennie nosisz jakieś dżinsy, T-shirty i ogólnie takie sprawy. Można umrzeć z nudów.

Poszła do mojego pokoju i chwilę później wróciła, trzymając złoty brokatowy kombinezon z lat siedemdziesiątych, który dawniej nosiłam z brązowymi kozakami.

– No popatrz na to! W tym momencie absolutnie i totalnie zazdroszczę ci kombinezonu.

– Zdejmij je – powiedziałam, kiedy odzyskałam mowę.

– Co?

– Rajstopy. Zdejmij je – mój głos był zduszony, nie do rozpoznania.

Lily opuściła wzrok na czarno-żółte rajstopy.

– Nie no, ale bez kitu, ty tam masz naprawdę parę takich konkretnych vintage'owych ciuchów. Biba, DVF. To fioletowe coś à la Chanel. Wiesz, ile można za to dostać?

– Zdejmij je.

Być może Sam zauważył, jak nagle zesztywniałam, bo zaczął delikatnie popychać mnie do przodu.

– Posłuchaj, może przejdziemy do salonu i…

– Nie ruszam się stąd, dopóki ona nie zdejmie tych rajstop.
Lily się wykrzywiła.

– Jezu. Naprawdę musisz robić z tego wielkie halo?

Drżąc z gniewu, patrzyłam, jak dziewczyna zaczyna ściągać
moje rajstopy pszczółki, a następnie je kopie, bo nie chcą zsunąć
się z jej stóp.

– Nie podrzyj ich!

– To tylko rajstopy.

– To wcale nie są tylko rajstopy. To był… prezent.

– I tak to rajstopy – wymamrotała Lily.

W końcu je ściągnęła i porzuciła na podłodze, zwinięte
w czarno-żółty kłębek. Z drugiego pokoju dobiegł mnie brzęk
wieszaków, towarzyszący zapewne pospiesznemu odwieszaniu
reszty moich ubrań.

Chwilę później Lily pojawiła się w salonie. W staniku i majtkach. Odczekała trochę, by mieć pewność, że zwróciła naszą uwagę,
po czym powoli i ostentacyjnie wciągnęła przez głowę krótką sukienkę, kręcąc swoimi szczupłymi, bladymi biodrami, gdy ubranie przez nie przechodziło. Następnie obdarzyła mnie słodkim
uśmiechem.

– Idę do klubu. Nie czekaj na mnie. Miło było znów pana
spotkać, panie…

– Fielding – dokończyła Sam.

– Panie Fielding. – Lily jeszcze raz się do mnie uśmiechnęła.
Tylko że tak naprawdę to wcale nie był uśmiech. A potem drzwi
trzasnęły i już jej nie było.

Wydałam z siebie drżące westchnienie, po czym przeszłam
przez pokój i zebrałam z podłogi rajstopy. Usiadłam na kanapie i je rozprostowałam. Wygładzałam je tak długo, aż byłam całkiem pewna, że nie mają oczek ani śladów po papierosach.

Sam usiadł obok mnie.

– Wszystko dobrze? – zapytał.

– Na pewno myślisz, że zwariowałam – odparłam w końcu – ale to był...

– Nie musisz się tłumaczyć.

– Byłam inną osobą. One oznaczały... byłam... on mi je... – Głos uwiązł mi w gardle.

Siedzieliśmy w milczącym mieszkaniu. Wiedziałam, że powinnam coś powiedzieć, ale brakowało mi słów, a gardło miałam ściśnięte.

Zdjęłam kurtkę Sama i podałam mu ją.

– Nic mi nie jest – powiedziałam. – Nie musisz tu siedzieć.

Czułam, że na mnie patrzy, ale nie odrywałam oczu od podłogi.

– W takim razie cię z tym zostawię.

A potem, zanim zdążyłam cokolwiek odpowiedzieć, wyszedł.

Rozdział czternasty

W tym tygodniu spóźniłam się na spotkanie grupy wsparcia. Zostawiwszy dla mnie kawę, być może w ramach przeprosin, Lily rozlała następnie zieloną farbę na podłogę w przedpokoju, wyjęła lody z zamrażalnika i porzuciła je na blacie w kuchni, zabrała moje klucze (razem z kluczykami do samochodu), bo nie mogła znaleźć swoich, oraz bez pytania pożyczyła na noc perukę. Znalazłam ją na podłodze w jej pokoju. Gdy ją założyłam, wyglądało to tak, jakby owczarek staroangielski robił z moją głową wstyd powiedzieć co.

Kiedy dotarłam do kościelnej salki, wszyscy już siedzieli. Natasha przesunęła się usłużnie, żebym mogła usiąść na plastikowym krzesełku obok niej.

– Dziś rozmawiamy o oznakach wskazujących na to, że nie stoimy w miejscu, że robimy postępy – powiedział Marc, który trzymał kubek z herbatą. – To nie muszą być wielkie sprawy: nowe związki, wyrzucanie ubrań i tak dalej. Zwykłe, drobne rzeczy, które pokazują nam, że być może istnieje droga wyjścia z żałoby. Zaskakujące jest to, ile z takich oznak pozostaje niezauważonych, albo nie chcemy przyjąć ich do wiadomości, ponieważ czujemy się winni, że próbujemy żyć dalej.

– Zarejestrowałem się na portalu randkowym – odezwał się Fred. – Nazywa się „Grudzień i Maj".

Rozległ się cichy szmer zaskoczenia i aprobaty.

– To bardzo obiecujące, Fred. – Marc upił łyk herbaty. – Jakie nadzieje z tym wiążesz? Czy szukasz towarzystwa? Pamiętam, jak mówiłeś, że szczególnie brakuje ci kogoś, z kim mógłbyś chodzić na niedzielne spacery. Nad staw, prawda, tam gdzie kiedyś chodziliście z żoną?

– A, nie. Chodzi o seks przez internet.

Marc zakrztusił się herbatą. Na chwilę zapadła cisza i ktoś podał mu chusteczkę, żeby wytarł sobie spodnie.

– Seks przez internet. Teraz wszyscy tak robią, nie? Zapisałem się na trzy portale – Fred podniósł rękę i zaczął liczyć na palcach: – „Grudzień i Maj", taki dla młodych kobiet, które lubią starszych mężczyzn, „Lukrowane Pierniczki", dla młodych kobiet, które lubią starszych mężczyzn z pieniędzmi, i… y… „Gorące Ogiery" – urwał na chwilę. – Tam nie było szczegółowych wymagań.

Zapadła cisza.

– Warto być optymistą, Fred – odezwała się wreszcie Natasha.

– A co u ciebie, Louisa?

– Hm… – zawahałam się, bo w końcu siedział przede mną Jake, ale potem pomyślałam sobie: „a co mi tam!". – Właściwie to w ten weekend byłam na randce.

W salce dały się słyszeć przyciszone wiwaty. Zmieszałam się i spuściłam wzrok. Nie byłam w stanie nawet myśleć o tamtej nocy, nie rumieniąc się przy tym.

– I jak było?

– Było… zaskakująco.

– Bzyknęła się z kimś. Na bank się z kimś bzyknęła – zawyrokowała Natasha.

– Widać to po niej – potwierdził William. – Aż promienieje.

– Dobry był w te klocki? – zapytał Fred. – Może masz dla nas jakieś rady?

– I udało ci się nie myśleć zbyt dużo o Billu?

– Nie tak dużo, żeby mnie to powstrzymało... Po prostu czułam, że mam ochotę zrobić coś... – wzruszyłam ramionami – chciałam po prostu poczuć, że żyję.

Odpowiedział mi pomruk zgody. Ostatecznie tego właśnie wszyscy chcieliśmy, uwolnić się od smutku. Wydostać się na powierzchnię z tych mrocznych zaświatów, gdzie połowa naszego serca tkwiła pod ziemią albo była uwięziona w małej porcelanowej urnie. Dobrze było mieć wreszcie do powiedzenia coś pozytywnego.

Marc skinął zachęcająco głową.

– Moim zdaniem brzmi to bardzo zdrowo.

Potem zabrał głos Sunil, który powiedział, że zaczął znów słuchać muzyki, a Natasha zwierzyła się nam, że przeniosła część zdjęć męża z salonu do sypialni, „żeby nie zaczynać o nim mówić za każdym razem, kiedy ktoś mnie odwiedza". Daphne przestała ukradkiem wąchać koszule męża w jego garderobie.

– Szczerze mówiąc, one już i tak dawno nim nie pachniały. Chyba po prostu weszło mi to w nawyk.

– A ty, Jake?

Chłopak dalej wyglądał na nieszczęśliwego.

– Chyba trochę więcej wychodzę z domu.

– Rozmawiałeś z ojcem o swoich uczuciach?

– Nie.

Starałam się nie patrzeć na niego, kiedy mówił. Czułam się dziwnie bezbronna, nie wiedząc, co on wie.

– Ale wydaje mi się, że chyba kogoś lubi.

– Kolejne bzykanko? – zapytał Fred.

– Nie, tak autentycznie, na serio kogoś lubi.

Poczułam, że się czerwienię. Spróbowałam zetrzeć sobie z buta jakąś niewidzialną plamkę, żeby schować twarz.

– Dlaczego tak uważasz, Jake?

– Parę dni temu zaczął o niej mówić przy śniadaniu. Mówił, że chyba już skończy z tym całym wyrywaniem przypadkowych lasek. Że kogoś poznał i że zdaje mu się, że chciałby spróbować z nią na poważnie.

Siedziałam cała rozpromieniona. Nie mogłam uwierzyć, że nikt z obecnych na sali tego nie widzi.

– Czyli myślisz, że w końcu doszedł do tego, że przelotne romanse nie są dobrym rozwiązaniem? Może po prostu potrzebował kilku partnerek, żeby wreszcie móc znów się w kimś zakochać.

– To dopiero był spec od przelotnych romansów – odezwał się William. – Prawdziwy seryjny oblatywacz.

– Jake? Jak się z tym czujesz? – zapytał Marc.

– Trochę dziwnie. To znaczy, tęsknię za mamą, ale w sumie myślę, że to chyba dobrze, że tata uczy się żyć dalej.

Próbowałam sobie wyobrazić, co Sam powiedział. Czy wymienił mnie z imienia? Wyobrażałam sobie ich dwóch w kuchni w ciasnym wagonie kolejowym, jak rozmawiają sobie szczerze nad herbatą i tostami. Policzki mi płonęły. Nie byłam pewna, czy chcę, żeby Sam na tym etapie zakładał coś na nasz temat. Powinnam była jaśniej dać mu do zrozumienia, że to nie znaczy, że jesteśmy parą. Jeszcze na to za wcześnie. I za wcześnie na to, żeby Jake publicznie omawiał nasze sprawy.

– A poznałeś tę kobietę? – zapytała Natasha. – Jak ci się podoba?

Jake pochylił głowę.

– No. To akurat było naprawdę słabe.

Podniosłam wzrok.

– Zaprosił ją do nas w niedzielę na drugie śniadanie i ona była po prostu tragiczna. Miała taką megaobcisłą bluzkę i co chwila mnie obejmowała, jakbyśmy się znali, i śmiała się za głośno, a potem, jak tata poszedł do ogrodu, to wlepiła we mnie te swoje okrągłe oczy i zapytała: „No to opowiadaj, co u ciebie, Jake", i jeszcze tak megawkurzająco przekrzywiła głowę.

– O Boże, tylko nie przekrzywianie głowy – odezwał się William i rozległ się cichy szmer zgody. Wszyscy to znali.

– A kiedy tata był w pokoju, to tylko non stop chichotała i machała włosami, jakby chciała z siebie zrobić nastolatkę, chociaż ewidentnie miała co najmniej trzydzieści lat – Jake z obrzydzeniem zmarszczył nos.

– Trzydzieści! – spojrzenie Daphne uciekło w bok. – Coś podobnego!

– Właściwie wolałem tamtą, która mnie przepytywała, co tata robi. Ona przynajmniej nie udawała, że jest moją najlepszą przyjaciółką.

Reszta jego wypowiedzi ledwie do mnie dotarła. Dzwonienie w uszach zagłuszało wszystkie inne dźwięki. Jak mogłam być taką idiotką? Nagle przypomniałam sobie, jak Jake przewrócił oczami, patrząc, jak Sam mnie zagaduje. Przecież zostałam ostrzeżona, a jednak byłam na tyle głupia, żeby to zignorować.

Zrobiło mi się gorąco, cała się trzęsłam. Nie mogłam tam zostać. Nie mogłam dłużej tego słuchać.

– Y… właśnie coś sobie przypomniałam. Jestem umówiona na spotkanie – wymamrotałam, chwytając torebkę i podrywając się z krzesła. – Przepraszam.

– Louiso, wszystko w porządku? – zapytał Marc.

– Jak najlepszym. Muszę lecieć – pobiegłam w stronę drzwi z uśmiechem przyklejonym do twarzy tak mocno, że aż mnie bolało.

Czekał tam. Jakżeby inaczej. Właśnie zaparkował motor i ściągał z głowy kask. Wypadłam z salki i zatrzymałam się u szczytu schodów, zastanawiając się, czy jest jakiś sposób na dostanie się do samochodu, by nie przejść obok niego, ale nie było szans. Zmysłowa część mojego mózgu zarejestrowała jego sylwetkę, zanim odezwały się pozostałe synapsy: gwałtowny przypływ przyjemności, wspomnienie dotyku jego dłoni na mojej skórze. A potem dzika furia, pulsujące upokorzenie.

– Hej – rzucił na mój widok, uśmiechając się swobodnie, mrużąc oczy z radością. Pieprzony casanova.

Zwolniłam kroku, tak żeby mógł zobaczyć wyraz bólu na mojej twarzy. Miałam to gdzieś. Nagle poczułam się jak Lily. Nie zamierzałam tego w sobie dusić. To nie ja wychodziłam z jednego łóżka i natychmiast wskakiwałam do drugiego.

– Możesz być z siebie dumny, ty beznadziejny palancie – syknęłam, a potem minęłam go biegiem, zanim dławienie w gardle zdążyło zmienić się w szloch.

Ten tydzień, jakby w odpowiedzi na niedosłyszalny sygnał jakiejś złośliwej piszczałki ultradźwiękowej, od tamtego momentu okazał się równią pochyłą. Richard z dnia na dzień czepiał się coraz bardziej, wyrzucał nam, że za mało się uśmiechamy i że brak „figlarnych przekomarzanek" w naszym wykonaniu skutkuje tym, iż klienci przenoszą się do grill baru Odlotowe Skrzydełka. Zmieniła się pogoda, niebo przybrało barwę ołowianej szarości, tropikalne ulewy powodowały opóźnienia, w związku z czym na lotnisku roiło się od podminowanych pasażerów, a do tego bagażowi z nadzwyczajnym wyczuciem chwili rozpoczęli strajk.

– A ty czego się spodziewałaś? Merkury jest w złym aspekcie – rzuciła z wściekłością Vera, po czym zaczęła warczeć na klientkę, która poprosiła o cappuccino z mniejszą ilością pianki.

W domu Lily sprawiała wrażenie otoczonej prywatną burzową chmurą. Siedziała w salonie przyklejona do swojego telefonu, ale cokolwiek tam widziała, nie zdawało się sprawiać jej przyjemności. Wyglądała przez okno z kamienną miną, taką samą jak u jej ojca, jakby czuła się jak w potrzasku, tak jak on. Próbowałam jej wytłumaczyć, że Will dał mi te czarno-żółte rajstopy, że nie chodziło mi o ich kolor czy jakość, tylko o…

– Dobra, dobra, rajstopy. Kogo to obchodzi – odparła Lily.

Przez trzy noce prawie nie spałam. Wpatrywałam się w sufit, napędzana lodowatą furią, która rozgościła się w mojej piersi i nie chciała zniknąć. Byłam taka wściekła na Sama. Ale jeszcze bardziej na siebie. Przysłał mi dwa SMS-y, rozjuszające, niby niewinne „??", na które stwierdziłam, że najlepiej w ogóle nic nie odpowiadać. Zachowałam się jak klasyczna idiotka, ślepa na własne życzenie, która ignoruje wszystko, co facet mówi czy robi, bo woli słuchać swojego wewnętrznego głosu: „Ze mną będzie zupełnie inaczej". To ja go pocałowałam. Ja do tego wszystkiego doprowadziłam. Więc pretensje mogłam mieć tylko do siebie.

Usiłowałam sobie wmówić, że pewnie i tak miałam szczęście. Przekonywałam samą siebie, w duchu okraszając każde zdanie wykrzyknikiem, że to lepiej, że dowiedziałam się teraz, a nie za pół roku! Starałam się spojrzeć na to oczami Marca: to dobrze, że robię postępy! Mogę zapisać to na swoim koncie jako pouczające doświadczenie! Przynajmniej było mi z nim dobrze w łóżku! A potem te głupie gorące łzy zaczynały płynąć mi z oczu, a ja zaciskałam powieki i powtarzałam sobie, że niestety, tak to już jest, jak człowiek pozwala się komuś do siebie zbliżyć.

Depresja, jak dowiedzieliśmy się na spotkaniach grupy, kocha pustkę. Znacznie lepiej jest coś robić, albo chociaż planować. Niekiedy iluzja szczęścia może niepostrzeżenie je wywołać. Miałam po dziurki w nosie powrotów do domu, kiedy co wieczór zastawałam Lily rozciągniętą na kanapie, a jednocześnie nie miałam już siły udawać, że mnie to nie irytuje, dlatego w piątek zapowiedziałam dziewczynie, że następnego dnia jedziemy spotkać się z panią Traynor.

– Ale mówiłaś, że nie odpisała ci na list.

– Może go nie dostała. Nieważne. Prędzej czy później pan Traynor powie o tobie rodzinie, więc równie dobrze możemy pojechać się z nią zobaczyć, zanim to nastąpi.

Lily nic nie odpowiedziała. Uznałam to za milczący znak zgody i wyszłam z pokoju.

Tego wieczoru mimowolnie zaczęłam przeglądać ubrania, które dziewczyna wyciągnęła z pudła, ubrania, które ignorowałam, odkąd dwa lata wcześniej wyjechałam z Anglii do Paryża. Zakładanie ich nie miało sensu. Od kiedy umarł Will, nie czułam się już taką osobą.

Teraz jednak uznałam, że to ważne, by ubrać się w coś, co nie będzie ani dżinsami, ani zielonym strojem irlandzkiej tancerki. Znalazłam granatową minisukienkę, którą kiedyś uwielbiałam i która wydawała się wystarczająco stonowana, jak na dość formalną wizytę, wyprasowałam ją i odłożyłam na bok. Powiedziałam Lily, że następnego ranka wyjeżdżamy o dziewiątej i położyłam się spać, rozmyślając nad tym, jak ciężko mieszka się pod jednym dachem z osobą przekonaną, że wszelka wypowiedź rozbudowana bardziej niż mruknięcie to nadludzki wysiłek, którego trudno od kogokolwiek wymagać.

Dziesięć minut po tym, jak zamknęłam za sobą drzwi, zjawił się pod nimi odręcznie napisany liścik.

Kochana Louiso,
przepraszam, że pożyczyłam sobie Twoje ubrania. I dzięki za wszystko. Wiem, że czasem jestem okropna.
Przepraszam.
Lily xxx
PS. Ale powinnaś totalnie chodzić w tych ciuchach. Są sto razy lepsze niż to, co normalnie nosisz.

Otworzyłam drzwi, za którymi stała Lily, bez uśmiechu na twarzy. Podeszła do mnie i mnie uścisnęła, szybko i tak mocno, że aż zabolały mnie żebra. A potem odwróciła się na pięcie i bez słowa zniknęła w salonie.

Ranek wstał pogodniejszy, i nasz nastrój także trochę się poprawił. Kilka godzin zabrało nam dojechanie do malutkiej wioski w Oxfordshire, pełnej otoczonych murkami ogródków i wypłowiałych od słońca kamiennych ścian w musztardowym odcieniu. Przez całą drogę nie przestawałam paplać, głównie po to, by ukryć swoje zdenerwowanie faktem, że znów zobaczę panią Traynor. Najtrudniejszą rzeczą w rozmawianiu z nastolatkami, jak się przekonałam, było to, że czego by się nie powiedziało, nieuchronnie brzmiało się jak leciwa ciotka na czyimś weselu.

– To powiedz, co lubisz robić, kiedy nie jesteś w szkole.

Lily wzruszyła ramionami.

– Jak myślisz, czym będziesz chciała się zająć, jak skończysz szkołę?

Rzuciła mi wymowne spojrzenie.

– Na pewno jako dziecko miałaś jakieś hobby?

Wyrecytowała listę zajęć, od której zakręciło mi się w głowie: konkursy hippiczne, lacrosse, hokej, pianino (piąta klasa), biegi przełajowe, turnieje tenisowe na szczeblu hrabstwa.

– Aż tyle rzeczy? I nie miałaś ochoty zajmować się dłużej żadną z nich?

Jednocześnie wzruszyła ramionami i pociągnęła nosem, a potem położyła stopy na desce rozdzielczej, jakby uważała temat za zamknięty.

– Twój tata uwielbiał podróżować – odezwałam się kilka kilometrów dalej.

– Mówiłaś.

– Kiedyś mi powiedział, że był wszędzie poza Koreą Północną. I Disneylandem. Opowiadał historie o miejscach, o których nawet nie słyszałam.

– Ludzie w moim wieku nie wyjeżdżają na takie wyprawy. Nie ma już czego odkrywać. A tacy, co robią sobie przerwę między liceum a studiami i jadą w świat z plecakiem, to są w ogóle najgorsi. Non stop nadają o tym, jaki niesamowity bar obczaili na Phanganie, albo jak to trafili na zajebiste narkotyki w birmańskim lesie tropikalnym.

– Nie musisz jeździć z plecakiem.

– No wiem, ale jak byłaś w jednym hotelu Mandarin Oriental, to tak jakbyś widziała je wszystkie. – Ziewnęła. – Kiedyś chodziłam do szkoły niedaleko stąd – zauważyła jakiś czas później, wyglądając przez okno. – To była w sumie jedyna szkoła, którą lubiłam. – Umilkła na chwilę. – Miałam tam przyjaciółkę, taką Holly.

– I co się stało?

– Mama dostała świra na punkcie tego, że to nie jest „odpowiednia szkoła". Mówiła, że są za nisko w rankingach, czy coś w tym stylu. To była po prostu taka mała szkółka z internatem. Nie dla jakichś tam superzdolnych dzieciaków. Więc mnie przenieśli. Potem już nie byłam taka głupia, żeby się zaprzyjaźniać. Jaki to ma sens, skoro zaraz znów cię gdzieś przeniosą?

– A masz dalej kontakt z Holly?

– Nie bardzo. Trochę nie ma po co, jak się nie da normalnie widywać.

Jak przez mgłę przypomniałam sobie tę intensywność cechującą relacje między nastoletnimi dziewczynami, raczej namiętność niż zwykłą przyjaźń.

– Jak myślisz, co będziesz robić? To znaczy, jeżeli naprawdę nie zamierzasz wrócić do szkoły.

– Nie lubię martwić się na zapas.

– Ale coś będziesz musiała wymyślić, Lily.

Na chwilę zamknęła oczy, a potem zdjęła stopy z deski rozdzielczej i zeskrobała sobie z kciuka fragment fioletowego lakieru.

– Nie wiem, Louisa. Może po prostu pójdę za twoim inspirującym przykładem i będę robić te wszystkie fantastyczne rzeczy, co ty.

Zrobiłam trzy głębokie wdechy, żeby powstrzymać się przed zatrzymaniem samochodu na autostradzie. Nerwy, powiedziałam sobie. To po prostu te jej nerwy. A potem, żeby ją zirytować, nastawiłam na cały regulator stację BBC 2 i nie zmieniałam jej aż do końca trasy.

Znalazłyśmy Four Acres Lane z pomocą okolicznego mieszkańca, który akurat był na spacerze z psem, i zatrzymałyśmy się przed

Fox's Cottage, skromnym pobielonym domkiem krytym strzechą. Na zewnątrz pąsowe róże pięły się po żelaznym łuku, od którego zaczynała się ścieżka w ogrodzie, a pastelowe kwiaty walczyły o miejsce na starannie utrzymanych rabatkach. Na podjeździe stał mały hatchback.

– Stopa życiowa jej się obniżyła – stwierdziła Lily, wyglądając przez szybę.

– Ładnie tutaj.

– To jest jakaś klitka.

Siedziałam, słuchając postukiwania stygnącego silnika.

– Słuchaj, Lily. Zanim tam wejdziemy. Nie obiecuj sobie za wiele – powiedziałam. – Pani Traynor jest dosyć formalna. Chowa się za dobrymi manierami. Prawdopodobnie będzie z tobą rozmawiać tak, jakby była nauczycielką. To znaczy, raczej cię nie uściska tak jak pan Traynor.

– Dziadek jest hipokrytą – prychnęła Lily. – Zachowuje się, jakbyś była dla niego nie wiadomo kim, ale tak naprawdę to po prostu pieprzony pantoflarz.

– I proszę, nie używaj określenia „pieprzony".

– Nie ma sensu, żebym udawała kogoś, kim nie jestem – odparła nadąsana.

Siedziałyśmy w samochodzie jeszcze przez chwilę. Zdałam sobie sprawę, że żadna z nas nie ma ochoty podejść do drzwi jako pierwsza.

– Spróbować do niej zadzwonić jeszcze raz? – zapytałam, sięgając po telefon. Tego ranka robiłam to już dwa razy, ale natychmiast zgłaszała się poczta głosowa.

– Nie mów jej tak od razu – powiedziała nagle Lily. – To znaczy, kim jestem. Po prostu… po prostu chcę zobaczyć, jaka ona jest. Zanim jej powiemy.

– Jasne – odparłam łagodniej. I zanim zdążyłam cokolwiek dodać, dziewczyny już nie było, energicznym krokiem szła w stronę furtki, zaciskając pięści niczym bokser przed wejściem na ring.

Pani Traynor posiwiała. Jej włosy, dawniej farbowane na ciemny brąz, teraz były białe i krótkie, przez co wyglądała na znacznie starszą niż w rzeczywistości, albo jak osoba dochodząca do siebie po ciężkiej chorobie. Była pewnie z pięć–sześć kilo lżejsza, niż kiedy widziałam ją ostatnim razem, a pod zapadniętymi oczami miała wątrobiane cienie. Spojrzała na Lily z zakłopotaniem, z którego widać było, że nie spodziewała się żadnych gości, o żadnej porze. A potem zobaczyła mnie i szeroko otworzyła oczy.

– Louisa?

– Dzień dobry pani. – Podeszłam do niej i wyciągnęłam rękę. – Byłyśmy akurat w okolicy. Nie wiem, czy dostała pani mój list. Pomyślałam sobie po prostu, że wstąpimy się przywitać…

Mój głos – sztuczny i nienaturalnie radosny – zamarł mi w gardle. Ostatnim razem widziała mnie, kiedy pomagałam jej uprzątnąć pokój zmarłego syna; to znaczy przed spotkaniem przy jego łożu śmierci. Patrzyłam teraz, jak wracają do niej oba te wspomnienia.

– Właśnie podziwiałyśmy pani ogród.

– Róże Davida Austina – odezwała się Lily.

Pani Traynor spojrzała na nią tak, jakby dopiero teraz ją zauważyła. Uśmiech kobiety był blady i niepewny.

– Tak. Rzeczywiście, to ten gatunek. Widać, że znasz się na kwiatach. To… bardzo przepraszam. Nieczęsto miewam gości. Zechcesz mi przypomnieć, jak masz na imię?

– To jest Lily – powiedziałam i patrzyłam, jak Lily ściska dłoń pani Traynor, uważnie przyglądając się starszej pani.

Przez chwilę stałyśmy tak na progu, aż wreszcie pani Traynor, jakby uznała, że nie ma wyjścia, odwróciła się i popchnęła drzwi.

– To może wejdziecie do środka.

Domek był maleńki, z tak niskim sufitem, że nawet ja musiałam się schylić, kiedy przechodziłyśmy z przedpokoju do kuchni. Czekałam, podczas gdy pani Traynor parzyła herbatę, i przyglądałam się, jak Lily niespokojnie chodzi po malutkim salonie, krążąc pomiędzy nielicznymi lśniącymi antycznymi meblami, które pamiętałam z czasów pracy w Granta House, bierze przedmioty do ręki i znów je odkłada.

– No więc… jak się miewasz?

Głos pani Traynor był bezbarwny, jakby tak naprawdę nie była zainteresowana odpowiedzią.

– Och, całkiem dobrze, dziękuję.

Długa cisza.

– To urocza wieś.

– Tak. No cóż. Nie bardzo mogłam zostać w Stortfold… – Wlała do imbryka wrzątek, a ja nie byłam w stanie odpędzić wspomnienia o Delli, ciężkim krokiem chodzącej po dawnej kuchni pani Traynor.

– Zna pani dużo osób tu w okolicy?

– Nie – powiedziała to tak, jakby był to jedyny powód, dla którego się tu przeprowadziła. – Czy wzięłabyś dzbanuszek z mlekiem? Nie uda mi się zmieścić wszystkiego na tej tacy.

Po tym nastąpiło bolesne pół godziny mozolnej konwersacji. Pani Traynor, kobieta przepojona charakterystyczną dla wyższej klasy średniej umiejętnością odnalezienia się w każdej sytuacji towarzyskiej, najwyraźniej straciła zdolność komunikacji. Podczas rozmowy sprawiała wrażenie nie do końca obecnej. Zadawała pytanie, a dziesięć minut później pytała o to samo, jakby odpowiedź do niej nie dotarła. Zaczęłam się zastanawiać, czy to nie wpływ leków antydepresyjnych. Lily przyglądała się babce ukradkiem, na jej twarzy odmalowywały się rozmaite uczucia, a ja siedziałam pomiędzy nimi z coraz bardziej ściśniętym żołądkiem i czekałam, aż coś się stanie.

Wypełniałam ciszę paplaniną, mówiłam o swojej okropnej pracy, o tym, co robiłam we Francji, o tym, że moi rodzice mają się dobrze, dziękuję – o wszystkim, co tylko mogło zagłuszyć to okropne, przytłaczające milczenie, które zalegało salonik, ilekroć przestawałam mówić. Lecz cierpienie pani Traynor spowijało ten mały domek niczym mgła. O ile pan Traynor wydawał się wyczerpany smutkiem, o tyle pani Traynor sprawiała wrażenie całkowicie nim pochłoniętej. Prawie nic nie zostało z tej energicznej, dumnej kobiety, którą dawniej znałam.

– Co was sprowadza w te okolice? – zapytała w końcu.

– Y... odwiedzałyśmy przyjaciół – odrzekłam.

– A skąd wy się znacie?

– Ja... znałam ojca Lily.

– Jak to miło – stwierdziła pani Traynor i obie uśmiechnęłyśmy się niezręcznie. Spojrzałam na Lily z nadzieją, że coś powie, ale ona zamarła, jakby ją też przytłoczyło zetknięcie twarzą w twarz z bólem tej kobiety.

Wypiłyśmy jeszcze po filiżance herbaty, a ja po raz trzeci – może nawet czwarty? – wygłosiłam uwagę na temat urody jej ogrodu, walcząc z poczuciem, że nasza przedłużająca się obecność wymaga od pani Traynor jakiegoś nadludzkiego wysiłku. Nie chciała nas tutaj. Była stanowczo zbyt uprzejma, żeby nam to powiedzieć, ale nie dało się nie zauważyć, że tak naprawdę chce zostać sama. Widać to było w każdym geście – w każdym wymuszonym uśmiechu, w każdej próbie nadążenia za przebiegiem rozmowy. Podejrzewałam, że jak tylko wyjdziemy, gospodyni po prostu wycofa się na fotel i już tam zostanie albo poczłapie na górę i zwinie się w kłębek w łóżku.

I wtedy to zauważyłam: całkowity brak fotografii. O ile Granta House pełny był oprawionych w srebrne ramki zdjęć jej dzieci, rodziny, kucyków, wakacji na nartach i dawnych przodków, ten mały domek był ich pozbawiony. Nieduża brązowa statuetka konia, akwarela z hiacyntami, ale żadnych ludzi. Przyłapałam się na tym, że dyskretnie przesuwam się na krześle, zastanawiając się, czy zwyczajnie ich nie przeoczyłam, czy nie są zebrane na jakimś stoliczku czy parapecie. Ale nie: wnętrze było brutalnie bezosobowe. Pomyślałam o moim własnym mieszkaniu, o mojej absolutnej niezdolności do nadania mu osobistego charakteru czy zmienienia go w coś na kształt domu. I nagle poczułam się przybita i rozpaczliwie smutna.

Will, coś ty nam wszystkim zrobił?

– Louisa, chyba powinnyśmy jechać – odezwała się Lily, wymownie patrząc na zegar. – Mówiłaś, że nie chcemy trafić na korki.

Spojrzałam na nią.

– Ale…

– Mówiłaś, że nie powinnyśmy się zasiedzieć – jej głos brzmiał czysto i wysoko.

– Ach. Tak. Korki potrafią być bardzo uciążliwe – pani Traynor zaczęła podnosić się z krzesła.

Wpatrywałam się w Lily, szykując się do następnego protestu, kiedy zadzwonił telefon. Pani Traynor się wzdrygnęła, jakby ten dźwięk przestał być dla niej czymś znajomym. Spojrzała na każdą z nas, jak gdyby się zastanawiała, czy odebrać, a potem, być może zdawszy sobie sprawę, że w naszej obecności nie może zignorować telefonu, przeprosiła nas i przeszła do drugiego pokoju, skąd dobiegł nas jej głos.

– Co ty robisz? – zapytałam.

– Po prostu tu jest jakoś całkiem nie tak – odparła Lily żałośnie.

– Ale nie możemy sobie pójść, nic jej nie mówiąc.

– Ja po prostu dziś nie mogę. To wszystko jest…

– Wiem, że się boisz. Ale spójrz na nią, Lily. Naprawdę myślę, że mogłoby jej to pomóc, gdybyś jej powiedziała. Nie uważasz?

Oczy Lily się rozszerzyły.

– Powiedziała o czym?

Błyskawicznie obejrzałam się za siebie. Pani Traynor stała bez ruchu przy drzwiach prowadzących na korytarz.

– Co takiego musisz mi powiedzieć?

Lily spojrzała na mnie, a później znów na panią Traynor. Poczułam, jak wokół nas czas zwalnia bieg. Dziewczyna przełknęła ślinę, a potem lekko uniosła brodę.

– Że jestem pani wnuczką.

Chwila ciszy.

– Moją… co?

– Jestem córką Willa Traynora.

Jej słowa zabrzmiały donośnie w małym pokoju. Oczy pani Traynor spotkały się z moimi, jakby chciała sprawdzić, czy to nie jest tak naprawdę jakiś absurdalny żart.

– Ale… to niemożliwe.

Lily się żachnęła.

– Proszę pani, wiem, że musi to być dla pani pewnym wstrząsem… – zaczęłam.

Nie słyszała mnie. Dzikim wzrokiem wpatrywała się w Lily.

– Jak to możliwe, że mój syn miał córkę, o której nic nie wiedziałam?

– Bo moja mama nikomu nie powiedziała – głos dziewczyny zabrzmiał jak szept.

– Przez cały ten czas? Jak to możliwe, że tyle czasu utrzymywała cię w tajemnicy? – Pani Traynor zwróciła się w moją stronę. – Wiedziałaś o tym?

Przełknęłam ślinę.

– To dlatego do pani napisałam. Lily mnie odszukała. Chciała dowiedzieć się czegoś o swojej rodzinie. Proszę mi wierzyć, nie chciałyśmy przysparzać pani więcej cierpienia. Lily po prostu chciała poznać swoich dziadków, a z panem Traynorem nie poszło zbyt dobrze, i…

– Ale Will by coś powiedział – pokręciła głową. – Wiem, że by powiedział. Był moim synem.

– Zrobię sobie badanie DNA, jeśli naprawdę mi nie wierzysz – powiedziała Lily, krzyżując ramiona na piersiach. – Ale nie chodzi mi o nic, co do ciebie należy. Nie muszę tu mieszkać, ani nic z tych rzeczy. Mam własne pieniądze, jeśli o tym myślisz.

– Nie jestem pewna, co… – zaczęła pani Traynor.

– Nie musisz robić takiej przerażonej miny. Nie jestem jakąś zakaźną chorobą, którą właśnie odziedziczyłaś. Tylko, no wiesz, wnuczką. Jezu.

Pani Traynor powoli osunęła się na krzesło. Po chwili podniosła drżącą dłoń do czoła.

– Nic pani nie jest?

– Ja chyba nie… – pani Traynor zamknęła oczy. Sprawiała wrażenie, jakby wycofała się gdzieś daleko w głąb siebie.

– Lily, myślę, że powinnyśmy się zbierać. Proszę pani, zapiszę tu mój numer. Wrócimy, jak zdąży się już pani oswoić z tą nowiną.

– Wrócimy? Ja na pewno tu nie wracam. Ona mnie uważa za oszustkę. Jezu. Ta rodzina!

Lily spojrzała na nas obie z niedowierzaniem, a potem wybiegła z pokoju, przewracając po drodze stoliczek z drewna orzechowego. Schyliłam się, podniosłam go i starannie poustawiałam na nim srebrne pudełeczka, które z niego spadły.

Wygląd pani Traynor budził litość.

– Bardzo mi przykro – powiedziałam. – Naprawdę próbowałam z panią porozmawiać, zanim tu przyjechałyśmy.

Usłyszałam trzaśnięcie drzwi w samochodzie.

Pani Traynor nabrała powietrza.

– Nie czytam rzeczy, których się nie spodziewam. Dostawałam różne listy. Podłe listy. Pisali w nich, że ja... ja już prawie nie odbieram telefonów... nie mam ochoty słuchać tego wszystkiego. – Sprawiała wrażenie oszołomionej, starej i bezbronnej.

– Przykro mi. Bardzo mi przykro – wzięłam swoją torebkę i uciekłam.

– Nic nie mów – odezwała się Lily, kiedy wsiadłam do samochodu. – Po prostu nie. W porządku?

– Czemu to zrobiłaś? – Usiadłam na miejscu kierowcy, trzymając w ręku kluczyki. – Po co wszystko zepsułaś?

– Od razu wiedziałam, co o mnie myśli, wystarczyło, że na mnie spojrzała.

– Ona jest matką, która najwyraźniej ciągle przeżywa śmierć syna. Zafundowałyśmy jej ogromny wstrząs. A ty rzuciłaś się na nią jak furiatka. Nie mogłaś po prostu przez chwilę być cicho i dać jej się oswoić z tą myślą? Dlaczego musisz wszystkich od siebie odpychać?

– A co ty, do cholery, możesz o mnie wiedzieć?

– Robisz wrażenie zdeterminowanej, żeby zniszczyć swoją relację z każdą osobą, która mogłaby się do ciebie zbliżyć.

– O Boże, czy znowu chodzi o te głupie rajstopy? Co ty w ogóle wiesz? Całe życie spędzasz w tym beznadziejnym mieszkaniu, gdzie nikt cię nie odwiedza. Twoi rodzice ewidentnie uważają, że jesteś do niczego. I nawet nie masz jaj, żeby rzucić najbardziej żałosną pracę na świecie.

– Nie masz pojęcia, jak ciężko jest w dzisiejszych czasach znaleźć jakąkolwiek pracę, więc nie będziesz mi mówić…

– Jesteś do niczego. Gorzej, jesteś zerem, które uważa, że może mówić innym, co mają robić. Kto dał ci do tego prawo? Siedziałaś przy łóżku mojego taty, patrzyłaś, jak umiera, i nic z tym nie zrobiłaś. Nic! Więc nie sądzę, żebyś nadawała się do oceniania, jak należy postępować.

Cisza w samochodzie była twarda i krucha jak szkło. Wbiłam wzrok w kierownicę. Odczekałam do momentu, aż miałam pewność, że jestem w stanie normalnie oddychać.

A potem przekręciłam kluczyk i w milczeniu przejechałyśmy dwieście kilometrów dzielące nas od domu.

Rozdział piętnasty

Przez następne kilka dni praktycznie nie widywałam Lily, i zupełnie mi to odpowiadało. Kiedy po pracy wracałam do domu, ślady okruchów albo puste kubki wskazywały na to, że musiała tu być. Parę razy weszłam do mieszkania i w powietrzu wisiało coś dziwnego, jakby chwilę wcześniej działo się tu coś, czego nie byłam w stanie określić. Ale nic nie zginęło ani nic nie wyglądało ewidentnie inaczej, więc złożyłam to na karb niezręczności całej sytuacji dzielenia mieszkania z osobą, z którą człowiek się nie dogaduje. Po raz pierwszy pozwoliłam sobie na przyznanie, że tęsknię za życiem w pojedynkę.

Zadzwoniłam do siostry, która miała na tyle przyzwoitości, że nie powiedziała: „A nie mówiłam". No, może raz.

– To jest najgorsze w byciu rodzicem – stwierdziła, tak jakbym ja też zaliczała się do tej kategorii. – Oczekuje się od ciebie, że będziesz taką pogodną, wszechwiedzącą, uprzejmą osobą, która da sobie radę w każdej sytuacji. A czasami, kiedy Thom jest niegrzeczny albo ja jestem zmęczona, mam ochotę po prostu zatrzasnąć mu drzwi przed nosem albo pokazać mu język i powiedzieć, że jest dupkiem.

Mniej więcej tak się czułam.

W pracy zrobiło się już tak koszmarnie, że musiałam śpiewać w samochodzie szlagiery z musicali, żeby być w stanie zmusić się do dojechania na lotnisko.

A do tego wszystkiego był jeszcze Sam.

O którym nie myślałam.

Nie myślałam o nim rano, kiedy kątem oka widziałam w lustrze w łazience swoje nagie ciało. Nie pamiętałam o tym, jak jego palce dotykały mojej skóry, sprawiając, że czerwone blizny stawały się nie tyle czymś niewidocznym, ile częścią naszej wspólnej historii – ani o tym, jak przez jeden krótki wieczór czułam się znów lekkomyślna i pełna życia. Nie myślałam o nim, przyglądając się parom, które stały głowa przy głowie i sprawdzały swoje bilety w drodze ku romantycznej przygodzie – albo po prostu dzikiemu zwierzęcemu seksowi – gdzieś w odległych zakątkach świata. Nie myślałam o nim, jadąc do pracy ani z niej wracając, ile razy minęła mnie karetka na sygnale. Co, odnosiłam wrażenie, zdarzało się nieproporcjonalnie często. I stanowczo nie myślałam o nim wieczorami, kiedy siedziałam sama w domu na kanapie i oglądałam w telewizji serial, którego fabuły nie byłabym w stanie powtórzyć, jak prawdopodobnie najbardziej samotny łatwopalny pornoelf na całej Ziemi.

Nathan zadzwonił i nagrał mi wiadomość z prośbą, żebym oddzwoniła. Nie byłam pewna, czy będę w stanie spokojnie wysłuchać najnowszego odcinka jego ekscytującego nowego życia w Nowym Jorku, więc wciągnęłam to na moją listę rzeczy do załatwienia, których koniec końców i tak nigdy nie zrobię. Tanya napisała mi SMS-a z informacją, że Houhgton-Millerowie wrócili z wakacji trzy dni wcześniej w związku z pracą Francisa. Richard zadzwonił, by mi powiedzieć, że od poniedziałku do piątku jestem na popołudniowej zmianie. „I proszę, nie spóźnij się, Louiso. To jest moje ostatnie ostrzeżenie".

Zrobiłam jedyną rzecz, jaka przychodziła mi do głowy: pojechałam do domu, do Stortfold, z muzyką grającą tak głośno, że nie musiałam być sama ze swoimi myślami. Czułam wdzięczność za moich rodziców. Czułam tę życiodajną tęsknotę za domem, za ciepłem i bezpieczeństwem tradycyjnej rodziny i niedzielnego obiadu na stole.

– Obiad? – zapytał tata z ramionami skrzyżowanymi na brzuchu i wyrazem oburzenia na twarzy, podkreślonym wysuniętą szczęką. – Gdzie tam. Tu się już nie jada niedzielnych obiadów. Obiad to oznaka patriarchalnego wyzysku.

Dziadek żałośnie pokiwał głową z kąta pokoju.

– Nie, nie zjemy obiadu. Teraz w niedzielę jadamy kanapki. Albo zupę. Zupa najwyraźniej nie kłóci się z feminizmem.

Treena, która uczyła się przy stole w jadalni, przewróciła oczami.

– Mama w niedzielę rano ma zajęcia z poezji kobiecej na uniwersytecie trzeciego wieku. Raczej nie powiedziałabym, że zmieniła się w Andreę Dworkin.

– Widzisz, Lou? Teraz to ja mam wiedzieć wszystko o feminizmie, a w dodatku ten cholerny Andrew Dworkin ukradł mi niedzielny obiad.

– Tato, nie dramatyzuj.

– Ja dramatyzuję? Niedziela to czas dla rodziny. Powinniśmy jeść rodzinny niedzielny obiad.

– Całe życie mamy to był czas dla rodziny. Czemu nie możesz zwyczajnie pozwolić jej na trochę czasu dla siebie?

Tata wskazał złożoną gazetą na Treenę.

– To wszystko twoja sprawka. Mamusia i ja byliśmy bardzo szczęśliwi, zanim nie zaczęłaś jej wmawiać, że jest inaczej.

Dziadek z uznaniem pokiwał głową.

– Teraz człowiek nie ma tutaj chwili spokoju. Nie mogę sobie pooglądać telewizji, żeby twoja matka nie zaczęła mówić, że reklama jogurtu jest seksistowska. To jest seksistowskie, tamto jest seksistowskie. Kiedy przyniosłem do domu „The Sun", pożyczone od Ade'a Palmera, żeby sobie poczytać dział sportowy, wrzuciła całą gazetę do ognia ze względu na stronę z kociakiem. Nigdy nie wiem, gdzie ona będzie i co będzie robiła następnego dnia.

– Jedne dwugodzinne zajęcia – powiedziała spokojnie Treena, nie podnosząc wzroku znad książek. – W niedzielę.

– Wiesz, tato, nie chcę, żeby to zabrzmiało niepoważnie – odezwałam się – ale to coś, co masz poniżej mankietów?

– Co? – tata opuścił wzrok. – Co?

– Ręce – powiedziałam. – One nie są namalowane.

Spojrzał na mnie, marszcząc brwi.

– Więc strzelam, że mógłbyś zrobić ten obiad. No wiesz, żeby mama miała niespodziankę, jak wróci z zajęć.

Tata szeroko otworzył oczy.

– Ugotować niedzielny obiad? Ja? Louiso, jesteśmy małżeństwem od prawie trzydziestu lat. Ja się nie zajmuję obiadkami. Ja zarabiam, a twoja matka robi obiady. Koniec, kropka! Na to się umawialiśmy! Dokąd ten świat zmierza, jeśli ja mam siedzieć w kuchni w fartuszku i obierać kartofle, i to w niedzielę? To ma być sprawiedliwość?

– Tak wygląda współczesny świat, tato.

– Współczesny świat. Bardzo mi pomogłaś – prychnął tata. – Założę się, że cholerny pan Traynor co niedzielę dostaje obiad na tacy. Ta jego dzierlatka na pewno nie jest feministką.

– Aha. Wobec tego, tato, potrzebny ci jest zamek. Z takim zamkiem feminizm nie ma szans.

Treena i ja wybuchnęłyśmy śmiechem.

– Wiecie co? To nie przypadek, że żadna z was nie ma chłopa.

– Ooo. Czerwona kartka! – Obie podniosłyśmy prawe ręce.

Tata machnął gazetą w powietrzu i wyszedł do ogrodu, tupiąc nogami.

Treena wyszczerzyła do mnie zęby.

– Myślałam, żeby zaproponować, że my ugotujemy obiad, ale... teraz?

– No nie wiem. Nie chciałabym utrwalać modelu patriarchalnego wyzysku. Pub?

– Świetnie. Napiszę mamie SMS-a.

Moja matka, jak się okazało, w wieku lat pięćdziesięciu sześciu zaczęła wychodzić ze swojej skorupy, najpierw ostrożnie niczym krab pustelnik, ale stopniowo z coraz większym entuzjazmem. Przez całe lata nie wychodziła na zewnątrz bez towarzystwa i wystarczały jej te skromne włości, jakie stanowił nasz trzyipół-pokojowy dom. Ale spędzenie kilku tygodni w Londynie po moim wypadku zmusiło ją do przełamania tej rutyny i obudziło dawno uśpioną ciekawość świata i życia poza Stortfold. Zaczęła przerzucać niektóre teksty, jakie Treena przynosiła ze studiów, ze spotkań poświęconych myśli feministycznej, i alchemiczne połączenie tych dwóch czynników spowodowało u niej coś na kształt przebudzenia. Pochłonęła *Drugą płeć* i *Strach przed lataniem*, później *Kobiecego eunucha*, a po przeczytaniu *Miejsca dla kobiet* była tak wstrząśnięta tym, co postrzegała jako paralele z jej własnym życiem, że przez trzy dni odmawiała gotowania, dopóki nie odkryła, że dziadek chomikuje u siebie czteropaki czerstwych pączków.

– Ciągle myślę o tym, co mówił ten twój Will – odezwała się, gdy siedziałyśmy w ogródku przed pubem i patrzyłyśmy, jak Thom co pewien czas zderza się głową z innymi dziećmi w sflaczałym dmuchanym zamku. – Każdy ma tylko jedno życie – czy nie tak ci powiedział? – Miała na sobie swoją zwykłą niebieską bluzkę z krótkim rękawem, ale związała włosy w sposób, jakiego u niej wcześniej nie widziałam, i wyglądała dziwnie młodzieńczo. – Więc po prostu chcę z niego trochę pokorzystać. Czegoś się nauczyć. Raz na jakiś czas zdjąć te gumowe rękawice.

– Tata jest ostro wkurzony – powiedziałam.

– Nie wyrażaj się.

– Przecież to tylko kanapka – wtrąciła moja siostra. – Nie musi iść po jedzenie czterdzieści dni przez pustynię Gobi.

– A kurs trwa dziesięć tygodni. Przeżyje to – stwierdziła mama stanowczo, po czym odchyliła się na krześle i przyjrzała się nam. – Spójrzcie tylko, jak to miło. Wydaje mi się, że nigdzie nie byłyśmy we trójkę od czasu... chyba od czasu, jak byłyście nastolatkami i w soboty chodziłyśmy do miasta na zakupy.

– A Treena narzekała, że we wszystkich sklepach jest nudno.

– No tak, ale to dlatego, że Lou ciągle chciała chodzić po sklepach z tanią odzieżą, w których było czuć potem.

– Miło znów cię widzieć w twoich ulubionych ciuszkach. – Mama z podziwem skinęła głową. Założyłam jasnożółtą koszulkę w nadziei, że będę w niej wyglądać na weselszą, niż się czułam.

Zapytały o Lily, więc powiedziałam, że dziewczyna spędza teraz więcej czasu z matką i że nie jest łatwo się z nią dogadać, a one popatrzyły po sobie, jakby mniej więcej czegoś takiego się spodziewały. Nie powiedziałam im o pani Traynor.

– Cała ta sytuacja z Lily była bardzo dziwna. Co to za matka, co po prostu podrzuca córkę pod opiekę tobie?

– Wiesz, Lou, mama nie chce przez to powiedzieć nic niemiłego – wtrąciła Treena.

– Ale ta twoja praca, kochanie. Nie podoba mi się pomysł, że paradujesz za barem praktycznie rozebrana. To brzmi jak ten lokal… Jak on się nazywał?

– Hooters – podsunęła Treena.

– To nie jest coś takiego jak Hooters. To jest lotnisko. Aerodynamiczne kształty nie robią na nikim wrażenia.

– Nikomu nawet do głowy nie przyjdzie zapuścić jej żurawia w dekolt – dodała Treena.

– Ale chodzisz w seksistowskim stroju i podajesz drinki. Jeżeli to dla ciebie takie ważne, mogłabyś to robić… no nie wiem, w Disneylandzie w Paryżu. Gdybyś była Myszką Minnie albo Kubusiem Puchatkiem, nie musiałabyś nawet pokazywać nóg.

– Wkrótce stuknie ci trzydziestka – zauważyła moja siostra. – Minnie, Kubuś czy Merida Waleczna. Wybór należy do ciebie.

– No cóż – odezwałam się, kiedy kelnerka przyniosła nam kurczaka z frytkami. – Zastanawiałam się nad tym i rzeczywiście, masz rację. Od tej pory zamierzam postawić na rozwój. Skupić się na karierze.

– Możesz powtórzyć? – Moja siostra przełożyła część swoich frytek na talerz Thoma. Gwar w ogródku przybrał na sile.

– Skupić się na karierze – powtórzyłam głośniej.

– Nie. Ten kawałek, kiedy mówiłaś, że mam rację. Wydaje mi się, że nie słyszałam tego od ciebie gdzieś od 1997 roku. Thom, kochanie, nie idź jeszcze do tego dmuchanego zamku. Pochorujesz się.

Spędziłyśmy tam większość popołudnia, nie zwracając uwagi na coraz bardziej gniewne SMS-y od taty, który domagał się informacji, co robimy. Nigdy wcześniej nie siedziałam tak z mamą i siostrą, jak normalni dorośli ludzie rozmawiający o rzeczach niezwiązanych z chowaniem czegoś do lodówki ani tym, że ktoś jest

„nie do wytrzymania". Przekonałyśmy się, że jesteśmy zaskakująco ciekawe swoich doświadczeń i opinii, jakby nagle do nas dotarło, że każda z nas może mieć jakieś inne role niż „ta zdolna", „ta roz-trzepana" i „ta, która zawsze zajmuje się domem".

To było dziwne uczucie nagle zobaczyć we własnej rodzinie po prostu ludzi.

– Mamo – zapytałam chwilę po tym, jak Thom skończył jeść kurczaka i pobiegł się bawić, a jakieś pięć minut przed tym, jak zwrócił obiad do zamku, wyłączając go z gry na resztę popołu-dnia – czy czasem żałujesz, że nie poszłaś do pracy?

– Nie. Uwielbiałam być mamą. Naprawdę. Tylko to takie dziwne... To wszystko, co wydarzyło się w ciągu ostatnich dwóch lat, dało mi do myślenia.

Czekałam.

– Czytam sobie o tych wszystkich kobietach – tych dzielnych kobietach, które tyle zmieniły w świecie, w tym, co ludzie myślą i jak postępują. I patrzę na to, co ja zrobiłam, i się zastanawiam, no cóż, czy ktokolwiek by zauważył, gdyby mnie tu nie było.

Powiedziała to całkiem spokojnym głosem, więc nie potrafi-łam stwierdzić, czy czasem nie przejmuje się tym znacznie bar-dziej, niż jest gotowa po sobie pokazać.

– My na pewno byśmy zauważyły, mamo – powiedziałam.

– Ale na nic nie wywarłam szczególnego wpływu, prawda? Sama nie wiem. Zawsze byłam zadowolona. Tyle że mam takie wrażenie, jakbym spędziła trzydzieści lat na robieniu jednej rze-czy, a teraz w tym wszystkim, co czytam, w telewizji, w gazetach, wszyscy mi mówią, że to było nic niewarte.

Moja siostra i ja popatrzyłyśmy po sobie.

– Mamo, dla nas to wcale nie było nic.

– Jesteście kochane.

– Naprawdę. Ty... – nagle pomyślałam o Tanii Houghton-
-Miller – dałaś nam poczucie bezpieczeństwa. I tego, że nas kochasz. Cieszyłam się, że codziennie jesteś w domu, kiedy do niego
wracamy.

Mama położyła dłoń na mojej ręce.

– Nie przejmuj się mną. Jestem taka dumna z was obu, z tego,
jak szukacie w świecie własnej drogi. Bardzo. Po prostu muszę po-
układać sobie w głowie pewne rzeczy. I to jest naprawdę ciekawa
podróż. Tak się cieszę, że mogę czytać. Pani Deans z biblioteki
zamawia rozmaite rzeczy, które jej zdaniem mogą mnie zaintere-
sować. W kolejce są feministki z amerykańskiej Nowej Fali. Bardzo to wszystko ciekawe, te ich teorie. – Starannie złożyła swoją
serwetkę. – Chociaż doprawdy wolałabym, żeby przestały się ze
sobą kłócić. Czasem mam ochotę dać im klapsa.

– A czy... naprawdę dalej nie golisz nóg?

Posunęłam się za daleko. Jej twarz skamieniała i mama spojrzała sztywno przed siebie.

– Niekiedy dostrzeżenie prawdziwej oznaki ucisku zajmuje
człowiekowi trochę czasu. Powiedziałam to już waszemu ojcu, a teraz powtórzę to wam, dziewczynki: w dniu, kiedy on wybierze się
do salonu i da jakiejś zasmarkanej dwudziestce posmarować sobie
nogi gorącym woskiem, a potem zedrzeć go razem z włosami, ja
zacznę znowu depilować swoje.

Słońce opuściło się nad Stortfold i zalało je łagodnym przedwieczornym blaskiem jak rozpuszczonym masłem. Zostałam znacznie
dłużej, niż planowałam, pożegnałam się z rodziną, wsiadłam do
samochodu i ruszyłam do domu. Czułam, że odzyskałam oparcie, bezpieczną przystań. Po emocjonalnych turbulencjach minio-
nego tygodnia dobrze było przez chwilę przypomnieć sobie, co to

normalność. A moja siostra, która nigdy nie okazywała słabości, zwierzyła się nam z obawy, że już zawsze będzie sama, puszczając mimo uszu zapewnienia mamy, że jest „przepiękną dziewczyną".

– Ale jestem samotną matką – powiedziała. – I, co gorsza, nie potrafię flirtować. Nie wiedziałabym, jak to zrobić, choćby nawet Louisa stała za plecami tego kogoś i pokazywała mi plansze z tekstami do odczytania. A jedyni faceci, jakich spotkałam w ciągu ostatnich dwóch lat, albo wystraszyli się Thoma, albo chodziło im tylko o jedno.

– Chyba nie... – zaczęła mama.

– Bezpłatne porady z zakresu księgowości.

Nieoczekiwanie, patrząc na nią z boku, poczułam nagły przypływ współczucia. Miała rację: wbrew wszelkiemu prawdopodobieństwu dostały mi się same atuty – własne mieszkanie, przyszłość wolna od odpowiedzialności za kogokolwiek – a jedyną rzeczą, która powstrzymywała mnie przed skorzystaniem z nich, byłam ja sama. Fakt, że nie była rozgoryczona tym, jak różny los przypadł nam w udziale, zrobił na mnie duże wrażenie. Uściskałam ją przed odjazdem. Była lekko zszokowana, potem na chwilę nabrała podejrzeń, poklepała się po plecach, żeby sprawdzić, czy nie przykleiłam do nich karteczki „KOPNIJ MNIE", aż w końcu odwzajemniła mój uścisk.

– Przyjedź do mnie na trochę – powiedziałam. – Serio. Przyjedź. Zabiorę cię na tańce do takiego jednego klubu. Mama może popilnować Thoma.

Moja siostra wybuchnęła śmiechem i zamknęła drzwi od samochodu, podczas gdy ja go uruchamiałam.

– Jasne. Ty i tańce? Już to widzę.

Kiedy odjeżdżałam, nadal się śmiała.

Sześć dni później wróciłam do domu po wieczornej zmianie i zastałam tam własny nocny klub. Wchodząc po schodach, zamiast zwykłej ciszy słyszałam odległe śmiechy i nieregularne dudnienie muzyki. Zawahałam się przez chwilę pod moim mieszkaniem, myśląc, że ze zmęczenia pomyliłam drzwi, a potem je otworzyłam.

Najpierw uderzył mnie zapach trawki, tak silny, że odruchowo omal nie wstrzymałam oddechu, żeby tego nie wdychać. Powoli podeszłam do salonu, otworzyłam drzwi i stanęłam w nich, w pierwszej chwili nie mogąc uwierzyć w to, co miałam przed oczami. W słabo oświetlonym pokoju na mojej kanapie leżała Lily, krótką spódniczkę miała podwiniętą tak, że ledwie zakrywała jej pupę, a niedbale skręcony joint zastygł w połowie drogi do jej ust. Na podłodze przy kanapie rozsiedli się dwaj młodzi ludzie, wyspy na morzu pozostałości po alkoholu, pustych opakowań po chipsach i polistyrenowych pudełek po jedzeniu na wynos. Poza nimi były tam jeszcze dwie dziewczyny w wieku Lily; jedna z nich, z włosami ściągniętymi w ciasny kucyk, spojrzała na mnie z uniesionymi brwiami, jakby chciała zapytać, co tu robię. Muzyka dudniła z głośników. Liczba puszek po piwie i niedopałków w popielniczkach kazała przypuszczać, że był to długi wieczór.

– O – powiedziała Lily afektowanym tonem. – Czeeeść.

– Co wy wyprawiacie?

– No tak… Wiesz, byliśmy na mieście i tak jakby uciekł nam nocny, no i sobie pomyślałam, że w sumie moglibyśmy się tu przekimać. To chyba nie jest problem?

Byłam tak oszołomiona, że ledwo mogłam mówić.

– Owszem – odparłam sztywno. – Prawdę mówiąc, jest.

– Oo… – Lily zaczęła rechotać.

Z hałasem upuściłam torebkę na podłogę. Rozejrzałam się wokół, po komunalnym wysypisku śmieci, które kiedyś uchodziło za mój salon.

– Koniec imprezy. Daję wam pięć minut na posprzątanie tego bajzlu i zabranie się stąd.

– O Boże. Wiedziałam. Musisz od razu zacząć przynudzać, tak? Jezu. Wiedziałam! – Melodramatycznym gestem rzuciła się znów na kanapę. Mówiła niewyraźnie i poruszała się tak, jakby była zamroczona. Czym? Narkotykami? Czekałam. Przez jedną krótką, pełną napięcia chwilę dwóch chłopaków patrzyło na mnie nieruchomym wzrokiem i widziałam, że oceniają sytuację: czy mają wstać, czy po prostu siedzieć dalej.

Jedna z dziewczyn głośno wciągnęła powietrze przez zęby.

– Cztery minuty – powiedziałam powoli. – Odliczam.

Być może mój słuszny gniew dodał mi powagi. Może oni byli w gruncie rzeczy mniej odważni, niż się wydawali. Jedno po drugim podnieśli się chwiejnie i wyminęli mnie chyłkiem, kierując się w stronę otwartych drzwi. Ostatni z chłopaków, wychodząc, demonstracyjnie podniósł rękę i upuścił puszkę na podłogę w przedpokoju tak, że piwo obryzgało ścianę i polało się na dywan. Kopniakiem zamknęłam za nimi drzwi i podniosłam puszkę. Kiedy znalazłam się przy Lily, trzęsłam się z gniewu.

– W co ty ze mną pogrywasz, do cholery?

– Jezu. Przecież to było tylko paru znajomych, tak?

– To nie jest twoje mieszkanie, Lily. To nie jest twój dom, żebyś mogła tu sprowadzać ludzi, kiedy ci przyjdzie ochota… – Nagle coś mi się przypomniało: to dziwne wrażenie, że coś tu się nie zgadza, kiedy tydzień wcześniej wróciłam po pracy. – O mój Boże! To nie był pierwszy raz, prawda? W zeszłym tygodniu. Zaprosiłaś tu jakichś ludzi, a potem wyszliście, zanim ja wróciłam.

Lily niepewnie stanęła na nogi. Obciągnęła na sobie spódnicę i przeczesała ręką włosy, szarpiąc za splątane kosmyki. Eyeliner miała rozmazany, a na jej szyi widniało coś, co mogło być otarciem, albo może malinką.

– Boże. Dlaczego ty musisz ze wszystkiego zaraz robić aferę? To tylko ludzie, no błagam.

– W moim domu.

– Raczej trudno to nazwać domem, nie? Żadnych mebli, nic osobistego. Nie masz nawet obrazków na ścianach. To jest jak… garaż. Garaż bez samochodu. W sumie to widziałam przytulniejsze stacje benzynowe.

– Nie twoja sprawa, co robię ze swoim domem.

Dziewczyna wydała z siebie krótkie beknięcie i powachlowała sobie usta dłonią.

– Fu. To po kebabie. – Poszła do kuchni, w której otworzyła trzy szafki, zanim znalazła szklankę. Napełniła ją wodą i wypiła jednym haustem. – I nawet nie masz normalnego ekranu. Nie miałam pojęcia, że ktoś jeszcze trzyma w domu osiemnastocalowe telewizory.

Zaczęłam zbierać puszki i wpychać je do worka na śmieci.

– No to kim oni byli?

– Nie wiem. Po prostu jacyś ludzie.

– Jak to nie wiesz?

– Znajomi. – W jej głosie zadźwięczała irytacja. – Znam ich z clubbingu.

– Poznałaś ich w klubie?

– Tak. Na clubbingu. Bla, bla, bla. Jakbyś specjalnie udawała tępą. Tak. Znajomi z klubu. Normalni ludzie tak robią, wiesz? Mają znajomych, z którymi się bawią.

Wrzuciła szklankę do zlewu – usłyszałam, jak pęka – i z urazą wymaszerowała z kuchni.

Wlepiłam w nią wzrok i poczułam, że nagle robi mi się sucho w ustach. Pobiegłam do mojego pokoju i otworzyłam najwyższą szufladę. Zaczęłam przetrząsać jej zawartość, odsuwając na bok skarpetki i szukając szkatułki na biżuterię, w której trzymałam łańcuszek i obrączkę po babci. Na chwilę przerwałam i wzięłam głęboki oddech, tłumacząc sobie, że jej nie widzę, bo niepotrzebnie panikuję. Ona tam będzie. Oczywiście, że będzie. Zaczęłam wyjmować rzeczy z szuflady, przeglądać je starannie i rzucać na łóżko.

– Czy oni tu wchodzili? – krzyknęłam.

Lily stanęła w drzwiach.

– Czy co?

– Twoi znajomi. Czy oni wchodzili do mojego pokoju? Gdzie moja biżuteria?

Wyglądało na to, że Lily trochę się rozbudziła.

– Biżuteria?

– O nie. O nie. – Otworzyłam wszystkie szuflady i zaczęłam wyrzucać ich zawartość na podłogę. – Gdzie ona jest? I gdzie moja gotówka na czarną godzinę? – Odwróciłam się w jej stronę. – Kim oni byli? Jak się nazywali?

Lily milczała.

– Lily!

– Ja... ja nie wiem.

– Co to znaczy, że nie wiesz? Mówiłaś, że to twoi znajomi.

– No tacy... z clubbingu. Mitch. I... Lise, i... nie pamiętam.

Rzuciłam się do drzwi, przebiegłam przez korytarz i na łeb na szyję pognałam cztery piętra w dół. Ale kiedy udało mi się dotrzeć na parter, hol i ulica przed domem były puste, nie licząc rzęsiście oświetlonego nocnego autobusu do Waterloo, który płynął spokojnie przed siebie poprzez mrok.

Stanęłam w drzwiach, dysząc ciężko. A potem zamknęłam oczy, walcząc ze łzami i bezsilnie opuszczając ręce na kolana, kiedy dotarło do mnie, co straciłam: obrączkę po babci i jej delikatny złoty łańcuszek z małym wisiorkiem, który nosiła od czasu, gdy była dzieckiem. Wiedziałam już, że nigdy więcej ich nie zobaczę. W mojej rodzinie było tak niewiele rzeczy do przekazania, a teraz nawet to przepadło.

Powoli ruszyłam z powrotem na górę.

Kiedy otworzyłam drzwi do mieszkania, Lily stała w przedpokoju.

– Bardzo przepraszam – odezwała się cicho. – Nie wiedziałam, że ukradną twoje rzeczy.

– Idź sobie, Lily – powiedziałam.

– Wydawali się naprawdę w porządku. Po-powinnam była pomyśleć...

– Spędziłam w pracy trzynaście godzin. Muszę sprawdzić, czego brakuje, a potem chcę po prostu iść spać. Twoja matka wróciła już z wakacji. Idź już do domu, proszę cię.

– Ale ja...

– Nie. Koniec. – Wyprostowałam się powoli; potrzebowałam chwili na złapanie tchu. – Wiesz, jaka jest prawdziwa różnica między tobą a twoim tatą? Nawet wtedy, kiedy był najbardziej nieszczęśliwy, nigdy by nikogo tak nie potraktował.

Dziewczyna miała taką minę, jakbym uderzyła ją w twarz. Nic mnie to nie obchodziło.

– Ja już tak nie mogę, Lily. – Wyciągnęłam z portfela banknot dwudziestofuntowy i jej podałam. – Masz. Na taksówkę.

Spojrzała na pieniądze, potem na mnie i przełknęła ślinę. Przeczesała ręką włosy i powoli wróciła do salonu.

Zdjęłam kurtkę i stanęłam, wpatrując się we własne odbicie w małym lustrze nad komodą. Byłam blada, wyglądałam na wykończoną i przegraną.

– I zostaw klucze – powiedziałam.

Chwila ciszy. Usłyszałam brzęk, z jakim klucze wylądowały na blacie w kuchni, a potem drzwi od mieszkania zamknęły się ze szczękiem i już jej nie było.

Rozdział szesnasty

Will, wszystko zniszczyłam.

Podciągnęłam kolana pod brodę. Spróbowałam sobie wyobrazić, co on by powiedział, gdyby mógł mnie teraz zobaczyć, ale nie słyszałam już w głowie jego głosu i ten drobny fakt przygnębił mnie jeszcze bardziej.

Co mam teraz zrobić?

Zrozumiałam, że nie mogę zostać w mieszkaniu kupionym za pieniądze, które zostawił mi Will. Czułam się tak, jakby jego ściany były przesiąknięte moimi porażkami, jakby mieszkanie było przedwczesną nagrodą, na którą nie udało mi się zasłużyć. Jak mogłabym stworzyć dom w miejscu, które przypadło mi z zupełnie niewłaściwych powodów? Sprzedam je i zainwestuję te pieniądze. Tylko gdzie mam się potem podziać?

Pomyślałam o pracy, o tym, jak mój żołądek ściska się teraz odruchowo, ilekroć słyszę celtycką muzykę, nawet w telewizji; o tym, jak Richard sprawia, że czuję się beznadziejna, bezwartościowa.

Pomyślałam o Lily, zauważając specyficzny ciężar ciszy, wynikający z tego, iż wie się bez cienia wątpliwości, że w domu nie będzie nikogo poza tobą. Zaczęłam się zastanawiać, gdzie ona teraz jest, i odepchnęłam od siebie tę myśl.

Deszcz stracił na sile, padał coraz słabiej, niemal przepraszająco, aż wreszcie ustał, jakby pogoda przyznawała, że właściwie sama nie wie, co w nią wstąpiło. Wciągnęłam na siebie jakieś ubrania, odkurzyłam mieszkanie i wyniosłam worki ze śmieciami, które zostały po imprezie. Wybrałam się na bazar z kwiatami, głównie po to, żeby się czymś zająć. Zawsze lepiej jest wyjść z domu i coś porobić, jak mówi Marc. Może rzeczywiście poczuję się lepiej, kiedy znajdę się na tłocznej Columbia Road, z jej kolorowymi kwietnymi wystawami i niespieszącymi się nigdzie klientami. Z przyklejonym do twarzy uśmiechem weszłam do sklepiku, żeby kupić sobie jabłko, wystraszyłam Samira ("Czy ty jesteś na prochach, ziomala?") i pożeglowałam w ocean kwiatów.

W małej kawiarence kupiłam sobie colę i przez zaparowane okno przyglądałam się bazarowi, ignorując fakt, że jestem tam jedyną osobą bez towarzystwa. Przeszłam przez cały przemoczony targ; wdychałam wilgotną, odurzającą woń lilii, podziwiałam zwinięte sekrety peonii i róż, których powierzchnię nadal zdobiły szklane paciorki deszczu, i kupiłam sobie bukiet dalii, ale ciągle czułam się tak, jakbym kogoś grała, jakbym była postacią w reklamie: "Wielkomiejska singielka i jej londyński sen".

Ruszyłam piechotą do domu, tuląc do siebie kwiaty i robiąc, co w mojej mocy, żeby nie utykać, i przez cały ten czas usiłowałam nie zwracać uwagi na słowa: "Dziewczyno, kogo ty chcesz oszukać?", które co chwila odzywały się w mojej głowie.

Wieczór ciągnął się i dłużył, jak to bywa z samotnymi wieczorami. Dokończyłam sprzątanie mieszkania, wyłowiwszy niedopałki z sedesu, pooglądałam telewizję oraz uprałam strój do pracy. Urządziłam sobie kąpiel z pianą i wyszłam z niej po pięciu minutach, bojąc się zostać sam na sam z własnymi myślami. Nie mogłam zadzwonić do mamy i siostry: wiedziałam, że nie uda mi się utrzymać przed nimi pozorów zadowolenia.

Wreszcie sięgnęłam do szafki przy łóżku i wyciągnęłam z niej list, ten, który Will wysłał tak, żebym dostała go w Paryżu, kiedy jeszcze byłam pełna nadziei. Delikatnie rozłożyłam jego podniszczone zagięcia. Bywały takie okresy, w pierwszym roku po śmierci Willa, kiedy czytałam ten list co noc, próbując w ten sposób choć przez chwilę poczuć jego obecność. Teraz to jednak dawkowałam: powtarzałam sobie, że nie muszę na niego patrzeć – bałam się, że list utraci swoją moc amuletu, że słowa przestaną mieć dla mnie znaczenie. Ale cóż, w tej chwili ich potrzebowałam.

Tekst wystukany na komputerze, tak bardzo mi drogi, jakby Will był wtedy w stanie napisać go odręcznie; w tym laserowym druku wciąż krył się jakiś ślad jego energii.

Przez jakiś czas będzie Ci niewygodnie w tym nowym świecie. Człowiek zawsze czuje się dziwnie, kiedy zostaje wyrzucony poza swoją strefę komfortu… Clark, masz w sobie głód. Nieustraszoność. Tylko ją w sobie zakopałaś, tak jak większość ludzi.
Po prostu żyj dobrze. Po prostu żyj.

Przeczytałam słowa człowieka, który kiedyś we mnie wierzył, oparłam czoło na kolanach i w końcu zapłakałam.

Zadzwonił telefon, zbyt głośno, za blisko mojej głowy, sprawiając, że zerwałam się na równe nogi. Zaczęłam gorączkowo macać dookoła, wreszcie trafiłam na niego i spojrzałam na godzinę. Druga w nocy. Znajomy odruchowy lęk.

– Lily?
– Co? Lou?

W słuchawce zabrzmiał niski głos z charakterystycznym nowozelandzkim akcentem.

– Nathan, jest druga w nocy.

– O rany. Ciągle mi się coś chrzani z tą różnicą czasu. Przepraszam. Chcesz, żebym się rozłączył?

Dźwignęłam się do pionu, pocierając sobie twarz.

– Nie. Nie... Dobrze cię słyszeć. – Zapaliłam lampkę przy łóżku. – Co u ciebie?

– Dobrze! Wróciłem do Nowego Jorku.

– Super.

– No. Fajnie było zobaczyć starszych i tak dalej, ale po paru tygodniach już się nie mogłem doczekać, kiedy tu wrócę. To miasto jest epickie.

Zmusiłam się do uśmiechu, na wypadek gdyby mój rozmówca był w stanie to usłyszeć.

– To wspaniale, Nathan. Bardzo się cieszę.

– Dalej ci się podoba w tym twoim pubie?

– Da się wytrzymać.

– Nie... nie chciałabyś czasem porobić czegoś innego?

– Wiesz, jak to jest, kiedy człowiek nie jest zadowolony i mówi sobie: „No, ostatecznie mogło być gorzej. Mogłabym na przykład zajmować się czyszczeniem koszy na psie kupy"? Więc w tym momencie wolałabym zajmować się czyszczeniem koszy na psie kupy.

– No to mam dla ciebie propozycję.

– Nathan, słyszę to od wielu klientów. I odpowiedź zawsze brzmi „nie".

– Ha. Trudno... No, w każdym razie pojawił się tutaj wakat, praca dla rodziny, u której mieszkam. I byłaś pierwszą osobą, o której pomyślałem.

Żona pana Gopnika, wyjaśnił, nie jest typową żoną z Wall Street. Nie interesują jej ciągłe lunche i zakupy z przyjaciółkami; jest polską emigrantką z lekkimi skłonnościami depresyjnymi. Czuje się samotna, a ich gosposia – kobieta z Gwatemali – w ogóle się do niej nie odzywa.

Pan Gopnik poszukuje kogoś zaufanego, kto będzie dotrzymywał towarzystwa jego żonie i pomagał przy dzieciach, dodatkowej pary rąk, kiedy zechcą wybrać się w podróż.

– Szuka kogoś w rodzaju takiej rodzinnej dziewczyny do wszystkiego. Kogoś pogodnego i solidnego. I kogoś, kto nie będzie opowiadał wszystkim wokół o ich życiu osobistym.

– Czy on wie…

– Powiedziałem mu o Willu podczas naszego pierwszego spotkania, ale on już wcześniej przeprowadził wywiad na własną rękę. Nie zniechęciło go to. Wręcz przeciwnie. Powiedział, że jest pod wrażeniem tego, że uszanowaliśmy wolę Willa i że nigdy nie sprzedaliśmy swojej historii gazetom. – Nathan urwał. – Przemyślałem to sobie. Na tym poziomie, Lou, ludzie cenią zaufanie i dyskrecję bardziej niż cokolwiek innego. To znaczy, jasne, że nie możesz być idiotką i musisz robić to, co do ciebie należy, ale, no właśnie, tak naprawdę głównie to się liczy.

Zakręciło mi się głowie; jakby moje myśli tańczyły oszalałego walca w wesołym miasteczku. Odsunęłam od siebie telefon i po chwili przyłożyłam go z powrotem do ucha.

– Czy to… Czy ja tak naprawdę jeszcze śpię?

– Posłuchaj, lekko tutaj nie jest. Pracuje się do późna i naprawdę jest co robić. Ale bez kitu, dziewczyno, życie w tym mieście to jest coś.

Przeczesałam włosy ręką. Pomyślałam o barze, o wiecznie poirytowanych biznesmenach i o świdrującym wzroku Richarda.

O moim mieszkaniu, którego ściany co wieczór zamykały się wokół mnie jak mury więzienia.

– Sama nie wiem. To jest… To znaczy, to wszystko wydaje się…

– Lou, to jest zielona karta. – Nathan ściszył głos. – Zakwaterowanie i jedzenie na miejscu. W Nowym Jorku! Posłuchaj. Ten gość naprawdę sporo może. Jak będziesz się starać, to on będzie o ciebie dbał. Jest bystry, no i sprawiedliwy. Przyjedź tutaj, pokaż mu, na co cię stać, i całkiem możliwe, że otworzą się przed tobą perspektywy, o jakich ci się nie śniło. Poważnie. Nie myśl o tym w kategoriach pracy opiekunki. Pomyśl o tym jako o furtce.

– Nie wiem…

– Masz tam jakiegoś faceta, którego nie chcesz zostawić? Zawahałam się.

– Nie. Ale tyle się wydarzyło… Ja nie… – Jak to wszystko wytłumaczyć, i to o drugiej nad ranem?

– Lou, wiem, jak tamto cię rozwaliło. Nas wszystkich zresztą. Ale trzeba żyć dalej.

– Tylko nie mów, że on by sobie tego życzył.

– Dobra – odparł Nathan. Milczeliśmy przez chwilę, słuchając, jak mówi to bez słów.

Spróbowałam zebrać myśli.

– Czy musiałabym jechać do Nowego Jorku na rozmowę o pracę?

– Oni do końca lata są w Hamptons, więc gość szuka kogoś, kto będzie mógł zacząć we wrześniu. Czyli mniej więcej za półtora miesiąca. Jeśli uznasz, że jesteś zainteresowana, przeprowadzi z tobą rozmowę na Skypie, sprawdzi, jakie papiery trzeba załatwić, żeby cię tu ściągnąć, no i jazda. Będą inni chętni, wiadomo. Warunki są za dobre, żeby było inaczej. Ale pan G. mi ufa, Lou. Jak ja mówię, że na kogoś warto postawić, to ten ktoś ma większe szanse. To jak, mam cię zgłosić? Tak? Zgadzasz się, prawda?

Odezwałam się, niemal zanim zdążyłam się zastanowić.

– Y… tak. Tak.

– Super! Napisz do mnie maila, gdybyś miała jakieś pytania. Prześlę ci parę fotek.

– Nathan?

– Lou, muszę lecieć. Stary właśnie na mnie zadzwonił.

– Dziękuję. Dzięki, że o mnie pomyślałeś.

Na moment zapadła cisza, a potem Nathan odpowiedział:

– Dziewczyno, z nikim mi się tak dobrze nie pracowało.

Po tym, jak się rozłączył, nie mogłam zasnąć; zastanawiałam się, czy czasem nie wyobraziłam sobie całej tej rozmowy, a w głowie szumiało mi na myśl o tym, jak niesamowite rzeczy mnie czekają, jeśli to była prawda. O czwartej usiadłam i napisałam do Nathana garść pytań, na które za chwilę dostałam odpowiedź.

Rodzina jest w porządku. Bogaci nigdy nie są normalni (!), ale ci tutaj to dobrzy ludzie. Zero scen.

Miałabyś własny pokój i łazienkę. Kuchnię dzielilibyśmy z gosposią. Jest spoko. Trochę starsza. Nie narzuca się.

Stałe godziny. Osiem – maks dziesięć – dziennie. Za nadgodziny odbierasz sobie potem wolne. Może Ci się przydać parę słów po polsku!

Na zewnątrz zaczęło się robić jasno, a ja usnęłam, z głową pełną dwupoziomowych mieszkań i gwarnych ulic na Manhattanie. A kiedy się obudziłam, czekała na mnie wiadomość.

Szanowna Pani,

jak słyszałem od Nathana, byłaby Pani zainteresowana pracą w naszym domu. Czy możemy się umówić na rozmowę na Skypie we wtorek po południu, o 5.00 po południu uniwersalnego czasu Greenwich (12.00 standardowego czasu wschodniego)?

Z poważaniem,

Leonard M. Gopnik

Przez równe dwadzieścia minut wpatrywałam się w mail, dowód na to, że to wszystko nie był sen. Następnie wstałam, wzięłam prysznic, zrobiłam sobie kubek mocnej kawy i wystukałam odpowiedź. Rozmowa na pewno mi nie zaszkodzi, powiedziałam sobie. Pewnie nie dostanę tej pracy, w końcu w Nowym Jorku jest wielu profesjonalnych kandydatów. No ale przynajmniej będzie to dobre ćwiczenie. I może dzięki temu poczuję, że coś wreszcie zrobiłam, że ruszyłam z miejsca.

Zanim wyszłam do pracy, ostrożnie podniosłam list Willa z szafki przy łóżku. Przycisnęłam go do ust, a potem starannie złożyłam i znów schowałam w szufladzie.

Dziękuję, powiedziałam bezgłośnie.

W tym tygodniu grupa wsparcia spotkała się w nieco okrojonym składzie. Natasha wyjechała na wakacje, podobnie jak Jake, co przyjęłam głównie z ulgą, ale i – paradoksalnie – z odrobiną rozczarowania. Tematem tego spotkania było „Gdybym mógł cofnąć czas", w związku z czym William i Sunil na przemian nucili i pogwizdywali piosenkę Cher *If I Could Turn Back Time* przez całe półtorej godziny naszych warsztatów.

Słuchałam Freda mówiącego o tym, iż żałuje, że spędzał tyle czasu w pracy, i Sunila, który chciałby lepiej poznać swojego brata

(„Człowiek po prostu myśli, że ten ktoś zawsze będzie obok, no nie? A potem któregoś dnia budzi się i przekonuje, że to nieprawda".), i zastanawiałam się, czy naprawdę warto było przychodzić.

Parę razy zdarzyło mi się pomyśleć, że przychodzenie na te spotkania rzeczywiście mi pomaga. Ale przez większość tego czasu siedziałam tutaj z ludźmi, z którymi miałam niewiele wspólnego i którzy po prostu ględzili przez tych parę godzin, kiedy mieli do kogo otworzyć usta. Czułam się zmęczona i byłam nie w sosie, biodro bolało mnie od siedzenia na twardym plastikowym krześle, i doszłam do wniosku, że mój stan psychiczny równie wiele skorzystałby na oglądaniu serialu *EastEnders*. Poza tym te ciastka naprawdę były do niczego.

Leanne, samotna matka, mówiła o tym, jak pokłóciła się o spodnie od dresu z siostrą na dwa dni przed jej śmiercią.

– Zarzuciłam jej, że je zabrała, bo ciągle podbierała mi ubrania. Powiedziała, że tego nie zrobiła, no ale ona zawsze tak mówiła.

Marc czekał. Zaczęłam się zastanawiać, czy nie mam w torebce jakichś proszków przeciwbólowych.

– Tylko że potem, wiecie, potrącił ją autobus i jak następnym razem ją zobaczyłam, leżała w kostnicy. A kiedy szukałam ciemnych ubrań, żeby założyć na jej pogrzeb, to zgadnijcie, co znalazłam w szafie.

– Spodnie od dresu – domyślił się Fred.

– To trudne, kiedy coś pozostaje nierozwiązane – odezwał się Marc. – Niekiedy dla własnego zdrowia psychicznego musimy spojrzeć na całą sprawę z szerszej perspektywy.

– Można kogoś kochać, a jednocześnie nazwać go kradziejem, bo podebrał nam spodnie od dresu – zauważył William.

Tego dnia nie miałam ochoty nic mówić. Byłam tam tylko dlatego, że nie potrafiłam zmierzyć się z ciszą panującą w moim małym mieszkaniu. Nagle owładnęło mnie okropne przeczucie, że mogę z łatwością stać się jedną z tych osób, które są tak bardzo spragnione kontaktu z ludźmi, że wprawiają w zakłopotanie pasażerów w pociągu, zagadując do nich bez powodu, albo spędzają w sklepie dziesięć minut na zastanawianiu się, co chcą kupić, żeby móc pogawędzić z ekspedientką. Byłam tak pochłonięta rozmyślaniem nad tym, czy czasem nie zdradzam już pierwszych objawów, bo tego samego dnia rozmawiałam z Samirem o moim nowym ochraniaczu na biodro, że nie zwróciłam uwagi na Daphne. Żałowała, że akurat tamtego dnia nie wróciła z pracy godzinę wcześniej – i nagle zorientowałam się, że po jej policzkach cicho płyną łzy.

– Daphne?

– Przepraszam was. Ale tyle czasu spędziłam na gdybaniu. Gdybym się nie zatrzymała, żeby pogawędzić z tą panią przy stoisku z kwiatami. Gdybym machnęła ręką na tę głupią księgę rachunkową i wcześniej wyszła z pracy. Gdybym zdążyła na czas... może byłabym w stanie go przekonać, żeby tego nie robił. Może potrafiłabym zrobić jakąś jedną rzecz, która by mu pokazała, że jednak warto żyć.

Marc pochylił się do przodu z pudełkiem chusteczek i delikatnie położył je na kolanach Daphne.

– Daphne, czy Alan wcześniej próbował odebrać sobie życie?

Kobieta skinęła głową i wydmuchała nos.

– O tak. Kilka razy. Od dosyć młodego wieku miewał coś, co nazywaliśmy „chandrą". W takich chwilach nie lubiłam go zostawiać, bo to było... tak, jakby nie słyszał, co się do niego mówi. Nieważne, co to było. Więc zdarzało się, że dzwoniłam do pracy i mówiłam, że jestem chora, żeby po prostu z nim pobyć i spróbować go rozweselić, ot tak. Zrobić mu jego ulubione kanapki. Posiedzieć z nim na kanapie. Tak naprawdę zrobić cokolwiek, by czuł, że jestem z nim. Zawsze myślę, że to dlatego nigdy nie dostałam awansu, a inne dziewczyny tak. Rozumiecie, musiałam się ciągle zwalniać z pracy.

– Depresja bywa bardzo trudna. Nie tylko dla osoby, która na nią cierpi.

– Czy on brał leki?

– Och, nie. Tylko że to nie było... no wiecie... coś chemicznego.

– Jesteś pewna? To znaczy, depresji często nie diagnozowano poprawnie w tamtych...

Daphne podniosła głowę.

– On był homoseksualistą. – Wymówiła to słowo z jego siedmioma pełnymi, wyraźnymi sylabami i spojrzała prosto na nas, lekko zarumieniona, jakby rzucała nam wyzwanie. – Nigdy nikomu o tym nie mówiłam. Ale był homoseksualistą i myślę, że było mu smutno z tego powodu. A to był taki dobry człowiek i nie chciałby mnie skrzywdzić, więc na pewno by nie... no wiecie... nie poszedł gdzieś i nie zrobił nic z tych rzeczy. Uważałby, że w ten sposób przyniesie mi wstyd.

– Daphne, dlaczego sądzisz, że on był gejem?

– Znalazłam coś, kiedy szukałam jego krawata. Te pisma. Mężczyźni, którzy robią coś z innymi mężczyznami. W jego szufladzie. Nie sądzę, żeby ktoś trzymał takie pisma, gdyby nie był.

Fred lekko zesztywniał.

– Z pewnością nie.

– Nigdy o nich nie wspomniałam – powiedziała Daphne. – Po prostu schowałam je z powrotem tam, gdzie je znalazłam. Ale wszystko zaczęło mi się układać w całość. On nigdy się specjalnie nie rwał do tych rzeczy. Tylko że ja myślałam, że mam szczęście, bo ja też nie. To przez zakonnice. Tam u nich można było dojść do wniosku, że praktycznie wszystko jest nieczyste. Więc kiedy

wyszłam za miłego człowieka, który nie próbował się do mnie do-
bierać co pięć minut, to uznałam, że jestem największą szczęściarą
na świecie. To znaczy, pewnie chciałabym mieć dzieci. To byłoby
miłe. Ale… – westchnęła – tak naprawdę nigdy nie rozmawialiśmy o takich sprawach. W tamtych czasach się tego nie robiło.
I teraz żałuję. Co za szkoda, myślę sobie.

– Myślisz, że gdybyście ze sobą szczerze rozmawiali, może to
by coś zmieniło?

– W dzisiejszych czasach jest inaczej, prawda? Można spokojnie
być homoseksualistą. Właściciel pralni koło mnie jest i opowiada
o swoim chłopaku każdemu, kto się nawinie. Byłoby mi smutno,
gdybym straciła męża, ale jeśli on był nieszczęśliwy i czuł się jak
w pułapce, to pozwoliłabym mu odejść. Naprawdę. Nigdy nie chciałam nikogo więzić. Chciałam tylko, żeby on był trochę szczęśliwszy.

Jej twarz wykrzywił bolesny grymas, więc objęłam Daphne
ramieniem. Jej włosy pachniały lakierem i gulaszem z jagnięciny.

– No już, staruszko, no już – powiedział Fred i wstał, żeby nieco
niezgrabnie poklepać ją po ramieniu. – On na pewno wiedział, że
chciałaś dla niego jak najlepiej.

– Tak myślisz, Fred? – głos jej drżał.

Mężczyzna z przekonaniem skinął głową.

– Na pewno. I masz zupełną rację. W tamtych czasach było
całkiem inaczej. To nie twoja wina.

– Podzielenie się z nami tą historią wymagało dużej odwagi.
Dziękujemy, Daphne. – Marc uśmiechnął się współczująco. – A ja
bardzo cię podziwiam za to, że pozbierałaś się po tym i ruszyłaś
dalej. Czasami zwykłe przeżycie kolejnego dnia wymaga niemal
nadludzkiej siły.

Kiedy opuściłam wzrok, zobaczyłam, że Daphne trzyma mnie
za rękę. Poczułam, jak jej pulchne palce splatają się z moimi.

Odwzajemniłam uścisk. I zanim zdążyłam się zastanowić, zaczęłam mówić.

– Ja też zrobiłam coś, co chciałabym móc zmienić.

Pół tuzina twarzy zwróciło się w moją stronę.

– Poznałam córkę Willa. Pojawiła się w moim życiu zupełnie niespodziewanie, a ja pomyślałam sobie, że w ten sposób będę mogła wreszcie jakoś się pozbierać po jego śmierci, ale teraz czuję się po prostu…

Wpatrywali się we mnie. Fred zrobił dziwną minę.

– Co?

– Kto to jest Will? – zapytał Fred.

– Mówiłaś, że ma na imię Bill.

Lekko zgarbiłam się na swoim krześle.

– Will to Bill. Wcześniej miałam opory przed używaniem jego prawdziwego imienia.

W salce dało się słyszeć, jak zgromadzeni wypuszczają powietrze z płuc.

Daphne poklepała mnie po ręce.

– Nie martw się, kochanie. To tylko imię. W poprzedniej grupie mieliśmy kobietę, która wszystko sobie wymyśliła. Mówiła, że jej dziecko umarło na białaczkę. Okazało się, że nie miała nawet złotej rybki.

– Nic się nie stało, Louiso. Możesz nam powiedzieć. – Marc posłał mi swoje Specjalne Empatyczne Spojrzenie. Odpowiedziałam mu słabym uśmiechem, by mu pokazać, że zauważyłam i rozumiem. I że Will to nie złota rybka. Co mi tam, pomyślałam sobie. Moje życie wcale nie jest bardziej pokręcone niż ich.

Więc im opowiedziałam, jak Lily się u mnie pojawiła i jak myślałam, że uda mi się jej pomóc i doprowadzić do jej spotkania z rodziną Willa, i że wszyscy będą szczęśliwi, i jaka głupia czuję się teraz, jaka naiwna.

– Mam wrażenie, że znów zawiodłam Willa... zawiodłam wszystkich – powiedziałam. – A teraz ona zniknęła, a ja w kółko zadaję sobie pytanie, co mogłam zrobić inaczej, ale prawda jest taka, że nie potrafiłam sobie poradzić z tą sytuacją. Nie byłam dość silna, żeby zająć się tym i wszystko naprawić.

– Ale twoje rzeczy! Ukradli ci kosztowności! – Druga pulchna, wilgotna ręka Daphne zacisnęła się na moich dłoniach. – Masz pełne prawo się złościć!

– Fakt, że dziewczyna nie ma ojca, nie usprawiedliwia tego, że zachowuje się jak niewdzięczny bachor – odezwał się Sunil.

– Uważam, że to było bardzo miło z twojej strony, że pozwoliłaś jej u siebie mieszkać. Nie jestem pewna, czy ja bym to zrobiła – dodała Daphne.

– Louiso, jak myślisz, co jej ojciec mógłby zrobić inaczej? – Marc nalał sobie jeszcze jedną filiżankę kawy.

Nagle pożałowałam, że nie ma tu czegoś mocniejszego.

– Nie wiem – odpowiedziałam. – Ale on miał w sobie jakiś naturalny autorytet. Nawet kiedy nie był w stanie ruszać rękami ani nogami, czuło się, że to on tu rządzi. Powstrzymałby ją przed robieniem głupot. Jakoś pomógłby jej wyjść na prostą.

– Jesteś pewna, że go nie idealizujesz? Idealizacją zajmiemy się w tygodniu ósmym – wtrącił Fred. – Ja ciągle myślę o Jilly, jakby była święta, prawda, Marc? Zapominam, że rozwieszała nad prysznicem swoje pończochy samonośne i doprowadzała mnie tym do pasji.

– Być może jej ojciec nie byłby w stanie zrobić nic, żeby jej pomóc. Nie masz pojęcia. Możliwe, że by się nienawidzili.

– Z tego, co mówisz, wynika, że to skomplikowana młoda kobieta – zauważył Marc. – I możliwe, że dałaś jej tyle szans, ile tylko byłaś w stanie. Ale… czasem, Louiso, życie dalej oznacza, że musimy chronić samych siebie. I być może w głębi duszy zdałaś sobie z tego sprawę. Jeśli Lily po prostu wprowadzała w twoje życie chaos i negatywne emocje, to możliwe, że zrobiłaś jedyną rzecz, jaką mogłaś zrobić.

– O tak. – Kilka osób w kółku pokiwało głowami. – Bądź dla siebie dobra. Jesteś tylko człowiekiem. – Byli tacy kochani, uśmiechali się do mnie z otuchą, chcieli, żebym się lepiej poczuła.

Prawie im uwierzyłam.

We wtorek zapytałam Verę, czy może mi dać dziesięć minut (wymamrotałam coś ogólnikowego o kobiecych sprawach, a ona pokiwała głową, jakby chciała powiedzieć: „Życie kobiety to jedno pasmo nieszczęść", i wymruczała, że później opowie mi o swoich włókniakach). Pobiegłam do najcichszej damskiej toalety – jedynego miejsca, w którym mogłam mieć pewność, że Richard mnie nie zobaczy – z laptopem w torbie. Narzuciłam bluzkę koszulową na swój strój, udało mi się postawić komputer w pobliżu umywalek i podłączyć na pół godziny do darmowego Wi-Fi na lotnisku, po czym zajęłam miejsce przed ekranem. Pan Gopnik zadzwonił równo o piątej, w chwili gdy zdzierałam z głowy kędzierzawą perukę irlandzkiej tancerki.

Nawet gdybym nie widziała nic poza spikselowaną twarzą Leonarda Gopnika, byłabym w stanie stwierdzić, że jest bogaty. Miał pięknie ostrzyżone szpakowate włosy, jego spojrzenie z niewielkiego ekranu w naturalny sposób budziło szacunek i zaufanie, a kiedy mówił, nie trwonił słów. No dobrze, i na ścianie za nim wisiał oprawny w złotą ramę obraz jakiegoś starego mistrza.

Nie spytał mnie o wykształcenie, kwalifikacje, CV ani o to, dlaczego prowadzę rozmowę obok suszarki do rąk. Spojrzał na jakieś dokumenty, a potem zapytał o moje stosunki z Traynorami.

– Dobre! To znaczy, na pewno daliby mi referencje. Widziałam się niedawno z nimi obojgiem, z takich czy innych powodów. Jesteśmy w dobrych relacjach, pomimo... pomimo okoliczności...

– Okoliczności zakończenia pani pracy u nich – jego głos był cichy i zdecydowany. – Tak, Nathan opowiedział mi o całej tej sytuacji. Musiało to być niemałym wyzwaniem.

– Tak. Rzeczywiście – powiedziałam po chwili niezręcznej ciszy. – Ale uważałam to za przywilej. Że mogę być częścią życia Willa.

Z namysłem pokiwał głową.

– Co robiła pani od tamtej pory?

– Y, no cóż, trochę podróżowałam, głównie po Europie, co było... interesujące. Warto coś takiego zrobić. Podróże kształcą. Rzecz jasna. – Spróbowałam się uśmiechnąć. – A teraz pracuję na lotnisku, chociaż to właściwie... – kiedy to mówiłam, drzwi za mną się otworzyły i do łazienki weszła jakaś kobieta, ciągnąc za sobą walizkę na kółkach. Przesunęłam laptop, licząc na to, że pan Gopnik nie usłyszał, jak wchodzi do kabiny. – Właściwie nie jest to coś, co chciałabym robić na dłuższą metę.

Proszę, tylko nie sikaj zbyt głośno – zwróciłam się w myślach do kobiety.

Pan Gopnik zadał mi kilka pytań o moje obecne obowiązki i poziom zarobków. Starałam się nie zwracać uwagi na dźwięk spuszczanej wody i patrzyłam prosto przed siebie, ignorując kobietę, która wyłoniła się z kabiny.

– A czego by pani… – kiedy mężczyzna zaczął mówić, tamta wyciągnęła nade mną ręce i uruchomiła suszarkę, która wydała z siebie ogłuszający ryk. Pan Gopnik zmarszczył brwi.

– Proszę chwileczkę poczekać – zasłoniłam kciukiem otwór, który, miałam nadzieję, był mikrofonem. – Przepraszam – krzyknęłam do kobiety. – Tej nie wolno używać. Jest… zepsuta.

Odwróciła się w moją stronę, pocierając idealnie wymanikiurowane palce, a potem znów w stronę maszyny.

– Nic podobnego. Gdzie w takim razie jest kartka z informacją, że suszarka nie działa?

– Spłonęła. Nagle. Paskudne, niebezpieczne urządzenie.

Obrzuciła najpierw mnie, a potem suszarkę podejrzliwym spojrzeniem, wyciągnęła spod niej ręce, chwyciła swoją walizkę i wyszła. Zablokowałam drzwi krzesłem, uniemożliwiając wejście kolejnej osobie, i jeszcze raz przesunęłam laptop tak, żeby pan Gopnik mnie widział.

– Bardzo przepraszam. Muszę to robić w pracy i jest to trochę…

Mężczyzna przeglądał swoje papiery.

– Słyszałem od Nathana, że niedawno miała pani wypadek.

Przełknęłam ślinę.

– Tak. Ale czuję się znacznie lepiej. Zupełnie dobrze. No, może z wyjątkiem tego, że jeszcze trochę utykam.

– To się zdarza nawet najlepszym – odparł z nieznacznym uśmiechem. Odwzajemniłam go. Ktoś nacisnął klamkę. Przesunęłam się tak, że teraz blokowałam drzwi całym swoim ciężarem.

– A co było najtrudniejsze? – zapytał pan Gopnik.

– Słucham?

– W pracy dla Williama Traynora. Wygląda na to, że nie było to łatwe zadanie.

Zawahałam się. W pomieszczeniu niespodziewanie zrobiło się bardzo cicho.

– Najtrudniej było pozwolić mu odejść – odpowiedziałam. I nagle zorientowałam się, że przełykam łzy.

Leonard Gopnik patrzył na mnie z odległości tysięcy kilometrów. Z trudem powstrzymałam się od otarcia oczu.

– Panno Clark, moja sekretarka się z panią skontaktuje. Dziękuję, że poświęciła mi pani czas.

A potem skinął mi głową, jego twarz znieruchomiała, ekran zgasł, a ja siedziałam, wpatrując się w niego i kontemplując fakt, że po raz kolejny wszystko schrzaniłam.

Tego wieczoru w drodze do domu postanowiłam nie myśleć o rozmowie o pracę. Zamiast tego powtarzałam sobie w głowie słowa Marca niczym mantrę. Przebiegłam myślą wszystkie rzeczy, które robiła Lily, nieproszonych gości, kradzież, narkotyki, niezliczone powroty w środku nocy, pożyczanie moich ubrań bez pytania, a potem spojrzałam na nie przez pryzmat rad mojej grupy. Lily to był bezład, zamieszanie, dziewczyna, która bierze i nie daje nic w zamian. Jest młoda i spokrewniona z Willem, ale to nie oznacza, że muszę brać za nią całkowitą odpowiedzialność albo znosić chaos, który za sobą zostawia.

Poczułam się trochę lepiej. Naprawdę. Przypomniałam sobie o jeszcze jednej rzeczy, którą powiedział Marc: że żadna droga, która ma nas wyprowadzić z żałoby, nie jest prosta. Będą dni dobre i złe. Dziś był po prostu zły dzień, zakręt, który trzeba pokonać i przetrwać.

Weszłam do mieszkania i upuściłam torebkę, czując nagły przypływ wdzięczności za to, że dom jest po prostu w takim stanie, w jakim go zostawiłam. Pozwolę, żeby minęło trochę czasu, powiedziałam sobie, a potem napiszę do niej SMS-a, i będę pilnować, żeby w przyszłości jej wizyty miały bardziej uregulowany charakter. Skoncentruję energię na zdobyciu nowej pracy. Dla odmiany pomyślę o sobie. Pozwolę swoim ranom się uleczyć. W tym momencie musiałam przestać, bo trochę się martwiłam, że zaczynam brzmieć jak Tanya Houghton-Miller.

Zerknęłam na schody przeciwpożarowe. Pierwszy krok to będzie powrót na ten głupi dach. Wejdę tam całkiem sama, bez żadnego ataku paniki, i będę tam siedzieć przez bite pół godziny, wdychać świeże powietrze, i dłużej nie pozwolę, żeby część mojego własnego domu w tak niedorzeczny sposób terroryzowała moją wyobraźnię.

Zdjęłam strój do pracy, włożyłam szorty i, dla dodania sobie odwagi, lekki kaszmirowy sweter Willa, ten, który zabrałam z domu Traynorów po jego śmierci, bo miękki dotyk kaszmiru na mojej skórze z jakiegoś powodu przynosił mi pociechę. Przeszłam przez korytarz i szeroko otworzyłam okno. To tylko dwa krótkie odcinki żelaznych schodków. A potem będę na górze.

– Nic się nie stanie – powiedziałam na głos i odetchnęłam głęboko. Wdrapując się na schody, miałam uczucie, że moje nogi są dziwnie puste w środku, ale powtarzałam sobie z przekonaniem, że to tylko wrażenie, echo dawnego lęku. Potrafię go pokonać, tak jak będę umiała pokonać wszystko inne. W uszach rozbrzmiewał mi głos Willa.

Śmiało, Clark. Po jednym stopniu.

Obiema dłońmi mocno chwyciłam się poręczy i zaczęłam się wspinać. Nie patrzyłam w dół. Nie pozwalałam sobie myśleć o tym, jak wysoko się znajduję, albo jak lekki wietrzyk przypomina mi ten raz, kiedy wszystko poszło nie tak, albo o powracającym bólu w biodrze, który uparcie nie chciał zniknąć. Pomyślałam o Samie i furia wywołana tą myślą popchnęła mnie naprzód. Nie muszę być ofiarą, osobą, której wszystko się tylko przydarza.

Powtarzając to sobie, dotarłam do szczytu drugiego odcinka schodów, kiedy nogi zaczęły mi się trząść. Niezgrabnie przelazłam przez niski murek, bojąc się, że za chwilę odmówią mi posłuszeństwa, i wylądowałam na dachu na czworakach. Czułam się słaba i byłam mokra od potu. Nie zmieniając pozycji, z zamkniętymi oczami, pozwoliłam, by dotarł do mnie fakt, że jestem na dachu. Udało mi się. Teraz jestem panią swojego losu. Zostanę tam tyle, ile będzie trzeba, żeby poczuć się normalnie.

Usiadłam na piętach, wyciągnęłam ręce, by poczuć solidność otaczającego mnie murka, i odchyliłam się do tyłu, oddychając głęboko. Czułam się w porządku. Nic się nie ruszało. Zrobiłam to. A potem otworzyłam oczy i zaparło mi dech w piersiach.

Dach był jedną wielką feerią barw. Martwe doniczki, które zaniedbywałam od miesięcy, wypełniały teraz szkarłatne i fioletowe kwiaty, które przelewały się przez ich krawędzie jak kaskady kolorów. Nad dwoma nowymi kwietnikami unosiły się obłoki drobniutkich błękitnych płatków, a obok jednej z ławek w dużej ozdobnej donicy stał klon japoński, którego liście delikatnie drżały na wietrze.

W słonecznym kąciku pod południową ścianą, obok pojemnika z wodą znajdowały się dwa worki z torfem; wyrastały z nich łodygi, z których zwisały czerwone pomidorki, a na asfalcie leżał jeszcze jeden worek, z którego środka wystrzelały pierzaste zielone listki. Zaczęłam powoli iść w ich stronę, wdychając zapach jaśminu, a potem stanęłam i usiadłam na ławce, chwyciwszy się żelaznej poręczy. Opadłam na poduszkę, którą znałam ze swojego salonu.

Z niedowierzaniem wpatrywałam się w tę małą oazę spokoju i piękna stworzoną na moim jałowym dachu. Przypomniałam sobie, jak Lily ułamała suchą gałązkę z doniczki i poinformowała mnie z całą powagą, że to zbrodnia pozwolić swoim roślinom umrzeć, i to, jak od niechcenia rzuciła w ogrodzie pani Traynor: „róże Davida Austina". A potem przypomniałam sobie te tajemnicze grudki ziemi na moim korytarzu.

I ukryłam twarz w dłoniach.

Rozdział siedemnasty

Wysłałam do Lily dwa SMS-y. W pierwszym dziękowałam jej za to, co zrobiła z moim dachem. „Jest przepięknie. Czemu nic nie mówiłaś!" Dzień później napisałam, że mi przykro, iż sytuacja między nami tak się skomplikowała, i że jeśli kiedykolwiek będzie miała ochotę porozmawiać ze mną o Willu, postaram się odpowiedzieć na wszelkie pytania. Dodałam, że mam nadzieję, iż pojedzie zobaczyć się z panem Traynorem i maluszkiem, bo wiem, jakie to ważne, żeby dbać o kontakty z rodziną.

Nic nie odpisała. Nie byłam specjalnie zaskoczona.

Przez następne dwa dni wracałam na dach jak ktoś, kto uparcie dotyka językiem bolącego zęba. Podlewałam rośliny i czułam, że powoli osaczają mnie wyrzuty sumienia. Chodziłam pomiędzy barwnymi kwiatami, wyobrażając sobie godziny, które Lily spędzała tu w tajemnicy, jak musiała wnosić torby z ziemią i ceramiczne donice po schodach przeciwpożarowych w tych porach, kiedy ja byłam w pracy. Jednak zawsze gdy wracałam do tego, jak było nam razem, wciąż nie wiedziałam, co myśleć. Co mogłam zrobić inaczej? Nie umiałam sprawić, by Traynorowie akceptowali ją w taki sposób, jakiego ona potrzebowała. Nie byłam w stanie jej uszczęśliwić. A jedynej osoby, która być może potrafiłaby tego dokonać, nie było już między nami.

Pod moim blokiem stał zaparkowany motocykl. Zamknęłam samochód i pokuśtykałam na drugą stronę ulicy, żeby kupić karton mleka, wykończona po pracy. Kropiło, więc spuściłam głowę, chowając twarz przed deszczem. Kiedy ją podniosłam, zobaczyłam znajomy uniform przy wejściu do mojej klatki i poczułam szarpnięcie w piersi.

Przeszłam z powrotem na moją stronę, mijając go bez słowa i grzebiąc w torebce w poszukiwaniu kluczy. Dlaczego w chwilach stresu palce muszą mi się zmieniać w kabanosy?

– Louisa.

Klucze nie chciały się pojawić. Jeszcze raz przetrząsnęłam zawartość torebki, upuściłam grzebień, podartą chusteczkę, drobne, i zaklęłam pod nosem. Poklepałam się po kieszeniach, usiłując zlokalizować te cholerne klucze.

– Louisa.

A potem nagle, z mdlącym uczuciem w żołądku, przypomniałam sobie, gdzie one są: w kieszeni dżinsów, które zdjęłam tuż przed wyjściem do pracy. No fantastycznie.

– Serio? Będziesz mnie po prostu ignorować? Tak chcesz to rozegrać?

Odetchnęłam głęboko i odwróciłam się w jego stronę, prostując się lekko.

– Sam.

On także wyglądał na zmęczonego; widać było, że od paru dni się nie golił. Pewnie dopiero co skończył dyżur. Nierozsądnie jest zauważać takie rzeczy. Skupiłam wzrok na punkcie znajdującym się nieco na lewo od jego ramienia.

– Możemy pogadać?

– Nie jestem pewna, czy to ma jakikolwiek sens.

– Jak to?

– Możesz być spokojny, ja nie mam już złudzeń. Właściwie to nawet nie wiem, co cię tu sprowadza.

– Sprowadza mnie to, że właśnie skończyłem koszmarną szesnastogodzinną zmianę, wysadziłem Donnę niedaleko stąd i pomyślałem, że w sumie mogę spróbować się z tobą zobaczyć i dowiedzieć, co między nami zaszło. Bo jeśli chodzi o mnie, to nie mam bladego pojęcia.

– Serio?

– Serio.

Mierzyliśmy się gniewnym wzrokiem. Czemu wcześniej nie zauważyłam, jaki on jest irytujący? Jaki nieprzyjemny? Nie potrafiłam zrozumieć, jak mogło mnie tak zaślepić pożądanie do tego mężczyzny, skoro teraz każda cząsteczka mnie pragnęła znaleźć się od niego jak najdalej. Po raz ostatni przeszukałam kieszenie, na próżno, i z trudem pohamowałam chęć kopnięcia w drzwi.

– Dasz mi chociaż jakąś wskazówkę? Jestem zmęczony, Louiso, i nie lubię gierek.

– Ty nie lubisz gierek! – Z moich ust wyrwał się cichy gorzki śmiech.

Sam odetchnął głęboko.

– No dobrze. To tylko jedno. Jedna rzecz i już mnie nie ma. Chciałbym się tylko dowiedzieć, dlaczego nie oddzwaniasz.

Popatrzyłam na niego z niedowierzaniem.

– Bo różne rzeczy można o mnie powiedzieć, ale kompletną idiotką nie jestem. To znaczy, przez chwilę byłam – widziałam znaki ostrzegawcze i nie reagowałam – ale zasadniczo nie oddzwaniam, bo jesteś totalnym fiutem. Jasne?

Schyliłam się, żeby podnieść rzeczy, które spadły mi na ziemię, i poczułam, jak moje ciało szybko się rozgrzewa, jakby mój wewnętrzny termostat nagle zwariował.

– Jesteś taki dobry, wiesz? Taki cholernie cudowny. Gdyby to wszystko nie było takie chore i żałosne, to byłabym autentycznie pod wrażeniem twojej postawy. – Wyprostowałam się, zasuwając zamek w torebce. – Spójrzcie tylko na Sama, tego wspaniałego ojca. Taki troskliwy, taki empatyczny. A co się tak naprawdę dzieje? Jesteś tak zajęty bzykaniem się z połową Londynu, że nawet nie widzisz, jaki nieszczęśliwy jest twój własny syn.

– Mój syn.

– Tak! Bo widzisz, my akurat go słuchamy. To znaczy, mamy nie mówić nikomu z zewnątrz, co się dzieje na zajęciach. A on sam ci nie powie, bo jest nastolatkiem. Ale jest w fatalnym stanie, nie tylko dlatego, że stracił mamę, ale przez ciebie, bo jesteś tak pochłonięty zagłuszaniem własnego smutku, że przez twoje łóżko przewijają się zastępy kobiet.

Teraz już krzyczałam, moje słowa potykały się jedno o drugie, ręce wymachiwały. Zobaczyłam, że Samir i jego kuzyn gapią się na mnie przez szybę sklepu. Nic mnie to nie obchodziło. Może to ostatni raz, kiedy mogę powiedzieć to, co mam do powiedzenia.

– I tak, tak, wiem, byłam na tyle głupia, że zostałam jedną z nich. No więc w jego imieniu, i ode mnie, jesteś fiutem. I właśnie dlatego nie mam w tej chwili ochoty z tobą rozmawiać. Ani właściwie nigdy.

Mężczyzna przejechał sobie ręką po włosach.

– Czy my ciągle rozmawiamy o Jake'u?

– No jasne, że mówię o Jake'u. Ilu jeszcze masz synów?

– Jake nie jest moim synem.

Wlepiłam w niego wzrok.

– Jake jest synem mojej siostry. Był – poprawił się Sam. – To mój siostrzeniec.

Musiało minąć kilkanaście sekund, żeby te słowa przybrały w mojej głowie zrozumiałą formę. Sam wpatrywał się we mnie w skupieniu, ze zmarszczonymi brwiami, jakby on także usiłował za czymś nadążyć.

– Ale… ty go odbierasz. Mieszka z tobą.

– Odbieram go w poniedziałki, bo jego tata pracuje na zmiany. No i rzeczywiście, Jake czasem u mnie nocuje. Ale ze mną nie mieszka.

– Jake to… nie twój syn?

– Nie mam żadnych dzieci. O których bym wiedział. Chociaż ta cała historia z Lily daje do myślenia.

Przypomniałam sobie, jak przytulał Jake'a, odtworzyłam w myśli z pół tuzina rozmów.

– Ale ja go widziałam, kiedy myśmy się poznawali. I jak ze sobą rozmawialiśmy, to on przewrócił oczami, jakby…

Sam spuścił głowę.

– O Boże. – Zakryłam ręką usta. – Te kobiety…

– To nie moje.

Znajdowaliśmy się na środku ulicy. Samir stał teraz w drzwiach sklepu i się nam przyglądał. Dołączył do niego jeszcze inny kuzyn. Po naszej lewej stronie wszyscy na przystanku jak na komendę odwrócili się, kiedy do nich dotarło, że zauważyliśmy, jak się na nas gapią. Sam wskazał głową drzwi za moimi plecami.

– Myślisz, że moglibyśmy porozmawiać o tym w środku?

– Tak. Tak. Ojej. Nie, nie mogę – odpowiedziałam. – Wygląda na to, że zatrzasnęłam drzwi do mieszkania.

– A zapasowe klucze?

– Są w środku.

Sam przejechał ręką po twarzy, a potem spojrzał na zegarek. Był wyraźnie wykończony, ledwie żywy ze zmęczenia. Cofnęłam się o krok w stronę drzwi.

– Posłuchaj… wracaj do domu i sobie odpocznij. Pogadamy jutro. Przepraszam.

Deszcz nagle przybrał na sile, zmienił się w letnią ulewę, tworzącą strumienie w rynsztokach i zalewającą ulicę. Po drugiej stronie Samir i jego kuzyni wycofali się do wnętrza sklepu.

Sam westchnął. Spojrzał w niebo, a potem prosto na mnie.

– Chwila.

Trzymając wielki śrubokręt pożyczony od Samira, ruszył za mną po schodach przeciwpożarowych. Dwa razy poślizgnęłam się na mokrym metalu i podtrzymała mnie jego ręka. W tym momencie poczułam, jak przeszywa mnie coś gorącego i nieoczekiwanego. Kiedy dotarliśmy na moje piętro, Sam wepchnął śrubokręt głęboko w ramę okna na korytarzu i zaczął ją podważać. Szczęśliwie ustąpiła szybko.

– Proszę – szarpnął okno w górę, podtrzymał je jedną ręką i zwrócił się w moją stronę, pokazując mi, żebym przez nie przeszła. W jego wzroku widać było lekką dezaprobatę. – To poszło stanowczo za łatwo, jak na samotną dziewczynę mieszkającą w takiej okolicy.

– Zupełnie nie przypominasz samotnej dziewczyny z takiej okolicy.

– Mówię poważnie.

– Sam, nic mi nie jest.

– Nie widujesz takich rzeczy, jak ja. Chcę, żebyś była bezpieczna.

Usiłowałam się uśmiechnąć, ale kolana mi się trzęsły, a ręce ślizgały po żelaznej poręczy. Spróbowałam go wyminąć i lekko się zachwiałam.

– Wszystko w porządku?

Skinęłam głową. Sam wziął mnie pod rękę i na wpół mnie podniósł, a na wpół pomógł mi wgramolić się do mieszkania.

Opadłam na dywan przy oknie, czekając, aż znów poczuję się normalnie. Od kilku dni się nie wysypiałam i teraz byłam półżywa, jakby cała ta wściekłość i adrenalina, które do tej pory mnie podtrzymywały, nagle się ulotniły.

Sam wszedł do środka i zamknął za sobą okno, przyglądając się zniszczonemu zamkowi na górze ramy. W przedpokoju było ciemno, z dachu dobiegało nas przytłumione bębnienie deszczu. Mężczyzna na moich oczach zaczął przetrząsać kieszenie, aż wreszcie spośród innych śmieci wyciągnął z nich gwoździk. Wziął śrubokręt i użył jego rączki do wbicia gwoździa pod takim kątem, żeby nikt nie mógł otworzyć okna od zewnątrz. Potem ciężkim krokiem podszedł do miejsca, w którym siedziałam, i wyciągnął do mnie rękę.

– Takie są zalety bycia budowlańcem na pół etatu. Zawsze znajdzie się gdzieś jakiś gwóźdź. No chodź – powiedział. – Jak tu będziesz tak siedzieć, to nigdy nie wstaniesz.

Włosy miał przyklapnięte od deszczu, jego skóra błyszczała w świetle z korytarza. Pozwoliłam mu podnieść mnie z miejsca. Skrzywiłam się, a on to zauważył.

– Biodro?

Skinęłam głową.

Sam westchnął.

– Wolałbym, żebyś ze mną rozmawiała. – Skóra pod jego oczami była liliowa ze zmęczenia. Na grzbiecie lewej dłoni miał dwa długie zadrapania. Zaczęłam się zastanawiać, co wydarzyło się poprzedniej nocy. Zniknął w kuchni i usłyszałam dźwięk płynącej wody. Kiedy Sam wrócił, miał w ręce szklankę i dwie tabletki. – Właściwie nie powinienem ci tego dawać. Ale dzięki nim dziś w nocy nic cię nie będzie bolało.

Przyjęłam je z wdzięcznością. Mężczyzna przyglądał mi się, gdy je połykałam.

– Czy ty kiedykolwiek trzymasz się reguł?

– Kiedy uważam, że mają sens. – Wziął ode mnie szklankę. – To jak, Louiso Clark, między nami wszystko w porządku?

Skinęłam głową.

Sam wypuścił powietrze.

– Zadzwonię do ciebie jutro.

Po wszystkim nie byłam pewna, co kazało mi to zrobić. Moja dłoń wyciągnęła się w jego stronę i chwyciła go za rękę. Poczułam, jak jego palce powoli zaciskają się wokół moich.

– Nie idź. Jest późno. A motocykle są niebezpieczne.

Wyjęłam śrubokręt z jego drugiej ręki i pozwoliłam mu upaść na dywan. Sam patrzył na mnie bardzo długo, a potem przeciągnął sobie ręką po twarzy.

– Nie sądzę, żebym w tej chwili się do czegoś nadawał.

– W takim razie przyrzekam, że nie będę cię wykorzystywać do celów seksualnych. – Nie odrywałam wzroku od jego oczu. – Tym razem.

Jego uśmiech pojawił się powoli, ale kiedy to nastąpiło, nagle wszystko ze mnie opadło, jakbym aż do tej chwili dźwigała ciężar, o którym nie miałam pojęcia.

Nigdy nie wiadomo, co się stanie, kiedy człowiek spadnie z dużej wysokości.

Sam przeszedł nad śrubokrętem, a ja bez słowa poprowadziłam go do sypialni.

Leżałam w ciemności mojego małego mieszkanka, z nogą przerzuconą przez potężne ciało śpiącego mężczyzny, którego ramię mnie obejmowało, i przyglądałam się jego twarzy.

„Zatrzymanie akcji serca ze skutkiem śmiertelnym, wypadek motocyklowy, próba samobójcza nastolatka i walka na noże między członkami dwóch gangów na Peabody Estate. Ta robota niekiedy bywa…"

„Ćśś. Nic się nie dzieje. Śpij".

Ledwie udało mu się zdjąć z siebie uniform. Rozebrał się do T-shirtu i bokserek, pocałował mnie, a potem zamknął oczy i zapadł w kamienny sen. Zastanawiałam się, czy mu czegoś nie ugotować albo nie posprzątać mieszkania, żeby kiedy się obudzi, sprawić na nim wrażenie osoby, która właściwie całkiem dobrze radzi sobie z życiem. Ale zamiast tego rozebrałam się do bielizny i wśliznęłam się do łóżka obok niego. Przez te kilka chwil chciałam po prostu być blisko, żeby moja naga skóra dotykała jego koszulki, a nasze oddechy się mieszały. Leżałam, słuchając, jak oddycha, zadziwiona tym, jak ktoś może być aż tak nieruchomy. Przyglądałam się lekkiemu garbkowi na jego nosie, zmiennemu odcieniowi zarostu ocieniającego mu podbródek, lekko podwiniętym na końcach ciemnym rzęsom. Przebiegałam myślą nasze rozmowy, nakładając na nie teraz nowy filtr, taki, który ukazywał go jako kawalera, czułego wujka, i miałam ochotę śmiać się z absurdalności całej tej sytuacji, a jednocześnie skręcać się z zakłopotania na myśl o mojej pomyłce.

Dwa razy lekko dotknęłam jego twarzy, wdychając zapach jego skóry, nikłą woń mydła antybakteryjnego, pierwotną, podniecającą nutę męskiego potu, i za drugim razem poczułam, jak jego dłoń zaciska się odruchowo na mojej talii. Przewróciłam się na plecy i zapatrzyłam się na światła ulicy w poczuciu, że w końcu nie jestem obca w tym mieście. Aż wreszcie zaczęłam odpływać...

Jego oczy otwierają się tuż przy moich. Chwilę później zdaje sobie sprawę, gdzie jest.

– Hej.

Gwałtowne przebudzenie. Ten szczególny nastrój sennego marzenia, który spowija godziny przed świtem. On jest w moim łóżku, uświadamiam sobie. Jego noga tuż przy mojej. Przez moją twarz powoli skrada się uśmiech.

– Hej.

– Która godzina?

Przekręcam się, żeby odczytać cyferki na wyświetlaczu budzika.

– Za piętnaście piąta.

Czas ustala porządek, świat z ociąganiem nabiera sensu. Za oknem rozświetlony sodowymi lampami mrok ulicy. Z hałasem przejeżdżają przez niego taksówki i nocne autobusy. Tu, na górze, jesteśmy tylko on i ja, i noc, i ciepłe łóżko, i dźwięk jego oddechu.

– W ogóle nie pamiętam, jak się tu znalazłem. – Spogląda w bok i marszczy brwi. Twarz oświetla mu nikły blask latarni. Przyglądam się, jak wspomnienia poprzedniego dnia lądują miękko, z bezgłośnym „A. No tak".

Odwraca głowę. Jego usta, kilka centymetrów od moich. Jego oddech, ciepły i słodki.

– Tęskniłem za tobą, Louiso Clark.

W tym momencie chcę mu powiedzieć. Powiedzieć, że nie wiem, co czuję. Pragnę go, ale boję się go pragnąć. Nie chcę, żeby moje szczęście było całkowicie zależne od kogoś innego, nie chcę być zakładnikiem losu, nad którym nie mam władzy.

Jego oczy wpatrują się w moją twarz, czytają z niej jak z książki.

– Przestań myśleć – mówi.

Przyciąga mnie do siebie, a ja się odprężam. Ten człowiek spędza każdy dzień tutaj, na moście pomiędzy życiem a śmiercią. On rozumie.

– Za dużo myślisz.

Jego ręka przesuwa się po moim policzku. Mimowolnie odwracam się w jego stronę i dotykam ustami wnętrza jego dłoni.

– Po prostu żyj? – szepczę.

Kiwa głową, a potem mnie całuje, długo, powoli i słodko, dopóki moje ciało nie wygina się w łuk, a ja nie zmieniam się cała w potrzebę, pragnienie i tęsknotę.

Słyszę w uchu jego cichy głos. Moje imię, które pociąga mnie ku niemu. W jego ustach brzmi jak coś drogocennego.

Następne trzy dni były zamazaną masą skradzionych nocy i przelotnych spotkań. Nie dotarłam na Tydzień Idealizacji w grupie wsparcia, bo pojawił się w moim mieszkaniu akurat w chwili, gdy z niego wychodziłam, i jakimś sposobem wylądowaliśmy na podłodze zdyszani, w plątaninie rąk i nóg, czekając, aż zadzwoni mój minutnik, żeby Sam mógł się ubrać i popędzić odebrać Jake'a. Dwa razy czekał na mnie, kiedy wychodziłam z pracy, i za sprawą jego ust na mojej szyi i potężnych dłoni na moich biodrach upokorzenia pubu Pod Koniczynką natychmiast odchodziły, może nie w niepamięć, ale w każdym razie czułam, jak zostają odsunięte na bok razem z opróżnionymi kuflami po piwie.

Chciałam mu się opierać, ale nie potrafiłam. Byłam oszołomiona, roztargniona, bezsenna. Dostałam zapalenia pęcherza i w ogóle mnie to nie obeszło. Nuciłam sobie cały dzień, stojąc za barem, flirtowałam z biznesmenami i uśmiechałam się wesoło w odpowiedzi na narzekania Richarda. Moje szczęście raziło kierownika: widziałam, jak przygryza sobie policzek i jak wyszukuje coraz drobniejsze wykroczenia, żeby móc mnie zbesztać.

Nie dbałam o to wszystko. Śpiewałam pod prysznicem, leżałam z otwartymi oczami i śniłam na jawie. Ubierałam się w swoje dawne sukienki, kolorowe kardigany i satynowe baleriny i pozwalałam sobie na życie wewnątrz bańki szczęścia, ze świadomością, że przecież bańki trwają tylko przez chwilę, zanim tak czy siak prysną.

– Powiedziałem Jake'owi – odezwał się. Miał półgodzinną przerwę i razem z Donną zatrzymali się pod moim blokiem, żeby zjeść razem lunch, zanim ja pójdę do pracy na popołudniową zmianę. Usiadłam obok Sama na przednim siedzeniu karetki.

– Co mu powiedziałeś?

Zrobił kanapki z mozzarellą, pomidorkami koktajlowymi i bazylią. Pomidorki, prosto z jego ogrodu, wypełniały moje usta małymi eksplozjami smaku. Sam był zbulwersowany tym, jak się odżywiam, kiedy jestem sama.

– Że myślałaś, że jestem jego tatą. Od miesięcy nie widziałem, żeby się z czegoś tak śmiał.

– Nie mówiłeś mu, że ci powiedziałam, że jego tata płacze po seksie, prawda?

– Znałam kiedyś faceta, który tak robił – wtrąciła Donna. – Ale on naprawdę szlochał. To było dosyć krępujące. Za pierwszym razem myślałam, że złamałam mu penisa.

Odwróciłam się w jej stronę z otwartymi ustami.

– Da się. Poważnie. Parę razy zdarzyło się nam to widzieć, co nie?

– O tak. Nie uwierzyłabyś, z jakimi obrażeniami koitalnymi miewamy do czynienia. – Skinął w stronę mojej kanapki, która nadal leżała na moich kolanach. – Powiem ci, jak nie będziesz miała nic w ustach.

– Obrażenia koitalne. Fantastycznie. Jakbyśmy mieli w życiu za mało powodów do zmartwień.

Jego spojrzenie ześliznęło się w bok, kiedy wgryzał się w swoją kanapkę, a ja się zaczerwieniłam.

– Zaufaj mi. Dałbym ci znać.

– Słuchaj no, stary brachu, tak żebyśmy mieli jasność – odezwała się Donna, podsuwając mi jeden ze swoich nieodłącznych napojów energetycznych. – Absolutnie nie będę w takiej sytuacji lecieć ci na pomoc.

Lubiłam siedzieć w ich szoferce. Sam i Donna mieli ten rzeczowy, lekko drwiący sposób bycia ludzi, którzy niejedno w życiu widzieli, a do tego prawie każdą z tych rzeczy leczyli. Byli zabawni i mieli wisielcze poczucie humoru, a ja czułam się dziwnie na swoim miejscu, wciśnięta między nich, tak jakby moje życie z całą swoją dziwnością było właściwie zupełnie normalne.

Oto rzeczy, o których dowiedziałam się podczas kilku wykradzionych przerw na lunch:

- Prawie żaden mężczyzna ani kobieta powyżej siedemdziesiątego roku życia nie skarży się na ból czy sposób leczenia, nawet jeśli któraś ich kończyna ledwie trzyma się ciała.
- Ci sami starsi ludzie niemal zawsze przepraszają, że „robią zamieszanie".
- Termin „pacjent PPS" nie jest naukowym określeniem, lecz oznacza „pacjent przewrócił się podczas sikania".
- Kobiety w ciąży rzadko rodzą w karetkach. (Szczerze mówiąc, to mnie trochę rozczarowało.)
- Nikt nie używa już określenia „kierowca karetki". Zwłaszcza kierowcy karetek.
- Często zdarza się, że mężczyźni zapytani, jak silny jest ich ból w skali od jednego do dziesięciu, odpowiadają „jedenaście".

Ale to, co najczęściej dawało o sobie znać, kiedy Sam wracał po długim dyżurze, było przeważnie ponure: samotni emeryci; otyli mężczyźni przyklejeni do ekranu telewizora, zbyt grubi, żeby choćby spróbować zejść i wejść po schodach do własnego domu; młode matki niemówiące po angielsku, zamknięte w mieszkaniach z milionem małych dzieci, niewiedzące, jak wezwać pomoc, kiedy jest potrzebna; i ludzie w depresji, przewlekle chorzy, niekochani.

W niektóre dni, powiedział mi, ma wrażenie, że to jest jak wirus: że melancholię trzeba, szorując, zmyć ze skóry wraz z zapachem antyseptyków. A do tego były samobójstwa, życia zakończone pod kołami pociągu albo w ciszy łazienki, ciała często odnajdywane dopiero po tygodniach czy miesiącach, kiedy ktoś zwrócił uwagę na zapach albo zaczął się zastanawiać, czemu poczta pana takiego a takiego wylewa się ze skrzynki.

– Boisz się czasami?

Leżał, potężny, w mojej małej wannie. Woda nabrała lekko różowego zabarwienia od krwi pacjenta z postrzałem, w której Sam był cały unurzany. Trochę zaskoczyło mnie to, jak szybko przyzwyczaiłam się do obecności nagiego mężczyzny w pobliżu. Zwłaszcza takiego, który potrafił poruszać się o własnych siłach.

– Nie można wykonywać tej pracy, jeśli się człowiek boi – odpowiedział po prostu.

Zanim został ratownikiem medycznym, był w wojsku; nie był to rzadko spotykany zwrot w karierze.

– Lubią nas, bo niełatwo nas wystraszyć, no i niejedno widzieliśmy. Chociaż trzeba powiedzieć, że niektóre z tych pijanych dzieciaków wydają mi się znacznie groźniejsze niż jakikolwiek talib.

Siedziałam obok niego na muszli i wpatrywałam się w jego ciało w zafarbowanej wodzie. Pomimo całej jego potężnej budowy i siły nie mogłam zapanować nad dreszczem.

– Hej – odezwał się, widząc cień przemykający mi po twarzy, i wyciągnął do mnie rękę. – Nie ma się czym martwić, naprawdę. Potrafię wyczuć kłopoty na odległość. – Zacisnął palce wokół moich. – Chociaż z punktu widzenia związku nie jest to najlepsza praca. Moja ostatnia dziewczyna nie była w stanie tego znieść. Długich dyżurów. Nocek. Chaosu.

– Różowej wody w wannie.

– No tak. Przepraszam. Mieliśmy awarię pryszniców. Pewnie trzeba było najpierw pojechać do domu. – W jego wzroku wyczytałam, że nie było szans, by najpierw pojechał do domu. Wyciągnął korek, żeby wypuścić trochę wody, a potem dolał sobie więcej.

– No to kim ona była, ta twoja ostatnia dziewczyna? – zapytałam od niechcenia. Nie zamierzałam zachowywać się jak jedna z „takich" kobiet, nawet jeśli on okazał się nie być jednym z „takich" mężczyzn.

– Iona. Pracowała w biurze podróży. Urocza dziewczyna.

– Ale jej nie kochałeś.

– Dlaczego tak mówisz?

– Nikt nigdy nie mówi „urocza dziewczyna" o kimś, kogo kochał. To tak jak z tym całym „zostańmy przyjaciółmi". Coś takiego z reguły znaczy, że za mało do siebie czuliście.

Spojrzał na mnie z rozbawieniem.

– To co bym powiedział, gdybym był w niej zakochany?

– Zrobiłbyś poważną minę i powiedziałbyś: „Karen. To był koszmar", albo po prostu: „Nie chcę o tym rozmawiać".

– Pewnie masz rację – zastanawiał się przez chwilę. – Jeśli mam być szczery, to po śmierci mojej siostry nie chciałem czuć zbyt wiele. Bycie przy Ellen przez te ostatnie kilka miesięcy, pomaganie w opiece nad nią naprawdę nieźle mnie pokiereszowało. – Zerknął na mnie. – Rak potrafi być brutalny. Tata Jake'a się rozsypał. Niektórzy tak reagują. Więc stwierdziłem, że rodzina siostry mnie potrzebuje. Prawdę mówiąc, chyba tylko dlatego jakoś się trzymałem, że nie mogliśmy wszyscy pójść w rozsypkę. – Przez chwilę oboje siedzieliśmy w milczeniu. Nie potrafiłam stwierdzić, czy oczy zrobiły mu się czerwone od żalu, czy od mydła.

– No, w sumie tak. Chyba kiepski był ze mnie wtedy chłopak. No a twój ostatni? – zapytał, odwracając się w końcu w moją stronę.

– Will.

– No przecież. I nikt więcej od tamtego czasu?

– Nikt, o kim chciałabym rozmawiać. – Wzdrygnęłam się.

– Louisa, każdy ma własny sposób na dojście do siebie. Nie zadręczaj się tym.

Skórę miał gorącą i mokrą, tak że trudno mi było utrzymać jego palce. Puściłam je, a on zaczął myć sobie włosy. Siedziałam i przyglądałam się mu, czując, jak nastrój powoli robi się lżejszy, podziwiając węzły mięśni na jego ramionach, połysk jego mokrej skóry. Podobało mi się, jak mył sobie głowę: energicznie, jakby rzeczowo, strząsając z siebie nadmiar wody niczym pies.

– A. Miałam rozmowę o pracę – powiedziałam, kiedy skończył. – W Nowym Jorku.

– W Nowym Jorku. – Sam uniósł brew.

– Nie dostanę jej.

– Szkoda. Zawsze chciałem mieć pretekst, żeby pojechać do Nowego Jorku. – Powoli zsunął się pod wodę, aż w końcu na wierzchu zostały tylko jego usta. Pojawił się na nich uśmiech. – Ale chyba daliby ci zatrzymać ten strój elfa, co?

Poczułam, jak atmosfera się zmienia. I bez żadnego powodu poza tym, że on się tego nie spodziewał, całkowicie ubrana weszłam do wanny i pocałowałam go, roześmianego i parskającego wodą. Nagle poczułam radość z tego, jaki on jest solidny w tym świecie, w którym tak łatwo upaść.

Wreszcie zebrałam się w sobie i spróbowałam zrobić coś z tym mieszkaniem. Wzięłam w pracy wolne i kupiłam fotel, stolik kawowy i niewielką oprawną w ramkę reprodukcję, którą powiesiłam niedaleko telewizora, i tym rzeczom jakimś cudem udało się wspólnie stworzyć wrażenie, że ktoś tu naprawdę mieszka. Zaopatrzyłam się w nową pościel i dwie poduszki na kanapę, i rozwiesiłam w szafie wszystkie moje ubrania retro tak, że kiedy ją otwierałam, miałam przed oczami feerię barw i wzorów, a nie kilka par tanich dżinsów i przykrótką sukienkę z lureksu. Udało mi się zmienić moje anonimowe małe mieszkanie w coś, co przypominało może nie dom, ale całkiem przyjazne miejsce.

Dzięki przychylności jakichś bogów odpowiedzialnych za układanie grafiku oboje z Samem mieliśmy wolne. Osiemnaście niczym niezmąconych godzin, podczas których on nie musiał słuchać wycia syreny, a ja dźwięku fletni Pana ani skarg na prażone orzeszki. Czas z Samem, jak zauważyłam, zdawał się płynąć dwa razy szybciej niż godziny, które spędzałam w pojedynkę. Rozważyłam milion rzeczy, które moglibyśmy wspólnie zrobić, a potem skreśliłam połowę z nich jako zanadto typowe dla par. Zaczęłam się zastanawiać, czy mądrze postępujemy, będąc tyle czasu razem.

Napisałam jeszcze jednego SMS-a do Lily.

„Lily, odezwij się, proszę. Wiem, że jesteś na mnie zła, ale po prostu zadzwoń. Twój ogród wygląda przepięknie! Musisz mi pokazać, jak o niego dbać i co robić z krzaczkami pomidorów, które strasznie wyrosły (czy tak powinno być?). Może potem mogłybyśmy pójść potańczyć? x"

Kiedy naciskałam „wyślij" na ekraniku, odezwał się dzwonek do drzwi.

– Hej! – Wypełnił całe wejście; w jednej ręce trzymał skrzynkę z narzędziami, a w drugiej torbę pełną zakupów spożywczych.

– O mój Boże – wykrzyknęłam. – Wyglądasz jak ucieleśnienie wszystkich kobiecych fantazji.

– Półki – odparł z kamienną miną. – Potrzebujesz półek.

– Och, tak, kochanie. Mów do mnie jeszcze.

– I domowego jedzenia.

– Wystarczy. Właśnie miałam orgazm.

Roześmiał się, upuścił narzędzia na dywan i mnie pocałował, a kiedy wreszcie się rozdzieliliśmy, ruszył do kuchni.

– Pomyślałem, że moglibyśmy się wybrać do kina. Wiesz, że jedną z największych zalet pracy na zmiany są puste sale na po- popołudniówkach, prawda?

Zerknęłam na telefon.

– Tylko nic krwawego. Trochę mnie już męczy ta krew.

Kiedy podniosłam wzrok, Sam mi się przyglądał.

– Co? Nie masz ochoty? Czy to zrujnuje twoje plany pójścia na *Powrót krwawych zombie 15*?... No co?

Zmarszczyłam brwi i opuściłam rękę.

– Nie mogę się skontaktować z Lily.

– A nie mówiłaś, że ona pojechała do domu?

– Tak. Ale nie odbiera ode mnie telefonów. Chyba jest na mnie naprawdę zła.

– Jej znajomi cię okradli. To ty masz prawo być zła na nią.

Zaczął wyciągać rzeczy z torby, sałatę, pomidory, awokado, jajka, zioła, i wstawiać je do niemal pustej lodówki. Podniósł na mnie wzrok i zobaczył, że znów do niej piszę.

– Louisa. Telefon mógł jej upaść, mogła go zostawić w jakimś klubie albo może skończyła jej się kasa na karcie. Wiesz, jakie są nastolatki. Albo po prostu strzeliła potężnego focha. Czasem trzeba im po prostu dać czas, żeby sami się z tym uporali.

Wzięłam go za rękę i zamknęłam drzwi od lodówki.

– Muszę ci coś pokazać. – W jego oczach zapaliły się iskierki. – Nie to, nie, ty zbereźniku. To będzie musiało chwilę poczekać.

Sam stał na dachu i rozglądał się dookoła, patrząc na kwiaty.

– A ty nie miałaś o tym pojęcia?

– Najbledszego.

Usiadł ciężko na ławce. Zajęłam miejsce obok niego i oboje zapatrzyliśmy się na ogródek.

– Czuję się okropnie – powiedziałam. – Praktycznie ją oskarżyłam, że niszczy wszystko, do czego się zbliży. A ona przez cały ten czas tworzyła to.

Sam schylił się, żeby dotknąć liści na krzaczku pomidora, a potem się wyprostował, kręcąc głową.

– No dobra. Pojedziemy z nią porozmawiać.

– Poważnie?

– Tak. Najpierw obiad. Potem kino. A potem staniemy w jej drzwiach. Dzięki temu nie będzie mogła się wykręcić. – Wziął mnie za rękę i podniósł ją do ust. – Hej. Nie miej takiej zmartwionej miny. Ten ogród to dobry znak. Pokazuje, że dziewczyna ma jednak głowę na karku.

Puścił moją dłoń, a ja popatrzyłam na niego spod zmrużonych powiek.

– Jak to możliwe, że wszystko przy tobie wydaje się lepsze?

– Po prostu nie lubię, jak jesteś smutna.

Nie mogłam mu powiedzieć, że przy nim nie jestem smutna. Nie mogłam mu powiedzieć, że czuję się taka szczęśliwa, że aż się boję. Pomyślałam o tym, jak bardzo lubię mieć w lodówce jego jedzenie, jak dwadzieścia razy dziennie patrzę na telefon, czekając na SMS-y od niego, jak w chwilach, kiedy w pracy nic się nie dzieje, wyobrażam sobie jego nagie ciało, a potem muszę strasznie się koncentrować na myśleniu o paście do podłogi albo fakturach, żeby nie szczerzyć się jak głupi do sera.

Przyhamuj, rozległ się w moim uchu ostrzegawczy głos. Nie zbliżaj się zanadto.

Jego oczy spojrzały na mnie z czułością.

– Masz słodki uśmiech, Louiso Clark. To jedna z kilkuset rzeczy, które mi się w tobie podobają.

Pozwoliłam sobie jeszcze przez chwilę odwzajemniać jego spojrzenie. Ach, ten mężczyzna, pomyślałam. A potem klepnęłam się rękami w kolana.

– No dobra – powiedziałam głośno. – Chodźmy na ten film.

Kino było prawie puste. Usiedliśmy obok siebie z tyłu sali, na fotelu, w którym ktoś wyrwał poręcz, Sam karmił mnie popcornem z kartonowego kubełka wielkości kosza na śmieci, a ja starałam się nie myśleć o ciężarze jego dłoni spoczywającej na moich gołych nogach, bo kiedy to robiłam, to często traciłam wątek i nie byłam w stanie dalej śledzić fabuły.

Film był amerykańską komedią o dwóch niedobranych policjantach, którzy zostają wzięci za przestępców. Nie był specjalnie zabawny, ale ja i tak się śmiałam. Palce Sama zjawiły się przede mną, trzymając sporą grudkę oblepionego solą popcornu, którą wzięłam do ust, po niej następną, a potem nieoczekiwanie dla siebie samej delikatnie chwyciłam go za palce zębami. Spojrzał na mnie i powoli pokręcił głową.

Skończyłam gryźć popcorn i przełknęłam.

– Nikt nie zobaczy – wyszeptałam.

Sam uniósł brew.

– Jestem na to za stary – wymruczał.

Ale kiedy odwróciłam jego twarz w stronę mojej w gorącym, ciemnym powietrzu i zaczęłam go całować, wypuścił z rąk popcorn, a jego dłoń zaczęła powoli sunąć w górę po moich plecach.

I wtedy zadzwonił mój telefon. Od strony dwojga ludzi siedzących z przodu dobiegło pełne dezaprobaty syknięcie.

– Przepraszam. Przepraszam państwa! (W kinie było nas tylko czworo.)

Zeszłam Samowi z kolan i odebrałam. Nieznany numer.

– Louisa?

Rozpoznanie jej głosu zajęło mi sekundę.

– Daj mi chwilę. – Zrobiłam znaczącą minę do Sama i skierowałam się ku wyjściu z sali.

– Przepraszam panią. Musiałam tylko... Pani Traynor? Jest tam pani? Halo?

Hol był pusty, do kas nie było żadnych kolejek, za ladą maszyny do robienia mrożonych napojów obojętnie mieszały kolorowy lód.

– Och, dzięki Bogu. Louisa? Zastanawiałam się, czy mogłabym porozmawiać z Lily.

Stałam z telefonem przyciśniętym do ucha.

– Dużo myślałam o tym, co zdarzyło się w tamtym tygodniu, i jest mi ogromnie przykro. Pewnie sprawiałam wrażenie... – zawahała się. – Jak sądzisz, czy ona zgodziłaby się ze mną spotkać?

– Proszę pani...

– Chciałabym jej wszystko wytłumaczyć. Przez ostatni rok nie... cóż, nie byłam sobą. Brałam te tabletki, po których byłam dosyć otępiała. A kiedy pojawiłyście się w moich drzwiach, byłam tak zaskoczona, że po prostu nie mogłam uwierzyć w to, co mówicie. To wszystko wydawało się tak nieprawdopodobne. Ale... Porozmawiałam ze Stevenem, a on wszystko potwierdził; teraz od kilku dni siedzę tutaj i usiłuję to wszystko przetrawić, i myślę po prostu... Will miał córkę. Ja mam wnuczkę. Ciągle to sobie powtarzam. Niekiedy mi się wydaje, że musiało mi się to przyśnić.

Słuchałam nietypowego dla niej potoku słów.

– Wiem – odezwałam się. – Sama się tak czułam.

– Nie mogę przestać o niej myśleć. Tak bardzo chcę się z nią spotkać, jak należy. Myślisz, że zgodziłaby się jeszcze raz ze mną zobaczyć?

– Proszę pani, ona już u mnie nie mieszka. Ale tak. – Przeczesałam palcami włosy. – Oczywiście, zapytam ją.

Nie byłam w stanie skupić się na oglądaniu reszty filmu. W końcu Sam, który chyba się zorientował, że po prostu bezmyślnie wpatruję się w ekran, zaproponował, żebyśmy wyszli. Stanęliśmy na parkingu przy jego motorze i powiedziałam mu, co usłyszałam od pani Traynor.

– No widzisz? – odparł, jakbym zrobiła coś, z czego mogę być dumna. – Jedźmy tam.

Czekał na motorze po drugiej stronie ulicy, a ja poszłam zapukać do drzwi. Z determinacją uniosłam podbródek; tym razem nie pozwolę się zastraszyć Tanii Houghton-Miller. Obejrzałam się, a Sam kiwnął głową, dodając mi odwagi.

Drzwi się otworzyły. Tania miała na sobie lnianą sukienkę w kolorze czekolady i greckie sandałki. Zmierzyła mnie wzrokiem od stóp do głów tak samo, jak kiedy spotkałyśmy się po raz pierwszy, jakby moja garderoba znów nie przeszła jakiegoś nieoficjalnego testu. (Było to trochę irytujące, bo miałam na sobie swoją ulubioną bawełnianą kraciastą sukienkę bez rękawów.) Jej uśmiech utrzymał się na ustach przez ułamek sekundy, a potem zniknął.

– Louisa.

– Przepraszam, że zjawiam się bez zapowiedzi.

– Czy coś się stało?

Zamrugałam powiekami.

– Cóż, właściwie tak. – Odgarnęłam włosy z policzka. – Odezwała się do mnie pani Traynor, matka Willa. Przykro mi, że zawracam pani głowę, ale bardzo mi zależy, żeby skontaktować się z Lily, a ponieważ ona nie odbiera telefonu, zastanawiałam się, czy nie mogłaby jej pani poprosić, żeby do mnie zadzwoniła?

Tania obrzuciła mnie spojrzeniem spod idealnie wyskubanych brwi.

Starałam się zachować neutralną minę.

– Albo może mogłabym z nią chwilę porozmawiać.

Krótka pauza.

– Skąd pomysł, że ja miałabym ją o to prosić?

Odetchnęłam głęboko i odezwałam się, starannie dobierając słowa.

– Wiem, że rodzina Traynorów to dla pani trudny temat, ale uważam, że byłoby to w interesie Lily. Nie wiem, czy ona pani wspominała, ale w zeszłym tygodniu odbyło się dosyć trudne pierwsze spotkanie, i pani Traynor bardzo chciałaby dostać szansę, by zacząć jeszcze raz od nowa.

– Louiso, ona może robić, co zechce. Nie rozumiem tylko, dlaczego oczekujesz, że ja będę się w to mieszać.

Starałam się dalej mówić uprzejmym tonem.

– Y… bo jest pani jej matką?

– Z którą od ponad tygodnia nawet nie próbowała się skontaktować.

Znieruchomiałam. Poczułam, jak w żołądku osiada mi coś zimnego i twardego.

– Mogłaby pani powtórzyć?

– Lily. Nie zadała sobie trudu, żeby się ze mną skontaktować. Myślałam, że się pojawi, żeby się z nami przynajmniej przywitać po powrocie z wakacji, ale skąd, to najwyraźniej uwłacza jej godności. Jak zwykle widzi tylko czubek własnego nosa. – Tanya wyciągnęła rękę, żeby przyjrzeć się swoim paznokciom.

– Proszę pani, ona miała być tutaj.

– Co?

– Lily. Wracała do państwa do domu. Kiedy przyjechaliście z wakacji. Wyszła ode mnie z mieszkania… dziesięć dni temu.

Rozdział osiemnasty

Staliśmy w nieskazitelnej kuchni Tanii Houghton-Miller. Wpatrywałam się w jej lśniący ekspres do kawy ze stu ośmioma pokrętłami, który zapewne kosztował więcej niż mój samochód, i po raz enty odtwarzałam w myślach przebieg wydarzeń poprzedniego tygodnia.

– Było koło wpół do pierwszej. Dałam jej dwadzieścia funtów na taksówkę i poprosiłam, żeby zostawiła klucz. Po prostu uznałam, że pojedzie do domu. – Było mi niedobrze. Przeszłam wzdłuż blatu kuchennego i z powrotem. Miałam mętlik w głowie. – Powinnam była się upewnić. Ale ona zazwyczaj wychodziła i wracała, kiedy chciała. I... cóż, trochę się pokłóciłyśmy.

Sam stał przy drzwiach, pocierając sobie czoło.

– I żadna z was od tego czasu nie miała od niej wiadomości.

– Napisałam do niej cztery czy pięć SMS-ów – powiedziałam. – Ale uznałam, że pewnie dalej jest na mnie zła.

Tanya nie zaproponowała nam kawy. Podeszła do schodów, spojrzała w górę, a potem zerknęła na zegarek, jakby czekała, aż sobie pójdziemy. Nie wyglądała jak matka, która właśnie się dowiedziała, że jej dziecko zaginęło. Do moich uszu od czasu do czasu dolatywało głuche buczenie odkurzacza.

– Proszę pani, czy ktokolwiek miał z nią jakiś kontakt? Czy z pani telefonu można odczytać, czy ona w ogóle odebrała pani wiadomości?

– Przecież mówiłam – odparła kobieta. Jej głos był dziwnie spokojny. – Mówiłam ci, że ona taka jest. Ale nie chciałaś słuchać.

– Wydaje mi się...

Uniosła dłoń, przerywając Samowi.

– To nie jest pierwszy raz. O nie. Zdarzało jej się znikać na całe dnie, kiedy powinna być w internacie. To oczywiście ich wina. Mieli stale wiedzieć dokładnie, gdzie ona jest. Zadzwonili do nas dopiero, kiedy jej nie było od czterdziestu ośmiu godzin, i wtedy musieliśmy się zgłosić na policję. Podobno jedna z dziewcząt w internacie kłamała, żeby nic się nie wydało. Zupełnie nie pojmuję, dlaczego ci ludzie nie byli w stanie się zorientować, kto tam jest, a kogo nie ma, zwłaszcza biorąc pod uwagę to absurdalnie wysokie czesne, które im płacimy. Francis chciał ich pozwać. Musiał opuścić doroczne spotkanie zarządu, żeby zająć się tą całą sytuacją. Najedliśmy się wstydu.

Na górze rozległ się huk i ktoś zaczął płakać. Tanya podeszła do drzwi kuchni.

– Lena! Zabierz ich do parku, na litość boską! – Wróciła do nas. – Wiecie, że się upija. Bierze narkotyki. Ukradła moje diamentowe kolczyki od Mappina & Webba. Nie chce się do tego przyznać, ale tak było. Są warte kilka tysięcy. Nie mam pojęcia, co z nimi zrobiła. Zabrała też aparat cyfrowy.

Pomyślałam o mojej zaginionej biżuterii i serce mi się ścisnęło.

– Więc tak. To wszystko było dosyć łatwe do przewidzenia. Przecież mówiłam. A teraz zechcecie mi wybaczyć, ale naprawdę muszę iść zająć się chłopcami. Mają trudny dzień.

– Ale zadzwoni pani na policję, tak? Ona ma szesnaście lat, a minęło już prawie dziesięć dni.

– Nie będą zainteresowani. Kiedy już się dowiedzą, o kogo chodzi. – Tanya uniosła smukły palec. – Wyrzucona z dwóch szkół za wagarowanie. Upomniana za posiadanie narkotyku klasy A. Picie, zakłócanie porządku. Drobne kradzieże. Jakie jest na to określenie? Ach tak, moja córka nie może się pochwalić zaświadczeniem o niekaralności. Mówiąc zupełnie szczerze, nawet jeśli policjanci ją znajdą i tu przyprowadzą, to ona po prostu wstanie, otrzepie się i znów zniknie, kiedy jej przyjdzie na to ochota.

Wokół mojej klatki piersiowej zacisnął się jakiś drut, utrudniając mi oddychanie. Dokąd ona mogła pójść? Czy ten chłopak, ten, który wystawał pod moim blokiem, miał z tym coś wspólnego? A klubowicze, którzy byli z nią tamtej nocy? Jak mogłam być tak nieuważna?

– Zadzwońmy do nich i tak. Ona jest w końcu nieletnia.

– Nie. Nie chcę mieszać w to policji. Francis ma w tej chwili bardzo ciężki okres w pracy. Walczy o utrzymanie pozycji w zarządzie. Jeśli dojdzie do nich, że policja interesuje się jego rodziną, to będzie koniec.

Sam zacisnął szczęki. Milczał przez chwilę, a potem się odezwał:

– Proszę pani, pani córka może być w niebezpieczeństwie. Naprawdę sądzę, że przyszła pora, żeby zwrócić się o pomoc do odpowiednich służb.

– Jeśli ich wezwiecie, to ja po prostu wyjaśnię im to, co wam przed chwilą powiedziałam.

– Proszę pani…

– Ile razy ją pan widział, panie Fielding? – Tanya oparła się o kuchenkę. – Zna pan ją lepiej ode mnie, tak? To pan nie spał po nocach, czekając, aż ona wróci do domu? To pan musiał tłumaczyć się z jej zachowania przed nauczycielami i policjantami? Przepraszać ekspedientki za jej kradzieże? Spłacać zadłużenie na jej karcie kredytowej?

– Niektóre z dzieci stwarzających największe problemy to właśnie te, które są narażone na największe niebezpieczeństwo.

– Moja córka to utalentowana manipulatorka. Na pewno jest teraz u kogoś ze swoich znajomych. Tak samo jak wcześniej. Gwarantuję, że za dzień–dwa Lily pojawi się tutaj w środku nocy, pijana, rozwrzeszczana, albo zapuka do drzwi Louisy, prosząc o pieniądze, a ty pewnie będziesz miała powody, by żałować, że to zrobiła. Ktoś ją wpuści, a jej będzie okropnie przykro, będzie niepocieszona i pełna skruchy, a kilka dni później przyprowadzi do domu bandę swoich znajomych albo coś ukradnie. I wszystko zacznie się od początku. Przerabiałam to dziesiątki razy.

Odgarnęła sobie z twarzy złote włosy. Zmierzyli się z Samem wzrokiem.

– Panie Fielding, muszę chodzić na terapię, żeby być w stanie poradzić sobie z chaosem, jaki córka wprowadza w moje życie. I bez tego wystarczająco ciężko jest mi radzić sobie z jej braćmi i ich... trudnościami wychowawczymi. Ale jedną z rzeczy, których człowiek uczy się na terapii, jest to, że przychodzi moment, w którym musi zatroszczyć się o samego siebie. Lily jest wystarczająco duża, żeby podejmować własne decyzje...

– To jeszcze dziecko – wtrąciłam.

– O tak, naturalnie. Dziecko, które ty wyprosiłaś ze swojego mieszkania jakiś czas po północy. – W oczach Tanii Houghton--Miller odmalowało się zadowolenie z siebie, osoby, która właśnie dowiodła swojej słuszności. – Nie wszystko jest czarno-białe. Choćbyśmy bardzo tego chcieli.

– Pani się nawet nie martwi, prawda? – zapytałam.

Wytrzymała mój wzrok.

– Szczerze mówiąc, nie. Zbyt wiele razy przez to przechodziłam. – Otworzyłam usta, ale ona była szybsza. – Louiso, ty chyba uważasz, że twoją misją jest zbawić świat, prawda? No cóż, moja córka nie potrzebuje zbawienia. A gdyby nawet, to twoje dotychczasowe osiągnięcia specjalnie by mnie nie przekonały.

Ramię Sama otoczyło mnie, zanim zdążyłam choćby nabrać tchu. Miałam na końcu języka jadowitą ripostę, ale Tanya już zdążyła się odwrócić.

– Chodź – powiedział Sam, prowadząc mnie do holu. – Idziemy.

Przez kilka godzin jeździliśmy po West Endzie, zwalniając, by przyjrzeć się grupkom rozchichotanych, zataczających się dziewczyn i – tu już nieco trzeźwiej – ludziom śpiącym na ławkach, a potem zaparkowaliśmy i ramię w ramię zaczęliśmy przepatrywać ciemne przejścia pod mostami. Wtykaliśmy głowy do pubów, pytając, czy ktoś widział dziewczynę ze zdjęć na moim telefonie. Poszliśmy do klubu, gdzie zabrała mnie na tańce, i do paru innych, o których Sam powiedział, że to miejsca znane z tego, że nieletni mogą tam bez problemu kupić alkohol. Mijaliśmy przystanki autobusowe i budki z kebabem, a im dalej szliśmy, tym bardziej do mnie docierało, jakim absurdem jest próba znalezienia Lily wśród tysięcy ludzi przewijających się przez gwarne ulice centralnego Londynu. Mogła być wszędzie. Miałam wrażenie, że jest wszędzie. Znów do niej napisałam, dwukrotnie, by jej powiedzieć, że jej szukamy, a kiedy wróciliśmy do mojego mieszkania, Sam obdzwonił szpitale, żeby się przekonać, czy w żadnym jej nie ma.

W końcu usiedliśmy na mojej kanapie i zjedliśmy grzanki, a potem on zrobił mi herbatę i przez jakiś czas milczeliśmy.

– Czuję się jak najgorszy rodzic na świecie. A nawet nie jestem rodzicem.

Sam nachylił się do przodu, opierając łokcie na kolanach.

– Nie możesz się za to obwiniać.

– Owszem, mogę. Co za osoba wyrzuca szesnastolatkę ze swojego mieszkania w środku nocy, nie sprawdzając nawet, dokąd ona właściwie jedzie? – Zamknęłam oczy. – Chodzi mi o to, że nawet jeśli już wcześniej znikała, to przecież nie znaczy, że tym razem nic jej nie będzie, prawda? Będzie jak jedna z tych nastolatek, które uciekają z domu i nikt nic o nich nie wie, aż któregoś dnia jakiś pies na spacerze wykopuje w lesie ich kości.

– Louisa.

– Powinnam być silniejsza. Powinnam lepiej ją rozumieć. Powinnam się zastanowić nad tym, jaka ona jest młoda. Była. O Boże, jeśli coś jej się stało, nigdy sobie nie wybaczę. A w tej chwili jakiś Bogu ducha winny człowiek z psem nie ma pojęcia, że jego życie za chwilę legnie…

– Louisa – Sam położył dłoń na mojej nodze. – Przestań. Kręcisz się w kółko. Wprawdzie Tanya Houghton-Miller jest nieznośna, ale całkiem możliwe, że ma rację i Lily zjawi się tutaj albo zadzwoni do twoich drzwi za jakieś trzy godziny, i wszyscy będziemy się czuli jak idioci, i zapomnimy o całej sprawie, dopóki znowu nie zdarzy się coś w tym stylu.

– Ale dlaczego ona nie odbiera telefonu? Przecież musi wiedzieć, że się martwię.

– Być może właśnie dlatego cię ignoruje. – Spojrzał na mnie z gorzkim uśmiechem. – Możliwe, że chce, żebyś się trochę pomęczyła. Posłuchaj, dziś już niewiele zdziałamy. A ja muszę iść. Mam jutro poranną zmianę. – Posprzątał talerze i wstawił je do zlewu, opierając się o kuchenne szafki.

– Przepraszam – bąknęłam. – Trudno to nazwać udanym początkiem związku.

Spojrzał na mnie spod oka.

– Czyli to już jest związek?

Poczułam, że się czerwienię.

– Nie chodziło mi…

– Żartuję. – Przyciągnął mnie do siebie jedną ręką. – Całkiem mi się podobają te twoje próby przekonania mnie, że w zasadzie wykorzystujesz mnie tylko do seksu.

Świetnie pachniał. Nawet kiedy była to nikła woń środka znieczulającego, nadal świetnie pachniał. Pocałował mnie w czubek głowy.

– Znajdziemy ją – powiedział, wychodząc.

Kiedy już go nie było, wdrapałam się na dach. Siedziałam w ciemności, wdychając zapach jaśminu, który Lily posadziła przy zbiorniku na wodę, i delikatnie głaszcząc drobniutkie fioletowe główki obrecji wylewającej się z ceramicznych doniczek. Spojrzałam ponad krawędzią dachu, przesunęłam wzrokiem po mrugających ulicach miasta, a moje nogi nawet nie zadrżały. Wysłałam jej jeszcze jednego SMS-a, a później przygotowałam się do snu, czując, jak przytłacza mnie cisza panująca w mieszkaniu.

Po raz tysięczny spojrzałam na swój telefon, a potem sprawdziłam pocztę, tak na wszelki wypadek. Nic. Był za to mail od Nathana:

Gratulacje! Dziś rano usłyszałem od Gopnika, że zamierza zaproponować Ci tę robotę! Widzimy się w NY, staruszko!

Rozdział dziewiętnasty

LILY

Peter znowu czeka. Dziewczyna widzi przez okno, jak tamten stoi, oparty o swój samochód. Zauważa ją, podnosi rękę i bezgłośnie mówi:

– Gdzie kasa?

Lily otwiera okno, zerka na drugą stronę ulicy, gdzie Samir wystawia nową skrzynkę z pomarańczami.

– Zostaw mnie w spokoju, Peter.

– Wiesz, co się stanie…

– Dałam ci już dosyć. Zostaw mnie w spokoju, okej?

– Kiepskie posunięcie, Lily – chłopak unosi brew. Czeka na tyle długo, żeby ona poczuła się nieswojo. Lou wraca do domu za pół godziny. Peter kręci się tu tak często, że Lily jest praktycznie pewna, że on o tym wie. W końcu wsiada z powrotem do samochodu i wyjeżdża na główną drogę, nie patrząc na boki. Odjeżdżając, wystawia telefon przez okno po stronie kierowcy. Wiadomość: „Kiepskie posunięcie, Lily".

Gra w butelkę. Jak to niewinnie brzmi. Razem z czterema innymi dziewczynami ze szkoły przyjechały do Londynu na weekend. Ukradły z Bootsa parę szminek, kupiły przykrótkie spódniczki w Top Shopie i weszły do jakiegoś klubu za darmo, bo były młode i śliczne, a bramkarze nie zadają zbyt wielu pytań, jak jest was pięć, wszystkie młode i śliczne, no a w środku, nad rumem z colą, poznały Petera i jego kumpli.

O drugiej nad ranem wylądowali w czyimś mieszkaniu na Marylebone. Lily nie do końca pamiętała, jak się tam dostali. Wszyscy siedzieli w kółku, palili i pili. Zgadzała się na wszystko, co jej podsuwali. Z głośników leciała Rihanna. Niebieski puf pachniał odświeżaczem do tkanin. Nicole pochorowała się w łazience, idiotka. Czas przeciekał między palcami; druga trzydzieści, trzecia siedemnaście, czwarta… Lily straciła rachubę. Potem ktoś zaproponował, żeby zagrać w „Prawda czy wyzwanie".

Butelka zawirowała, wpadła na popielniczkę, z której wysypały się na dywan niedopałki i popiół. Czyjaś prawda, tej dziewczyny, której nie znała: na wakacjach w zeszłym roku zadzwoniła do byłego chłopaka i zaczęła świntuszyć z nim przez telefon, a na podwójnym łóżku obok niej spała jej babcia. Pozostałe dziewczyny żachnęły się, udając zgrozę. Lily się roześmiała.

– Nieźle – powiedział ktoś.

Peter przez cały czas się jej przyglądał. Z początku Lily to pochlebiało: był tam bez dwóch zdań najprzystojniejszym chłopakiem ze wszystkich. Albo nawet mężczyzną. Kiedy na nią patrzył, nie odwracała wzroku. Nie chciała być taka jak reszta dziewczyn.

– Zakręć!

Wzruszyła ramionami, gdy butelka wskazała na nią.

– Wyzwanie – powiedziała. – Nie ma innej opcji.

– Lily nigdy niczego nie odmawia – odezwała się Jemima. Teraz Lily zastanawia się, czy nie było czegoś w sposobie, w jaki spojrzała na Petera, kiedy padły te słowa.

– No dobra. Wiesz, co to oznacza.

– Serio?

– Nie możesz tego zrobić! – Pippa zakrywała sobie twarz rękami, jak zawsze, kiedy robiła z czegoś aferę.

– No to prawda.

– Niee. Prawda jest do dupy. – Wielkie rzeczy. Wiedziała, że te chłopaki i tak stchórzą. Wstała nonszalancko. – To gdzie? Tutaj?

– O Boże, Lily.

– Zakręć butelką – powiedział któryś z chłopaków.

Nie przyszło jej do głowy, żeby się denerwować. Była lekko zamroczona, a poza tym całkiem jej się podobało, że stoi tam sobie spokojnie, podczas gdy inne dziewczyny klaskały, piszczały i zachowywały się jak kretynki. Były takie sztuczne. Te same dziewczyny, które potrafiły rozwalić każdego na lodowisku do hokeja, gadać o polityce i o tym, jaką karierę planują zrobić jako prawniczki czy biolożki, w obecności chłopaków robiły się głupie, rozchichotane i dziewczyńskie, machały włosami i malowały sobie usta, jakby spontanicznie usunęły sobie to, co w nich najbardziej interesujące.

– Peter…

– O rany. Pete, stary. Wypadło na ciebie.

Chłopcy zaczęli jeden przez drugiego piać i gwizdać, żeby zatuszować swoje rozczarowanie, a może ulgę, że to nie oni. Peter podniósł się powoli, jego wąskie kocie oczy napotkały jej wzrok. Był inny od reszty: w jego akcencie było coś twardszego, ostrzejszego.

– Tutaj?

Lily wzruszyła ramionami.

– Wszystko jedno.

– W drugim pokoju. – Wskazał ręką na sypialnię.

Zręcznie przeszła nad nogami dziewczyn, kierując się do pokoju obok. Jedna z nich złapała ją za kostkę, mówiąc, żeby tego nie robiła, ale Lily strząsnęła jej ręce. Szła, zataczając się lekko, czując na sobie ich oczy. „Wyzwanie. Nie ma innej opcji".

Peter zamknął za sobą drzwi, a dziewczyna rozejrzała się po pokoju. Pościel była rozgrzebana; koszmarna kołdra we wzorki, po której widać było z odległości pięciu metrów, że od wieków nikt jej nie prał i która wypełniała powietrze zapaszkiem stęchlizny. W kącie leżała sterta brudnych ciuchów, a przy łóżku pełna popielniczka. W pomieszczeniu zapadła cisza, głosy na zewnątrz nagle umilkły.

Lily uniosła brodę. Odgarnęła włosy z twarzy.

– Na serio chcesz to zrobić? – zapytała.

A wtedy on się uśmiechnął; powolnym, drwiącym uśmiechem.

– Wiedziałem, że się wycofasz.

– Kto mówi, że się wycofuję?

Ale nie chciała tego robić. Teraz już nie widziała jego ładnych rysów, tylko zimny blask w jego oczach, nieprzyjemny grymas ust. Chłopak położył rękę na swoim rozporku.

Stali tak przez chwilę.

– Jak nie chcesz, to w porządku. Wyjdziemy stąd i powiemy reszcie, że się spękałaś.

– Wcale nie powiedziałam, że tego nie zrobię.

– No to co mówisz?

Lily nie jest w stanie myśleć. Z tyłu głowy słyszy jakieś ciche brzęczenie. Żałuje, że tu przyszła.

Peter tłumi teatralne ziewnięcie.

– Zaczyna mi się nudzić, Lily.

Gorączkowe pukanie do drzwi. Głos Jemimy.

– Lily, nie musisz tego robić. Chodź. Możemy wrócić do domu.

– Nie musisz tego robić, Lily – chłopak przedrzeźnia ją drwiąco. Szybki rachunek. Co najgorszego może się wydarzyć – dwie minuty, w najgorszym razie? Dwie minuty z jej życia. Nie stchórzy. Pokaże mu. Pokaże im wszystkim.

Peter w jednej ręce luźno trzyma butelkę jacka danielsa. Dziewczyna bierze ją od niego, otwiera i pociąga z niej dwa razy, nie spuszczając wzroku z jego twarzy. Potem oddaje mu butelkę i sięga po klamrę przy jego pasku.

„Zdjęcia albo nic nie było".

Głos tamtego chłopaka dociera do niej poprzez dudnienie w uszach, poprzez ból, który czuje, kiedy Peter zbyt mocno chwyta ją za włosy. Wtedy jest już za późno. O wiele za późno.

Podnosząc wzrok, słyszy trzask aparatu w telefonie.

Para kolczyków. Pięćdziesiąt funtów w gotówce. Sto. Minęło kilka tygodni, a on wciąż się czegoś domaga. Przysyła jej SMS-y: „Ciekawe, co by było, gdybym to wrzucił na fejsa".

Na widok zdjęcia Lily ma ochotę się rozpłakać. Raz po raz znajduje je w swojej skrzynce na telefonie: jej twarz, przekrwione oczy, rozmazany tusz. To coś w jej ustach. Kiedy Louisa przychodzi do domu, Lily musi wciskać komórkę pod poduszki na kanapie. Zrobiła się radioaktywna; toksyczny przedmiot, który ciągle musi mieć przy sobie.

„Ciekawe, co by pomyśleli twoi znajomi".

Po wszystkim dziewczyny nie chcą z nią rozmawiać. Wiedzą, co zrobiła, bo kiedy znów dołączyli do imprezy, Peter pokazał im zdjęcie, ostentacyjnie poprawiając sobie rozporek, chociaż to wcale nie było potrzebne. Musiała udawać, że nic jej to nie obchodzi. Dziewczyny wlepiły w nią wzrok, a potem go odwróciły i Lily zrozumiała, jak tylko ich oczy się spotkały, że te ich historyjki o robieniu loda i seksie z chłopakami, których nikt nie widział, były zmyślone. Boże, jakie one są żałosne. Potrafią tylko kłamać.

Nikt nie uważał, że jest odważna. Nikt nie podziwiał jej za to, że nie stchórzyła. Była po prostu Lily, szmatą, dziewczyną z fiutem w ustach. Na samą myśl o tym żołądek jej się zaciskał. Pociągnęła jeszcze jeden łyk jacka danielsa i kazała im wszystkim się walić.

„Przyjdź do McDonalda na Tottenham Court Road".

W międzyczasie matka zmieniła zamki w drzwiach. Lily nie mogła już podbierać jej pieniędzy z portmonetki. Zablokowali jej dostęp do konta w banku.

„Nic już nie mam".

„Czy ty mnie uważasz za frajera, mała bogaczko?"

Matka nigdy nie lubiła tych kolczyków od Mappina & Webba. Lily miała nadzieję, że nawet nie zauważy ich zniknięcia. Jak je dostała od Złamasa Francisa, udawała zachwyt, ale kiedy sobie poszedł, mruknęła pod nosem, że naprawdę nie rozumie, dlaczego kupił jej diamenty w kształcie serduszek, skoro każdy wie, że to pospolite, a kształt gruszki znacznie lepiej podkreśla owal jej twarzy.

Peter popatrzył na skrzące się kolczyki, jakby wręczyła mu garść drobniaków, a potem wsadził je do kieszeni. Przed chwilą skończył jeść big maca i w kąciku ust miał majonez. Lily robiło się niedobrze za każdym razem, kiedy go widziała.

– Chcesz wpaść poznać moich kumpli?

– Nie.

– Napijesz się czegoś?

Dziewczyna pokręciła głową.

– To koniec. Ostatnia rzecz. Te kolczyki są warte kilka tysięcy.

Peter się skrzywił.

– Następnym razem chcę gotówkę. Konkretną. Wiem, gdzie mieszkasz, Lily. Wiem, ile masz.

Czuła się tak, jakby nigdy nie miała się od niego uwolnić. Wysyłał do niej SMS-y o dziwnych porach, budził ją, nie pozwalał zasnąć. To zdjęcie, wciąż od nowa. Ciągle miała przed oczami jego negatyw, jak wypalony na siatkówce. Przestała chodzić do szkoły. Upijała się z nieznajomymi i chodziła po klubach długo po tym, jak już nie miała na to ochoty. Wszystko, żeby tylko nie być sam na sam ze swoimi myślami i bezlitosnym sygnałem nowej wiadomości w telefonie. Przeprowadziła się, żeby nie mógł jej znaleźć, ale ją znalazł; godzinami wystawał pod blokiem, grożąc jej bez słów. Kilka razy myślała nawet, żeby powiedzieć o tym Louisie. Ale co ona mogła zrobić? Przez połowę czasu sama była jak jednoosobowa klęska żywiołowa. Więc usta Lily się otwierały i nic się z nich nie wydobywało, a potem Louisa zaczynała trajkotać o spotkaniu z babcią albo czy Lily coś jadła, i dziewczyna zdawała sobie sprawę, że jest zupełnie sama.

Niekiedy leżała w ciemności, nie mogąc zasnąć, i myślała, jak by to było, gdyby znalazł się tu jej tata. Wyobrażała go sobie. Wyszedłby na zewnątrz, złapał Petera za kark i kazałby mu nigdy więcej nie zbliżać się do jego córeczki. A potem objąłby ją i powiedział, że wszystko jest już dobrze, że jest bezpieczna.

Tylko że wcale by tak nie zrobił. Bo był po prostu złym na cały świat facetem na wózku, który nawet nie miał ochoty żyć. Poza tym spojrzałby na te zdjęcia i byłby zdegustowany.

Nie mogła mieć do niego o to pretensji.

Ostatnim razem, kiedy nie była w stanie nic przynieść Peterowi, zaczął na nią krzyczeć na chodniku przy Carnaby Street, nazywać ją zerem, kurwą, głupią małą dziwką. Podjechał tam swoim autem, a ona wcześniej wypiła dwie podwójne whisky, bo bała się z nim spotkać. Kiedy zaczął krzyczeć i zarzucać jej, że kłamie, rozpłakała się.

– Louisa mnie wyrzuciła. Mama mnie wyrzuciła. Nic nie mam.

Ludzie mijali ich w pośpiechu, odwracając wzrok. Nikt się nie zatrzymał. Nikt nic nie powiedział, bo widok faceta krzyczącego na pijaną dziewczynę w Soho w piątkowy wieczór nie był niczym niezwykłym. Peter zaklął i odwrócił się na pięcie, jakby miał zamiar sobie pójść, ale ona wiedziała, że tego nie zrobi. I wtedy na środku ulicy zatrzymał się wielki czarny samochód i wrzucił wsteczny, a z tyłu zapaliły mu się białe światła. Elektryczna szyba opuściła się z cichym szumem.

– Lily?

Rozpoznanie go zajęło jej kilka sekund. Pan Garside z firmy jej ojczyma. Jego szef? Wspólnik? Spojrzał na nią, a potem na chłopaka.

– Wszystko w porządku?

Zerknęła na Petera i skinęła głową.

Nie uwierzył jej. Widziała to. Zatrzymał się na poboczu, przed samochodem chłopaka, i powoli podszedł do nich w swoim ciemnym garniturze. Miał w sobie jakąś siłę i powagę, jakby nic nie było w stanie zbić go z tropu. Dziewczyna bez powodu przypomniała sobie, jak matka mówiła o nim, że ma własny helikopter.

– Podwieźć cię do domu, Lily?

Peter uniósł lekko rękę z telefonem. Żeby o nim pamiętała. Lily otworzyła usta i wyrwały się z nich słowa.

– On ma w komórce okropne zdjęcie ze mną i grozi, że je wszystkim pokaże, i chce ode mnie pieniędzy, a ja już żadnych nie mam. Dałam mu, ile mogłam, i po prostu nic już nie mam. Proszę, niech mi pan pomoże.

Oczy Petera się rozszerzyły. Tego się nie spodziewał. Ale Lily już nie dbała o to, co będzie dalej. Była po prostu zdesperowana i zmęczona i nie chciała dłużej dźwigać tego całkiem sama.

Pan Garside przez chwilę patrzył na Petera. Chłopak zesztywniał i wyprostował ramiona, jakby zastanawiał się nad ucieczką do samochodu.

– Czy to prawda? – zapytał pan Garside.

– Mam w telefonie zdjęcia dziewczyn, to nie przestępstwo – odparł Peter z zuchwałym uśmieszkiem.

– Zdaję sobie z tego sprawę. Niemniej używanie ich do wymuszania pieniędzy jest przestępstwem. – Głos pana Garside'a był cichy i spokojny, jakby omawianie czyichś nagich zdjęć na środku ulicy było czymś zupełnie normalnym. Wsunął rękę do wewnętrznej kieszeni marynarki. – Ile trzeba ci zapłacić, żebyś zniknął?

– Co?

– Twój telefon. Ile za niego chcesz?

Lily zaparło dech w piersiach. Przeniosła spojrzenie z jednego mężczyzny na drugiego. Peter z niedowierzaniem wpatrywał się w pana Garside'a.

– Proponuję ci gotówkę za telefon. Pod warunkiem, że to jedyny egzemplarz tego zdjęcia.

– Ja nie sprzedaję telefonu.

– W takim razie muszę cię ostrzec, młody człowieku, że skontaktuję się z policją i podam im twój numer rejestracyjny. A mam wielu przyjaciół w policji. Dosyć wysoko postawionych. – Uśmiechnął się, chociaż tak naprawdę to wcale nie był uśmiech.

Po drugiej stronie ulicy z restauracji wysypała się grupa roześmianych ludzi. Peter spojrzał na Lily, a potem znów na pana Garside'a. Uniósł brodę.

– Pięć kafli.

Pan Garside sięgnął do wewnętrznej kieszeni. Pokręcił głową.

– Nie sądzę. – Wyciągnął portfel i odliczył plik banknotów. – To powinno wystarczyć. Z tego, co słyszę, zostałeś już sowicie wynagrodzony. Poproszę o telefon.

To było tak, jakby Petera ktoś zahipnotyzował. Chłopak zawahał się przez króciutką chwilę, po czym podał mężczyźnie swoją komórkę. Pan Garside sprawdził, czy w środku jest karta SIM, włożył telefon do wewnętrznej kieszeni i otworzył drzwi do swojego auta przed dziewczyną.

– Lily, zdaje mi się, że czas na ciebie.

Wsiadła do środka jak posłuszne dziecko, a za nią rozległ się solidny szczęk zamykanych drzwi. A potem ruszyli, sunąc gładko wąską ulicą i zostawiając za sobą zszokowanego Petera – Lily widziała go w bocznym lusterku – jakby on też nie mógł uwierzyć w to, co się przed chwilą stało.

– Dobrze się czujesz? – pan Garside, mówiąc, nie patrzył w jej stronę.

– Już… już po wszystkim?

Zerknął na nią, a potem znów na drogę.

– Tak sądzę.

Nie mogła w to uwierzyć. Nie mogła uwierzyć, że coś, co wisiało nad nią od tygodni, mogło zostać załatwione ot tak. Odwróciła się w jego stronę, nagle zaniepokojona.

– Proszę, niech pan nie mówi mojej mamie ani Francisowi.

Lekko zmarszczył brwi.

– Jak sobie życzysz.

Lily bezgłośnie odetchnęła z ulgą.

– Dziękuję – powiedziała cicho.

Poklepał ją po kolanie.

– Paskudny typ. Musisz uważać, jak dobierasz sobie znajomych, Lily.

Jego ręka wróciła na automatyczną dźwignię zmiany biegów, zanim dziewczyna zdążyła zauważyć jej obecność.

Nawet nie mrugnął, kiedy mu powiedziała, że nie ma gdzie spać. Zawiózł ją do hotelu w Bayswater i po cichu porozmawiał z recepcjonistką, która wręczyła Lily klucz do pokoju. Dziewczyna z ulgą przyjęła fakt, że pan Garside nie zaproponował, żeby zatrzymała się u niego w domu: nie chciała się tłumaczyć przed nikim innym.

– Przyjadę po ciebie jutro, jak będziesz trzeźwa – powiedział, chowając portfel do kieszeni marynarki.

Lily powlokła się do pokoju 311, rzuciła w ubraniu na łóżko i spała przez czternaście godzin.

Zadzwonił, by powiedzieć, że spotka się z nią na śniadaniu. Lily wzięła prysznic, wyjęła z plecaka jakieś ubrania i przejechała po nich żelazkiem w nadziei, że będzie wyglądała przyzwoiciej. Prasowanie nie wychodziło jej zbyt dobrze – w domu zajmowała się tym Lena.

Kiedy zeszła na dół do restauracji, on już tam siedział, czytał gazetę, a przed nim stała filiżanka z wypitą do połowy kawą. Był starszy, niż zapamiętała, łysiał na czubku głowy, a skóra na jego szyi miała w sobie coś z bibuły; ostatnim razem, gdy go widziała, byli na firmowym wyjściu na wyścigi, podczas którego Francis za dużo wypił, a matka syczała na niego z wściekłością, kiedy nikogo nie było w pobliżu. Pan Garside to zauważył i spojrzał na Lily, unosząc brwi, jakby chciał powiedzieć: „Ech, ci rodzice…”.

Wśliznęła się na krzesło naprzeciwko niego, a on opuścił gazetę.

– No witam. Jak się dziś miewasz?

Była zawstydzona, jakby poprzedniego wieczoru niepotrzebnie dramatyzowała. Jakby to wszystko była burza w szklance wody.

– Znacznie lepiej, dziękuję.

– Dobrze spałaś?

– Bardzo dobrze, dziękuję.

Przyglądał się jej przez chwilę znad swoich okularów.

– Ależ jesteś oficjalna.

Uśmiechnęła się. Nie wiedziała, co innego miałaby zrobić. Strasznie dziwnie było siedzieć tutaj z kolegą z pracy jej ojczyma. Kelnerka przyniosła jej kawę i Lily ją wypiła. Pożerała wzrokiem bufet śniadaniowy, zastanawiając się, czy powinna za to zapłacić. Pan Garside wyczuł jej zakłopotanie.

– Zjedz coś. Nie martw się. Rachunek jest już uregulowany. – Wrócił do swojej gazety.

Zastanawiała się, czy powie jej rodzicom. I co zrobił z telefonem Petera. Miała nadzieję, że jadąc swoim wielkim czarnym autem wzdłuż Tamizy, zwolnił, opuścił okno i cisnął go prosto w nurt rzeki. Chciała już nigdy więcej nie widzieć tego zdjęcia. Wstała i przyniosła sobie z bufetu croissanta z owocami. Umierała z głodu.

Jadła, a on siedział i czytał. Lily zastanawiała się, jak wyglądają dla kogoś z zewnątrz – pewnie jak pierwszy lepszy ojciec z córką. Zastanawiała się, czy on ma dzieci.

– Nie musi pan być w pracy?

Uśmiechnął się i pozwolił, żeby kelnerka dolała mu kawy.

– Powiedziałem, że mam ważne spotkanie. – Schludnie złożył gazetę i odłożył ją na stół.

Zakłopotana Lily zaczęła się wiercić na krześle.

– Muszę sobie znaleźć pracę.

– Pracę. – Pan Garside odchylił się do tyłu. – No dobrze. Jaką pracę?

– Nie wiem. Chyba zawaliłam egzaminy.

– A co ci radzą rodzice?

– Oni nie… Ja nie mogę… Ostatnio nie są ze mnie zbyt zadowoleni. Pomieszkiwałam u przyjaciół.

– I nie możesz tam wrócić?

– Teraz nie. Moja przyjaciółka też nie jest ze mnie zadowolona.

– Oj, Lily – westchnął mężczyzna. Wyjrzał przez okno, przez chwilę się nad czymś zastanawiał, a później zerknął na swój drogi zegarek. Myślał jeszcze przez moment, a potem zadzwonił do biura i oznajmił komuś, że później wróci ze spotkania.

Lily czekała, co teraz powie.

– Skończyłaś? – Schował gazetę do teczki i wstał od stołu. – To chodźmy ułożyć plan.

Nie spodziewała się, że przyjdzie do jej pokoju, i teraz była zawstydzona jego stanem: wilgotne ręczniki na podłodze, telewizor włączony na pełny regulator z jakimś beznadziejnym programem. Najgorsze rzeczy wrzuciła do łazienki, a resztę swoich ubrań pospiesznie upchnęła w plecaku. Pan Garside udawał, że nic nie widzi, po prostu wyglądał przez okno, a kiedy ona usiadła na krześle, odwrócił się, jakby dopiero teraz zobaczył pokój.

– Ten hotel jest całkiem niezły – odezwał się. – Parę razy się tu zatrzymywałem, kiedy nie miałem siły jechać aż do Winchester.

– To tam pan mieszka?

– Owszem, mieszka tam moja żona. Dzieci są już od dawna dorosłe. – Postawił teczkę na podłodze i usiadł na brzegu łóżka. Lily wstała i przyniosła sobie z nocnej szafki notesik, który był na wyposażeniu pokoju – na wypadek gdyby trzeba było notować. Jej telefon piknął, więc na niego spojrzała. „Lily, po prostu do mnie zadzwoń. Louisa x"

Wcisnęła go do tylnej kieszeni i usiadła z notesem na kolanach.

– To co pan myśli?

– Że jesteś w niełatwej sytuacji, Lily. Szczerze mówiąc, jesteś trochę za młoda na podjęcie pracy. Nie wiem, kto byłby gotów cię zatrudnić.

– Ale potrafię robić parę rzeczy. Jestem pracowita. Umiem zajmować się ogrodem.

– Ogrodem! No to może mogłabyś pracować u kogoś w ogrodzie. Czy zarobisz na tym wystarczająco dużo, żeby być w stanie się utrzymać, to osobna kwestia. Masz jakieś referencje? Pracowałaś gdzieś w wakacje?

– Nie. Dostawałam kieszonkowe od rodziców.

– Hmm – pan Garside zaczął bębnić palcami na swoim kolanie. – Masz trudną relację z ojcem, prawda?

– Francis to nie jest mój prawdziwy ojciec.

– Tak. Wiem o tym. Słyszałem, że kilka tygodni temu wyprowadziłaś się z domu. Sytuacja wydaje się niewesoła. Naprawdę niewesoła. Musisz się czuć dosyć samotna.

Lily poczuła ściskanie w gardle i przez chwilę myślała, że pan Garside sięga po chusteczkę, ale wtedy on wyciągnął z kieszeni marynarki telefon. Telefon Petera. Dotknął go raz, potem drugi i przed oczyma dziewczyny mignęło jej zdjęcie. Zabrakło jej tchu.

Mężczyzna kliknął zdjęcie, powiększając je. Policzki Lily zalał rumieniec. Pan Garside wpatrywał się w ekran tak długo, że dziewczyna miała wrażenie, jakby minęły całe wieki.

– Byłaś naprawdę niegrzeczną dziewczynką, co?

Palce Lily zacisnęły się w pięść na hotelowej narzucie. Spojrzała na pana Garside'a z pałającymi policzkami. Wzrok miał utkwiony w zdjęciu.

– Bardzo niegrzeczną. – W końcu podniósł na nią oczy; patrzył spokojnie, głos miał łagodny. – Najpierw powinniśmy chyba ustalić, jak zwrócisz mi koszty telefonu i hotelu.

– Ale – zaczęła dziewczyna – pan nie mówił…

– Proszę cię, Lily. Taka bystra osoba jak ty? Na pewno wiesz, że nie ma nic za darmo. – Znów spojrzał na zdjęcie. – Na pewno doszłaś do tego już jakiś czas temu… Wygląda na to, że jesteś w tym dobra.

Śniadanie podeszło Lily do gardła.

– Widzisz, mógłbym pociągnąć za parę sznurków. Załatwić ci mieszkanie, dopóki nie staniesz na własne nogi, pomóc ci w znalezieniu porządnej pracy. Nie musiałabyś robić zbyt wiele w zamian. *Quid pro quo* – znasz to wyrażenie? Uczyłaś się w szkole łaciny, prawda?

Lily zerwała się z miejsca i sięgnęła po plecak. Ręka mężczyzny wystrzeliła w jej stronę i chwyciła ją za ramię. Wolną ręką powoli wsunął telefon z powrotem do kieszeni.

– Nie działaj pochopnie, Lily. Chyba nie chciałabyś, żebym był zmuszony pokazać to zdjęcie twoim rodzicom, prawda? Bóg raczy wiedzieć, co oni sobie o tym wszystkim pomyślą.

Słowa uwięzły jej w gardle.

Mężczyzna poklepał kapę obok siebie.

– Na twoim miejscu mocno bym się zastanowił. No dobrze. A teraz może…

Lily gwałtownie strząsnęła z ramienia jego rękę. A potem szarpnęła za drzwi od pokoju i już jej nie było, gnała bez tchu hotelowym korytarzem, a za nią frunął plecak.

Londyn tętnił życiem przez całą noc, aż do świtu. Lily szła, a samochody niecierpliwie trąbiły na nocne autobusy, taksówki przemykały się zwinnie po ulicach, mężczyźni w garniturach wracali do domu albo siedzieli w rozświetlonych biurach w pół drogi do nieba, nie zwracając uwagi na sprzątaczki, które w milczeniu uwijały się wokół nich. Szła ze spuszczoną głową i plecakiem zarzuconym na ramię, a kiedy wstąpiła po coś do jedzenia do całodobowej burgerowni, pilnowała, żeby mieć kaptur naciągnięty na głowę, a w ręku gazetę – udawała, że ją czyta, bo zawsze znajdywał się ktoś, kto się do niej dosiadał i usiłował zagadać. „Nie bój się, skarbie, tak tylko chcę sobie pogawędzić".

Przez cały ten czas odtwarzała w głowie wydarzenia tego poranka. Co ona zrobiła? Jakie sygnały wysyłała? Czy ona ma w sobie coś takiego, przez co wszyscy uznają ją za dziwkę? Na myśl o słowach, których tamten użył, chciało jej się płakać. Skuliła się i głębiej naciągnęła kaptur, czując, jak go nienawidzi. Jak nienawidzi siebie.

Korzystając ze swojej legitymacji, jeździła metrem, aż atmosfera zrobiła się pijacka i rozgorączkowana. Wtedy uznała, że bezpieczniej będzie na górze. Przez resztę czasu chodziła – wśród migających neonów na Piccadilly, przez szarą od spalin Marylebone Road, między pulsującymi nocnymi barami na Camden, stawiała długie kroki, udawała, że ma jakiś cel, i zwolniła dopiero, gdy stopy rozbolały ją od bezlitośnie twardego chodnika.

Kiedy była już zbyt zmęczona, zaczęła błagać znajomych, żeby coś dla niej zrobili. Raz przenocowała u swojej koleżanki Niny, ale Nina zadawała za dużo pytań, a dźwięk jej beztroskich rozmów z rodzicami na dole, podczas gdy Lily leżała w wannie, starając się odmoczyć brud z włosów, sprawił, że poczuła się jak najbardziej samotna osoba na świecie. Wyszła po śniadaniu, chociaż mama

Niny powiedziała, że spokojnie może zostać jeszcze na jedną noc, i obrzuciła ją zatroskanym matczynym spojrzeniem. Dwie noce spędziła na kanapie u dziewczyny, którą poznała kiedyś w klubie, ale ona miała trzech współlokatorów i Lily nie potrafiła odprężyć się tam na tyle, żeby zasnąć, więc siedziała tylko w ubraniu, obejmując rękami kolana i do świtu oglądając telewizję bez dźwięku. Jedną noc przespała w hostelu Armii Zbawienia, słuchając, jak obok kłócą się dwie dziewczyny, i pod kocem przyciskając do piersi plecak. Powiedzieli jej, że może wziąć prysznic, ale nie chciała na ten czas zostawiać plecaka w szafce. Wypiła darmową zupę i sobie poszła. Głównie jednak chodziła, wydając ostatnie pieniądze na tanią kawę i mcmuffiny, coraz bardziej zmęczona i głodna, aż w końcu ledwie mogła normalnie myśleć, trudno było jej reagować odpowiednio szybko, kiedy mężczyźni w bramach krzyczeli za nią obrzydliwe rzeczy albo kelnerki w kawiarni mówiły, że wystarczająco długo siedzisz już nad tą jedną kawą, młoda damo, pora ruszać dalej.

I przez cały ten czas się zastanawiała, co w tej chwili mówią jej rodzice i co pan Garside o niej powie, pokazując im zdjęcia. Przed oczami miała zszokowaną twarz matki i Francisa, który powoli kręcił głową, jakby ta nowa Lily nie była dla niego żadnym zaskoczeniem.

Jaka ona była głupia.

Trzeba było ukraść ten telefon.

Rozdeptać go.

Rozdeptać tego wstrętnego faceta.

Nie trzeba było iść do mieszkania tego głupiego chłopaka i zachowywać się jak głupia idiotka, i rujnować swojego głupiego życia – w tym punkcie zazwyczaj zaczynała płakać i naciągała kaptur głębiej na twarz, i…

Rozdział dwudziesty

– Co takiego?

W milczeniu pani Traynor usłyszałam niedowierzanie i (choć może byłam po prostu przewrażliwiona) nikłe echo ostatniego razu, kiedy nie udało mi się ochronić tego, co było jej drogie.

– Próbowałaś się do niej dodzwonić?

– Nie odbiera.

– I nie kontaktowała się z rodzicami?

Zamknęłam oczy. Od dłuższego czasu obawiałam się tej rozmowy.

– Podobno już wcześniej tak robiła. Pani Houghton-Miller jest przekonana, że Lily lada moment się pojawi.

Pani Traynor rozważała to przez chwilę.

– Ale ty nie.

– Coś mi tu nie pasuje. Wiem, że nie jestem rodzicem, ale po prostu mam… – urwałam. – No, w każdym razie wolę robić cokolwiek, niż siedzieć z założonymi rękami, więc zamierzam jeszcze raz pochodzić po ulicach i jej poszukać. Chciałam po prostu, żeby pani wiedziała, jaka jest sytuacja.

Pani Traynor przez moment nic nie mówiła. A potem odezwała się opanowanym głosem, w którym jednak dźwięczała nutka dziwnej determinacji:

– Louiso, czy byłabyś tak dobra i podała mi numer telefonu pani Houghton-Miller?

Zadzwoniłam do pracy, by powiedzieć, że jestem chora, i mimochodem zauważyłam, że chłodne „Rozumiem" Richarda Percivala właściwie ma w sobie coś bardziej złowróżbnego niż jego wcześniejsze jawne pogróżki. Wydrukowałam fotografie – jedno ze zdjęć profilowych Lily i jedno z naszych wspólnych selfie. Przedpołudnie spędziłam na jeżdżeniu samochodem po centralnym Londynie. Parkowałam na krawężnikach, włączałam światła awaryjne i zaglądałam do pubów, barów z fast foodem i nocnych klubów, gdzie sprzątaczki, pracujące w dusznym półmroku, obrzucały mnie podejrzliwymi spojrzeniami.

– Widziała pani tę dziewczynę?

– A kto pyta?

– Widziała pani tę dziewczynę?

– Pani z policji? Ja nie szukam kłopotów.

Niektórzy najwyraźniej uważali za bardzo zabawne zwodzić mnie przez jakiś czas:

– O, ta dziewczyna! Brązowe włosy? Zaraz, jak ona się nazywała?… Nie. W życiu jej nie widziałem.

Wyglądało na to, że nikt jej nie widział. Im dalej jechałam, tym bardziej traciłam nadzieję. Gdzie jest łatwiej zniknąć niż w Londynie? W tętniącej życiem metropolii, gdzie można się wślizgnąć do miliona bram, wmieszać się w tłum, który nigdy się nie kończył. Patrzyłam na wieżowce i zastanawiałam się, czy może w tej chwili dziewczyna leży w piżamie na czyjejś kanapie. Lily bez trudu zagadywała ludzi i nie bała się o nic poprosić – mogła być u dowolnej osoby.

A jednak.

Nie byłam pewna, co każe mi szukać dalej. Może była to zimna wściekłość na Tanyę Houghton-Miller i jej zimny wychów; może wyrzuty sumienia, że popełniłam dokładnie te same błędy, za które krytykowałam Tanyę. A może po prostu zbyt dobrze wiedziałam, jak łatwo skrzywdzić młodziutką dziewczynę.

Ale głównie chodziło o Willa. Szłam, jechałam, zadawałam pytania, znów szłam i prowadziłam z nim niezliczone rozmowy w mojej głowie, aż w którymś momencie biodro zaczęło mnie boleć, więc zatrzymałam samochód, żeby zjeść czerstwe kanapki i czekoladę ze stacji benzynowej, i wmusić w siebie proszki przeciwbólowe, niezbędne do prowadzenia dalszych poszukiwań.

Will, dokąd ona by poszła?

Co ty byś zrobił?

I – po raz kolejny: Przepraszam. Zawiodłam cię.

„Jakieś wiadomości?", napisałam do Sama. Dziwnie się czułam, esemesując z nim, a jednocześnie prowadząc te rozmowy z Willem, jakby to był jakiś rodzaj niewierności. Nie byłam tylko pewna, kogo właściwie zdradzam.

„Nie. Zadzwoniłem na ostry dyżur we wszystkich szpitalach w Londynie. A u Ciebie?"

„Zmęczyłam się trochę".

„Biodro?"

„Nurofen jest dobry na wszystko".

„Wpaść do Ciebie po pracy?"

„Chyba muszę po prostu szukać dalej".

„Nie chodź nigdzie, gdzie ja bym nie poszedł x"

„Bardzo śmieszne xxx"

– Próbowałaś w szpitalach? – moja siostra zadzwoniła z uczelni podczas piętnastominutowej przerwy pomiędzy *HMRC*:

zmieniającym się obliczem poboru podatków a *VAT: perspektywą europejską.*

– Sam mówi, że nikogo o tym nazwisku nie przyjęto do żadnego szpitala klinicznego. Poprosił, żeby wszędzie mieli oczy szeroko otwarte.

Mówiąc, obejrzałam się za siebie, jakbym nawet w tym momencie spodziewała się, że Lily wychynie z tłumu i do mnie podejdzie.

– Jak długo jej szukasz?

– Od kilku dni. – Nie powiedziałam jej, że prawie nie sypiam. – Wzięłam, yy, wolne w pracy.

– Wiedziałam! Wiedziałam, że ta dziewczyna narobi ci kłopotów. Co twój szef na to, że wzięłaś wolne? A przy okazji, co tam z tą drugą pracą? Tą w Nowym Jorku? Miałaś tę rozmowę? Błagam, tylko mi nie mów, że zapomniałaś.

Musiała minąć chwila, zanim skojarzyłam, o czym ona mówi.

– A. To. Tak, dostałam ją.

– Co takiego?

– Nathan powiedział, że chcą mi ją zaproponować.

Westminster wypełniał się turystami, którzy krążyli wokół krzykliwych straganów pełnych tandety ze wzorem flagi brytyjskiej, unosząc wysoko swoje telefony i drogie aparaty, żeby uchwycić górujący nad nimi pałac westminsterski. Patrzyłam, jak w moją stronę idzie funkcjonariusz straży miejskiej, i zastanawiałam się, czy jakiś przepis antyterrorystyczny zabrania postoju w tym miejscu. Podniosłam rękę, pokazując, że za chwilę stąd odjeżdżam.

W słuchawce zapadła cisza.

– Zaraz, ty chyba nie mówisz…

– Treen, w tym momencie nie jestem w stanie nawet o tym myśleć. Lily zaginęła. Muszę ją znaleźć.

– Louisa? To ty posłuchaj przez chwilę. Musisz przyjąć tę pracę.

– Co?

– Coś takiego zdarza się raz w życiu. Nie masz najbledszego pojęcia, ile bym dała za szansę na przeprowadzkę do Nowego Jorku... z gwarancją zatrudnienia? I zakwaterowaniem? A ty „w tym momencie nie jesteś w stanie o tym myśleć"?

– To nie takie proste.

Strażnik zdecydowanie szedł w moją stronę.

– O mój Boże. To jest to. To jest dokładnie to, o czym próbowałam z tobą porozmawiać. Za każdym razem, kiedy trafia ci się szansa na coś lepszego, ty po prostu sabotujesz własną przyszłość. To jest tak, jakbyś... jakbyś wcale tego nie chciała.

– Treen, Lily zaginęła.

– Szesnastolatka, którą ledwie znasz, z dwojgiem rodziców i co najmniej dwojgiem dziadków, zniknęła na kilka dni, co już nieraz jej się zdarzało. Jak to bywa z nastolatkami. A ty zamierzasz użyć tego jako wymówki, żeby odrzucić prawdopodobnie największą szansę, jaką kiedykolwiek dostaniesz od losu? Jezu. Ty tak naprawdę nawet nie chcesz tam jechać, co?

– Co to ma niby znaczyć?

– Znacznie łatwiej jest tkwić w swojej dołującej robocie i na nią narzekać. Znacznie łatwiej jest nie ruszać się z miejsca, nic nie ryzykować i zachowywać się tak, jakbyś nie mogła nic poradzić na to, co ci się przydarza.

– Nie mogę tak po prostu się stąd zawinąć, kiedy dzieje się coś takiego.

– Twoje życie jest w twoich rękach, Lou. A ty zachowujesz się tak, jakbyś wiecznie zmagała się z wydarzeniami, na które nie masz żadnego wpływu. O co w tym chodzi – o wyrzuty sumienia? Masz poczucie, że jesteś coś winna Willowi? Czy to jakaś pokuta? Rezygnujesz z własnego życia, bo nie potrafiłaś uratować jego?

– Nic nie rozumiesz.

– Nie. Doskonale rozumiem. Rozumiem cię lepiej niż ty sama. Nie jesteś odpowiedzialna za jego córkę. Słyszysz mnie? Za nic z tego nie jesteś odpowiedzialna. A jeżeli nie pojedziesz do Nowego Jorku – nawet nie mogę o tym spokojnie mówić, bo naprawdę mam ochotę cię zabić – to nigdy więcej się do ciebie nie odezwę. Nigdy.

Strażnik stał przy moim oknie. Opuściłam szybę, robiąc minę typową dla kogoś, kto po drugiej stronie słuchawki ma siostrę, która odchodzi od zmysłów, i jest mu bardzo przykro, ale nie może jej przerwać. Strażnik postukał palcem w swój zegarek, a ja uspokajająco pokiwałam głową.

– Tyle mam ci do powiedzenia, Lou. Przemyśl to sobie. Lily nie jest twoją córką.

Wpatrywałam się bezsilnie w ekran telefonu. Podziękowałam strażnikowi, a potem zamknęłam okno. I wtedy w mojej głowie pojawiło się zdanie: „on nawet nie był moim prawdziwym tatą".

Skręciłam za róg, zatrzymałam się przy stacji benzynowej i przewertowałam plan miasta, który poniewierał mi się pod nogami. Usiłowałam sobie przypomnieć nazwę ulicy, o której wspominała Lily. Pyemore, Pyecrust… Pyecroft. Przejechałam palcem po trasie stamtąd do St John's Wood – czy dojście tam zajęłoby piętnaście minut? To musiało być to miejsce.

Korzystając z telefonu, wyszukałam jego nazwisko razem z nazwą ulicy, i proszę bardzo. Numer pięćdziesiąt sześć. Poczułam, jak żołądek ściska mi się z przejęcia. Przekręciłam kluczyk w stacyjce, wrzuciłam bieg i wyjechałam znów na drogę.

Chociaż dzielił je od siebie niewiele ponad kilometr, trudno byłoby o większy kontrast, niż między domem matki Lily a jej dawnego ojczyma. O ile ulica Houghton-Millerów składała się z imponujących budynków z białego stiuku albo czerwonej cegły, między którymi widać było starannie przystrzyżone cisy i wielkie samochody, które sprawiały wrażenie, że nigdy się nie brudzą, o tyle ulica Martina Steele'a zdecydowanie opierała się gentryfikacji; był to zakątek Londynu, gdzie ceny dwupiętrowych domów szybowały w górę, ale fasady uparcie nie chciały za nimi nadążyć.

Jechałam powoli, mijając auta przykryte brezentowymi płachtami i wywrócony śmietnik na kółkach, aż wreszcie znalazłam miejsce do zaparkowania obok małego szeregowca w stylu wiktoriańskim, którego klony można było znaleźć wszędzie w Londynie. Przyjrzałam mu się, zauważając łuszczącą się farbę na drzwiach wejściowych i dziecięcą konewkę na schodkach. Proszę, niech ona tutaj będzie – pomodliłam się w duchu. Bezpieczna wśród tych ścian.

Wysiadłam z samochodu, zamknęłam go i podeszłam do schodków przed wejściem.

Ze środka dobiegał dźwięk pianina, urywany akord, powtarzany wciąż od nowa, i stłumione głosy. Zawahałam się na moment, a później nacisnęłam dzwonek i usłyszałam, jak w odpowiedzi na niego muzyka nagle milknie.

Kroki na korytarzu, a potem drzwi się otworzyły. Stał w nich czterdziestokilkuletni mężczyzna w koszuli w kratę, dżinsach i z jednodniowym zarostem.

– Słucham?

– Chciałam spytać… czy jest tutaj Lily?

– Lily?

Uśmiechnęłam się i wyciągnęłam do niego rękę.

– Pan Martin Steele, prawda?

Przyglądał mi się przez chwilę, po czym odpowiedział:

– Możliwe. A pani kim jest?

– Przyjaciółka Lily. Ja… od dłuższego czasu próbuję się z nią skontaktować i pomyślałam, że mogę ją tu zastać. Albo że może pan będzie wiedział, gdzie ona jest.

Zmarszczył brwi.

– Lily? Lily Miller?

– Hm. Tak.

Potarł sobie brodę i obejrzał się przez ramię.

– Mogłaby pani chwilę tu poczekać?

Cofnął się w głąb korytarza i usłyszałam, jak wydaje polecenia osobie przy pianinie. Kiedy do mnie wracał, ten ktoś zaczął grać gamę, najpierw z wahaniem, a potem pewniej.

Martin Steele przymknął za sobą drzwi. Pochylił na chwilę głowę, jakby usiłował zrozumieć, o co ja go właściwie zapytałam.

– Przepraszam. Chyba niezupełnie nadążam. Jest pani przyjaciółką Lily Miller? I co panią tutaj sprowadza?

– Lily wspominała, że pana odwiedza. Jest pan… był… jej ojczymem?

– Formalnie rzecz biorąc nie, ale owszem. Dawno temu.

– I jest pan muzykiem? Odprowadzał ją pan do żłobka? Ale wciąż utrzymujecie kontakt. Mówiła mi o tym, jak blisko jesteście ze sobą. I jak to drażni jej matkę.

Martin spojrzał na mnie, mrużąc oczy.

– Panno…

– Clark. Louisa Clark.

– Panno Clark. Louiso. Nie widziałem Lily Miller od czasu, jak miała pięć lat. Kiedy się rozstaliśmy, Tanya uznała, że dla wszystkich będzie najlepiej, jeśli całkowicie zerwiemy ze sobą kontakt.

Wlepiłam w niego wzrok.

– Czyli mówi pan, że jej tu nie było?

Zastanawiał się przez chwilę.

– Przyszła raz, kilka lat temu, ale to nie był najlepszy moment. Świeżo urodziło nam się dziecko, ja próbowałem uczyć i, szczerze mówiąc, nie bardzo potrafiłem zrozumieć, czego ona tak naprawdę ode mnie chce.

– Czyli nie widział się pan z nią ani nie rozmawiał od tamtego czasu?

– Poza tą króciutką wizytą, nie. Czy u niej wszystko w porządku? Czy ma jakieś kłopoty?

Pianino wewnątrz nie przestawało grać – do, re, mi, fa, sol, la, si, do. Do, si, la, sol, fa, mi, re, do. W górę i w dół.

Machnęłam ręką, wycofując się po schodkach.

– Nie. Nic się nie stało. Mój błąd. Przepraszam, że pana niepokoiłam.

Spędziłam kolejny wieczór na jeżdżeniu po Londynie, ignorując telefony od mojej siostry i mail od Richarda Percivala, oznaczony jako „PILNY" i „OSOBISTY". Jeździłam, aż oczy poczerwieniały mi od blasku świateł i zdałam sobie sprawę, że krążę po miejscach, w których już byłam, i że skończyła mi się gotówka na benzynę.

Wróciłam do domu krótko po północy, obiecując sobie, że wezmę kartę płatniczą, napiję się herbaty, pozwolę oczom odpocząć przez pół godzinki, a potem znów ruszę w drogę. Zdjęłam buty i zrobiłam sobie grzankę, której nie byłam w stanie zjeść. Zamiast tego połknęłam jeszcze dwa proszki przeciwbólowe i położyłam się na kanapie. Co przeoczyłam? Musi być jakaś wskazówka. W głowie huczało mi z wyczerpania, a żołądek miałam już na stałe ściśnięty z nerwów. Jakie ulice ominęłam? Czy to możliwe, że ona wyjechała gdzieś poza Londyn?

Nie ma wyboru, stwierdziłam. Musimy dać znać policji. Lepiej, żeby uznali mnie za głupią histeryczkę, niż ryzykować, że coś naprawdę jej się stanie. Wyciągnęłam się i zamknęłam oczy na pięć minut.

Trzy godziny później obudził mnie dzwonek telefonu. Poderwałam się, przez chwilę nie wiedząc, gdzie jestem. Potem wlepiłam wzrok w migający ekranik i niezdarnie podniosłam telefon do ucha.

– Halo?

– Mamy ją.

– Co?

– Tu Sam. Mamy Lily. Możesz przyjechać?

Pośród wieczornego ścisku po przegranym przez Anglię meczu piłki nożnej, złych nastrojów i związanych z nimi pijackich obrażeń nikt nie zauważył drobnej postaci śpiącej w kącie na dwóch krzesłach, z kapturem naciągniętym na twarz. Dopiero kiedy pielęgniarka zaczęła chodzić od osoby do osoby, by się upewnić, że czekający pacjenci są obsługiwani w odpowiedniej kolejności, ktoś potrząśnięciem za ramię obudził dziewczynę, która niechętnie przyznała, że znalazła się tam tylko dlatego, że jest ciepło, sucho i bezpiecznie.

Pielęgniarka przepytywała ją, kiedy Sam, który właśnie przywiózł do szpitala starszą kobietę z problemami z oddychaniem, zauważył dziewczynę przy biurku. Po cichu polecił pielęgniarkom, żeby nie pozwoliły jej wyjść, i wybiegł na zewnątrz, by do mnie zadzwonić, zanim Lily zdążyła go zobaczyć. Opowiedział mi to wszystko, kiedy pędziliśmy na ostry dyżur. W poczekalni wreszcie zaczęło się przerzedzać, dzieci z gorączką były bezpieczne w pokoikach ze swoimi rodzicami, pijanych wysłano do domu, aby się przespali. O tej porze przywożono już tylko ofiary wypadków drogowych i nożowników.

– Dali jej herbaty. Wygląda na wyczerpaną. Ale chyba jest zadowolona, że nigdzie nie musi się stąd ruszać.

W tym momencie musiałam zrobić zaniepokojoną minę, bo dodał:

– Nie martw się. Nie pozwolą jej zniknąć.

Na wpół szłam, na wpół biegłam przez oświetlony jarzeniówkami korytarz, a Sam dotrzymywał mi kroku. I nagle ją zobaczyłam, jakby mniejszą niż wcześniej, z włosami zaplecionymi w nieporządny warkocz i plastikowym kubeczkiem w chudych rękach. Obok niej siedziała pielęgniarka i przeglądała stertę dokumentów, a na widok mnie i Sama uśmiechnęła się ciepło i wstała z miejsca. Zauważyłam, że paznokcie Lily są czarne od brudu.

– Lily? – odezwałam się. Jej ciemne, podkrążone oczy spotkały się z moimi. – Co... co się stało?

Spojrzała na mnie, a potem na Sama, tymi ogromnymi, wystraszonymi źrenicami.

– Wszędzie cię szukaliśmy. Nie mogliśmy... Dobry Boże, Lily. Gdzie ty byłaś?

– Przepraszam – szepnęła.

Pokręciłam głową, próbując jej powiedzieć, że to nie ma znaczenia. Że nic innego nie może mieć żadnego znaczenia, że jedyne, co się liczy, to to, że ona jest bezpieczna, że jest z nami.

Wyciągnęłam ramiona. Spojrzała mi w oczy, zrobiła krok do przodu i łagodnie się o mnie oparła. A ja ciasno otoczyłam ją ramionami, czując, jak jej cichy, drżący szloch zmienia się w mój własny. Byłam w stanie tylko podziękować jakiemuś nieznanemu Bogu i w głębi duszy milcząco wypowiedzieć te słowa: Will. Will – znaleźliśmy ją.

Rozdział dwudziesty pierwszy

Tamtej pierwszej nocy w domu położyłam Lily do mojego łóżka, w którym zasnęła na osiemnaście godzin, obudziła się wieczorem, zjadła trochę zupy i się wykąpała, po czym przespała kolejne osiem. Ja spałam na kanapie, drzwi wejściowe były zamknięte na klucz; bałam się wyjść z domu czy choćby poruszyć, żeby ona znów nie zniknęła. Sam wpadł dwa razy, przed pracą i po, przywieźć nam mleko i sprawdzić, jak ona się czuje, i rozmawialiśmy szeptem w przedpokoju, jakbyśmy mówili o inwalidce.

Zadzwoniłam do Tanii Houghton-Miller, by jej powiedzieć, że jej córka się znalazła i nic jej nie jest.

– Mówiłam. A ty nie chciałaś mnie słuchać – zapiała triumfalnie, a ja odłożyłam słuchawkę, zanim zdążyła powiedzieć coś więcej. Albo ja.

Zadzwoniłam do pani Traynor, która wydała z siebie długie, drżące westchnienie ulgi i przez jakiś czas nic nie mówiła.

– Dziękuję – odezwała się w końcu, i zabrzmiało to tak, jakby płynęło prosto z głębi serca. – Kiedy mogę przyjechać się z nią zobaczyć?

W końcu otworzyłam mail od Richarda Percivala, w którym znalazłam informację, że: „W związku z tym, iż otrzymała Pani

338

wymagane trzy ostrzeżenia, uznaje się, że wskutek niedostatecznej frekwencji i niedopełnienia obowiązków wynikających z umowy, Pani zatrudnienie w pubie Pod Koniczynką (Lotnisko) ulega rozwiązaniu ze skutkiem natychmiastowym". Prosił, żebym zwróciła strój („łącznie z peruką") w najbliższym dogodnym dla siebie terminie, „w przeciwnym razie zostanie Pani obciążona kosztami w wysokości jego pełnej ceny rynkowej".

Otworzyłam wiadomość od Nathana, który pytał: „Gdzie, u licha, jesteś? Widziałaś mojego ostatniego maila?".

Pomyślałam o propozycji pana Gopnika i z westchnieniem zamknęłam komputer.

Trzeciego dnia obudziłam się na kanapie i zobaczyłam, że Lily nie ma. Serce ścisnęło mi się instynktownie, ale po chwili dostrzegłam otwarte okno w korytarzu. Wspięłam się po schodach przeciwpożarowych i znalazłam ją siedzącą na dachu i patrzącą na miasto. Miała na sobie spodnie od piżamy, które uprałam, i za duży sweter Willa.

– Hej – powiedziałam, idąc w jej stronę po dachu.

– Masz jedzenie w lodówce – zauważyła Lily.

– Ratownik Sam.

– I wszystko podlałaś.

– To też głównie jego zasługa.

Skinęła głową, jakby mniej więcej tego się spodziewała. Zajęłam miejsce na ławce i przez jakiś czas siedziałyśmy w przyjaznym milczeniu, wdychając zapach lawendy, której fioletowe kwiatki zdążyły tymczasem wystrzelić ze swoich ciasnych zielonych pączków. Wszystko w ogródku na dachu tętniło teraz barwnym życiem; płatki i szemrzące liście wprowadzały kolor, ruch i zapach na szarą połać asfaltu.

– Przepraszam, że zabrałam ci łóżko.

– Ty go bardziej potrzebowałaś.

– Powiesiłaś w szafie wszystkie ubrania. – Zgrabnie podwinęła pod siebie nogi, zakładając włosy za ucho. Nadal była blada. – Te ładne.

– Cóż, chyba pod twoim wpływem pomyślałam sobie, że nie powinnam dłużej chować ich w pudłach.

Zerknęła na mnie z ukosa i uśmiechnęła się blado i markotnie, a mnie zrobiło się od tego smutniej, niż gdyby w ogóle się nie uśmiechnęła. W powietrzu czuło się obietnicę upalnego dnia, dźwięki ulicy sprawiały wrażenie stłumionych przez ciepło słońca. Już zaczynało sączyć się przez okna, wybielać powietrze. Pod nami śmieciarka, brzęcząc i hałasując, jechała powoli wzdłuż krawężnika, a klaksony i męskie głosy akompaniowały jej niczym kotły w orkiestrze.

– Lily – powiedziałam cicho, kiedy samochód wreszcie zniknął w oddali – co się dzieje? – Starałam się, żeby nie zabrzmiało to jak na przesłuchaniu. – Wiem, że nie powinnam zadawać ci pytań, i że tak naprawdę nie jestem twoją rodziną, ale widzę tylko, że stało się coś złego, i mam poczucie, że… że… no, czuję, że jesteśmy w jakiś sposób ze sobą związane, i chcę po prostu, żebyś mi zaufała. Chcę, żebyś miała poczucie, że możesz ze mną porozmawiać.

Dziewczyna nie odrywała wzroku od swoich dłoni.

– Nie będę cię oceniać. Nikomu nie powtórzę tego, co powiesz. Po prostu… No, musisz wiedzieć, że jeśli powiesz komuś prawdę, pomoże ci to. Przyrzekam. Będzie ci lepiej.

– Kto tak twierdzi?

– Ja. Nie ma takiej rzeczy, której nie mogłabyś mi powiedzieć, Lily. Serio.

Zerknęła na mnie, a potem odwróciła wzrok.

– Nie zrozumiesz – powiedziała cicho.

I wtedy już wiedziałam. Wiedziałam.

Na ulicy pod nami zapadła dziwna cisza, a może to ja nie słyszałam już nic poza obrębem tych kilkunastu centymetrów, które nas rozdzielały.

– Opowiem ci historię – odezwałam się. – Zna ją tylko jeden człowiek na całym świecie, bo przez całe lata czułam, że nie mogę się nią z nikim podzielić. A opowiedzenie mu tego zupełnie zmieniło moje podejście do tej sprawy, i do mnie samej. Więc zróbmy tak: ty nie musisz mi nic opowiadać, ale ja zaufam ci na tyle, że niezależnie od wszystkiego opowiem ci moją historię, na wypadek gdyby mogło ci to pomóc.

Czekałam przez chwilę, ale Lily nie zaprotestowała, nie przewróciła oczami ani nie stwierdziła, że to będą straszne nudy. Objęła ramionami kolana i słuchała. Słuchała, podczas gdy ja mówiłam jej o nastolatce, która w pewien cudowny letni wieczór balowała trochę zbyt ostro w miejscu, które uważała za bezpieczne, w otoczeniu koleżanek i kilku miłych chłopców, którzy sprawiali wrażenie, jakby pochodzili z dobrych rodzin i znali zasady, i jak świetnie się wszyscy bawili, jakie to było zabawne, odważne i szalone, aż kilka drinków później zdała sobie sprawę, że prawie wszystkie pozostałe dziewczyny gdzieś zniknęły, że śmiech zrobił się okrutny i że przedmiotem drwin jest ona sama. Opowiedziałam Lily, nie wdając się przesadnie w szczegóły, jak wieczór się zakończył: o siostrze, która w milczeniu zaprowadziła do domu tamtą dziewczynę, bez butów, z siniakami we wstydliwych miejscach i wielką czarną dziurą tam, gdzie powinny się znajdować wspomnienia z tamtych godzin, i o nieuchwytnych, mrocznych obrazach, które teraz wisiały nad jej głową i codziennie przypominały jej o tym, że była głupia, nieodpowiedzialna i może mieć pretensje tylko do siebie.

Jak przez całe lata ta myśl zabarwiała wszystko, co robiła, dokąd chodziła i co uważała na własny temat. I jak czasami potrzeba tylko, żeby ktoś powiedział coś tak prostego, jak: „Nie. To nie była twoja wina. To naprawdę nie była twoja wina".

Skończyłam, a Lily nadal na mnie patrzyła. Wyraz jej twarzy nie pozwalał się domyślić, jak to wszystko odebrała.

– Nie wiem, co się działo… albo dzieje… z tobą, Lily – dodałam ostrożnie. – Możliwe, że nie ma to nic wspólnego z tym, co ci przed chwilą opowiedziałam. Chcę tylko, byś wiedziała, że nie ma niczego tak okropnego, żebyś nie mogła o tym powiedzieć. I że nic na świecie nie sprawi, że znów zamknę przed tobą drzwi.

Nadal nic nie mówiła. Spojrzałam przed siebie, ponad dachem, celowo nie szukając jej wzroku.

– Wiesz, twój tata powiedział mi coś, czego do tej pory nie zapomniałam: „Nie musisz pozwalać tej jednej rzeczy być tym, co cię definiuje".

– Mój tata – Lily uniosła brodę.

Skinęłam głową.

– Cokolwiek ci się przydarzyło, nawet jeśli nie chcesz mi o tym powiedzieć, to musisz zrozumieć, że on miał rację. Te ostatnie kilka tygodni czy miesięcy nie musi być tym, co cię definiuje. Chociaż jeszcze tak mało cię znam, to zdążyłam się zorientować, że jesteś bystra, zabawna, dobra i mądra i że jeśli uda ci się przejść do porządku dziennego nad tym, co cię spotkało, to masz przed sobą wspaniałą przyszłość.

– Skąd możesz to wiedzieć?

– Bo jesteś taka jak on. Masz nawet na sobie jego sweter – dodałam miękko.

Lily powoli zbliżyła sobie rękę do twarzy i w zamyśleniu przytuliła do policzka miękką wełnę.

Odchyliłam się na oparcie ławki. Zastanawiałam się, czy nie przeciągnęłam struny, mówiąc o Willu.

Ale wtedy Lily nabrała powietrza i cichym, nietypowo monotonnym głosem powiedziała mi prawdę o tym, gdzie była. Opowiedziała mi o tamtym chłopaku i o mężczyźnie, o zdjęciu w telefonie, które nie daje jej spokoju, i o dniach, które spędziła jako cień na rozświetlonych neonami ulicach miasta. W trakcie opowiadania zaczęła płakać, skuliła się, a buzia skrzywiła jej się jak u pięciolatki, więc przesunęłam się po ławce i przyciągnęłam ją do siebie, głaszcząc ją po włosach, podczas gdy ona mówiła dalej słowami, które teraz były poplątane, zbyt szybkie, przerywane szlochaniem i czkawką. Kiedy doszła do ostatniego dnia, była wtulona we mnie, mała zagubiona dziewczynka w zbyt obszernym swetrze, zagubiona wśród własnego strachu, poczucia winy i smutku.

– Przepraszam – wyszlochała. – Tak strasznie cię przepraszam.

– Nie, Lily – powiedziałam żarliwie, tuląc ją do siebie – ty absolutnie nie masz za co przepraszać.

Tego wieczoru przyszedł Sam. Był pogodny, kochany i wobec Lily zachowywał się jak gdyby nigdy nic; ugotował nam makaron ze śmietaną, boczkiem i grzybami, kiedy dziewczyna powiedziała, że nie chce nigdzie wychodzić, a potem obejrzeliśmy komedię o rodzinie, która zabłąkała się w dżungli, dziwnie przypominającą naszą własną rodzinę. Uśmiechałam się, śmiałam i robiłam herbatę, ale wewnątrz mnie kipiał gniew, którego nie śmiałam okazać.

Jak tylko Lily się położyła, gestem przywołałam Sama na schody przeciwpożarowe. Weszliśmy na dach, gdzie miałam pewność, że nikt nas nie usłyszy, i kiedy usiadł na ławeczce z kutego żelaza, opowiedziałam mu, co usłyszałam od niej w tym samym miejscu zaledwie kilka godzin wcześniej.

– Ona myśli, że to będzie wisiało nad nią przez całe życie. Sam, ten człowiek dalej ma tamten telefon.

Nie wiedziałam, czy kiedykolwiek byłam tak wściekła. Przez cały wieczór, nie zwracając uwagi na migający ekran telewizora, oglądałam w nowym świetle ostatnie tygodnie: myślałam o tym, jak tamten chłopak wystawał pod naszymi oknami, jak Lily chowała swój telefon pod poduszki na kanapie, kiedy wydawało jej się, że mogę go zobaczyć, jak czasami wzdrygała się na dźwięk SMS-a. Myślałam o jej drżącym głosie – jak opisywała ulgę, kiedy zdawało jej się, że jest uratowana – a potem o grozie tego, co miało nastąpić za chwilę. Myślałam o arogancji mężczyzny, który zobaczył młodziutką dziewczynę w tarapatach i uznał to za świetną okazję.

Sam pokazał mi, żebym usiadła koło niego, ale ja nie byłam w stanie usiedzieć w miejscu. Chodziłam tam i z powrotem po tarasie, z zaciśniętymi pięściami, sztywna z wściekłości. Miałam ochotę zrzucać przedmioty z dachu. Chciałam znaleźć pana Garside'a. Sam podszedł, stanął za mną i zaczął mi masować napięte ramiona. Podejrzewałam, że w ten sposób próbuje skłonić mnie do tego, żebym choć na chwilę się zatrzymała.

– Naprawdę mam ochotę go zamordować.

– To się da zrobić.

Obejrzałam się przez ramię, żeby zobaczyć, czy Sam sobie żartuje, i poczułam leciutkie rozczarowanie, widząc, że tak.

Wiał silny nocny wiatr, na dachu zrobiło się chłodno, a ja pożałowałam, że nie wzięłam kurtki.

– Może powinniśmy po prostu pójść z tym na policję. To szantaż, prawda?

– On się wszystkiego wyprze. Telefon można schować praktycznie wszędzie. A jeśli jej matka powiedziała nam prawdę, to nikt nie uwierzy słowu Lily przeciwko tak zwanemu filarowi społeczeństwa. Właśnie w ten sposób takim typom wszystko uchodzi na sucho.

– Ale jak możemy wydobyć od niego ten telefon? Jej nie uda się o tym wszystkim zapomnieć, jeśli będzie wiedziała, że on go ma, razem z tym zdjęciem.

Drżałam z zimna. Sam zdjął kurtkę i narzucił mi ją na ramiona. Była nagrzana od ciepła jego ciała, a ja starałam się nie pokazać po sobie, jak bardzo jestem za to wdzięczna.

– Nie możemy zjawić się w jego biurze, bo rodzice Lily się dowiedzą. Może do niego napiszemy? I powiemy mu, żeby go nam odesłał, bo inaczej…?

– Wątpię, żeby ot tak go zwrócił. Możliwe, że nawet by nam nie odpowiedział – mail mógłby zostać wykorzystany jako dowód.

– Och, to beznadziejne – jęknęłam. – Może Lily po prostu będzie się musiała nauczyć z tym żyć. Może uda się nam ją przekonać, że zapomnienie o wszystkim jest tak samo w jego interesie, jak w jej. Bo tak jest, prawda? Może on po prostu sam pozbędzie się tej komórki.

– Myślisz, że ona w to uwierzy?

– Nie – potarłam sobie oczy. – Nie mogę tego znieść. Nie mogę znieść myśli, że ujdzie mu to płazem. Tej obleśnej, wstrętnej, podstępnej szui w limuzynie…

Wstałam z ławki i spojrzałam na miasto pode mną, czując, jak ogarnia mnie rozpacz. Miałam przed oczyma przyszłość: Lily, bezsilną i nieobliczalną, na oślep szukającą ucieczki przed cieniami przeszłości. Ten telefon to był klucz do jej zachowania, do jej przyszłości.

Myśl, nakazałam sobie. Pomyśl, co zrobiłby Will. Nie pozwoliłby wygrać temu człowiekowi. Musiałam opracować strategię, tak jak zrobiłby on. Patrzyłam, jak samochody powoli mijają wejście do mojego bloku. Pomyślałam o wielkim czarnym aucie pana Garside'a krążącym ulicami Soho. O mężczyźnie, który płynął przez życie spokojnie i gładko, pewien, że wszystko zawsze ułoży się po jego myśli.

– Sam? – odezwałam się. – Czy istnieje taki lek, który może u kogoś spowodować zatrzymanie akcji serca?

Moje pytanie na chwilę zawisło w powietrzu.

– Proszę, powiedz, że żartujesz.

– Nie. Posłuchaj. Mam pewien pomysł.

Z początku nic nie odpowiedziała.

– Będziesz bezpieczna – dodałam. – I w ten sposób nikt się o niczym nie dowie.

Najbardziej poruszyło mnie to, że nie zadała mi pytania, które ja sama zadawałam sobie od momentu, jak przedstawiłam mój plan Samowi: „Skąd wiadomo, że to rzeczywiście zadziała?".

– Mam wszystko przygotowane, skarbie – odezwał się Sam.

– Ale nikt inny nie wie…

– Nic a nic. Tylko że on cię dręczy.

– A ty nie będziesz miał później problemów?

– O mnie się nie martw.

Lily pociągnęła za rękaw swojej bluzki, a potem wymamrotała:

– I nie zostawicie mnie z nim samej. Na pewno.

– Nawet przez minutę.

Przygryzła wargę. Spojrzała na Sama, a następnie na mnie. I w jej wzroku pojawiła się determinacja.

– W porządku. Tak zróbmy.

Kupiłam tani telefon na kartę, zadzwoniłam do biura ojczyma Lily i zdobyłam od sekretarki pana Garside'a jego numer, udając, że byliśmy umówieni na drinka. Tego wieczoru, czekając na przyjazd Sama, wysłałam do starszego mężczyzny SMS-a.

„Panie Garside. Przykro mi, że pana uderzyłam. Po prostu się wystraszyłam. Możemy to wyjaśnić? L"

Minęło pół godziny, zanim odpowiedział; zapewne chciał, żeby dziewczyna trochę się pomęczyła.

„Dlaczego miałbym z tobą rozmawiać, Lily? Zachowałaś się bardzo nieładnie po tym wszystkim, co dla Ciebie zrobiłem".

– Co za kutas – mruknął Sam.

„Wiem. Przepraszam. Ale naprawdę potrzebuję pana pomocy".

„Lily, nie ma nic za darmo".

„Wiem. Tylko to był dla mnie szok. Potrzebowałam czasu, żeby to sobie przemyśleć. Spotkajmy się. Dam panu to, czego pan chce, ale najpierw pan musi mi dać telefon".

„Nie wydaje mi się, żebyś mogła sobie pozwolić na dyktowanie warunków, Lily".

Sam spojrzał na mnie. Popatrzyłam na niego, a potem zaczęłam pisać.

„Nawet jeśli... będę naprawdę niegrzeczna?"

Pauza.

„Teraz mnie zainteresowałaś".

Sam i ja wymieniliśmy spojrzenia.

– Trochę mi niedobrze – powiedziałam.

„To jutro wieczorem", wystukałam. „Wyślę panu adres, jak będę pewna, że mojej znajomej nie będzie".

Kiedy mieliśmy już pewność, że nic nie odpisze, Sam schował sobie telefon do kieszeni, żeby Lily nie mogła go zobaczyć, objął mnie i tulił tak przez dłuższą chwilę.

Następnego dnia byłam prawie chora ze zdenerwowania, a z Lily było jeszcze gorzej. Bez apetytu grzebałyśmy w swoich talerzach, jedząc śniadanie, a potem pozwoliłam dziewczynie zapalić w mieszkaniu i przez chwilę miałam pokusę, żeby też poprosić o papierosa. Obejrzałyśmy film i bez większego powodzenia spróbowałyśmy posprzątać coś w domu, a o wpół do ósmej wieczorem, kiedy zjawił się Sam, w głowie tak mi szumiało, że ledwie mogłam mówić.

– Wysłałeś mu adres? – zapytałam.

– Aha.

– Pokaż.

SMS zawierał po prostu adres mieszkania i podpis „L".

Mężczyzna odpowiedział: „Mam spotkanie na mieście, będę trochę po ósmej".

– Dobrze się czujesz? – spytał Sam.

Poczułam ściskanie w żołądku. Miałam wrażenie, że ledwie mogę oddychać.

– Nie chcę ci narobić kłopotów. No bo… co będzie, jak ktoś się dowie? Stracisz pracę.

Sam pokręcił głową.

– Nie ma mowy.

– Nie powinnam była wciągać cię w ten bajzel. Tyle dla nas zrobiłeś, a teraz ja ci się odpłacam, narażając cię na jeszcze gorsze ryzyko.

– Nikomu nic nie będzie. Oddychaj. – Uśmiechnął się do mnie, żeby dodać mi otuchy, ale miałam wrażenie, że w jego oczach widzę napięcie.

Zerknął gdzieś nad moim ramieniem, więc się odwróciłam. Lily miała na sobie czarny T-shirt, dżinsowe szorty i czarne rajstopy i umalowała się tak, że wyglądała jednocześnie bardzo pięknie i bardzo młodo.

– Wszystko w porządku, kochanie?

Skinęła głową. Jej cera, która zazwyczaj miała ten sam oliwkowy odcień co skóra Willa, teraz była nienaturalnie blada. Oczy w drobnej twarzy wydawały się ogromne.

– Wszystko będzie dobrze, zdziwiłbym się, gdyby to potrwało dłużej niż pięć minut. Przećwiczyłyście wszystko z Lou, prawda? – głos Sama był spokojny i krzepiący.

Powtarzałyśmy to ponad dziesięć razy. Chciałam mieć pewność, że Lily się nie zatnie, że będzie w stanie powtarzać swoje kwestie bez zastanowienia.

– Wiem, co robię.

– Świetnie – odparł Sam i klasnął w dłonie. – Za piętnaście ósma. Przygotujmy się.

Był punktualny, musiałam mu to przyznać. Minutę po ósmej zadzwonił domofon. Lily głośno wciągnęła powietrze, ścisnęłam ją za rękę, a potem dziewczyna podniosła słuchawkę.

– Tak. Tak, wyszła. Niech pan wejdzie.

Wyglądało na to, że mężczyźnie nie przychodzi do głowy, że może zastać tu nie tego, kogo się spodziewał.

Lily wpuściła go do środka. Tylko ja, obserwując ją przez szparę w drzwiach od sypialni, widziałam, jak trzęsła jej się ręka, kiedy przekręcała klucz. Garside przeczesał włosy ręką i rozejrzał się szybko po przedpokoju. Miał na sobie markowy szary garnitur, do którego wewnętrznej kieszeni włożył kluczyki. Nie mogłam oderwać od niego wzroku, od jego drogiej koszuli i zachłannych oczek taksujących mieszkanie. Zacisnęłam zęby. Co to za człowiek, który ma czelność narzucać się dziewczynie czterdzieści lat młodszej od siebie? Szantażować dziecko własnego kolegi z pracy?

Wyglądał na zdenerwowanego, wyraźnie nie czuł się swobodnie.

– Zaparkowałem samochód na tyłach budynku. Nic mu się nie stanie?

– Chyba nie. – Lily przełknęła ślinę.

– Chyba? – Garside zrobił krok w stronę drzwi. Widać należał do tego typu mężczyzn, który postrzega samochód jako przedłużenie jakiejś mikroskopijnej części własnej osoby. – A co z twoją znajomą? Czy kto tam jest właścicielem tego mieszkania. Nie wróci tutaj?

Wstrzymałam oddech. Poczułam, jak Sam uspokajającym gestem kładzie mi rękę na plecach.

– A. Nie. Wszystko w porządku. – Lily się uśmiechnęła, jakby nagle chciała dodać mu otuchy. – Nie będzie jej kilka godzin. Proszę wejść. Napije się pan czegoś, panie Garside?

Spojrzał na nią tak, jakby widział ją pierwszy raz w życiu.

– Ależ jesteś oficjalna. – Postąpił krok naprzód i w końcu zamknął za sobą drzwi. – Masz whisky?

– Sprawdzę. Zapraszam dalej.

Zaczęła iść w stronę kuchni, a on ruszył za nią, zdejmując marynarkę. Kiedy weszli do salonu, Sam minął mnie i wyszedł z sypialni, przeszedł przez korytarz w swoich ciężkich butach i zamknął od wewnątrz drzwi do mieszkania, z brzękiem wkładając sobie klucze do kieszeni.

Zaskoczony Garside obejrzał się i zobaczył ratownika, do którego tymczasem dołączyła Donna. Stali teraz pod drzwiami, oboje w uniformach. Starszy mężczyzna spojrzał na nich, potem znów na Lily, i zawahał się, usiłując zrozumieć, co się dzieje.

– Dobry wieczór, panie Garside – odezwałam się, wychodząc zza drzwi. – Zdaje mi się, że ma pan coś do oddania mojej przyjaciółce.

Na dźwięk moich słów mężczyzna dosłownie oblał się potem. Aż do tej pory nie wiedziałam, że jest to fizycznie możliwe. Jego wzrok pobiegł w stronę Lily, ale kiedy ja wyszłam do przedpokoju, dziewczyna przesunęła się tak, że teraz była do połowy schowana za mną.

Sam zrobił krok naprzód. Głowa pana Garside'a sięgała mu nieznacznie powyżej ramienia.

– Poproszę o telefon.

– Nie możecie mi grozić.

– Nie grozimy panu – powiedziałam z walącym sercem. – Po prostu chcielibyśmy dostać telefon.

– Grozicie mi, uniemożliwiając wyjście.

– O nie, proszę pana – odezwał się Sam. – Prawdziwe groźby wiązałyby się z napomknieniem o fakcie, że gdybyśmy z koleżanką uznali to za stosowne, moglibyśmy obezwładnić pana tu i teraz i zrobić panu zastrzyk z dihypranolu, co poskutkowałoby spowolnieniem, a ostatecznie zatrzymaniem akcji serca. Coś takiego to rzeczywiście byłaby groźba, zwłaszcza że nikt nie kwestionowałby słów ekipy ratunkowej, która niewątpliwie usiłowała pana uratować. I że dihypranol to jeden z niewielu leków, które nie zostawiają żadnego śladu w krwiobiegu.

Donna, która stała obok z rękami skrzyżowanymi na piersiach, melancholijnie pokręciła głową.

– Jakie to smutne, że ci biznesmeni w średnim wieku po prostu mrą niczym muchy.

– Tyle problemów zdrowotnych. Piją za dużo, jedzą za dobrze, za mało ćwiczą.

– Jestem pewna, że ten pan taki nie jest.

– Chciałoby się, żeby nie był. Ale kto to może wiedzieć?

Pan Garside sprawiał wrażenie, jakby skurczył się o kilka centymetrów.

– I niech pan nawet nie myśli o grożeniu Lily. Wiemy, gdzie pan mieszka, panie Garside. Wszyscy ratownicy medyczni mają dostęp do tego typu informacji w dowolnej chwili. Niesamowite, co może się zdarzyć, kiedy ktoś wkurzy takiego ratownika.

– To oburzające – krzyknął mężczyzna, blady teraz jak ściana.

– Tak. Nie da się ukryć – wyciągnęłam rękę. – Poproszę o telefon.

Garside rozejrzał się dookoła, aż w końcu sięgnął do kieszeni i mi go podał.

Rzuciłam go do Lily.

– Sprawdź.

I przez szacunek dla jej uczuć odwróciłam wzrok.

– Skasuj je – powiedziałam. – Po prostu skasuj.

Kiedy odwróciłam głowę z powrotem, dziewczyna trzymała w ręce telefon, którego ekran był teraz czarny. Lekko skinęła głową. Sam pokazał jej gestem, żeby rzuciła do niego komórkę. Upuścił ją na podłogę i stanął na niej prawą nogą tak, że plastik pękł. Zaczął deptać po nim tak gwałtownie, że aż podłoga drżała. Zorientowałam się, że razem z panem Garside'em wzdrygam się za każdym razem, kiedy Sam opuszcza na ziemię swój ciężki but.

W końcu schylił się i ostrożnie podniósł malutką kartę SIM, która poleciała pod kaloryfer. Przyjrzał jej się i wyciągnął ją w stronę starszego mężczyzny.

– Czy to jest jedyna kopia?

Garside pokiwał głową. Wilgoć plamiła jego kołnierzyk.

– No przecież, że to jedyna kopia – odezwała się Donna. – Odpowiedzialny członek społeczeństwa nie chciałby chyba ryzykować, że coś takiego pojawi się w przypadkowym miejscu, prawda? Wyobrażacie sobie, co powiedziałaby rodzina pana Garside'a, gdyby brzydki sekrecik wyszedł na jaw?

Wargi Garside'a zacisnęły się wąską kreskę.

– Dostaliście to, czego chcieliście. A teraz mnie wypuśćcie.

– Nie. Chciałabym coś powiedzieć. – Mój głos, zauważyłam z roztargnieniem, drżał od z trudem powstrzymywanej wściekłości. – Jest pan obleśnym, żałosnym małym draniem i jeśli kiedykolwiek...

Usta pana Garside'a wykrzywiły się w szyderczym uśmiechu. Ten człowiek nigdy w życiu nie czuł, że jakakolwiek kobieta może stanowić dla niego zagrożenie.

– Och, zamilcz, ty niedorzeczna...

W oczach Sama zabłysło coś bezwzględnego i skoczył w stronę Garside'a. Moja ręka wystrzeliła naprzód, żeby go powstrzymać. Nie pamiętam, kiedy moja druga pięść wzięła zamach. Pamiętam ból, który przeszył moje kłykcie w momencie, gdy uderzyły w bok twarzy Garside'a. Mężczyzna się zachwiał i poleciał na drzwi, a ja się potknęłam, zaskoczona siłą uderzenia. Kiedy się wyprostował, zszokował mnie widok krwi sączącej mu się z nosa.

– Wypuśćcie mnie – wysyczał przez palce. – W tej chwili mnie wypuśćcie.

Sam zamrugał oczami, wpatrując się we mnie, po czym otworzył drzwi. Donna odsunęła się nieco na bok, akurat tyle, żeby Garside był w stanie przejść. Nachyliła się w jego stronę.

– Jest pan pewien, że nie chce pan, żebyśmy to panu opatrzyli przed wyjściem?

Garside szedł spokojnym, miarowym krokiem, ale gdy tylko drzwi się za nim zamknęły, usłyszeliśmy, jak jego drogie buty nabierają prędkości i zaczynają biec korytarzem. Staliśmy w milczeniu, dopóki odgłos nie umilkł. I w tym momencie rozległ się świst powietrza wypuszczanego jednocześnie przez kilka osób.

– Niezły cios, Tyson – odezwał się Sam po chwili. – Chcesz, żebym ci obejrzał tę rękę?

Nie mogłam odpowiedzieć. Zgięta wpół klęłam cicho pod nosem.

– To zawsze boli bardziej, niż się człowiek spodziewa, co? – powiedziała Donna, klepiąc mnie po plecach. – Nie stresuj się, kotku – zwróciła się do Lily. – Nieważne, czego od ciebie chciał, ten staruszek nie ma już nic do gadania. Koniec pieśni.

– Już tu nie wróci – dorzucił Sam.

Donna się zaśmiała.

– Mało nie narobił w gacie. Myślę, że od tej pory będzie cię obchodził z daleka. Nie myśl o tym więcej, kochanie. – Przytuliła Lily energicznie, jak dziecko, które przewróciło się na rowerze, po czym podała mi kawałki połamanego telefonu, żebym je wyrzuciła. – No dobrze. Obiecałam tacie, że do niego wpadnę przed pracą. Trzymajcie się – pomachała nam i już jej nie było. Z korytarza dobiegł wesoły tupot jej butów.

Sam zaczął przetrząsać apteczkę, szukając opatrunku na moją rękę. Lily i ja przeszłyśmy do salonu, gdzie opadłam na kanapę.

– Wspaniale sobie poradziłaś – powiedziałam.

– Sama byłaś niezłym kozakiem.

Przyjrzałam się swoim zakrwawionym kłykciom. Kiedy podniosłam wzrok, na wargach Lily igrał ledwie dostrzegalny uśmieszek.

– Totalnie się tego nie spodziewał.

– Ani ja. Nigdy wcześniej nikogo nie uderzyłam. – Spoważniałam. – Oczywiście nie chodzi mi o to, że masz brać ze mnie przykład.

– Do głowy by mi nie przyszło brać z ciebie przykład, Lou. – Uśmiechnęła się niemal mimowolnie, po czym do pokoju wszedł Sam z jałowym opatrunkiem i nożyczkami.

– Wszystko dobrze, Lily? – uniósł brwi.

Dziewczyna skinęła głową.

– To świetnie. Przejdźmy do ciekawszych tematów. Kto ma ochotę na spaghetti carbonara?

Kiedy Lily wyszła z pokoju, Sam odetchnął głęboko, a potem przez chwilę wpatrywał się w sufit, jakby próbował się pozbierać.

– Co? – spytałam.

– Dzięki Bogu, że uderzyłaś go pierwsza. Bałem się, że go zabiję.

Jakiś czas później, kiedy Lily położyła się spać, dołączyłam do Sama w kuchni. Po raz pierwszy od kilku tygodni w moim domu zapanowało coś na kształt spokoju.

– Już jest weselsza. To znaczy, od razu zaczęła narzekać na nową pastę, no i ręczniki rzuciła na podłogę, ale tak poza tym ma się wyraźnie lepiej.

Sam skinął głową i zabrał się do opróżniania zlewu. Dobrze mi było z nim w mojej kuchni. Przyglądałam mu się przez chwilę, zastanawiając się, jak by to było podejść do niego i objąć go w pasie.

– Dziękuję – powiedziałam zamiast tego. – Za wszystko.

Odwrócił się, wycierając ręce w ścierkę.

– Sama zachowałaś się całkiem przytomnie, boksereczko.

Przyciągnął mnie do siebie jedną ręką. Pocałowaliśmy się. W jego pocałunkach było coś absolutnie rozkosznego; ta ich delikatność, w zestawieniu z brutalną siłą całej reszty. Zatraciłam się w nim na chwilę. Ale…

– Co? – zapytał, odsuwając się. – Co się stało?

– Pomyślisz, że to dziwne.

– Y, dziwniejsze niż cały ten wieczór?

– Ciągle myślę o tym całym dihypranolu. Ile by go było trzeba, żeby naprawdę kogoś zabić? Czy to jest coś, co wy wszyscy nosicie przy sobie na stałe? To po prostu… brzmi… naprawdę ryzykownie.

– Nie musisz się martwić – odpowiedział.

– Tak ci się wydaje. Ale gdyby ktoś cię naprawdę nienawidził? Czy można dosypać go do jedzenia? Czy mógłby dostać się w ręce terrorystów? To znaczy, ile oni by musieli tego mieć?

– Lou. Nie ma takiego leku.

– Co?

– Wymyśliłem go. Nie ma czegoś takiego jak dihypranol. Nie ma i nie było – wyszczerzył zęby, patrząc na moją zszokowaną minę. – Chociaż muszę przyznać, że nigdy nie trafiłem na lek, który byłby równie skuteczny.

Rozdział dwudziesty drugi

Dojechałam na spotkanie grupy jako ostatnia. Mój samochód nie chciał odpalić i musiałam czekać na autobus. Kiedy dotarłam na miejsce, puszka z ciastkami właśnie się zamykała; znak, że teraz już na serio zaczynamy.

– Dzisiaj będziemy rozmawiać o nadziei na przyszłość – powiedział Marc. Wymamrotałam przeprosiny i usiadłam. – Ach tak, mamy dziś tylko godzinę ze względu na nadzwyczajne spotkanie skautów. Przykro mi, kochani.

Marc posłał każdemu z nas swoje Specjalne Empatyczne Spojrzenie. Bardzo chętnie je stosował. Czasami patrzył na mnie tak długo, że zaczynałam się zastanawiać, czy coś nie wystaje mi z nosa. Opuścił wzrok, jakby zbierał myśli – albo może po prostu lubił czytać z konspektu wcześniej przygotowany wstęp.

– Kiedy z naszego życia nagle znika ktoś, kogo kochamy, często jest nam potem bardzo trudno robić plany. Niekiedy ludzie czują, że stracili wiarę w przyszłość, albo robią się przesądni.

– Ja myślałam, że umrę – powiedziała Natasha.

– Bo tak będzie – wtrącił William.

– Nie pomagasz nam, William – zauważył Marc.

– Nie, poważnie, przez pierwsze półtora roku po śmierci Olafa wydawało mi się, że mam raka. Poszłam do lekarza co najmniej z dziesięć razy, przekonana, że dostaję raka. Guza mózgu, raka trzustki, raka macicy, nawet raka małego palca.

– Nie ma czegoś takiego jak rak małego palca – stwierdził William.

– Skąd niby to wiesz? – odparowała Natasha. – Wydaje ci się, że jesteś taki mądry, William, ale czasami powinieneś sobie po prostu darować, tyle ci powiem. To się naprawdę robi męczące, że za każdym razem, jak ktoś w tej grupie coś powie, ty musisz wygłosić jakiś złośliwy komentarz. Myślałam, że mam raka małego palca. Mój internista wysłał mnie na badania i okazało się, że nie mam. Możliwe, że to był irracjonalny lęk, zgoda, ale nie musisz wyśmiewać wszystkiego, co mówię, bo niezależnie od tego, co na ten temat uważasz, po prostu nie wiesz wszystkiego, okej?

Na chwilę zapadła cisza.

– Właściwie – powiedział William – to pracuję na oddziale onkologicznym.

– To niczego nie zmienia – odrzekła Natasha po sekundzie wahania. – Jesteś nieznośny. Wiecznie wtykasz kij w mrowisko. Nie sposób z tobą wytrzymać.

– To prawda – przyznał William.

Natasha wbiła wzrok w podłogę. A może wszyscy zrobiliśmy to samo. Trudno mi było stwierdzić, bo wpatrywałam się w podłogę. Młoda kobieta na chwilę ukryła twarz w dłoniach, a potem podniosła wzrok na niego.

– Tak naprawdę to nie jesteś, William. Przepraszam. Chyba po prostu mam dziś gorszy dzień. Nie chciałam tak na ciebie naskoczyć.

– Ale i tak nie da się mieć raka małego palca – odparł William.

– No dobrze – odezwał się Marc, a my wszyscy staraliśmy się nie zwracać uwagi na Natashę, która raz po raz przeklinała pod nosem – ciekaw jestem, czy któreś z was jest już na takim etapie, że potrafi się zastanowić nad tym, jak jego życie będzie wyglądało za pięć lat. Gdzie się widzicie? Czym chcielibyście się zajmować? Czy w tej chwili macie w sobie przyzwolenie na myślenie o przyszłości?

– Ja będę zadowolony, jeśli tylko moja pikawa będzie jeszcze dawać radę – oznajmił Fred.

– Ten cały seks przez internet to dla niej spore obciążenie, co? – spytał Sunil.

– To! – wykrzyknął Fred. – To były wyrzucone pieniądze. Na tym pierwszym portalu spędziłem dwa tygodnie, pisząc z taką babką z Lizbony – istną petardą – i kiedy w końcu zaproponowałem, żebyśmy się spotkali, to jej pokażę swoją kolekcję znaczków, ona spróbowała mi sprzedać mieszkanie na Florydzie. A potem gość o nicku Nagi Adonis napisał do mnie, żeby mnie przed nią ostrzec, i powiedział mi, że to tak naprawdę jest jednonogi Portorykańczyk nazwiskiem Ramirez.

– A pozostałe strony?

– Jedyna kobieta, która chciała się ze mną spotkać, wyglądała jak moja cioteczna babka Elsie, która trzymała klucze w majtkach. To znaczy, ta staruszka była bardzo miła i tak dalej, ale tak wiekowa, że aż mnie kusiło, żeby sprawdzić, czy ich tam nie ma.

– Nie poddawaj się, Fred – powiedział Marc. – Możliwe, że po prostu szukasz w niewłaściwych miejscach.

– Kluczy? Co to, to nie. Zawsze je wieszam na haczyku przy drzwiach.

Daphne postanowiła, że za kilka lat, kiedy przejdzie na emeryturę, chciałaby przeprowadzić się za granicę.

– Tutaj jest tak zimno. Moje stawy coraz gorzej to znoszą.

Leanne powiedziała, że chciałaby skończyć filozofię. Spojrzenia, które wymieniliśmy między sobą, celowo niczego nie wyrażały, jak to czasem bywa, kiedy nikt nie chce się przyznać, że tak naprawdę był przekonany, że ona jest kasjerką w supermarkecie. Albo może pracuje w rzeźni. William się odezwał:

– Lepiej tyle nie filozofuj.

Nikt się nie roześmiał, a kiedy William się zorientował, że w ogóle nikt się do tego nawet nie kwapi, oparł się z powrotem na krześle, i chyba tylko ja usłyszałam, jak Natasha mruczy do siebie „Ha, ha", niczym Homer z *Simpsonów*.

Sunil z początku nie chciał zabierać głosu. A potem powiedział, że to sobie przemyślał, i stwierdził, że za pięć lat chciałby być żonaty.

– Mam wrażenie, jakbym przez te ostatnie dwa lata był z tego wyłączony. Nie chciałem nikomu pozwolić, żeby się do mnie zbliżył, ze względu na to, co się stało. No bo po co się do kogoś przywiązywać, skoro i tak się tę osobę straci? Ale parę dni temu zacząłem myśleć nad tym, czego właściwie chcę od życia, i dotarło do mnie, że kogoś, kogo będę kochał. Bo trzeba w końcu iść naprzód, nie? Trzeba widzieć przed sobą jakąś przyszłość.

Sunil nigdy jeszcze nie powiedział tyle naraz, odkąd zaczęłam chodzić na te spotkania.

– Sunil, to bardzo pozytywne – zauważył Marc. – Dziękuję, że się tym z nami podzieliłeś.

Słuchałam, jak Jake mówi o pójściu na studia, i że chciałby się nauczyć robić filmy animowane, i z roztargnieniem zastanawiałam się, gdzie będzie wtedy jego ojciec. Czy będzie dalej opłakiwał zmarłą żonę? Czy raczej znajdzie szczęście u boku jej nowej wersji? Przypuszczałam, że raczej to drugie. Potem pomyślałam o Samie i o tym, czy moja spontaniczna uwaga o związku była rozsądnym posunięciem. A potem zaczęłam się zastanawiać, kim właściwie dla siebie jesteśmy, jeśli to nie jest związek. W końcu związki bywają różne. I dumając nad tym, zdałam sobie sprawę, że gdyby mnie spytał, to nawet bym nie wiedziała, jaka kategoria do nas pasuje. Nie mogłam się powstrzymać od zastanawiania, czy intensywność naszych poszukiwań Lily nie zadziałała jak jakiś tani klej, który zbyt szybko nas połączył. Co my w ogóle mamy ze sobą wspólnego, poza upadkiem z dachu?

Dwa dni wcześniej pojechałam na stację pogotowia, żeby poczekać tam na Sama, i Donna spędziła kilka minut, gawędząc ze mną, podczas gdy on zbierał swoje rzeczy.

– Tylko mu nie zrób krzywdy.

Odwróciłam się, niepewna, czy dobrze usłyszałam.

Donna przez chwilę patrzyła na rozładunek ambulansu, a potem potarła sobie nos.

– On jest w porządku. Jak na takiego wielkiego przygłupa. I naprawdę cię lubi.

Nie wiedziałam, co powiedzieć.

– Serio. Opowiadał o tobie. A on o nikim nie opowiada. Nie mów mu, że ci powiedziałam. Po prostu… gość jest w porządku. Tyle ci chciałam powiedzieć – i uniosła brwi, spoglądając na mnie, po czym skinęła głową, jakby coś potwierdzała.

– Dopiero to zauważyłam. Nie masz na sobie tego stroju tancerki – odezwała się Daphne.

Przez salkę przeleciał pomruk zdziwienia.

– Awansowałaś?

Wyrwali mnie z zamyślenia.

– A. Nie. Wyleciałam z pracy.

– I gdzie teraz pracujesz?

– Nigdzie. Póki co.

– Ale to ubranie…

Miałam na sobie małą czarną sukienkę z białym kołnierzykiem.

– A. To. To tylko sukienka.

– Myślałem, że pracujesz w takim barze, gdzie kelnerki są poprzebierane za sekretarki. Albo za francuskie pokojówki.

– Fred, ile można?

– Nic nie rozumiesz. W moim wieku wyrażenie „ostatni dzwonek" robi się bardzo aktualne. Możliwe, że zostało mi nie więcej niż na przykład dwadzieścia wzwodów.

– Niektórzy z nas od początku życia nie dysponowali nawet tyloma.

Umilkliśmy, dając Fredowi i Daphne czas, żeby przestali chichotać.

– A twoja przyszłość? Wygląda na to, że w twoim życiu wydarzyło się ostatnio sporo zmian – zauważył Marc.

– No więc… właściwie dostałam propozycję innej pracy.

– Naprawdę? – W sali dał się słyszeć nieśmiały aplauz, a ja się zaczerwieniłam.

– Nie zamierzam jej przyjąć, ale to nieistotne. Czuję, że i tak zrobiłam postęp, bo zaproponowano mi pracę.

William zapytał:

– To co to była za praca?

– Po prostu coś w Nowym Jorku.

Wszyscy wlepili we mnie wzrok.

– Zaproponowali ci pracę w Nowym Jorku?

– Tak.

– Płatną?

– Z zakwaterowaniem – dodałam cicho.

– I nie musiałabyś nosić tej upiornej świecącej zielonej sukienki?

– Naprawdę nie sądzę, żeby mój strój do pracy był wystarczającym powodem, by wyjechać z kraju – roześmiałam się. Nikt mi nie zawtórował. – No proszę was – powiedziałam.

Wszyscy dalej się we mnie wpatrywali. Możliwe, że usta Leanne były nawet lekko uchylone.

– Nowy Jork? Ten Nowy Jork?

– Nie znacie całej historii. Nie mogę teraz jechać. Muszę się zająć Lily.

– Córką twojego byłego pracodawcy? – Jake zmarszczył brwi.

– Cóż, on był dla mnie kimś więcej niż pracodawcą. Ale tak.

– Louiso, czy ona nie ma własnej rodziny? – Daphne nachyliła się w moją stronę.

– To skomplikowane.

Cała grupa popatrzyła po sobie.

Marc położył sobie notatnik na kolanach.

– Louiso, ile twoim zdaniem udało ci się tak naprawdę wynieść z naszych sesji?

Dostałam paczkę z Nowego Jorku: plik dokumentów, z formularzami dotyczącymi imigracji i ubezpieczenia zdrowotnego, do których dołączony był kremowy papier listowy, a na nim formalna oferta pracy podpisana przez pana Leonarda M. Gopnika. Zamknęłam się w łazience, żeby ją przeczytać, potem przeczytałam ją jeszcze raz, przeliczyłam pensję na funty, przez chwilę wzdychałam, a na koniec przyrzekłam sobie, że nie będę guglować tego adresu.

Kiedy już go zguglowałam, oparłam się przelotnej pokusie położenia się na podłodze w pozycji embrionalnej. Następnie wzięłam się w garść, wstałam i spuściłam wodę (na wypadek, gdyby Lily się zastanawiała, co ja tam robię), umyłam ręce (z przyzwyczajenia), zaniosłam wszystkie papiery do mojej sypialni, wcisnęłam je do szuflady pod łóżkiem i postanowiłam, że na nie nigdy więcej nie spojrzę.

Tej nocy Lily zapukała do moich drzwi chwilę przed północą. „Mogę u ciebie zostać? Nie bardzo chcę wracać do mamy".

„Możesz zostać, jak długo będziesz miała ochotę".

Położyła się na drugiej połowie mojego łóżka i zwinęła się w kłębek. Przez chwilę przyglądałam się, jak śpi, a potem przykryłam ją kołdrą.

Córka Willa mnie potrzebowała. To było zupełnie proste. I niezależnie od tego, co mówiła moja siostra, byłam mu coś winna. Miałam przed sobą sposób, żeby nie czuć się kompletnie bezużyteczna. Wciąż mogłam coś dla niego zrobić.

A ta koperta dowodziła, że jestem osobą, która może dostać przyzwoitą pracę. To był postęp. Miałam przyjaciół, a nawet kogoś w rodzaju chłopaka. To też był postęp.

Zignorowałam nieodebrane połączenie od Nathana i skasowałam jego wiadomości na poczcie głosowej. Wyjaśnię mu to wszystko za dzień–dwa. Może nie był to do końca plan, ale w tej chwili raczej nie byłam w stanie zdobyć się na więcej.

Sam miał przyjść krótko po moim powrocie we wtorek. O siódmej przysłał mi SMS-a, że się spóźni. Kwadrans po ósmej napisał kolejnego, z wiadomością, że nie wie, o której uda mu się dotrzeć. Przez cały dzień byłam bez humoru, zmagałam się z marazmem wynikającym z faktu, że nie mam żadnego powodu, by wyjść z domu, ze zmartwień o to, jak opłacę rachunki, i bycia uwięzioną w mieszkaniu z kimś, kto także nie ma dokąd iść i nie chce wychodzić w pojedynkę. Domofon zadźwięczał o wpół do dziesiątej. Sam stał na dole, ubrany jeszcze w uniform. Wpuściłam go do budynku i wyszłam na korytarz, zamykając drzwi za sobą. Wyłonił się z klatki schodowej i ruszył w moją stronę ze spuszczoną głową. Był szary z wyczerpania i emanował jakąś dziwną niespokojną energią.

– Myślałam, że już nie przyjdziesz. Co się stało? Wszystko w porządku?

– Czeka mnie komisja dyscyplinarna.

– Co?

– Inna ekipa widziała tu mój samochód tego wieczoru, kiedy spotkaliśmy się z Garside'em. Zgłosili to. Nie potrafiłem udzielić sensownej odpowiedzi na pytanie, dlaczego zajmowaliśmy się jakimś przypadkiem, którego nie było w systemie.

– I co się stało?

– Zmyśliłem coś, powiedziałem, że ktoś wybiegł z budynku i poprosił nas o pomoc. I że się okazało, że to był dowcip. Całe szczęście Donna to potwierdziła. Ale tamci nie są zadowoleni.

– Chyba nie jest aż tak źle?

– Do tego jedna z pielęgniarek z ostrego dyżuru zapytała Lily, skąd mnie zna. A ona powiedziała, że podwiozłem ją do domu z klubu.

Podniosłam dłoń do ust.

– I co teraz?

– Związek się za mną wstawił. Ale jeśli tamci uznają, że nie miałem prawa tak postąpić, zostanę zawieszony. Albo gorzej. – Nowa, głęboka zmarszczka pojawiła się pomiędzy jego brwiami.

– Wszystko przez nas. Sam, tak mi przykro.

Pokręcił głową.

– Ona miała o niczym się nie dowiedzieć.

Chciałam wtedy podejść do niego i go przytulić, oprzeć twarz o jego policzek. Ale coś mnie powstrzymało: nagły, nieproszony obraz Willa, odwracającego twarz ode mnie, niedostępnego w swoim cierpieniu. Zawahałam się, a potem o sekundę za późno wyciągnęłam zamiast tego rękę i dotknęłam ramienia Sama. Spojrzał na moją dłoń, lekko marszcząc brwi, a ja nagle odniosłam dziwne wrażenie, że mężczyzna wie coś o tym, co przed chwilą przeszło mi przez myśl.

– Zawsze możesz z tego zrezygnować i hodować kury. Budować dom – usłyszałam własny głos, nienaturalny, zbyt entuzjastyczny. – Masz masę możliwości! Taki ktoś jak ty. Dla takich ludzi nic nie jest niemożliwe!

Posłał mi blady uśmiech, który nie dosięgnął jego oczu. Wciąż patrzył na moją rękę.

Staliśmy tak jeszcze przez niezręczną chwilę.

– Lepiej już pójdę. A – dodał, wyciągając w moją stronę jakąś paczkę. – Ktoś to zostawił pod twoimi drzwiami. Pomyślałem, że na tym korytarzu raczej długo nie poleży.

– Wejdź, proszę cię – wzięłam od niego paczkę, czując, że go zawiodłam. – Ugotuję ci coś niedobrego. No chodź.

– Lepiej pojadę do domu.

Zawrócił i ruszył przed siebie korytarzem, zanim zdążyłam cokolwiek odpowiedzieć.

Patrzyłam przez okno, jak sztywno podchodzi do swojego motoru, i poczułam, jak moje myśli znów spowija mrok. Uważaj, nie zbliżaj się zanadto. A potem przypomniałam sobie radę Marca z ostatniej sesji: „Zrozum, że twój niespokojny, pogrążony w żałobie mózg po prostu reaguje na podwyższony poziom kortyzolu we krwi. Lęk przed zbliżeniem się do kogokolwiek jest czymś zupełnie naturalnym". Czasami zdawało mi się, że na ramionach mam dwóch doradców rodem z kreskówki, którzy bez przerwy się ze sobą kłócą.

W salonie Lily oderwała wzrok od ekranu telewizora.

– Czy to był Ratownik Sam?

– Tak.

Wróciła do oglądania telewizji. A potem jej uwagę zwróciła paczka.

– A to co?

– A. Było w holu. Jest zaadresowane do ciebie.

Przyjrzała się paczce podejrzliwie, jakby nadal zbyt dobrze zdawała sobie sprawę z możliwości nieprzyjemnych niespodzianek. Potem ściągnęła z niej papier i odsłoniła oprawny w skórę album z wytłoczonym na okładce napisem *Dla Lily (Traynor)*.

Otworzyła go powoli i na pierwszej stronie, przysłoniętej bibułką, ukazała się czarno-biała fotografia niemowlęcia. Pod nią widniał odręczny napis.

Twój ojciec ważył cztery kilo dwieście. Byłam na niego wściekła, że jest taki duży, bo mówiono mi, że na pewno urodzę zgrabniutkiego małego bobaska! Jako dziecko często się awanturował i całymi miesiącami nie dawał mi się porządnie wyspać. Ale kiedy się uśmiechał... Ach! Starsze panie specjalnie przechodziły przez ulicę, żeby połaskotać go w policzek (nie znosił tego, rzecz jasna).

Usiadłam obok niej. Lily przerzuciła dwie strony i zobaczyłyśmy Willa w błękitnym szkolnym mundurku i czapce, patrzącego spode łba w obiektyw. Pod spodem było napisane:

Will tak bardzo nie cierpiał tej czapki, że schował ją na posłaniu dla psa. Drugą „zgubił" w stawie. Za trzecim razem jego ojciec zagroził, że wstrzyma mu kieszonkowe, ale Will po prostu wymieniał się kartami piłkarskimi, aż odrobił straty. Nawet w szkole nie potrafili zmusić go do noszenia czapki – chyba do trzynastego roku życia co tydzień zostawał za karę po lekcjach.

Lily dotknęła jego twarzy.

– Wyglądałam jak on, kiedy byłam mała.

– No – odpowiedziałam – w końcu to twój tata.

Pozwoliła sobie na lekki uśmiech, a potem przewróciła stronę.

– Popatrz. Popatrz na to.

Na następnej fotografii Will uśmiechał się prosto do aparatu – to samo zdjęcie z wyjazdu na narty, które stało w jego sypialni, kiedy się poznaliśmy. Spojrzałam na jego piękną twarz i zalała mnie znajoma fala smutku. I wtedy Lily niespodziewanie zaczęła się śmiać.

– Patrz! Patrz na to!

Will z twarzą pokrytą błotem po meczu rugby, a na drugim zdjęciu przebrany za diabła i skaczący w dół ze stogu siana. Głupkowata strona – Will w roli kawalarza, roześmianego, ludzkiego. Pomyślałam o wydrukowanym tekście, który dostałam od Marca po tym, jak opuściłam Tydzień Idealizacji: „Ważne jest, by nie przypisywać zmarłym cech świętości. Nikt nie potrafi iść naprzód w cieniu świętego".

Chciałam, żebyś zobaczyła swojego ojca przed wypadkiem. Był niewiarygodnie ambitny i profesjonalny, owszem, ale pamiętam także momenty, kiedy śmiał się tak bardzo, że spadł z krzesła, albo jak tańczył z psem, albo jak wrócił do domu cały posiniaczony, bo założył się z kimś o coś absurdalnego. Raz wsadził swojej siostrze twarz w tort (zdjęcie po prawej), bo powiedziała, że się nie odważy, i chciałam być na niego zła, bo przygotowanie tego ciasta zajęło mi mnóstwo czasu, ale na Willa nie dało się długo gniewać.

Nie, rzeczywiście. Lily przerzucała kolejne zdjęcia, wszystkie opatrzone notatkami. Will, który wyłaniał się z tych kart, nie był lakonicznym artykułem w gazecie, ostrożnym nekrologiem, poważną fotografią ilustrującą smutną historię w długotrwałej debacie prawnej; to był człowiek – żywy, trójwymiarowy. Spoglądałam na każde zdjęcie, za każdym razem świadoma ściskania w gardle, pojawiającego się i przezwyciężanego.

Na podłogę wyślizgnęła się kartka. Podniosłam ją i przebiegłam wzrokiem złożoną z dwóch linijek wiadomość.

– Ona chce tu przyjechać i się z tobą zobaczyć.

Lily ledwie potrafiła oderwać oczy od albumu.

– Co o tym myślisz, Lily? Masz na to ochotę?

Musiała minąć chwila, zanim mnie usłyszała.

– Chyba nie. To znaczy, to bardzo miłe, ale…

Nastrój się zmienił. Dziewczyna zamknęła skórzaną okładkę, starannie odłożyła album na brzeg kanapy i znów odwróciła się w stronę telewizora. Kilka minut później bez słowa przysunęła się do mnie i pozwoliła głowie opaść na moje ramię.

Tamtego wieczoru, kiedy Lily położyła się spać, napisałam mail do Nathana.

Przepraszam. Nie mogę przyjąć tej pracy. To długa historia, ale mieszka teraz ze mną córka Willa, a w międzyczasie dużo się wydarzyło i nie mogę tak po prostu jej zostawić. Spróbuję Ci to pokrótce wyjaśnić…

Zakończyłam słowami:

Dziękuję, że o mnie pomyślałeś.

Napisałam do pana Gopnika, dziękując mu za propozycję i informując, że bardzo żałuję, ale w związku ze zmianą mojej sytuacji nie będę w stanie podjąć się tej pracy. Chciałam napisać więcej, lecz wielki supeł w żołądku zdawał się wysysać ze mnie wszelką energię, aż po koniuszki palców.

Odczekałam godzinę, ale żaden z nich nic nie odpowiedział. Kiedy wróciłam do pustego salonu, żeby pogasić światła, albumu ze zdjęciami już nie było.

Rozdział dwudziesty trzeci

– Patrzcie państwo... Pracownica roku we własnej osobie. Położyłam na barze torbę z moim strojem i peruką. W porze śniadaniowej stoliki w pubie Pod Koniczynką były już pełne; pulchny biznesmen w okolicach czterdziestki, którego opadająca głowa pozwalała się domyślać, że od rana nie żałuje sobie procentów, spojrzał na mnie mętnym wzrokiem, obejmując tłustymi dłońmi szklankę. Vera była na drugim końcu sali i ze złością przesuwała stoliki oraz stopy klientów, żeby pod nimi zamieść, jakby przeganiała myszy.

Miałam na sobie niebieską koszulę – uznałam, że łatwiej poczuć się pewnie, kiedy człowiek ubierze się w męskim stylu – i z roztargnieniem zauważyłam, że jej kolor jest prawie taki sam jak koszuli Richarda.

– Richardzie, chcę z tobą porozmawiać o tym, co stało się w zeszłym tygodniu.

Lotnisko wokół nas wypełniali pasażerowie, lecący dokądś z okazji długiego weekendu; mniej było garniturów, a więcej płaczących małych dzieci. Za kasą nowy plakat zachęcał: „Na dobry początek podróży – kawa i rogalik plus coś mocniejszego!". Richard uwijał się za barem, stawiając na tacy filiżanki ze świeżo nalaną kawą i batoniki zbożowe, i w skupieniu marszcząc brwi.

– Nie trzeba. Czy strój jest wyprany?

Sięgnął po torbę i wyciągnął z niej moją zieloną sukienkę. Przyjrzał jej się uważnie w świetle jarzeniówek; na twarzy miał taki grymas, jakby się spodziewał, że zobaczy jakieś nieapetyczne ślady. Nie zdziwiłabym się, gdyby zaczął ją obwąchiwać.

– Oczywiście, że jest wyprany.

– Musi być w odpowiednim stanie, żeby nowa pracownica mogła go założyć.

– Uprałam go wczoraj – warknęłam.

Nagle zauważyłam, że słuchamy nowej wersji *Muzyki Szmaragdowej Wyspy*. Mniej harfy. Więcej fletu.

– Dobrze. Na zapleczu jest jeszcze kilka dokumentów, które musisz podpisać. Pójdę po nie i możesz zrobić to tutaj. I to będzie wszystko.

– Może moglibyśmy to zrobić w jakimś… spokojniejszym miejscu?

Richard Percival na mnie nie patrzył.

– Obawiam się, że jestem zbyt zajęty. Mam masę rzeczy do zrobienia, a do tego o jedną pracownicę za mało. – Przecisnął się obok mnie, cały zaaferowany, i zaczął liczyć na głos, ile torebek przekąsek serowych wisi jeszcze za barem. – Sześć… siedem… Vera, czy możesz obsłużyć tamtego pana?

– No więc właśnie o tym chciałam z tobą porozmawiać. Zastanawiałam się, czy czasem nie mógłbyś…

– Osiem… Dziewięć… Peruka.

– Co?

– Gdzie jest peruka?

– A. Tutaj – sięgnęłam do torby i ją wyciągnęłam. Uczesałam ją przed włożeniem do osobnej torebki. Leżała teraz na barze jak jakieś przejechane blond zwierzę, czekając, aż będzie mogła wywołać swędzenie głowy u następnej osoby.

– Uprałaś ją?

– Perukę?

– Tak. To niehigieniczne, żeby kolejna osoba zakładała nie-wypraną perukę.

– To jest zrobione ze sztucznego włókna tańszego niż włosy Barbie z przeceny. Uznałam, że w pralce by się po prostu rozpuściło.

– Jeśli nie nadaje się do użytku przez przyszłą pracownicę, będę musiał obciążyć cię kosztami nowej peruki.

Wlepiłam w niego wzrok.

– Chcesz kazać mi zapłacić za perukę?

Richard ją podniósł, a potem wcisnął z powrotem do torebki.

– Dwadzieścia osiem funtów czterdzieści pensów. Dostarczę ci oczywiście rachunek.

– O Boże. Ty naprawdę każesz mi za nią zapłacić.

Wybuchnęłam śmiechem. Stałam na środku zatłoczonego lot-niska, za oknami startowały samoloty, a ja myślałam o tym, w co zmieniło się moje życie pod wpływem pracy dla tego człowieka. Wyciągnęłam z kieszeni portfel.

– W porządku – powiedziałam. – Dwadzieścia osiem funtów czterdzieści pensów, mówisz? Posłuchaj, ja to zaokrąglę do trzy-dziestu funtów, będzie na pokrycie kosztów administracyjnych.

– Nie musisz…

Odliczyłam banknoty i cisnęłam je na kontuar przed jego nosem.

– Wiesz co, Richard? Lubię pracować. Gdybyś chociaż na pięć minut oderwał się od swoich cholernych celów sprzedażowych, to zauważyłbyś, że jestem osobą, która naprawdę się stara. Ciężko pracowałam. Nosiłam twój koszmarny strój, chociaż elektryzowały mi się od niego włosy, a dzieci na ulicy pokazywały mnie palcem i zaczynały wycinać hołubce. Robiłam wszystko, co mi kazałeś, nie wyłączając sprzątania męskich toalet, czego moja umowa na pewno nie obejmowała, a z punktu widzenia prawa pracy mogłabym ściągnąć tu sanepid i pozwać cię o zmuszanie do pracy w niebezpiecznych dla zdrowia warunkach. Przychodziłam na dodatkowe zmiany, podczas gdy ty szukałeś nowych barmanek, bo natychmiast zrażasz do siebie każdego pracownika, który się tu pojawi, i namawiałam ludzi, żeby kupowali te twoje nieszczęsne prażone orzeszki, chociaż pachną tak, jakby ktoś puścił bąka.

Ale nie jestem automatem. Jestem człowiekiem i mam swoje życie, i zaledwie przez parę dni obowiązki niezwiązane z pracą sprawiły, że nie mogłam być taką pracownicą, jakiej ty – czy zresztą ja sama – byśmy chcieli. Przyszłam dziś tutaj, żeby poprosić o możliwość powrotu, właściwie żeby o to błagać, bo dalej mam swoje obowiązki i chcę mieć pracę. Potrzebuję pracy. Ale właśnie zdałam sobie sprawę, że tej nie chcę. Wolałabym pracować za darmo, niż spędzić choćby jeszcze dzień w tym żałosnym, zabijającym duszę barze, gdzie od rana do wieczora słychać tylko fletnię Pana. Wolałabym za darmo czyścić toalety, niż przepracować kolejny dzień u ciebie.

Więc dziękuję, Richardzie. Właściwie skłoniłeś mnie do podjęcia pierwszej pozytywnej decyzji w moim życiu od nie pamiętam jak dawna. – Wepchnęłam portfel do torebki, popchnęłam perukę w jego stronę i ruszyłam do wyjścia. – Możesz sobie wsadzić tę pracę w to samo miejsce co te orzeszki. – Odwróciłam się. – A, jeszcze jedno – twoje włosy. Te tony żelu i idealnie równy wierzch fryzury. Koszmar. Wyglądasz przez to jak Action Man.

Biznesmen siedzący na stołku przy barze urządził mi małą owację. Dłoń Richarda powędrowała bezwiednie ku jego włosom.

Zerknęłam na biznesmena, a potem znów na Richarda.

– Właściwie zapomnij o tym ostatnim zdaniu. To było złośliwe. I wyszłam.

Maszerowałam w stronę holu, a serce wciąż mi waliło, kiedy usłyszałam, jak mnie woła.

– Louisa! Louisa!

Richard na wpół szedł, na wpół biegł za mną. Przez chwilę się zastanawiałam, czy go nie zignorować, ale w końcu zatrzymałam się przy sklepie z perfumami.

– Co? – zapytałam. – Czyżbym nie zauważyła okrucha orzeszka?

Zatrzymał się, lekko sapiąc. Przez kilka sekund przyglądał się witrynie sklepu, jakby się namyślał. A potem spojrzał na mnie.

– Masz rację. Okej? Masz rację.

Wlepiłam w niego wzrok.

– Pub Pod Koniczynką. To okropne miejsce. I wiem, że pewnie nie byłem najlepszym szefem. Ale mogę ci powiedzieć tyle, że za każdym razem, jak wydaję wam jakieś absurdalne zarządzenie, to dlatego, że centrala ściska mnie za jaja dziesięć razy mocniej. Moja żona mnie nienawidzi, bo wiecznie nie ma mnie w domu. Dostawcy mnie nienawidzą, bo co tydzień muszę im obcinać marże przez presję ze strony naszych udziałowców. Mój dyrektor regionalny mówi, że regularnie nie osiągam założonych celów i że jeśli zaraz się to nie zmieni, przeniosą mnie do filii na Północnowalijskim Promie Pasażerskim. A wtedy moja żona naprawdę ode mnie odejdzie. I nie będę się jej dziwił.

Nie ciepię zarządzać ludźmi. Moje zdolności interpersonalne są na poziomie kołka w płocie i dlatego nie potrafię nikogo tu zatrzymać. Vera ciągle tu pracuje wyłącznie dlatego, że jest gruboskórna jak hipopotam i podejrzewam, że po cichu zasadza się na moje stanowisko. Więc po prostu – przepraszam. Właściwie to ucieszyłbym się, gdybyś wróciła do pracy, bo niezależnie od tego, co mówiłem wcześniej, byłaś w tym całkiem niezła. Klienci cię lubili.

Westchnął i spojrzał na ludzi kłębiących się wokół nas.

– Ale wiesz co, Louiso? Powinnaś się stąd zwinąć, póki możesz. Jesteś ładna, bystra, pracowita – mogłabyś dostać coś znacznie lepszego. Gdybym nie był uziemiony przez kredyt, na który ledwie mnie stać, dziecko w drodze i raty za cholerną hondę civic, w której czuję się, jakbym miał sto dwadzieścia lat, to prysnąłbym stąd szybciej niż którykolwiek z tych samolotów. – Wyciągnął do mnie rękę z odcinkiem wypłaty. – Wynagrodzenie za urlop. A teraz zmykaj. Poważnie, Louiso. Już cię tu nie ma.

Spojrzałam na małą brązową kopertę w mojej dłoni. Wokół nas pasażerowie przesuwali się powolutku, zatrzymując się przed witrynami sklepów bezcłowych, szukając zawieruszonych paszportów i nie zwracając uwagi na to, co rozgrywało się pośród nich. A ja z poczuciem znużonej nieuchronności zdałam sobie sprawę, co się za chwilę stanie.

– Richard? Dzięki za to, ale... mogłabym jednak wrócić do pracy? Chociaż na krótko? Naprawdę bardzo jej potrzebuję.

Richard zrobił taką minę, jakby nie mógł uwierzyć w to, co mówię. A potem westchnął głęboko.

– Gdybyś mogła popracować przez parę miesięcy, to byłaby dla mnie ogromna ulga. Akurat w tej chwili jestem w przysłowiowej kropce. Właściwie gdybyś mogła zacząć od razu, to dałbym radę pojechać do hurtowni po nowe podkładki do kufli.

Zamieniliśmy się miejscami; walczyk wzajemnego rozczarowania.

– Zadzwonię do domu – odparłam.

– A. Proszę – powiedział Richard. Patrzyliśmy na siebie jeszcze przez moment, a potem on podał mi reklamówkę z moim strojem. – Chyba ci się to przyda.

Richard i ja wypracowaliśmy sobie coś na kształt nowych zasad współpracy. On okazywał mi nieco więcej zrozumienia i prosił mnie o sprzątanie męskiej toalety tylko w te dni, kiedy z jakichś powodów nie pojawiał się Noah, nowy pan z ekipy sprzątającej, oraz nie robił mi uwag, jeśli uważał, że za długo rozmawiam z klientami (chociaż miewał dosyć cierpiętniczą minę). Ja za to byłam pogodna, punktualna i starałam się sprzedawać jak najwięcej. Czułam się dziwnie odpowiedzialna za jego orzeszki.

Pewnego dnia wziął mnie na bok i powiedział, że może to jeszcze trochę przedwczesne, ale dowiedział się w centrali, że myślą o awansowaniu kogoś ze stałych pracowników na stanowisko asystenta kierownika i że jeżeli nic się nie zmieni, to on jest jak najbardziej skłonny zaproponować moją kandydaturę. („Nie mogę ryzykować awansowania Very. Dolałaby mi do herbaty płynu do podłóg, żeby tylko mnie wygryźć".) Podziękowałam mu i postarałam się wykrzesać z siebie choć trochę entuzjazmu.

Tymczasem Lily zgłosiła się do Samira, który powiedział, że może ją przyjąć na próbne pół dnia, jeśli zgodzi się wtedy pracować za darmo. O siódmej trzydzieści wręczyłam jej kawę i dopilnowałam, żeby wyszła z mieszkania ubrana i gotowa zacząć pracę o ósmej. Tego wieczoru, kiedy wróciłam do domu, dowiedziałam się, że ją dostała, choć stawka za godzinę wynosi dwa funty siedemdziesiąt trzy pensy, czyli najmniej, ile mógł jej legalnie zapłacić. Większość dnia spędziła na przenoszeniu skrzynek na zapleczu i naklejaniu na puszki nalepek z ceną za pomocą przedpotopowej metkownicy, podczas gdy Samir i jego kuzyn oglądali mecz na iPadzie. Była brudna jak nieboskie stworzenie i wykończona, ale dziwnie szczęśliwa.

– Powiedział, że jak wytrzymam miesiąc, to rozważy posadzenie mnie przy kasie.

Zmieniły mi się godziny pracy, więc w czwartek po południu pojechałyśmy do domu rodziców Lily na St John's Wood, a ja zaczekałam w samochodzie, podczas gdy ona weszła do środka po więcej ubrań i reprodukcję Kandinskiego, która miała podobno świetnie wyglądać w moim mieszkaniu. Zjawiła się dwadzieścia minut później, z twarzą zaciętą i rozgniewaną. Tanya wyszła na ganek, stanęła z ramionami skrzyżowanymi na piersiach i bez słowa patrzyła, jak Lily otwiera bagażnik, wrzuca do niego wypakowaną do granic możliwości torbę podróżną i, ostrożniej, reprodukcję. Następnie dziewczyna wsiadła na przednie siedzenie i utkwiła wzrok w pustej drodze przed sobą. Kiedy Tanya zamykała za sobą drzwi, przez moment zdawało mi się, że ociera sobie oczy.

Włożyłam kluczyk do stacyjki.

– Kiedy dorosnę – odezwała się Lily i być może tylko ja dosłyszałam w jej głosie leciutkie drżenie – w ogóle nie będę przypominać mojej matki.

Odczekałam chwilę, a potem przekręciłam kluczyk i w milczeniu dojechałyśmy do mojego mieszkania.

„Masz ochotę na kino? Trochę eskapizmu dobrze by mi zrobiło".
„Chyba nie powinnam zostawiać Lily".
„Może ją weź?"
„Lepiej nie. Przepraszam, Sam x"

Tego wieczoru zastałam Lily na schodach przeciwpożarowych. Podniosła oczy na dźwięk otwieranego okna i machnęła papierosem.

– Pomyślałam, że to trochę niemiłe, że ciągle palę w twoim mieszkaniu, skoro ty nie palisz.

Zablokowałam okno, żeby się nie zamknęło, wyszłam przez nie ostrożnie i usiadłam obok niej na żelaznych stopniach. Pod nami parking skwierczał w sierpniowym upale, a w nieruchomym powietrzu unosił się zapach gorącego asfaltu. Z głośników w samochodzie z podniesioną maską dobiegało dudnienie basów. W metalu schodków nagromadzone było ciepło z całego miesiąca pełnego słonecznych popołudni, a ja odchyliłam się do tyłu i zamknęłam oczy.

– Myślałam, że wszystko się ułoży – odezwała się Lily. Otworzyłam je.

– Myślałam, że jeśli tylko uda mi się pozbyć Petera, wszystkie moje problemy się rozwiążą. Myślałam, że jak znajdę tatę, to poczuję, że w końcu jestem na swoim miejscu. A teraz Peter zniknął, Garside zniknął, dowiedziałam się o moim tacie i mam ciebie. Ale wcale nie czuję się tak, jak sobie wyobrażałam.

Już miałam jej powiedzieć, żeby nie była niemądra. Miałam jej zwrócić uwagę, ile się zmieniło w takim krótkim czasie, że ma swoją pierwszą pracę, perspektywy, przyszłość przed sobą – typowe odpowiedzi dorosłych. Ale to wszystko brzmiało oklepanie i protekcjonalnie.

Na końcu ulicy kilku pracowników biurowych zgromadziło się wokół metalowego stolika przy tylnym wejściu do pubu. Parę godzin później będzie tam pełno hipsterów i zbłąkanych maklerów z City, będą wychodzić na zewnątrz z drinkami w dłoniach, a ich hałaśliwe okrzyki będą do mnie dolatywały przez otwarte okno sypialni.

– Wiem, co masz na myśli – powiedziałam. – Od czasu, gdy twój tata umarł, czekam, aż wreszcie poczuję się normalnie. Właściwie mam wrażenie, że ciągle udaję, że coś robię. Nadal mam byle jaką pracę. Nadal mieszkam w tym mieszkaniu, chociaż nie sądzę, żebym kiedykolwiek miała poczuć się tu jak w domu. Otarłam się o śmierć, ale nie mogę powiedzieć, żeby przyniosło mi to mądrość, wdzięczność za dar życia czy cokolwiek w tym stylu. Chodzę na spotkania grupy wsparcia dla osób w żałobie, pełne ludzi, którzy tak samo jak ja tkwią w miejscu. Ale tak naprawdę nic nie zrobiłam.

Lily zastanowiła się nad tym.

– Pomogłaś mi.

– To w sumie jedyna rzecz, która jeszcze daje mi jakieś poczucie sensu.

– I masz chłopaka.

– On nie jest moim chłopakiem.

– Jasne, Louisa.

Patrzyłyśmy, jak samochody pełzną powoli w stronę City. Lily po raz ostatni zaciągnęła się papierosem i zgasiła go na metalowym stopniu.

– To następna rzecz na mojej liście.

Miała choć tyle przyzwoitości, że w jej spojrzeniu pojawiło się coś na kształt skruchy.

– No wiem. Rzucę. Obiecuję.

Nad dachami słońce zaczęło się już zniżać, a jego pomarańczowy blask rozpraszał się w ołowianej szarości wieczoru w City.

– Wiesz, Lily, może niektóre sprawy zabierają więcej czasu niż inne. Ale myślę, że w końcu się nam uda.

Wsunęła mi rękę pod ramię i oparła o mnie głowę. Patrzyłyśmy na zachodzące powoli słońce i na coraz dłuższe cienie pełznące w naszą stronę, a ja myślałam o dachach Nowego Jorku i o tym, że nikt tak naprawdę nie jest wolny. Niewykluczone, że wszelka wolność – fizyczna, osobista – możliwa jest tylko kosztem kogoś albo czegoś innego.

Słońce zniknęło, a pomarańczowe niebo zaczęło przybierać szaro-granatowy odcień. Kiedy wstałyśmy, Lily wygładziła spódnicę, a potem spojrzała na paczkę w swojej ręce. Nagle wyciągnęła z opakowania pozostałe papierosy, przełamała je na pół i wyrzuciła w powietrze, niczym konfetti z tytoniu i białej bibułki. Spojrzała na mnie triumfalnie i podniosła rękę.

– Proszę bardzo. Od tej chwili jestem oficjalnie strefą wolną od dymu.

– Tak po prostu.

– Czemu nie? Powiedziałaś, że to może potrwać dłużej, niż myślimy. No więc to jest mój pierwszy krok. A twój?

– O Boże. Może przekonam Richarda, żeby pozwolił mi przestać nosić tę upiorną nylonową perukę.

– To byłby znakomity pierwszy krok. Miło by było, gdyby wszystkie klamki w domu nie były non stop naelektryzowane.

Jej uśmiech był zaraźliwy. Wzięłam od niej pustą paczkę po papierosach, zanim zdążyła zaśmiecić nią parking pod blokiem, i odsunęłam się, żeby mogła wejść przez okno. Zatrzymała się i zwróciła w moją stronę, jakby coś nagle przyszło jej do głowy.

– Wiesz co, nie musisz być smutna tylko po to, żeby dalej czuć się z nim związana.

Wlepiłam w nią wzrok.

– Z moim tatą. Tak sobie pomyślałam.

Wzruszyła ramionami i weszła przez okno do domu.

Następnego dnia obudziłam się i zobaczyłam, że Lily wyszła już do pracy. Zostawiła liścik z wiadomością, że w przerwie obiadowej przyniesie do domu pieczywo, bo się nam kończy. Napiłam się kawy, zjadłam śniadanie i założyłam adidasy, żeby przejść się na spacer (Marc: „w zdrowym ciele zdrowy duch!"), i wtedy zadzwonił mój telefon – nieznany numer.

– Dzień dobry!

Musiałam się chwilę zastanowić.

– Mama?

– Wyjrzyj przez okno!

Przeszłam przez salon i wyjrzałam. Na chodniku stała moja matka i machała mi z zapałem.

– Co… co ty tu robisz? Gdzie tata?

– W domu.

– Dziadek źle się czuje?

– Ależ skąd.

– Ale ty nigdy nie przyjeżdżasz sama do Londynu. Nawet jak masz przejść obok stacji benzynowej, to ciągniesz ze sobą tatę.

– No więc przyszła pora na zmianę, prawda? Mam wejść na górę? Nie chcę wygadać wszystkich minut na tym nowym telefonie.

Wpuściłam ją do budynku i przeszłam się po salonie, sprzątając najbrudniejsze naczynia po wczorajszym wieczorze, a kiedy znalazła się pod moimi drzwiami, stałam w nich z otwartymi ramionami, gotowa na powitanie.

Miała na sobie swój najlepszy płaszczyk, torebkę przewiesiła sobie przez pierś („Dzięki temu złodziejom trudniej ją zwędzić"), a włosy miękkimi falami wiły się wokół jej szyi. Uśmiechała się promiennie, usta miała starannie podkreślone koralową szminką, a w ręce ściskała nasz rodzinny plan miasta, pochodzący mniej więcej z 1983 roku.

– Nie mogę uwierzyć, że przyjechałaś tu sama.

– Czy to nie cudowne? Właściwie aż mi się trochę kręci w głowie. Powiedziałam jakiemuś młodemu człowiekowi w metrze, że po raz pierwszy od trzydziestu lat jadę tędy i nikt nie trzyma mnie za rękę, a on odsunął się ode mnie o całe cztery miejsca. Śmiałam się tak, że mało się nie popłakałam. Nastawisz wodę na herbatę? –

Usiadła, ściągnęła płaszczyk i rozejrzała się po ścianach wokół. – No proszę. Ta szarość jest... interesująca.

– Lily wybierała. – Przez chwilę się zastanawiałam, czy przyjazd mamy to czasem nie jakiś żart i czy za chwilę tata nie wpadnie do salonu, zaśmiewając się z tego, jaki ze mnie ćwok, bo dałam się nabrać, że Josie wybrałaby się gdziekolwiek sama. Postawiłam przed nią kubek. – Nie rozumiem. Dlaczego przyjechałaś bez taty?

Upiła łyk herbaty.

– Coś pysznego. Zawsze parzyłaś znakomitą herbatkę. – Odstawiła kubek, starannie podkładając pod niego książkę. – No cóż, obudziłam się dziś rano i pomyślałam o tych wszystkich rzeczach, które mam do zrobienia: wstawić pranie, umyć okna od ogrodu, zmienić dziadkowi pościel, kupić pastę do zębów, i po prostu nagle stwierdziłam, że nie. Nie mogę tego zrobić. Nie zmarnuję takiej ślicznej soboty na robienie tego samego, co robię od trzydziestu lat. Pora na przygodę.

– Przygodę.

– Więc pomyślałam, że mogłybyśmy się wybrać na przedstawienie.

– Na przedstawienie.

– Tak, przedstawienie. Louiso, czy ty się zmieniłaś w papugę? Pani Cousins z agencji ubezpieczeniowej mówi, że na Leicester Square jest takie stoisko, gdzie można tego samego dnia kupić tanie bilety na przedstawienia, na które jeszcze nie ma kompletu. I pomyślałam, że może miałabyś ochotę wybrać się ze mną.

– A Treena?

Mama machnęła ręką.

– Ach, była zajęta. To co ty na to? Przejdziemy się tam i zobaczymy, czy uda nam się dostać bilety?

– Będę musiała powiedzieć Lily.

– To jej powiedz. Ja sobie dopiję herbatkę, ty mogłabyś coś zrobić z tymi swoimi włosami i ruszamy w miasto. Mam bilet dobowy, wiesz? Mogę cały dzień nic tylko wskakiwać do metra i wyskakiwać!

Dostałyśmy za pół ceny bilety na *Billy'ego Elliota*. Miałyśmy do wyboru to albo rosyjską tragedię, i mama powiedziała, że Rosjanie nie najlepiej jej się kojarzą od czasu, kiedy ktoś podał jej zimny barszcz i próbował jej wmówić, że w Rosji właśnie tak go jedzą.

Przez całe przedstawienie siedziała obok mnie zachwycona, trącając mnie od czasu do czasu i mrucząc:

– Pamiętam prawdziwy strajk górników, Louiso. To było straszne dla tych biednych rodzin. Margaret Thatcher! Pamiętasz ją? Och, to była okropna kobieta. Chociaż zawsze miała ładne torebki.

Kiedy młody Billy pofrunął w powietrze, najwyraźniej napędzany przez swoją ambicję, mama rozpłakała się po cichu, przyciskając do nosa wyprasowaną białą chusteczkę.

Patrzyłam na nauczycielkę tańca Billy'ego, panią Wilkinson, kobietę, której ambicja nigdy nie pozwoliła się wybić i wyjechać z rodzinnego miasteczka, i starałam się nie widzieć analogii do własnego życia. Byłam kobietą, która ma pracę oraz kogoś w rodzaju chłopaka i w sobotnie popołudnie siedzi w teatrze na West Endzie. Wyliczałam te rzeczy, jakby to były drobne zwycięstwa nad wrogiem, którego nie do końca potrafiłam zidentyfikować.

Wychynęłyśmy na skąpany w popołudniowym słońcu świat, olśnione i wyczerpane emocjonalnie.

– A więc – odezwała się mama, mocno przyciskając do siebie torebkę ramieniem (niektóre przyzwyczajenia trudno wykorzenić). – Herbata w hotelu. Chodź. To będzie prawdziwy dzień na mieście.

Nie mogłyśmy pójść do żadnego naprawdę wytwornego hotelu, ale znalazłyśmy jeden miły niedaleko Haymarket z takim wyborem herbat, jaki zadowolił mamę. Poprosiła o stolik na środku sali i siedziała tam, komentując wejście każdej nowej osoby, jej ubiór i to, czy wygląda, jakby była z „zagranicy", ewentualnie brak rozsądku wyrażający się w przyprowadzeniu małych dzieci, względnie piesków przypominających szczury.

– Spójrz tylko na nas! – wykrzykiwała od czasu do czasu, kiedy zapadała cisza. – Jak to miło, prawda?

Zamówiłyśmy herbatę English Breakfast (mama: „To jest po prostu eleganckie określenie zwykłej herbaty, tak? Nie któryś z tych dziwnych smaków?") oraz „wykwintny podwieczorek dla dwojga", i jadłyśmy maleńkie tartinki z odkrojoną skórką, babeczki, które nie były aż tak smaczne jak te maminej roboty, i ciastka w złotej folii. Mama przez pół godziny mówiła o *Billym Elliocie* i że uważa, że wszyscy powinniśmy robić tak raz na miesiąc, i że jest pewna, że tata byłby zachwycony, gdyby udało się nam go tu ściągnąć.

– Co tam u taty?

– Ach, wszystko dobrze. Znasz swojego ojca.

Chciałam zapytać, ale za bardzo się bałam. Kiedy podniosłam wzrok, patrzyła na mnie oczami jak paciorki.

– I nie, Louiso, nie depiluję sobie nóg. I nie, on nie jest z tego zadowolony. Ale są w życiu ważniejsze rzeczy.

– A co powiedział na to, że dziś się tu wybrałaś?

Mama prychnęła i natychmiast pokryła to małym atakiem kaszlu.

– Nie wierzył, że to zrobię. Powiedziałam mu o tym rano, kiedy przyniosłam mu herbatę, a on zaczął się śmiać i, szczerze mówiąc, tak mnie to zdenerwowało, że po prostu ubrałam się i wyszłam.

Szeroko otworzyłam oczy.

– Nic mu nie powiedziałaś?

– Powiedziałam mu już wcześniej. Przez cały dzień nagrywa mi się na tę komórkę, matołek jeden. – Zerknęła na ekranik, po czym schowała telefon z powrotem do kieszeni.

Siedziałam i patrzyłam, jak mama elegancko nakłada sobie widelcem na talerzyk jeszcze jedną babeczkę. Ugryzła kęs i przymknęła oczy z zachwytu.

– To jest po prostu przepyszne.

Przełknęłam ślinę.

– Mamo, wy się nie rozwiedziecie, prawda?

Jej oczy natychmiast się otworzyły.

– Rozwód? Jestem porządną katoliczką, Louiso. My się nie rozwodzimy. Po prostu każemy naszym mężom cierpieć przez całą wieczność!

Zapłaciłam za nas i udałyśmy się do damskiej toalety, ogromnego pomieszczenia wyłożonego orzechowym marmurem i ozdobionego kosztownymi kwiatami, pilnowanego przez milczącą panią, która stała nieopodal umywalek. Mama dwa razy starannie umyła ręce, a potem powąchała liczne kremy do rąk ustawione pod lustrem, strojąc do niego różne miny w zależności od tego, czy zapach jej się podobał.

– Nie powinnam tak mówić, biorąc pod uwagę mój stosunek do patriarchatu i tym podobnych, ale doprawdy chciałabym, żeby któraś z was, dziewczęta, spotkała jakiegoś miłego mężczyznę.

– Ja kogoś poznałam – powiedziałam, zanim się zorientowałam, co robię.

Odwróciła się do mnie z tubką kremu w dłoni.

– Niemożliwe!

– Jest ratownikiem medycznym.

– Coś nadzwyczajnego. Ratownik medyczny! To prawie tak samo przydatne jak hydraulik. No to kiedy go poznamy?

Zawahałam się.

– Poznacie? Nie jestem pewna, czy...

– Czy co?

– No cóż. Właściwie to dosyć świeża sprawa. Nie jestem pewna, czy to taki rodzaj...

Mama zdjęła nakrętkę ze swojej szminki i utkwiła wzrok w lustrze.

– Czy masz na myśli, że chodzi tylko o seks?

– Mamo! – Zerknęłam na panią przy umywalkach.

– To co masz na myśli?

– Nie wiem, czy jestem już gotowa na związek.

– Dlaczego? Co się powstrzymuje? Jajników nie da się włożyć do zamrażarki, pomyśl o tym.

– A czemu Treena nie przyjechała? – zapytałam, pospiesznie zmieniając temat.

– Nie udało jej się znaleźć opiekunki do Thoma.

– Mówiłaś, że jest zajęta.

Spojrzenie mamy pobiegło ku mojemu odbiciu. Zacisnęła wargi i wrzuciła szminkę z powrotem do torebki.

– Zdaje się, że ostatnio trochę się na ciebie pogniewała, Louiso. – Włączyła swój Matczyny Rentgen. – Pokłóciłyście się, dziewczynki?

– Nie wiem, czemu ona zawsze musi wtrącać się do wszystkiego, co robię. – Usłyszałam swój własny głos, ton nadąsanej dwunastolatki.

Mama zmierzyła mnie wzrokiem.

Więc jej powiedziałam. Usiadłam na marmurowej umywalce, mama przysunęła sobie bujany fotel i opowiedziałam jej

387

o propozycji pracy oraz wyjaśniłam, dlaczego nie mogę jej przyjąć, o tym jak straciliśmy Lily i jak ją odnaleźliśmy, i że dziewczyna wreszcie zaczyna wychodzić na prostą.

– Umówiłam ją na drugie spotkanie z panią Traynor. Więc robimy postępy. Ale Treena w ogóle nie chce mnie słuchać, chociaż gdyby Thom przechodził przez połowę tego, co Lily, to ona pierwsza by mi powiedziała, że nie można go tak zostawić.

To była duża ulga móc opowiedzieć to mamie. Kto jak kto, ale ona na pewno będzie rozumiała, co znaczy odpowiedzialność za drugą osobę.

– No i dlatego nie chce ze mną rozmawiać.

Mama wpatrywała się we mnie z niedowierzaniem.

– Jezusie, Maryjo, Józefie święty, czyś ty zwariowała?

– Co?

– Praca w Nowym Jorku, z wiktem i opierunkiem, a ty chcesz tutaj zostać i dalej pracować w tym koszmarnym lokalu na lotnisku? Słyszy pani? – zwróciła się do stojącej nieopodal kobiety. – Nie wierzę, że to jest moja własna córka. Słowo daję, że nie wiem, co się stało z tym mózgiem, z którym przyszła na świat.

Kobieta powoli pokręciła głową.

– Niedobrze – powiedziała.

– Mamo! Robię to, co należy!

– Dla kogo?

– Dla Lily!

– Myślisz, że nikt poza tobą nie mógł pomóc tej dziewczynie stanąć na nogi? A rozmawiałaś chociaż z tym facetem w Nowym Jorku i pytałaś, czy nie mógłby poczekać na ciebie kilka tygodni?

– To nie jest tego rodzaju praca.

– A skąd możesz to wiedzieć? Kto pyta, nie błądzi. Dobrze mówię?

Kobieta powoli pokiwała głową.

– O Boże. Jak o tym pomyślę…

Kobieta podała ręcznik do rąk mojej mamie, a ona zaczęła energicznie wachlować nim sobie szyję.

– Posłuchaj, Louiso. Mam w domu już jedną zdolną córkę, która siedzi tam, przytłoczona obowiązkami, bo parę lat wcześniej podjęła złą decyzję – nie żebym nie kochała Thoma nad życie, ale mówię ci, serce mi się kraje, jak pomyślę, co Treena mogłaby osiągnąć, gdyby tylko urodziła tego chłopaczka ciut później. Ja siedzę w domu i opiekuję się twoim ojcem i dziadkiem, i dobrze. Powoli znajduję własną drogę. Ale nie takiej przyszłości życzę swojej najmłodszej córce, słyszysz? Bilety za pół ceny i wykwintny podwieczorek raz na jakiś czas to nie powinien być szczyt twoich marzeń. Powinnaś korzystać z życia! Jesteś jedyną osobą w naszej rodzinie, która w ogóle ma na to szansę, do licha! A teraz słyszę, że wypięłaś się na Nowy Jork ze względu na jakąś dziewczynę, którą ledwie znasz!

– Zrobiłam to, co należało, mamo.

– Może. A może tak naprawdę wcale nie musiałaś wybierać między jednym a drugim.

– Kto pyta, nie błądzi – podsunęła pani znad umywalki.

– No widzisz! Ta pani wie, co mówi. Musisz się do nich jeszcze raz odezwać i zapytać tego pana z Ameryki, czy nie ma czasem możliwości, żebyś dojechała ciut później… Nie patrz tak na mnie, Louiso. Byłam dla ciebie zbyt łagodna. Nie naciskałam na ciebie wtedy, kiedy powinnam. Musisz skończyć z tą swoją beznadziejną pracą bez perspektyw i wreszcie zacząć żyć.

– Mamo, tamtej pracy w Stanach już nie ma.

– Nie ma, dobre sobie! Pytałaś ich o to czy nie?

Pokręciłam głową.

Mama fuknęła i poprawiła sobie apaszkę na szyi. Wyciągnęła z portmonetki dwie monety funtowe i wcisnęła je w dłoń pani przy umywalce.

– Doprawdy, muszę powiedzieć, że wspaniale się pani spisała! Z tej podłogi można by śmiało zjeść kolację. A pachnie tu po prostu bajecznie.

Kobieta uśmiechnęła się do niej ciepło, a potem, jakby coś jej się przypomniało, podniosła palec. Wyjrzała za drzwi, po czym podeszła do swojej szafki i zręcznie otworzyła ją pękiem kluczy. Po chwili wyłoniła się i wcisnęła mamie do rąk kwiatowe mydełko.

Mama powąchała je i westchnęła.

– Jestem w raju. Po prostu kawałek raju na ziemi.

– Dla pani.

– Dla mnie?

Kobieta zacisnęła palce mamy na mydełku.

– Mój Boże, jak to miło z pani strony! Mogę zapytać, jak pani na imię?

– Maria.

– Mario, jestem Josie. Następnym razem, jak będę w Londynie, obowiązkowo tu przyjadę i skorzystam z twojej toalety. Widzisz to, Louiso? Kto może wiedzieć, co się wydarzy, jak człowiek się na chwilę wyrwie? Jak ci się podoba taka przygoda? I dostałam to rozkoszne mydełko od mojej uroczej nowej znajomej, Marii!

Uścisnęły sobie dłonie z żarliwością starych przyjaciółek, które zaraz zostaną rozdzielone, i opuściłyśmy hotel.

Nie mogłam jej powiedzieć. Nie mogłam powiedzieć, że myśl o tej pracy od świtu do nocy nie daje mi spokoju. Cokolwiek mówiłam ludziom wokół, wiedziałam, że do końca życia będę żałować, że ominęła mnie szansa na pracę i życie w Nowym Jorku.

Że niezależnie od tego, ile razy sobie powtarzałam, że będą jeszcze inne okazje, inne miejsca, to i tak ta stracona szansa będzie mi towarzyszyła, jak bez sensu kupiona tania torebka, wszędzie, gdziekolwiek pójdę.

I oczywiście po tym, jak już odprowadziłam ją na pociąg do mojego – niewątpliwie zdumionego i oburzonego – ojca, i długo po tym, jak zrobiłam dla Lily sałatkę z tego, co Sam zostawił w lodówce, kiedy wreszcie sprawdziłam pocztę, znalazłam wiadomość od Nathana.

Nie mogę powiedzieć, że się z Tobą zgadzam, ale rozumiem, o co Ci chodzi. Myślę, że Will byłby z Ciebie dumny. Porządny z Ciebie człowiek, Clark x

Rozdział dwudziesty czwarty

Oto rzeczy, których nauczyłam się na temat bycia rodzicem, właściwie nim nie będąc. Cokolwiek człowiek zrobi, prawdopodobnie będzie nie tak. Jeżeli będzie okrutny, lekceważący albo obojętny, pozostawi blizny na psychice swoich podopiecznych. Jeśli będzie ich kochał i wspierał, zachęcał i chwalił nawet za najmniejsze osiągnięcia – powiedzmy za wstanie z łóżka na czas albo powstrzymywanie się od palenia przez cały dzień – skrzywdzi ich na inne sposoby. Przekonałam się natomiast, że jeśli człowiek tylko pełni funkcję rodzica, to wszystko nadal obowiązuje, ale nie ma się ani trochę naturalnego autorytetu, jakiego można by się spodziewać, karmiąc drugą osobę i opiekując się nią.

Pamiętając o tym wszystkim, w mój wolny dzień zapakowałam Lily do samochodu i oznajmiłam, że jedziemy na obiad. Pewnie wszystko pójdzie fatalnie, powiedziałam sobie, ale przynajmniej zmierzymy się z tym we dwie.

Ponieważ Lily była bardzo zajęta gapieniem się w telefon, a w uszach miała słuchawki, upłynęło dobre czterdzieści minut, zanim wyjrzała przez szybę samochodu. Kiedy zbliżyłyśmy się do drogowskazu, zmarszczyła brwi.

– Tak się nie jedzie do twoich rodziców. To dokąd my jedziemy?

– Mówiłam ci już. Na obiad.

Kiedy już powpatrywała się we mnie wystarczająco długo, żeby przyjąć do wiadomości, że nie zamierzam nic dodawać, przeniosła spojrzenie za okno.

– Boże, czasami jesteś naprawdę irytująca.

Pół godziny później zajechałyśmy pod Koronę i Podwiązkę, hotel z czerwonej cegły położony wśród parku, jakieś dwadzieścia minut jazdy na południe od Oksfordu. Uznałam, że neutralny grunt będzie nam sprzyjał. Lily wysiadła z samochodu i zamknęła za sobą drzwi na tyle zdecydowanie, żeby dać mi do zrozumienia, że to wszystko właściwie jest w dalszym ciągu naprawdę irytujące.

Nie zwracając na nią uwagi, nałożyłam na usta odrobinę szminki i ruszyłam do restauracji, a Lily poszła za mną.

Pani Traynor siedziała już przy stole. Kiedy Lily ją zobaczyła, wydała z siebie cichy jęk.

– Dlaczego znowu to robimy?

– Bo życie niekiedy potrafi nas zaskoczyć – odparłam i popchnęłam ją naprzód.

– Lily. – Pani Traynor wstała z miejsca. Najwyraźniej była u fryzjera, jej włosy były znów pięknie obcięte i ułożone. Miała też lekki makijaż i te dwie rzeczy razem sprawiły, że wyglądała jak dawna pani Traynor: opanowana i rozumiejąca, że może pozory to nie wszystko, ale na pewno nie należy ich lekceważyć.

– Dzień dobry pani – powiedziałam.

– Dzień dobry – wymamrotała Lily. Nie wyciągnęła ręki, tylko zajęła miejsce obok mojego.

Pani Traynor to zauważyła, ale skwitowała uśmiechem, usiadła i przywołała kelnera.

– To była jedna z ulubionych restauracji twojego ojca – oznajmiła, kładąc sobie serwetkę na kolanach. – Przy tych nielicznych okazjach, kiedy udawało mi się go namówić na wyjazd z Londynu, spotykaliśmy się właśnie tutaj. Jedzenie jest dosyć dobre. Ma gwiazdkę Michelin.

Spojrzałam na menu: klopsiki z turbota z kremem z muli i langusty, wędzona pierś z kaczki z cavolo nero i izraelskim kuskusem, modląc się w duchu, żeby pani Traynor uznała za stosowne zapłacić, skoro to ona zaproponowała tę restaurację.

– Wygląda na trochę przekombinowane – zauważyła Lily, nie podnosząc głowy znad karty.

Zerknęłam na panią Traynor.

– Will mówił dokładnie to samo. Ale świetnie tu karmią. Ja chyba wezmę przepiórkę.

– A ja okonia morskiego – zdecydowała Lily i zamknęła oprawne w skórę menu.

Wpatrywałam się w listę dań przed sobą. Nie było tu nic, co potrafiłabym chociaż rozpoznać. Co to w ogóle jest brukiew? Albo ravioli ze szpikiem i koprem morskim? Zastanawiałam się, czy da się poprosić o kanapkę.

– Czy mogę przyjąć zamówienie? – Kelner zjawił się obok mnie. Czekałam, podczas gdy Lily i pani Traynor recytowały nazwy swoich dań. I wtedy zauważyłam słowo, które rozpoznawałam z moich paryskich czasów.

– Mogę poprosić *joues de boeuf confites*?

– Z ziemniaczanymi gnocchi i szparagami? Oczywiście, *madame*.

Wołowina, pomyślałam. Wołowina to nic strasznego.

Czekając na przystawki, rozmawiałyśmy o codziennych sprawach. Powiedziałam pani Traynor, że dalej pracuję na lotnisku, ale pojawiły się szanse na awans, i starałam się, żeby zabrzmiało to jak obiecujący rozwój kariery, a nie jak wołanie o pomoc.

Powiedziałam jej, że Lily znalazła pracę, a kiedy pani Traynor usłyszała, czym dziewczyna się zajmuje, nie wzdrygnęła się, czego się po cichu obawiałam, ale skinęła głową.

– To brzmi niezwykle sensownie. Pobrudzenie sobie rąk nigdy nikomu nie zaszkodziło, szczególnie gdy się zaczyna.

– Tam nie ma żadnych perspektyw rozwoju – powiedziała Lily dobitnie. – Chyba żeby liczyć możliwość awansu na kasjerkę.

– Podobnie jak z rozwożeniem gazet. Ale twój ojciec robił to przez dwa lata, zanim skończył szkołę. Coś takiego zaszczepia w człowieku etos pracy.

– A ludzie zawsze potrzebują parówek w puszce – zauważyłam.

– Doprawdy? – spytała pani Traynor i przez chwilę wyglądała na zbulwersowaną.

Przyglądałyśmy się, jak kolejni klienci zajmują miejsca przy stoliku obok nas. Dwóch mężczyzn z wielkim zaaferowaniem i przy akompaniamencie licznych okrzyków usadziło na krześle leciwą krewną.

– Dostałyśmy pani album – odezwałam się.

– Ach, tak! Byłam ciekawa. I... podobał wam się?

Spojrzenie Lily na chwilę pobiegło ku niej.

– To było bardzo miłe, dziękuję – powiedziała.

Pani Traynor upiła łyk wody.

– Chciałam pokazać ci Willa z innej strony. Czasem mam wrażenie, jakby okoliczności śmierci przyćmiły jego życie. Chciałam pokazać, że był kimś więcej niż człowiekiem na wózku. Czymś więcej niż sposobem, w jaki rozstał się z tym światem.

Nastąpiła chwila ciszy.

– To było miłe, dziękuję – powtórzyła Lily.

Podano jedzenie i dziewczyna znów umilkła. Kelnerzy krążyli usłużnie wokół, dolewając nam do szklanek wody, ilekroć jej poziom obniżał się choćby o centymetr. Zaproponowano nam pieczywo, zabrano je i pięć minut później znów zaproponowano. Restauracja pełna była ludzi pokroju pani Traynor: dobrze ubranych, wykształconych, ludzi, dla których klopsiki z turbota to był normalny obiad, a nie konwersacyjne pole minowe. Pani Traynor zapytała o moją rodzinę i powiedziała kilka ciepłych słów o moim tacie.

– Wspaniale się spisywał tam na zamku.

– To musi być dziwne uczucie, że już tam pani nie bywa – powiedziałam, po czym skrzywiłam się w duchu, zastanawiając się, czy nie przekroczyłam jakiejś niewidzialnej granicy.

Ale pani Traynor tylko spojrzała na obrus przed sobą.

– Rzeczywiście – zgodziła się, skinęła głową, uśmiechając się z pewnym przymusem, a potem upiła jeszcze trochę wody.

Rozmowa ciągnęła się w ten sposób podczas przystawek (wędzony łosoś dla Lily, sałatka dla pani Traynor i dla mnie), utykała i zrywami ruszała dalej, jak ktoś, kto uczy się prowadzić samochód. Z pewną ulgą zobaczyłam, że nadchodzi kelner z naszymi głównymi daniami. Mój uśmiech zniknął, gdy mężczyzna postawił przede mną talerz. To nie wyglądało jak wołowina. Wyglądało jak rozmiękłe brązowe krążki w gęstym brązowym sosie.

– Przepraszam pana – zagadnęłam kelnera. – Ja zamawiałam wołowinę.

Pozwolił swojemu spojrzeniu zatrzymać się na mnie przez chwilę.

– To jest wołowina, *madame*.

Oboje wpatrywaliśmy się w mój talerz.

– *Joues de boeuf?* – spytał kelner. – Policzki wołowe?

– Wołowe policzki?

Znów utkwiliśmy wzrok w talerzu, a mój żołądek wywinął koziołka.

– Ależ tak – powiedziałam. – Ja... tak. Policzki wołowe. Dziękuję.

Policzki wołowe. Przyszło mi do głowy, że może się przesłyszałam i że to nie policzki, tylko pośladki. Nie byłam pewna, co byłoby gorsze. Uśmiechnęłam się do pani Traynor i zaczęłam skubać swoje gnocchi.

Jadłyśmy w niemal zupełnym milczeniu. Pani Traynor i mnie powoli kończyły się tematy do rozmowy. Lily mówiła bardzo niewiele, za to te nieliczne wypowiedzi były zadziorne, jakby sprawdzała, jak jej babka zareaguje. Bawiła się jedzeniem; typowa naburmuszona nastolatka zaciągnięta na przesadnie elegancki obiad w towarzystwie dorosłych. Ja jadłam swoje danie kęsek po kęsku, starając się nie słuchać głosu, który piszczał mi w uchu: „Ty jesz policzki! Normalnie policzki!".

Wreszcie zamówiłyśmy kawę. Kiedy kelner sobie poszedł, pani Traynor zdjęła serwetkę z kolan i położyła ją na stole.

– Dłużej tak nie mogę.

Lily podniosła głowę. Spojrzała na mnie, a potem znów na panią Traynor.

– Jedzenie jest bardzo smaczne i z przyjemnością słucham o tym, co robicie w pracy, ale to nas raczej nie posuwa naprzód, prawda?

Zastanawiałam się, czy teraz stąd wyjdzie, czy Lily i ja przeciągnęłyśmy strunę. Zobaczyłam zaskoczenie na twarzy dziewczyny i zdałam sobie sprawę, że ona też się nad tym zastanawia. Ale pani Traynor odsunęła od siebie filiżankę i spodeczek i przechyliła się przez stół.

– Lily, nie przyjechałam tu po to, żeby ci zaimponować wykwintnym obiadem. Przyjechałam, żeby powiedzieć, że mi przykro. Trudno mi wytłumaczyć, w jakim byłam stanie, kiedy się u mnie pojawiłaś tamtego dnia, ale to niefortunne spotkanie to nie była twoja wina, i chcę cię przeprosić, że twoje zapoznanie z tą częścią rodziny przebiegło tak... niezadowalająco.

Do stolika podszedł kelner z kawą, a pani Traynor podniosła rękę, nie odwracając się w jego stronę.

– Czy może pan dać nam jeszcze dwie minuty?

Kelner gładko wycofał się ze swoją tacą. Siedziałam zupełnie nieruchomo. Pani Traynor, na której twarzy malowało się napięcie, zaczerpnęła powietrza i mówiła dalej z naciskiem:

– Lily, straciłam syna, twojego ojca, a tak naprawdę straciłam go prawdopodobnie na jakiś czas przed jego śmiercią. Ta śmierć pozbawiła mnie wszystkiego, na czym opierało się moje życie: roli matki, mojej rodziny, kariery, a nawet wiary. Mówiąc zupełnie szczerze, czułam się tak, jakbym znalazła się w ciemnej studni. Jednak odkrycie, że on miał córkę, że ja mam wnuczkę, sprawiło, że pomyślałam, iż może nie wszystko jest stracone.

Przełknęła ślinę.

– Nie powiem, że przywróciłaś mi część mojego syna, bo to nie byłoby uczciwe wobec ciebie. Jesteś, jak już zdążyłam się zorientować, po prostu sobą i nikim innym. Jesteś dla mnie zupełnie nową osobą, na której mi zależy. Mam nadzieję, że dasz mi drugą szansę, Lily. Bo bardzo bym chciała – nie, do cholery – marzyłabym, żebyśmy mogły spędzić razem trochę czasu. Słyszałam od Louisy, że masz silny charakter. Cóż, powinnaś wiedzieć, że to rodzinna cecha. Więc pewnie nieraz się posprzeczamy, tak samo jak zdarzało mi się z twoim tatą. Ale choćby z dzisiejszego dnia nie miało wyniknąć nic innego, dla mnie najważniejsze jest, żebyś to wiedziała.

Wzięła Lily za rękę i ją uścisnęła.

– Niezmiernie się cieszę, że cię poznałam. Zmieniłaś wszystko przez sam fakt swojego istnienia. Moja córka, a twoja ciotka Georgina przylatuje tu w przyszłym miesiącu, żeby cię poznać, i już mnie pytała, czy ty i ja mogłybyśmy kiedyś wybrać się do Sydney i spędzić u niej trochę czasu. W torebce mam dla ciebie list od niej.

Ściszyła głos.

– Wiem, że nigdy nie zrekompensuję ci nieobecności ojca, i wiem, że nie jestem, cóż, wciąż zmagam się z różnymi sprawami, ale... jak sądzisz... czy może... znalazłabyś w swoim życiu miejsce dla babki z niełatwym charakterem?

Lily wlepiła w nią wzrok.

– Może chociaż... spróbujesz?

Głos pani Traynor zadrżał lekko przy tym ostatnim zdaniu.

Zapadła cisza. W uszach rozbrzmiewało mi bicie własnego serca. Lily spojrzała na mnie, a potem przez dłuższą chwilę wpatrywała się w panią Traynor.

– Czy pani... czy chciałabyś, żebym przyjechała do ciebie na trochę?

– Jeśli tylko masz ochotę. Tak, bardzo bym tego chciała.

– Kiedy?

– A kiedy możesz?

Nigdy nie widziałam, żeby Camilla Traynor nie była doskonale opanowana, ale w tym momencie twarz jej się wykrzywiła. Jej druga ręka znalazła się na stole. Po sekundzie wahania Lily ją złapała i obie ciasno splotły palce na białym obrusie, jak para rozbitków ocalałych z katastrofy, podczas gdy kelner stał ze swoją tacą, nie wiedząc, czy może już bezpiecznie wykonać drugie podejście do stolika.

– Odwiozę ją jutro po południu.

Stałam na parkingu, a Lily kręciła się przy samochodzie pani Traynor. Zjadła dwa desery – swój krem czekoladowy oraz mój (ja tymczasem zupełnie straciłam apetyt) i od niechcenia przyglądała się paskowi od swoich dżinsów.

– Jesteś pewna?

Sama nie wiedziałam, do której z nich się zwracam. Miałam świadomość tego, jak bardzo kruche jest to nowo zawiązane porozumienie, jak łatwo wszystko może się rozchwiać i popsuć.

– Nic nam nie będzie.

– Louisa, ja jutro nie pracuję – zawołała Lily. – W niedziele przychodzi kuzyn Samira.

Dziwnie się czułam, zostawiając je tam, chociaż Lily była rozpromieniona. Chciałam powiedzieć: „tylko żadnego palenia" i „bez przekleństw", a może nawet: „Lepiej wróćmy do tego pomysłu za jakiś czas, co wy na to?", ale Lily pomachała mi i wsiadła do golfa pani Traynor, ledwie się za siebie oglądając.

Stało się. Nie miałam już na to wpływu.

Pani Traynor odwróciła się i ruszyła za nią.

– Proszę pani? Czy mogę o coś zapytać?

Zatrzymała się.

– Camilla. Wydaje mi się, że możemy już podarować sobie formalności, prawda?

– Camillo. Rozmawiałaś z matką Lily?

– A. Tak, rozmawiałam. – Pochyliła się, żeby wyrwać jakiś drobny chwast z obrzeża klombu. – Powiedziałam jej, że mam nadzieję, że w przyszłości będę miała okazję spędzać z Lily dużo czasu. I że zdaję sobie sprawę, że w jej oczach raczej nie byłam wzorcową matką, ale szczerze mówiąc, obu nam pod tym względem daleko do ideału, i doprawdy godziłoby się choć raz się zastanowić, czy nie warto przedłożyć szczęścia dziecka nad swoje własne.

Możliwe, że szczęka nieco mi opadła.

– „Godzi się" to doskonałe określenie – zauważyłam, kiedy już odzyskałam mowę.

– Nieprawdaż? – Pani Traynor się wyprostowała. W jej oczach dostrzegłam nieuchwytną psotną iskierkę. – No cóż. Żadna Tanya Houghton-Miller na tym świecie nie jest w stanie mnie przestraszyć. Myślę, że będzie się nam znakomicie układać, Lily i mnie.

Ruszyłam w stronę swojego samochodu, ale tym razem to pani Traynor mnie zatrzymała.

– Dziękuję, Louiso.

Położyła dłoń na moim ramieniu.

– Ja nie...

– Ależ tak. W pełni zdaję sobie sprawę, że doprawdy mam ci za co dziękować. Mam nadzieję, że kiedyś będę mogła zrobić coś dla ciebie.

– Och, nie trzeba. Daję sobie radę.

Spojrzała mi w oczy i uśmiechnęła się lekko. Zauważyłam, że ma perfekcyjnie nałożoną szminkę.

– W każdym razie zadzwonię do ciebie jutro w sprawie powrotu Lily.

Pani Traynor wsunęła sobie torebkę pod pachę i podeszła do swojego samochodu, w którym czekała Lily.

Patrzyłam za golfem, aż zniknął mi z oczu, a potem zadzwoniłam do Sama.

Myszołów krążył leniwie po lazurowym niebie nad łąką; jego potężne skrzydła odcinały się na tle migotliwego błękitu. Zgłosiłam się do pomocy przy murowaniu, ale ułożyliśmy tylko jeden rząd cegieł (ja podawałam). Było tak parno i gorąco, że Sam zaproponował przerwę na zimne piwo, i nie wiedzieć czemu, kiedy poleżeliśmy sobie chwilę w trawie, plan wstania z niej okazał się niewykonalny. Opowiedziałam mu historię o wołowych policzkach, na co zaczął się śmiać i nie przestawał równo przez minutę, usiłując przybrać poważną minę, kiedy tłumaczyłam: „Gdyby tylko nazwali je jakoś inaczej" i „No wiesz, to jakby ktoś ci powiedziała, że jesz kurze pośladki, czy coś". Teraz leżałam wyciągnięta obok niego, słuchając głosów ptaków i łagodnego szeptu trawy, patrząc, jak brzoskwiniowe słońce zsuwa się powoli w stronę widnokręgu, i myślałam – w tych chwilach, kiedy udawało mi się nie zamartwiać, czy Lily zdążyła już użyć określenia „pieprzony pantoflarz" – że życie wcale nie jest takie złe.

– Czasami, kiedy jest tak jak teraz, myślę, że mógłbym dać sobie spokój z tym całym budowaniem domu – odezwał się Sam. – Mógłbym po prostu leżeć na łące, aż się zestarzeję.

– Dobry plan. – Gryzłam źdźbło trawy. – Tyle że pryszniców z deszczówki w styczniu będzie ci się wydawał znacznie mniej atrakcyjny.

Poczułam jego śmiech, głębokie dudnienie.

Pojechałam do niego prosto z restauracji, dziwnie wytrącona z równowagi niespodziewaną nieobecnością Lily. Nie chciałam być sama w mieszkaniu. Gdy zatrzymałam się pod bramą Sama, jeszcze przez jakiś czas siedziałam w samochodzie, słuchając, jak stygnie silnik, i przyglądając się jemu – widać było, że jest mu dobrze we własnym towarzystwie, kiedy tak nakładał zaprawę na każdą cegłę i przyciskał ją do drugiej, i ocierał pot z czoła o spłowiały

T-shirt – poczułam, że coś we mnie się rozluźnia. Sam nie wspomniał ani słowem o lekkiej niezręczności kilku naszych ostatnich rozmów, a ja byłam mu za to wdzięczna.

Po błękicie płynęła samotna chmurka. Sam przesunął nogę bliżej mojej. Stopy miał dwa razy większe niż moje.

– Ciekawa jestem, czy pani T. powyciągała z powrotem swoje zdjęcia. No wiesz, ze względu na Lily.

– Zdjęcia?

– Te fotografie w ramkach. Mówiłam ci. Kiedy odwiedziłyśmy ją z Lily, nie miała nigdzie w domu ani jednego zdjęcia Willa. Byłam dosyć zaskoczona, gdy wysłała nam ten album, bo szczerze mówiąc, już się zastanawiałam, czy czasem wszystkich nie zniszczyła.

Sam milczał zamyślony.

– To dziwne. Ale jak o tym pomyślałam, to przecież ja też nie mam na wierzchu żadnych fotografii Willa. Może po prostu musi minąć trochę czasu, zanim… zanim człowiek będzie w stanie znowu spojrzeć im w oczy. Ile czasu minęło, zanim ty znów ustawiłeś sobie przy łóżku zdjęcie siostry?

– Nigdy go nie schowałem. Lubię ją tam widzieć, zwłaszcza że wygląda… tak jak dawniej. – Uniósł rękę nad głowę. – Ona nigdy się ze mną nie patyczkowała. Typowa starsza siostra. Kiedy nie jestem z siebie zadowolony, patrzę na to zdjęcie i słyszę jej głos. „Sam, ty matołku, ogarnij się". – Zwrócił twarz w moją stronę. – I wiesz, Jake'owi to dobrze robi. On musi mieć poczucie, że wspominanie o niej to nic złego.

– Może ja też sobie jakieś postawię. Lily się ucieszy, że w mieszkaniu są zdjęcia jej taty.

Kury chodziły po obejściu, parę metrów od nas dwie z nich znalazły sobie stertę piachu i wskoczyły na nią, strosząc piórka, trzepocząc skrzydłami i wzbijając w powietrze obłoczki pyłu. Okazało się, że drób też może mieć charakter. Brązowa rozstawiała wszystkie po kątach, ta z pstrym grzebieniem była niezwykle uczuciowa, a małą bantamkę trzeba było co wieczór ściągać z drzewa, żeby wsadzić ją na noc do kojca.

– Myślisz, że powinnam do niej napisać? Dowiedzieć się, jak im idzie?

– Do kogo?

– Do Lily.

– Daj im spokój. Wszystko będzie dobrze.

– Wiem, że masz rację. To dziwne. Przyglądałam się jej w tej restauracji i wiesz, ona jest do niego o wiele bardziej podobna, niż mi się z początku wydawało. I chyba pani Traynor – Camilla – też to zauważyła. Jak Lily robiła coś charakterystycznego, to ona mrugała powiekami, jakby nagle przypominała sobie zachowanie Willa. W którymś momencie Lily uniosła brew i obie nie mogłyśmy oderwać od niej oczu. Zrobiła to dokładnie tak samo jak on.

– A jak byś chciała spędzić dzisiejszy wieczór?

– Hm... sama nie wiem. Ty zdecyduj. – Przeciągnęłam się, czując, jak trawa łaskocze mnie w szyję. – Mogę po prostu tak tu leżeć. A jeśli w którymś momencie się zdarzy, że ty na mnie wylądujesz, to nie będę miała nic przeciwko temu.

Czekałam, aż się roześmieje, ale tego nie zrobił.

– No to... może... porozmawiamy o nas?

– O nas?

Przeciągnął trawkę między zębami.

– No. Pomyślałem sobie po prostu... no, byłem ciekawy, co twoim zdaniem się między nami dzieje.

– To brzmi jak zadanie z matematyki.

– Lou, po prostu chciałbym mieć pewność, że nie przytrafi się nam kolejne nieporozumienie.

Przyglądałam się, jak wyrzuca trawkę i sięga po nową.

– Myślę, że wszystko jest w porządku – powiedziałam. – Tym razem nie będę cię oskarżać, że zaniedbujesz jakieś dziecko. Ani o posiadanie haremu wymyślonych dziewczyn.

– Ale dalej trzymasz mnie na dystans.

Powiedział to łagodnie, lecz dla mnie te słowa były jak kopniak. Podparłam się na łokciach tak, że teraz spoglądałam na niego z góry.

– Przecież tu jestem, prawda? A ty jesteś pierwszą osobą, do której dzwonię po całym dniu. Widujemy się, kiedy tylko możemy. Nie nazwałabym tego dystansem.

– Aha. Spotykamy się, uprawiamy seks, jemy smaczne rzeczy.

– Myślałam, że tak wygląda wymarzony związek praktycznie każdego mężczyzny.

– Nie jestem każdym mężczyzną, Lou.

Patrzyliśmy na siebie w milczeniu przez długą chwilę. Nie byłam już odprężona. Czułam się zbita z tropu, zaatakowana.

Sam westchnął.

– Nie patrz tak na mnie. Nie chodzi mi o to, że chcę zaraz brać ślub. Mówię po prostu… Nigdy nie spotkałem kobiety, która miałaby mniejszą ochotę na rozmawianie o tym, co się dzieje. – Osłonił oczy ręką, mrużąc je lekko w słońcu. – Jeśli nie chcesz, żeby to był dłuższy związek, to w porządku. To znaczy, jasne, że nie, ale po prostu chciałbym mieć jakieś pojęcie o tym, co sobie myślisz. Chyba od kiedy Ellen umarła, zdałem sobie sprawę, że życie jest krótkie. I nie chcę…

– Czego nie chcesz?

– Tracić czasu na coś, co donikąd nie zmierza.

– Tracić czasu?

– Źle się wyraziłem. Nie jestem najlepszy w te klocki. – Podparł się na łokciach.

– Dlaczego to koniecznie musi być coś konkretnego? Dobrze się razem bawimy. Czemu nie możemy po prostu tak tego zostawić i, no nie wiem, zobaczyć, co będzie dalej?

– Bo jestem tylko człowiekiem. Okej? I naprawdę nie jest mi łatwo spędzać czas z osobą, która jest wciąż zakochana w duchu, zwłaszcza jeśli do tego zachowuje się tak, jakby wykorzystywała mnie tylko do seksu. – Podniósł rękę i zasłonił sobie oczy. – Jezu Chryste, nie wierzę, że naprawdę powiedziałem to na głos.

Kiedy w końcu wydobyłam z siebie głos, drżał lekko.

– Nie jestem zakochana w duchu.

Tym razem Sam na mnie spojrzał. Usiadł na trawie i potarł sobie twarz.

– To pozwól mu odejść, Lou.

Podniósł się ciężko i odszedł do wagonu, zostawiając mnie na trawie, wpatrzoną w niego szeroko otwartymi oczami.

Lily zjawiła się następnego wieczoru, lekko przypieczona od słońca. Weszła do mieszkania i minęła kuchnię, gdzie ja wyjmowałam z pralki mokre rzeczy, po raz piętnasty zastanawiając się, czy mam zadzwonić do Sama, po czym opadła na kanapę. Na moich oczach położyła nogi na stoliku kawowym, wzięła do ręki pilot i włączyła telewizor.

– I jak było? – zapytałam po chwili.

– Okej.

Czekałam, aż usłyszę coś więcej, przygotowując się wewnętrznie na to, że Lily zaraz rzuci pilotem i wymaszeruje z pokoju, mamrocząc pod nosem: „Ta rodzina jest niemożliwa". Ale ona tylko przerzucała kanały.

– A co robiłyście?

– Nie za wiele. Trochę gadałyśmy. Właściwie to pieliłyśmy ogródek. – Odwróciła się w moją stronę, kładąc brodę na dłoniach złożonych na oparciu kanapy. – Hej, Lou. Mamy jeszcze trochę tych płatków z orzechami? Umieram z głodu.

Rozdział dwudziesty piąty

„Nie rozmawiamy ze sobą?"
„Rozmawiamy. Co chcesz mi powiedzieć?"

Czasem zastanawiam się nad życiem osób z mojego otoczenia i myślę, że chyba wszystkim nam przeznaczone jest zostawić za sobą ślady zniszczeń. Nie tylko mama z tatą robią z nas pojebów, panie Larkin. Rozejrzałam się dookoła, jak gdyby ktoś właśnie podał mi czyste okulary, i dotarło do mnie, że miłość – utracona, odebrana albo po prostu zamknięta w grobie – praktycznie na każdym odcisnęła swoje brutalne piętno.

Rozumiałam teraz, że Will zrobił to nam wszystkim. Nienaumyślnie, ale zrobił to, odmawiając dalszego życia.

Kochałam mężczyznę, który otworzył przede mną cały świat, ale sam nie kochał mnie na tyle, aby w nim zostać. A teraz za bardzo się bałam, żeby pokochać mężczyznę, który mógłby pokochać mnie, bo... Bo co? Takie myśli krążyły mi w głowie podczas cichych godzin, kiedy Lily zamykała się w cyfrowym blasku swojego pokoju.

Sam nie zadzwonił. Nie mogłam go za to winić. Zresztą co miałabym mu powiedzieć? Tak naprawdę nie chciałam rozmawiać o tym, co nas łączy, bo sama nie wiedziałam, co to jest.

Nie chodzi o to, że nie kochałam z nim być. Miałam wrażenie, że w jego towarzystwie zaczynałam się zachowywać nieco absurdalnie: śmiałam się jak głupek, robiłam durne, infantylne żarty, a moja dzika namiętność zaskakiwała nawet mnie samą. Kiedy ze mną był, czułam się lepiej – bardziej jak osoba, którą chciałam być. Wszystko było „bardziej". A jednak.

A jednak.

Związanie się z Samem oznaczałoby związanie się z prawdopodobieństwem dalszej straty. Statystycznie rzecz ujmując, większość związków kończyła się źle – a biorąc pod uwagę mój stan psychiczny w ciągu ostatnich dwóch lat, miałam raczej marne szanse, żeby stać się wyjątkiem od reguły. Moglibyśmy pomijać ten temat w rozmowie, moglibyśmy zatracać się przez krótkie chwile, ale miłość tak naprawdę oznacza większy ból. Więcej zniszczeń – dla mnie albo, co gorsza, dla niego.

Kto miałby wystarczająco dużo siły na coś takiego?

Znowu nie sypiałam dobrze. W związku z tym przespałam budzik i mimo zdzierania opon na autostradzie spóźniłam się na urodziny dziadka. Dla uczczenia jego osiemdziesiątki tata wyciągnął składany pawilon ogrodowy, z którego korzystaliśmy przy okazji chrztu Thomasa. Był pokryty mchem i niespokojnie trzepotał na końcu ogrodu, przez który – wchodząc otwartymi drzwiami wychodzącymi na tylną uliczkę – przewijali się kolejni sąsiedzi z ciastem albo życzeniami. Dziadek siedział w środku całego zamieszania na plastikowym ogrodowym krześle, kiwając głową na widok ludzi, których już nie rozpoznawał, i tylko od czasu do czasu rzucając tęskne spojrzenia na złożony egzemplarz „Racing Post".

– Opowiedz coś o tym awansie – Treena, odpowiedzialna za herbatę, nalewała ją z ogromnego dzbanka i rozdawała kubki. – Co to właściwie oznacza?

– Dostaję nowy tytuł. Rozliczam kasę na końcu każdej zmiany i dostaję zestaw kluczy.

„To wielka odpowiedzialność, Louisa" – powiedział Richard Percival, powierzając mi je z taką pompą i powagą, jak gdyby przekazywał mi Świętego Graala. „Zrób z nich mądry użytek". Naprawdę to powiedział. „Zrób z nich mądry użytek". Chciałam odpowiedzieć: A co niby mam zrobić z zestawem kluczy do baru? Zaorać nimi pole?

– A pieniądze? – podała mi kubek, a ja upiłam łyk herbaty.

– Dodatkowy funt na godzinę.

– Mm – nie była pod wrażeniem.

– I nie będę musiała więcej zakładać tego stroju.

Przeleciała wzrokiem bluzę z Aniołkami Charliego, którą założyłam rano dla uczczenia tej okazji.

– No, to już chyba coś.

Poczęstowała panią Laslow kanapkami.

Co innego miałabym powiedzieć? To jednak była praca. Swego rodzaju postęp. Nie powiedziałam jej o dniach, kiedy przebywanie w miejscu, w którym byłam zmuszona oglądać każdy samolot na pasie – najpierw zbierający energię niczym ogromny ptak, a potem wzbijający się w niebo – było jak wyrafinowana forma tortur. Nie powiedziałam jej, że ubierając się każdego ranka w zielone polo, czułam się, jakbym coś straciła.

– Mama mówi, że masz chłopaka.

– To tak naprawdę nie jest mój chłopak.

– Też tak powiedziała. No to o co chodzi? Po prostu raz na jakiś czas urządzacie sobie dymanko?

– Nie. Jesteśmy dobrymi przyjaciółmi…

– Czyli wygląda jak knur.

– Nie wygląda jak knur. Jest cudowny.

– Ale kiepski w łóżku.

– Jest niesamowity. Chociaż nie powiem, żeby to była twoja sprawa. Mądry też jest, jeśli chciałabyś…

– Czyli ma żonę.

– Nie ma żony. Rany boskie, Treen. Dasz mi wytłumaczyć? Podoba mi się, ale nie jestem pewna, czy chcę się już w coś angażować.

– Bo inni przystojni, zarabiający, samotni, seksowni faceci ustawiają się do ciebie w kolejce?

Rzuciłam jej nienawistne spojrzenie.

– Tak tylko mówię. Darowanemu koniowi i tak dalej.

– Kiedy będziesz mieć wyniki egzaminów?

– Nie zmieniaj tematu. – Westchnęła i otworzyła kolejny karton mleka. – Za parę tygodni.

– O co chodzi? Na pewno świetnie ci poszło. Przecież sama wiesz.

– Co za różnica? Doszłam do ściany.

Zmarszczyłam brwi.

– Nie ma dla mnie pracy w Stortfold. A na londyński czynsz mnie nie stać, zwłaszcza biorąc pod uwagę opiekunkę dla Thoma. Nigdzie nie dostaniesz super pensji w pierwszej pracy, bez względu na to, jak świetnie by ci nie poszło na egzaminach.

Nalała kolejną porcję herbaty. Chciałam zaoponować, powiedzieć, że to nie tak, ale sama wiedziałam, jak ciężka jest sytuacja na rynku pracy.

– To co chcesz zrobić?

– Na razie chyba tu zostanę. Może będę dojeżdżać. Mam nadzieję, że feministyczna metamorfoza mamy nie sprawi, że przestanie odbierać Thoma ze szkoły. – Uśmiechnęła się lekko, chociaż ewidentnie nie było jej do śmiechu.

Nigdy nie widziałam mojej siostry zdołowanej. Nawet jeśli tak się czuła, dalej parła do przodu jak automat – wierna adeptka szkoły walki z depresją „Zrób sobie krótki spacer i przestań się nad sobą rozczulać". Starałam się wymyślić, co powiedzieć, kiedy

nagle usłyszałam zamieszanie przy stole z jedzeniem. Spojrzałyśmy w tamtą stronę: mama i tata stali naprzeciwko siebie po
dwóch stronach tortu czekoladowego. Rozmawiali za pomocą
ściszonych syków, jak osoby, które nie chcą, by inni wiedzieli, że
się kłócą, ale nie na tyle, żeby przestać.

– Mamo, tato, wszystko w porządku? – Podeszłam do nich.
Tata pokazał palcem na stół.

– To nie jest domowy tort.

– Co?

– Tort. Nie jest domowy. Tylko popatrz.

Popatrzyłam: był to duży czekoladowy tort, obficie polany
lukrem i udekorowany między świeczkami guzikami z czekolady.

Mama, zniecierpliwiona, potrząsnęła głową.

– Musiałam napisać esej.

– Esej. Nie jesteś w szkole! Zawsze piekłaś dla dziadka domowy tort.

– To dobry tort. Z Waitrose. Tatusiowi nie przeszkadza, że nie
jest domowej roboty.

– Przeszkadza. To twój ojciec. Przeszkadza ci to, prawda dziadku?

Dziadek popatrzył to na jedno, to na drugie i ledwo zauwa-
żalnie potrząsnął głową. Rozmowy wokół nas nagle ucichły. Sąsiedzi spoglądali na siebie w konsternacji. Bernard i Josie Clark
nigdy się nie kłócili.

– Mówi tak tylko dlatego, że nie chce urazić twoich uczuć –
burknął tata.

– Skoro nie uraziłam jego uczuć, Bernard, to jakim cudem
miałabym urazić twoje? To tort czekoladowy. Przecież nie zapomniałam o jego urodzinach.

– Chciałbym po prostu, żeby to rodzina była dla ciebie priorytetem! Czy to zbyt wiele, Josie? Jeden domowy tort?

– Przecież tu jestem! Mamy tort, mamy świeczki! Mamy cholerne kanapki! Nie wyjechałam opalać się na Bahamy! – Mama z hukiem odstawiła stos talerzy na stół ustawiony na koziołkach i skrzyżowała ręce.

Tata chciał coś jeszcze powiedzieć, ale uciszyła go gestem.

– Powiedz mi, Bernard, skoro rodzina jest dla ciebie taka ważna, co z tego skromnego przyjęcia jest twoją zasługą, hm?

– Aha… – Treena zrobiła krok w moją stronę.

– Kupiłeś tacie nową piżamę? Co? I zapakowałeś? Nie. Nie masz bladego pojęcia, jaki ma rozmiar. Nie masz bladego pojęcia, jaki jest rozmiar twoich własnych gaci, bo sama ci je kupuję! Wstałeś dziś rano o siódmej, żeby kupić chleb do kanapek, bo jakiś kretyn wrócił wczoraj w nocy z pubu, postanowił zrobić sobie dwie partie tostów i zostawić na wierzchu resztę, żeby sczerstwiała? Nie. Siedziałeś na tyłku i czytałeś dodatek sportowy. Gderasz na mnie tydzień w tydzień, bo miałam czelność odzyskać dwadzieścia procent swojego życia, żeby zorientować się, czy mogę coś jeszcze zrobić, zanim pożegnam się z tym ziemskim padołem, i chociaż w dalszym ciągu robię ci pranie, opiekuję się dziadkiem i zmywam naczynia, ty robisz mi wyrzuty o jakiś chrzaniony tort ze sklepu. Wiesz co, Bernard? Możesz wziąć sobie ten chrzaniony sklepowy tort, który rzekomo jest taką oznaką zaniedbania i braku szacunku, i wsadzić go sobie… – Jej głos przeszedł we wrzask. – Wsadzić go sobie… No… Tam jest kuchnia, tam jest moja cholerna miska do miksera, możesz sam sobie zrobić ten cholerny tort!

To powiedziawszy, mama przewróciła tacę z tortem, który wylądował do góry nogami u stóp taty, wytarła ręce w fartuch i przeszła przez ogród w stronę domu, głośno tupiąc.

Zatrzymała się, kiedy doszła do tarasu, gwałtownym ruchem zdjęła fartuch przez głowę i rzuciła go na ziemię.

– Aha, Treena! Pokaż tacie, gdzie leżą książki kucharskie. Mieszka tu dopiero dwadzieścia osiem lat. Skąd niby miałby sam to wiedzieć?

Przyjęcie dziadka skończyło się niedługo potem. Sąsiedzi rozeszli się, konferując półgłosem i dziękując nam wylewnie za urocze przyjęcie, choć ich wzrok uciekał w stronę kuchni. Widziałam, że czuli się tak zszokowani jak ja.

– Zanosiło się na to od kilku tygodni – mruknęła Treena, kiedy sprzątałyśmy stół. – On czuje się zaniedbywany. Ona nie może zrozumieć, czemu nie pozwala jej odrobinę się rozwinąć.

Spojrzałam na tatę, który, naburmuszony, zbierał z trawy serwetki i puste puszki po piwie. Wyglądał jak półtora nieszczęścia. Przypomniałam sobie mamę, jaśniejącą nowym życiem w londyńskim hotelu.

– Przecież oni są starzy! Powinni już mieć te wszystkie związkowe sprawy ogarnięte!

Moja siostra uniosła brwi.

– Chyba nie sądzisz, że…?

– Oczywiście, że nie – odpowiedziała Treena. Tylko nie zabrzmiało to tak przekonująco, jak by mogło.

Pomogłam Treenie posprzątać kuchnię i przez dziesięć minut grałam z Thomem w *Super Mario*. Mama była w swoim pokoju – najwidoczniej pracowała nad esejem, a dziadek z pewną ulgą oddał się bardziej niezawodnej pociesze w formie Channel 4 Racing. Zastanawiałam się, czy tata znowu poszedł do pubu, ale kiedy wyszłam z domu, zbierając się już do powrotu, zobaczyłam go w fotelu kierowcy swojej służbowej furgonetki.

Podskoczył, gdy zapukałam w okno. Otworzyłam drzwi i wśliznęłam się na miejsce obok niego. Myślałam, że może słuchał wiadomości sportowych w radiu, ale było wyłączone.

Długo wypuszczał powietrze z płuc.

– Pewnie masz mnie za starego głupca.

– Nie jesteś starym głupcem, tato. – Dałam mu kuksańca. – No, przynajmniej nie jesteś stary.

Siedzieliśmy w ciszy, obserwując, jak synowie Ellisów jeżdżą rowerami w tę i we w tę, jednocześnie wzdrygając się, kiedy młodszy z nich za wcześnie wziął zakręt i wpadł w poślizg w poprzek drogi.

– Chciałbym tylko, żeby nic się nie zmieniało. Czy to zbyt wiele?

– Wszystko się zmienia, tato.

– Po prostu… Tęsknię za swoją żoną.

Jego głos zabrzmiał przeraźliwie smutno.

– No ale zobacz, mógłbyś przecież cieszyć się z tego, że jesteś żonaty z osobą, która wciąż ma w sobie trochę życia. Mama jest podekscytowana. Czuje się tak, jakby widziała świat nowymi oczami. Musisz po prostu dać jej trochę przestrzeni.

Jego usta były zaciśnięte w ponury kontur.

– To wciąż twoja żona, tato. Kocha cię.

W końcu odwrócił się w moją stronę.

– A co, jeśli stwierdzi, że to ja nie mam życia? A co, jeśli od tych wszystkich nowości coś jej się przestawi w głowie i… – Przełknął ślinę. – Jeśli mnie zostawi?

Ścisnęłam jego dłoń. Po chwili namysłu przechyliłam się i go uścisnęłam.

– Nie pozwolisz na to.

Przez całą drogę powrotną miałam przed oczami jego blady uśmiech.

Lily weszła do domu akurat wtedy, kiedy szykowałam się do wyjścia na spotkanie grupy wsparcia. Znowu była u Camilli i – jak to się często teraz zdarzało – wróciła do domu z ziemią za paznokciami. Zrobiły dla sąsiadki zupełnie nowy klomb – mówiła radośnie – i była tak zadowolona, że dała Lily trzydzieści funtów.

– Tak naprawdę dała nam też butelkę wina, ale uznałam, że babcia powinna ją zatrzymać.

Odnotowałam, że bez zakłopotania powiedziała „babcia".

– O, i rozmawiałam też wczoraj w nocy z Georginą na Skypie. Znaczy się tam było rano, bo to Australia, ale było naprawdę miło. Wyśle mi mailem całą masę zdjęć siebie i taty, kiedy byli dziećmi. Powiedziała, że wyglądam totalnie jak on. Jest całkiem ładna. Ma psa Jakoba, który wyje, kiedy ona gra na pianinie.

Położyłam na stole miskę sałatki, chleb i ser dla Lily, która nie przestawała trajkotać. Zastanawiałam się, czy jej powiedzieć, że Steven Traynor znowu dzwonił – czwarty raz w ciągu czterech tygodni – żeby ją przekonać do odwiedzin i poznania nowego dziecka. „Wszyscy jesteśmy rodziną. Della też jest o wiele bardziej zrelaksowana po tym, jak dziecko bezpiecznie przyszło na świat". Może to była rozmowa na inną okazję. Sięgnęłam po klucze.

– Aa – odezwała się. – Zanim pójdziesz. Wracam do szkoły.

– Co?

– Wracam do tej szkoły obok domu babci. Pamiętasz? Do tej, o której ci opowiadałam? Gdzie mi się podobało? W ciągu tygodnia będę mieszkać w internacie. Na dwa ostatnie lata liceum. A na weekendy będę jeździć do babci.

Ominęłam liść, polewając sałatę dressingiem.

– O.

– Przepraszam. Naprawdę miałam ci powiedzieć. Ale to wszystko potoczyło się tak szybko. Opowiadałam o tym babci, a ona na wszelki wypadek zadzwoniła do tej szkoły i powiedzieli, że mnie przyjmą, a do tego zgadnij co: moja przyjaciółka Holly wciąż tam jest! Rozmawiałam z nią na Facebooku i powiedziała, że nie może się doczekać, kiedy wrócę. Oczywiście nie powiedziałam jej o wszystkim, co się wydarzyło; pewnie w ogóle o niczym nie będę jej mówić, ale to było naprawdę miłe. Ona mnie znała, zanim wszystko poszło nie tak. I po prostu… jest w porządku, rozumiesz?

Słuchałam jej ożywionego monologu i próbowałam powstrzymać wrażenie, że zrzuciła mnie jak wąż skórę.

– Kiedy to wszystko się wydarzy?

– No, muszę tam być na rozpoczęcie roku we wrześniu. Babcia powiedziała, że pewnie najlepiej będzie, jeśli się przeprowadzę jakoś niedługo. Może w przyszłym tygodniu?

– W przyszłym tygodniu? – Zabrakło mi tchu. – A… a co na to twoja mama?

– Cieszy się, że wracam do szkoły, tym bardziej że to babcia płaci. Musiała przekazać tej szkole co nieco o mojej ostatniej szkole i o tym, że nie podeszłam do egzaminów, i widać, że nie przepada za babcią, ale powiedziała, że się zgadza. „Skoro faktycznie uważasz, że to cię uszczęśliwi, Lily. I naprawdę mam nadzieję, że nie potraktujesz swojej babki w ten sam sposób, w jaki traktowałaś wszystkich do tej pory".

Zaśmiała się z tego, jak udawała Tanyę.

– Spojrzałam na babcię, kiedy to powiedziała, a ona delikatnie uniosła brew, ale totalnie było widać, co sobie pomyślała. Mówiłam ci, że ufarbowała włosy? Są teraz kasztanowe. Wygląda całkiem dobrze. Już nie przypomina chorej na raka.

– Lily!

– Nic nie szkodzi. Śmiała się, kiedy jej to powiedziałam. – Uśmiechnęła się do siebie. – Podobno tata mógłby powiedzieć coś takiego.

– No – mruknęłam, kiedy udało mi się odzyskać oddech. – Wygląda na to, że masz wszystko poukładane.

Rzuciła mi szybkie spojrzenie.

– Nie mów tego w taki sposób.

– Przepraszam. Po prostu… Będę za tobą tęsknić.

Jej twarz rozjaśniła się w nagłym, szerokim uśmiechu.

– Nie będziesz za mną tęsknić, głupku, bo ciągle będę wracać na ferie i tak dalej. Nie mogę cały czas siedzieć w Oxfordshire ze starymi ludźmi, bo oszaleję. Ale jest dobrze. Ona po prostu… Czuję, że to moja rodzina. Nie czuję się dziwnie. Myślałam, że tak będzie, ale nie jest. Hej, Lou… – uścisnęła mnie wylewnie. – Dalej będziesz moją przyjaciółką. W sumie jesteś tak jakby siostrą, której nigdy nie miałam.

Odwzajemniłam uścisk i starałam się zatrzymać na twarzy uśmiech.

– Poza tym potrzebujesz trochę prywatności. – Wyswobodziła się z moich ramion, wyciągnęła z buzi gumę do żucia i zawinęła ją dokładnie w skrawek papieru. – Słuchanie, jak się bzykasz z Sexy Ratownikiem po drugiej stronie korytarza, było dość obleśne.

„Lily wyjeżdża".

„Dokąd?"

„Będzie mieszkać z babcią. Dziwnie się czuję. Ona jest taka szczęśliwa. Przepraszam. Nie chcę cały czas rozmawiać o sprawach związanych z Willem, ale jesteś jedyną osobą, do której mogę się odezwać".

Lily zapakowała torbę, radośnie pozbawiając moją drugą sypialnię niemal każdego śladu swojej obecności oprócz reprodukcji Kandinskiego, polowego łóżka, stosu kolorowych magazynów i pustego opakowania po dezodorancie. Podwiozłam ją na pociąg, słuchając, jak buzia jej się nie zamyka, i starając się nie wyglądać na osobę bardzo wytrąconą z równowagi. Camilla Traynor miała na nią czekać na dworcu.

– Powinnaś tam przyjechać. Mój pokój jest bardzo ładny. Obok jest koń, a rolnik z drugiej strony drogi mówi, że mogę na nim jeździć. No i mamy też całkiem przyjemny pub.

Spojrzała na tablicę odjazdów i aż podskoczyła, kiedy zobaczyła godzinę.

– Kurde. Mój pociąg. Dobra. Gdzie jest peron jedenasty?

Puściła się żwawym biegiem przez tłum; torbę podróżną miała zarzuconą na ramię, a jej nogi wydawały się dłuższe w czarnych rajstopach. Stałam jak zamurowana, patrząc, jak odchodzi. Krok jej się wydłużył.

Nagle się odwróciła i – widząc mnie przy bramce – pomachała. Uśmiechała się szeroko, a włosy miała rozwiane wokół twarzy.

– Hej, Lou! – zawołała. – Miałam ci to powiedzieć. Wiesz, koniec żałoby nie oznacza, że miałabyś kochać mojego tatę w jakikolwiek sposób mniej. Jestem prawie pewna, że nawet on by ci to powiedział.

A potem zniknęła, wchłonięta przez tłum.

Uśmiechała się tak jak on.

„Ona nigdy nie była twoja, Lou".

„Wiem. Chyba po prostu miałam poczucie, że dawała mi jakiś cel w życiu".

„Tylko jedna osoba może ci dać cel w życiu".

Zastanowiłam się chwilę nad sensem tych słów.

„Możemy się spotkać? Proszę?"

„Mam dzisiaj zmianę".

„Mógłbyś przyjechać po pracy".

„Może pod koniec tygodnia. Zadzwonię".

Chodziło o to „może". Było w nim coś ostatecznego, jak gdyby ktoś powoli zamykał drzwi. Wpatrywałam się w telefon, otoczona tłumem podróżnych, i we mnie też coś drgnęło. Mogłam albo wrócić do domu i opłakiwać kolejną osobę, którą straciłam, albo zaakceptować tę niespodziewaną wolność. Jak gdyby ktoś zapalił światło: jeśli nie chciałam zostać z tyłu, musiałam ruszyć z miejsca.

Wróciłam do domu, zaparzyłam kawę i wpatrywałam się w szarą ścianę. Potem wyciągnęłam laptop.

Szanowny Panie,

nazywam się Louisa Clark. W zeszłym miesiącu był Pan na tyle uprzejmy, aby zaproponować mi pracę, którą musiałam odrzucić. Zakładam, że zdążył już Pan znaleźć osobę na to miejsce, ale muszę to napisać, bo inaczej żałowałabym przez całe życie.

Naprawdę chciałam u Pana pracować. Gdybym nie dowiedziała się, że dziecko mojego poprzedniego pracodawcy wpadło w tarapaty, nie zastanawiałabym się ani przez moment. Nie chcę jej obwiniać za swoją decyzję, bo czułam się zaszczycona, że mogłam jej pomóc zapanować nad sytuacją. Chciałam tylko powiedzieć, że gdyby kiedykolwiek potrzebował Pan osoby do pomocy, mam serdeczną nadzieję, że rozważy Pan kontakt ze mną.

Wiem, że jest Pan zajęty, więc nie będę się rozpisywać, ale chciałam, żeby Pan to wiedział.

Z poważaniem,

Louisa Clark

Nie do końca wiedziałam, co robię, ale przynajmniej coś robiłam. Nacisnęłam „wyślij" i dzięki tej drobnej czynności nagle przepełniło mnie poczucie celu. Pobiegłam do łazienki i odkręciłam wodę, zrzucając z siebie ubranie i potykając się w pośpiechu o nogawki spodni, byle tylko je z siebie zrzucić i wskoczyć pod ciepły strumień. Zaczęłam myć włosy, planując naprzód. Chciałam pojechać na stację pogotowia, znaleźć Sama i...

Usłyszałam dzwonek do drzwi. Zaklęłam i chwyciłam ręcznik.

– Mam dość – oznajmiła matka.

Chwilę to trwało, zanim dotarło do mnie, że to właśnie ona stoi w progu z małą torbą podróżną. Owinęłam się w ręcznik, a woda z włosów kapała na dywan.

– Dość czego?

Weszła do środka, zamykając za sobą drzwi wejściowe.

– Twojego ojca. Ciągle narzeka na wszystko, co robię. Zachowuje się, jakbym była jakąś lafiryndą tylko dlatego, że chcę mieć trochę czasu dla siebie. No więc powiedziałam mu, że przyjeżdżam tutaj zrobić sobie krótką przerwę.

– Przerwę?

– Nawet sobie nie wyobrażasz, Louiso. Nic tylko mendzenie i zrzędzenie. Przecież nie jestem z kamienia. Wszyscy dookoła się zmieniają. Dlaczego ja nie mogę?

Czułam się tak, jakbym wcięła się w rozmowę, która trwa już od godziny. Prawdopodobnie w barze. Po zamknięciu.

– Kiedy zaczęłam ten kurs świadomości feministycznej, miałam wrażenie, że spora część to przesada. Patriarchalna kontrola mężczyzn nad kobietami? Nawet nieświadoma? Cóż, okazuje się, że to tylko połowa tematu. Twój ojciec po prostu patrzy na mnie tylko przez pryzmat tego, co wykładam na stół albo co rozkładam w łóżku.

– Yyy…

– Ojej. Za dużo szczegółów?

– Chyba tak.

– Pogadajmy o tym przy herbacie.

Matka przeszła obok mnie i weszła do kuchni.

– No, tak jest trochę lepiej. Ale wciąż nie do końca podoba mi się ten szary kolor. Zupełnie odbiera chęć życia. Gdzie trzymasz herbatę?

Matka usiadła na kanapie, a ja – podczas gdy jej herbata stygła – wysłuchiwałam litanii frustracji i starałam się nie myśleć o tym, ile to trwa. Sam miał zacząć zmianę za pół godziny. Dojazd do stacji pogotowia zajmie mi dwadzieścia minut. Wtedy jej głos wpadł w wyższy rejestr, a jej ręce wylądowały gdzieś w okolicach uszu i wiedziałam, że nigdzie nie pojadę.

– Wiesz, jakie to duszące uczucie, kiedy słyszysz, że nigdy nie będziesz mogła się zmienić? Przez całe życie? Bo nikt inny tego nie chce? Wiesz, jakie to okropne, kiedy masz poczucie, że utknęłaś w martwym punkcie?

Przytaknęłam żarliwie. Wiedziałam. Naprawdę.

– Na pewno tata nie chce, żebyś tak się czuła… ale posłuchaj, ja…

– Zaproponowałam mu nawet, żeby zapisał się na jakiś kurs do szkoły wieczorowej. Na coś, co mogłoby mu się spodobać – restaurowanie antyków albo rysowanie z natury czy coś w tym stylu. Nie miałabym nic przeciwko temu, żeby popatrzył sobie na golasy! Myślałam, że moglibyśmy się rozwijać razem! Taką właśnie żoną staram się być, taką, która nawet nie ma za złe mężowi, jeśli on patrzy sobie na golasy, kiedy robi to w imię kultury… Ale on tylko burczy, że po co niby miałby tam chodzić. Tak jakby to on miał cholerną menopauzę. Do tego jeszcze to ciągłe przynudzanie, że nie golę nóg! Rany Julek. Straszny z niego hipokryta. Masz pojęcie, jak długie są jego włosy w nosie, Louiso?

– N-nie.

– To słuchaj! Mógłby wytrzeć sobie nimi talerz. Przez ostatnie piętnaście lat to ja mówiłam fryzjerowi, żeby też tam go podciął, rozumiesz? Jakby był dzieckiem. Przeszkadza mi to? Nie! Bo taki już jest. Jest człowiekiem! Z włosami w nosie i tak dalej! Ale jeśli ja odważę się nie być gładka jak pupa jakiegoś chrzanionego niemowlęcia, on zachowuje się, jakbym się zmieniła w cholernego Chewbaccę!

Było za dziesięć szósta. Sam miał wyjeżdżać o wpół do siódmej. Westchnęłam i owinęłam się ciaśniej ręcznikiem.

– Hm… Aaa… jak myślisz, jak długo tu zostaniesz?

– No wiesz, nie wiem. – Mama upiła łyk herbaty. – Załatwiliśmy, żeby ktoś z opieki społecznej przynosił dziadkowi lunch, więc nie muszę być przez cały czas w domu. Mogłabym zostać u ciebie na kilka dni. Ostatni raz, kiedy tu byłam, świetnie się bawiłyśmy, prawda? Mogłybyśmy jutro odwiedzić Marię w toalecie. Prawda, że byłoby miło?

– Wspaniale.

– No dobrze. W takim razie pościelę sobie zapasowe łóżko. Gdzie ono jest?

Właśnie wstałyśmy, kiedy dzwonek odezwał się jeszcze raz. Otworzyłam drzwi, spodziewając się omyłkowej dostawy pizzy, ale zamiast tego zobaczyłam Treenę z Thomem. Za nimi stał ojciec – z rękami schowanymi głęboko w kieszenie spodni przypominał krnąbrnego nastolatka.

Treena nawet na mnie nie spojrzała. Od razu weszła do środka.

– Mamo, to jest bez sensu. Nie możesz tak po prostu uciec od taty. Ile ty masz lat? Czternaście?

– Nie uciekam, Treena. Daję sobie tylko trochę oddechu.

– No cóż, będziemy tu siedzieć dotąd, aż załatwicie między sobą ten absurd. Wiesz, Lou, że tata zaczął sypiać w furgonetce?

– Co? Tego mi nie mówiłaś! – Odwróciłam się w stronę mamy. Uniosła brodę.

– Nie dałaś mi szansy przez swoją paplaninę.

Mama i tata stali, nie patrząc na siebie nawzajem.

– Nie mam w tej chwili nic do powiedzenia waszemu ojcu – oznajmiła mama.

– Usiądź – odparła Treena. – Obydwoje usiądźcie.

Ociągając się, przeszli w stronę kanapy, rzucając sobie obrażone spojrzenia. Treena odwróciła się w moim kierunku.

– No dobrze. Zróbmy herbatę. A potem rozwiążemy ten problem jak rodzina.

– Świetny pomysł! – zawołałam, czując swoją szansę. – Mleko jest w lodówce. Herbata jest z boku. Częstujcie się. Ja muszę wyskoczyć na pół godziny.

Zanim ktokolwiek mógłby mnie zatrzymać, wskoczyłam w dżinsy i T-shirt i wybiegłam z mieszkania z kluczykami do samochodu.

Zobaczyłam go, jak tylko skręciłam samochodem na parking stacji pogotowia. Pewnym krokiem szedł w stronę karetki z torbą zarzuconą na ramię. Poczułam wewnętrzny skurcz. Znałam cudowną zwartość tego ciała i miękkie kontury tej twarzy. Odwrócił się i zatrzymał w pół kroku, jak gdybym była ostatnią osobą, którą spodziewał się zobaczyć. Potem z powrotem zwrócił się w stronę karetki, otwierając na oścież tylne drzwi.

Podeszłam do niego po asfaltowym placu.

– Możemy porozmawiać?

Podniósł butlę tlenową, jakby była puszką sprayu do włosów, i poprawił jej mocowanie.

– Jasne. Tyle że innym razem. Właśnie wyjeżdżam.

– To nie może czekać.

Jego wyraz twarzy się nie zmienił. Pochylił się, żeby podnieść paczkę bandaży.

– Słuchaj. Chciałam tylko wyjaśnić… o czym mówiliśmy. Lubię cię. Naprawdę cię lubię. Po prostu… Po prostu się boję.

– Wszyscy się boimy, Lou.

– Ty się niczego nie boisz.

– Boję się. Serio. Tylko nie są to rzeczy, które mogłabyś zauważyć.

Popatrzył na swoje buty. A potem zobaczył, że Donna biegnie w jego stronę.

– Cholera. Muszę jechać.

Wskoczyłam na tył karetki.

– Pojadę z wami. Wezmę taksówkę do domu stamtąd, dokąd jedziecie.

– Nie.

– Daj spokój. Proszę.

– Żebym miał jeszcze większe kłopoty z dyscyplinarką?

– Czerwony alarm dwa, zgłoszono pchnięcia nożem, młody mężczyzna.

Donna wrzuciła swoją torbę medyczną na tył karetki.

– Musimy jechać, Louiso.

Traciłam go. Czułam to – w tonie jego głosu, w tym, że nie patrzył mi prosto w oczy. Wygramoliłam się z karetki, przeklinając się za to, że zareagowałam za późno. Donna wzięła mnie za łokieć i poprowadziła na przód.

– Na miłość boską – zaczęła, kiedy Sam otwierał usta, żeby zaoponować. – Przez cały tydzień zachowujesz się jak niedźwiedź, którego boli głowa. Po prostu to wyjaśnijcie. Wysadzimy ją, zanim dojedziemy na miejsce.

Sam sprężystym krokiem podszedł do drzwi od strony pasażera i je otworzył, spoglądając w stronę dyspozytorni.

– Byłby z niej świetny doradca do spraw związków – jego głos nabrał szorstkiego brzmienia. – Gdybyśmy, no wiesz, byli w związku.

Nie trzeba mi było dwa razy powtarzać. Sam wgramolił się na fotel kierowcy i popatrzył na mnie, jak gdyby chciał coś powiedzieć, ale zmienił zdanie. Donna zaczęła porządkować sprzęt. Sam zapalił silnik i włączył koguta.

– Dokąd jedziemy?

– My jedziemy na blokowisko. Około siedmiu minut na sygnale. Ty jedziesz na główną ulicę, dwie minuty od Kingsbury.

– Czyli mam pięć minut?

– I długi spacer z powrotem.

– Dobra – odparłam.

Kiedy wyskoczyliśmy do przodu, zdałam sobie sprawę, że naprawdę nie miałam pojęcia, co powiedzieć.

Rozdział dwudziesty szósty

– No dobra – powiedziałam.

Sam włączył kierunkowskaz i wypadł na drogę. Musiałam przekrzykiwać wyjącą syrenę.

Cała jego uwaga była skupiona na drodze. Rzucił okiem na komputerowy komunikat na desce rozdzielczej.

– Co my tu mamy, Don?

– Prawdopodobnie pchnięcie nożem. Dwa zgłoszenia. Młody mężczyzna leży na klatce schodowej.

– Czy to na pewno dobry moment na rozmowę? – zapytałam.

– Zależy, co chcesz powiedzieć.

– To nie tak, że nie chcę się wiązać – zaczęłam. – Po prostu wciąż mam trochę mętlik w głowie.

– Każdy ma mętlik w głowie – wtrąciła Donna. – Każdy koleś, z którym się spotykam, zaczyna randkę od tego, że ma problem z zaufaniem. – Spojrzała na Sama. – A, przepraszam. Nie przejmujcie się mną.

Sam cały czas miał wzrok utkwiony przed siebie.

– W jednej chwili wyzywasz mnie od dupków, bo uroiło ci się, że sypiam z innymi. W następnej trzymasz mnie na dystans, bo wciąż czujesz się związana z kimś innym. To zbyt…

– Willa nie ma. Jestem tego świadoma. Ale nie potrafię po prostu się rzucić bez zastanowienia w coś nowego tak jak ty, Sam. Mam poczucie, że dopiero staję z powrotem na nogi po długim czasie... Sama nie wiem czego... Byłam kompletnie rozbita.

– Wiem, że byłaś rozbita. Osobiście zbierałem kawałki.

– Jeśli już, to lubię cię za bardzo. Lubię cię tak bardzo, że jeśli coś poszłoby nie tak, znowu czułabym się tak samo. A nie jestem pewna, czy mam na to wystarczająco dużo siły.

– Niby jak miałoby się to stać?

– Mogę przestać ci się podobać. Możesz zmienić zdanie. Jesteś przystojnym facetem. Jakaś inna kobieta może spaść z budynku, wpaść na ciebie, a tobie się to spodoba. Możesz zachorować. Możesz mieć wypadek na tym swoim motorze.

– Przybliżony czas dojazdu: dwie minuty – oznajmiła Donna, obserwując system nawigacji satelitarnej. – Nie słucham was, serio.

– To samo można powiedzieć o każdym. I co z tego? Mamy siedzieć na tyłku i nic nie robić na wypadek, gdyby coś nam się miało stać? Tak powinno wyglądać życie? – Skręcił w lewo tak gwałtownie, że aż musiałam się przytrzymać fotela.

– Tyle że ja wciąż jestem pączkiem z dziurką, co nie? – powiedziałam. – Chcę być drożdżówką. Naprawdę. Ale wciąż jestem tym pączkiem.

– Jezus Maria, Lou! Wszyscy tak mamy. Myślisz, że kiedy patrzyłem, jak moją siostrę stopniowo zżera rak, nie miałem poczucia, że już do końca życia będę mieć złamane serce? Nie tylko z jej powodu, ale z powodu jej syna? Myślisz, że nie wiem, jak to jest? Jest tylko jedno wyjście, które mogę ci przedstawić, bo widzę je codziennie. Trzeba żyć. Angażować się we wszystko i starać się nie myśleć o siniakach.

– Mm, pięknie – wtrąciła Donna, kiwając głową.

– Staram się, Sam. Nie masz pojęcia, jak daleko zaszłam.

Wtedy dotarliśmy na miejsce. Drogowskaz do osiedla Kingsbury był wprost przed nami. Przejechaliśmy przez wielką bramę, minęliśmy parking i wjechaliśmy na ciemne podwórko, gdzie Sam zaparkował, klnąc pod nosem.

– Cholera. Mieliśmy cię wcześniej wyrzucić.

– Nie chciałam przeszkadzać. – Wzruszyła ramionami Donna.

– Zaczekam, aż wrócicie. – Skrzyżowałam ręce na piersiach.

– Nie ma sensu. – Sam wyskoczył przez drzwi od strony kierowcy i chwycił swoją torbę. – Nie będę się nie wiem jak gimnastykował, żeby cię przekonać do związku. O kurde. Nie ma żadnych znaków. On może być wszędzie.

Popatrzyłam na groźnie wyglądające budynki z ciemnoczerwonej cegły. W tych blokach było pewnie ze dwadzieścia klatek schodowych, a w żadną z nich nie należało się zapuszczać bez zwalistego ochroniarza.

Donna narzuciła kurtkę, energicznie ruszając ramionami.

– Kiedy ostatni raz tu byłam – zawał serca – dopiero za czwartym razem znaleźliśmy właściwy blok, a brama była zamknięta. Musieliśmy odszukać dozorcę, który by ją otworzył, żebyśmy mogli wnieść jednostkę mobilną. Zanim dotarłam do mieszkania pacjenta, już nie żył.

– W zeszłym miesiącu były tu dwie strzelaniny gangów.

– Mam zadzwonić po eskortę policji? – spytała Donna.

– Nie. Nie ma czasu.

Wokół było niesamowicie cicho, mimo że wybiła dopiero ósma. Osiedle znajdowało się w takiej części miasta, gdzie jeszcze kilka lat temu można było sobie wyobrazić dzieciaki szalejące na rowerach, sępiące papierosy i gwiżdżące na siebie aż do późnego wieczoru. Teraz mieszkańcy zamykali drzwi na dwa zamki na długo przed zachodem słońca, a okna chroniły dekoracyjne metalowe kraty. Połowa lamp sodowych była przestrzelona, a niedobitki migotały nieregularnie, jak gdyby nie były pewne, czy mogą tu bezpiecznie świecić.

Sam i Donna rozmawiali przyciszonym głosem na zewnątrz karetki. Donna otworzyła drzwi od strony pasażera, sięgnęła do środka i podała mi kamizelkę odblaskową.

– No dobrze. Załóż to i chodź z nami. Sam boi się zostawiać cię tutaj.

– Dlaczego nie mógł…

– Co z was za para! Na miłość boską! Ja pójdę w tamtą stronę, a ty idź za nim w drugą. Jasne?

Wbiłam w nią spojrzenie.

– Załatwicie to później. – Oddaliła się sprężystym krokiem, trzymając w ręku trzeszczące walkie-talkie.

Trzymałam się blisko Sama i tak przeszliśmy do końca jednego, a potem następnego betonowego przejścia.

– Savernake House – mruknął. – Skąd u licha mamy wiedzieć, który z nich to Savernake?

Z krótkofalówki dobył się szum.

– Halo, dyspozytornia, możecie nas pokierować? Na tych budynkach nie ma żadnych znaków, nie mamy pojęcia, gdzie jest pacjent.

– Przepraszam – usłyszeliśmy skruszony głos. – Na naszej mapie nie ma indywidualnych nazw bloków.

– Chcesz, żebym poszła w tę stronę? – wskazałam palcem przed siebie. – W ten sposób będziemy mieli sprawdzone trzy trasy. Mam ze sobą telefon.

Zatrzymaliśmy się na klatce schodowej śmierdzącej moczem i zjełczałym tłuszczem opakowań z fast foodów. Przejścia między budynkami spowijał cień i tylko sporadyczne, stłumione odgłosy telewizji za oknami informowały o tym, że głęboko w każdym z małych mieszkań toczy się życie. Spodziewałam się echa jakiegoś zamieszania, niepokoju wiszącego w powietrzu, które doprowadziłyby nas do rannego. Wokół panowała jednak niesamowita cisza.

– Nie. Trzymaj się blisko mnie, okej?

Widziałam, że jest zdenerwowany moją obecnością. Pomyślałam, że może powinnam po prostu sobie pójść, ale nie chciałam samodzielnie szukać wyjścia z tego osiedla.

Sam zatrzymał się na końcu kładki. Odwrócił się, potrząsając głową. Usta miał zaciśnięte. W krótkofalówce zatrzeszczał głos Donny: „Z tej strony nic". Wtedy usłyszeliśmy krzyk.

– Tam – wskazałam, podążając za dźwiękiem. Po drugiej stronie placu zobaczyliśmy w półmroku przykuniętą sylwetkę, ciało leżące na ziemi w świetle lamp sodowych.

– Jazda – warknął Sam i puściliśmy się biegiem w jego kierunku.

Kiedyś mi powiedział, że w jego pracy chodziło przede wszystkim o szybkość. To była jedna z pierwszych rzeczy, których uczono ratowników: nawet kilka sekund ma wpływ na czyjeś rokowania. Jeśli pacjent się wykrwawiał albo miał wylew czy zawał serca, od tych krytycznych kilku sekund mogło zależeć jego życie. Błyskawicznie pokonaliśmy betonowe przejścia, zbiegliśmy po cuchnących, obskurnych schodach i dalej gnaliśmy przez zadeptany trawnik w stronę leżącej postaci.

Donna już przy niej kucała.

– Dziewczyna. – Sam zrzucił swoją torbę. – Jestem pewien, że mówili o mężczyźnie.

Podczas gdy Donna szukała ran, połączył się z dyspozytornią.

– Tak. Młody mężczyzna, niecałe dwadzieścia lat, wygląd afrokaraibski – odpowiedział dyspozytor.

Sam wyłączył krótkofalówkę.

– Musieli źle usłyszeć. Czasem to jest jak jakiś cholerny głuchy telefon.

Miała około szesnastu lat, włosy starannie zaplecione w warkoczyki i rozrzucone na boki nogi, jak gdyby dopiero co upadła. Wyglądała dziwnie spokojnie. Zastanowiłam się przez moment, czy tak wyglądałam, kiedy mnie znalazł.

– Słyszysz mnie, skarbie?

Nie poruszyła się. Sprawdził jej źrenice, puls i oddech. Oddychała, nie było po niej widać obrażeń. Mimo to nie reagowała na żadne bodźce. Jeszcze raz dokładnie ją zbadał, wpatrując się w swój sprzęt.

– Czy ona żyje?

Sam i Donna wymienili się spojrzeniami. Sam wyprostował się i rozejrzał dookoła, pogrążony w myślach. Spojrzał w górę na okna bloków. Patrzyły na nas jak puste, nieprzyjazne oczy. Gestem kazał nam podejść i zaczął mówić przyciszonym głosem.

– Coś mi tu nie gra. Słuchaj, zrobię test spadającej ręki. Zaraz potem pójdziesz do karetki i zapalisz silnik. Jeśli moje przeczucia się sprawdzą, musimy stąd spadać.

– Zasadzka narkotykowa? – mruknęła Donna, patrząc gdzieś poza mnie.

– Może. Albo walka o terytorium. Powinniśmy byli poprosić o sprawdzenie lokalizacji. Jestem pewien, że to tutaj Andy Gibson miał tę strzelaninę.

Starałam się nie okazywać zdenerwowania w głosie.

– Co to jest test spadającej ręki?

– Podniosę jej rękę i puszczę nad jej twarzą. Jeśli udaje, poruszy ręką, żeby nie uderzyć się w twarz. Zawsze tak jest. To jak odruch. Ale jeśli ktoś nas obserwuje, nie chcę, żeby wpadli na to, że ich rozgryźliśmy. Louisa, zachowuj się, jakbyś szła po więcej sprzętu, dobra? Zrobię test, kiedy dostanę SMS-a, że jesteś przy karetce. Jeśli ktoś będzie obok, nie wchodź do środka. Zrób w tył zwrot i od razu wracaj do mnie. Donna, zgarnij swój sprzęt i przygotuj się. Pójdziesz za nią. Jeśli zobaczą, że idziemy razem, wszystkiego się domyślą.

Dał mi kluczyki. Wzięłam torbę, jak gdyby była moja, i dziarskim krokiem udałam się w stronę karetki. Nagle poczułam obecność niewidzialnych osób, obserwujących mnie z cienia; w uszach dudniło mi bicie własnego serca. Starałam się nie okazywać emocji na twarzy, nadać zdecydowany charakter swoim ruchom.

Przejście przez plac, przy akompaniamencie echa moich kroków, dłużyło się niemiłosiernie. Kiedy doszłam do karetki, odetchnęłam z ulgą. Sięgnęłam po klucze i otworzyłam drzwi, a gdy weszłam na stopień, usłyszałam z cienia wołanie: „Proszę pani". Spojrzałam za siebie. Nic. „Proszę pani".

Młody chłopak wychynął zza betonowego słupa, za nim pojawił się drugi, z nasuniętym na głowę kapturem zasłaniającym twarz. Zrobiłam krok do tyłu w stronę karetki, serce biło mi jak szalone.

– Posiłki są w drodze – oznajmiłam, starając się opanować drżenie głosu. – Nie ma tu żadnych narkotyków. Obaj musicie się cofnąć. Jasne?

– Proszę pani. On jest przy śmietnikach. Nie chcą, żebyście go znaleźli. Naprawdę mocno krwawi, proszę pani. Dlatego kuzynka Emeki odstawia tam tę scenę. Żeby odwrócić waszą uwagę. Żebyście odjechali.

– Co? O co ci chodzi?

– On jest przy śmietnikach. Niech pani mu pomoże.

– Co? Gdzie są śmietniki?

Chłopak jednak spojrzał ostrożnie za siebie, a kiedy odwróciłam się, żeby jeszcze raz go zapytać, na powrót schował się w cieniu.

Rozejrzałam się, starając się zrozumieć, co miał na myśli. Wtedy dostrzegłam przy garażach wystającą krawędź jasnozielonego, plastikowego kontenera na odpady. Przesuwałam się wzdłuż cienia rzucanego na chodnik, główny plac zniknął mi z pola widzenia, aż zobaczyłam przejście prowadzące do altanki śmietnikowej. Pobiegłam w tamtą stronę – za koszem na recykling ujrzałam rozrzucone na bok nogi w przesiąkniętym krwią dresie. Jego górna połowa musiała osunąć się pod kontenery, kucnęłam. Chłopak odwrócił głowę i cicho stęknął.

– Hej, słyszysz mnie?

– Dorwali mnie.

Lepka krew sączyła się z dwóch ran na jego nogach.

– Dorwali mnie...

Chwyciłam telefon i zadzwoniłam do Sama. Mój głos był przyciszony, ale stanowczy.

– Jestem przy śmietnikach, po twojej prawej stronie. Chodź tu szybko, proszę.

Widziałam, jak powoli rozglądał się dookoła, dopóki mnie nie zauważył. Obok niego pojawiło się dwoje starszych ludzi, samarytan z jakiejś poprzedniej epoki. Domyśliłam się, że pytają o leżącą dziewczynę, na ich twarzach malowała się troska. Delikatnie okrył symulantkę kocem i kazał im jej pilnować, a potem pewnym krokiem ruszył w stronę karetki ze swoją torbą na ramieniu, jak gdyby wracał po więcej sprzętu. Donna zniknęła.

Otworzyłam torbę, którą mi dał, rozerwałam paczkę bandaży i przykryłam nimi nogę chłopaka, ale wszędzie była masa krwi.

– Słuchaj. Pomoc jest w drodze. Za chwilę wsadzimy cię do karetki. – To brzmiało jak kwestia ze złego filmu. Nie miałam pojęcia, co mogę powiedzieć. Rusz się, Sam.

– Musisz mnie stąd wydostać – jęknął chłopak. Położyłam dłoń na jego ręce, starając się zachować spokój. Dalej, Sam. Gdzie ty się podziewasz? Nagle usłyszałam silnik karetki – samochód jechał na wstecznym w moją stronę, mijając garaże, z szybkością, od której silnik zaczął wyć na znak protestu. Zatrzymał się gwałtownie, ze środka wyskoczyła Donna. Pobiegła w moją stronę, otworzyła tylne drzwi na oścież.

– Pomóż mi go przetransportować – poleciła. – Wynosimy się stąd.

Nie było czasu na nosze. Gdzieś nad sobą usłyszałam krzyki i rozbiegane kroki. Przeniosłyśmy chłopaka za ramiona w kierunku karetki i wpakowałyśmy go do tyłu. Donna zatrzasnęła za nim drzwi. Z bijącym sercem pobiegłam do kabiny i wpadłam do środka, zamykając za sobą drzwi. Teraz ich zobaczyłam: grupę mężczyzn biegnących w naszą stronę wzdłuż zewnętrznego korytarza na piętrze, w uniesionych rękach mieli… właśnie, co? Broń? Noże? Poczułam, że moje ciało się rozpływa. Wyjrzałam przez okno. Sam szedł wzdłuż otwartej przestrzeni, z twarzą zwróconą w górę – on też ich widział.

Donna dostrzegła to przed nim: w uniesionej dłoni jednego z mężczyzn była broń. Zaklęła głośno i wrzuciła wsteczny, mijając garaże i jadąc w kierunku trawnika, po którym Sam wciąż podążał ku nam. Ledwo byłam w stanie go dostrzec, zieleń jego kombinezonu przybliżała się w lusterku od strony pasażera.

– Sam! – krzyknęłam przez okno.

Spojrzał na mnie, a potem w górę na nich.

– Zostawcie karetkę w spokoju – wrzasnął w kierunku mężczyzn, przekrzykując wycie silnika karetki na wstecznym. – Odsuńcie się, okej? Po prostu wykonujemy naszą pracę.

– Nie teraz, Sam. Nie teraz – mruknęła Donna półgłosem.

Mężczyźni biegli dalej, wychylając się, jak gdyby chcieli obliczyć, jak najszybciej dostać się na dół, nie odpuszczali, przesuwali się naprzód jak przypływ. Jeden zwinnie przeskoczył przez mur, z łatwością pokonując ciąg schodów. Tak bardzo chciałam stamtąd wyjechać, że aż czułam bezwład.

Ale Sam wciąż szedł w ich stronę z uniesionymi w górę rękami.

– Zostawcie karetkę, chłopcy, okej? Chcemy tylko pomóc.

Jego głos był spokojny i budzący respekt. Nie dało się po nim poznać ani cienia tego strachu, który czułam. Przez tylne okno zobaczyłam, że mężczyźni zwolnili. Zaczęli iść zamiast biec. „Dzięki Bogu", pomyślała jakaś odległa część mnie. Chłopak leżał za nami, wciąż jęcząc.

– Wystarczy – rzuciła Donna, obracając się. – Dawaj, Sam. Wsiadaj. Chodź tu natychmiast. Żebyśmy mogli do…

Bum.

Dźwięk przeszył powietrze, odbijając się echem po pustej przestrzeni, tak że przez chwilę miałam poczucie, jak gdyby moja głowa urosła i skurczyła się razem z nim. A potem, zbyt szybko…

Bum.

Usłyszałam swój urywany krzyk.

– Co k… – wrzasnęła Donna.

– Wynośmy się stąd! – krzyknął chłopak.

Spojrzałam do tyłu, mając nadzieję, że Sam wejdzie do środka. No właź. Proszę. Ale Sam zniknął. Nie, nie zniknął. Coś leżało na ziemi: odblaskowa kurtka. Zielona plama na szarym betonie.

Wszystko się zatrzymało.

Nie, pomyślałam. Nie.

Karetka zahamowała z piskiem opon. W mgnieniu oka Donna była na zewnątrz, a ja biegłam za nią. Sam się nie ruszał, a dookoła była krew, pełno krwi, która tworzyła wokół niego ciągle rosnącą kałużę. W oddali widziałam, jak dwoje staruszków sztywno gramoli się do bezpiecznych drzwi swojego mieszkania, a dziewczyna, która teoretycznie nie mogła się ruszać, pędzi przez trawnik z prędkością lekkoatletki. Mężczyźni w dalszym ciągu zbliżali się do nas, biegnąc przez górny korytarz. W ustach poczułam smak metalu.

– Lou! Złap go.

Powlokłyśmy Sama w stronę tyłu karetki. Był jak z ołowiu, jak gdyby specjalnie stawiał opór. Ciągnęłam go za kołnierz, chwyciłam pod ramiona, oddychając krótkimi, urywanymi seriami. Jego twarz była kredowobiała, a pod przymkniętymi powiekami zarysowały się wielkie, czarne cienie, jak gdyby nie spał od stu lat. Czułam jego krew na skórze. Czemu nie wiedziałam, jak ciepła jest krew? Donna była już w środku, wlokąc go za sobą, na zmianę pchałyśmy, podnosiłyśmy, w gardle utknęło mi łkanie, kiedy ciągnęłam go za ręce, za nogi.

– Pomocy! – krzyczałam, jak gdyby ktoś mógłby odpowiedzieć na to wołanie. – Pomocy!

Wreszcie był w środku, z jedną nogą pod złym kątem, a drzwi zatrzasnęły się za mną.

Trzask! Coś uderzyło w dach karetki. Krzyknęłam i schyliłam głowę. Jakaś część mnie pomyślała nieświadomie „To jest to? Tak mam umrzeć? W moich kiepskich dżinsach, podczas gdy kilka kilometrów dalej rodzice kłócą się z moją siostrą o urodzinowy tort?". Chłopak na noszach krzyczał piskliwym ze strachu głosem. Karetka wyrwała do przodu, skręcając w prawo, żeby ominąć mężczyzn zbliżających się z lewej strony. Zobaczyłam uniesioną rękę i wydawało mi się, że słyszę strzał. Instynktownie znowu schyliłam głowę.

– Do kurwy nędzy! – zaklęła Donna i ponownie skręciła.

Uniosłam głowę. Było widać wyjazd z osiedla. Donna pojechała ostro w lewo, potem w prawo, wyprowadzając karetkę zza rogu praktycznie na dwóch kołach. Boczne lusterko zahaczyło o jakiś samochód. Ktoś rzucił się w naszą stronę, ale Donna znów skręciła i jechała dalej. Czyjaś pięść z wściekłością walnęła w bok wozu. Wreszcie byliśmy na drodze, zostawiwszy za sobą wyrostków, którzy mogli tylko patrzeć, jak odjeżdżamy. Nie biegli już, tylko truchtali z wściekłością pokonanych.

– Jezus Maria.

Kogut był włączony, a Donna połączyła się już ze szpitalem, komunikując coś, czego nie byłam w stanie zrozumieć, bo tak dudniło mi w uszach. Tuliłam w rękach poszarzałą twarz Sama. Była pokryta cienką warstewką potu, jego oczy były szkliste. Nie wydawał żadnego odgłosu.

– Co mam robić? – wrzasnęłam do Donny. – Co mam robić?

Z piskiem opon pokonała rondo i na chwilę odwróciła głowę w moją stronę.

– Znajdź ranę. Co widzisz?

– Jest na brzuchu. Widzę dziurę. Dwie dziury. Jest strasznie dużo krwi. O Boże, ile tu krwi.

Moje ręce były pokryte błyszczącą, czerwoną warstwą. Oddychałam płytko, gwałtownie. Przez chwilę czułam się tak, jakbym miała zemdleć.

– Musisz zachować spokój, Louiso, jasne? Czy on oddycha? Czujesz tętno?

Sprawdziłam i poczułam w środku powiew ulgi.

– Tak.

– Nie mogę się zatrzymać. Jesteśmy za blisko. Podnieś mu stopy, okej? Zegnij mu kolana. Spraw, żeby krew była bliżej klatki piersiowej. Potem upewnij się, że jego koszula jest rozpięta. Rozerwij ją. Żeby się do niej dostać. Możesz opisać ranę?

Ten brzuch, który leżał obok mojego, ciepły, gładki i twardy, zmienił się w czerwoną, ziejącą dziurę. Z gardła wyrwało mi się łkanie.

– O Boże…

– Tylko mi teraz nie panikuj, Louisa. Słyszysz? Jesteśmy prawie na miejscu. Musisz uciskać. No już, wiesz, że potrafisz. Weź gazę z opakowania. Tego dużego. Zrób wszystko, byle się nie wykrwawił. Dobra?

Z powrotem odwróciła się w stronę drogi, wjeżdżając pod prąd w jednokierunkową ulicę. Chłopak na noszach cicho zaklął, zamknięty w prywatnym świecie swojego bólu. Samochody posłusznie usuwały się nam z drogi na ulicy zalanej sodowym światłem, niczym fale rozstępujące się na asfalcie. Syrena, cały czas syrena.

– Ranny ratownik. Powtarzam: ranny ratownik. Rana postrzałowa brzucha! – Donna krzyczała do krótkofalówki. – Przewidywany czas dojazdu: trzy minuty. Będzie nam potrzebny wózek reanimacyjny.

Trzęsącymi się dłońmi odpakowałam bandaże i rozerwałam koszulę Sama, podpierając się, kiedy karetka mknęła na zakrętach. Jak to się stało, że to był ten sam człowiek, który kłócił się ze mną jeszcze piętnaście minut temu? Jak to się stało, że ktoś tak twardy właśnie odpływał mi przed oczami?

– Sam? Słyszysz mnie? – Pochylałam się nad nim na kolanach, moje dżinsy zabarwiały się na czerwono. Miał zamknięte oczy.

Kiedy je otworzył, wydawało się, że patrzy na jakiś daleki punkt. Nachyliłam twarz, żeby znaleźć się bezpośrednio w jego polu widzenia, i przez sekundę jego wzrok spotkał się z moim i zobaczyłam w nim mgnienie czegoś, co mogło znaczyć, że mnie rozpoznał.

Wzięłam go za rękę, jak on kiedyś wziął mnie w innej karetce, milion lat temu.

– Nic ci nie będzie, słyszysz? Nic ci nie będzie.

Nic. Nie byłam nawet pewna, czy rozpoznał mój głos.

– Sam? Sam, spójrz na mnie.

Nic.

Znowu tam byłam, w tym pokoju w Szwajcarii, a Will odwracał się ode mnie. Traciłam go.

– Nie. Ani mi się waż. – Trzymałam twarz obok jego twarzy, moje słowa wpadały bezpośrednio do jego ucha. – Sam. Masz tu zostać ze mną, rozumiesz?

Jedną ręką trzymałam opatrunek z gazy, moje ciało było nad nim, chwiejąc się razem z ruchem karetki. Usłyszałam odgłosy łkania i zdałam sobie sprawę z tego, że to ja. Odwróciłam jego twarz rękami, zmuszając go, żeby na mnie spojrzał.

– Zostań ze mną! Słyszysz? Sam? Sam! Sam!

Nie pamiętałam, żebym kiedykolwiek się tak bała. Ta nieruchomość jego wzroku, mokra, ciepła krew, nadchodzący przypływ.

Zamykające się drzwi.

– Sam!

Karetka się zatrzymała.

Donna wskoczyła na tył. Rozerwała przezroczystą plastikową torebkę, wyciągnęła z niej jakieś leki, biały podkład i strzykawkę, i wstrzyknęła coś w ramię Sama. Trzęsącymi się rękami podłączyła go do kroplówki i założyła mu na twarz maskę tlenową. Na zewnątrz słyszałam przerywany sygnał. Cała się trzęsłam.

– Nie ruszaj się! – rozkazała Donna, kiedy chciałam nieporadnie usunąć się jej z drogi. – Uciskaj dalej. Dokładnie tak… Dobrze. Świetnie ci idzie. – Nachyliła nad nim twarz. – Dawaj, stary. Dawaj, Sam. Już prawie jesteśmy.

Słyszałam syreny, a ona pracowała, cały czas mówiąc, jej ręce szybko i sprawnie obsługiwały sprzęt, ciągle zajęte, ciągle w ruchu.

– Nic ci nie będzie, ziom. Tylko się trzymaj, okej?

Monitor migotał na zielono i czarno. Przerywany sygnał.

Drzwi otworzyły się kolejny raz, zalewając karetkę nieregularnym światłem neonów, i zobaczyłam ratowników w zielonych kombinezonach, białych płaszczach, wynoszących chłopaka, który cały czas się skarżył i przeklinał, a potem Sama, delikatnie zabierających go ode mnie. Krew rozlała się po podłodze karetki. Poślizgnęłam się, próbując wstać, i musiałam przytrzymać się ręką. Kiedy ją podniosłam, była czerwona.

Głosy oddaliły się. Przez chwilę mignęła mi pobladła ze zdenerwowania twarz Donny. Warknięte polecenie: „Prosto na salę operacyjną". Cały czas stałam między drzwiami karetki, obserwując, jak z nim biegli, słysząc tupot ich butów na asfalcie. Drzwi szpitala otworzyły się i wchłonęły go, a kiedy na powrót się zamknęły, zostałam sama na cichym parkingu.

Rozdział dwudziesty siódmy

Godziny spędzone na szpitalnym krześle mają dziwny, elastyczny charakter. Kiedy czekałam na Willa podczas jego badań, praktycznie ich nie zauważałam – czytałam gazety, wystukiwałam SMS-y na telefonie, schodziłam na dół, żeby napić się za mocnej i za drogiej szpitalnej kawy w hali, martwiłam się opłatami parkingowymi. Narzekałam, trochę dla zasady, na to, ile czasu to wszystko zawsze trwa.

Teraz siedziałam niczym otępiała na plastikowym krześle, ze wzrokiem wbitym w ścianę, nie wiedząc nawet, jak długo tam jestem. Nie byłam w stanie myśleć. Nie byłam w stanie czuć. Po prostu istniałam: ja, plastikowe krzesło i skrzypiące linoleum pod moimi zakrwawionymi tenisówkami.

Surowe, niezmienne światło jarzeniówek oświetlało pielęgniarki, które mijały mnie sprężystym krokiem, praktycznie nie zwracając na mnie większej uwagi. Po jakimś czasie jedna z nich była na tyle miła, że zaprowadziła mnie do łazienki, gdzie mogłam umyć ręce. Cały czas jednak widziałam krew Sama w rowkach wokół paznokci, a rdzawe skórki przypominały o niedawnych, potwornych wydarzeniach. Kawałki Sama w kawałkach mnie. Kawałki Sama, które nie były na swoim miejscu.

Kiedy zamknęłam oczy, słyszałam głosy, ostry stuk pocisku na dachu karetki, echo strzału, a potem ta syrena, syrena, syrena... Widziałam jego twarz, ten krótki moment, gdy na mnie spojrzał i nie było widać nic – żadnego niepokoju, może jedynie cień konsternacji, że leży na podłodze i nie jest w stanie się ruszyć.

Ciągle widziałam te rany. Zamiast gładkich, małych dziur, które znałam z filmów, te żyły, pulsowały, wypluwając z siebie krew, jak gdyby złośliwie chciały go jej pozbawić.

Siedziałam bez ruchu na tym plastikowym krześle, bo nie wiedziałam, jak mogłabym robić cokolwiek innego. Gdzieś na końcu korytarza znajdowały się sale operacyjne. On tam teraz był. Żywy albo martwy. Przewożono go na jakiś daleki oddział w otoczeniu lekarzy i ratowników, którzy z ulgą przybijali sobie piątki, albo ktoś właśnie przykrywał tym zielonym materiałem jego...

Ukryłam głowę w dłoniach i słuchałam swojego oddechu – wdech, wydech. Wdech, wydech. Moje ciało wydawało nieznajomy zapach krwi, antyseptyku i kwaśnych pozostałości pierwotnego strachu. Raz na jakiś czas zauważałam mimochodem, że ręce mi się trzęsą, ale nie byłam pewna, czy chodzi o niski poziom cukru, czy wyczerpanie. Nie byłam w stanie przekuć w czyn myśli o tym, że mogłabym spróbować znaleźć coś do jedzenia. Nie byłam w stanie się ruszyć.

Jakiś czas temu dostałam SMS-a od siostry.

„Gdzie jesteś? Idziemy na pizzę. Rozmawiają ze sobą, ale jesteś mi potrzebna jak wojska ONZ".

Nie odpowiedziałam. Nie wiedziałam, co napisać.

„On znowu mówi o jej włochatych nogach. Proszę, przyjdź. Może tu się zrobić nieciekawie. Mama jest niebezpieczna z kulą ciasta w dłoni".

Zamknęłam oczy i usiłowałam sobie przypomnieć, jak to było, kiedy tydzień temu leżałam na trawie obok Sama, jak jego wyciągnięte nogi były o wiele dłuższe niż moje, jak kojący był zapach jego ciepłej koszuli, jak niski tembr jego głosu, słońce na mojej twarzy. Jego twarz, kiedy odwracał się w moją stronę, żeby skraść mi pocałunki, i to, jak potajemnie zadowolony z siebie się wydawał po każdym z nich. To, jak chodził, zwrócony trochę w przód, ale z punktem ciężkości w środku, najbardziej zwarty mężczyzna, jakiego kiedykolwiek poznałam – zdawało się, że nic nie byłoby w stanie go powalić.

Poczułam wibrację, wyciągnęłam z kieszeni telefon i przeczytałam SMS-a od siostry. „Gdzie jesteś? Mama zaczyna się martwić". Sprawdziłam, która jest godzina: 22.48. Nie mogłam uwierzyć, że jestem tą samą osobą, która wstała rano i podwiozła Lily na dworzec. Oparłam się na krześle, pomyślałam przez chwilę i zaczęłam pisać. „Jestem w szpitalu w City. Był wypadek. Nic mi nie jest. Wrócę, jak tylko będzie wiadomo"

„jak tylko będzie wiadomo"

Palec zastygł mi nad klawiaturą. Mrugnęłam i po chwili nacisnęłam „wyślij".

Potem zamknęłam oczy i zaczęłam się modlić.

Wzdrygnęłam się na dźwięk obrotowych drzwi. Matka pewnym krokiem szła przez korytarz. Miała na sobie swój lepszy płaszcz i już wyciągała do mnie ręce.

– Co się, u licha, stało? – Treena była tuż za nią, ciągnęła za sobą Thoma w kurtce nałożonej na piżamę. – Mama nie chciała przyjść bez taty, a ja nie mogłam przecież być gorsza.

Thom spojrzał na mnie sennym wzrokiem i pomachał wilgotną dłonią.

– Nie mieliśmy pojęcia, co się z tobą działo! – Mama usiadła obok mnie, próbując wyczytać coś z mojej twarzy. – Czemu nic nie powiedziałaś?

– Co się stało?

– Sam został postrzelony.

– Postrzelony? Ten twój ratownik?

– Z broni? – spytała Treena.

Dopiero wtedy matka zauważyła moje dżinsy. Wpatrywała się, niedowierzając, w czerwone plamy i bez słowa odwróciła się do ojca.

– Byłam razem z nim.

Przycisnęła dłonie do ust.

– Nic ci nie jest? – A kiedy zobaczyła, że nie, przynajmniej fizycznie, dodała: – A… a co z nim?

Wszyscy czworo stali przede mną, na ich nieruchomych twarzach malował się szok i zmartwienie. Nagle poczułam ogromną ulgę, że przyszli.

– Nie wiem – wydusiłam z siebie, a kiedy ojciec zrobił krok do przodu, żeby mnie przytulić, wreszcie się rozpłakałam.

Razem z rodziną spędziłam na tych plastikowych krzesłach kilka lat. A przynajmniej takie miałam wrażenie. Thom zasnął na kolanach Treeny. W świetle jarzeniówek jego twarz wydawała się blada, a jego sponiewierany pluszowy kot był wciśnięty w to jedwabiste, miękkie miejsce między szyją a podbródkiem. Tata i mama siedzieli po moich obu stronach, przez cały czas jedno z nich trzymało mnie za rękę albo gładziło mnie po policzku, mówiąc, że wszystko będzie dobrze. Oparłam się o tatę i cicho płakałam, a mama ocierała mi łzy swoją nieodłączną czystą chusteczką. Raz na jakiś czas wybierała się na rekonesans wokół szpitala w poszukiwaniu czegoś ciepłego do picia.

– Jeszcze rok temu nigdy by tego sama nie zrobiła – rzekł tata, kiedy pierwszy raz zniknęła. Nie byłam w stanie stwierdzić, czy powiedział to z podziwem, czy z żalem.

Odzywaliśmy się z rzadka. Nie było nic do powiedzenia. W mojej głowie, jak mantra, powtarzało się sześć słów: Niech tylko nic mu nie będzie. Niech tylko nic mu nie będzie. Niech tylko nic mu nie będzie.

Tak właśnie działa katastrofa – usuwa nieistotne szczegóły i biały szum, te wszystkie „czy na pewno powinnam" i „a co będzie, jeśli". Pragnęłam Sama. Było to dla mnie boleśnie jasne. Pragnęłam poczuć, jak mnie obejmuje, usłyszeć jego głos i usiąść w kabinie jego karetki. Pragnęłam, żeby zrobił mi sałatkę z warzyw, które wyhodował w swoim ogrodzie, i pragnęłam poczuć, jak jego ciepły, nagi tors regularnie wznosi się i opada pod moją ręką, kiedy śpi. Czemu nie byłam w stanie mu tego powiedzieć? Czemu straciłam tyle czasu, martwiąc się rzeczami, które były nieistotne?

Wtem, kiedy mama pojawiła się w przejściu na końcu korytarza z czterema herbatami na tekturowej podstawce, otworzyły się drzwi do sal operacyjnych i stanęła w nich Donna. Wciąż miała na sobie kombinezon poplamiony krwią, przeczesywała rękami włosy. Wstałam. Zwolniła na nasz widok, miała poważną twarz i zmęczone oczy otoczone czerwonymi obwódkami. Przez chwilę myślałam, że zemdleję. Nasze spojrzenia się skrzyżowały.

– Naprawdę twarda z niego sztuka.

Z mojego gardła wydobył się mimowolny szloch. Donna dotknęła mojego ramienia.

– Dobrze się spisałaś, Lou – oznajmiła i odetchnęła, długo i niespokojnie wydychając powietrze. – Dobrze się dzisiaj spisałaś.

Sam spędził noc na OIOM-ie, a rano został przeniesiony na oddział intensywnego nadzoru. Donna powiadomiła jego rodziców i powiedziała, że jak tylko trochę się wyśpi, wpadnie do niego nakarmić zwierzęta. Zajrzałyśmy do niego trochę po północy, ale spał. Jego twarz, prawie całkowicie ukryta pod maską, wciąż była poszarzała. Chciałam przysunąć się bliżej, lecz bałam się go dotknąć, podłączonego do tych wszystkich kabli, rurek i monitorów.

– Na pewno nic mu nie będzie?

Skinęła głową. Wokół jego łóżka cicho przemieszczała się pielęgniarka, sprawdzając pomiary i tętno.

– Mieliśmy szczęście, że to był pistolet starszego typu. Masa dzieciaków ma teraz dostęp do półautomatycznych. Wtedy byłoby po zabawie. – Potarła oczy. – Pewnie powiedzą o tym w wiadomościach, jeśli nic innego się nie wydarzy. Chociaż innej ekipie trafiło się wczoraj w nocy morderstwo matki z dzieckiem na Athena Road, więc możliwe, że w ogóle nie będą o tym wspominać.

Oderwałam od niego wzrok i odwróciłam się w jej stronę.

– Dalej będziesz to robić?

– Co?

– Pracować jako ratownik.

Zrobiła grymas, jak gdyby nie zrozumiała mojego pytania.

– Oczywiście. To mój zawód. – Poklepała mnie po ramieniu i odwróciła się w stronę drzwi. – Prześpij się, Lou. On najpewniej i tak nie obudzi się do jutra. Obecnie w mniej więcej osiemdziesięciu pięciu procentach składa się z fentanylu.

Rodzice czekali na mnie, kiedy wróciłam na korytarz. Nie powiedzieli ani słowa. Lekko skinęłam głową. Tata wziął mnie za ramię, a mama pogłaskała mnie po plecach.

– Chodź, pojedziemy do domu, skarbie – powiedziała. – Znajdziemy ci jakieś czyste ubranie.

Okazuje się, że istnieje specjalny ton głosu, którego używają pracodawcy, jeżeli kilka miesięcy wcześniej usłyszeli, że nie możesz przyjść do pracy, bo spadłaś z piątego piętra, a teraz chciałabyś przyjść na inną zmianę, bo mężczyzna, który może jest, a może nie jest twoim chłopakiem, dostał dwa strzały w brzuch.

– Chcesz... bo on... co?

– Postrzelono go dwa razy. Nie jest już na OIOM-ie, ale chciałabym być u niego rano, kiedy się wybudzi. Dlatego pomyślałam, że może moglibyśmy zamienić się godzinami pracy.

Po drugiej stronie zapanowała krótka cisza.

– Dobra... Ych, w porządku – zawahał się. – Naprawdę został postrzelony? Z prawdziwej broni?

– Jeśli masz ochotę, możesz przyjść i dokonać inspekcji śladów po kulach. – Mój głos był tak spokojny, że prawie się roześmiałam.

Omówiliśmy jeszcze kilka szczegółów logistycznych – gdzie trzeba zadzwonić, kiedy jest wizytacja z centrali – a zanim się rozłączyłam, Richard na moment zamilkł. Po chwili spytał:

– Twoje życie zawsze tak wygląda, Louiso?

Zastanowiłam się nad tym, kim byłam ledwo dwa i pół roku temu, kiedy odmierzałam czas krótkimi spacerami między domem rodziców a kawiarnią, a w każdy wtorek oglądałam, jak Patrick biega, albo jadłam kolację z rodzicami. Spojrzałam na leżący w rogu worek na śmieci, w którym były teraz moje zakrwawione tenisówki.

– Chyba tak. Ale wolę myśleć, że to tylko taki etap.

Po śniadaniu rodzice pojechali do domu. Matka nie chciała jechać, ale zapewniłam ją, że nic mi nie jest, a ponieważ nie wiedziałam, gdzie spędzę następnych kilka dni, nie miało sensu, żeby zostawała. Przypomniałam jej też, że kiedy ostatni raz dziadek został sam przez ponad dwadzieścia cztery godziny, zamiast normalnych posiłków wyjadł dwa słoiki dżemu malinowego i puszkę mleka skondensowanego.

– Ale na pewno nic ci nie jest. – Dotknęła mojego policzka. Chociaż jej intonacja na to nie wskazywała, było to pytanie.

– Nic mi nie jest, mamo.

Potrząsnęła głową i schyliła się po torbę.

– Sama nie wiem, Louiso. Ty to dopiero masz szczęście do mężczyzn.

Była wyraźnie zaskoczona, kiedy się roześmiałam. Być może to były resztki szoku. Wolę jednak uważać, że roześmiałam się, bo zrozumiałam, że już niczego się nie boję.

Wzięłam prysznic, starając się nie patrzeć na różową wodę, która spływała mi po nogach, umyłam włosy, kupiłam najmniej nieświeży bukiet kwiatów, jaki udało mi się znaleźć u Samira, i pojechałam z powrotem do szpitala, żeby być tam na dziesiątą. Prowadząc mnie do drzwi, pielęgniarka poinformowała mnie, że rodzice Sama przybyli kilka godzin temu. Udali się do wagonu kolejowego z Jakiem i jego ojcem, żeby przywieźć stamtąd rzeczy Sama.

– Nie do końca kontaktował, kiedy przyjechali, ale teraz już mówi z o wiele większym sensem – kontynuowała. – To nic nadzwyczajnego u pacjentów, których niedawno operowano. Niektórzy po prostu wracają do siebie szybciej od innych.

Zwolniłam, kiedy doszłyśmy do drzwi. Widziałam go przez szybę, jak leżał z zamkniętymi oczami tak jak poprzedniej nocy, a jego ręka, podłączona do różnych monitorów, była wyciągnięta bez ruchu wzdłuż jego tułowia. Jego brodę zaczął pokrywać lekki zarost i chociaż Sam wciąż był śmiertelnie blady, trochę bardziej przypominał siebie.

– Na pewno mogę wejść?

– Jesteś Louise, prawda? Pytał o ciebie. – Uśmiechnęła się i zmarszczyła nos. – Daj mi znać, gdyby ci się znudził. Jest cudowny.

Otworzył oczy, kiedy wolno popchnęłam drzwi, a jego twarz lekko się obróciła. Popatrzył na mnie tak, jak gdyby próbował mnie całą ogarnąć wzrokiem, i poczułam wewnątrz przypływ ulgi.

– Niektórzy zrobią wszystko, żeby tylko mieć więcej blizn ode mnie. – Zamknęłam za sobą drzwi.

– Ta. No cóż – zaskrzypiał. – Zupełnie przestała mi się podobać ta gra.

Na jego twarzy pojawił się nieznaczny, zmęczony uśmiech.

Stałam, przestępując z nogi na nogę. Nienawidziłam szpitali. Zrobiłabym prawie wszystko, aby już nigdy nie musieć żadnego odwiedzać.

– Chodź tutaj.

Postawiłam kwiaty na stole i podeszłam. Ruszył ręką, dając mi gestem do zrozumienia, żebym usiadła na łóżku obok niego. Usiadłam, a po chwili – ponieważ dziwnie się czułam, patrząc na niego z góry – położyłam się na plecach, ostrożnie układając się obok niego, uważając, żeby czegoś nie przemieścić i nie zrobić mu krzywdy. Położyłam głowę na jego ramieniu i poczułam przyjemny ciężar jego głowy, opierającej się o moją. Podniósł przedramię i delikatnie mnie objął. Przez chwilę leżeliśmy tak w ciszy, słuchając miękkich kroków pielęgniarek na zewnątrz i dalekiego echa rozmów.

– Myślałam, że nie żyjesz – szepnęłam.

– Podobno jakiejś niesamowitej kobiecie, której nie powinno być z tyłu karetki, udało się spowolnić upływ krwi.

– Co to musi być za kobieta.

– Właśnie tak pomyślałem.

Zamknęłam oczy, czując na policzku ciepło jego skóry i unoszący się z jego ciała nieprzyjemny zapach chemicznego antyseptyku. O niczym nie myślałam. Pozwoliłam sobie trwać w tej chwili, w tej niesamowitej przyjemności bycia obok niego, czucia jego ciężaru obok mnie, miejsca, które zajmował w atmosferze. Przekręciłam głowę i pocałowałam miękką skórę na wewnętrznej stronie jego ramienia. Poczułam, jak jego palce delikatnie przesuwają się po moich włosach.

– Przestraszyłeś mnie, Ratowniku Samie.

Przez długą chwilę nic nie odpowiadał. Słyszałam, jak przez jego głowę przebiega milion myśli, których postanowił nie wypowiadać na głos.

– Cieszę się, że tu jesteś – powiedział w końcu.

Leżeliśmy jeszcze chwilę, nic nie mówiąc. Kiedy pielęgniarka wreszcie weszła i uniosła brwi, widząc jak blisko wszystkich ważnych tubek i kabli jestem, niechętnie zeszłam z łóżka i posłuchałam jej polecenia, żeby zjeść śniadanie, podczas gdy ona wykona wszystkie niezbędne medyczne czynności. Pocałowałam go, nieco skrępowana, a kiedy gładziłam go po włosach, kąciki jego oczu delikatnie się uniosły i z wdzięcznością wyczytałam w nich co nieco na temat tego, ile dla niego znaczę.

– Wrócę, jak skończę zmianę – oznajmiłam.

– Możesz wpaść na moich rodziców. – Zabrzmiało to jak ostrzeżenie.

– Nie ma sprawy – odparłam. – Upewnię się, że nie mam na sobie T-shirtu z napisem „ChWDP".

Zaśmiał się, a potem zrobił grymas, jak gdyby śmiech sprawiał mu ból.

Pokrzątałam się trochę, kiedy zajmowały się nim pielęgniarki, wykonując te czynności, które wykonuje się w pokoju pacjenta, jeśli szuka się wymówki, żeby jeszcze nie wychodzić: wyjęłam trochę owoców, wyrzuciłam chusteczkę, poukładałam kilka gazet, których wiedziałam, że nie przeczyta. Wreszcie nadszedł czas, żeby iść. Doszłam aż do drzwi, gdy się odezwał.

– Słyszałem cię.

Zdążyłam już wyciągnąć rękę, żeby je otworzyć. Odwróciłam się.

– Wczoraj. Kiedy się wykrwawiałem. Słyszałem cię.

Nasze spojrzenia się spotkały. W tej chwili wszystko się zmieniło. Zrozumiałam, co tak naprawdę zrobiłam. Zrozumiałam, że mogę być centrum czyjegoś wszechświata, czyimś powodem, aby nie odchodzić. Zrozumiałam, że mogłam wystarczyć. Wróciłam do łóżka, ujęłam głowę Sama w dłonie i pocałowałam go gwałtownie, czując, jak moje gorące łzy w niekontrolowany sposób spadają mu na twarz, a jego ręka mocno przyciąga mnie do siebie, kiedy odwzajemniał pocałunek. Przycisnęłam policzek do jego policzka, na wpół się śmiejąc, na wpół płacząc, nie zwracając uwagi ani na pielęgniarki, ani na nic innego oprócz leżącego przede mną mężczyzny. Wreszcie odwróciłam się i zeszłam w dół po schodach, ocierając twarz, śmiejąc się z własnych łez i nie zwracając uwagi na zaciekawione twarze osób, które mijałam.

Było pięknie, nawet w świetle jarzeniówek. Na zewnątrz śpiewały ptaki, wstawał nowy dzień, ludzie żyli, rozwijali się, stawali się lepsi i z radością oczekiwali starości. Kupiłam kawę i zjadłam obrzydliwie słodką muffinkę – smakowały jak najpyszniejsze śniadanie, jakie kiedykolwiek jadłam. Wysłałam SMS-y do rodziców i do Treeny, a także do Richarda, że niedługo przyjdę. Napisałam do Lily: „Pomyślałam, że powinnam ci powiedzieć, że Sam jest w szpitalu. Został postrzelony, ale nic mu nie jest. Na pewno ucieszyłby się, gdybyś wysłała mu kartkę. Albo nawet SMS-a, jeśli jesteś zajęta".

Nie minęła nawet minuta, kiedy usłyszałam dźwięk odpowiedzi. Uśmiechnęłam się. W jaki sposób dziewczyny w tym wieku mogły tak szybko pisać na komórce, skoro wszystko inne zajmowało im tyle czasu?

„OMG. Właśnie powiedziałam innym dziewczynom i jestem teraz najbardziej niesamowitą osobą, jaką znają. A tak serio, to uściskaj go ode mnie. Jak mi podeślesz jego namiary, wyślę kartkę po lekcjach. Aha, i przepraszam, że wtedy paradowałam przed nim w samych majtkach. Właściwie to nie chciałam tego zrobić. Przynajmniej nie w obleśny sposób. Mam nadzieję, że jesteście naprawdę szczęśliwi. Buziaki"

Nie czekałam z odpowiedzią. Popatrzyłam na szpitalną kawiarnię, spacerujących pacjentów i jasny błękit nieba przez świetlik w suficie. Palce same uderzały w klawiaturę, zanim zorientowałam się, co piszę.

„Ja jestem".

Rozdział dwudziesty ósmy

Jake czekał na ganku, kiedy dotarłam na spotkanie naszej grupy. Padał ulewny deszcz, gęste chmury koloru wrzosu niespodziewanie rozpętały burzę, która przepełniła rynsztoki i zmoczyła mnie do suchej nitki w ciągu dziesięciu sekund, które zabrało mi przebiegnięcie przez parking.

– Nie wchodzisz do środka? Co za straszna...

Chłopak zrobił krok do przodu i jego długie chude ramiona objęły mnie szybkim, niezręcznym uściskiem, kiedy znalazłam się pod drzwiami.

– Ojej! – Podniosłam ręce, nie chcąc zalać go całego wodą.

Jake mnie puścił i cofnął się o krok.

– Donna powiedziała nam, co zrobiłaś. Chciałem po prostu, no wiesz, chciałem ci podziękować.

Oczy miał zmęczone i podkrążone, a ja zdałam sobie sprawę, jakie straszne musiały być dla niego te ostatnie dni, jak silne musiały w nim budzić skojarzenia ze śmiercią matki.

– Twarda z niego sztuka – powiedziałam.

– Normalnie Iron Man – odparł Jake i roześmialiśmy się niezręcznie, jak to dwoje Brytyjczyków doświadczających silnych emocji.

Podczas spotkania chłopak mówił wyjątkowo potoczyście, jak na siebie, o tym, że jego dziewczyna nie rozumie, czym jest dla niego żałoba.

– Nie rozumie, dlaczego w niektóre dni jedyne, na co mam ochotę, to leżeć w łóżku z kołdrą naciągniętą na głowę. Albo dlaczego czasem panikuję, że coś stanie się ludziom, których kocham. Jej dosłownie nigdy nie przydarzyło się nic złego. Nigdy. Nawet jej oswojony królik do tej pory żyje, a ma chyba z dziewięć lat.

– Myślę, że ludziom żałoba się nudzi – odezwała się Natasha. – Tak jakby przyznawali ci jakąś bliżej nieokreśloną ilość czasu – może pół roku – a potem zaczyna ich to trochę irytować, że nie jest ci „lepiej". Tak jakby to było użalanie się nad sobą, jakbyś celowo nie chciał się rozstać ze swoim smutkiem.

– Tak! – Ludzie w kręgu kiwali głowami.

– Niekiedy myślę sobie, że byłoby łatwiej, gdyby dalej nosiło się wdowie szaty – powiedziała Daphne. – Wtedy każdy by wiedział, że ciągle jesteś w żałobie.

– Albo może tak jak z oznaczeniami dla początkujących kierowców, wiecie, żeby po roku dawali nowy zestaw kolorystyczny. Na przykład zamiast czarnego – ciemny fiolet – zaproponowała Leanne.

– I tak aż do żółtego, kiedy już człowiek będzie znowu naprawdę szczęśliwy – roześmiała się Natasha.

– O nie. Żółty zupełnie nie pasuje mi do cery. – Daphne uśmiechnęła się niepewnie. – Musiałabym zostać trochę nieszczęśliwa.

Słuchałam ich opowieści w zatęchłej kościelnej salce – opowieści o ostrożnych krokach naprzód, ponad malutkimi emocjonalnymi przeszkodami. Fred zaczął regularnie grać w kręgle i cieszył się, że ma drugi powód, żeby we wtorki wychodzić z domu, i to taki, który nie wiąże się z rozmawianiem o zmarłej żonie. Sunil zgodził się pozwolić mamie, żeby go przedstawiła dalekiej kuzynce z Eltham.

– Nie jestem szczególnym zwolennikiem aranżowanych małżeństw, ale szczerze mówiąc, inne metody średnio działają. Powtarzam sobie, że to w końcu moja matka. Chyba nie umówi mnie z kimś okropnym.

– Myślę, że to uroczy pomysł – skomentowała Daphne. – Moja mama pewnie na długo przede mną zorientowałaby się, czego tak naprawdę potrzeba do szczęścia biednemu Alanowi. Znała się na ludziach jak mało kto.

Patrzyłam na nich, jakbym stała na zewnątrz czegoś i zaglądała do środka. Śmiałam się z ich żartów, wzdrygałam się w duchu, słysząc opowieści o płaczu w nieodpowiednich momentach i o nietaktownych komentarzach. Ale kiedy tak siedziałam na plastikowym krześle i piłam kawę rozpuszczalną, nagle stało się dla mnie jasne, że w pewien sposób znalazłam się po drugiej stronie. Że przekroczyłam jakiś most. Ich walka nie była już moją walką. Nie chodziło o to, że kiedykolwiek przestanę opłakiwać Willa, kochać go czy za nim tęsknić, ale że moje życie, sama nie wiem jak, znalazło się z powrotem w teraźniejszości. I z rosnącą satysfakcją przekonałam się, że nawet siedząc tam wśród ludzi, których znałam i którym ufałam, chcę być gdzieś indziej: obok potężnego mężczyzny na szpitalnym łóżku, który – jak dobrze wiedziałam i byłam za to bezmiernie wdzięczna – już w tej chwili zerka na zegar w rogu sali, zastanawiając się, ile czasu zabierze mi dojechanie do niego.

– A ty, Louiso, nic nam dziś nie powiesz?

Marc patrzył na mnie, unosząc brew.

Pokręciłam głową.

– U mnie wszystko dobrze.

Uśmiechnął się, jakby rozpoznawał coś w tonie mojego głosu.

– To dobrze.

– Tak. Właściwie to chyba nie muszę tu dłużej przychodzić. Po prostu jest... w porządku.

– Wiedziałam, że jesteś dziś jakaś inna – odezwała się Natasha, nachylając się do przodu i obrzucając mnie niemal podejrzliwym spojrzeniem.

– To od bzykania – zawyrokował Fred. – To jest prawdziwe lekarstwo. Znacznie prędzej doszedłbym do siebie po śmierci Jilly, gdybym się tyle bzykał.

Natasha i William wymienili dziwne spojrzenia.

– Chciałabym chodzić na spotkania do końca cyklu, jeżeli mogę – zwróciłam się do Marca. – Po prostu... Zaczęłam myśleć o was jako o przyjaciołach. Być może już tego nie potrzebuję, ale chciałabym jeszcze trochę tu pochodzić. Na wszelki wypadek. I, no wiecie, żeby się z wami wszystkimi widywać.

Jake uśmiechnął się lekko.

– Chyba powinniśmy wybrać się na tańce – stwierdziła Natasha.

– Możesz przychodzić, jak długo zechcesz – powiedział Marc. – Po to tu jesteśmy.

Moi przyjaciele. Trochę dziwna zbieranina, ale z przyjaciółmi tak to na ogół bywa.

Makaron orecchiette ugotowany *al dente*, orzeszki piniowe, bazylia, pomidory z własnego krzaczka, oliwki, tuńczyk i parmezan. Zrobiłam sałatkę z przepisu, który Lily podała mi przez telefon według instrukcji babci.

– Dobre jedzenie dla inwalidy – zawołała Camilla z jakiejś odległej kuchni. – Łatwe do strawienia, jeśli dużo czasu spędza się na leżąco.

– Na twoim miejscu po prostu kupiłabym mu coś na wynos – mruknęła Lily. – Biedny człowiek dość już wycierpiał. – Zachichotała cicho. – A zresztą myślałam, że najbardziej lubisz go na leżąco.

Później tego samego wieczoru szłam szpitalnym korytarzem, czując cichą dumę z mojego małego plastikowego pojemnika z własnoręcznie przygotowanym jedzeniem. Zrobiłam tę kolację poprzedniej nocy i teraz niosłam ją przed sobą niczym trofeum, fantazjując, że ktoś mnie zatrzyma i zapyta, co to takiego. „Tak, mój chłopak jest na oddziale dla rekonwalescentów. Codziennie przynoszę mu jedzenie. Nic wyszukanego, po prostu to, na co akurat ma ochotę. Wie pani, że sama hoduję pomidory?"

Rany Sama zaczynały się goić, obrażenia wewnętrzne powoli ustępowały. Za często próbował wstawać, narzekał, że musi ciągle tkwić w łóżku, i martwił się o swoje zwierzęta, chociaż Donna, Jake i ja ułożyliśmy wspólnie całkiem sensowny grafik zajęć gospodarskich.

Dwa do trzech tygodni, oceniali lekarze. Jeśli będzie się stosował do zaleceń. Biorąc pod uwagę rozległość obrażeń, Sam miał dużo szczęścia. Nieraz miałam okazję usłyszeć, jak specjaliści mówią do siebie półgłosem:

– Wystarczyłby centymetr dalej i…

Podczas takich rozmów śpiewałam sobie w duchu „la-la-la--la-la-la".

Doszłam do jego korytarza, nacisnęłam dzwonek i umyłam ręce pianką antybakteryjną, po czym biodrem popchnęłam drzwi do pokoju Sama.

– Dobry wieczór – przywitała mnie pielęgniarka w okularach. – Co tak późno?

– Miałam spotkanie.

– Akurat minęła się pani z jego mamą. Przyniosła mu przepyszną wołowinę zapiekaną w cieście, własnej roboty. Pachniało na całym oddziale. Do tej pory ciekne nam ślinka.

– Och. – Opuściłam swoje pudełko. – To miło.

– Pałaszował, aż mu się uszy trzęsły. Pan doktor zajrzy tu za jakieś pół godziny.

Właśnie miałam schować pojemnik do swojej torby, kiedy zadzwonił telefon. Odebrałam go, mocując się jeszcze z zamkiem.

– Louisa?

– Tak?

– Mówi Leonard Gopnik.

Skojarzenie tego nazwiska zabrało mi parę sekund. Otworzyłam usta, a potem znieruchomiałam, rozglądając się głupkowato wokół, jakby mój rozmówca mógł być gdzieś w pobliżu.

– Pan Gopnik.

– Dostałem pani wiadomość.

– Tak. – Położyłam pudełko z jedzeniem na krześle.

– Zaintrygowała mnie. Byłem dosyć zaskoczony, kiedy odrzuciła pani moją propozycję pracy. Podobnie jak Nathan. Sprawiała pani wrażenie odpowiedniej osoby na to miejsce.

– Tak jak napisałam w mailu, proszę pana, zależało mi na niej, ale… no cóż… pojawiły się pewne przeszkody.

– Czyli ta dziewczyna czuje się już dobrze?

– Lily. Tak. Jest w szkole. Podoba jej się. Jest ze swoją rodziną. Z nową rodziną. Potrzebowała tylko trochę czasu na… przystosowanie się do nowych warunków.

– Potraktowała to pani bardzo poważnie.

– Nie należę do osób, które potrafią po prostu zostawić kogoś samemu sobie.

Zapadła cisza. Odwróciłam się plecami do drzwi pokoju Sama i wyjrzałam przez okno na parking, gdzie jakiś gigantyczny samochód terenowy bez powodzenia usiłował zmieścić się na za małym miejscu. Wsteczny, jedynka, wsteczny. Widziałam, że nic z tego nie wyjdzie.

– Sprawa wygląda następująco. Z nową pracownicą nie układa nam się najlepiej. Ona nie jest zadowolona. Z takich czy innych powodów moja żona i ta pani nie czują się do końca dobrze w swoim towarzystwie. Za obopólną zgodą ustaliliśmy, że pod koniec miesiąca zakończy u nas pracę. I teraz mam kłopot.

Słuchałam.

– Chciałbym zaproponować pani to stanowisko. Ale nie lubię zamieszania, zwłaszcza jeśli w grę wchodzą moi bliscy. Więc właściwie dzwonię do pani dlatego, że zależy mi na ustaleniu, czego pani tak naprawdę chce.

– Ja naprawdę bardzo chciałam u państwa pracować. Tylko…

Poczułam na ramieniu czyjąś rękę. Odwróciłam się gwałtownie i zobaczyłam Sama opartego o ścianę.

– Ja… y…

– Dostała pani inną pracę?

– Dostałam awans.

– Czy zależy pani na tym stanowisku?

Sam przyglądał się mojej twarzy.

– N-niekoniecznie. Ale…

– Ale oczywiście musi się pani nad tym spokojnie zastanowić. W porządku. No cóż, przypuszczam, że zaskoczyłem panią tym telefonem. Niemniej w nawiązaniu do tego, co pani mi napisała: jeżeli nadal będzie pani szczerze zainteresowana, chciałbym zaproponować pani tę pracę. Warunki bez zmian, rozpoczęcie najszybciej, jak to możliwe. Pod warunkiem, że będzie pani pewna, że rzeczywiście pani tego chce. Jak pani sądzi, będzie mi pani mogła dać znać w ciągu czterdziestu ośmiu godzin?

– Tak. Tak, proszę pana. Dziękuję. Dziękuję, że pan zadzwonił.

Usłyszałam, jak się rozłącza. Podniosłam wzrok na Sama. Miał na sobie szpitalny szlafrok, narzucony na przykrótką szpitalną koszulę nocną. Przez chwilę żadne z nas nic nie mówiło.

– Wstałeś. Powinieneś być w łóżku.

– Zobaczyłem cię przez okno.

– Jeden silniejszy podmuch wiatru i te pielęgniarki będą o tobie gadać aż do samej Gwiazdki.

– Czy to był ten facet z Nowego Jorku?

Miałam dziwne poczucie, jakby mnie na czymś przyłapał. Włożyłam telefon do kieszeni i sięgnęłam po pudełko z jedzeniem.

– Znowu szukają kogoś na to stanowisko. – Zobaczyłam, że jego wzrok na moment się ode mnie odsuwa. – Ale to… Dopiero co cię odzyskałam. Więc im podziękuję. Słuchaj, myślisz, że uda ci się zmieścić jeszcze trochę makaronu po twojej epickiej zapiekance z wołowiną? Wiem, że pewnie nie masz już miejsca, ale tak rzadko udaje mi się ugotować coś, co naprawdę nadaje się do zjedzenia.

– Nie.

– To nie jest aż takie złe. Mógłbyś chociaż spróbować…

– Nie mówię o makaronie. Tylko o tej pracy.

Zmierzyliśmy się wzrokiem. Sam przeczesał ręką włosy i spojrzał w głąb korytarza.

– Musisz to zrobić, Lou. Wiesz o tym równie dobrze jak ja. Musisz przyjąć tę pracę.

– Już raz próbowałam wyjechać i wcale mi to dobrze nie zrobiło.

– Bo wtedy było za wcześnie. Próbowałaś przed czymś uciec. Teraz jest inaczej.

Podniosłam na niego wzrok. Byłam na siebie wściekła, bo zdałam sobie sprawę, co chcę zrobić. I byłam wściekła na niego, że to wie. Staliśmy bez słowa na szpitalnym korytarzu. A potem zobaczyłam, że Sam nagle robi się blady.

– Musisz się położyć.

Nie kłócił się ze mną. Wzięłam go pod ramię i zaprowadziłam do łóżka. Skrzywił się, kładąc się ostrożnie na poduszkach. Poczekałam, aż jego twarz znów nabrała kolorów, a później położyłam się obok niego i wzięłam go za rękę.

– Mam wrażenie, że dopiero co sobie to wszystko poukładaliśmy. Ty i ja. – Oparłam głowę o jego ramię, czując, jak coś ściska mnie za gardło.

– Rzeczywiście.

– Sam, ja nie chcę być z nikim innym.

– Pfff. Były co do tego jakieś wątpliwości?

– Ale związki na odległość rzadko bywają trwałe.

– Czyli my jesteśmy w związku?

Zaczęłam protestować, a on się uśmiechnął.

– Żartuję sobie. Nie zawsze. Nie zawsze bywają trwałe. Ale czasem jednak się to zdarza. Podejrzewam, że to zależy od tego, na ile obie strony są gotowe się postarać.

Jego muskularne ramię otoczyło moją szyję i przyciągnęło mnie do niego. Zdałam sobie sprawę, że płaczę. Sam delikatnie otarł moje łzy kciukiem.

– Lou, nie wiem, co będzie. Nikt nigdy nie wie. Możesz któregoś ranka wyjść z domu, wpaść pod motocykl i całe twoje życie może się zmienić. Możesz iść do pracy w biurze i zostać zastrzelona przez nastolatka, który myśli, że w ten sposób stanie się mężczyzną.

– Możesz spaść z dachu.

– Owszem. Albo wybrać się w odwiedziny do szpitala do jakiegoś gościa w kusej koszuli nocnej i dostać propozycję pracy marzeń. Takie jest życie. Nie wiemy, co będzie. I właśnie dlatego musimy korzystać z możliwości, które mamy. No i... Myślę, że to może być właśnie twoja szansa.

Zacisnęłam powieki; nie chciałam go słyszeć, nie chciałam przyjąć do wiadomości prawdy zawartej w tym, co mówił. Wytarłam oczy grzbietem dłoni. Sam podał mi chusteczkę i czekał, podczas gdy ja ścierałam sobie z twarzy czarne smugi.

– Pasuje ci ten look à la panda.

– Wydaje mi się, że chyba się w tobie trochę zakochałam.

– Założę się, że mówisz to wszystkim mężczyznom na intensywnej terapii.

Odwróciłam się i go pocałowałam. Kiedy znów otworzyłam oczy, Sam mi się przyglądał.

– Ja jestem gotów spróbować, jeśli ty też zechcesz – powiedział.

Musiała minąć chwila, zanim ściskanie w moim gardle ustąpiło na tyle, że byłam w stanie coś odpowiedzieć.

– Nie wiem, Sam.

– Czego nie wiesz?

– Życie jest krótkie, prawda? Oboje to wiemy. No więc co, jeśli to ty jesteś moją szansą? Jeśli ze wszystkich rzeczy to właśnie ty najbardziej mnie uszczęśliwisz?

Rozdział dwudziesty dziewiąty

Myślę, że kiedy ludzie mówią, że jesień to ich ulubiona pora roku, to mają na myśli właśnie takie dni: mgiełka o świcie, ustępująca miejsca czystemu rześkiemu światłu; rozwiewane przez wiatr sterty liści; przyjemnie gorzkawa woń butwiejących roślin. Niektórzy mówią, że w mieście właściwie nie dostrzega się pór roku, że niezliczone szare budynki i mikroklimat wywołany przez smog i spaliny sprawiają, że człowiek nie czuje wielkiej różnicy; odróżnia tylko na zewnątrz i wewnątrz, mokro i sucho. Ale stojąc na dachu, nie miałam żadnych wątpliwości. Nie chodziło tylko o ogromną połać nieba, ale także o krzaczki Lily, które od tygodni rodziły napęczniałe czerwone pomidorki, i o wiszące doniczki z poziomkami, które co pewien czas zapewniały nam dostęp do zdumiewająco słodkich przysmaków. Kwiaty okrywały się pączkami, rozkwitały i brązowiały, świeża zieleń wczesnego lata ustępowała miejsca gałązkom, łodygom i pustej przestrzeni tam, gdzie wcześniej były liście. Tu, na górze, wyczuwało się już w podmuchach wiatru ledwie uchwytną zapowiedź nadchodzącej zimy. Samolot ciągnął za sobą po niebie smugę kondensacyjną, a ja zauważyłam, że latarnie na dole jeszcze się palą po poprzedniej nocy.

Moja matka wyszła na dach w swoich luźnych spodniach, rozejrzała się po gościach i strzepnęła z ubrania kropelki wody, które zostawiły na nim schody przeciwpożarowe.

– To naprawdę jest coś, Louiso, ta twoja przestrzeń. Zmieściłoby się tu ze sto osób. – Niosła torbę z kilkoma butelkami szampana, którą teraz ostrożnie postawiła na ziemi. – Czy ja ci mówiłam, że jesteś bardzo dzielna, że po tym wszystkim odważyłaś się znów tu wejść?

– Ciągle nie wierzę, że udało ci się stąd zlecieć – zauważyła moja siostra, która zajmowała się napełnianiem kieliszków. – Nikt inny nie byłby w stanie spaść z czegoś tak dużego.

– Kochanie, przecież ona była pijana w sztok, nie pamiętasz? – Mama ruszyła z powrotem w stronę schodów. – Skąd masz tyle tego szampana, Louiso? Wygląda naprawdę imponująco.

– Dostałam go od mojego szefa.

Kilka dni wcześniej podliczaliśmy utarg, gawędząc ze sobą (ostatnio całkiem sporo gawędziliśmy, zwłaszcza odkąd urodziło mu się dziecko. Chyba wiedziałam o zdolności pani Percival do zatrzymywania płynów nieco więcej, niż ona by sobie życzyła). Wspomniałam o moich planach i Richard zniknął, jakby wcale mnie nie słuchał. Już byłam gotowa uznać to za kolejny przejaw tego, jaki z niego jest jednak ciągle jełop, ale kiedy kilka minut później wyłonił się z piwnicy, w rękach trzymał skrzynkę z półtuzinem butelek szampana.

– Proszę. Sześćdziesiąt procent rabatu. Końcówka partii. – Wręczył mi skrzynkę i wzruszył ramionami. – Albo właściwie, chrzanić to. Po prostu je weź. Śmiało. Zasłużyłaś sobie.

Wyjąkałam podziękowanie, a Richard mruknął coś o tym, że to nie najlepszy rocznik i końcówka serii, ale uszy poróżowiały mu wymownie.

– Mogłabyś spróbować sprawiać wrażenie, jakbyś trochę się cieszyła, że jednak nie zginęłam. – Podałam Treenie tacę z kieliszkami.

– Och, przecież już dawno temu wyrosłam z marzeń o byciu jedynaczką. No, może tak ze dwa lata temu.

Mama podeszła do nas z paczką serwetek. Odezwała się teatralnym szeptem:

– Jak myślicie, te się nadadzą?

– A dlaczego nie?

– No bo przecież Traynorowie. Oni nie używają papierowych serwetek. Na pewno mają takie lniane. Może nawet z wyhaftowanym herbem.

– Mamo, oni się wdrapali na dach w dawnym biurowcu we wschodnim Londynie. Nie sądzę, żeby spodziewali się srebrnej zastawy.

– A – wtrąciła Treena – przywiozłam zapasową kołdrę i poduszkę Thoma. Pomyślałam, że możemy przy okazji zacząć po trochu zwozić tutaj swoje rzeczy. Jutro jestem umówiona na spotkanie w tym klubiku.

– To wspaniałe, że się tak dogadałyście, dziewczynki. Treena, jeśli chcesz, będę się opiekować Thomem. Daj mi tylko znać.

Krzątałyśmy się razem, rozstawiając kieliszki i papierowe talerze, dopóki mama nie wyruszyła po następną partię niestosownych serwetek. Ściszyłam głos, żeby mnie nie usłyszała.

– Treen? Czy tata naprawdę nie przyjdzie?

Moja siostra się skrzywiła, a ja spróbowałam nie dać po sobie poznać, jaka jestem przerażona.

– Wcale się nie poprawiło?

– Mam nadzieję, że jak ja się wyniosę, to będą musieli ze sobą porozmawiać. Teraz tylko się omijają, a rozmawiają głównie ze

466

mną albo z Thomem. Szału można dostać. Mama udaje, że nic jej nie obchodzi, że tu z nami nie przyjechał, ale wiem, że jest jej przykro.

– Naprawdę myślałam, że tu będzie.

Od czasu strzelaniny widziałam się z mamą dwa razy. Zapisała się na nowe zajęcia – współczesna poezja angielska – na uniwersytecie trzeciego wieku, i teraz co chwila wpadała w zadumę nad wszechobecnymi symbolami. Każdy opadający liść przypominał o nieuchronności przemijania, każdy ptak w locie symbolizował nadzieje i marzenia. Raz poszłyśmy na wieczorek poetycki na South Bank, mama siedziała oczarowana i dwukrotnie zaczęła bić brawo, chociaż cała widownia milczała, a za drugim razem do kina i do toalety w tym eleganckim hotelu, gdzie następnie podzieliła się kanapkami z Marią, zasiadłszy na jednym z dwóch bujanych foteli w szatni. W obu przypadkach, kiedy zostawałyśmy tylko we dwie, mama zachowywała się dosyć dziwnie.

– Ależ się wspaniale bawimy, prawda? – powtarzała raz po raz, jakby chciała mnie sprowokować, żebym jej zaprzeczyła. A potem nagle milkła albo zaczynała pomstować na absurdalne ceny kanapek w Londynie.

Treena przestawiła ławkę i strzepnęła poduszki, które przyniosła z kanapy na dole.

– Najbardziej się martwię o dziadka. To całe napięcie źle na niego wpływa. Zmienia skarpetki cztery razy dziennie i tak mocno wciska guziki na pilocie, że aż dwa wyłamał.

– O Boże. – Coś mi przyszło do głowy. Kto dostałby go pod opiekę?

Moja siostra utkwiła we mnie przerażony wzrok.

– Nie patrz tak na mnie – powiedziałyśmy jednocześnie.

Przerwało nam dwoje pierwszych gości z grupy wsparcia, Sunil i Leanne, którzy weszli tu po żelaznych stopniach i zaraz zaczęli się zachwycać wielkością tarasu i niespodziewanie pięknym widokiem na wschodnią część City.

Lily zjawiła się punktualnie o dwunastej, rzuciła się mnie uściskać i wydała z siebie cichy pomruk zadowolenia.

– Rewelacyjna kiecka! Wyglądasz po prostu bosko.

Skórę miała wyzłoconą słońcem, twarz pogodną i delikatnie przyprószoną piegami, włoski na rękach spłowiałe niemal do białości. Była ubrana w bladoniebieską sukienkę i sandały rzymianki. Patrzyłam, jak rozgląda się po tarasie na dachu, wyraźnie zachwycona tym, że znów tutaj jest. Camilla, która powoli wspięła się za nią po schodach przeciwpożarowych, poprawiła marynarkę i zbliżyła się do nas, mówiąc z lekką przyganą w głosie:

– Mogłaś na mnie poczekać, Lily.

– Po co? Nie jesteś jakąś staruszką.

Camilla i ja wymieniłyśmy kpiące spojrzenia, a potem ja nachyliłam się i spontanicznie pocałowałam ją w policzek. Pachniała eleganckimi domami towarowymi i miała nieskazitelną fryzurę.

– Tak się cieszę, że przyszłyście.

– No proszę, nawet się opiekowałaś moimi roślinami. – Lily przyglądała się wszystkiemu badawczo. – Byłam pewna, że je wszystkie zasuszysz. O, i jeszcze to! Podoba mi się. Czy to nowe? – Wskazała na dwie doniczki, które tydzień wcześniej kupiłam na bazarze z kwiatami, żeby ozdobić nimi dach z myślą o przyjęciu. Nie chciałam ciętych kwiatów ani niczego, co mogłoby umrzeć.

– To pelargonie – odezwała się Camilla. – Lepiej nie zostawiać ich tu na zimę.

– Mogłaby je czymś owinąć. Te doniczki są za ciężkie, żeby je znosić.

– I tak nie przeżyją – odparła Camilla. – Będzie dla nich za zimno.

– Właściwie – powiedziałam – Thom będzie tutaj mieszkał, i nie jesteśmy pewne, czy byłby bezpieczny na tym dachu, biorąc pod uwagę to, co mi się przytrafiło, więc planujemy zamknąć go na stałe. Gdybyście chciały później zabrać kwiaty ze sobą…

– Nie – stwierdziła Lily po chwili namysłu. – Zostawmy go tak. Miło będzie po prostu myśleć o nim w ten sposób. Jak teraz.

Pomogła mi ze stołem na koziołkach i opowiedziała trochę o szkole – była zadowolona, chociaż miała tam sporo pracy – i o swojej matce, która podobno robiła słodkie oczy do hiszpańskiego architekta, niejakiego Felipe, który kupił dom obok nich na St John's Wood.

– Jest mi prawie szkoda Złamasa. Nawet nie przypuszcza, co go czeka.

– Ale się tym nie zamartwiasz?

– Nie. Życie jest całkiem spoko. – Wrzuciła sobie do ust chipsa. – Babcia kazała mi pojechać zobaczyć tego całego bobasa, opowiadałam ci?

Musiałam mieć zdumioną minę.

– No wiem. Ale powiedziała, że ktoś musi się zachowywać jak dorosła osoba. I w dodatku pojechała ze mną. Była niesamowita. Teoretycznie nie powinnam tego wiedzieć, ale tę marynarkę od Jaegera kupiła specjalnie na tę okazję. Zdaje mi się, że jednak potrzebowała dodać sobie trochę pewności siebie. – Zerknęła w stronę Camilli, która gawędziła z Samem przy stole z jedzeniem. – Właściwie to trochę mi było żal dziadka. Kiedy mu się wydawało, że nikt nie widzi, ciągle na nią patrzył, jakby było mu trochę smutno, że tak się to wszystko potoczyło.

– I jak było?

– To niemowlak. To znaczy, one wyglądają mniej więcej tak samo, nie? Ale chyba wszyscy się bardzo starali, żeby było miło. Wiesz, takie: „Jak tam w szkole, Lily? Chciałabyś się umówić i przyjechać do nas na trochę? Chciałabyś potrzymać swoją ciocię?". Tak jakby coś takiego nie brzmiało megadziwnie.

– Pojedziesz do nich jeszcze raz?

– Możliwe. Oni są chyba całkiem w porządku.

Zerknęłam na Georginę, która rozmawiała uprzejmie ze swoim ojcem. Pan Traynor się roześmiał, odrobinę za głośno. Odkąd córka się tu zjawiła, nie odstępował jej na krok.

– Dzwoni do mnie dwa razy w tygodniu, tak żeby pogadać, a Della ciągle opowiada o tym, jak to chce, żebyśmy z tą małą „zbudowały relację", jakby takie niemowlę umiało cokolwiek poza jedzeniem, wrzeszczeniem i robieniem kupy. – Skrzywiła się.

Roześmiałam się.

– Co? – zapytała Lily.

– Nic – odpowiedziałam. – Po prostu dobrze cię widzieć.

– A. Przywiozłam ci coś.

Wyciągnęła z torby jakieś pudełeczko i wręczyła mi je.

– Znalazłam to na takim nudziarskim targu z antykami, gdzie zaciągnęła mnie babcia, i pomyślałam o tobie.

Ostrożnie otworzyłam pudełko. W środku na granatowym aksamicie leżała bransoletka w stylu art déco, składająca się z ułożonych naprzemiennie cylindrycznych koralików z dżetu i bursztynu. Podniosłam ją i położyłam sobie na dłoni.

– Trochę odjechana, nie? Ale skojarzyła mi się z…

– Z rajstopami.

– Z rajstopami. To w ramach podziękowania. Po prostu… no wiesz… za wszystko. Jesteś chyba jedyną znaną mi osobą, która uznałaby ją za fajną. Albo mnie, skoro już o tym mowa. Przynajmniej wtedy. A tak ogólnie, to na maksa pasuje ci do sukienki.

Wyciągnęłam rękę, a Lily zapięła mi ją na przegubie. Powoli obróciłam nadgarstek.

– Jest cudowna.

Dziewczyna kopnęła coś na ziemi, poważniejąc na chwilę.

– W sumie można powiedzieć, że jestem ci winna jakąś biżuterię.

– Nic mi nie jesteś winna.

Spojrzałam na Lily, z tą jej nową pewnością siebie i oczyma jej ojca, i pomyślałam o tym wszystkim, co mi dała, nie zdając sobie nawet z tego sprawy. A wtedy ona uderzyła mnie w ramię, całkiem mocno.

– No dobra. Masz w tej chwili przestać. Nie możesz ciągle być taka dziwna i histeryczna. Bo przez ciebie totalnie zrujnuję sobie makijaż. Chodźmy na dół po resztę jedzenia. O Jezu, wiedziałaś, że w moim pokoju wisi plakat z Transformersami? I jeszcze jeden z Katy Perry? Kogo ty tu sobie sprowadziłaś?

Reszta grupy wsparcia zjawiła się na tarasie, wgramoliwszy się po żelaznych schodach bądź to z trwogą, bądź z rozbawieniem – Daphne wyszła na dach przy akompaniamencie głośnych okrzyków ulgi, Fred trzymał ją pod rękę, William nonszalancko przeskoczył ostatni stopień, a za nim Natasha przewróciła oczami. Inni przystanęli na widok pęku białych baloników z helem kołyszących się na wietrze. Marc pocałował mnie w rękę i powiedział, że do czegoś takiego dochodzi po raz pierwszy, odkąd prowadzi te spotkania. Natasha i William, jak zauważyłam z rozbawieniem, spędzali mnóstwo czasu na rozmowach we dwoje.

Postawiłyśmy jedzenie na stole na koziołkach, a Jake został mianowanym barmanem; nalewał szampana i sprawiał wrażenie dziwnie zadowolonego ze swoich obowiązków. On i Lily początkowo omijali się szerokim łukiem, udając, że drugie jest niewidzialne, jak to bywa z nastolatkami na niewielkim spotkaniu, kiedy zdają sobie sprawę, że wszyscy tylko czekają, aż się do siebie odezwą. Gdy wreszcie dziewczyna do niego podeszła, wyciągnęła ku niemu dłoń z komiczną uprzejmością, a on przyglądał jej się przez chwilę, zanim uśmiechnął się powoli.

– Połowa mnie chciałaby, żeby się zaprzyjaźnili. Druga połowa nie może sobie wyobrazić nic bardziej przerażającego – wymruczał Sam do mojego ucha.

Wsunęłam dłoń do jego tylnej kieszeni.

– Lily jest szczęśliwa.

– Jest urocza. A on właśnie rozstał się z dziewczyną.

– Chwileczkę, a co się stało z życiem pełną piersią, hm?

Sam jęknął cicho.

– Spokojnie, chłopak jest bezpieczny. Ona teraz przez większość roku siedzi w Oxfordshire.

– Przy was dwóch nikt nie jest bezpieczny. – Pochylił głowę i mnie pocałował, a ja pozwoliłam wszystkiemu innemu zniknąć na jedną cudowną sekundę, a może dwie. – Podoba mi się ta sukienka.

– Nie za bardzo frywolna? – Rozłożyłam przed sobą plisy spódniczki w paski. W tej części Londynu pełno było sklepów z ubraniami retro. Ostatnia sobota upłynęła mi wśród wieszaków ze starymi jedwabiami i piórami.

– Ja tam lubię frywolne. Chociaż trochę mi smutno, że nie założyłaś tego seksownego stroju elfa. – Odsunął się ode mnie, bo obok nas pojawiła się moja mama z kolejną paczką papierowych serwetek.

– Jak się czujesz, Sam? Wszystko ładnie się goi?

Dwa razy była u niego w szpitalu. Głęboko wzruszył ją okrutny los tych, którzy są skazani na szpitalne jedzenie, więc przywoziła mu domowe paszteciki z kiełbasą i kanapki z jajkiem i majonezem.

– Dziękuję, powoli tak.

– Tylko żebyś mi się dziś nie nadwyrężył. Żadnego dźwigania. Dziewczynki i ja świetnie damy sobie radę.

– Chyba powinniśmy zaczynać – powiedziałam.

Mama jeszcze raz zerknęła na zegarek, a potem rozejrzała się po tarasie na dachu.

– Może jeszcze pięć minutek? Żeby wszyscy na pewno mieli co pić?

Na widok jej uśmiechu – przyklejonego i zbyt radosnego – krajało mi się serce. Sam to zauważył. Zrobił krok do przodu i wziął ją pod rękę.

– Josie, mogłabyś mi pokazać, gdzie postawiłaś sałatki? Właśnie mi się przypomniało, że nie przyniosłem z dołu dressingu.

– Gdzie ona jest?

Przez grupkę zgromadzoną wokół stołu przeleciał szmer zaskoczenia. Wszyscy odwróciliśmy się w stronę głosu, który krzyczał donośnie:

– Chryste Panie, to naprawdę jest tutaj, czy Thommo znów mnie wysłał szukać wiatru w polu?

– Bernard! – mama odłożyła serwetki.

Nad włazem ukazała się twarz mojego ojca, który zaczął rozglądać się po dachu. Pokonał ostatnie żelazne stopnie i wydął policzki, podziwiając widok na miasto. Na jego czole lśniła warstewka potu.

– Co ci strzeliło do głowy, żeby wyprawiać to wszystko aż na samiutkiej górze, Louisa? Ja chromolę.

– Bernard!

– Nie jesteśmy w kościele, Josie. A ja mam ważne przesłanie.

Mama rozejrzała się dookoła.

– Bernard. Teraz nie jest...

– Oto moje przesłanie.

Mój ojciec schylił się i z przesadną ostrożnością podciągnął sobie nogawki. Najpierw lewą, potem prawą. Z mojego stanowiska po drugiej stronie zbiornika na wodę widziałam, że jego łydki są blade w czerwonawe kropki. Na całym dachu zapadła cisza. Wszyscy utkwili w nich wzrok. Tata wysunął przed siebie jedną nogę.

– Gładziutkie jak pupa niemowlęcia. Śmiało, Josie, dotknij.

Moja matka zbliżyła się do niego nerwowo i schyliła się, po czym przesunęła palcami po skórze ojca. Poklepała ją dłonią.

– Powiedziałaś, że potraktujesz mnie poważnie, jeśli pójdę sobie wydepilować nogi. No to proszę bardzo. Zrobiłem to.

Mama popatrzyła na niego z niedowierzaniem.

– Wydepilowałeś sobie nogi?

– Owszem. I gdybym wiedział, że ty znosisz taki ból, skarbie, to trzymałbym gębę na kłódkę. Co to za diabelskie tortury? Kto w ogóle wpadł na taki pomysł?

– Bernard...

– Wszystko mi jedno. Josie, przeszedłem przez piekło. Ale zrobiłbym to jeszcze raz, gdyby to miało oznaczać, że między nami znów będzie jak dawniej. Brakuje mi ciebie. Okropnie. Nic mnie nie obchodzi, czy zechcesz pójść na sto wykładów – polityka feministyczna, studia bliskowschodnie, dekupaż dla psów – jeśli tylko będziemy razem. I żeby ci udowodnić, jak daleko jestem w stanie się dla ciebie posunąć, zapisałem się znowu na przyszły tydzień, i to od razu na trzy partie – plecy, pachy i... zaraz, co tam jeszcze było?

– Szpara pośladkowa – odpowiedziała moja siostra żałosnym głosem.

– O Boże. – Dłoń mamy uniosła się do jej szyi.

Za mną Sam zaczął się bezgłośnie trząść.

– Zrób coś – powiedział półgłosem. – Powstrzymaj ich. Szwy mi zaraz pójdą.

– Zrobię wszystko. Zmienię się w cholernego oskubanego kurczaka, jeśli tylko dzięki temu zrozumiesz, ile dla mnie znaczysz.

– Święci pańscy, Bernard.

– Mówię poważnie, Josie. Oto, na co mi przyszło.

– I właśnie dlatego romantyzm nie jest mocną stroną naszej rodziny – mruknęła Treena.

– Co to jest dekupaż? Co to jest szpara pośladkowa? – spytał Thomas.

– Och, kochanie, jak ja się za tobą stęskniłam! – Mama objęła tatę za szyję i go pocałowała. Ulga, która odmalowała się na jego twarzy, była niemal namacalna. Schował twarz w jej ramieniu, a potem pocałował ją jeszcze raz, w ucho, we włosy, trzymając ją za ręce, jak mały chłopiec.

– O fu – powiedział Thomas.

– Czyli nie muszę…

Mama pogłaskała ojca po policzku.

– Jak tylko wrócimy do domu, odwołamy twoją wizytę.

Tata wyraźnie się odprężył.

– No dobrze – odezwałam się, kiedy zamieszanie przycichło, a z pobladłej twarzy Camilli dało się wyczytać, że Lily właśnie wyjaśniła jej, co dokładnie mój ojciec był gotów wycierpieć w imię miłości – myślę, że powinniśmy ostatni raz sprawdzić, czy wszyscy mają pełne kieliszki, a potem może… zaczniemy?

Za sprawą wesołości wywołanej wspaniałym gestem taty, wybuchowej zmiany pieluszki najmłodszej Traynorówny oraz odkrycia, że Thomas od dłuższego czasu zrzuca kanapki z jajkiem na balkon pana Antony'ego Gardinera (oraz jego zupełnie nowy stylizowany na wiklinę leżak z Conran Shopu) poniżej, minęło jeszcze dwadzieścia minut, zanim na dachu zapadła cisza. Pośród ukradkowych spojrzeń w notatki oraz dyskretnych odchrząkiwań Marc wyszedł na środek. Był wyższy, niż sądziłam – do tej pory widywałam go tylko na siedząco.

– Witam wszystkich obecnych. Najpierw chciałbym podziękować Louisie, że zaproponowała nam tę wyjątkową przestrzeń na uroczyste zakończenie letniego cyklu spotkań. Wydaje mi się niezwykle stosowne, że znaleźliśmy się o tyle bliżej nieba… – Urwał i poczekał, aż umilknie śmiech. – Dzisiejsza ceremonia jest nietypowa – po raz pierwszy mamy wokół siebie osoby niebędące uczestnikami naszych spotkań – ale sądzę, że to niezwykle miły pomysł, żeby otworzyć się i świętować wśród przyjaciół. Wszyscy tu obecni doświadczyli miłości i straty. Dziś więc wszyscy jesteśmy honorowymi członkami grupy.

Jake stał obok swojego ojca, piegowatego człowieka z rudoblond włosami, na którego niestety nie byłam w stanie patrzeć, nie wyobrażając go sobie płaczącego po stosunku. Teraz mężczyzna wyciągnął rękę i łagodnie przygarnął do siebie syna. Jake zauważył mój wzrok i przewrócił oczami. Ale się uśmiechnął.

– Często powtarzam, że choć celem naszych spotkań jest rozwój i patrzenie w przyszłość, to nikt z nas nie jest w stanie tego zrobić, nie oglądając się wstecz. Ruszamy dalej, ale zawsze niesiemy ze sobą tych, których straciliśmy. W naszej grupie dążymy do tego, by nie było to brzemię, które przygniata nas do ziemi, czy ciężar, który nie pozwala nam ruszyć z miejsca. Pragniemy, żeby ich obecność była dla nas darem.

Dzieląc się z innymi naszymi wspomnieniami, smutkami i drobnymi zwycięstwami, uczymy się przede wszystkim, że smutek to nic złego. Że można czuć się zagubionym. Albo rozgniewanym. Że nie ma nic złego w odczuwaniu mnóstwa rzeczy, których inni ludzie być może nie rozumieją, i to przez długi czas. Każdy ma swoją własną drogę. My niczego nie oceniamy.

– Poza ciasteczkami – mruknął Fred. – Ja oceniam tamte owsiane. Były wstrząsające.

– Co więcej, choć początkowo może się to wydawać niemożliwe, wszyscy dotrzemy kiedyś do momentu, w którym będziemy potrafili czerpać radość z faktu, że każda osoba, o której mówiliśmy, za którą tęskniliśmy i którą opłakiwaliśmy, żyła na tym świecie i przebywała wśród nas, i że niezależnie od tego, czy została nam odebrana po sześciu miesiącach czy sześćdziesięciu latach, mieliśmy szczęście, że ją spotkaliśmy. – Skinął głową. – Mieliśmy szczęście, że ich spotkaliśmy.

Rozejrzałam się wokół po twarzach, do których tak się przywiązałam, pełnych przejęcia i skupienia, i pomyślałam o Willu. Zamknęłam oczy i przywołałam jego twarz, to, jak się śmiał i uśmiechał, i pomyślałam o tym, ile kosztowała mnie miłość do niego, ale przede wszystkim, jak wiele od niego dostałam.

Marc spojrzał na naszą grupkę. Daphne ukradkiem ocierała kąciki oczu.

– A zatem… zazwyczaj w tym momencie mówimy kilka słów o tym, w jakim miejscu się znajdujemy. Nie musi to być długa wypowiedź. Po prostu zamknięcie drzwi za fragmentem drogi, który właśnie przebyliśmy. I nikt nie musi tego robić, ale jeśli możecie, będzie nam miło.

Grupa wymieniła między sobą zakłopotane uśmiechy i przez chwilę wydawało się, że nikt nic nie powie. A potem na środek wyszedł Fred. Poprawił chustkę w kieszeni blezera i lekko się wyprostował.

– Ja chciałbym po prostu podziękować ci, Jilly. Byłaś kapitalną żoną, a ja przez trzydzieści osiem lat byłem prawdziwym szczęściarzem. Będę tęsknił za tobą codziennie, kochanie.

Cofnął się nieco zakłopotany, a Daphne bezgłośnie powiedziała do niego: „Bardzo ładnie, Fred". Poprawiła sobie jedwabną apaszkę, po czym sama wyszła na środek.

– Chciałam tylko powiedzieć... Przepraszam. Alanowi. Byłeś takim dobrym człowiekiem, żałuję, że nie we wszystkich sprawach byliśmy ze sobą szczerzy. Żałuję, że nie potrafiłam ci pomóc. Chciałabym... no cóż, mam nadzieję, że jest ci dobrze i że masz tam jakiegoś miłego przyjaciela, gdziekolwiek jesteś.

Fred poklepał Daphne po ramieniu.

Jake potarł sobie kark, a potem, zarumieniony, wyszedł na środek i zwrócił się twarzą do swojego taty.

– Obaj za tobą tęsknimy, mamo. Ale radzimy sobie coraz lepiej. Nie chcę, żebyś się martwiła czy coś.

Kiedy skończył, ojciec go przytulił, pocałował w czubek głowy i zaczął szybko mrugać powiekami. On i Sam spojrzeli po sobie i uśmiechnęli się ze zrozumieniem.

Następnie wyszli Leanne i Sunil i każde z nich powiedziało kilka słów, patrząc w niebo, żeby ukryć łzy, albo kiwając do siebie w milczeniu, żeby dodać sobie nawzajem otuchy.

William wyszedł na środek i bez słowa położył u swoich stóp białą różę. Inaczej niż zwykle, tym razem nic nie powiedział, przez chwilę patrzył na kwiat z nieprzenikniona miną, a potem się cofnął. Natasha przytuliła go krótko, a William nagle głośno przełknął ślinę, po czym skrzyżował ramiona na piersi.

Marc spojrzał na mnie, a ja poczułam, jak dłoń Sama zaciska się wokół mojej. Uśmiechnęłam się do niego i pokręciłam głową.

– Ja nie. Ale jeśli nie macie nic przeciwko, Lily chciałaby powiedzieć kilka słów.

Dziewczyna wyszła na środek, przygryzając wargę. Zerknęła na kartkę, na której coś napisała, a potem, jakby nagle zmieniła zdanie, zgniotła ją w kulkę.

– No więc spytałam Louisę, czy mogę to zrobić, chociaż, no wiecie, nie jestem z waszej grupy. Nie znałam osobiście mojego taty i nie miałam okazji się z nim pożegnać podczas pogrzebu, więc pomyślałam, że miło byłoby powiedzieć kilka słów teraz, kiedy znam go jakby trochę lepiej. – Uśmiechnęła się nerwowo i odgarnęła sobie z twarzy pasmo włosów. – No więc. Will... Tato. Kiedy się najpierw dowiedziałam, że jesteś moim prawdziwym ojcem, to szczerze mówiąc, trochę mnie zatkało. Liczyłam na to, że mój prawdziwy tata będzie jakimś mądrym, przystojnym mężczyzną, który zechce mnie uczyć różnych rzeczy, chronić mnie i zabierać na wycieczki w niesamowite miejsca, które uwielbia. A dostałam złego na cały świat człowieka na wózku, który się, no wiecie, zabił. Ale dzięki Lou i twojej rodzinie w ciągu tych ostatnich kilku miesięcy zaczęłam cię lepiej rozumieć.

Zawsze będę smutna i może nawet trochę zła, że nigdy nie udało mi się ciebie poznać, ale teraz chcę ci też podziękować. Dałeś mi bardzo dużo, nic o tym nie wiedząc. Myślę, że jestem do ciebie podobna w dobrych rzeczach – i pewnie w paru nie za dobrych też. Dałeś mi niebieskie oczy, kolor włosów i wstręt do marmite'u, i umiejętność jeżdżenia na nartach po czarnych trasach... Cóż, podobno po tobie jestem też humorzasta, ale jakby co, to jest zdanie osób trzecich. Nie moje.

Przez grupę przeleciał cichy śmieszek.

– Ale przede wszystkim dałeś mi rodzinę, o której nie wiedziałam. I to jest naprawdę spoko. Bo szczerze mówiąc, wcale nie było aż tak różowo, zanim oni wszyscy się pojawili. – Jej uśmiechnięte usta zadrżały.

– My się bardzo cieszymy, że ty się zjawiłaś – zawołała Georgina.

Poczułam, że palce Sama ściskają moje. Nie powinien tak długo stać, ale jak zwykle nie chciał siedzieć. „Nie jestem żadnym cholernym inwalidą". Pozwoliłam mojej głowie opaść na jego ramię, walcząc ze ściskaniem w gardle.

– Dzięki, G. No więc, y, Will… tato, nie będę się dłużej rozwodzić, bo przemowy to nudziarstwo, a poza tym ta mała za moment zacznie wyć, co totalnie zepsuje nastrój. Ale po prostu chciałam ci podziękować, jako twoja córka, i powiedzieć, że… kocham cię i zawsze będę za tobą tęsknić i że mam nadzieję, że jak patrzysz na nas z góry i mnie widzisz, to się cieszysz. Że istnieję. Bo to, że tu jestem, w jakimś sensie znaczy, że ty też dalej tu jesteś, prawda? – Głos Lily się załamał, a oczy wypełniły się łzami. Jej spojrzenie pobiegło w stronę Camilli, która lekko skinęła głową. Lily pociągnęła nosem i uniosła brodę do góry.

– Pomyślałam, że może teraz będzie dobry moment, żeby wszyscy wypuścili swoje balony?

Z kilku stron rozległo się ledwie dosłyszalne westchnienie i szuranie kroków. Za mną kilkoro członków grupy wsparcia mówiło coś do siebie półgłosem, wyciągając ręce po sznurki w stronę lekko kołyszącego się pęku baloników.

Lily wyszła na środek jako pierwsza, trzymając swój biały balon z helem. Uniosła rękę, a po chwili namysłu zerwała chaber z jednej z doniczek i przywiązała go ostrożnie do sznurka. Potem podniosła rękę do góry, zawahała się przez moment i puściła balonik.

Patrzyłam, jak za jej przykładem poszedł Steven Traynor, i zobaczyłam, jak Della łagodnie ściska go za ramię. Camilla wypuściła z ręki swój balon, a potem poszli w jej ślady Fred, Sunil i Georgina, która trzymała pod rękę swoją matkę. Moja mama, Treena, tata, który hałaśliwie wycierał nos w chusteczkę, i Sam. Staliśmy w milczeniu na dachu i patrzyliśmy, jak baloniki szybują w górę, jeden po drugim, w czyste błękitne niebo, coraz mniejsze i mniejsze, aż wreszcie znalazły się gdzieś w przestworzach, niewidoczne.

Wypuściłam z ręki swój.

Rozdział trzydziesty

Mężczyzna w łososiowej koszuli jadł już czwarte duńskie ciastko; tłustymi palcami pakował sobie do ust kapiące od lukru kawałki, a raz na jakiś czas spłukiwał je kuflem zimnego lagera.

– Śniadanie mistrzów – mruknęła Vera, przechodząc obok mnie z tacą pełną szklanek i udając, że zaraz zwymiotuje. Przez chwilę czułam mimowolną wdzięczność, że nie muszę już sprzątać męskiej toalety.

– Halo, Lou! Co człowiek musi tu zrobić, żeby ktoś go obsłużył? – Kawałek dalej tata przysiadł na stołku przy barze i przechylał się przez niego, przyglądając się różnym gatunkom piwa. – Trzeba pokazać kartę pokładową, żeby móc się czegoś napić?

– Tato...

– Szybki wypadzik do Alicante? Co ty na to, Josie? Masz ochotę? Mama trąciła go łokciem.

– Naprawdę powinniśmy się w tym roku nad tym zastanowić. Koniecznie.

– Wiesz co, to wcale nie jest takie najgorsze miejsce. Kiedy już człowiek przejdzie do porządku dziennego nad tym kretyńskim pomysłem, żeby wpuszczać do normalnego pubu normalne dzieciaki. – Tata wzdrygnął się i obejrzał przez ramię na młodą rodzinę, najwyraźniej czekającą na spóźniony lot. Siedzieli, sącząc powoli dwie kawy przy stoliku, który zdążyli doszczętnie zasypać mieszanką rodzynków z klockami Lego. – To co polecasz, kochanie? Co dobrze zrobi mojej starej pikawie?

Spojrzałam w stronę Richarda, który zbliżał się do nas ze swoim notesem.

– Tu wszystko jest dobre, tato.

– Poza tymi strojami – zauważyła mama, wpatrując się w przykrótką spódnicę Very z zielonego lureksu.

– Wytyczne z centrali – odparł Richard, który miał już za sobą dwie niełatwe rozmowy z moją mamą na temat uprzedmiotowienia kobiet w miejscu pracy. – Ja nie mam z tym nic wspólnego.

– Richard, macie tutaj jakiś porter?

– Mamy murphy's, panie Clark. Bardzo przypomina guinnessa, chociaż nie powtórzyłbym tego przy żadnym puryście.

– Synu, czy ja ci wyglądam na purystę? Jeśli tylko to, co mi podasz, będzie mokre i będzie miało napisane „piwo" na etykiecie, to będę zadowolony.

Tata cmoknął z aprobatą i za chwilę stanął przed nim kufel. Mama zgodziła się na kawę swoim „towarzyskim" głosem. Używała go teraz niemal wszędzie w Londynie, niczym dygnitarz oprowadzany po fabryce: „Czyli to jest właśnie la-té, czy tak? Wygląda wprost prześlicznie. I jaka sprytna ta maszyna".

Tata poklepał stołek obok siebie.

– Usiądź sobie, Lou. No chodź. Pozwól staruszkowi postawić sobie drinka.

Zerknęłam na Richarda.

– Napiję się kawy, tato – powiedziałam. – Dziękuję.

Siedzieliśmy w milczeniu przy barze, obsługiwani przez Richarda; mój ojciec natychmiast się tu rozgościł, podobnie jak w każdym barze, w jakim tylko się znalazł – skinieniem głowy pozdrawiał innych bywalców, rozsiadał się na stołku, jakby to był jego ulubiony bujany fotel. Miało się takie wrażenie, jakby obecność rzędu nalewaków i twardej powierzchni, na której można oprzeć łokcie, w jednej chwili sprawiała, że zaczynał się czuć jak w domu. I przez cały czas nie odstępował mamy, poklepywał ją z uznaniem po nodze albo trzymał za rękę. Ostatnio praktycznie się nie rozstawali, stale nachyleni ku sobie, chichoczący jak para nastolatków. Było to absolutnie obrzydliwe, zdaniem mojej siostry. Zanim wyruszyła do pracy, powiedziała mi, że właściwie chyba wolała, jak ze sobą nie rozmawiali.

– W zeszłą sobotę musiałam spać z zatyczkami w uszach. Wyobrażasz sobie coś takiego? Dziadek przy śniadaniu był blady jak ściana.

Na zewnątrz mały samolot pasażerski zwolnił i zaczął kołować w stronę terminalu; człowiek w odblaskowej kurtce dawał mu znaki. Mama siedziała z torebką na kolanach i obserwowała rozwój wydarzeń.

– Thom byłby zachwycony – odezwała się. – Prawda, Bernard? Założę się, że cały dzień stałby przy oknie.

– No to teraz może tu sobie wpadać, prawda? Mieszka rzut beretem stąd. Treena mogłaby go tu zabierać w weekendy. Sam bym się z nimi wybrał, o ile to piwo się do czegoś nadaje.

– To wspaniałe, kochanie, że pozwoliłaś im u siebie pomieszkać. – Mama patrzyła, jak samolot znika z pola widzenia. – Wiesz, ile to zmienia dla Treeny; na razie przecież nie zarabia kokosów, i pewnie nieprędko zacznie.

– Cóż. Uznałam, że to sensowne rozwiązanie.

– Będzie nam ich oczywiście brakować, ale oboje dobrze wiemy, że nie może z nami mieszkać do końca życia. Ona bardzo docenia twój gest, kochanie. Nawet jeśli nie zawsze to okazuje.

Naprawdę nie przejmowałam się tym, czy to okazuje. W chwili, gdy ona i jej synek przeszli przez moje drzwi, niosąc walizki ze swoimi rzeczami i plakatami, a za nimi wkroczył nasz tata z plastikową skrzynką ulubionych Predaconów i Autobotów Thoma, zdałam sobie z czegoś sprawę. Że dokładnie w tym momencie wreszcie poczułam, iż mogę spokojnie cieszyć się z mieszkania kupionego za pieniądze Willa.

– Richardzie, czy Louisa ci wspominała, że jej siostra się tu przeprowadza? – Mama obecnie wychodziła z założenia, że praktycznie każda spotkana w Londynie osoba jest jej przyjacielem, a tym samym żywo interesuje się wszystkim, co dotyczy rodziny Clarków. Tego ranka spędziła dziesięć minut, udzielając Richardowi porad w kwestii zapalenia sutka jego żony, i doprawdy nie widziała powodu, dla którego miałaby do nich nie wpaść, żeby obejrzeć maluszka. Chociaż z drugiej strony Maria z toalety w hotelu naprawdę wybierała się za dwa tygodnie na podwieczorek do Stortfold, razem ze swoją córką, więc właściwie założenie mamy nie było do końca błędne. – Nasza Katrina jest nadzwyczajna. Bystra jak mało kto. Jeśli kiedykolwiek będziesz potrzebował pomocy w prowadzeniu rachunków, wal do niej jak w dym.

– Będę pamiętał. – Oczy Richarda spotkały się z moimi, a potem spojrzały w inną stronę.

Zerknęłam na zegar. Za kwadrans dwunasta. Poczułam nerwowy skurcz żołądka

– Wszystko dobrze, kochanie?

Musiałam jej to przyznać. Nic nie było w stanie ujść uwagi mojej mamy.

– W porządku, mamo.

Ścisnęła mnie za rękę.

– Taka jestem z ciebie dumna. Wiesz o tym, prawda? Tyle osiągnęłaś przez te ostatnie kilka miesięcy. Wiem, że nie było ci łatwo. – A potem zawołała: – O, spójrz! Wiedziałam, że przyjdzie. Widzisz, kochanie? Czas na ciebie.

I rzeczywiście. Wyższy o głowę od pozostałych, szedł przez tłum ostrożnie, lekko zasłaniając się ramieniem, jakby nawet teraz obawiał się, że ktoś na niego wpadnie. Zobaczyłam go, zanim on zdążył zauważyć mnie, i na mojej twarzy pojawił się spontaniczny uśmiech. Pomachałam do niego z zapałem, a on mnie zauważył i skinął głową.

Kiedy odwróciłam się do mamy, przyglądała mi się, a na jej ustach błąkał się uśmieszek.

– To porządny człowiek, ten tutaj.

– Wiem.

Obrzuciła mnie długim spojrzeniem, a na jej twarzy malowała się duma pomieszana z czymś nieco bardziej skomplikowanym. Poklepała mnie po ręce.

– No dobrze – powiedziała, schodząc ze stołka przy barze. – Pora na twoją przygodę.

Zostawiłam rodziców w pubie. Tak było lepiej. Niełatwo się rozkleić przed człowiekiem, który ma słabość do cytowania całych akapitów z podręcznika do zarządzania. Sam pogawędził z nimi przez chwilę – mój ojciec co pewien czas przerywał rozmowę, wydając dźwięk „i-o, i-o" – a Richard zapytał o zdrowie Sama i zaśmiał się nerwowo, kiedy tata zauważył, że w każdym razie ma się lepiej niż mój poprzedni chłopak. Musiał trzy razy powtórzyć mojemu byłemu szefowi, że nie przyszłoby mu do głowy żartować sobie na temat Dignitas, bo cała ta sprawa była naprawdę przykra, zanim Richard mu uwierzył. Możliwe, że w tym momencie biedak doszedł do wniosku, że właściwie jest całkiem zadowolony z mojego wyjazdu.

Wyswobodziłam się z objęć mamy i w milczeniu ruszyliśmy przez hol lotniska. Szłam, trzymając Sama pod ramię i usiłując nie zwracać uwagi na to, że serce wali mi jak szalone i że moi rodzice pewnie dalej na mnie patrzą. Odwróciłam się w jego stronę, lekko spanikowana. Myślałam, że będziemy mieć więcej czasu.

Sam spojrzał na zegarek, a potem na tablicę z odlotami.

– Zdaje się, że grają twoją piosenkę. – Oddał mi moją walizkę na kółkach. Wzięłam ją i spróbowałam się uśmiechnąć. – Niezły strój, podróżniczko.

Spojrzałam na swoją bluzkę w lamparcie cętki i okulary przeciwsłoneczne w stylu Jackie O, które włożyłam do górnej kieszeni.

– Celowałam w stylówkę elegantki z lat siedemdziesiątych.

– Świetnie wyglądasz. Jak na elegantkę z lat siedemdziesiątych.

– No dobrze – powiedziałam. – Widzimy się za cztery tygodnie… Podobno w Nowym Jorku jesienią jest bardzo przyjemnie.

– Tak czy inaczej, będzie przyjemnie. – Pokręcił głową. – Jezu. „Przyjemnie". Nie cierpię tego słowa.

Spojrzałam w dół, na nasze ręce, które były splecione. Przyłapałam się na tym, że się w nie wpatruję, jakbym musiała zapamiętać, jakie to uczucie, jakbym nie zdążyła powtórzyć materiału przed jakimś superważnym egzaminem, którego termin wypadł za wcześnie. Wzbierała we mnie dziwna panika, a Sam chyba to poczuł, bo uścisnął moje palce.

– Masz wszystko? – Skinął w stronę mojej drugiej ręki. – Paszport? Kartę pokładową? Adres, pod który masz dojechać?

– Nathan wyjdzie po mnie na lotnisko.

Nie chciałam go puścić. Czułam się jak popsuty magnes, przyciągany jednocześnie przez dwa przeciwległe bieguny. Odsunęłam się na bok, podczas gdy inne pary szły razem w stronę hali odlotów, w stronę wspólnych przygód, albo ze łzami odrywały się od siebie. On także na nie patrzył. Odsunął się ode mnie łagodnie, ucałował moje palce i dopiero wtedy puścił moją dłoń.

– Czas na ciebie – powiedział.

Miałam milion rzeczy do powiedzenia i żadnej z nich nie umiałam wyrazić. Zrobiłam krok do przodu i pocałowałam go tak, jak ludzie całują się na lotniskach, z miłością i rozpaczliwą tęsknotą; te pocałunki muszą się odcisnąć na odbiorcy na całą podróż, całe tygodnie i miesiące naprzód. Swoim pocałunkiem usiłowałam przekazać mu to, jak ogromnie wiele dla mnie znaczy. Próbowałam mu przekazać, że jest odpowiedzią na pytanie, o którym wcześniej nawet nie wiedziałam, że je zadaję. Próbowałam podziękować mu za to, że chce, żebym była sobą, i że chce tego bardziej, niż skłonić mnie, bym została. Tak naprawdę pewnie przekazałam mu po prostu, że wypiłam dwie duże kawy i nie umyłam zębów.

– Dbaj o siebie – powiedziałam. – Nie spiesz się z powrotem do pracy. I daj sobie na razie spokój z budowlanką.

– Jutro przyjeżdża mój brat, żeby zająć się murowaniem.

– A jak tam wrócisz, to nie daj sobie zrobić krzywdy. Jesteś beznadziejny w unikaniu postrzałów.

– Lou. Nic mi nie będzie.

– Mówię serio. Napiszę do Donny, jak dotrę do Nowego Jorku, i powiem jej, że pociągnę ją do odpowiedzialności, jeżeli cokolwiek ci się stanie. Albo może po prostu powiem twojemu szefowi, żeby cię posadził za biurkiem. Albo żeby cię wysłał na jakąś senną stacyjkę w Norfolk. Albo żeby ci kazał nosić kamizelki kuloodporne. Czy oni pomyśleli o wyposażeniu was w kamizelki? Na pewno mogłabym ci kupić jakąś porządną w Nowym Jorku, jeśli…

– Louisa.

Odgarnął kosmyk wpadający mi do oczu. A ja poczułam, że twarz mi się wykrzywia. Przytuliłam ją do jego twarzy, zacisnęłam zęby i wciągnęłam w płuca jego zapach, usiłując przejąć w ten sposób jakąś cząstkę jego niewzruszoności. A potem, nie dając sobie czasu na zmianę zdania, wyrzuciłam z siebie zduszone „pa", które równie dobrze mogło być szlochem, kaszlnięciem albo niedorzecznym śmiechem, sama nie umiałabym powiedzieć. A potem odwróciłam się i szybkim krokiem ruszyłam w stronę bramek, ciągnąc za sobą walizkę, zanim zdążę zmienić zdanie.

Pokazałam mój nowy paszport – ESTA, klucz do mojej przyszłości – urzędnikowi w mundurze, którego twarz ledwie widziałam przez łzy. A potem, kiedy tamten już mi pokazywał, żebym przechodziła dalej, niemal instynktownie odwróciłam się na pięcie. I on tam był, stał oparty o barierkę i wciąż na mnie patrzył. Nasze oczy się spotkały, Sam podniósł w górę otwartą dłoń, a ja w odpowiedzi powoli uniosłam swoją. Utrwaliłam ten obraz w swojej wyobraźni – to, jak pochylał się do przodu, światło na jego włosach, jego niewzruszone spojrzenie – gdzieś, gdzie będę mogła do niego sięgać w samotne dni. Bo będą takie. I złe dni. I dni, kiedy będę się zastanawiać, na co ja się, u diabła, zgodziłam. Bo to wszystko też należało do przygody.

„Kocham cię", powiedziałam bezgłośnie, niepewna, czy on w ogóle jest w stanie to stamtąd odczytać.

A potem odwróciłam się, ściskając w dłoni paszport.

Będzie tam, będzie patrzył, jak mój samolot nabiera rozpędu i unosi się w bezkresne błękitne niebo. I, przy odrobinie szczęścia, będzie tam na mnie czekał, kiedy znów wrócę do domu.

Podziękowania

Dziękuję, jak zawsze, mojej agentce, Sheili Crowley, i redaktorce, Louise Moore, za ich niewzruszoną wiarę we mnie i niewyczerpane wsparcie. Dziękuję wielu utalentowanym osobom z wydawnictwa Penguin Michael Joseph, które pomagają zmienić surową wersję roboczą w coś lśniącego na niezliczonych półkach, a w szczególności: Maxine Hitchcock, Francesce Russell, Hazel Orme, Hattie Adam-Smith, Sophie Elletson, Tomowi Weldonowi oraz wszystkim anonimowym bohaterom, którzy pomagają nam, autorom, dotrzeć do odbiorców. Uwielbiam być częścią waszej drużyny.

Jestem ogromnie wdzięczna wszystkim, którzy pracują wraz z Sheilą w agencji Curtis Brown, za wasze wsparcie, zwłaszcza Rebecce Ritchie, Katie McGowan, Sophie Harris, Nickowi Marstonowi, Kat Buckle, Raneet Ahuja, Jess Cooper, Alice Lutyens, Sarze Gad i oczywiście Jonny'emu Gellerowi. Dziękuję jedynemu w swoim rodzaju Bobowi Bookmanowi ze Stanów. Masz to w skrzynce, Bob!

Za przyjaźń, radę i pełne mądrości lunche poświęcone kwestiom związanym z tematem dziękuję Cathy Runciman, Maddy Wickham, Sarah Millican, Ol Parker, Polly Samson, Damianowi

Barrowi, Alexowi Heminsleyowi, Jess Ruston i wszystkim we Writersblock. Wymiatacie, co do jednego.

Bliżej domu, dziękuję Jackie Tearne (kiedyś w końcu ogarnę się z mailami, obiecuję!), Claire Roweth, Chrisowi Luckleyowi, Drew Hazell i wszystkim, którzy pomagają mi w robieniu tego, co robię. Dziękuję także obsadzie i zespołowi filmu *Zanim się pojawiłeś*. Możliwość bycia na planie i patrzenia, jak moi bohaterowie stają się ciałem, była wyjątkowym przywilejem, którego nigdy nie zapomnę. Wszyscy byliście jednakowo wspaniali (ale szczególnie wy, Emilio i Samie).

Dziękuję i przesyłam wyrazy miłości moim rodzicom – Jimowi Moyesowi i Lizzie Sanders – i nade wszystko Charlesowi, Saskii, Harry'emu i Lockiemu. Jesteście całym moim światem.

I wreszcie ostatnie podziękowanie dla niezliczonych ludzi, którzy do mnie pisali za pośrednictwem Twittera, Facebooka lub mojej strony internetowej i byli tak przejęci losem Lily, że chcieli wiedzieć, co było z nią dalej. Możliwe, że nie przyszłoby mi do głowy napisanie tej książki, gdyby Lou nie pozostała tak żywa w waszej wyobraźni. Bardzo się cieszę, że tak się stało.

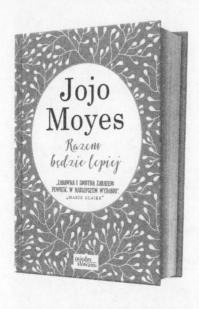

Jojo Moyes
Razem będzie lepiej
tłum. Nina Dzierżawska

Na miejscu Jess każdy miałby dosyć. Pracy na dwa etaty, chodzenia przez cały rok w jednej parze dżinsów, kupowania najtańszych jogurtów w promocji w supermarkecie i wybaczania byłemu mężowi, że nie płaci alimentów.

Jess jednak nie należy do kobiet, które łatwo się poddają. Mogłaby nosić koszulkę z napisem „Damy sobie radę". Kiedy okazuje się, że jej córka ma szansę na zdobycie stypendium w wymarzonej szkole, gotowa jest ruszyć na drugi koniec kraju, zabierając z sobą:

1. jednego trudnego nastolatka,

2. jedną wybitnie uzdolnioną dziewczynkę z chorobą lokomocyjną,

3. jednego kudłatego psa o wielkim sercu

oraz...

4. przypadkowo spotkanego mężczyznę na życiowym zakręcie, który w krytycznym momencie wyciąga do nich pomocną dłoń.

Czy wspólna podróż pokaże im, że... razem będzie lepiej?